暝夏一日

胡映泉 ◎ 著

海峡出版发行集团

海峡文艺出版社

图书在版编目(CIP)数据

日复一日/ 胡映泉著.－福州:海峡文艺出版社，
2024.1
　ISBN 978-7-5550-3572-5

　Ⅰ.①日…　Ⅱ.①胡…　Ⅲ.①日记－作品集
－中国－当代　Ⅳ.①I267.5

中国国家版本馆 CIP 数据核字(2023)第 247886 号

日复一日

胡映泉　著

出 版 人	林　滨
责任编辑	刘徐霖
出版发行	海峡文艺出版社
经　　销	福建新华发行(集团)有限责任公司
社　　址	福州市东水路 76 号 14 层
发 行 部	0591－87536797
印　　刷	福州雄胜彩印有限公司
厂　　址	福州市晋安区新店镇健康工业区 10 号
开　　本	787 毫米×1094 毫米　1/16
字　　数	436 千字
印　　张	24.25
版　　次	2024 年 1 月第 1 版
印　　次	2024 年 1 月第 1 次印刷
书　　号	ISBN 978-7-5550-3572-5
定　　价	60.00 元

如发现印装质量问题,请寄承印厂调换

目 录

三月

3 月 23 日

从今天开始，我打算每天写一篇日志。之所以叫日志而不叫日记，是因为写的内容都是打算公开的，而不是关于自己的隐私以及其他不便公开的内容。本着有话则长，无话则短的原则，可以记录下每天的经历、见闻、阅读以及心得体会等点点滴滴，也可以像专门写一篇文章那样，总之内容丰富多样，形式也不拘一格。

因为要在网络上公开发表，今后有机会还会拿去出版，所以必须遵守有关规定，在外界允许的范围内尽量发挥。"螺蛳壳里做道场"，这被形容为外界环境太拘束了，施展不开拳脚，做不出什么事情。然而，如果只能在一个螺蛳壳里做道场，也不要怨天尤人，更不能一事不做，而要把这道场做好，这才是一种更为可取的态度。我只能在外界条件限定的范围内充分发挥自己的主观能动性，把外界所提供的客观条件用足用好，把能做到的事情做到极致，更多地写出一些作品，一些有质量的作品。

对于一个真正喜欢写作的人而言，写作的过程也是一个享受思维乐趣的过程，虽然这其间也是十分费力劳神的。同时，长期坚持写下去，就会积少成多，积腋成裘，由一篇篇的日志汇聚成一部厚重的集子，记录下自己的人生经历，自己的思考感悟，也记录下世间的百态百味，时代的风云变幻。别人愿意看就为其提供一个参考，不愿意看就自个儿拿起来看，回味一番曾经走过的道路，进行孤芳自赏也是可以的。

3 月 24 日

今天是 3 月 24 日，离 6 日已经过去 18 天了。那天，我把准备就绪的申请加入中国作协的材料送到了省作协，至此该准备的都准备了，该努力的都努力了，该争取的都争取了，就等着最后的结果出来。我从省作协走出来时，心里像一块石头落了地，感到了一阵轻松。该去尝试的不去尝试，到时就会感到后悔，而只要去尝试了，即便未能如愿以偿，也没什么可后悔了。

其实，我加入中国作协的难度还是相当大的。就以去年来说，符合条件的申请者多达2200多人，而最后通过的不到一千人，即有一半以上都会被淘汰。我公开出版了三本书，算是符合入会条件了，但比起在省级以上的文学刊物上发表作品，出书又显得水分很大，人们都会认为有钱都可以出书。而我恰恰作品发表得很少，更不曾在国家级刊物上发表过作品，最后要是未能通过，也是在意料之中的，自己完全有这种心理准备，也完全能够接受这个现实。而要是通过了，这倒十分出乎自己的意料，我会把它当作天上掉下的馅饼。因此，我将材料交上去后，就不再把这件事情挂在心上了，已经了却了一桩事情，接下来该干吗的干吗。

就算最后真的加入了，我也不会把它当作一件多么荣耀的事情，更不会拿到别人面前宣扬。因为我心里十分清楚，自己并不是什么作家，写出来的也不是什么文学作品。要成名成家，在我看来有两个条件似乎是必不可少的：一是作品不愁没有地方发表，甚至许多刊物还抢着要，从而沾沾你的名气；二是出书也不成问题，不但不需要自掏腰包，还可以有版税收入。以这样的标准衡量，我离作家还有十万八千里，说我是一个作家，实在羞杀我也。

我不会去宣扬自己是作家的第二个理由，是现在已不需要听到别人夸奖自己了。我以前虚荣心比较重，比较在意别人对自己的评价，当听到别人的夸奖时，心里就会感到十分受用。后来开始慢慢意识到，这些话听多了也就那么回事，并无多大意思，再说这些廉价的夸奖对自己又有什么实质性的用处呢。

既然如此，我为何还要去申请加入中国作协呢？无须讳言，我之前曾经想要借此提高自己的名气，可以更好地在文学界混出名堂，同时作品也可以更容易得到发表，对自己的写作事业可以起到促进作用。但后来又开始意识到，这些其实都是不切实际的空想。中国作协会员多如牛毛，称得上知名作家的也只是凤毛麟角，绝大多数也都是人们闻所未闻的，刊物愿意发表的也主要是这些名家的作品。因此，我现在根本不往这方面想了，甚至连投稿都不去投了。我之所以还想成为中国作协会员，说到底也只是给自己一个精神安慰而已。人活着不仅要吃饱肚子，还需要精神上的安慰，有时哪怕自我安慰一下也是需要的。

3 月 25 日

我现在每天晚上都会把已经出版的那三本书拿出来修改几篇，主要从文字方面进行润色，改正那些错讹之处，同时有些地方并不存在错讹，但换一种方式就变得更加贴切，收到更好的修辞效果，因而也把它们改了过来。不包括校对的工夫，这已是第七遍写作了。准备每本都改一遍后，再把改的地方抄一份，今后就各保留两本下来。改完这遍后并非文章就已经很完美了，改多少遍也还能找出瑕疵来，永远也达不到一个最佳状态，但今后还需要去写新的作品，它们已经改得够多，不想再改了。

文学大师汪曾祺曾经说过，写小说就是写语言，语言不好，内容也不可能好，不能说一篇小说内容好，就是语言上差了点（大意如此）。经过多年的写作实践，我十分认同这一说法，认为这更接近文学的本质所在。通常认为语言只是形式，它是由内容决定的。这句话似乎十分正确，容易给人留下一种印象，即比起内容来，语言是不那么重要的，只要内容好，语言差一些也是无关宏旨的，而只要内容不好，语言再优美再华丽也是徒有其表的。

其实，所有内容都要附丽于语言之上，文学是语言的艺术，语言乃是文学的本体。语言不好，既是指文章中存在很多病句，逻辑混乱，文理不通，以及文字上存在很多错讹，拖泥带水等等，这些是比较容易看出来的，人们通常所说的语言不好也主要指这些，其实还包括下面这种情形，即字面上并无问题，但内容上却是有问题的，而内容上有问题也会体现在语言上，使语言也变得有问题了。举个最简单的例子，把事情发生的日期写错了，使内容变得牛唇不对马嘴起来，这难道不也是一种语言上的硬伤？语言上存在这样那样的问题，乃是因为作者自身思路上的混乱、知识上的欠缺以及考虑欠周密等因素所致，而这些实际上都是内容方面的。语言不好，内容也一定是不好的；而语言好，内容也一定是好的。

我在长期的写作实践中发现，在对文章的语言进行不断修改和打磨的过程，也是在对文章的内容进行不断完善和提高的过程，语言完善了，内容也会相应完善起来，两者如影随形，密不可分，而语言更像是形，内容更像是影，始终跟随在语言的背后。

汪曾祺说的是写小说就是写语言，其实写诗歌又何尝不是写语言了，写散文又何尝不是写语言了，写戏剧又何尝不是写语言了。甚至不仅写文学是写语言，写社会科学的论文也是写语言，写自然科学的论文也是写语言，只是各有各的语言罢了。但万变不离其宗，都必须高度重视语言，只有语言写对了，内容才能写对，只有语言写好了，内容才能写好。

3 月 26 日

我曾经感到难以置信，著名经济学家厉以宁先生都已经耄耋之年了，居然还能保持那么好的状态，经常参加会议、论坛等各种社会活动，甚至每年还花大量时间到各地进行调研，不断就各种经济问题发表自己的见解，就像他一贯的那样。除了要有强烈的为国家和民族贡献自己聪明才智的情怀，还需要有过人的体力和精力才能这样支撑下去。但大约从去年开始，从网络上就几乎看不到任何关于他的消息了，也听不到他发出的声音了。我先是以为他与当下存在一定的扞格，从而不愿发出自己的声音了。但这又似乎不符合他一贯的风格，他一般不会与主流对立起来，往往都是发出建设性的声音。我又以为也许是他身体出了问题，这倒是很有可能的，毕竟已是一个高龄老者了。但他突然销声匿迹了，我对此又是很不习惯的。

上个月的最后一天，我打开手机时页面突然跳出了一条新闻，说我国著名经济学家厉以宁教授因病于前一天在北京协和医院去世。原来他三年前就已经病重了，现在终于离开了这个自己为之孜孜不倦地奋斗了一生的世界。

厉以宁教授是我素所敬仰的一位经济学家，他的许多著作我都拜读过了，他给我留下较深印象的有以下三个方面：一是他讲的都是一些实话，都经过了自己的独立思考，而很少讲那些空洞的套话，也很少去重复别人讲过的话；二是他比较客观、理性，提出的观点具有很强的现实性和可行性，而不像一些经济学家观点比较偏激，好作惊人之语，虽然可以吸引眼球，博得许多人的喝彩和叫好，但在现实当中又是行不通的；三是他经常深入基层进行调研，与各行各业的人士进行直接的交流，掌握大量第一手资料，把自己的立论充分建立在实践的基础上，是用脚在做学问，因而就显得很接地气，即使我这样的非专业人士也能看得进去。

他通常被认为是一个很平和的学者，很少与不同的观点进行直接的交锋。有一次他与另一个同龄的著名经济学家在电视节目中共同发表看法，对方不同意他的一个观点。当主持人问他是否也就对方的观点发表看法时却被婉拒了，他只是正面地阐述自己的观点，而对对方的观点也表示理解。然而，他对自己的观点也是敢于坚持的，对不同的观点也会以一种间接的方式进行辩驳。他被称为"厉股份"，在20世纪80年代初就提出了企业要实行股份制的设想，认为在商品经济条件下，企业产权必须明晰，所有者必须归位，从而才能真正加强经济核算，提高经济效益。现在股份制已经习以为常了，连国有企业都普遍实行了股份制改革，且不论其是否名副其实。但当初在许多人眼里，这可是离经叛道的，尤其在那些保守人物眼里，这更是在挖墙脚，就是现在也仍然还有不少人在极力批判这种观点，对他进行各种的攻击和谩骂。他为此也承受了巨大压力，但并未因此而退缩，而是仍然坚持这一观点，认为这才符合经济社会发展的规律，才是实现富民强国的正确途径。他曾经说过，我可以不说话，但不能说假话。这充分显示他在学术上所具有的一种风骨。

他不仅在学术上，在立身行事上也是很有风骨的。20世纪50年代他刚毕业留校，就因为组织一个读书会而受到了处理，从而失去了登台讲学的机会，在北京大学经济系的资料室当一名资料员，坐了二十多年的冷板凳。既使身处逆境，他仍然在自己的诗词留下了许多思考，仍然对那些勇敢人士表示了支持。后来在一些重大的历史关口，他都能坚持自己的良知，做出了正确的选择。

3月27日

厉以宁教授是我国少有的通过著书立说，建立起自己理论体系的经济学家，他的《社会主义政治经济学》，可以称为在社会主义商品经济条件下的微观经济体系，而《国民经济管理学》，可以称为宏观经济体系。他对股份制经济、非均衡的中国经济、中国经济的双重转型，以及教育经济、经济伦理、民营经济、林权改革、土地制度改革、城镇化、贫困地区发展、第三次分配、循环经济等许多领域，都进行了深入的研究，提出了许多很有见地的观点。经济学家要建立起一个理论体系也许并不难，但要建立起一个得到学术界普遍认可，并且得到实践检验的真正理论体系就很难了。而厉以宁教授显然已经做到了这一点，称他为当代中国的一个经济学大师并非溢美之词，他完全担得起这一称号，虽然以他那种自谦平和的性格，未必会接过这一称号。

接下来要谈的是他何以能走得这么远，实现这么高的成就，即他这样一个经济学大师是怎样炼成的。人们都谈到他的才华以及勤奋，这固然是极为重要的，但除此之外，他身上所具有的那种志在富民，为国家的繁荣富强而上下求索的强烈情怀也是十分重要的。正是有着这种情怀，使他即使身处逆境也未停下探索的脚步，到了耄耋之年仍然奋斗在学术研究的第一线。也正是有着这种情怀，使他必须进行创造性的研究，并且敢于发出自己的声音。20 世纪 80 年代中期当"价格改革主线论"流行起来时，他敢于发出自己的不同声音，认为经济改革的失败可能来自价格改革，而经济改革的成功却取决于所有制改革，坚持必须以企业的股份制改革作为改革的主攻方向。进入新世纪以来当人们都热衷于所谓的"中等收入陷阱"时，他在一个论坛上却告诫人们不要去信这话，认为有这种现象但它并不是规律，无论低收入、中收入还是高收入，都可能存在停滞发展的风险，问题取决于我们如何去积极应对，从而保持经济社会的持续发展。

他 1955 年从北京大学经济系毕业后留校工作，但很快就因为组织一个读书会而受到处理，失去了登上讲台的机会，做了二十多年的资料员。这固然是一件坏事，但也未尝不是一件好事，使他可以在这种相对平静的环境中接触到国外不同时期的经济学资料，当人们深受苏联政治经济学教科书的影响，而不知现代经济学为何物时，他却已经对之了如指掌，为后来从事教学和研究打下了坚实的理论基础。他上大学期间，许多老师都毕业于哈佛大学这样的世界知名学府，接受过系统的现代经济学的学术训练。他受到这些业师的亲炙，得到他们的悉心栽培，这也为他的成长以及后来的建树打下了重要基础。

此外，他出生成长于苏南这一我国最为富庶的地区。他父亲就是一个成功的商人，具有很好的经商头脑，他本人在上北大之前也曾在湖南沅陵的一家供销社当过两年会计。从小所接受的熏陶以及青年时期的经历，都使他不同于许多纸上谈兵的经济学家，具有一个很好的经济头脑。而这在以后的工作实践中也派上了用场。下放干校劳动期间他当一名炊事员，就把食堂事务料理得井井有条的。后来长期担任执掌北大光华管理学院（包括其前身），据说也很有一种"经营意识"，北大光华管理学院能够成为世界知名的商学院，与他的这种贡献也是分不开的。这对他的成功也是一个加持吧。

3 月 28 日

我有一次看到一篇介绍厉以宁教授的文章，说他平时很少去麻烦别人，甚至自己的子女都尽量不去麻烦。我看了之后深受触动，认为的确应该如此。我们每个人都要做好自己的事情，虽然有困难时也可以寻求别人的帮助，但自己能够解决的问题都要自己解决，而不要去轻易麻烦别人，这是自立自强的题中应有之义，也是保持人际关系和谐所必需的。倘若养成一种动辄就去麻烦别人的习惯，不但使自己得不到更好的锻炼，也影响了自己的形象，让人觉得你是一个自私自利的人，喜欢占别人的便宜，揩别人的油。人们帮别人通常只能帮一次两次，第三次就不大心甘情愿了，这时你还去麻烦他们就显得不识趣了。

厉以宁教授无论在工作还是在生活中都很少去麻烦别人，都是尽量自己处理各种事务。他的著述十分高产，但每篇文章都是自己一笔一画地在稿纸上写出来的，而没有借助于助手。许多大牌学者都配有多个助手，许多文章其实都由助手撰稿，自己无非出个思路，进行修改而已。不仅如此，他家里长期都不请保姆，他每天都是自己烧菜，这是长时间脑力劳动后的一种精神放松方式，又何尝不是一种不去麻烦别人的表现。

他不去麻烦别人，但据他的学生以及同事讲，他对别人却十分热情，经常为别人提供各种帮助。其实，这只要从他培养出许多很有成就的学生就知道了。一个人倘若不是乐于助人，甘当人梯，这是不可想象的。他对学生既严格要求，又为他们提供各种必要的帮助，解决各种学习甚至生活上的困难，使他们能够更好地成长和发展。

他还十分关心贫困地区的发展。贵州毕节是一个有名的贫困地区，为了帮助当地脱贫致富，他曾经八次到那里进行调研，走访基层群众，了解实际情况，为发展当地经济积极出谋献策。我看过两张他在毕节留下的照片。一张是在一座十分高陋的茅草房前，他手里夹着一支快要燃完的香烟，跟几个当地群众在一起无拘无束地交谈着，似乎在了解情况，交流看法。另一张是他跟几个人在一条简易的公路上走着，临时拐到了路边，跟两个穿着十分简陋的小孩交谈起来，一只手还搭在其中一个的肩上，似乎在询问他们学习和生活的情况。在这两张照片中，他穿着都十分朴素，表情也十分和蔼，完全看不出是一个大牌的学者，而是一个温厚的长者，让我看了备受感动。经济学家多矣，但像他这样长时间奔走于基层，多次深入贫困地区帮助当地脱贫致富的经济学家又有几个？若是没有一种助人为乐的情怀，这显然是无法做到的。

3 月 29 日

厉以宁教授是他同时代经济学家中少有的精通现代经济学的人。他1951 年考上北京大学经济系，虽然求学期间还有不少教师像陈岱孙、陈振汉、赵乃搏、罗志如等，都毕业于哈佛大学这样的世界知名学府，受过严格的现代经济学训练，但当时这种资产阶级经济学已经被完全否定了，苏联的政治经济学教科书已经变成了经典，人们接受的都是这一套经济学教育。但他却反其道而行之，私下走近那些教师，虚心地向他们求教，从而得到了现代经济学的真传。他毕业后留校，在经济系的资料室当了二十多年的资料员。在这期间，他除了继续接受这些教师的悉心指导，还利用自己能够接触大量西方经济学资料的有利条件，对现代经济学进行广泛深入的钻研，打下了坚实的理论底子。凯恩斯主义现在已经不再前沿了，但在那个时代却是很前沿的，而他也深入地掌握了这一流派。进入新时期后，为了适应改革开放的需要，我国经济学界有必要重新了解和借鉴西方经济学思想，但在中断了近 30 年之后，国内已经很少有这方面的经济学家。而厉以宁却是个罕见的例外，他为经济学界开设了一系列西方经济学讲座，并撰写了相应著作。当别人需要补课时，他已经在为别人补课了。对于现代经济学在我国的恢复和发展，他也是功不可没的。

一个人无法超越于时代，但在时代面前又不是完全被动的，只能消极地去适应，无所作为，而是仍然可以发挥主观能动性，有所作为。在过去那个时代，通过正常渠道当然接受不到现代经济学教育，但私下仍然有这方面的学者可以请教，同时经济学研究机构也都有这方面的资料。像顾准所在的中国科学院经济研究所就一直订有国际上权威的经济学期刊，他的经济思想之所以那么超前，就与能够接触并充分利用这些资料有很大关系。在那个时代，我们国家其实并未完全封闭，人们仍然可以接触到外面的东西。这时就看一个人是否具有异于常人的眼光，是否做一个有心人了。答案如果是肯定的，他就会主动走近那些学者，从他们那里得到真传，就会充分利用那些资料，坐起冷板凳进行潜心的学习和研究。答案如果是否定的，他就会随波逐流地对西方经济学思想进行激烈的批判，把它当作腐朽、庸俗的资产阶级经济学扔进历史的垃圾堆。

3 月 30 日

最近花了近十天时间把著名作家李劼人的《大波》读了一遍，是少有的一次"漫长的阅读"。这部小说讲的是1911年四川围绕着"保路事件"而发生的一场革命运动，时间跨度不到一年，却写了将近一百万字的篇幅。它全景式地再现了革命过程，涉及到各个阶层的众多人物，大量使用四川方言，全面展现了四川特别是成都的风土人情。成都古城早已旧貌换新颜了，但通过这部小说，我们却可以逼真地看到晚请时期成都古城的风貌。如此众多的人物（人物之多估计连作者本人都无法准确地说出来），如此复杂、曲折的情节，加之作者采取一种自然主义的手法，要事无巨细地进行描写和叙述，为了能够驾驭故事的进展，就需要精心地进行结构，多线索地安排情节，不停地采用插叙和倒叙的手法。这要比那些集中写主要人物，由一条主线贯穿始终的长篇小说难度大多了，但作者却做到了这一点，足以见出他所具有的出色叙事才能。同时，它的语言也是很见功夫的，虽然是一部鸿篇巨制，但作者对语言却没有粗制滥造，而是十分讲究，这除了需要语言上的天分之外，也离不开对语言的严格要求。大作家特别是高产的大作家，似乎可以放松对语言的要求，或者萝卜快了不洗泥，但实际上他们都是十分重视语言的，这也是大作家之所以是大作家的重要因素。

然而，这种写法同时也带来了线索众多但没有一条显著线索把情节贯穿起来，人物众多但又缺少生动饱满的主要人物，平铺直叙地写下去，让人看了感觉有些沉闷，增加了阅读的难度，降低了阅读的趣味，需要耐着性子才能读下去。

李劼人在政治上具有中立的色彩，没有明确地站在哪边，因而不像后来流行的那种写作模式，作者要进行"选边战"，要具有明确的阶级立场，旗帜鲜明地支持什么，反对什么，而是客观地再现这段历史以及各个阶层和各个人物，因而比起那些主流作品，就具有明显的边缘色彩。1949年后，这个曾经在中国特别是四川十分走红的大作家就遭到了冷落，很少被人提及了。我20世纪90年代中期开始成为一个文学爱好者，对中国现当代文学还算比较了解，却一直不知道还有这个作家，直到后来读了著名诗人于坚的一篇随笔，才知道了这个名字。于坚认为他是一个表现乡土社会的伟大作家。于坚是我十分喜欢的一个诗人，他的判断想必是不会错的，于是我就记住了这个名字。后来找到一部他的《死水微澜》，就认真地读了起来，感到这个作家果然不同凡响。

3月31日

今天晚上下班回家，在公交车上看见一个老人，他患了感冒，一路上打了十几二十个喷嚏。他要打喷嚏时都是快速地拉下口罩，接连地打着，打完后还要用手掌在鼻子前挥动几下，要把病毒驱散。过一会儿，下一轮打喷嚏又开始了，又重复着这相同的动作。我看了先是觉得这太匪夷所思了，怎么打喷嚏不戴着口罩打，反而把它拉下了？但想想又感到这并不奇怪。

我本来还想去制止一下，告诉他打喷嚏要戴好口罩，从而避免传染给别人，但想想还是作罢——也许在他眼里这再正常不过了，对他讲这些道理无异于对牛弹琴，他非但不会接受，还会骂我神经呢。我又看了看，发现他的打扮还挺清楚的，头发染得乌黑乌黑的，手里拿着一部智能手机在刷，看上去也是一个生活过得不错的人。人们的生活过好了，但这绝不意味着素质也提高了。

四月

4 月 1 日

我本来就不擅长也不喜欢交际，年纪大了之后，与别人就更少进行来往了。即使亲属，除非有什么事情，也很少跟他们联系，至于以前的老同学和老同事，就更没什么联系了。平时除了工作和生活中需要与别人进行接触，就只与自己的老婆、孩子相处，或者自己一个人独处。

每个人都有自己的性情特征，这决定了他的生活与交际方式。我的性情特征就是比较内向和孤僻，不善于表达，要是交际多了，就容易得罪和伤害别人，从而让别人十分厌恶，也让自己十分自责，追悔莫及。我只有尽量少与别人打交道，才能使自己的心里更加踏实下来。

我的微信只有少数一些好友，这些好友其实并非朋友，而是因为工作和业务关系而加上的，而真正意义上的朋友却一个都没有加。各种各样的群我也都没有，而只有一个工作群，这也是出于工作上的需要而不得不加入的。我这样做的原因也是自己不喜欢与别人交往，生怕说多了会祸从口出。言多必失，而我这样一个不会说话的人尤其如此。

我的微信有时也会加上一个好友，但要是没什么需要联系的，时间久后往往就会删掉。这也是一件十分犯忌的事情，想必会让对方感到我这人十分冷漠和势利，需要时就加一下，不需要时就一删了之。事情其实并非这样的，主要是我的性格确实不喜欢与别人交往，害怕因此而给别人也给自己带来不必要的烦恼。我宁可让人误解，也不愿做这种害人又害己的事情。

我不与别人交往，但也时时告诫自己，切莫去做那些损害别人利益的事情，不能去占别人的便宜。我不但要对别人无害，对世界上的万物也要无害，要做到人畜无害。同时，在别人需要帮助时，我也要为其提供一些力所能及的帮助，甚至别人需要与自己做些交流时，我也要满足他们的要求。我并不是一个特别自私的人，也不是一个特别冷漠的人，我需要从别人那里得到温暖，也需要给别人以温暖。人活在这个世界上其实都不容易，如同涸辙之鲋，需要相濡以沫。

4 月 2 日

我在上一篇日志中谈到自己不喜欢与别人交往的主观原因，现在再谈谈客观原因。随着人生阅历的增加，我已经越来越感觉到，人其实都是自私的，当别人损害到自己的利益，冒犯到自己时，总是会还以颜色的，即使那些宅心仁厚、心胸宽广的人，也只是相对大度一些而已，而且社会上这种人也是不多的。而我不擅长跟人打交道，交道打多了总难免会冒犯到别人，引起别人的不快甚至动怒，于是就干脆不打交道了，少说为佳，独来独往，从而才能减少人际摩擦，维持一种正常的人际关系。我之所以把不去占别人的便宜，不去惹别人这两条作为自己处理人际关系的铁律，其原因就在于此。

还有一些人是极其自私的，他们不但一毛不拔，还要处处占别人的便宜，而且人很阴险，很会算计别人，跟他们打交道，往往只有被愚弄和算计的份儿。对于这种人，我更是退避三舍，甚至避之唯恐不及。初中、高中和大学时，班上都有这样的人，我后来都不去参加同学会，也很少与同学来往，除了自己曾经冒犯过别人，因而感到愧疚，不好再去找他们之外，还因为害怕再遇到这些不厚道的人。

正因为人都不外乎如此，所以在我眼里人就显得不那么可爱了，我有多余的时间和精力还不如去做些自己喜欢的事情，从而还会感到心情十分舒畅，内心十分充实。

但人又都生活在社会中，总免不了要跟人打交道。我不得不跟人打交道时，就尽量以处理事情为主，事情处理完后就不再多说些什么了，要说也是天南海北地说一通，而不会涉及到别人的利益问题。

虽然我较少与别人来往，但我并不缺少对社会的了解。我的眼睛可以观察，我的耳朵可以倾听，并且这种了解也许更能捕捉到人们真实的一面——在不经意间自然流露出来的东西。而且，我的性格也不是封闭的，有时也愿意与别人做些交流，只要这种交流不涉及到利益问题也是无妨的。

4 月 3 日

我有好几个做保安的同事年纪已经不小了，却都还单身着。有的已经四十上下了，却还未成家，而且看样子也不会再成家了。有的虽然还不到三十，但看样子也已经躺平了，每天上完班后就在宿舍里待着，或者睡觉，或者玩游戏，总之无心思做事业，也无心思找对象。现在这个社会内卷得很厉害，成家立业又谈何容易。找个老婆，首先要有房子车子，同时还要准备好天价的彩礼，这对普通打工者无疑成了遥不可及的梦想。在这种坚硬的现实面前，许多人也变得更加现实了，结不起婚干脆就不结了，无所谓什么男大当婚的社会压力——社会给我这么大的压力，但又有谁能帮我解决这些问题呢？要是能，你们不要给我压力我都早去成家立业了。甚至家长也变了，不像以前的家长那样整天念叨，对子女进行逼婚了——叫自己的子女结婚首先要拿出那么多钱来，于是就知难而退了。

他们选择了躺平，安心从事当保安这种工作，挣一份工资，从而可以养活自己，把人生这一个最大的问题解决了。人生最大的问题其实不应该是传宗接代，而是养活自己。一个人都不能养活自己了，还有什么尊严可言？还谈得上其它？他们平时想吃点好的就去点个外卖，想出去玩玩就出去玩玩，并剩下点积蓄，做点理财使之增值，使以后的生活更有个着落，生活过得简单而又富足，相当的自在和安逸，没有那么多的焦虑，现在社会上流行的内卷，也卷不到他们的头上。

我现在也干起了保安这一行，已快两年半了，与他们成了同事和同行。就像他们一样，我也选择了躺平，也安心从事这样的工作，不再想那些不切实际的事情，做一天和尚撞一天钟，做好自己的本职工作，以取得一份收入，养家糊口。那些做不到的事情就放弃了，甚至都不去想了。去年底，我把过去发表过的所有论文都扔了。既然无法在学术上实现自己的理想，干脆就选择了放弃，不必再在上面浪费精力，而扎扎实实地在社会上打工挣钱，然后再做点自己喜欢同时也做得到的事情。

我无多大能耐，做不了什么事业，但毕竟可以养活自己，这总比徒然地在那里烦恼和纠结要强得多。

4月4日

在我单身的保安同事中，有的还是家中独子，却也选择了躺平，无所谓成家不成家了，就是他们的父母也不一直逼婚了。这在"不孝有三，无后为大"，把传宗接代当作人生大事甚至是最重大事情的传统社会，不啻是一种惊世骇俗之举，是绝对不可思议的，无论自己、父母还是社会舆论，都是绝对无法接受的。然而，如今这种现象已经不足为怪，甚至已经变得稀松平常了。不仅在城市是这样，就是在农村也开始变成这样了。这反映了我们的社会以及观念已经不知不觉发生了极其深刻的变化，跟传统社会相比，似乎已经恍若隔世了。人们通常认为我们的传统观念是很难改变的，但如今连婚育这一似乎最难改变的观念都发生了根本性变化，可见我们的传统观念也并非无法改变，只要社会基础发生变化，人们的观念也必然会发生相应的变化，对此我们要有足够的信心。

新中国成立后，我们的社会发生了翻天覆地的变化。然而，这些变化也许还只是表层的，我们深层的传统观念其实并未发生多大变化。举个例子，新中国刚成立时我们消灭了封建婚姻制度，广大青年可以自由恋爱了，一些敢于反抗传统包办婚姻的青年在政府的支持下，实现了婚姻自主。我们村当时就有一个女青年拒绝父母包办的婚姻，跟自己的恋爱对象结婚，从而轰动一时。但社会上更加普遍的仍然是包办婚姻，小孩才十岁出头就由父母早早定下了娃娃亲。直到20世纪六七十年代，当时正处于革命狂飙突进的时期，但也恰恰在这个时期我们那里的农村最流行娃娃亲，我的大哥大姐都是这时由父亲订了娃娃亲，二哥也差点成了牺牲品。

后来青年的自由恋爱反而慢慢变多起来，并日益成为社会的主流。这也反映了人们观念的巨大变化。

在这种变化的背后，是我们的社会基础已经发生了巨大变化，已经由一个农业社会变成了一个工业社会，已经由一个乡土中国变成了一个城市中国，已经由一个熟人社会变成了一个陌生人社会，已经由一个商品经济不发达的社会变成了一个商品经济发达的社会。社会基础变了，人们的观念焉能不变？

4月5日

今天中午简单地吃完饭后，来到外面溜达一圈，为了做到日行万步，也为了多看看外面的风景。返回时经过那家彩印厂西北侧的那条路，看见路两边开店铺的都在忙着营业，心中突然产生了一种感觉，即我们要有一个职业，有一份收入，从而心里才会踏实下来，否则就会发虚，缺少一种底气。以前还未到社会上学会独立生存，在外面走时经常会有这种心里直发虚的感觉。现在在社会上学会独立生存了，多少有了一份收入，在外面走时就不再感到发虚了，而是有了一种底气，这是很可欣慰的。可以养活自己，可以独立地生存下去，这对于一个人其实是最为重要的，所有那些名利跟这比起来都是微不足道的。

这些为生存而忙碌的普通人，每天过的就是这种平凡而又实在的生活，那些上层的事情离他们其实都很遥远，他们关心的只是有没有地方就业，创业环境如何，社会治安如何，空气和水的质量如何等这些形而下的问题，说的也都是那些日常的平实的话语，那些宏大话语他们是不知道也不关心的，许多文艺作品中描写的平民生活其实并不是他们的生活，平民说的话也不是他们说的话。我之前心里就有一个疑问，即许多文艺作品中的语言都是意识形态化的，而人们平时讲的并不是这些语言。所以要了解真实的生活，光读这些作品是不够的，还要更多地走进老百姓的生活，耳闻目睹，亲身体验。

我们普通人一生都离不开这样的生活，除了这样的生活再无别的，而且也只要有这样的生活就够了。但文学不会也不应该停留于这样的生活，而是还要进行升华，还要具有超越性，如果只是原原本本地描摹这样的生活就失去存在价值了，就与所谓的通俗文学无异了。但再怎么进行升华和超越，也必须从这种生活出发，真实地反映这种生活，否则就变成了一种向壁虚构，同时升华和超越之后还要返回这种生活，关怀这种生活。既使那些最"不切实际"的哲学家也是要有人间情怀的，哲学说到底还是关于人的学问。知识分子也有凡人的一面，他们也要生活在油盐酱醋之中，也要先过好日常的生活才能去升华和超越，而且升华和超越的目的也是为了更好地生活，更有价值地生活。

4月6日

　　我上班地点对面开起了一家拉面馆，是一个多月前才开张的。店装修得也挺雅致，收拾得也挺清爽，但生意就是一直不见好，显得冷冷清清的，即使到了饭点，顾客也少得可怜，不像旁边几家餐馆，人都坐满了，有的还坐不下，又临时在街边支起几张桌子。店是一对五六十岁的夫妻开的，丈夫掌勺，妻子打下手并兼服务员。由于生意清淡，妻子经常坐在椅子上看手机，或者站在门口往路上张望着。

　　今天中午我无意中往那边瞅了一眼，发现店里居然还颇有几个顾客，有的已经坐在那里吃了，有的刚走进去，正在看墙上的菜单。这可是从未出现的情景，我真为他们感到高兴——要是都能这样就好了。后来，又有顾客走了进去，由于里面坐不下了，又在门口支起了一张桌子。这下他们可忙开了，丈夫在厨房里不停地忙着，妻子又是接待顾客，又是把煮好的面端出来，似乎迟了客人就要走掉。客人吃完后她又赶紧进行收拾，重新腾出桌面来，同时也使店面保持整洁。虽然忙个不停，她的脚步却显得十分轻快，走进走出的。一直都闲着，难得有这么忙的时候，再说忙的时候营业额也在噌噌地往上涨呢。

　　我粗略估计了一下，在这半个多小时里来了将近十个顾客，虽然还谈不上生意兴隆，但也差强人意了，要是每天都能这样，小店也可以勉强维持下去了。而要是都像之前那样，估计再过两个月就要关门大吉了。

　　虽然生意清淡，但夫妻俩却显得不无淡定，无顾客时就坐在一起谈笑风声的，妻子有时还为丈夫捏捏背，有熟人进来，还热乎地聊上一阵，并不为生意而急。生意不好，最好能多来几个顾客，但这急又急不来。与其徒劳无益地在那里着急，不如坦然面对现实，生活该过好的还要过好。

4月7日

　　我上班那个地点，每天都有一个同样在这里从事物业服务的员工经过。我之前曾经请求她帮忙做一件事情，她不愿意帮也就算了，还屡次对我使心计进行耍弄。先是满口答应，但过后又变卦了。接着又答应下来，然后又再次变卦了。猫捉老鼠时，先是把它捉住，然后又放掉，接着再把它捉住，然后再放掉，如此反复多次，直到折磨够了，才把它咬死吃掉。猫也实在够恶毒的，但它又毕竟只是一种动物罢了，而人也这样耍弄别人，就显得太不厚道了。她是一个精明到家的人，别人休想从她那里占到一点便宜，说不定还要反被耍弄一番，搞得灰溜溜的。

　　但我也尚未弱智到那种程度，被耍弄几次后还看不出这种人的德性，还要继续被她耍弄下去。于是，我就对她敬而远之起来，再也不搭理她了，每次在路上碰面，都是视而不见地走过去。她失去了对我进行耍弄而产生的那种快感，后来经过时又会朝我这边看了看，我通过眼睛的余光能发现她的脸上带着微微的笑意。她想必在逢场作戏，让人感到她对人都是客客气气的，甚至也不排除她还等着我又对她提出什么，然后再像猫捉老鼠那样耍弄一番。但我始终不为所动，对她仍然敬而远之。

　　面对别人的求助，做不到而爱莫能助当然是可以理解的，甚至做得到但不愿意做也无可指责，毕竟这要出于自愿，是强求不得的，但无论如何都不能非但不帮忙还要弄别人一番。这种人精明固然精明，但已经精明过头了，到头来只会让别人厌恶之至，觉得他们十分不堪。做人要与人为善，何必如此苛待别人呢。

4月8日

　　今天收到了以前那个单位一个同事寄回的一本赠书，至此能收回的赠书都收回了。书赠送给别人了还要再收回，这不是一件荒谬绝伦的事情？但我这样做也是十分无奈的。我直到出第二本书还有拿去赠送别人特别是以前的老同事，希望多一些读者，同时也表示对他们的一种情分。然而越到后来，我就越感到了一种不对劲。自从离开那个单位之后，除了一两个之外，我不主动给他们打电话，他们就都不会主动给我打电话。刚辞职的那一年多时间，是我一生中过得最艰难的时期，这些曾经的老同事却从未关心过问一下。我托人把书转赠给他们，满以为他们会打个电话过来，但仍然没有等来这样的电话，这就让我彻底寒了心！

　　我在这个单位前后待了20年，算是老员工了，而我有给他们送书的这几位又是以前交往最多的。我虽然离开了那个单位，但还想跟他们保持一种友情，却没想到这只是剃头匠的挑子——一头热，我对他们热情有加，他们却根本不领情，连接受赠书后回个电话表示礼貌都没有。我意识到自己的这种一厢情愿该结束了，所谓的老同事是根本不存在的。当年只是跟他们在一起讨生活，在一个地方抬头不见低头见的，必须搞好关系，说到底只是一种利益关系罢了。一旦人走了，不在一起讨生活了，就不需要搞好关系了，所谓的老同事就什么都不是了。我深深地体味到了世态炎凉和人情淡薄。

我刚开始还只是决定不再自作多情地去找他们，不久前又灵机一动，想到书还在他们那里，还得再设法要回来。于是我就很客气地给他们各发了一条短信，说自己只是写着玩的，不必送出去贻笑大方。当然书送出去后再要回来就不好了，所以只是跟他们商量一下，他们不愿意还也没关系，愿意还给我就把书放在小区大门的保安那里，我自己过去取，这样就不必上他们家添麻烦了。其中有三个说想收藏我的书，我就尊重他们的意愿，但我已经向他们表达了自己的看法；有四个愿意还给我，我更是感到十分快慰。

我拿到书回来经过一所学校时，就会把书从外面丢进去，有爱读书的人捡去读最好，从而使书真正派上用场了，被收破烂的捡走当废纸卖掉也好，至少还可以为循环经济做点贡献，也比送给那些所谓的老同事强。我这也并非是一种气量狭小，书送给你们却连个电话都不回，夫复何言！

4月9日

这几天社会上都在关注一起十分惨烈的事件，即四个二十多三十岁的年轻人从张家界的天门山跳崖，三个男的跳下后当场死亡，一个女的被保安拦住未能跳下，但由于事先已经服毒，送到医院后也未能抢救过来。据事后披露出来的信息，他们四个原先并不认识，是相约一起自杀的。他们家庭都很贫穷，都是从事很普通的工作，都是生活的失意者。他们选择在这个游客如织的著名景区自杀，不排除是要引起社会的关注，制造出一种社会影响，而不是一个简单的自杀行为，其背后是对社会的一种深深的失望和不满。

死者当中有一个当保安，跟我算是同行了，不由得引起我一种"同是天涯沦落人"之感——我自己又何尝不是生活的失意者呢。我原先在一所学校工作，由于感到实在前途无望，就辞职了。到社会上后曾经失业了很长一段时间，那是一生中最难熬的时期，感到极度的空虚和焦虑，以及对未来的一种无望，精神状态一度非常之差，要是长期这样下去也是必然会出问题的。我意识到了问题的严重性，不能再这样下去了，必须找到一份工作。我没什么本事，找不到那些体面的工作，那些很普通的无人跟你竞争的工作难道也找不到？经过几次尝试，我终于找到了一份适合自己的保安工作，一直干到了现在。虽然在许多人眼里这是一份很低下的工作，但我又不偷不抢，凭着自己的劳动，一个月也有几千元的收入。更重要的是我有事情可做了，不再感到那么空虚，相反还感到很踏实起来。我的生活又恢复了正常，并不觉得自己是一个生活的失意者，而是一个普普通通的有个人尊严的自食其力的人。

生活的失意者无非觉得自己过于贫困，社会地位低下，理想与现实之间存在巨大落差，等等。贫困其实只有跟别人比较才会产生的，不跟吃大鱼大肉的人比较，我吃糠咽菜也不觉得自己贫困，而若跟吃山珍海味的人比较，我吃大鱼大肉也觉得自己贫困。这几个年轻人相对是比较贫困的，但并非绝对的贫困，仍然有一定的收入，有吃有穿。我的收入也低，但我并不跟别人比，我是为自己而活着，不是为别人而活着，我吃穿不愁，生活还过得下去，也可以知足了。至于社会地位低，我同样不在乎，社会地位低又怎样，我过我的日子，别人社会地位再高，只要不来冒犯我就可以相安无事，若来冒犯我我也不会忍气吞声，你无端辱骂我，我就会回骂过去，你无端殴打我，我就会回击过去。理想与现实存在巨大落差，也同样不要紧，理想与现实总是会有落差的，无非落差的大小罢了。我没什么本事，做不了什么大事，就把目标设定得低一些，即使这样的目标仍然无法实现，只要自己努力了，也没什么可懊恼的。我是一个普普通通的人，做着普普通通的事情，过着普普通通的生活，无害于社会和他人，就像一棵小草一样，虽然无人注意到它，也可以自在自足地生存着，我何必要想不开呢？

这四个比我小的弟弟妹妹死了，这是一个人间悲剧，愿他们安息！还有许许多多还活着的兄弟姐妹们，愿我们互相勉励，好好地活着！

4 月 10 日

每天晚上下班回家，在对面的人行道往公交车站走去时，有一段路面每隔一米就画一道白线，虽然时间久后已经有些磨损，但仍然可以清晰地看出来，这就是以前人们在这里做检测留下来的。去年情况严重时我们每天早上都要来这里排队做检测，先把这件事情做了才回去上班，这是每个人都必须完成的硬性任务，没有任何讨价还价的余地。在那样一个非常时期，人们的心里都充满了一种恐慌，不知道接下来的日子会怎样，还能否出去上班，下班后能否回到家里，又能否有正常的生活供应。店铺几乎都关门歇业了，店主失去了收入来源；工厂几乎都停工停产了，打工者失业在家。而待在家里又担心小区是否会被封控而无法出门，只能困在家里，等着每天早上出去做检测，担心有一天会被送到一个地方隔离起来。总之，人们的心头都充满了焦虑和不安，不知道这样的日子何时是一个尽头。我当时在这里做检测时，还时常见到有人因为排队问题发生口角和冲突，其他地方听说还有大打出手的。

现在这些情景已经全然消失了，路面上又恢复了常态，人来人往的，赶路的忙着赶路，散步的悠闲地溜达着，而且很多人还摘掉了口罩，可以自由自在地呼吸着，只有地上的白线还留在那里。人们可以正常地出行，正常地生活和工作了，店铺重新开张，工厂复工复产，生活又恢复了它原本应该有的样子。不管怎么说这都是一件天大的好事，我们都应该为此感到庆幸和畅快。我们普通老百姓除了可以正常地生活，正常地就业和创业，还图个啥呢。

当初我们每天都要花那么多时间排队，就为了做这件事情，并且还为此跟别人起了冲突，想想真是别有一番滋味在心头。现在社会又恢复了常态，之前那段特殊时期已经恍若隔世，那些事情仿佛是在另一个世界发生的。然而，它们又是不久前还在这里发生的。它们不会完全从记忆里消失，人们一定会不断地进行思索，不仅是为了从中吸取经验教训，也为了给那段生活留下一个记忆。

4 月 11 日

有一次午餐后出去逛一圈。逛到一座天桥边上时，看见两个年轻女士在边走边交谈着。其中一个说道："什么叫口才？你有才能有本事才有口才。"我听后不禁暗暗称奇起来，觉得这话讲得太有道理了，活脱脱就是一个金句，虽然出自一个普通人之口，但它的精彩程度，所包含的深刻哲理，丝毫不亚于那些名人名言，可谓高手在民间。

我们这里有一句话叫"这人讲话讲不响"，这并非说一个人讲话低声细语的，也不是口才不好，话讲得不够生动有趣，而是说他没什么社会地位，也没什么本事，在社会上不起什么作用，因而讲的话就没多少人听，即使讲得再生动有趣也是白搭。我就有两个亲戚，他们的嘴上功夫实在了得，讲起话来都是一套一套的，而且从来不打结巴，也十分幽默诙谐，没有谁能说得过他们，也许一百个人都说不过他们，人们跟他们在一起只有当听众的份儿。然而，他们又都没多大本事，一辈子都未做过多大的事业，只是空有一张嘴皮子而已。人们听他们讲话挺过瘾的，但也只是为了解解闷，哪里会当回事呢，说得再多还不都当作是空气。

而那些有本事的人，即使无多好的口才，也没讲多少话，但说一句是一句，每句都显得那么有分量，人们都不能不重视。他们遇到问题都能拿出主意，同时又有组织能力和社会地位，能够影响身边的人。当然，他们要是同时还拥有更好的口才，就会如虎添翼，进一步扩大自己的影响力，可以影响更多的人。所以国外的那些政客，都必须擅长辩论和演讲，可以在台上侃侃而谈，既能讲到事情的要害，又能讲得生动精彩。

对于我们这样的普通人，讲出来的话不论好孬都没多少分量，都响不起来，显得轻飘飘的，所以叫"人微言轻"。因此，我们要有自知之明，别把自己的话太当回事，我们只是普通人说普通话而已。我们要想把话讲得响一点，不是要提高我们的分贝，而是要提高我们的本领，先把自己锻造成器，让人们无法忽视自己的存在。当然，我们普通人也是人，也长有一张嘴巴，这张嘴巴也有说话的权利，也可以发出自己的声音。事实上，我们也一直都在说话，说自己的话。

4 月 12 日

我们这个物业公司在这个项目点的保洁业务又转包给了一家保洁公司，那些做保洁的一般都是上了年纪的妇女，她们经常抱怨工资低，没什么干头。有一次我从她们面前经过，听见一个说她们的人头费被一包吃一下，被二包吃一下，到她们手里就少得可怜了。她们工资相对是不高，但我心里不无纳闷的是，这里的保洁工作并不缺人手，即使有谁不做了，很快又能招进新手。她们既然嫌工资低，可以辞职不做。如果很多人都不做了，并且又很难招到新手，自然就要提高工资待遇，这是一个再简单不过的道理。工资之所以维持在这个水平，说明市场上的工资水平就这么高，这是由劳动力市场的供求关系决定的，并不取决于谁的主观愿望。

旁边还有一家较大的银行网点，也雇有几个保安，我经常从那里经过，与他们都熟识了。有一次我经过那里，跟一个保安拉起话来。我问他们这边工资多高，他告诉我了。我又说你们这边的保安是保安公司派的，工资要被他们抽走一部分，就没那么多了。他说管它怎么抽，我们觉得这样的工资划得来就干，划不来就不干。这话再朴素不过了，却说出了一个很重要的经济学原理，即工资说到底是由劳动力市场的供求关系决定的。他也许都没上过什么学，压根就没听说过什么经济学，但说出来的道理却与经济学家所说的完全一致。经济学其实并不神秘，它必须解释人们的经济行为，当无法做出解释时，错的并不是人们的经济行为，而是经济学家的理论。

我休息日偶尔会去亭江的一个朋友那里玩，本月2日刚去了一次。那次我说到自己有在一家出版社兼点业务，帮他们编校书稿，做一本可以拿一千元左右的报酬。他说出版社假如一本书的编辑费是一万，包给你做只要一千，剩下的都是他们的。我说管它多少，我觉得划得来就做，划不来就不做。他们要自己忙不过来才有活给我干，我现在巴不得能多做点，多挣点外快，就怕接不到活干。我的回答与上面那个保安如出一辙，但我当时并未想到这一点，而是基于自己的经验脱口而出的。

我们长期接受一种剥削理论的教育，对剥削有着一种天然的反感，在社会上就怕被谁剥削了。但在理论和观念上是这样，在现实中面对具体问题时却不会这样了，而是自己能否找到合适的工作，这份工作的待遇如何，合意就做，不合意就不做，而不会去想是否会被谁剥削了。当找不到工作时，还正愁没有人来剥削自己呢。

4 月 13 日

我有一次去市中心的乌山游玩，从西边新修的那条道上山。途中看到几个老人从上面走下来，边走边聊着。其中一个说，他哥几年前过世了，生前只是一个科级干部，但一个月可以拿九千多的退休金。我听后不无诧异，觉得有单位的人特别是有一定行政级别的，收入要比一般人高多了，但又不太诧异，因为之前就曾听说过这种情况了。

从我们老百姓的角度讲，看到他们拿那么多钱，除了心理有点不平衡之外，其实也没有太多想法。我们改变不了现状，我们也成不了他们，况且他们是从国家那里拿的，又不是从我们这里拿的，跟我们也没啥关系。同时，他们拿了这么多钱，对我们普通人还有一定的好处。他们收入高，消费必定也高，不仅对产品的消费会拉动生产和流通等一系列环节，从而带来相应的就业机会，还会产生各种服务需求，比如保洁、养老以及出去就餐、旅游等等，从而也带来相应的就业机会。

即使一些人像守财奴那样，都不消费或者很少消费，但也不会像以前的地主老财那样把金银财宝埋在地下，从而使钱变成死钱，资金无法融通起来，经济无法活跃起来。现在人们都不会让钱放在那里发霉，而会拿去存定期或者买理财，这些钱银行又贷给用户，从而把经济搞活起来。更不用说有一些人还去投资证券，直接参与上市企业的发展。这也是收入高的人对社会的正面作用。

收入分配的不公，两极分化的严重，这是一个严重的社会问题，我们需要积极寻找对策，从而增加社会公平，缩小贫富差距，不断走向共同富裕。这属于另外一个话题，现在要谈的是从我们普通百姓的角度讲，其实也不必过于眼红那些高收入的人，还要看到他们对社会的"涓滴效应"，更不必产生一种仇富意识。

人与人就是有差别的，至少先天的差别是客观存在的，社会很难找到完全的公平，即使是机会的公平。我们所能做到的只是尽量减少社会的不公平尤其是机会的不公平，以期缩小贫富差距。

4 月 14 日

我在上一篇日志中谈到，对于那些高收入的人，我们普通人不必过于眼红，而还要看到他们对社会也能起到正面作用的一面。然而，从社会和政府的角度讲，却不能无视这一问题，相反还要十分重视这一问题。

叫人们不去眼红那些富人，但事实上人们就是会眼红的。贫困不仅有绝对意义上的贫困，即缺吃少穿连基本的生活需求都无法满足的贫困，还有相对意义上的贫困，即并不愁吃并不愁穿，基本的生活需求已经得到满足了，但由于社会的两极分化，比起那些高收入的人又觉得自己是贫困的。人活在社会中，总是要拿自己跟别人对比的，当贫富差距很大即基尼系数很高的时候，极端贫困者就会产生一种被剥夺感，就会对社会产生各种不满，社会就会变得不稳定起来。这是任何一个社会都要予以正视的。我们现在总体上经济有了很大发展，生活水平有了很大提高，但同时贫富差距也在不断扩大，相对贫困的问题仍然存在着，甚至还比较严重。

极端贫困者对社会产生的那种不满，有时是人们想象不到的。我20世纪90年代末有一次从家里回到大学，中午火车经过湘西地区时买了一份盒饭，掰开筷子正准备吃，突然发现一个人站在了面前。这是一个二十来岁的青年，着装还算清楚，只是脸上布满了一种忧郁。他伸手向我讨钱，我说我也没钱，他就指了指我的餐盒，意思就是你还有饭吃，就看你给不给了。我知道今天遇上了一个狠人，不给是不行的，就掏出一元硬币给了他（那时钱比现在大很多，一元钱还可以吃一碗拌面）。他拿了钱，又走到其他正在吃饭的人面前，如法炮制一番，人们都得乖乖地掏出钱来，不然这顿饭就吃不成了。之前我还有一次也是坐火车返校经过湘西地区时，火车临时停靠在一个小站上。我正在车窗边观望着，一个浑身脏兮兮的流浪妇女慢慢走了过来。走近后往我这里看了一眼，笑了笑，还扮了个鬼脸，但目光中透出了一种对世界的绝望和无畏。我心底顿时生出一股寒气，感到万分恐惧起来，就赶紧低下头，躲开她那逼人的目光。

其实我又哪里是什么富人呢，只是比起他们还能过着一种普通人的生活而已。但即使这样，我也已经深深感受到了他们的那种威胁，更何况是那些富人了。著名作家张贤亮生前创办了一个著名影视城，事业做得相当成功，成为当地的一个富豪。许多人在他那里上班，工资也是相当高的，按他的话说一个卫生工一个月也有一千多，而十几年前那已经很高了。与此同时，他还积极参与慈善活动，为困难群体送去了许多温暖。在央视的一次访谈节目中，主持人问他这是否出于一种善心。没想到他却说这绝不是出于一种善心，而是为了保住自己的既得利益。这话也是十分耐人寻味的。

为了缩小贫富差距，除了需要各种社会力量进行更多的慈善活动，帮助困难群体解决各种困难，更需要政府有所作为，其中最需要做的就是尽量消除机会的不公平。各种的特权以及行业垄断，乃是贫富差距的的最大根源，而且还会形成社会固化，使底层人看不到希望。人们对社会的最大不满其实也在这里。同时，政府还要为困难群体提供各种救济，帮助他们解决生活上的困难，为他们提供就业培训，为他们的子女提供教育资助，使他们不会输在起跑线上，等等。

4 月 15 日

人类走出原始社会之后，就进入了一个贫富分化的时代，产生了不同的阶级和阶层，各自拥有不同的社会地位和社会财富，"富者田连阡陌，贫者无立锥之地"。为了消除这一现象，人们提出了各种方案，以期实现一个"均贫富，等贵贱"，没有人剥削人、人压迫人的大同世界。我们国家历来有一个"不患寡而患不均"的传统，对商人以及私有经济向来是不信任甚至是痛恨的，认为这意味着富商大贾对平民百姓的盘剥，与国家争利，是贫富分化的最大根源，也是政府的巨大威胁。因而士农工商，商人排在最末，社会地位最低，虽然社会的正常运转也离不开他们，不得不允许他们的存在，但又对他们保持高度警惕，不允许他们发展壮大，更不允许他们结党结社，从而可以染指政权。因此，商人发家致富后首先想到的往往并不是如何进一步扩大产业，而是在农村买田买地，认为土地才是最靠得住的，以及去捐个官，跻身于官绅阶层。这就极大抑制了商品经济的发展，使我们一直无法走出传统的农耕宗法社会，进入现代的工商社会。

在我们的传统社会，历来都实行以官府为主导的经济模式，土地可以私有，但最终的所有权仍然属于国家，其他领域也莫不如此，历朝历代都实行各种形式的专营和专卖制度，通过"利出一孔"以期避免剥削和贫富分化，实现民富国强的目标。然而实践却与人们开了个很大的玩笑，这样做的结果只会南辕北辙，社会经济不是越来越繁荣，而是越来越萧条，百姓的生活不是越来越好过，而是越来越难过。政府与民争利，社会经济就失去了活力，再加上官府经济天然具有的局限性，如所有者不到位以及营私舞弊、官商勾结等等，必然导致严重的效率低下，到头来更多是肥了那些蛀虫，政府也同样得不到多大好处。历朝历代实行的官营经济，起初对于增加政府财政收入和平抑市场物价也起过一定的积极作用，但随着时间的推移，就越来越弊病丛生，越来越得不偿失了。

新中国成立后，公有制更是在全社会推行开来，各行各业都要实现公有化，私有制成了罪恶的代名词，不但要不断割资本主义尾巴，还要"狠斗私字一闪念"，私有制几乎从神州大地上绝迹了。但实践再次证明，实行这一模式给我们带来的并不是共同富裕，而是共同贫穷，我们长期陷入一个短缺经济的状态；并且也未给我们带来平等，各种的特权和等级现象仍然严重存在着。因此改革开放后，我们进行了重大政策调整，让市场机制重新发挥作用，把经济自由的权利还给人们，个体户以及私营企业又开始出现了。随着政策的不断放宽，社会经济的活力不断释放出来，经济越来越繁荣，人们的生活水平也越来越提高。恰恰是那些市场经济和民营企业发达的东南沿海一带，经济更加繁荣，贫富差距也更加缩小，而那些市场经济和民营企业不发达的地区，企业效益是最差的，下岗工人是最多的，人们为了有个更好的奔头，都纷纷往东南沿海一带跑，演出了一出"孔雀东南飞"的现代活剧。

4月16日

今天是休息日，回老家给三哥扫墓。32年前即他虚岁十八时，因左大腿部位长了个恶性肿瘤而过早地离开了人世。他倘若还在世，今年刚好五十岁了。五十岁在我们那里就可以做寿，成为一个老人了。他死时尚未成家，没有子嗣，按照我们当地的风俗，我作为他的亲弟弟，儿子必须立嗣给他，每年他的忌日必须回去给他"做忌"，清明节必须给他扫墓。母亲还在时这些都由她代劳，两年前她过世了，就必须由我自己来做了，成了我每年都必须完成的任务。

他大我三岁，有时会挥起拳头向我劈头盖脸地打过来，有的是因为生活的琐事冲突起来，他仗着比我强壮动手打我，有的是他觉得作为哥哥，就有权干预弟弟的事情，对我看不顺眼就会动手打我，让我学乖点。这些都让我怀恨在心，觉得他是以大欺小，多管闲事。同时，也让我深切地感受到人不能恃强凌弱，也不要去强行干预别人的事情，否则就会深深地伤害到他们。

从我这方面说，有时也因为自己的怪脾气而伤害过他。有一次，他说到了一家出版社，我听他把版字的音念错了，他自己觉得没有错。本来或者是他没有念错，是我自己听错了，或者是我没有听错，确实是他念错了，都是无关紧要的事情，他自己觉得没念错就没念错得了，但我非要较真不可，就跟他辩论起来，搞得他十分恼火。想想在这件事情上还真是我的不对。我长大后也意识到大可不必在那些无谓的事情上较真，钻牛角尖，这个坏毛病得改，那次我愧对他了，但他却早已不在人世了。还有一次端午节，我们同生产队的一群小孩一块去观看龙舟比赛。先到城关逛逛，顺便吃点东西，有的还去做个头发。那次是二姐带他和我一起去的。在街头的一个小吃摊，二姐要给我们各买一碗锅边吃。我这人生性腼腆，岂敢在大庭广众之下吃东西，就拒绝了，但他要吃，二姐就给他买了一碗。他端着碗站在摊前一调羹一调羹地吃着，可我连这也受不了，觉得这太丢脸面了，就一直催他快点吃。他只是默默地回答说，会不会烫？我看他那样子也怪可怜的，好不容易来城关玩一趟，要尝尝美味，就应该慢慢品尝，自己不懂事的弟弟却在旁边像催命鬼似的。随着阅历的增长，我也意识到要克服自己性格上的缺陷，不要老是那么害羞，同时还要学会善解人意，克制自己的情绪。我现在真想对他说一声，三哥，我错了，你这碗锅边就站在那里慢慢吃吧！可他却早已长眠于地下，再也听不到了。

虽然我们兄弟俩龃龉和冲突不断，但我们也有过在一起的快乐时光。有时一起出去干活，配合得很默契，边做边交谈着，走在路上也是无拘无束地交谈着，过得十分开心。有一次我们一起去别人已经收过的花生地里拾漏下的花生。那块地位于一个山头上，日照充足，土壤肥沃，而且还是沙地，很适合花生生长，因而产量很高，收完后土里还遗留不少。他用一把竹扒慢慢扒过去，土里的花生就露出来了，我负责把它们捡起来，然后放进一只袋子里。那次拾了不少花生，我们兄弟俩得到了满满的收获。还有一次母亲叫我们去外面自家的茅坑把大粪勺拿回来。它已经在那里放了几天，勺上沾着的粪液早已干了，但还残留着一股臭味。怎么拿回去呢？我们不约而同地想到了一个办法——两人一前一后把它扛回去，像小鬼扛猪八戒的钉耙那样，也蛮有趣的。他在前面扛柄尾那一端，我在后面扛柄头这一端，挨着勺有些臭，就尽量往前靠一些。我们噔噔噔地往家里扛去。快到家时，正在别人家里玩的一个女孩朝我们看过来，脸上在微微地笑着，似乎在笑我们那副滑稽的模样。但我们也顾不上那么多了，继续往家里扛去，共同把母亲交代的任务完成了。

在家里他会对我以大欺小，但我们毕竟是亲兄弟，当我在外面被人欺负时他都会过来保护我。我读一年级时，班上有一对姐弟，他们的父亲很早就过世了。我有一次似乎是当那个弟弟的面说他爹不在了，没想到他十分伤心起来，要动手打我，他姐姐也在旁边詈骂不已，跟他一起对我进行围攻。同在学校里读书的三哥刚好看到了这一幕，就走过来为我解围。我当时年幼无知，在这对兄妹面前提到了他们的伤心事，固然做得不对，但至于反应这么激烈吗？从此我就再没跟他们接触了。我读一年级时还有一次中午放学后，与一个同学发生了点小摩擦，具体什么事情记不清了，但印象当中自己并无什么过错。此人长得很强壮，也很蛮横，准备狠狠揍我一顿。他那边的几个同伴都很讲义气，站在旁边为他助威，要看着我挨打。他正准备开打之际，三哥闻讯赶了过来，挡在了中间，不让他打我。那边有个与三哥同年级的也孔武有力，就说你如果出来打，我就也出来打。在这危急关头，三哥巧妙地一再说我只是叫他们不要打而已。看他这样，那人也不好再说什么，我就避免了一场校园霸凌。要是没有他前来解救，我那天估计就够呛了。从此我也明白了对我同学那种人是要离得远远的。

三哥的墓在村子南面的一处山坡上。现在山上都无人耕种了，十分荒芜，杂草丛生，若不是有许多人的墓修在那里，根本就无法走上去。去年还有人在那里放牛，还没那么荒芜，我去扫墓时还能从右边走上去，今年却荒芜多了，在右边找不到路了，只好又从左边摸索上去，反复搜寻了几次才找到。我先拿纸钱在坟头、坟顶以及四周依次压好，然后又把右前角排水沟的杂草和枯枝败叶清除干净，保持水沟的畅通，这在我们当地风俗中是最看重的。我本想就此离开，但想到墓的四周长出了不少荒草和杂树，若不清除掉，再过一两年就会把墓覆盖住，而我下一次还能否亲自回来扫墓就说不准了。于是又沿着墓边一路砍过去，尽量砍干净些。

我一边怀着虔诚的心情在砍着，一边在心里默默地念着，三哥，我今天来给你扫墓了。我是个无神论者，可人都是有感情的，至亲之间的那种感情更不用说了。我不信有什么鬼神，但这地下长眠的是我的亲哥，我儿子立嗣给了他，为他扫墓是我应尽的人伦义务，我也乐意前来给他扫墓。

三哥，愿你在地下再也没有病痛，一直安息下去！

4 月 17 日

从去年底开始，福州市区对电动车违章驾驶抓得比较紧了，查有没有驶到机动车道上来，有没有闯红灯，有没有载人，尤其有没有佩戴头盔查得最严。不仅路口执勤的交警会拦下来开出罚单，路口安装的摄像头也会自动拍下来，然后通知违章者去交罚款。所以现在人们普遍都戴起头盔了，否则就要被抓个现行，次数多了还要进入个人信用记录，人们都不大敢以身试法了。

但接下来问题又来了，即许多人戴上头盔只是为了应付检查，因而把它往头上草草一扣就完事了，系带并未扣上。其实若真发生事故，戴头盔不系带就等于没戴，许多人都这样说明他们根本就不把安全问题当回事。而交警部门要人们戴头盔的目的是为了人们的安全，无论如何都是做得正确的，这样我们又陷入了一个悖论。这活脱脱又是一个"上有政策，下有对策"。"只是做样子做一下"，这是我们在生活中经常会听到的一句口头禅。

要真正佩戴好头盔，这说到底还得靠人们的自觉，即人们要真正重视自己的安全问题了，才不会仅仅做个样子给交警看，糊弄一下。人们往往都是这么想的，骑电动车发生安全事故的概率低之又低，并不是眼前就会发生的事情，何必搞得那么认真，那么麻烦呢。由此可见，在我们的文化中存着一种短视和享乐的特征，即只图眼前的方便和舒服，而不会把目光放得长远一些，居安思危，防患于未然。

但这样的结果是，到时候真要摊上事儿了，就悔之晚矣。真可谓"不见棺材不落泪，见了棺材泪汪汪"。我所在的物业项目有一个保洁员，她平时骑电动车都不戴头盔。有一次在她小区地库坡道的拐角处突然一辆汽车开过来，她来了个急刹车，顿时人仰车翻倒在了地上，脸部伤得不轻，被一辆救护车送进了医院。她那天如果佩戴好头盔，就可以把头部保护住了。发生过一次事故后按说会引起重视了，可她好了伤疤忘了疼，重新骑电动车上路后仍然不戴头盔——反正那么倒霉的事情就像买彩票中了头彩一般，哪里还会再次摊上呢。

4 月 18 日

前不久有一位民营企业大佬滞留海外一年后回国了。这条消息一经披露就引发社会上的热议，自然会使人联想到这是一个风向标，意味着民营企业的生存环境又将变好起来，又将迎来一个发展的春天。然而，倘若只能以春天作比，意味着还会有冬天来临，届时岂非又要翻烧饼，民营企业的生存环境又将趋于恶化？所以用季节来形容民营企业的生存环境是不妥的，民营企业需要的是一个法治化的生存环境，能够使人们产生一种稳定的预期，给人们吃上一颗定心丸，可以放心地发展下去。倘若对民营企业未能形成一种稳定的政策，需要时就松一松，不需要时就紧一紧，民营企业就永远无法做大做强，经济社会就无法取得长远的发展。

发展民营经济不是一个权宜之计，不是只在某一阶段才实行的政策，而是在任何阶段都要允许民营经济的存在，都要赋予人们应有的经济自由权利。即使最后只剩下一个人想单干了，也还要允许他单干。真正的公有制必须建立在人们自愿联合的基础上，只要人们愿意就可以联合，这同样也是一种经济自由权利。倘若能够做到这样，所谓的"姓公姓私"之争就可以休矣。只从对社会贡献的角度来讨论民营企业的发展是必要的，但又是很不够的。对社会贡献很大时允许发展，贡献不大时岂不又不允许发展了。更重要的是要从权利的角度着眼，人们具有这个权利，永远都具有这个权利。

在这前后，南方一个省份发布了一份文件，提到对民营企业主能不捕的就不捕，能不判的就不判。这消息同样也在舆论界掀起了一场不小风浪，让人感到是否又从一个极端走向另一个极端，使民营企业主可以享受法律特权，违背了法律面前人人平等的原则。后来有个在舆论场上十分活跃的网络大V指出，这并非对民营企业主实行特权，而是此前已经出台这样一份针对所有人的司法文件，这个省出台的这份文件只是把它具体落实到民营企业主而已。

其实，这已是一个老生常谈了。记得近20年前北方一个省份就提出，对于早期民营企业的一些违法行为，只要已经过了追诉期，就不再追究其法律责任，从而引发了社会上关于如何看待民营企业"原罪问题"的讨论。这份文件并未违背法律具有追诉期的原则，更何况在民营企业发展的早期，由于政策上的严格限制，许多后来合法的行为当时并不合法，正是民营企业的这种"违法"，才推动了我们相关政策的调整，它们非但无罪还有功。所以出台这类文件都是没有问题的，只要针对的是所有人，而不只针对民营企业主甚至只针对一部分民营企业主，即那些企业规模很大对社会影响也很大的民营企业主，体现出法律面前人人平等的原则。

民营企业主需要的并不是法律上的特权，而是法律上的平等，不能无端地侵犯他们的产权，剥夺他们的权利。对他们实行特权并不是对他们的支持，而是对他们的毒害，造成严重后果后最终又将受到更加严厉的惩罚。

当许多人都为民营企业的命运感到担忧时，我一直都不太感到担忧，因为我们事实上已经离不开民营企业了，无论提供就业机会，上交财政税收，还是创造外汇收入，民营企业的作用都已经半壁江山都不止了。离开了民营企业，我们的许多民生问题还真无法解决呢。尤其面临现在这样一个人口减少、经济下行的严峻形势，就更需要调动民营企业的积极性，激发社会经济的活力。但如何才能真正做到这一点？不是靠一时的权宜之计，也不是靠给民营企业主实行特权，而是要形成一种稳定的政策，建立一种法治化的环境。

4 月 19 日

今年春天北方的沙尘暴又冲上了热搜，人们都在关注着这件事情。不，不是北方的沙尘暴，今年沙尘暴不仅席卷了北方大地，还一路南下，前锋一直抵达南京，甚至已经接近最南方的福州也有了。我们福州以前从未有过沙尘暴，都只像隔岸观火那样看着北方的沙尘暴在肆虐，没想到今年也跟它来了个第一次亲密接触。环境变坏往往只会加剧而不会减轻，这意味着今年还只是个开头，好戏还在后头呢。我不由得感叹起来，确实是变天了！

这些年来，随着经济的发展，北方地区的生态环境也有所改善。这一方面是人们生活中烧柴少了，一般都烧煤气、液化气和天然气，从而减少了对树木的砍伐，另一方面是加大了退耕还林和退牧还草的力度，同时积极地治理荒漠，使地上的植被有了很大恢复。在这种情况下，按说北方的沙尘天气会有所减轻，没想到却更加严重了。其实，我们的沙尘并非来自境内，而主要来自我们的北边邻邦蒙古。

蒙古与我们是真正唇齿相依的邻邦，在气候方面也同样如此，气候上的变化也会深刻地改变两边民族之间的互动以及历史的走向。历史上蒙古高原的游牧民族几次南下，与中原地区的农耕民族发生了剧烈碰撞，从而引发了一系列连锁反应，极大地改变了我们的历史进程。现在这种民族间的互动模式发生了很大变化，但蒙古高原对我们的影响仍然不可小觑，尤其在气候变化方面。我国东部的气候主要是蒙古高原的冷高压和西太平洋的低气压互动的结果，蒙古高原气候的变化将会对我们产生极大的影响，那里气候的恶化将使我国东部大涝大旱、大冷大热等各种极端天气变得十分频繁，而气候的变化又会直接影响到社会经济的发展以及人口的迁徙等许多方面。而这些年来蒙古高原气候的恶化又与山羊的大规模放养有着莫大的关系。

这些年来，市场上的羊绒服装十分受到消费者的青睐。不同于普通羊毛，羊绒的保暖效果要好得多，一件薄薄的羊绒衫穿在身上，又保暖又轻便。因此，羊绒被称为"软黄金"，虽然价格高昂，仍然十分抢手，甚至还把它穿成了一种身份。羊绒不产自绵羊，而产自山羊。而山羊有一个特点就是吃草时不像绵羊那样只吃根上部分，而是连根部一起啃得干干净净，可谓啃草除根，对植被的破坏性极大。我们南方地区生态好，草生长得快，小规模放养山羊作为肉食来源环境还能承受，而在生态脆弱的北方地区放养特别是大规模放养，后果就相当严重了。黄土高原之所以变得光秃秃的，就与山羊的过度放养有莫大关系。这些年来由于对羊绒的需求激增，蒙古境内也大规模发展山羊养殖，而绝大部分羊绒就销往中国。

现在我们兜里不差钱了，可以向全世界买买买了，这是我们对其他国家的贡献，然而，我们存在的一些不良消费习惯，也会给其他国家的生态环境造成严重的后果。我们对穿山甲片和燕窝的嗜好，就使东南亚地区的穿山甲和燕子遭到了灭顶之灾。我们对羊绒的偏爱（世界上的羊绒消费市场也主要在中国），又使蒙古境内过度地放养山羊，导致草场严重退化，变成了荒漠，严重影响到了气候。我们现在面临的沙尘天气，原来罪魁祸首就是我们自己身上所穿的羊绒服。

要扭转这一趋势，就必须改变我们的消费观念，不去消费羊绒这类产品，甚至政府还必须出台法律禁止这类消费。切莫认为只要有需求就可以了，殊不知毒品也是有需求的。也切莫认为它可以拉动一个行业的繁荣，可以拉动蒙古经济的发展，殊不知它所造成的生态和气候恶果是极其严重的，从社会效益上看是远远得不偿失的。我们倘若不学会节制自己的物质欲望，继续盛行消费主义，继续唯 GDP 论，将会搬起石头砸自己的脚，提前为自己掘好一个坟墓。

4 月 20 日

我上班那个地方新开的一家餐馆叫"老包拉面"，看到这个招牌后我不由得感叹起来：社会毕竟进步了，至少在某些方面是如此，有些过于荒谬的东西是迟早会成为过去的。曾几何时，某个特大城市出现了一个怪象，即冒出了一个"拉面党"，他们并非当地人，而是来自西北地区的一个县。他们在这个城市开了许多拉面店，形成了一股势力，然后就自行成立了一个"协会"，规定在这个城市只能由他们开拉面店，多少米范围内都不能有第二家。他们邻省的那种拉面本来更正宗名气也更大，同样也不能开。别人不仅拉面店不能开，甚至牛肉面店也不能开，这些都成为他们的"专利"和禁脔。谁如果把店开起来了，他们就会纠集一伙人过去，手持一份自己制定的"文件"，在店堂静坐下来，使其无法正常营业，甚至还进行打砸。面对他们的无理闹事，有关部门也不敢进行处理，因为这动辄涉及到一些敏感问题。

其实，这又哪里是什么敏感问题呢？这是一种赤裸裸的欺行霸市行为，是一种具有黑社会性质的组织。事件曝光后在社会上造成了十分恶劣的影响，连那个县的有关团体都专门发文谴责这种行为，说文明、守法经商也是他们所要求的。其实又何须由这个团体出面，面对这种简单的违法行为，有关部门依法处理就是了。拉面又不是什么商标或者专利，谁只要会拉，都可以去开一家拉面店。有个国家不也有一个"味千拉面"，如果也在那个城市开连锁店，而这个"拉面党"也不让开，岂非要闹成国际纠纷了？至于牛肉面，就更是到处都有并各具特色了。要是因为这涉及到什么敏感问题就不依法处理，任其为非作歹，还有没有王法？还有没有世间公道？

好在这种现象后来慢慢变少了，人们可以开自己的拉面店了。就像溪流一样，途中也许会遇到一些障碍，但它终将冲破这些障碍，继续奔流向前。社会总会有一种正道存在，它有时会被一种邪道压住，但终将邪不压正。

4 月 21 日

我们保安中有一个对我们项目经理十分不满，经常说她的各种坏话，对她颇为不敬。最近这一段时间他更是不可理喻，动辄在背后叫她老狗，甚至在对讲机里也这么叫，说什么老狗进去了，你们要注意云云。我对这就很看不惯——如果对公司以及领导意见很大，在这里做得很不顺心，完全可以不做走人，我们这种物业公司又不是什么铁饭碗，而他却已经做了快四年了，并且看样子还不知要做到何时。他之前当班长，自己提出不当班长后，公司还继续给他班长待遇，这其中就离不开项目经理对他的照顾，但他得了便宜还卖乖，工作上吊儿郎当、随随便便的，早上集合十次有八次不参加，站岗时经常把手机掏出来玩，并且还牢骚不断，丝毫不把经理放在眼里。经理作为一个女的，平时会显得啰嗦一些，在工作上会对员工提出各种要求，但这些都在她的权力范围内。而且她为人也可以，还给了你这么多照顾，怎么可以这样对待她呢？我就觉得做人不能这么不厚道，就算你对人家有很大意见，也不能叫人家老狗。而且做经理的被人拿去这么叫，我们做下属的也没有尊严。我就想着要找个机会跟他说一下。

今天早上集合时他又开始叫经理老狗了，我就忍不住说不能这样叫。他听了反而更大声地叫汤老狗，把经理的姓也连起来叫。我又说你一点都不领情，人家还让你领班长的工资。他则很粗鲁地回一声屁。我又说什么老狗老狗，太不像话了！他就很不高兴地怼道，要领情你去领情。我看他这样，就不再说什么了。我并不想跟他吵起来，也不指望能改变他什么，主要是要表明一下自己的态度，不能经理被他如此侮辱自己却一声不吭。他要是良心发现，感到这样做不厚道最好，要是还这么不可理喻，仍然理直气壮地继续叫下去，也只好随他了。

我们这个物业公司也是国有企业，无论项目经理还是分公司老总，都不是真正意义上的老板，也都是拿工资的，因而在管理上谁都不会动起真格，谁都不愿去做坏人，我们队员表现得再差，只要不在公司里打架都不会被开除，除非自己不想做。而这么好混的地方又怎么会辞职呢，所以很多人都做了很久，这在保安行业中算是少有的。国有企业能够搞好，我是很难相信的。我们在这种地方上班，也确实会感到没劲。我之所以还在这里干下去，也是为了有份较为稳定的工作。但我们不能在这种地方赚了钱，还要叫我们的领导老狗，做人还是要有点底线的。

4 月 22 日

我上班地点对面那家拉面店，是一对夫妇开的。一个像是他们儿媳的年轻妇女，有时中午会把还未上学的小女儿带过来玩，并帮忙做点事情，看样子是没有上班的。可以看出来，这是一个普通人家。比起周边的餐馆，这家新开的拉面馆生意清淡了许多。本来这条街有很多单位，人流量相当大，但由于餐馆太多了，生意也未必好做。并且这几年经济变得不景气了，店铺转让十分频繁，店租也下降了许多。对于做生意的来说，店租下降并非好事，这意味着做生意没钱赚了，没人愿意开店了。

看着这家拉面店生意清淡，有时到了吃饭时间也没几个顾客，我心里真为他们感到着急。要是生意一直不见好转，时间长了就会难以为继，连投进去的本钱都拿不回来。他们下午的时间经常会离开店铺，而当他们不在时，偏偏就有人要进来吃面，却发现店里没人。那天他本来又要离开，刚好来了个顾客，就留下来了。我想到要过去跟他说一下，告诉他下午要有人在店里看着。同时心里又在犹豫，自己跟他素不相识，是否有必要去做这种狗拿耗子多管闲事的事情。但想想还是过去了，生活中能帮人处且帮人，何况可以看出来他们都是很朴实的人，一家子也许就是靠这种小本经营为生呢。

我打定主意走过去了，跟他说了这件事情。他对我的好意十分感激。在近距离更能看出他是一个老实人。从他的话里可以知道，他们是从外地来的，要在这里开一家拉面店谋生。那天下午他都没有离开，果然零星来了四五个顾客。对于一家生意清淡的店来说，一天能多卖出四五碗面也是很重要的，因为少卖成本也差不多，多卖就相当于净赚了多少。

现在经济不景气，以前那种躺着赚钱的日子恐怕不会再有了，过上紧日子或许今后会成为常态，我们要有这个心理准备。对此我们也要有一个平常心，生活其实只要基本的需求能够满足就可以了，未必要赚那么多钱，否则就会欲壑难填，充满了焦虑。即使钱不那么好赚仍然要淡然处之，又不是日子过不下去了，何必非得赚那么多其实并不需要的钱呢？然而从政府方面说，却又必须积极予以应对。一方面要减少不必要的开支，那种大手大脚花钱特别是盲目上马无法产生经济效益的形象工程和政绩工程不能再有了，因为这必然要么增加税收负担，要么增加财政赤字，都会恶化经济环境，使经济雪上加霜。另一方面是要不折腾，不断改善营商环境，让人们能够更好地创业。同时还要鼓励人们去创新，为创新创造一个更好的环境，从而创造出新的经济增长点。

4 月 23 日

本月 14 日是一个值得永远记住的日子。这一天，印度人口一举超过了中国，世界第一人口大国的地位易主了，长期以来我国是世界上人口最多的国家已经悄然成为过去。再结合去年我国正式进入了人口负增长，神州大地已经悄然发生了一场巨变，这种变化所造成的影响将是更为深刻和长远的，将给我们的经济社会各方面带来巨大的挑战，我们必须正视并积极应对这一严峻的现实。

第一个直接感受到这种冲击的要数妇产医院。去年我国出生人口跌破一千万，与 6 年前相比下降近了一半，而且这还是在已经大幅放宽生育限制之后。以前很多妇产医院都是人满为患，一床难求，而现在很多已经门可罗雀，甚至都要关门歇业了。接下来受到冲击的是幼儿园。以前上幼儿园也要挤破门槛，要托关系才能上一所好的幼儿园，现在很多幼儿园却要为生源而发愁，要去四处拉生源，不少甚至已经倒闭了。今后这一态势还会进一步蔓延到小学、中学和大学，若干年后也许愁的不是考不上大学，而是大学招不到学生，许多大学都要倒闭了。以前只听说有工人下岗，从未听说教师还会下岗，而今后教师下岗将会大面积地发生，将会成为一件稀松平常的事情。而应对教师的失业潮又将比应对工人的失业潮更加棘手。这也堪称千年未有之变局。

除此之外，这一变化还将对我们的经济社会发展产生巨大的影响。我们过去长时期的经济快速发展，很大程度是建立在人口红利的基础上，即青壮年人口众多，人力成本低廉。现在随着青壮年人口不断减少，人力成本不断提高，许多劳动密集型产业纷纷往东南亚和印度这样年轻型的国家转移。与此同时，我们的老年人口却在不断增加，而这又是在我们尚未完成工业化，尚未成为发达经济体的情况下发生的，即所谓的未富先老，提前进入"银发社会"。在"生之者寡"的同时又"食之者众"，这两头的压力将对我们的经济社会发展产生巨大的影响，成为摆在我们面前的一道巨大难题。

面对这一变局，有人提出了要变人口红利为人才红利的观点，即要大力发展教育事业，培养出更多高素质人才，大力发展高端产业，创造出更多新的经济增长点。这固然是不错的，事实上我们在某些方面也做出了一定成效，但要真正做到这一点，还要看我们的教育和科研机构能否培养出更多这样的人才，培养出人才后又能否让他们充分发挥作用，而在这背后又是政治、法律以及文化等方面的支持。而这些又恰恰都是我们的短板，我们要突破这一变局，别无他途，只能去克服这些短板，改革我们的体制，更新我们的观念。

面对这一变局，我们还须改变以前那种急于超赶，急于成为世界第一大经济体的观念。由于过去长期那种落后就要挨打的历史，以及我们几千年来形成的那种天朝上国的心态，我们产生了一种根深蒂固的急于赶超的心态。这也有一定的合理性，但倘若片面地进行理解，为赶超而赶超，为成为世界第一而成为世界第一，就会变成一种不健康的心态，对我们自身乃至对世界都是十分有害的。现在已经不是那种弱肉强食的时代，我们的心态应当放宽一些了。我们发展的目的是为了实现人民的富足康乐，实现每个人的自由发展，同时也为世界做出更大的贡献，国家的强大是要更好地为这一目的服务，而不能把手段变成目的。我们已经失去人口第一大国的地位，据专家预计，未来40年内印度将始终保持人口第一大国的地位。以印度的人口以及其他方面的优势，即使我们一度成为世界第一大经济体，以后也还会被印度所取代。但取代了又如何？人民的生活过得好才是最重要的。

4月24日

这些年，"内卷""躺平"这两个词儿流行了起来，先是在网络流行，继而在整个社会流行，不仅年轻人的嘴上都挂着，就是上了年纪的人也在说着，已经成了使用频率很高的日常词汇。这两个词儿是有特定含义的，之所以能够在社会上流行起来，深刻反映了当下的一种社会现状以及人们的一种心态，只要这种状况没有改变，它们就会继续流行下去。

这不，现在社会上又流行起了一个热词——"孔乙己文学"。这个词儿与内卷、躺平是高度相关的，它借用鲁迅那篇著名的同名小说，具体含义却已经与之无太大关系了。说的是现在大学生有了学历之后，面对内卷得很厉害的社会现实，找不到理想的工作，却又放不下身段和面子，去从事那些普通的工作，结果只能在那里高不成低不就地挂着。他们脱不下学历的长衫，过得像孔乙己那样落魄。

其实这种现象并不新鲜，而是历来就有的。我是20世纪90年代中期上大学的，那时高校尚未开始扩招，大学生要比现在少得多，但就已经听到大学生找工作高不成低不就的说法。一个人接受了高等教育，并不意味着一定会成为高等人才，高分低能的现象并不奇怪，再加上种种外界因素，理想与现实之间经常是不一致的，大学毕业后找不到满意的工作也实属正常。只是现在高等教育已经进入大众化的时代，且不说大专生和本科生，就是硕士生和博士生都已经满街走了，因而大学毕业生的就业就成了很大问题，不要说找不到体面的工作，就是不体面的工作都未必好找。因而，许多大学生就穿着长衫在那里闲着，"孔乙己文学"就这样流行了起来。

这个词儿是带有讽刺色彩的，讽刺那些大学生不愿脱下学历的长衫，不愿从事普通的工作。这也是有道理的，接受了高等的教育未必就能从事从事理想的工作，除了要看你是否具备这样的能力，还要看社会是否给你提供这样的机会。上大学更多是为了提高自身的素质，倘若一时没有机会从事体面的工作，不妨先从事普通的工作，等到机会来临时再图发展，就算永远都没有机会，也不妨一直这样普通下去。能够养活自己才是最要紧的，也是最有成就感的，其他一切都是次要的。

然而，从社会的角度看，如果这个词儿一直流行下去，也将是一个病态的社会。虽然大学生未必都能从事体面的工作，但如果都去从事那些普通的工作，或者都不去找工作，这又是一个巨大的资源浪费——耗费了那多社会资源，结果却只能培养出大量的孔乙己来。这种现象很大程度上是由社会的内卷引起的，而社会的内卷又与以下两个方面存在密切的关系。一方面是社会竞争的不公平，许多领域都处于一种垄断状态，人员的进入以及后面的晋升，更多并不是依靠能力以及努力，而是依靠各种关系，机会都留给那些所谓的"二代"们，或者所谓的七大姑八大姨，普通人是很难插足的，因而就看不到希望。另一方面是对社会的管制太多，人们进行创业和创新的空间太小。当人们要进行创业和创新时，动辄就会触到天花板，遇到各种的玻璃门、旋转门和弹簧门，即使具备一身的本领和满腔的热情，也只能在那里徒唤奈何。

因而，要减少大学生的待业和失业现象，使"孔乙己文学"不再流行，除了大学生自身要转变观念之外，还要积极改革我们各方面的体制，使社会变得更加公平起来，使社会创业和创新的空间变得更加广阔起来。

4月25日

躺平，现在的年轻人动辄就躺平了。岂止年轻人，就是不再年轻的人也很多都躺平了，而且不只是嘴上说说而已，而是已经真这么干了。其实，这种现象并非现在才有，而是历来就有的，不过以前不叫躺平，而叫"躺倒不干"，意思都是一样的。只是以前这种现象并不普遍，而现在成了一种社会潮流，成了一种十分流行的生活态度和生活方式，这又是有着特定的社会背景，也是值得深思的。

过去几十年我们享受了巨大的改革红利、开放红利以及人口红利等等，经济社会快速发展，各行各业都充满了机会，人们躺着都能赚钱，不是躺平而是"躺赢"。现在这种好日子已经一去不复返了，那些旧的红利已经释放得差不多了，而新的红利和新的经济增长点还没有出现，经济增速下降了，许多行业萧条了，人们站着都很难赚到钱了。年轻人很难找到满意的工作，就是找到了，在岗位上竞争也很激烈，"卷"得很厉害。当人们感到前途无望或者压力太大时，就纷纷选择了躺平——我不奋斗了，有一口饭吃就行，何必要搞得那么累呢。这是产生躺平现象的经济社会发展上的原因，即经济不景气使人们的就业机会变少了。而且这些有限的机会还要被那些具有各种背景的人所垄断，普通人就更没有机会更看不到希望了，于是就选择了躺平。

除了这种工作上的躺平，还有一种生活上的躺平，即许多年轻人都不去结婚不去生育。现在年轻人要成家，就要面对所谓的"丈母娘经济"，首先要有一套房子，同时还要有一辆过得去的车子，还要收天价的彩礼。婚后生育一个孩子又是从娘胎起就开始各种高消费，直到养大成人，这又是巨大的经济成本。如果都要满足这些条件，对于许多普通年轻人无疑是不堪重负的，于是很多人就望而却步，选择了躺平，即不结婚或者结婚后不生育。所以近些年来，我国的婚姻登记和出生人口都呈现断崖式的下降，去年终于正式迎来了人口负增长的时代，要比专家的预测提前了许多年，也大大出乎我们普通人的预料——以前难以想象的事情已经出现在我们面前了。

年轻人大量选择躺平当然是不好的，使经济社会发展失去了动力和活力，变得更加难以发展起来，而这又反过来使更多的人选择躺平，进入了一个恶性循环。但年轻人不躺平又能怎样？叫他们在那里丝毫看不到希望也要苦苦挣扎，困兽犹斗？我们都希望年轻人要有韧性，要在逆境中坚持奋斗下去，无奈事实上许多人仍然会选择躺平，这是不以人们的主观愿望为转移的。

从某种意义上说，躺平也是对许多不良社会现象的一种抗议，一种制衡，使其无法再继续下去，倒逼社会要进行变革。面对这种躺平，我们就必须通过改革突破体制性的障碍，释放出经济发展的更大空间，给人们提供更多的机会，就必须进行用人机制的改革，真正做到用人唯贤，用人唯能，给人们提供更加公平的机会。唯有如此，才能重新点燃年轻人的的希望和激情。同时，还要积极转变我们的社会风气，不要让恶俗的"丈母娘经济"继续压在年轻人单薄的肩膀上，要从各方面降低生育的成本，不要让年轻人从准备当爹那天起就要为接下来的各种开销而发愁不已。

4 月 26 日

谈了关于社会上的躺平现象，接下来再来讲讲自己躺平的故事。

前年躺平这个网络流行语刚出现时，虽然我并不是一个对网络很敏感的人，但在这样一个时代未听说这样的词儿也是不可能的。这个词儿很形象，也很好理解，我虽然未去细究其含义，听多了也知道个大概，与从字面所理解的也差不多。但要真正理解其中的含义，却不是那么容易的，我直到有一次把自己发表过的论文都扔掉以后，才对这个词儿有了切身的体会，从而真正理解了什么叫躺平。

我以前做过多年社会科学研究，在各种学术刊物上发表了近五十篇论文，不可谓不高产了，但由于种种原因，依然无法敲开学术界的大门，无法取得自己想要的学术地位。我深深感到，自己在这方面继续努力下去已经没有意义了，只好遗憾地跟它告别了。那些论文就一直放着，不像别人评职称可以派上用场，更不可能像那些名家可以拿去作成果展览，甚至以后还可以作为档案资料保存下去，它们对我实际上是无任何用处的，只能给自己带来一种虚幻的精神满足。而如果说我以前还有这种虚荣心，现在就连这种虚荣心都没有了。我已经越来越感到自己只是一个普普通通的人，除了要养家糊口，要过好生活，并做点自己喜欢的事情，其他的都与我无缘。这些论文放在那里，只会占用更多的空间，而我房子面积小，也没有更多的空间给它们放。

有一天我打开柜子拿东西，又看到了这些论文。我忽然想到，是否可以把它们当废纸卖掉呢。虽然当初投入了满腔热情，论文发表时也感到万分欣慰，把它们扔掉也确实有些痛心和伤感，但它们又确实没什么用处，我确实不在乎那些东西了。于是我还是决定扔掉，起先还想挑几本好的留下来，想想既然扔就都扔了吧。我跟儿子一起把这些论文拿到废品收购站，卖了几十块线，都给他当零花钱，也算派上了一点用场。

我刚开始还不知道这就是躺平，几天后突然顿悟起来，原来这就是躺平，我终于知道什么是躺平了。

是啊，我也躺平了！其实我早就躺平了，只是以前还不自知而已。以前一心想在学术上做出一些名堂，但事实证明这只是一个空想。在原来那个单位感到前途无望之后，本来有一个亲戚在一所学校当中层干部，还想通过这层关系调过去从事科研工作，没想到那里进人的一条硬性指标就是必须是"985"大学的博士生。学术界的所有大门都对我关上了，但我也不想再玩了，你们玩去吧。于是我就从单位辞职了，在社会上打工以养家糊口。我仍然会读读书写写文章，但再也不指望能做出什么名堂了。我的文章别人要是认为还有些参考价值就拿去看看，要是无人阅读就任其湮灭吧。

我躺平了，躺得很平。但也无所谓躺平不躺平了，该坐的坐，该站的站，该走的走……

4 月 27 日

今天晚上下班，又经过我家前面那条街的那家广东肠粉店。他们晚下八九点打烊后要清洗器具和地面，直接就把污水排到路面上，四处漫流着。行人要小心翼翼地踩着水走过去，而且看了还有点恶心，旁边其他店铺更是会受到影响。以前他们天天晚上都这样，前一段时间没有排了，我正暗暗感到高兴，没想到今晚又开始了。面对这四处漫流的污水，踩过去还真有些不便，何况我的鞋底还会漏水，所以心里就有点火。那个女的正在门口涮洗器具，我就抗议道，这样我们还怎么走路？她说等下就把它拖掉。我说那我现在怎么走？她听了也无语起来。我接着又说你们做生意别人就不要走路了？这时店里那个男的就涎皮赖脸地说，那我就背你过去。

给人造成这么大的不便，他并不感到一种歉意，似乎这么做是天经地义的，你们行人以及谁有什么不便，有什么观感，都是你们的事，我只要生意好有钱赚就行了。你向他提出抗议，他还会觉得你小题大作，无事生非呢。要是他真觉得这样做不妥，真会为他人着想一下，就不会这么肆无忌惮地排了。人无耻到了这份上我们还能怎样，除非由执法部门进行处罚，我们还有什么辙儿，又不能去跟他吵架打架。再说我只是一个过路的，受到更大影响的还是旁边其他店铺，他们更要去抗议，而且抗议了也更有效果。我话也只能说到这份上了，如果他们不去抗议，也只能让它排吧。以后我就从前面提前过马路，从对面走，绕开这种地方。

4 月 28 日

　　我做保安的这个银行有个卫生间，做保洁的那个卫生工从来不在里面放纸篓，让人们用完纸后就直接丢进坑里，搞得满地都是纸，有时还把下水道堵住了。我两年多前刚来这里上班时就发现了这一问题，有一次冲水时下水道堵住了。那天我看到这个卫生工时就向她反映了这个问题，建议要放纸篓，所有卫生间都是要放纸篓的。没想到她勃然变色起来，说我多管闲事，如果把纸篓放进去就把它们扔掉。她嫌清理纸篓的垃圾很脏，特别男卫生间的更会觉得恶心。我心想这就不可理喻了，干这行的就是要跟这打交道，嫌脏还出来当卫生工？我跟她讲不通，就跟我们的项目经理讲，以为我的话她可以不理睬，经理的话总要听吧。但经理过来跟她沟通后，她照样置之不理，纸篓还是一直都不放。我感到这简直无法无天了，一件明明要做的事情居然可以不做，经理说的话都可以不当一回事。但面对这么奇葩的事情，我又能怎样呢。

　　下水道是经不起长期这样塞纸的。今年初的一天，整个化粪池都被堵住了，污水流到路面上来，臭气熏天的。我心想这下事情闹大了，看这个卫生工以后还要不要放纸篓。甲方一个老员工也看出了问题，也打电话给我们项目经理，说要叫这个卫生工放纸篓。我心想他的话应该比我有分量多了，她不敢不放了吧。但事实再次击穿了我的想象，环卫工人过来把化粪池疏通后，她仍然我行我素。我后来遇到这位老员工时又气愤又感慨地说道，这家银行也真是奇葩，一个卫生工比行长更有能量，纸篓可以说不放就不放！

　　人们通常会认为二楼以上的卫生间才会堵，需要放纸篓，而一楼直接排到化粪池，不怕堵。卫生工本来就嫌麻烦，能不放的干吗要放。因此我们主楼一楼的卫生间也一直都没放纸篓。其实一楼也一样会堵的，就算不会堵，不放纸篓人们也会把纸丢得到处都是，主楼这个卫生间就经常出现坑里坑外都是纸的情形。化粪池堵了之后，有关方面想必也意识到了这一问题，不久主楼这个卫生间也开始放上纸篓了。但这个卫生工仍然不为所动，所以原因恐怕还得从其他方面去找。

　　这个卫生工还负责打扫后院的一段路面，也都是早上扫了一遍后再也不来扫了，又脏了就全当没看见。保洁保洁就是要保持清洁，不是扫一遍就够了，而是脏了就要再扫。但她才不管那么多，都是一次就搞定。比起卫生间不放纸篓，项目经理对这一点更有意见，多次要求她要保洁，她表面上都是嗯嗯嗯的，实际上却全不当一回事。

按理说这样的卫生工早就该辞退了，但她和她妹妹两个却可以长期在这里干下去，在我们这家物业公司入驻之前就已经干很久了，想必与甲方什么人是有关系的。我们乙方也是一家国有企业，同样具有国有企业的一个通病，即没有谁是真正的老板，也没有谁会真正负起责任来。虽然我们普通员工也不是铁饭碗，但基本上只要自己不想走，都不必担心会被辞退，可谓不是铁饭碗的铁饭碗。许多员工做得随随便便的，甲方的意见一大堆，项目经理的压力也很大，但她也不会去做坏人把谁开掉。她也很希望谁会自己提出辞职，但这么好混又有谁会自己提出辞职呢？这不是废话一句吗？一个卫生工连纸篓都可以不放，路面只要一次性地"保洁"一下，我们的服务要是能够搞好，这倒是一件很不可思议的事情。如果非要说国有企业还有什么企业文化，也许干得不好也可以混下去就是最大的企业文化吧。国有企业必然要产生出一种混的"文化"。

劳动条件很恶劣，安全都无保障，劳动强度很大、待遇很差的工厂，被称为"血汗工厂"，这种企业无疑是很不人性很不人道的。但在国有企业里，人们普遍都可以混日子，表现再差也可以高枕无忧，这不同样也是很不人性的？在这样的环境中，人们的心情也不可能是舒畅的，也不会有真正的成就感可言，人们之所以愿意待下去，只是出于一种现实的考量，人们更在乎的是在这种地方没有多少压力，却还有可观而又稳定的收入。

4 月 29 日

今天儿子去上老师在外面与别人合办的辅导班。离中考只有五十来天了，已经进入最后的冲刺阶段。以前觉得高考比中考重要，现在似乎反过来了，中考要比高考重要得多。以前考不上高中还可以复读，现在为了保证有一半的考生上中职学校，不允许复读，只能参加一次中考，未进入前面一半就失去了上高中的机会。制度是这样的，我们也无法改变，要上高中就只能拼着老命读，争取挤进前面一半。而一旦上了高中，上大学就不成问题了，许多大学还招不到生源。所以高考的压力反而不大了，压力都到中考上来了。面对如此白热化的竞争，人们把所有精力都放在应试上还不够，实施素质教育就更谈不上了。

儿子也很想上高中，但又不太喜欢读书，而喜欢玩游戏、看 NBA 以及做视频什么的，最好能送给他一个高中读，但又哪有这么便宜的事情呢。为了能让他上高中，我们对他又是厉声厉色地训斥，又是苦口婆心地劝说，说你既然很想读高中，就要好好地读，一切都要为了中考，其他都要克服一下，等中考完再说。他喜欢做化学实验，我说这很好，但现在没有时间。他有一次把高中的语文课外读物拿来读，本来这是一件很好的事情，但我也只能叫他先拿起来。还好他自己也明白过来，知道再不努力就没有机会了，今年寒假还在班级群里跟同学说，不要使这个寒假成为最后一个寒假。随着中考越来越临近，他也越来越能控制自己，把其他都暂且放下，把精力都放在学习上，成绩也有了较大进步，以目前这种状态考上一所二类校应该没有问题。以前老师嫌他成绩差，辅导班不收他，现在也收了，这又使他的希望变得更大起来。但愿他能坚持到最后，考上一所比较理想的高中。

我以前也人云亦云，十分反对应试教育。现在儿子也要中考了，却巴不得多一些应试教育，在学校上还不够，还要再上辅导班，而辅导班更是典型的题海战术，一味传授应试的技巧。素质教育在中国已经喊了几十年，应试教育仍然大行其道，这很难说是人为的因素，而是我们特定的社会背景决定的，我们目前的国情决定了素质教育只能是一个无法实现的理想。而且，应试教育也未必就有那么多弊端，与素质教育也未必就是对立的。

我以前在一所师范大学进修，一个老师在课堂上对我们讲，他在评副教授时提交了一篇论文，认为应试教育也是一种素质教育。在评审会上旁边一个老师拉了拉他，提醒不要提出这种另类的观点。但他仍然坚持自己的观点，说各位专家不同意我的观点这无可厚非，但我也不是随便提出这样一个观点，而是有一定依据的。他未对我们讲清楚依据是什么，但我后来通过自身的经历也感到这也是有道理的。我反思了一下，觉得自己的基础文化知识都是在中小学阶段学到的，而这恰恰是一种应试教育。有了这个扎实的基础，以后就可以通过自学不断提高。大学阶段显然不是应试教育了，却反而不能从课堂上学到更多东西。当我们的社会环境改变了，变应试教育为素质教育也未尝不可，但如果一时改变不了，与其不切实际地要求实施素质教育，不如完善我们的应试教育，其中最重要的是必须更新教材的内容，使其变得更加科学和先进。有了这样的内容，进行应试教育也会提高人们的素质，也未尝不是一种素质教育。

4 月 30 日

三年前我去了一次连江长龙的炉峰山。它是那一带最高的山峰，周围由群山环绕着，只有前面对着一块小小的马（鼻）透（堡）平原，平原外面就是罗源湾。主峰突兀地屹立在那里，主峰下是高低起伏、回环往复的坡地，其间还夹有几个水库，形成了山水相间的美丽地貌。山上的气候以及土壤适合种茶，大都开辟成了茶园，一直到山顶上。茶园就着山势而开，一条条、一块块呈现不同的形状，绵延开来，蔓延而上，蔚为壮观。要是赶上茶树刚长出新叶的时节，又遇上有薄雾飘过来，采茶的村姑点缀在茶园中，那风景想必是极为美妙的，宛如仙境一般。可惜我两次来都未赶上这样的时机，都是茶叶已经采过，新的还未长出来，也没有薄雾飘过来。但人站在山头上眺望过去，也已经够心旷神怡了。

炉峰山位于长龙与透堡的交界处，主峰属于透堡，有一条山道通往下面。这里山高路险，位置偏僻，以前闹革命时期，革命力量曾在山上开过一次秘密会议，成立了革命团体，决定开展革命活动，在这里留下了红色遗迹。站在山顶上直觉得周围都是莽莽群山，顿时失去了方向感，我上一次来就未能识别出这一带具体的方位，这次故地重游，又在山顶上转了好几圈，结合地图上长龙、丹阳和马鼻等地的方位，才确定了具体方位，否则又是像上次那样来到一座山，却不识此山的真方位。

上次是从长龙那边上来，然后又原路返回，这次除了要再来欣赏山上的美景，还要再翻下山到透堡和马鼻那边逛逛。所以我在山上欣赏完风景后，又准备从透堡那面的山道下山。那条山道找了好久，终于在一个山头前面找到了，然后就顺着这条新修的石板路走到了透堡。

透堡原是马鼻下辖的一个村，后来和另外几个村单独成立了一个乡镇，透堡村就改为北街村。这个村很大，走了好久都没走出来，有近两万人的规模。透堡和马鼻挨得很近，从村里出来不多远就是马鼻。马鼻以前来过一次，但来去匆匆，这次就准备到镇上逛逛。走进去后让我有些咋舌的是，这里的民房都建得十分高大气派，一幢挨着一幢，鳞次栉比的，都是六七层甚至八层，外表也装修得十分富丽堂皇，这样的民房别说在许多乡镇，就是在许多县城都很少见到。我有些无法相信自己的眼睛——这里并无什么工厂，当地人哪来这么多钱，并且还不是个别的，而是相当普遍的。

在回程的车上，我向司机问起了这个问题。他说那些人都是做房地产的，马鼻出了两个房地产大亨，带动许多人也发家致富了。同时他还说到，别看房子建得这么高大气派，都是空在那里，人都在外地。这一点并不出乎我的意料，与其他地方并无两样，都是很有中国特色的。人们有钱后即使已经移居外地，都不回老家住了，也要盖一座房子留在那里。这是一种根深蒂固的传统观念使然，但不也是对资源的一种巨大浪费？民房都建得这么高，这又是否符合城乡建设规划？有钱是否就可以随意建房？政府就不该管一管？我去过国外多次，还从未见过民房还可以建得这么高的。都说人家土地是私有的，但他们在自己的土地上建房却并不能随意。都说我们的土地是国家的，人们对土地没有所有权，房子随时都会被拆掉，但我们建房却又比谁都随意，简直视建筑规划如无物。

五月

5月1日

　　今天是五一节，带上儿子来到紧邻浙江的政和县游玩。离县城十几公里远有一座山叫念山，唐朝末年的黄巢起义曾经在这里驻扎练兵，后人为了纪念这位农民起义英雄，就把这座山称为念山。这里的最大特色是山坡上分布着千亩梯田，是生活在这里的人们世世代代通过辛勤的劳动开垦出来的。

　　我们从县城花60元包一辆车过来。开始爬坡后，山路九曲十八弯的，盘旋了好久才到山上。下车后又步行了一段，来到位于前面一个山头的一个三层观景台。这里是观景的绝佳位置，视野极其开阔，平视过去是高低起伏的山岭，俯瞰下去是一个巨大的山谷。山坡上的梯田大部分都清晰地呈现在眼前，无数块大小不一、形状各异的梯田层层地分布着，是自然也是人间的一道奇观。如今已经很少人从事耕作，许多梯田已经抛荒，未抛荒的也改种其他作物，还种水稻的已经很少。除了不多的一些田地，这里的山都长满了竹子以及其他树木，郁郁葱葱的，一条小江从山谷中蜿蜒流过，一派山清水秀的景色。梯田上面有一个古村，古村后面有一个不大的湖，湖水澄碧，像一块镶嵌在青山中的翡翠。今天天气晴好，能见度高，站在山头上远眺，感到十分赏心悦目，我们在观景台的最高层上环视了一圈又一圈。虽然山下有些炎热，山顶却凉风习习的，十分的舒适惬意。如果不是还要赶去游览其他景点，我们真想继续流连下去。

　　今天出来不仅欣赏到了一番美景，更与儿子做了许多真心交流。他平时对我不大亲近，许多心里话都不会跟我说，今天想必出来后心情变得开朗起来了，就主动跟我说了许多心里话。再过50天左右就要中考了，他也知道自己的未来很大程度就在此一搏了。他的自控力较差，都这时候了还会想着玩游戏、看视频，学习总是容易分心，他自己为此也很苦恼，也很想克服这一毛病。他也知道自己已经开始长大了，该学会自我控制了，有一天还对我说自己胡子都长出来了，但无奈就是改不掉坏毛病。我就鼓励他说，你这些都可以理解，很多人也都有这种毛病，只要你自己真想去克服就尽量去克服，慢慢把它克服掉，同时也慢慢养成好的习惯。在这一过程中，当取得一些进步时，就要鼓励自己，相信自己最后一定会改过来。我还叫他对自己要有信心，人的潜能其实是很大的，只要自己不放弃，就一定能考上高中，只要能更自觉一些，更刻苦一些，就一定能考上比较理想的高中。同时也不要有太大压力，只要有去努力就行了，最后无论什么结果都可以接受，并且也都要好好地生活下去。

他说自己未来想从事什么一直都在变，最早想当科学家，后来想当电脑程序员，现在又想搞化学。我说这也可以理解，很多人都有这个特点，总要经过很多次的改变才能找到最后的方向，像达尔文那样从小就对生物发生兴趣，终生都未改变过的是很少的。会变不要紧，但也不能一直都在变。做事业光凭兴趣还不够，有时还要逼着自己去做一些事情，从而才能做出一番成就来。我还举了自己的例子，说自己虽然很喜欢读书写作，要是感到太累了也想松懈下来，但想想还是不能这样。所以每天晚上累了躺在床上休息一会儿，有时真想去睡算了，但最后还是又爬起来继续读书下去。

他还说到自己在交友方面的苦恼。学校原来有一个比他高一年级的学生跟他交朋友，自己不好好读书，摆烂得很厉害，还叫他也这样。他以前就受到这个学生的很大影响，导致初二基本荒废了一年。初二下学期时我知道了这个情况，认为这种人会拖人下水，人品是很成问题的，就叫他不要再跟他交往，将他从QQ好友中删除。但他们后来又联系上了。他今天又主动跟我说起了这个人，说他的思想变得更加负面了。我又叫他把他从好友中删除，不要受他的影响。我说爹妈无法选择，朋友却是可以选择的。要是发现一个人人品不好，或者与自己不投缘，不想再继续交往下去了，这是完全可以的，没有任何人可以强迫你必须跟他交朋友。

他还说自己以前会跟那些混混在一起，受到他们的影响，跟着做了许多浑事。他不说这些我还真不知道，但也未过多责备，而对他说你如果不想也成为这样的人就要远离他们，他们还不知哪天就会出事，谅你也没这个胆量跟他们在社会上打打杀杀的。只要你自己安安分分的，不去跟他们来往，他们也不至于会把你拉过去。他也承认这主要还是自己的问题。我又叫他要多跟好同学交往，多向他们学习，要近朱者赤，不要近墨者黑。

他还说到自己以前很会去惹别人，特别是那些学习好的人，现在想起来十分内疚。我问他为什么会这样，他也说不上来，只说可能是因为以前自己生病还没好，但这也可能只是一个借口。我也不再深究下去，说事情既然已经发生就算了，只要今后能从中吸取教训，不要再做这样的事情就行了。要知道这是欺负弱者，是一种十分可耻的行为。我以前很早就叫你不要去惹别人，不要去占别人的便宜，并在力所能及的范围内去帮助那些值得帮助的人，但这些道理你光听未必能听进去，还必须通过自身的经历才能真正理解。

说到最后，我说一切都取决于你自己，我所有的话都要你自己听得进去才能起作用，否则都是白说。我的话你能听得进去就听进去，听不进去我也没有办法。像今天叫你把那个人删了，你以后要是再把他加上就加吧。

但愿今天父子间这样一番坦诚的交流对他会有一些启发和帮助！可怜天下父母心，对这唯一的儿子，除了希望他能慢慢学会自我控制，慢慢养成良好习惯，走上一条正道，我还有什么别的奢求呢。

5月2日

昨天跟儿子在政和玩了一天，晚上九点左右坐火车回福州。我们提早一个小时到了火车站，先不急着进站，在站前找个地方坐了下来。白天有些热，这时却很凉快，风有些大。我们都感到十分惬意，便兴之所至地聊起来。

他主动谈到美国现在的通货膨胀，说明他开始长大了，知识面以及眼界都扩大了，也知道并且关注这样的事情。我也知道这两年美国的通货膨胀比较严重，是多年来少有的，但现在已经不大关注这类问题了，因而对其中的具体情形也不大清楚。但我也大体知道它的影响未必有那么严重，美国人的生活并未到过不下去的地步。而我们虽然没有通货膨胀，但问题也不小，经济在不断下行，政府的负债很高，像贵州此前就公开披露其负债率太高，无法按期还清债务。他不知道什么是政府负债，大概在他现有观念中是很难理解政府还会负债吧。我就跟他解释说，政府搞那么多建设也是要花很多钱的，这些年建了那么多项目，也未必都会有效益，如果很多都没有效益，成本不就收不回来，不就负债了？他有些明白了，说我们这些年搞了很多建设，像公园就建了很多，确实有很大的成绩，但同时还要有效益。他也理解了什么是效益。我又转过头看了看政和火车站，说你看这车站建得这么高大气派，少说也要花几个亿吧，但火车却少得可怜。以前我在一些繁忙的火车站看到，每几分钟就有一列火车通过，而这里一天只通三对客车，货车也很少，哪里会有效益呢。一点微不足道的收入也许连维护的成本都不够，更别说能收回投资了。

我接下来又说，我们的养老金也在不断提高，特别是那些有单位的人，退休金更是高得离谱，动不动就是一万以上的。随着老年人越来越多，我们的养老金负担只会越来越重。而养老金这东西又是只能增加不能减少的，一旦经济不景气了，政府的财政将不堪重负，这将成为政府一个最头疼的问题。

我对他讲了许多，平时很少有机会做这样的交流，没有这样的兴趣，也缺少这样的情境，这次来到外面，他刚好产生了这样的兴趣，并且也有这样的情境，两个人就这样谈开了。这样会让他更容易理解我讲的内容，更能学到一些东西，相当于一种"情境教学"吧。这样的交流要多一些才好。但美中不足的是，我自己讲得多而听他的少，更像是单向的灌输而不是双向的交流。他主动谈到了美国的通货膨胀，就应该让他多谈谈自己所了解到的情况以及对问题的看法，而不要急于发表自己的见解。今后我必须注意这一问题，要多让他讲，从而既可以了解他的想法，又可以使他得到更多的锻炼。

5月3日

苏童是曾经的著名先锋文学派作家，他的小说基本属于纯文学的范畴，现实性不是很强，与政治离得较远。作家以及作品应该允许涉及不同的题材，采取不同的手法，具有不同的风格，从而做到百花齐放，这是一种正常的文学生态，也是繁荣文学事业的必由之路。我最近读了苏童的几部小说集，对一个短篇《白雪猪头》留下了较深印象。不同于作者的其他作品，这个短篇的现实性较强，从一个特定的角度形象地反映了过去一个特殊时代的生活。

故事讲的是主人公"母亲"为了让家中几个正在长身体的孩子吃到肉，冬天里凌晨就起来到肉铺排队买猪头了。她分明看见肉联厂的工人提进了八个猪头，但开售时却只剩下了四个，其余都被那个售货员张云兰藏了起来，留给那些关系户了。那些关系户往往也在其他什么商店上班，手里也掌握着紧俏物资的售卖大权，彼此之间可以互相通融，进行利益上的交换。因此，他们要吃猪头肉从来不需要一大早就到肉铺排队，只需要等太阳出来老高了，直接从后门进去把猪头提回去。"母亲"气愤不过，就索性不买猪肉了，与售货员大吵了一场。但这种抗议却得不到其他顾客的声援，相反许多人还对她颇有微辞，以向售货员示好，为的是以后能够买到猪头。

气愤归气愤，现实又逼着"母亲"必须低下头来。她看到一个小孩小兵不费吹灰之力就提回了猪头，他爹妈也都是什么商店的售货员，不必问就知道个中情形了。她与小兵母亲关系要好，平时为他们家缝制一些东西，作为交换也得到一些好处。她带上本来给自己丈夫做的假领子来到小兵家，想叫小兵母亲疏通一下自己与张云兰的关系，叫她不计前嫌。小兵母亲建议说，快过年了，干脆去把布料领回家为她家孩子一人做一件新衣，这样以后就不愁吃不到肉了。她放不下面子，觉得才跟她吵过架又为她的孩子做衣服。但在现实面前她再次妥协了，不得不委屈自己，委托小兵母亲去把布料领过来，利用工余时间辛苦地赶制了几件衣服。

苏童出生于20世纪60年代初，是经历过那个计划经济时代的，这篇小说真实而又深刻地反映了这个时代的生活以及人们的情感。人们通常会有一种误解，以为那是一个十分平等，社会风气很好，人们的精神健康向上的时代。其实，那个时代的真实状态却远不是这样的。就以日常的购物来说，由于货源紧张，并且渠道单一，只有少数几家国营商店，因而什么都很难买到。且不说东西的质量、品种以及款式如何，首先买什么都要排队，商店前排着老长的队伍也成了那个时代的一大景观。而且排了老半天还不一定能买到，连普通售货员都可以想卖给谁就卖给谁。东西只能去他们那里买，而他们端的又都是铁饭碗，人们是拿他们一点辙儿都没有的。在这样任何东西都由权力控制的时代，只有掌权者以及与权力沾边的人才能享受到相应的特权，而无权者却只能忍受和顺从，平等云乎哉！

5月4日

我四年前写过一篇关于"狗患"的文章，那时"狗患"的问题仍然十分严重，人们带自己的狗上街很少有系犬绳的，导致行人被狗咬伤的事情屡屡发生，甚至儿童和老人被活活咬死的惨剧也不时见诸报端，本人就曾经被一只发疯的狗从后面冲上来冷不防咬了一口，左脚后跟被咬得血淋淋的。当时这已成为一个很大的社会问题，说是一大社会公害也不为过。不养狗的担心上街会遭到狗咬，养狗的就不担心自己也会遭到狗咬吗？人们都对这种现象十分不满，也都希望能改变这种现状，但现状却一直未能改变过来。面对这种不文明行为，仅仅从道德上进行谴责，呼吁人们要提高素质，带狗上街要自觉系犬绳是不会有多大效果的，那些人要是有素质就不会如此把他人的安全甚至生命当儿戏了。对于那些人而言，道德谴责是苍白无力的，提高素质也不知从何说起，只要法律不把这种行为定性为违法，并依法进行处罚，这个问题就将始终是无解的。

而如今走在街上却很少看到这种现象了，人们带狗上街一般都会自觉系好犬绳，不让自己的狗往别人那里蹿。我有些无法相信自己的眼睛，怀疑这里是否换了一个国度，人们怎么突然就改变了行为习惯，变得很有素质起来了呢？其实，并不是人们变得很有素质了，随地吐痰、乱丢垃圾、插队以及闯红灯等这些不文明行为仍然比比皆是，与以前并无什么两样。事情之所以发生了这么大的变化，乃是因为自 2021 年 5 月 1 日起《动物防疫法》正式施行，规定不佩戴犬牌和系犬绳出门属于违法行为。人们带狗出门要是不系犬绳，一旦把别人咬伤了，处罚起来是很严厉的，后果是很严重的。从此人们带狗出门之前就要掂量一下，从而大都会把犬绳系上。如果非要说人们在这方面开始变得有素质起来了，也主要是拜这部法律之赐，而不是人们谴责和呼吁出来的。

因此，对于这类不文明行为，我们有必要换一个思路，即要多从法律上着眼，把它们明确定性为违法行为，像随地吐痰就可以定性为违反《公共卫生法》，并依法进行处罚。在这个基础上再辅以道德上的呼吁，标本兼治，人们才会自觉养成文明的习惯，素质才会真正得到提高。要是本末倒置，倒果为因，一味在道德上做文章，文明社会离我们只会遥遥无期。

5月5日

在刚过去的五一长假，除了人们受疫情影响被关在家里三年，这次趁着五天长假倾巢出动，到外面进行报复性的旅游，从而导致许多景区人头攒动寸步难行之外，浙江金华某景区一对来自四川的游客因为插队被一个小伙子制止，遂发飙起来破口大骂的视频也刷了屏上了热搜，而且一直热度不减，成为全国人民都在热议的焦点，成为五一假期最大的社会新闻。

事件发生后，那个外孙女在网上发文进行了辩解，说她们不是插队，是发现自己排错了队，然后平移到另一个队。从此，"平移"在网络上又成了一个热词。排错了队能否"平移"到另一个队，这乍一看确实是个问题，但至少目前无论哪个国家哪个社会都不曾听说这是允许的，都是排错了队必须重新排。不然就无秩序可言了，插队的都可以以此为借口，你也平移我也平移，岂不乱了套，要引起无尽的纠纷？她们说这不是插队是平移，无异自己给自己制定了一个规矩，无奈社会是不会接受的，只会显得自己又臭又硬，死磕到底。错了就是错，何必越描越黑呢。"人非圣贤，孰能无过"，犯这种错误也不是什么大恶，从中进行反思，吸取教训，慢慢改变自己的行为习惯岂不更好。

事件发酵起来后，广大网民穷追不舍，对这对婆孙俩进行了人肉搜索，将她们的背景以及平时生活上的作风悉数抖了起来，使她们几乎没有隐私可言了。还有的将她们的表情做成了表情包，也迅速在网络上疯传起来。对此也有人提出这是否做得过分了，是否侵犯了她们的隐私权。我个人也认为这确实有些不当，但由于她们在公众场合行为这么出格，就变成了一个公共事件，引起社会轰动后就变成了公众人物，就没有那么多隐私权可言了。更重要的是，事实上已经无法阻止广大网民这么做了。但有些商家从中看到了商机，将这婆孙俩的表情做成了车贴，在平台上公开出售，并且还很热销，这就侵犯到她们的肖像权了。即使是公众人物，即使是有问题的公众人物，也一样拥有肖像权，也不能未经许可就使用他们的肖像。因此，她们完全可以对商家以及平台进行起诉，维护自己的正当权益。同时，有关部门也必须对商家以及平台进行制止和处罚。

这一事件迅速火遍了全网，说明插队现象在社会上是十分严重的，人们对它也是深恶痛绝的，都希望能改变这种现状，使社会变得更有秩序更加文明起来。但面对这种现象，人们也只是敢怒而不敢言，或者敢怒而不愿言，别人都不去当坏人自己干吗要去当坏人？那个小伙子看不惯这种现象，敢于挺身而出进行制止，说明他是很有正义感的，应该给他点个大大的赞！社会上要多一些这样"爱管闲事"的人，才会变得更有希望起来。

但愿这一事件能够成为一个契机，使更多的人意识到这种行为是很不文明的，要养成自觉排队的习惯。排队比其他行为更需要人们的自觉，也更能体现出人们的文明素素——排队都能做到了，其他文明行为就更能做到，要是人们都学会自觉排队了，我们离一个文明社会也就不远了。文明社会说到底就是一个要遵守规则维护秩序的社会，是一个自己活也要让别人活，甚至自己不活了也要让别人活的社会。这是一个双赢的社会，人人都会变得心情舒畅起来，人际关系更加和谐了，社会也更有效率了。而那种插队的不文明行为，当事人似乎占到了便宜，但这把自己的快乐建立在别人的痛苦之上不说，跟别人冲突起来之后，就把出来旅游的好心情破坏无遗了，同时还要浪费更多的时间，接下来等待他们的还有铺天盖地的网上批评。

5月6日

我以前做社会科学研究时，经常关注经济方面的讯息，对国内的经济状况比较了解，现在不做研究了，就不再关注这方面的讯息，对这方面已经没有多少感觉了。都说现在的经济状况不好，做生意赚不到钱，工作也不好找，自己对这方面也有所了解，但由于社会接触面比较狭窄，又显得有些无感。然而，自己又毕竟是生活在社会中，而不是生活在真空中，还是能看到或听到这方面的一些现象，从中也能感受到经济状况确实变得严峻了。如果说以前是春意盎然，现在则开始感到有嗖嗖冷意了。譬如，延迟退休的问题已经提出有年了，却一直看不见靴子落地；以前送快递送外卖的都是初中甚至小学学历，现在却不乏大学甚至更高学历；以前研究生是真正做研究的，数量是很少的，现在却本科生化了，每年录取的研究生比以前的大学生还多；以前房价只涨不跌，什么时候买进都会升值，现在不仅东北鹤岗那样的城市卖了个白菜价，连三线、二线甚至一线城市的房价都涨不动了，而且还在不断地往下跌。

先说说延迟退休的那些事儿吧。随着人们寿命在不断延长，延迟退休也是大势所趋，否则财政将难以供养那么庞大的退休人员。像日本这样经济发达老龄化严重的国家，早已实行延迟退休了。对于这一问题，社会上无论哪个方面，包括那些面临退休的人员即最直接的利益悠关方，也没有太大的异议，因为事情是明摆在那里的。所以我对这一政策迟迟未能落地是十分不解的，实在找不出什么不该推行的理由。

其实，只要结合当前的经济形势，这一现象就变得不难理解了。我们之所以一直未能延迟退休，男的60岁就退休，女的55岁就退休，甚至还有许多提前退休的，乃是因为社会上就业的压力过大，年纪大的要尽早给年轻人腾出位置，从而才能接纳更多的人就业，适当缓解就业的压力。这也并非这些年才有，20年前我在一所大学进修时，老师在课堂上就讲过，这所大学的教授都是一到年龄就退休，要给年轻教师腾出更多的教授职数。对于从事科研特别是人文社科领域研究的学者，这个年龄段正是一个黄金时期，正是出成果的时候，却要早早地给年轻人让路，这无疑是人力资源的一种巨大浪费。

这种做法虽然可以暂时缓解就业压力，但并不能从根本上解决问题。它一般仅限于国有企事业单位，而这些单位也吸纳不了多少人员就业，因而也缓解不了多少就业压力，而只会使财政供养的人员变得更加庞大，使财政负担变得更加沉重。而对民营经济而言，又不存在所谓延迟退休的问题，只要有就业的愿望和机会，别说65岁，就是70岁了都还有去发挥余热的。因此，要走出经济困境，增加就业机会，还要更多地做好民营经济这篇文章，为其提供更大的发展空间，创造更好的营商环境，使人们可以放手地去创业。民营经济充分发展了，经济下行和就业萎缩的难题都将迎刃而解。要是只在国有企事业单位上做文章，将是没有出路的，并且还将治丝益棼。

5月7日

今天接着谈谈大学生去送快递和送外卖的那些事儿。高考曾经被认为是千军万马过独木桥，大学每年录取的人数都是很少的，大学生是所谓的"天之骄子"，毕业后国家都有包分配，成为一个有单位吃皇粮的人，甚至一考上大学就意味着吃上皇粮了，不但不要什么学费，每个月还有一定的生活补助，还能享受公费医疗。我是1995年上大学的，毕业时虽然国家已经开始不包分配了，但由于大学生的数量少，要进各种单位还是不成问题的。但几年后大学就开始大规模扩招，以致大学变成了一种大众化教育，大学生早已不是什么天之骄子，而是街上随便找一个都是大学生了。这时的大学生虽然已经无法像以前那样都能进国有企事业单位，但仍然可以找到比较体面的白领工作，而不需要去当什么蓝领。

近些年来随着生源的减少，大学也不再大规模扩招了，大体上进入了一种稳定状态，但大学生却反而越来越难找到工作，特别是体面一些的工作，大学生甚至研究生去送快递，送外卖，去当城管，当保安，甚至从事垃圾回收的都已经比比皆是，不足为奇了。这就只能从近些年来经济在不断下行，无法提供更多就业机会进行解释了。

现在再回到以前那种经济高速增长，可以提供充分的就业机会，大学生不愁找不到工作甚至体面的工作，已经不大可能了，对此我们要有足够的心理准备，要有一颗平常心。大学生找不到体面的工作，而去从事那些普通的工作，也没什么可羞耻的，都是一种正当的职业，都是靠劳动养活自己，都是很体面的。在一时找不到更好工作的情况下，不妨先从事这些工作，以后有机会了再图进一步的发展。倘若自己只适合从事这样的工作，也不妨一直安心地做下去。树立雄心壮志和远大理想固然是要的，但也不是所有的人都具备这种条件，对许多人而言，即使读了大学甚至研究生，也只能做一个普通的人，过着普通的日子。

那么，这些人的大学又是否白读了？其实也没什么白读不白读的，即使将来无法从事更好的工作，去读大学也是人们的一种权利。即使今后只能去当一个骑手，现在想读大学也可以去读，也可以怀揣着自己的梦想；即使今后真当上骑手了，心中也可以有着远方。人除了需要有物质生活，还需要有更为丰富的精神生活。何况去读大学可以增长我们的见识，扩大我们的视野，提高我们的修养，今后无论从事什么工作，无论处于什么位置，读没读过大学就是不一样的。

事实上现在已经不是大学生能否去当骑手的问题，而是如果经济继续下行，人们都没钱消费了，快递和外卖这些行业也会变得萎缩起来，到时也许是大学生想当骑手都当不成了。因此说一千道一万，最后仍然要回到那个老话题，即要给民营经济创造更好的条件，使其得以更顺利地发展下去，从而使经济更加繁荣，创造出更多的就业机会。

5月8日

现在的经济状况不好，工作不好找，许多大学生都找不到工作。在这种背景下，许多人选择了考研，每年的考研人数都在急剧增长，研究生的数量在急剧膨胀，以致研究生相当于以前的本科生了。每年毕业的研究生都有几百万，都能找到满意的工作也是不现实的，因此考研热无非把就业问题往后推迟几年罢了，到时候人们仍然要面对这一问题，该去送快递外卖的仍然要去送快递外卖，摆在面前的生计问题逼着他们要脱下那件孔乙己的长衫。

在考研大军中，固然有一部分出于对学术研究发自内心的热爱，他们有这方面的兴趣和追求，也具备这方面的天分，进行深造后会继续从事学术研究，日后会在学术界挑起大梁，学术事业的继承和发展有赖于他们。但这样的人又毕竟是不多的，事实上也不需要太多，试想每年毕业的几百万研究生要是都从事学术研究，那会是一种什么情景？更多的人其实并不适合干这行，他们缺少这方面的兴趣和追求，也不具备这方面的天分。这些人毕业后有的还会看上大学以及科研机构的优厚待遇和稳定工作，留在这些地方滥竽充数，当一个南郭先生，有的则镀完金以后就离开了这些地方，到其他国有企事业单位任职。我昨天从网上看到一张中国科学院大学西南某省定向选调生拟录用人员名单，清一色全是进入政府部门。这份不完全的名单当然不具有统计学意义，但研究生进入政府部门无疑是十分常见的。中国科学院作为顶级的科研机构，培养出来的研究生尚且如此，其他的就更不用说了。毕业的研究生中还有的上面这两个渠道都不具备，就只能待业下去，或者降格以求，去从事那些只要本科生甚至只要中小学生就能胜任的工作。

如果说大学生去送快递外卖是对智力资源的浪费，那么研究生去送快递外卖就更是如此了。对此我们同样也要有一个平常心，我们无法阻挡也不必阻挡人们加入考研大军，他们出于更有利于就业的考量是可以理解的，有一个更高的理想追求也是值得鼓励的，只要能读得上研究生又有何不可呢。去读个研究生也可以提高一下自我，学术研究做得下去就继续做下去，能找到更好的工作就去找，否则就要面对现实，及早脱下孔乙己的长衫，该干吗的干吗。

然而从社会的角度说，又必须积极克服经济发展的各种障碍，把经济搞活起来，特别是把民营经济搞活起来，从而才能增加就业机会，使那些原本不需要去考研的大学生可以及时就业。这种不正常的考研热消退了，智力资源才会得到更好的利用，注水文凭和学术造假的现象也才会减少。

5月9日

我有一天上班时，一个在招待所做客房服务的同事从我那里经过。我从她的嘴里听到，现在本地的房价都在往下掉了。福州也算东南沿海一个经济较为发达的省会城市，以前也与其他城市一样，房价只有涨的没有跌的，什么时候买进都是赚的，前些年当鹤岗这些城市开始一套房子只要十几万甚至几万时，福州房价的曲线仍无掉头向下的趋势，只是上涨得没那么快，曲线被拉平一些而已。如今福州的房价也终于撑不住，开始往下掉了，而就跟上涨时越涨越买，越买越涨一样，下跌后也会越跌越观望，越观望越跌，看来福州的房价已经进入一个下降通道了。福州的情况如此，其他地方也可以想见。

以前当房价一路往上涨时，我就十分纳闷：任何一种东西，只要成为商品，就一定要随行就市，价格根据供求关系的变化涨涨跌跌的，而房价却一直只涨不跌，难道它就不是商品，或者是一种特殊商品了？但它又分明就是商品，分明就是买卖双方一手交钱一手交货，自愿成交的。

其实，过去房价之所以一直都在涨，说到底也是供求关系支撑起来的。正因为要买房的人太多，大大超过了房子的供给，房价才一直在涨，即使人们多么希望它会降下来，让更多的人都买得起房。其中固然有投资和投机的需求，但这种需求什么时候都会有，现在房市不景气，政府一直在给它松绑，大幅放宽了房贷政策，即鼓励人们去投资和投机，但房价也照样涨不起来。可见过去房价一直在涨，主要还是因为要买房的人太多，他们或者在城市没有房子需要买，或者有房子但还需要改善住房条件；而且过去经济一直在快速发展，人们也变得越来越不差钱，从而也买得起房。正是在这种背景下，我们创造了一个房子只涨不跌的"神话"，从而让人误以为房子是一种特殊商品。

一旦房市的供求关系发生了变化，房价也必然会发生变化。近些年鹤岗这样的城市房价之所以率先跌了下来，而且越跌越厉害，以至沦为了白菜价，乃是因为它们过去大都是依靠煤炭等这些自然资源发展起来的，当这些资源经过多年的开采而面临枯竭时，又无法转型到其他产业，变成了产业空心化的城市，经济变得萧条，工人纷纷下岗。很多人为了谋生都离开了这里，致使房子都没人买了，房价就一跌再跌。除非有其他产业发展起来，又百业兴旺了，它们的房市才会重新活跃起来，否则就会变成"鬼城"。

而现在几乎所有城市的房价都涨不动了，由以前的待价而沽变成了降价促销。一方面是这些年来已经开发了大量楼盘，已经有大量房源积压在那里，巨大的成本压力使开发商无法再支撑下去，必须降价促销以回笼资金，另一面是很多人都已经是有房一族了，还在蜗居的由于经济不景气，钱变得不好挣，连其他开销都要量入为出，就更不会去买房了。总之，房子已经由过去的供不应求变成了供过于求，房价就必然要降下来。今后如果经济继续不景气下去，加之人口又在不断减少，房市的冬天只会变得更加严寒。

房地产是国民经济的一个组成部分，与整体的经济形势息息相关，它要进入一个健康的发展轨道，首先整个国民经济要进入一个健康的发展轨道。不当的政策只能在一定程度上扭曲房地产市场，却改变不了它的发展规律。要使这个市场健康地发展下去，政府只能遵循市场的规律顺势而为，而不是去人为地扭曲市场。

5月10日

我曾经十分关注教育，但对它又感到十分失望。其他领域都面向市场搞活起来了，但教育仍然像有些人所说的那样，与体育一道成为计划经济的最后两个堡垒。行政化的管理模式，吃大锅饭的用人机制，都使教育事业无法按照自身的规律发展下去，变得十分僵化和落后，让人们看不到希望。我不是学校的管理者，也不是研究教育的专家，但也曾经在学校当过多年的学生，毕业后也曾经在学校工作过多年，因而对教育的这种状况还是有所了解并感同身受的。面对教育领域的这种现状，许多人都把目光投向了社会上的民办教育，希望它能够以面向市场的先进机制办出高质量的教育，同时也产生一种"鲶鱼效应"，促使公办教育进行机制创新，也走上一条健康的发展轨道。

然而令人失望的是，民办教育并未给我们带来这种变化，发展了几十年，民办学校仍然与最差这两个字联系在一起，即一般是最差的生源被民办学校录取，进不了公办学校的教师才进民办学校，民办学校并未培养出多少优秀的学生，更谈不上产生多少优秀的教师和科研成果。这些民办学校都是以营利为目的，投资方是为了能从中得到财务上的回报，因而要争取收到更多的学费，同时还舍不得投入更多经费去高薪聘请优秀人才，建设起高水平的教学设施，这样就无法提供高水平的教育，就吸引不到优质的生源，使民办学校单纯变成了一个学历养成所。还有更黑心的，钱捞够后就宣布学校倒闭，造成了很大的社会问题，也败坏了民办教育的声誉，让人感到民办教育似乎只能是这么差劲的。

其实，民办教育不应该是这样的。教育可以是一个产业，但又不是一个普通的产业。"十年树木，百年树人"，教育的对象是人，是培养人教育人的，这决定了教育不应当变成营利性的，而应当是公益性的。民办教育同样也不能急功近利，不能把它当作摇钱树，否则是培养不出优秀人才的。国外许多著名大学都是私立的，但同时又都是非营利性的，财务上的盈余要继续投入办学，而不是用来分红。它们也收取高学费，但对那些成绩优秀却家境贫寒的学生又敞开大门，提供各种奖学金和助学金，帮助他们完成学业，从而能招到优质的生源。充足的经费又使它们可以聘请到一流的师资，建设起一流的设施，为学生提供一流的教育。再结合以制度上的优势，许多私立大学就发展成为影响很大的著名学府。

我们的民办教育没有办好，福耀科技大学这所新型民办大学的创办，却让人们看到了希望。2022 年 5 月 14 日，这所大学在福州高新区举行了项目开工仪式。它是由知名企业家曹德旺创立的河仁慈善基金会首期出资 100 亿兴建，是一所非营利性的民办大学。学校定位为理工类研究型大学，培养国内新兴产业急需的研究型、复合型和实用型人才，规划的办学层次为本科和研究生，招生录取在遵守国家招生政策的前提下自主选拔优秀生源，对贫困生提供奖学金和助学金，计划明年秋季开始招生。曹德旺先生是我十分欣赏的一个企业家，他一手创办的福耀集团发展成为汽车玻璃行业的龙头老大。他同时还是一个著名慈善家，把自己家族持有的大部分福耀企业股份都捐献出来创办了河仁慈善基金会，做过许多慈善活动。现在又拿出 100 亿用于创办这所大学，相信他是真正以公益为目的，要为我国的教育事业贡献自己的一份力量，为我国教育事业的发展探索出一条新路的。我是乐观其成的。

我们的国情决定了那些把教育当作产业的营利性民办学校还会继续存在下去，但除此之外，我们更要积极地发展像福耀科技大学这样的非营利性民办大学，这才是我们教育事业发展的真正希望所在。

5月11日

上篇日志谈到了教育的非营利性，接着再谈谈教育的自主性。

教育是培养人教育人的一项事业，说它是神圣的也不为过，至少我们必须以一种十分慎重的态度对待之。它有着自身的规律，因而必须由专业的教育工作者和教育家组成一个共同体，对学生进行科学合理的教育，而不能由外行来进行，也不能让外在的力量插手进来。尤其到了高等教育阶段，研究的是高深的学术问题，是对真理和未知世界的大胆探索，就更需要如此。大学自治、教授治校以及学生自治就成为世界上的通例，那些著名大学无一不是在这方面成为典范。不仅私立大学需要自治，公立大学也同样需要自治。虽然公立大学的经费主要由政府提供，但政府并非因此就可以插手和干预大学事务了，向大学提供充足的经费是政府的职责所在，充分尊重大学的自主权同样也是政府必须做到的，否则就越权了。政府可以对大学的运作进行监督，看是否违反有关的法律法规，也可以在意识形态上提出一定的要求，但大学具体怎么办，包括机构的设置、岗位的聘任以及学生录取、课程设置、教材选择等等，都是由大学自主决定的。由各方面的人士组成一个独立的董事会或者理事会，决定学校各方面的大政方针，并聘请一个校长负责日常的管理，同时由教授的代表组成一个教授会，决定学术上的重大事项，学生方面也成立各种自治社团，自主地开展团体活动。具体的形式可以多样，但大体的架构和精神都是这样的。唯有如此，大学才能按照自身的规律健康发展下去，学生才能得到更好的成长，一流的人才和科研成果才能不断地涌现出来。

倘若教育失去了自主性，大学失去了自治性，政府直接插手和干预学校的运作，学校实行行政化的管理，学校处处要按照权力的意志行事，教育就必然要走向僵化，失去了发展的活力。政府官员并非教育的专业人士，却要处处发号施令，结果只能在那里瞎指挥和瞎折腾，出台的许多政策和做法都是十分荒谬的。同时，权力的滥用还必然会带来权力的异化，在政府官员可以对教育无所不管的情况下，他们的私货也难免会夹带进来，要么自己从中捞到各种好处，要么把七大姑八大姨安排进来。更重要的是，由于实行行政化的管理，必然会产生干好干坏一个样的吃大锅饭机制，甚至是逆淘汰的机制，使平庸之辈可以高枕无忧，钻营之徒可以步步高升，而具有真才实学之士却被边缘化了。在这种情况下，学校即使经费投入得再多，大楼盖得再气派，也只能"金玉其外，败絮其中"。此乃教育的最大问题，只有把这一问题有效解决了，教育才有希望可言。

赋予学校的自主权难免会让人产生一种担忧，即学校是否会滥用这种权力，从而产生形形色色的教育腐败现象，外界又如何对它们进行监督。其实，学校拥有自主权的同时也意味着要自我负责，必须自觉地把工作做好，否则出了事情也无法推卸责任，败坏了自己的形象，给自己挖了一个坑。同时让学校自主之后，政府也可以超脱出来，更好地对其进行监督。政府真要去监督学校还不是猫捉老鼠的事情。而且学校与政府的关系厘清了，社会力量也可以更好地对其进行监督。要是学校缺少自主权，处处要跟着政府的指挥棒走，无论政府还是社会力量反而很难对其进行监督了。也正因为如此，我们很少听说民办学校有出现招生等方面的丑闻，而这些丑闻在公立学校倒是屡见不鲜的。

谈到教育的改革和发展，如果不从教育的自主性这个要害问题入手，不牵住这个牛鼻子，其他方面谈得再多都无关宏旨，最多只能修修补补，治标不治本。这个根本的问题不去解决，却一直在那里唱建设世界一流大学的高调，这无异于痴人说梦。资源投入得再多，也无非是把大楼建得更气派一些，教师的待遇更高一些，注水甚至抄袭的论文更多一些，而真正的人才培养、真正的大师级人物却不知从何说起。

5月12日

5月4日是青年节，同时也是北京大学的校庆日。在今年5日4日北京大学125周年校庆日这一天，著名考古学和历史学家樊锦诗回到自己的母校，并带回一千万元人民币的捐款，设立了"樊锦诗教育基金"，用于支持北京大学的敦煌学研究。此次捐赠的资金，包括她2019年获得的"吕志和奖－世界文明奖"正能量奖奖金（该奖金总额为2000万港币，其中一半捐给北京大学，一半捐给敦煌研究院），以及2020年获得"何梁何利科学技术成就奖"奖金100万港币。为了能使基金本金达到1000万元人民币，她还将自己多年的积蓄捐出。退休前，她每年都会从自己的工资中拿出一万元，捐给敦煌石窟保护研究基金会，坚持了近三十年。每次获奖的奖杯、奖章与奖金，也都交给了敦煌研究院。2014年退休时，又把公积金账户里的45万元捐出。

樊锦诗1958年考取北京大学考古专业，1963年毕业后分配到敦煌从事文物考古研究工作，从此就扎根在这里，把自己的一生都奉献给了敦煌学研究事业，为敦煌文献的研究以及石窟的保护做出了突出贡献，被誉为"敦煌女儿"。敦煌帙卷浩繁的文献典籍以及辉煌灿烂的石窟艺术都让人叹为观止，人们初来乍到都会流连忘返起来，但它又地处大漠深处，生存环境十分恶劣，要长期居住在这里一般人都会望而生畏，而像樊锦诗这样终生扎根在这里，将自己的生命与之融为一体，就显得尤其难能可贵了。敦煌莫高窟是人类文化和艺术的瑰宝，但要深入地研究和探索下去，就需要几十年如一日地与那些枯燥的文献、壁画和塑像打交道，过着一种孤苦的青灯黄卷生活，这无疑是需要莫大毅力的，而她做到了。因为有她以及许多像她这样的人士用生命去守护，敦煌莫高窟又重新焕发出了活力，他们为我国古代文化的保护和传承做出了巨大贡献，同时也为人类的文化事业做出了贡献。

钱钟书先生说过，学术乃荒江野老屋中二三素心人之事。这句言简意赅又形象生动的话语，道出了学术研究的真谛。真正的学术研究无法给人们带来世俗的名利，是十分寂寞和艰辛的，需要人们坐得住冷板凳，呕心沥血地探索下去，没有一种巨大的毅力，没有一种对人类文化事业的责任感和献身精神，是坚持不下去的。学术研究历来都是这样的素心人的事业，在人心浮躁、金钱至上的当下社会，这样的素心人就显得更加难能可贵了。那些只是以学术为猎取名利的手段，拥有无数吓人的头衔，风光占尽好处捞够的衮衮诸公，他们与学术无缘，注定只能成为过眼云烟。

樊锦诗不但把毕生心血都献给了敦煌莫高窟，还为之捐出巨款，不但把所获得的奖金都捐出，还捐出自己的工资和积蓄，用于敦煌学的研究和石窟的保护，用于敦煌学研究人才的培养。为了自己所追求的这一事业，她可谓竭尽了全力，倾尽了所有。对于自己所获得的巨额奖金，她说要"取之有道"，"用之有道"。她本来可以用于自己的物质享受，但对于她这样以学术研究为志业，将毕生心血都献给敦煌莫高窟的人来说，物质上的享受又是很不重要的。她也可以留给自己的家人，却都捐了出来，并且也得到了家人的支持，因而她的家人也是我们需要记住的。

5 月 13 日

今天是周六，但我一个月只休息四天，所以仍然要去上班。到了周末和节假日，公交车的发车频次就变少了，本来只要 6 点 40 分之前出门就可以赶上一趟，坐过去刚好来得及，而到周末和节假日这趟就没有了，要到五十几分时才有一趟，但坐这趟时间就变得很紧，甚至还会迟到。更早的一趟，据几个经常和我在一起候车，但坐另外一条线路的大姐讲，30 分左右就来了，我要坐上这趟车就必须早起很多，因而之前一直没坐这趟。今天决定坐一次试试，看车到底几分会来，能不能赶得上，如果没问题以后就都坐这趟了。于是就把起床时间提早了七分钟，快快地把饭煮了，吃完出门时还不到 30 分，时间想必还充裕，就顺便到车站前面一点的一家包子铺买两个馒头带去当午餐（上班的地方周末食堂不开伙）。我买完回头往车站走，快到时那趟车开过来了，恰好来得及，妥妥地上了车。上车之前看了看时间，是 36 分，知道这趟车到达的时间，心中就有数了。这个站离始发站不远，因而车都很准时到达。

车在路上平稳地开着，我心里感到十分踏实——以后周末和节假日只要能这么早起床，就能坐上这趟车，上班就不必匆匆忙忙了，更不必担心会迟到。同时，我又感到了探索的重要性。当我们尚未经历一件事情，对其情况不明，不知能不能做，如何去做时，不妨先进行一番尝试，先把情况摸清再说，看看具体什么情况，自己能不能做到，如何才能做到。我首先要自己去坐一次这趟车，才知道具体几分到。那几个大姐并非亲自坐，所说的也未必确切，也许只是个大概而已。知道具体时间后，就知道要比平时早多少起床，自己能不能起得来。我尝试了一次，知道了自己提早几分钟起床也做得到，去赶这趟车也来得及，以后就这么定了，从而解决了自己的一个问题。

这其实就是一种实事求是，就是"没有调查就没有发言权"。不论做什么，当情况不明时就要先把情况摸清楚，才能知道问题的症结在哪里，才能知道如何对症下药，从而才能事半功倍，使问题迎刃而解。而如果对情况两眼一抹黑，就率尔操觚，仓促上阵，或者只是想当然地认为，做起来后往往就会南辕北辙，牛头不对马嘴。虽然费了好大的劲儿，却依然劳而无功，甚至还会适当其反，做得越多，离目标越远。

5 月 14 日

实事求是，"没有调查就没有发言权"，这样的道理谁都懂得，还不曾听说有谁认为不需要实事求是，不需要去进行调查研究的。然而，这并不意味着谁都会真正做到实事求是，都会去进行认真的调查研究，否则就不会有那么多脱离实际的事情发生了。

要掌握真实的情况并不是那么容易的，需要人们走出舒适的办公室，下到基层去，实地考察真实、全面的情况，这是要下一番功夫甚至苦功的。情况也许是多面的，而你所看到的只是其中的一面；情况也许是五花八门的，你看了会眼花缭乱起来；情况也许是隐藏得很深的，你走马观花是看不出所以然的；情况也许是充满假相的，你很容易被它们所迷惑。因此，要掌握真实的情况，就需要不断地深入实际，对事物全面、细致地考察过去，要懂得去伪存真，去粗取精，由此及彼，由表及里。同时还要掌握一定的科学方法，尤其对于那些专业性的问题，更要掌握科学方法，要懂得如何进行调查，如何进行统计和分析。正因为掌握真实情况如此不易，贪图享乐的人是不愿意去干这种苦差事的。他们不知道真实情况却还要坚持做下去，就只能在那里瞎指挥瞎折腾，给别人也给自己带来巨大的损失。

要掌握真实的情况，还需要具备一种开阔的心胸，需要抱着一种海纳百川而不是先入为主的态度去进行调查研究，只有这样才能看到事物的真相。当这些真相与你原有的认识不一致，甚至完全冲突，会毁掉你的"三观"时，以及按照事物的真相去做会对自己十分不利时，你是否愿意面对事实，改变自己的"三观"，放弃自己的既得利益？在坚硬的现实面前，许多人就选择了回避，把真相掩盖了起来，有的甚至都不想知道真相，免得破坏自己的心情，影响自己的生活。对于自己不想知道的东西，他们干脆闭上了眼睛，掩住了耳朵，活在一种虚假的满足中，泡在一个温暖的澡盆里——我自个儿过得好才是最重要的，其他与我何有哉？这说到底也是一种自私，只有一个小我，而没有一个大我。

所以实事求是，"没有调查就没有发言权"这样的话嘴上说说容易，可以整天挂在嘴上，但要真正做到，就需要一种谦卑，一种勤勉，一种担当，就需要一种胸襟，一种气度，一种把大我置于小我之上的气度。

5月15日

花蛤和淡菜是我们福建沿海地区常见的贝类海产，味道很鲜美，价格却很低廉，是人们的家常菜。我也不例外，从小就经常吃，也很喜欢吃。别看它们价格低廉，却是地地道道的海鲜货。它们有一个共同特征，就是必须是活的才能吃，一旦死了再拿去煮，味道就变臭了，而且还有毒素，是吃不得的。所以它们下锅之前都必须是鲜活的，一般都是拿去煮汤，煮开一会儿就可以把火关掉，那种肉嫩汤鲜，真是美不可言。

它们是水生动物，要保持鲜活就必须有水。尤其淡菜，必须一直在水里泡着，否则过不了多久壳就会张开，再过一会儿就死掉了。花蛤还好一些，在水里泡着，头脚会长长地伸出来，没有水壳就紧紧地闭着，可以放较长时间。因而我们买了花蛤和淡菜后，一般都会想到要把它们养在水里。我也一直都是这么做的，却发现无论花蛤还是淡菜，早上买回来的，到中午都会死掉一些，到晚上死得更多，淡菜尤其如此，到晚上一大半都死了，所以要趁早吃掉，最多中午就要吃掉。

有一次我去菜市场买花蛤，听那个老板讲花蛤要是用水养只能放到中午，要是不用水养可以放到晚上。这话听起来有些难以置信，花蛤也是水生的，怎么没有水反而可以放得更久？不是经常看到花蛤缺水后就会把壳张开，就像人干渴的那样？但他长期跟这些东西打交道，想必是不会错的。我回去后就决定尝试一回，把花蛤装进一个缸子，然后放进冰箱的保鲜层。果然像他所说的那样，这些花蛤到了中午一个都没死，甚至到了晚上也仍然都好好的。我知道了花蛤不用水养可以放得更久，心想淡菜是否也是如此，决定下次买回来也试试看。没想到花蛤是花蛤，淡菜是淡菜，花蛤没有水放很久壳都是闭得紧紧的，而淡菜买回来打开一看，壳就已经张开了，我知道要赶紧加水，不然很快就会死掉。

两者都是海水中生长的贝类，但习性又有很大的不同，不能简单地进行类比，这就是哲学上所讲的要"具体问题具体分析"，一切都要视对象的性质和特点而定，甚至还要结合对象所处的具体地点和时间，即要做到因地制宜，因时制宜，而不能搞一刀切，拿一个模式到处套用。只有具体问题具体分析，我们才能准确地掌握对象及其所处的环境，才能一把钥匙开一把锁，否则就会脱离实际，在现实当中处处碰壁。

5月16日

今年五一期间除了一对婆孙"平移"插队的事件上了热搜，另有一起在高铁上发生的互殴事件也掀起了轩然大波。5月2日，在从四川峨眉山开往广元的一趟列车上，一个年轻女子坐在前排，一对夫妇带着他们的孩子坐在后排。孩子调皮捣蛋，不停地撞击椅背，那女子不堪其扰，站起来进行抗议，从而与孩子的父母发生了冲突。孩子母亲先掌掴女子，女子怒而反击。孩子母亲报了警，警方经过调查取证，认定这起事件为互殴。女子不服，申请了行政复议。这起事件上传到网络后，迅速发酵了起来，引发了社会上的广泛关注，舆论几乎一边倒地同情那女子。根据警方的通报，分明是家长未看管好孩子有错在先，然后又是先辱骂和殴打对方，冲突的每一步升级都是他们引发的，对方都是出于正当的防卫，要是这也算互殴，那么我们每次受到欺负时都只能站在那里挨打了，一反手就变成了互殴，这还有什么公平正义可言？那些坏人岂不可以为所欲为了？通报比较简略，我当时看了也觉得那女子挺无辜的，对警方的这种定性有些不解。不仅我们普通网民这么想，甚至某门户网站也专门发表了一篇某所大学一位法学教授的评论文章，认为要慎重区别互殴和正当防卫的界限，在这起事件中，那女子的行为应当属于正当防卫，被定性为互殴不合理。甚至有关部门的官微也发声了，也不支持这种定性。

人们都希望那女子的行政复议能够成功，有关方面能够改变定性，还她一个公道，希望这能够成为一个标志性的事件，推动我们社会的法治进步。几天后，第二份通报出来了，比第一份要长很多，比较详细地还原了事件经过。根据这一份通报以及公布的视频，孩子父母固然有错在先，那女子也并非就是那么无辜的。她受到了干扰，可以进行抗议，但包括拿起手机拍摄孩子视频在内的反应方式显然过于激烈了，于是激化了矛盾，与家长冲突了起来。冲突起来后，对方先进行辱骂固然有错在先，但她也不停地进行辱骂同样也是过当的，从而导致冲突的进一步升级。孩子母亲情急之下先掌掴了她，她也毫不客气地还以颜色，也掌掴对方，并且被乘务人员劝开后又再次上去掌掴，这更是过当了。从整个过程看，她明显属于得理不饶人，而得理不饶人也是一种过错。因此，警方再次认定这起事件为互殴，对孩子母亲处以五百元的罚款，对女子处以二百元的罚款。

许多人认可了这种处理结果，但也有一些人仍然坚持认为这种各打五十大板的做法是在和稀泥，甚至还有人怀疑调查结论的真实性，认为视频也是可以剪辑的。我原先也不认可这种定性，但看到第二份更详细的通报以及公布的视频后，就改变了自己的看法。当事实真相与我们的观点不一致时，要改变的是我们的观点而不是事实真相，否则就变成罔顾事实，颠倒黑白了。至于调查结论以及所公布视频的真实性问题，我亦认为由于现场有很多目击者，并且当事方也无特殊背景，有关方面不会去冒这种"葫芦僧判断葫芦案"的风险。

那些希望能够合理地界定互殴与正当防卫界限的人，他们的心情是可以理解的，也是希望正气能够压倒邪气，社会能够变得更加公平正义。然而具体到每一个案件，我们又必须尊重事实真相，不能感情用事。很多时候正当防卫会被定性为互殴，这固然是不合理的，但不能因此就可以认定在这起事件中那女子是无过错的。倘若要以这种方式去追求正义，这又是哪门子的正义？即使天下乌鸦一般黑，但只要能够找出一根白羽毛，也得肯定这就是一根白羽毛，不然还叫什么实事求是。

5 月 17 日

前不久，北方某地发生了一起灭门案，犯罪嫌疑人潜入受害者家中，将其一家三口全部杀害，然后自己也畏罪自杀。据警方的通报，案件是由双方孩子的纠纷引起的，具体原因正在调查之中。犯罪嫌疑人是一名中学教师，案发时已经调到区文体局工作，据知情者透露他平时有点沉默寡言，曾经两度去西藏支教，共达四年时间。而受害者是一个能人，曾经带领村民共同致富，并因此当上了省级劳模。双方都是优秀人士，却发生了如此惨剧，怎不令人扼腕叹息，又深长思之？案件的具体情况还在调查之中，网络却已经有一些爆料出来了，但这又是不足为信的，我们不能盲目跟进，要让子弹再飞一会儿。但犯罪嫌疑人想必也是有巨大冤屈的，否则也不会做得如此决绝，如此不计后果。

此前一段时期，社会上也屡屡发生类似的恶性案件。这些案件都有一个共同特点，就是弱者受到了严重欺压，他们想讨回公道，维护自己的权利，却上天无路，入地无门，对方都不是等闲之辈，都是可以一手遮天的，他们非但讨不回公道，还要遭到打击报复，陷入更加悲惨的境地。当他们被一步步逼入墙角时，就开始绝望了，最后不惜铤而走险，向对方痛下杀手，与之同归于尽。他们往往都是小人物，同时还是老实巴交的，似乎谁都可以不把他们放在眼里，谁都可以对他们进行凌辱。也正因为这样，他们受到的伤害就更深，内心就更敏感更脆弱，一旦对生活绝望之后，反抗就变得更加激烈，更加不计后果。所以那些恃强凌弱者也应当三思而行，不要欺人太甚，狗急了都会跳墙，更何况是人？人一旦绝望起来，不准备活下去了，还有什么怜悯心可言，还有什么做不出来？也别以为对方是弱者就更可以凌辱了，弱者的绝地反击也许是更为惨烈的。

同时我们更应该看到的是，凌辱弱者的人都有一个共同特点，就是都有特定的权力背景，要么自身就是掌权者，在权力系统中树大根深，可以官官相护，人们怎么都无法撼动他们，要么有权力作保护伞，人们对他们也无可奈何。因而要减少这类惨剧的发生，最需要做到的是对权力进行有效的制约和监督，把权力关进制度的笼子，让掌权者必须正确行使权力，而不能为所欲为。他们不但自己不能去欺压弱者，还要积极履行起抑强扶弱，维护社会公平正义的职责，使弱者不再受到欺压。倘不如此，这样的惨剧只会层出不穷。

5 月 18 日

现在走出门，到处都能看替人讨债的广告，一张张贴在墙上或者电线杆上，上面写着联系电话，而且还会标明是合法讨债。市区里有，郊区和农村尤其多，不知是市区这类业务较少，还是广告被清理掉的缘故。我想还是后者的可能性更大，因为现在城乡之间人员流动障碍越来越小，城乡越来越一体化了，不太可能出现那种严重的城乡差别。

这种现象十分普遍，说明我们社会的诚信状况出了很大问题。就像人们通常所说的，"借钱的时候是孙子，还钱的时候是爷爷"，找人借钱时话说得比什么都好听，条件开得比什么都优厚，胸脯拍得比什么都响亮，一旦借到手就翻脸不认人了，或者把钱卷走后就不知所终了，或者人还在就是赖账不还，任你踏破了门槛，磨破了嘴皮，也讨不到分文。而且这已经变成了一种社会风气，本来欠债还钱乃是天经地义的事情，现在欠债不还却变成了稀松平常的事情。不要说普通人，就是那些名人和商业大佬，也屡有因为失信而成为"被执行人"，被法院限制高消费的事情发生，而他们也未必真到了那种还不起钱的地步，也许还一边欠着巨款，一边过着奢侈的生活呢。

讨债本来只能由自己去讨，自己讨不回来再通过法院，通过民间的第三方去讨属于非法，而现在却变成合法了，这也说明这种现象已经相当普遍，法院已经根本管不过来，要是都得通过法院，也许要等到猴年马月。虽然由这些专业的讨债公司讨债要被抽去相当一部分，但毕竟要方便得多，两相比较更划得来，符合人们的经济理性。

在这种失信成风的社会，人们首先想到的是不能轻易把钱借出去，要把自己的口袋捂紧一点；或者把钱存进银行，做点理财业务，虽然回报较低，但安全稳妥，不必担惊受怕的，拿自己的血汗钱供别人挥霍。而那些受到高利贷诱惑的，就只能去冒那种血汗钱有去无回的风险了。然而这样一来，那些需要用钱的又借不到钱了，真有什么投资机会就只能白白地错过，从而使社会经济搞活不起来。

但要真正解决这一问题，走民间借贷的路子又是行不通的，而只能让合法正规的金融机构发达起来，有钱的去存钱，用钱的去借钱。它们是专业的机构，有经验有手段也有实力，不怕人们赖账不还。古代这些机构就是当铺、钱庄和票号，现在就是典当行、小额贷款公司和银行。要给这些机构提供更大的发展空间，同时也要加强监管，防范金融风险。民间的高利贷虽然无法完全禁止，但只要那边正规的金融渠道畅通了，这边民间的高利贷自然就减少了。要是正规的金融渠道不畅通，民间的高利贷就必然大行其道，而这又是很容易出问题的，社会上失信成风也许就与这有很大关系。人性其实都是一样的，不一样的只是制度环境，不同的制度环境会产生不同的行为，形成不同的社会风气。

5 月 19 日

　　有一次在连江汽车站候车，看见几个去百胜的乘客坐在那里聊天。百胜在敖江的入海口，那里盛产蛏。有一个上了年纪的人大概有事要去百胜，对一个头发已经花白的当地人问道，你们百胜的蛏是不是都是天然的？人们通常以为百胜的滩涂多，蛏一般都是在这种天然环境中生长出来的，好吃而且健康，而不像其他地方都是在虾池中靠各种"肥料"催长出来的，不但口感差了很多，而且还很脏。不料那人却回答道，哎哟，哪有那么多天然的给你吃，百分之九十八都是养殖的。他有些难以置信，说有这么多都是养殖的？不是说百胜的蛏都是天然的？那都是骗人的，那人这样告诉他。他又问怎么都是骗人的？现在的人只要有钱赚，还有什么事情做不出来？那人回答道。这时坐在他们对面的一个年纪更大的接下去说道，连人都可以卖，还有什么不能做的？那人也重复这老人的话说，是啊，就像这个老伯说的，连人都可以卖，还有什么不能做的？接着他又说道，现在社会风气糟糕得很，你还以为是古代？毕竟姜还是老的辣，这老人社会阅历比他更深，就对他补充道，古代也有这些现象。

　　在这里，人们通常有两个认识上的误区。一是以为现在才有很多不讲诚信的现象，而古代人们都很讲诚信，可谓"人心不古，世风日下"。其实，虽然现在这一问题比较严重，但也不能说古代这方面就很好，不讲诚信是一个古老的社会现象，要伴随人类社会的始终。也许它根植于人性的深处——人总是利己的，并且总是贪婪的，为了追求自己的利益，总是不惜损害他人的利益，把自己的快乐建立在他人的痛苦之上。只是有的人涵养较深，能够更好地把这一本性压制下去，能够自觉地做到诚实守信，但也总有人涵养不够，这一本性就会表现出来，尤其当制度上存在较多漏洞，政府未能对这类现象进行有效治理时，它就会变本加厉起来。

二是由于人们缺少科学的素养，总认为天然生长的东西有多好，人工养殖的东西多有害。物种在天然的环境中生长总是比较缓慢，产量总是不高的。以前农村几乎家家户户都有养鸡养鸭，它们都是天然生长的，活动多，肉比较紧实，味道更好这是事实，但往往要一年半载才能养大，因而只有过年过节才会杀一只，让全家人美美地吃一顿，开开荤，平时是吃不到的。而现在几乎天天都可以吃到了，东西又多又便宜，这是养殖场大规模养殖的结果。要是还像以前那样都是天然的，我们普通人家还能这样放开肚皮吃吗？

人们不喜欢养殖的东西，除了口感不佳之外，还有一个担心就是认为养这些东西使用了很多激素，吃进去对人体很有害。其实，对于现代养殖业来说，激素乃是必不可少的，使用的激素只要合格就是安全的，对人体就是无害的。要是激素真那么有害，我们的人均寿命怎么还会越吃越长呢？对此我们要相信科学，而不要去相信那些无稽之谈。相反，许多在天然环境中生长的东西，未必就是健康的，像散养的鸡经常在垃圾堆中刨食，吃进了更多重金属这样的有害物质，对人体其实是更不健康的。百胜的蛭农把养殖的当作天然的来卖，也不是存心要欺骗消费者，主要还是因为人们的这种观念误区，所以他们只好以天然的作为卖点，不但可以卖得更多，还可以卖个好价钱。

5 月 20 日

诈骗现象什么时候都会有，也什么地方都会有，可谓古今中外莫不如此。但这其中又存在程度上的差异，有的地方和有的时候这种现象会表现得更为严重，而当下我们这个社会就恰恰属于这种类型。这又是很值得深思的。

先说说现象吧。我几乎每天都能接到陌生的电话或者短信，甚至有一次到了境外，也接了一条短信，叫我去领事馆办理什么手续，一望而知也是我们中国人发的。我当然知道这些都是形形色色的电信诈骗，每次都立即挂掉、删掉，但有的人就是会信以为真，从而上当受骗了。我有一个亲戚就被骗去了十万元，说是她已经出了什么事情，必须向对方账户转钱云云。这是电信诈骗，还有很多当面进行的诈骗。我有一次在公交车上听见前面两个老人在聊天。那个男的说有一次某个地方搞现场促销，他也被说得心动了，就如数掏出130元，只见钱在对方手中点着点着就变没了。他这还只是小菜一碟。那个女的说她丈夫退休前是一家公司的副经理，经常去外地出差，全国就只剩下内蒙古还未去过，可谓见多识广了，但有一次仍然被骗了，对方一步步地诱他上钩，最后被骗去了二十几万。这些诈骗都是许以动听的诺言，人们如果贪图小便宜，一不留神就会失去防范心理，全然忘记没有免费的午餐，天上不会掉下馅饼来，有那么好的事情人家不会自己去这样再简单不过的道理，就像被上了蒙汗药一般被人牵着鼻子走，乖乖地把钱掏出来，被拉去卖了还要为对方点钱。

至于诈骗现象为何会这么猖獗？这固然有制度上的漏洞，比如有关部门对它们的打击力度还不够，未能及时把这些犯罪分子以及团伙打掉，处罚也不够严厉；对那些用于进行诈骗活动的电话、网址以及银行账号等管理得还不够严密，未能及时予以吊销和关闭；对个人的电话号码和身份等隐私信息保护得还不够，致使大量信息被泄漏出去，甚至被拿去卖钱，使人们很容易暴露在这些犯罪分子的眼皮底下。然而，这些年我们对各种诈骗活动的打击力度也在不断加大，却并未收敛多少。所以问题恐怕还不光出在这上面，还与我们的道德和社会风气有关。

进入新时期后，社会上物质主义和拜金主义日益盛行起来，人们似乎除了追求物质享受之外，就再不需要什么了，都以金钱作为衡量人生价值的唯一尺度，似乎钱越多才越配活在世上。为了捞到钱，人们似乎什么都做得出来，越来越失去操守，越来越变得无耻，什么都可以出卖，良心已经不值几个钱了。那些搞诈骗的连自己的亲戚朋友都不会放过，还有谁可以放过？所以要改变这种现状，就必须进行道德秩序的重建，净化社会的风气，提高人们的精神境界，不要把物质享受和金钱作为人生的唯一追求，而要追求人格的健全发展，要自觉做到诚实守信。"毫不利己，专门利人"的高调并不需要唱，只要让人们在不损人的前提下去追求自己的利益，"己所不欲，勿施于人"，"己所欲，推己及人"。

5月21日

　　社会上坑蒙拐遍的现象很多，还与我们的社会对它们过于宽容，处罚力度不够有很大关系。钱被人拖欠了，债主经过无数的周折，耗费大量的精力，终于把钱讨回来了，但也只能把本讨回来，至于其间所付出的时间成本（即这些时间可以用于做其他事情），所付出的机会成本（即这些钱用于其他投资可以获得的收益），以及其他成本包括打官司请律师的费用等等，都可以忽略不计了。许多农民工辛辛苦苦地打工，工钱却被老板一直拖欠着。他们都是低收入群体，这些钱对于他们及其家人乃是至关重要的，为了讨回血汗钱他们只好在对方的大门口拉起白布，甚至爬上高楼上演"跳楼秀"。最后能讨回来的还算好了，还有的仍然讨不回来，即使法院判决下来了，也只能打一张白条，根本无法兑现。

　　还有制售假冒伪劣产品，消费者买到这些产品后能从商家那里换货还算好了，许多都是东西卖出去后就概不负责，不要再来找我了。我们的《消费者权益保护法》规定，对假货实行买一赔二，目的要让制假售假者付出更大的代价，得不偿失。于是社会就出现了一种职业打假人，他们专门买那些假货，然后通过索赔取得相应收入。人们买到假货后一般都是自认倒霉，而不会去索赔，无非提醒自己下次要把眼睛睁大一些，一来是嫌麻烦，二来是缺少维权意识。也正因为这样，假冒伪劣产品才会泛滥成灾。这些职业打假人的存在其实对社会是很有好处的，使那些制假售假者时时都要担心会碰上他们，从而才会有所收敛，这样的人要多一些才好。然而，这些人在社会上的名声却并不好，人们通常会认为他们都是好逸恶劳之徒，想通过这种方式不劳而获，甚至还有人质疑他们作为消费者的合法性问题。

　　从某种意义上说，我们社会上层出不穷的坑蒙拐骗现象也是纵容出来的，正是我们对它们过于宽容，对它们的处罚标准太低，才使很多人敢于以身试法，甚至视同儿戏。

5 月 22 日

很多年前，我有一次跟大学时的一个老师进行交流。那时 QQ 尚未出现，更没有微信，只能通过昂贵的长途电话，但这位老师很有水平，我愿意多花些电话费向他请教一些问题，听听他的一些高论。那时也跟现在一样社会上的失信现象比比皆是，诚信状况很成问题，我们也聊到了这一话题。他具体说什么没有印象了，但有一句话却让我一直记得：都说现在没有诚信，要法治社会才有诚信。他乃是一个饱学之士，思想很开阔也很前卫，我相信他这句话乃是见地之言，但要完全理解却不是那么容易的。

说要法治社会才有诚信，但我们的传统社会又显然不是法治社会，如此说来就不会有诚信了。但又通常都认为那是一个人心淳朴，风气很好，温良恭俭让的社会，人们都是很讲诚信的，讲究一诺千金，"君子一言，驷马难追"，"言必信，行必果"。到底哪个才是对的，我们该相信谁的？

从上层角度看，我们的传统社会是一个皇权专制社会，"其兴也忽焉，其亡也勃焉"正是这种社会的真实写照，一个朝代刚建立时统治者还会励精图志，对人民实行让步政策，但时间一久又必然会不断走向腐化，开始对百姓横征暴敛起来，予取予夺。这样的社会也实在谈不上什么诚信社会，统治者搞得民不聊生，此乃最大的失信。从百姓角度看，通常认为我们以前是一个熟人社会，人们都生活在一个熟人圈子中，抬头不见低头见的，因此必须讲诚信。但同时也别忘了我们还有一个"杀熟"的传统，这种现象我们在生活中是经常会遇到的。正因为你是熟人，更要好好宰一下，从你身上榨点油出来，反正你吃亏了也会碍于情面不吭声，就当作是对我的一点支持。而对陌生人却反而不敢乱来，怕他们会回来算账。所以我们的传统社会有多诚信也是说不上的，这是一种想当然。

但要说我们的传统社会多没诚信恐怕也未必，一个社会要是都没有诚信，就无法维持下去了，我们的传统社会之所以能维持那么久，也得益于它所具有的一种诚信。从上层方面看，我们也有着一种"民为贵，社稷次之，君为轻"，"天视自我民视，天听自我民听"的传统，也有着"当官不为民做主，不如回家卖红薯"的谚语，你可以说这些观念现在看有多不足取，但不得不承认它们在传统社会具有一定的价值，发挥了一定的作用。这也是一种诚信，官对民的诚信。从百姓方面看，我们"人心有杆秤"这种观念也是深入人心的，"己所不欲，勿施于人"这种观念对人们也有很大的影响，人们也懂得无论从良心还是从利害的角度看，都必须诚实守信，否则就会对不住自己的良心，搬起石头砸自己的脚。所以在这个问题上，我们也要一分为二地看待。

但这并不妨碍我们得出要法治社会才有诚信的结论。只有在法治社会，权力才会受到有效的制约和监督，才不敢滥用权力，以权谋私，从而失信于民。上行下效，政府讲诚信，就会起到一种很好的表率和引领作用，使社会风气变得更好。同时也只有在法治社会，政府才会积极履行起应有的职责，维护正常的市场和社会秩序，依法对那些失信现象进行治理，使人们不敢以身试法。在这样的社会，人们就会自觉地做到诚实守信，并习惯成自然，形成一种良好的社会风气。

5 月 23 日

本月 20 日那天，连江县作协召开换届大会，我从福州下去参加。作协主席此前打电话过来通知我参加，话说得很诚恳，说把我写进了大会报告，要安排我当理事，很希望我这样有水平的作家能去参加云云，很明显就是怕我会不想下去。我听了之后没怎么犹豫就同意了，倒不是被他这一箩筐的好话所说动，也不是因为能当上理事而沾沾自喜，实在是因为这大会几年才开一次，自己平时也很少参加作协的活动，这次必须给他们面子，前去捧捧场。我最初也是靠他们的支持才加入连江县作协，连江县作协是我参加作协组织的第一站，人不能忘本，不能过河拆桥，因此这会我必须参加。但去了之后，发现理事候选人名单上根本就没有自己，他开出的是一张空头支票，只是为了能让我去参加而忽悠一番罢了。但忽悠就忽悠吧，反正我都会来参加的，也根本不在乎什么理事不理事的，自己够不着这高度，也无时间和精力参与作协的事务。

开完会吃完午餐，我看了看时间，才十二点半多点，心想时间还早，去蓼沿爬一下缺鼻峰也许还来得及。这次刚好已经到了连江，还会把车费给省下来，而且今天没太阳，天气不怎么热。于是又临时改变行程，坐车到了蓼沿。缺鼻峰海拔近 1100 米，是连江境内的最高峰，由于山顶上有一个豁口，像人的脸上缺了鼻子而得名，许多登山爱好者都慕名前来。我早已听说过这山峰，想着哪天也去登临一番，没想到今天凑巧机会来了。

天气有些阴沉，缺鼻峰的上部被茫茫的云雾笼罩着。我来到山脚下，沿着一条水泥路绕上去，不久后有一条简易的可以走摩托车的土路岔开，登山团体把丝带挂在路口的树枝上作为标记。我沿着土路继续往上走，走到山麓时又有一条小路岔开，树枝上又挂着丝带，登山爱好者就是从这条小路登上去的。登这么高的山若一直沿着那条盘山路走也不知道要走到什么时候，而且它到这里似乎也到尽头了。我就拐上了这条小路。刚开始时还比较好走，越到后面就越难走了，分外的陡峭崎岖，积满了落叶，而且还有雾气，又下过雨，路面就变得相当湿滑。我借助一根树棍，小心翼翼地往上走着，脚下仍然不时地打滑。我心里开始打起鼓来——现在就已经这么难走，后面还长着呢，就算走到了山顶，下来又该怎么办，只会变得更加难走，要是下起雨来就更不堪设想了，再说时间也不早了。但好不容易来了却要半途而废，想想又心有不甘。我心里一直在斗争着，但最后还是决定趁现在还来得及，打道回府。还是不去冒这种风险，要是真在这种深山老林出了事故，就会叫天天不应叫地地不灵，即使没有生命危险，也会摔伤摔残，不仅自己受苦受难，还会拖累到家人。不妨等到秋高气爽时，路比较好走了再来。这次虽然半途而废，浪费了盘缠，但这又算得了什么，能换来一个平安无事才是最重要的。

真是上山容易下山难，下山时由于重心向下，在这种山路上稍有不慎就会滑倒。我战战兢兢地一步一步往下挪着，但还是滑了几次，有一次还磕到了脚后根。当又走到下面那条土路上时，我悬着的心才放了下来，感到十分庆幸——今天还好没有一条道走到黑，懂得及时回头。人生没有多少必须实现的目标，有的只须主观上的努力，有的还得视外界的因素而定。就像今天登缺鼻峰，能否登上去还要看山的高度和陡峭度，还要看路况好不好，同时还要看老天爷的脸色，要是条件不具备而鲁莽行事，就会面临巨大的凶险。要是真有三长两短，以后就更无机会去实现什么目标了。因此，要学会想得开，放得下，不要一味执著于什么，去做那些力所不及的事情。

5 月 24 日

今天儿子的二检成绩都出来了，语文 114，数学 113，英语 122，物理 73，化学 93，政治 77，历史 87，加上已经考过的其他科目，折算后总分 647，总体上还比较稳定，只要能继续坚持下去，考上一所二类校是很有希望的。我们就奖励了他一百元，叫他加油！

他初二时变得厌学起来，成绩退步得很厉害，尤其作为主科的英语更是塌掉了，他甚至都放弃考高中了。初三上学期开学之前，他又开始有上进心了，很想读高中，决心去拼博一把，把许多爱好都放下，把心思放在学习上。他为此还做了个抖音视频，自己的声音经过变声处理，信誓旦旦地说自己要开始刻苦读书了，这是最后一次做的视频（他平时很喜欢做视频）。自己既不是学霸，也不是学渣，以后会让大家看到一个不一样的自己。我当时看了，就感到他这次是真想上高中，真要发奋努力了，不由感到有些欣慰起来。他学习的事情曾经令我们夫妻俩备感头疼和焦虑。他不爱学习，很不自觉，在如此激烈的竞争中就上不了高中，但我们又不甘心让他去读中专。中专的生源都比较差，成长的环境肯定不那么好，我们很希望他能考上高中，有个更好的成长环境，将来有个更好的发展前途。他自己其实也不想放弃，也想上高中，到了最后一年也知道再不去拼博就永远没有机会了。有志者事竟成，人一旦下定决心去做什么，总是能做成的。

虽然后来他那种学习不专心，容易分心去做其他事情的毛病很难完全克服，有时还出现了反复，但在我们的督促下，更在自己的克制下，大体还是做到用功读书了。于是，他的成绩就开始有起色了。这学期一检前的两周他学习特别投入，因而就考得比较好。接下来由于有所松懈，成绩又有所退步，但并不厉害，这次二检也稳住了。只有最后 30 天了，希望他能坚持到最后！

高中对一个人是很重要的，读完高中，可以继续深造，即使不继续深造，也算有一个文凭了，可以更好地去就业。既使不去考虑这些功利的因素，单有读过高中就是一段宝贵的人生经历。读完高中，就受过完整的基础教育，一个人的文化基础都是通过基础教育打下的。我现在虽然只是做着那些与文凭毫无关系的工作，但仍然十分珍惜自己读过的高中。"人生一世，草木一秋"，我们普通人的一生都是十分平凡的，最后都是要灰飞烟灭的，但再平凡的人也可以有自己的梦想，也可以有自己的追求。虽然没读过高中日子也可以照样过下去，但毕竟是人生的一个遗憾，尤其经过努力可以实现却不去努力，就会留下更大的遗憾。我经常对儿子讲这样的道理，说既然你有这个愿望也有这个条件，就好好努力吧，把自己的惰性克服一下，把其他事情放到一边，拼上一把。不拼就再也没有机会了，一辈子就看这一拼了。

5月25日

今天是25日，估计省作协已经往上报送会员申请加入中国作协的材料了，准备30日时问问省作协经办这事务的那位工作人员，看看自己有没有进入重点推荐名单。如果有进入，可能性就相当大了，就可以在那里耐心地等待下去；如果没有进入，就肯定没戏了，就不必再等待下去，再把心思放在这上面了。这次该努力的都努力了，该争取的都争取了，要是还过不了，以后再去申请也同样过不了，所以就不必再去申请，不必再去浪费精力，也不必再去浪费感情了。

从3月23日开始，日志已经坚持写了六十多天。原来打算连续写上一年，但写作也是一件很伤神的事情，写久了也会感到十分腻味。如果能加入中国作协，我还有动力坚持写下去，如果无法加入，就不打算再写下去了。也不是说以后都不写了，而是不必再像现在这么辛苦地写，过几年想写时再写上一些，也不一定要天天写，可以是断断续续的。要把更多精力用于读书，甚至用于休闲，不必再把自己的神经绷得紧紧的，活得那么苦那么累。

写作无疑是一件很有意义的事情，它是一个探索的过程，也是一个创造的过程，可以写出许多自己事先想不到的东西，不去写就永远不会有这些东西。同时也会逼着自己去思考一些问题，学习一些知识。无论对自己的思维还是表达，写作都是一个很好的锻炼，通过经常的写作，可以使自己得到很大的提高。我现在自我感觉是文章越写越顺手了，虽然比起那些文章高手仍然属于小儿科，但比起自己的过去，仍然有不小的进步。我也愿意一直写下去，但人又毕竟都有功利之心，我自己就从来不讳言这一点。要是无法加入中国作协，作品不能变成铅字，我在写作上就没有多大动力，不会去白白吃那么多苦。

我不奢望自己的作品能在刊物上发表，现在纸刊越来越少了，粥很少僧却很多，无数的人都在等着发表，甚至许多很有水平的人都在为此而发愁，水平不过尔尔的我就更轮不上了。我对发表作品从来就不抱多大希望，现在更是都懒得去投稿了，才不必去浪费这份精力和感情呢。我出过三本书，已经花了不少钱，而且现在出书费用又高了许多，实在无法再出了。要是能加入中国作协，还可以再咬紧牙关出一本，写下更多的作品，既满足自己的写作兴趣，对社会或许也不无益处。所以就看能不能上重点推荐名单，能不能加入中国作协了，而这过几天就可以知道了。顺其自然吧。

5 月 26 日

前不久，某家航空公司的空乘人员因为歧视大陆乘客不会英语，而被坐在后排的乘客拍下视频。视频上传到网络后迅速发酵起来，航空公司迅速做出了回应，向社会公开道歉，并把三位涉事空乘人员辞退了。

我也坐过几次这家航空公司的航班，平心而论大部分空乘人员的职业素质和服务态度还是不错的，知道我们是大陆乘客，都能用普通话跟我们进行沟通，而且普通话也说得挺地道的。其中有一个比较年轻，确实不太会说普通话，我只好用几句半生不熟的英语跟她简单沟通一下。但我也遇到一个中年空嫂，她服务似乎也很周到，挑不出什么毛病，但骨子里却透出一股傲慢和冷漠。她在尾舱的工作间整理物品，未把布帘拉上。我坐在后排的过道边，显得有些无聊，无意中往后面张望了一下，看到她在那里工作的情景。她瞅了我一眼，就唰的一声迅速把布帘拉上了，脸上还现出了一种不耐烦。我心里咯噔了一下，觉得有些不可理喻——这又不是什么见不得人的，而且是你自己未把布帘拉上，人家只是无意中瞅了一眼，就这么不耐烦了？就不能过会儿再拉上布帘？这也太不礼貌了吧。我们大陆乘客或许没有素质，但那些很有素质的白人乘客难道就能保证都不会也这样无意中瞅了一眼？

英语作为一种国际通用语言固然很重要，很有必要掌握，否则就很难跟外面的人进行沟通，但在我们乘客不会英语的情况下，空乘人员就应该自己想办法跟我们进行沟通，而不能因此就不沟通了，更不能因此就歧视我们，因为我们不知道 blanket（毛毯）不是 carpet（地毯），就认为我们不配拿到 blanket。即使国外的航空公司都不能这样，否则就有种族歧视之嫌，更何况是他们这家航空公司。其实他们除了个别之外，也都是会普通话的，普通话也是这家公司的一种工作语言，所以他们这样做无论怎么说都是十分不妥的，都应该进行深刻的反思和检讨，避免今后再有类似事件发生。

然而，要他们真正改变对我们的看法和态度，却又不是那么容易的。他们以后或许不敢再这么明显地歧视我们了，但未必就会真正以一种平等的眼光看待我们，就会发自内心地尊重我们。以力服人固然不行，以理服人也还不够，最后还要以情服人，就是要让人感到我们也是有素质的，能够奉行国际共同的价值，遵守国际通行的规则，他们才会真正地尊重我们，才会真正平等地对待我们。否则，今后类似的现象还会发生。

我有一次跟团去印度旅游。在泰姬陵对面那个古代王宫游览时，我们这个团吱吱喳喳的十分吵闹，旁边的一群游客显然受到了影响。别的还比较随和大度，未表示出什么不悦，但有一个中年白人脸上却显得十分鄙夷和不屑，不满地说了一声"Chinese（中国人）"。面对我们这种吵吵闹闹的不文明旅游，他们倘若说出什么具体的歧视性语言甚至做出什么举动，当然是不妥的，但我们总不能不让他们露出一种鄙夷表情吧，总不能不让他们说"Chinese"吧。因此，当空乘人员对我们进行这样歧视时，我们当然可以发出抗议，维护我们应有的尊严，但同时我们也应当提高自身的素质，各方面都能按照一套国际公认的价值准则去做，即使在国内也应当这样，现在毕竟是一个全球化和地球村的时代。我们的素质真正提高了，才能更好地跟别人交往，才能真正赢得别人的尊重，别人才会发自内心地平等对待我们。我们的素质提高了，这对国际社会也是有益的，但首先受益的还是我们自己——我们已经成为一个现代文明人了。

5 月 27 日

我从单位里出来，刚从事现在这份工作时，人们都不大相信我会一直做下去，有的说你这估计也不会长久，有的开玩笑地说你这是来体验生活的吧。但我心里十分清楚，自己就是要长期做下去的。我不做这还能做什么？我也想去从事那些更体面、待遇更好的工作，但自己有这本事吗？然而，虽然我早有这种心理准备，刚开始时心里毕竟还会有些不适应，毕竟曾经读过那么多年的书，曾经在单位工作过那么多年，现在却要跟这些社会最底层的人在一起讨生活了。

但几年过去了，我一直都做着这份工作，现在已经无人怀疑我会一直这样做下去了，我已经成为一个彻头彻尾的普通打工者。更重要的是，我的心态也悄然发生了一种变化，不再感到自己跟这些人一起做这种工作有什么不适应了。我不但不再感到不适应，还觉得这样蛮好的，还喜欢过着这种普普通通的生活。我每天去上班，就有一份收入，虽然日子过得普普通通的，但作为一个普普通通的人，也只要这样一天天过下去就行了。谁不愿飞黄腾达？但自己又如何飞黄腾达得起来？既然如此，就安安心心地像普通人那样，踏踏实实地从事一份工作，不但可以养家糊口，做久了还能有一笔积蓄呢。

那天跟一个做保洁的大姐聊天，她说自己二十多年前从连江来到福州，现在打两份工，上午在一家幼儿园做卫生，下午在银行这边做卫生，主要是在福州买了房子要还贷，要是只为了吃还怕没有。她叫我也好好做下去。我听了之后也感到挺欣慰的，我们都是普通的打工者，也可以相濡以沫，互相勉励，对生活要有信心，心中要充满阳光。虽然我们做的这些工作再普通不过了，但也是正当的工作，这样的工作也总是需要有人做的。我们做这样的工作，也可以做得很快乐，甚至也可以做出一种成就感，一种普通人的成就感。

5月28日

我父亲是1935年生人，母亲是1940年生人，都算是民国时代的人，他们经历过新中国成立前的时代，也经历过新中国成立后的时代，经历过改革开放前的时代，也经历过改革开放后的时代，阅历也是相当丰富的，通过这种阅历，都会形成自己对社会和时代的一些看法。现在就说说他们曾经说过的当年那些事儿。

父亲平时不大喜欢到外面跟人聊天，吃过晚饭就早早休息了。有一次他躺在床上休息，我坐在床前打开那台黑白电视机，边看边跟他拉话。我当时还很年轻，涉世不深，书也未读透，原先对那种以主流意识形态写出的历史深信不疑，上大学后眼界打开了，看到了许多很不同的历史叙述以及评说，于是态度又发生了一百八十度的转弯，认为以前读的那些历史都是不可信的，民国以及国民党的历史似乎都被写反了，都被说成有多么不堪，其实蛮不是那么回事的。父亲就对我又急切又感慨地说道，你们这些年轻人才不知道国民党有多坏呢！

他这样说一方面是希望我不要有叛逆的思想，不然以后在体制内是无法适应的，前途会受到很大影响。而对他们这些老辈人来说，一个人读了书要在国家单位里发展似乎是天经地义的，不然就失去任何意义了。另一方面也是以他亲身的经历告诉我们这些年轻人，国民党可不像你们这些根本就未经历过那个时代的人所想象的那么好。也不仅是他，我从许多与他同时代的人嘴里，也确实听不到谁讲国民党有什么好的，最常听到的一句话就是国民党都是"抢打连夺"，即见人就打，见物就抢。这些话都是在一种自然状态下流露出来的，并非谁要他们这么说，也不见得都是被洗脑过的。对于这些目不识丁的乡人，几千年的传统思想对他们是有很深影响的，他们很难摆脱那种皇权观念，但要说他们会因为被洗脑而把一个很好的时代说成一个很坏的时代，无疑也是言过其实，不够客观公正的。比起那些"民国粉"对那个时代的凭空想象，我更愿意相信这些亲身经历过那个时代的人。

14年抗战结束时，母亲已经开始懂事了。那时外婆已经病故，外公带着她生活。有一天，外公去外地还未回来，她自己坐在家门口玩。保长带着乡公所的人挨家挨户地收捐税。据她讲这些人都是一手提着麻袋，一手握着铁棍，一脸凶巴巴的样子，要是谁家的捐税交不出来，就会一铁棍抢过去。他们看见大人不在家，就问母亲你爹去哪里了。她正想说外公去哪里还没回来，保长立即对她使了个眼色——都是乡里乡亲的，怕让他们知道后会在这里赖下去。她明白了过来，急中生智地大声说道，不知道。他们看见是小孩，也无法拿她怎么样，就悻悻地走了。由于国民党的苛捐杂税多如牛毛，搞得民不聊生，连保长都向着乡亲，都不想为他们卖命，能敷衍的就敷衍，可见那时国民党已经十分腐朽没落了，它在内战中丢掉政权实是历史的必然。

母亲还讲过，快解放时有一天中央兵（即国民党中央军，我们那里把它叫作中央兵）经过我们这里，把外公拉去带路。外公给他们带到村外的一个岔路口，那里地形复杂，过了一个拐角就找不到人了。他急急走了几步，就偷偷溜掉了，让这些中央兵自己摸去。连路都不给带，可见这个政权已经完全失去民心，已经是穷途没路了。

母亲还讲过，解放军快打到这里时，村民以为又来了中央兵，又要遭殃了，就纷纷跑到山上躲藏起来。后来有人上来说这回来的不是中央兵，而是解放军，我们这里已经解放了。人们就兴高采烈地回到家里，烧好茶水摆在路边慰劳解放军，庆祝这里的天也变成了解放区的天。

5月29日

母亲生前有一次跟我聊天，我们说到以前没有计划生育，人们生小孩都是随便生，一直生到不会生为止。这固然可以满足人们追求多子多福的传统观念，但也必然会给家庭带来沉重的负担。当父母的个个都活得很累，要接二连三地把儿女拉扯大，还要给他们成家，几乎没有喘息下来的时候；当儿女的由于有限的生存资源要被兄弟姐妹们分走，能分到自己手里的就很有限了，就得不到更好的成长和发展，只能在生存线上艰难地挣扎着。我就问母亲，既然生很多小孩会给家庭带来沉重的负担，人们得到更多的是苦难而不是幸福，却为何还要生那么多呢？假如以前也像现在这样有各种避孕手段，人们是否会少生一些？她听后不假思索地答道，会的。接着她又举了她娘家一个叔婆的例子。她这个叔婆特别能生，几乎每年都能生下一个来。她丈夫比较早就因故去世了，但他们也已经生下了很多儿女，其中留下来的有四男三女，还有好几个女儿实在无力养活，生下来后就被溺死了。

我们这边也有一个人，他祖父生了三个儿子和两个女儿，但两个女儿生下不久就送给别人当童养媳了。其中一个是约好省城一户人家下来把她领走。当他祖父把这个襁褓中的女儿抱到定安码头时，由于迟了几步，船已经开了。他生怕错过这个机会，情急之下跳进水中，奋力往前走了几步，终于把女儿交到了对方手中。虽然是女儿，毕竟也是自己的亲骨肉，却恨不得立刻就脱手。要是错过了这次机会，就要继续养着，日子本来就已经过得够艰难的，再多一张嘴吃饭就更过不下去了。可见当生存很艰难时，人们其实也是不想多生小孩的，生下后也会想方设法地送出去。虽然由于过去是一个重男轻女的社会，送出去的更多都是女孩，但送男孩的也不是没有，那些自己没生儿子的人家，传宗接代的儿子就是从别人那里买过来的。

因此，以前家家户户都是儿女成群，也并非都因为人们想生那么多，还与以前缺少避孕手段有关。避孕甚至只需要具备一点生理知识，懂得什么是排卵期就够了，但以前人们尤其是目不识丁的乡下人，又哪里懂得这些呢。现在人们都知道如何避孕了，所以当生儿育女的成本越来越高，年轻人又越来越追求自我的生活质量时，就纷纷选择了少生甚至不生，即使政府不再采取限制生育的政策，甚至开始鼓励人们生育，都很难改变人们的生育意愿了。

5月30日

我大伯母是 20 世纪 20 年代生人，比起我的父母更是民国时代的人，经历的事情更多，阅历更为丰富。有一次我跟她聊天，说到旧社会的高利贷问题。通常认为旧社会的高利贷是十分可怕的，那种"利滚利"会把穷苦人家拖进苦难的深渊，最后搞得倾家荡产，卖儿鬻女，因而民间都把这种高利贷叫作"阎王债"，像阎王那样是来催命的。我们所接受的教育都是这么说的，因而也就深信不疑起来，在我们心目中高利贷俨然成了万恶旧社会的象征。然而，我有时仍然会不无纳闷地想到，既然高利贷如此可怕，后果如此严重，为何还有那么多人去借呢？都不去借，什么都放弃了，用现在的话说就是躺平了，至少还不会倾家荡产，卖儿鬻女。也许高利贷并不像通常所说的那么可怕呢。

改革开放后允许人们去发家致富，经济开始搞活起来，需要用钱的人就多起来，同时有钱可以借出去的人也多起来，于是又开始出现民间的高利贷现象，可现在并不是什么旧社会呀。大伯母的二女婿偷渡去澳大利亚，借了很多高利贷。那是 20 世纪 90 年代初，民间借贷月利率高达三分，即一万元年利息要三千六，而去偷渡要花上几十万元。有一次与我聊天，她说她女儿的胸都被这些高利贷给算裂了（"胸都裂了"是我们当地的一句土语，形容一件事情对人的巨大压迫），女婿每个月从外面寄回来的钱都要拿去还债。那次说起旧社会的高利贷时，她说以前借债的利息是很高，但比较了一下，还是没有现在高。

民间借贷的利率说到底是由社会上资金的供求状况决定的，利率很高说明社会上的财富很少，资金很紧缺，人们都在等着钱用。改革开放后经济刚开始放开搞活时，社会上资金也是很紧缺的，民间借贷月利率都达到三分甚至更高。后来经济发展起来，社会上资金变得充裕之后，利率就开始降下来，到 2000 年左右只有一分半，再过十年又只有一分。而现在据说到银行以及小额贷款公司贷款的渠道更多了，年利率低的才百分之三点几，折成月利率就只有一厘多，比起以前的三分，简直就跟钱白借给你用差不多。

这指的是正常的民间借贷行为，即借贷双方都是明码标价，自愿进行的公平交易，不存在坑蒙拐骗和强买强卖。在这种自愿公平的借贷中，人们即使要付高昂的利息，也愿意去借，因为他们很需要钱，有了钱可以获得更大的收益。人都是具有经济理性的，懂得什么对自己才是最有利的。20世纪八九十年代当民间借贷的月利率高达三分时，我们这边的人借钱除了做生意，更多的都是去偷渡，虽然利率很高，但在国外做一个月抵得上在国内做一年，几年就能把债还清了，全家就能苦尽甘来，过上了好日子。所以这种民间借贷其实是人们所需要的，对社会经济的发展是起到促进作用的，政府需要做的不是进行取缔和打击，而是把它们纳入规范发展的轨道。

至于以前那些会把人逼上绝路的"阎王债"，它们并非正常的民间借贷行为，往往是土豪劣绅对穷苦百姓的巧取豪夺。他们都是在一个地方可以一手遮天的人物，人们都要任其宰割，借了他们的债就掉进了魔窟，甚至不想向他们借债都不行。非要说这是民间借贷，也是一种畸形的民间借贷，已经完全扭曲了金融事业的实质，政府需要取缔和打击的倒是它们。

5月31日

从书上读到的是地主对农民的剥削是很重的，高利贷像吸血鬼一样吸干穷苦人的血。然而在母亲生前，我却很少从她嘴里听到这些。在她看来，地主把地租给佃农耕种，条件都是事先说好的，并不存在什么强迫和欺骗，这个条件能接受就租下来，不能接受可以不租。许多富农甚至地主乃是因为比别人更能干更勤劳也更俭朴，才慢慢发家致富起来。她举了我们村唯一一个富农的例子，他平时都穿得破破烂烂的，舍不得吃舍不得穿才攒下了一份家业。这叫什么富农？这叫棺材富农（棺材某某是我们那里的一句土语，形容某某东西差劲之极）！她这样感慨地说道。我小时候还见过这个富农，就是像母亲说的那样穿得破破烂烂的，连拖鞋都不穿，一副沉默寡言的样子。

人们平时急着用钱，就把家里值钱的东西拿到当铺当。当铺估一下值多少，然后借给你多少，到期后要连本带息地还回来，从而才能把东西赎回去，要是逾期未还东西就归他们所有了，由他们拿去拍卖。这其实是一种正常的民间资金融通，同样不存在强迫和欺骗，满足了人们的用钱需要，对社会生活起到积极的正面作用。

至于那些以权力做靠山，对百姓进行残酷剥削和压迫的大地主大资本家，由于我们那个村庄是个不大的山村，生存条件不好，并不存在这种人，因而我就未曾听母亲讲到过。

书上告诉我们，新中国成立后实行土改，穷苦农民从地主那里分到了梦寐以求的土地，翻身做了主人，从而焕发出了巨大热情，使生产事业很快得到恢复和发展。我问过母亲，刚解放时人们是否就是这样的。她平时很少这样讲过，那次听了我的发问后，只用一种不太肯定的语气说道，可能有一些吧。在她看来，20世纪50年代农业生产确实是有了较大发展，但这更多还是因为那时开始有了新品种、化肥尤其农药这些技术性的因素。新中国成立前几乎没有任何农药，人们只能靠天吃饭，今年要是没有发生虫害还会多收一些，要是发生了虫害，就会严重减产甚至绝收。

母亲经常说过这样一句话，还是到邓小平时又把地分下去种了，人们过上了比过去好得多的生活。在过去集体化的年代，人们在一起干活根本就提不起劲头，个个都在那里磨洋工。锄草要是给自家锄三下五除二就又快又干净地锄好了，但给生产队锄就变得无精打采起来，一锄一锄漫不经心地锄着，半天都锄不完，而且还东剩一棵西剩一棵的。生产队长为了能完成任务，一天到晚扯着嗓门吼，不停地骂人训人，人们仍然无动于衷——你可以控制我们的饭碗，却控制不了我的手脚；你可以控制我的手脚，却控制不了我的内心，而内心对一个人的行为才是最为根本的。劳动缺乏效率，产量就低，收入就低，人们吃不饱饭就成了常态。饭都吃不饱，鸡鸭鱼肉就更谈不上了，过的都是一种粗茶淡饭的生活。

那个年代不仅生活水平低，而且也不公平。据母亲讲，以前那些人都是动不动就打平伙，能为此找出各种借口。人们平时都吃不饱饭，只能吃地瓜米（把地瓜丝晒干而成），而他们每次打平伙都是焖白米饭吃。焖出来的白米饭香喷喷的，他们可以敞开肚皮吃，而其他人却只能眼睁睁地看着他们吃，有满腹牢骚也不敢发出来，因为都要在他们手下干活，口粮都在他们手里握着，得罪了他们就要吃不了兜着走。我大哥看见他们吃焖白米饭羡慕得口水都流下来了，就去央求他们下次把饭放在我们家焖，从而可以分到一碗，解解馋。现在人们白米饭都吃腻了，但在那个吃不饱饭的年代，它可是世界上最好吃的东西，比什么山珍海味都珍贵，对人们的诱惑力是后人难以想象了。大哥为了能吃到一碗白米饭，忙活了半天，又是泡米又是烧火，饭焖好后还要他们几个人先舀，最后才留给他一碗，而且还要我们家拿出大头菜给他们下饭。

由于一年到头都分不到几个钱，一些事业心强的人就想出去做工（这在那个年代仍然存在着，因为无论私人还是公家总需要搞点建设，而这又不能都由公家的建筑队承揽，相当一部分就由农村出来的工匠承揽，一般都是几个合伙，其中一个牵头，也有是一个人承揽，再雇几个人手），这就要经过批准，就要从挣回的钱中拿出相当一部分买工分，从而才能分到一份口粮。他们往往会进行刁难，但又不是真不让走，要是个个都待在家里，就要吃掉更多的口粮，大家就更要一起挨饿，有人出去做工还可以给队里增加点收入，刁难的目的无非为了能从他们身上多拔下几根毛。

　　在那个吃不饱饭的年代，人们对现状是否有所不满？我也向母亲问过这个问题。我只听她讲过，在一个时期，人们当中曾经流行过这样一句顺口溜：包菜当伙食。在我们的方言中，席和食发音相近，可以押韵，因而说起来也十分顺口。那是最挨饿的年头，甚至出现了用蔬菜代替粮食的"瓜菜代"，这句顺口溜就反映了这种生活，也表达了人们对现状的某种不满，但也仅此而已。我们老百姓的要求其实是很低的，只要能吃饱肚子，能过上更好一点的生活，社会能安定下来，足矣。真要对得起这些朴实的老百姓，不要让他们连这种基本的要求都无法满足。

六月

6月1日

上个月 30 日那天，我问了问省作协那个经办人，自己申请加入中国作协有没有进入重点推荐名单。她回复说他们这边把材料送上去时没有重点，至于领导那边有没有就不知道了。我又问了一个领导，没有得到回复。不知道是已经进入了，还是未能进入。不管怎样，我都不必再问下去了，同时也感到别把此事看得太重，心里别老挂念着，别抱太大的希望，免得到时真过不了会很失望，就当做一次无用功，到时真过不了也有个心理准备。

预计大约六月份结束就会有结果出来，所以我就在三月下旬撕了一百张小纸条放在抽屉里，过一天就扔掉一张，数起了日子，盼着结果出来，盼着能顺利通过。现在还有 30 张，不准备再盼下去了，但儿子中考将于 26 日结束，比这早几天，我就把最后几张扔掉，去数离他中考结束还有几天。他读书不用功，为了能让他考上高中，我们夫妻俩都十分焦虑，每天都在苦熬着，都盼着中考早些结束，盼着他能考上高中，结束现在这种日子。他现在成绩还过得去，也在尽量控制着自己，从而能专心地学习，考上一所理想的高中。但愿他能坚持到最后，如愿以偿，让我们全家都开开心心的。我更盼望着这一天的到来。

加入中国作协更多只是满足自己的一种虚荣心，并无多大的实质意义，因而还真不要太当回事，过不了也无所谓，日子照样过下去。而且想加入的人很多，自己的条件并不比别人强，甚至还不如别人，因而过不了也实属正常。而儿子上高中却是很有实质意义很有必要的，不仅是面子上好看一些，更重要的是可以让他学到更多的文化，得到更好的成长，将来有更好的前途。他经过近一年的努力，成绩也进步了不少，考上一所二类校应该没有问题，我们离目标已经很近了。我更应该为此而盼望着。

6月2日

最近有两起事件先后上了热搜，牵动着无数国人的神经。先是成都的环城绿化道花三百多亿元建成的公园又被铲平复垦为农田，为的是要完成退还耕地的任务。最近退林还耕一事变得很热乎，很多人都在议论，认为这事极其荒唐，是一种劳民伤财、破坏生态的瞎指挥、瞎折腾。人们对这种现象已经十分厌恶，因而成都的事件出来，刚好满足人们的这种情绪需求，撞到了枪口上，立即就引发了一场热议，人们众口一辞地予以抨击。但事情真是这样的吗？其实成都市规划的环城绿化带要经过周边的农村，本来就有保留一定数量的农田，并不存在把建成的公园又铲平复垦为农田的情况。真正进行复垦的也有，但都是城市建设中违规变更土地用途的土地，也不存在把公园又变回农田的情况。

成都的事情还未消停，河南南阳这边又出事了。网上爆出消息说现在正值麦收时节，外地运到南阳的收割机被堵在高速收费站5天下不来，导致大量小麦未能及时收割霉烂在地里。这也是典型的国有企业以及政府的官僚主义，这种现象给社会造成了巨大危害，人们对此也是深恶痛绝的。因而消息一出，就在网络上迅速发酵起来，人们都纷纷向它开火。然而据记者调查，实际情况却是，5月22日那天从唐河收费站下站的收割机运输车有一百多辆，其间有二十多辆集中下站并出现缓慢通行情况，原因是部分车辆未按照规定办理"超限运输车辆通行证"，导致查验效率不高。数小时后问题就得到了解决，并不存在数百辆车被滞留5天的情况。至于小麦霉烂的问题，也是现在快到收割时节了，但恰逢连续下雨，确有部分发生霉烂。但这并不是收割机造成的，此时还未到收割的高峰期，南阳本地的收割机足够使用，即使外地运来的收割机被堵在路上了也不成问题，何况并未被堵在路上。

由此看来，这两起"事件"很明显都是子虚乌有的假消息，但恰恰是这类假消息更能吊起人们的胃口，很多人都愿意相信，传得比什么都快，一时间几乎所有人都被它们裹胁而去。这就很值得深思了。

一些机构和个人，他们通过发布这类耸人听闻的假消息，短时间内就会有无数网民跟进，从而给他们带来巨大的流量，而在这流量经济的时代，流量又意味着真金白银，可以让他们赚个盆满钵满。于是他们就丝毫不顾事实真相了，热衷于编造和发布这类假消息。他们也很聪明，知道完全不着边际的东西也是无人相信的，所以就去找那些能着点边际的东西进行捕风捉影和添油加醋。像这次成都毕竟有一些土地进行复垦，所以他们就移花接木地说成把建成的公园铲平复垦；南阳也有部分收割机短时间内滞留在路上，就被夸大其辞地说成所有车辆被滞留了 5 天，有部分麦田因为连续下雨而霉烂了，就被张冠李戴地说成因为收割机被滞留而霉烂了。虽然都着一些边际，但仍然是假消息，仍然是子虚乌有的。

这类假消息之所以很多人相信，是因为它们可以满足人们的某种情绪需求，即人们很想听到这类消息。像瞎指挥瞎折腾曾经给社会造成多少的浪费和破坏，官僚主义现象也曾经给人们带来多少的不便和痛苦，简直人神共愤。假如这些都是真的，谁看了都会血脉贲张起来。其实即使这些都不是真的，即使已经有人指出这些都是假消息，也改变不了一些人的态度，他们仍然会坚持己见。进行辟谣的人还会被说成是替政府说话的，政府似乎就应该是他们所认为的那样，事实真相也似乎就应该是他们所需要的那样。无论别人怎么摆事实讲道理，对他们都是不起作用的，他们不是让自己服从事实，而是要让事实服从自己。

面对那些社会上的负面现象，我们必须进行大力抨击，但这种抨击又必须建立在事实真相的基础上，即必须确有其事，我们才能火力全开，也才能打到对方的痛处，才能发挥出真正的威力。要是事情本身就是子虚乌有的，我们对之火力全开岂不成了与风车作战？除了说明我们蛮不讲理之外，又能说明什么呢？对于那些真正的社会负面现象，又能伤到什么呢？他们也许还躲在暗处偷偷发笑呢，笑你们放过真正的敌人，而找一个假想敌瞎起哄呢。那些靠编造和发布这类假消息的无良机构和个人姑且不说了，他们只是要消费人们的无知和天真，可怜的是我们这些善良的吃瓜群众，我们希望这个社会能变得更好，但由于自己的无知和天真，却不自觉地沦为他们的消费对象，甚至被消费了还要为他们叫好。

但要对这类现象进行治理又是很难的。我们很难知道这类假消息的信息源在哪里，即使找到信息源了，这些人也会以突发新闻很难进行核实作为借口。呼吁他们要有良心也是无济于事的，他们本来就是无良的人，为了谋到钱财什么都可以不顾。问题在于我们这些善良的吃瓜群众自己要变得理性起来，学会独立思考，遇到什么不要盲目跟进，被这些带节奏的人牵着鼻子走，要让子弹再飞一会儿，核实和求证一番后再发声不迟。最重要的是我们要有直面事实真相的勇气，当事实真相与自己的愿望不符时，即使自己的愿望再善良，也要让自己服从事实真相，而不是相反。要急公好义这没有错，但一定要建立在事实真相的基础上。正义只能用正义的手段去追求，用不正义的手段去追求正义，这本身就是不正义的，最终也是追求不到正义的。

6月3日

在这样一个网络和流量经济的时代，人们都愿意相信一些假消息，即使真消息摆在面前了也不愿意相信，宁愿做一个被投喂者和被消费者。其实，人们只想听到自己希望听到的消息，不愿意面对事实真相，也不是现在才有，而是自古皆然，实乃根植于人性的深处。通常说的"但愿"，就是希望看到什么，倘若不是这样就不愿意看到，事实即使摆在面前了也不愿意面对。对此，我想起了一件发生在自己身边的往事。

1990年的夏季，福州地区发大水，我们连江下面也是暴雨连连，洪水泛滥，敖江两岸都被淹了。我们暑假都在家里。一个堂哥新盖起一座楼房，为了进出方便，从二楼修几级台阶接到上面的路来。那天傍晚，他的小儿子从这台阶跑下时摔了下去，额头磕在水泥地上。其实当时脑浆就已经流出来了，但大人都不知道情况这么严重，在村卫生所简单包扎后就没往福州上面的大医院送，而是送到了县医院。无奈县医院的医疗水平十分有限，第二天凌晨人就不行了，于是紧急往福州转院。但由于正在闹洪水，车辆在104国道进水熄火了，叫天天不应叫地地不灵，只好眼睁睁地看着他停止了呼吸。

一大早我们那一带的人都来到他家门前。那时都没有手机，甚至连电话都没有，我们只能等着有人把消息捎回来。他是一个活泼可爱的小孩，我经常跟他在一起玩。出事前不久我正坐在家里吃晚饭，他从门前走过去，还叫了一声叔叔，我也应了一声。没想到他出去后不久悲剧就发生了，外面传来了吵吵闹闹的呼喊声。我们都盼望着有人早些回来，给我们带回一个好消息，告诉我们他并无大碍，不久就会平安回来。所有人都不愿意离去，都在那里焦急地等待着，并不停地安慰他的奶奶和外婆两个老人。

一个堂嫂（是我二伯家的，不是这小孩家的）突然从那条石阶路急匆匆地跑上来，快到时边跑边哭喊着：已经抱回来了！意思就是他未能抢救过来，已经抱回来了。他的奶奶和外婆一听到这个噩耗，就双双倒在了地上，痛不欲生地哭嚷起来。昨天她丈夫也帮忙把小孩送去医院，此时小孩已经抱回来停在村外的路边，她娘家在村头，她最早知道了这个消息，就跑回来告诉我们。我们都无法接受这个事实，都希望她带回来的消息是假的，都希望这小孩还活着。有人还责备她是否把话听错了，她苍白的脸上顿时惊恐起来，不敢声张了，似乎自己做错了什么。

然而，事实终归是事实。后来人们都看到这小孩的尸体停在村外的路边，即使心里有多么不愿意，也只好接受了这个事实——这小孩已经不在人世了。面对这无情的事实，我们除了接受还能怎样？除了提醒自己以后要多注意安全还能怎样？除了面对飞来的横祸也要天塌下来当被盖还能怎样？要是这小孩都已经入土为安了，我们还相信他仍然活着，只能说明我们已经变成一个精神病患者了。

6月4日

我住的地方对面有一家广东肠粉店，每天晚上打烊后他们都要对店面进行清洗，而且还把炊具放在路边清洗，污水就直接排放到路面，四处横流着，给过往行人造成了很大不便。我为此曾经写过一篇日志，对这种只顾自己做生意不顾别人死活的不道德行为进行了抨击。我又进而推断，认为广东肠粉店的设备都是差不多的，店面布局也是差不多的，不知是否都像这家店这样直接往路面排放污水，如果是的话问题就大了。

通常认为一个地方经济发展起来之后，人们的素质也会跟上，公德意识也会提高。广东作为最早实行改革开放，经济最为发达的地区，在其他方面也会引领全国，人们的素质和公德意识也会走在全国的前面。然而，实际情况却未必如此，改革开放后许多不良社会风气都是最早在广东产生，进而蔓延到全国各地的。像"天上飞的，除了飞机不吃什么都吃；地上跑的，除了板凳不吃什么都吃"，以及那些穷奢极侈的土豪流行吃"黄金宴"，这些歪风邪气也是最早在广东出现的。这不，我们这条街也只有这家广东肠粉店才每天直接往路面上排放污水。

这篇日志写完后我心里一直有些忐忑不安，即自己只是根据这家广东肠粉店进行推断，至于其他广东肠粉店是否也很多都是这样并无把握。虽然我用了"我不知道"这种不太肯定的语气，但这样进行推断本身就是不严谨的。万一这不具有普遍性，只是一个个案怎么办？岂不打了自己的脸？而且这样对广东人进行无中生有的批评，不也是不公正的？广东人即使真存在有钱之后素质却跟不上，公德意识很差的现象，也不能从一个并不存在的事实出发进行批评。即使一个作恶多端的人，也不能对其进行栽赃，根据一个虚假的罪证进行定罪，否则这也变成了一种罪恶。

我想了又想，还是决定把这段话全部删掉。虽然自己写出来的东西都会爱惜，删掉了都会感到心疼，虽然广东也许确实存在这方面的问题，但如果不删掉，我的良心就会一直不安下去，如果不删掉，我这种不严谨的推断也会陷自己于被动。无论如何都要做到实事求是，一切都要拿事实说话，这既是追求真理所要求的，也为了使自己能立于一个不败之地。

6月5日

我从老家那些民国时代的老人那里，几乎不曾听到他们对民国有什么怀念的，更不曾听到他们对国民党有什么赞美的。我从民国时代作家的作品中，也同样看不到对这个时代的赞美。这些作品的色调大都是灰暗、沉郁的，我们可以从中读出那是一个国家四分五裂，军阀混战，外敌入侵，政治未上轨道，统治集团以及地主豪绅对百姓进行巧取豪夺，经济凋敝，社会动荡的时代，怎么也读不出那是一个值得赞美和怀念的时代，社会上那些"民国粉"所想象出来的"民国范"实在不知道源自何处。

当然有人会说这些作品都是我们阵营的作家所写的，他们为了革命的需要，必须从特定的意识形态出发，从而对民国时代的叙事就变得不真实不客观了。但不仅我们阵营的作家是这么写的，那些走中间道路的自由派作家也是这么写的。像沈从文，他是不受我们阵营待见的，但在他的笔下，既写出了湘西社会的恬静和温情，也暴露了那个时代的腐朽和没落。就是胡适这样长期追随国民党政权的文人，对这个政权也是有很多不满的，有时甚至到了关系十分紧张的地步；同时，他对当时的社会也是有很多批判的，曾经提出"五鬼闹中华"之说，认为贫穷、疾病、愚昧、贪污、扰乱这"五鬼"是中华民族真正的敌人。

可以说，真正经历过这个时代的人几乎没有说好的，说好的倒是后来一些晚生辈。他们并未亲身经历过这个时代，又不肯虚心地去全面深入了解这个时代，而是更多凭借自己的想象，虚构出一个自己心目中的民国时代。他们因为对现状有种种的不满，从而就进行逆向思维，就认为以前那个时代多好，从而怀念起那个时代。这对历史是一种歪曲，对现实也是不利的——我们要更好地改变现状，很重要的一点就是要正确地认识历史，从而才能得出对现实的有益启示。

那些前人的记忆，我们当然需要认真听取，他们作为那个时代的亲历者，不相信他们还相信谁呢。因此，我为了更好地了解那个时代，就很喜欢听那些老人讲古。他们都已经陆续离开了人世，我再听不到他们的声音了，就尽量把以前听过的记录下来，写进自己的作品，作为一种记忆保留下去，可以给后人一些启示。同时我还经常读民国时代的文学作品，今年又集中精力读了许多。文学作品是作家的心声，也是时代和社会的镜子，我们总是可以从中认识时代和社会的。

但这些亲历者的记性是否就一定正确呢？也不尽然。"旁观者清，当局者迷"，由于利益和情感因素的羁绊，有时亲历者会看不清事情的真相，反而旁观者的看法更为客观。对于当下社会，我们无疑也是亲历者，但就能保证我们的认识都是正确的？就能保证我们的评价都是客观的？

要全面深入地认识一个时代其实是很不容易的，必须听取多方面的意见，进行多方求证，多方比较，然后再进行综合判断，独立思考，得出一个更全面更深刻的认识。即使是亲历者，他们的认识也是基于自己的经历，而所有的经历都只是时代的一个局部，同时这种认识还要受到观念和情感等因素的左右。"横看成岭侧成峰，远近高低各不同"，就像对于一座山一样，对于一个时代也总会有不同的认识，不同的评价，很难会有定论，历史是需要不同的人来书写的，也是需要不断地重写的。

6月6日

何兆武先生是我国著名的历史学家和翻译家，他出生于1921年，前年才去世，整整活了一百岁。他生前出过一部书叫《上学记》，回忆自己1949年前在民国时代的人生经历。这时期除了童年以及毕业后的几年，他基本都处于学生时代。他以一种平静、豁达的心情，娓娓地讲述起自己的成长历程、心路历程以及自己成长的环境、接触过的师友等等。通过他的口述，我们虽然不曾经历过那个时代，但那个时代已经栩栩如生地展现在了眼前。那是一个社会动荡的时代，却也是一个自由散漫的时代；那是一个物质贫乏的时代，却也是一个精神富足的时代。在这样的时代，学生可以读到各种书籍，可以发展各种兴趣，作者在西南联大求学期间先后换了4个专业，最后由于发生了第二次世界大战，感到需要去认识历史，从历史那里寻找现实的答案，于是就选择了历史专业，并终生以此为业。在这种自由散漫的环境中，学生得到了更好成长，各方面素质都得到了发展。在这种自由散漫的环境中，还会激发起学生追求真理的兴趣和热情，以及一种对国家和社会的责任感和使命感，在自由散漫的表象之下，都在自觉、刻苦地读书治学着。

此书甫一上市，就受到了许多读者的追捧，成为一本畅销书。一个学者的回忆录能够成为畅销书，也是不多见的。除了因为书本身写得好之外，还因为它写到了那个离我们很远却又很近的民国时代，写出了那个时代的自由与散漫，使人们十分向往起来。在读者的评论中，肯定和赞赏的居多，但也存在不同的声音。央视曾经做过一期节目，请何老先生与几个北大学生进行现场交流。学生们在对他予以肯定和赞赏的同时，也有一个直言不讳地问道，民国有您所说的这么好吗？它除了有美好的一面，还有没有黑暗的一面？您有没有在书中隐瞒了什么？这个问题问得够直率的，会让人下不来台，但他很平静地拿起话筒，不假思索地答道，不是有意的隐瞒。人的认识都是有局限性的，我只是根据自己所看到的写下来。

何老先生是颇有涵养的，我们即使不同意他书中所写的，也要为这种坦荡的态度点个赞。他并不否认自己的认识也是有局限性的，只是说出自己对民国时代的认识和理解，未必就是客观和全面的。民国时代是一个复杂的存在，是永远都认识不完的，需要从不同的角度进行叙说，他只是提供自己的一个视角罢了。

民国时代并不像通常所说的那么暗无天日和一无是处，这种认识固然是不客观的，但我们也不能因此来个一百八十度的转弯，像"民国粉"那样认为民国时代有多么美好，多么让人怀念。那是一个从传统到现代的转型时期，皇权专制的社会已经解体，人们开始从封建束缚中解放出来，大胆地追求现代的价值，社会上也开始建立起了大学、新闻和出版等领域的现代制度，开始产生独立的现代知识分子，在文化和教育领域取得了很大进步。但这只是问题的一面，那个时代同时也是一个军阀混战，外敌入侵，社会动荡不已的时代，很难放得下一张平静的书桌，所以我们也不必把它看得过于理想化，文化和教育领域的长足发展首先需要一个安定的环境，需要经济上的繁荣。

同时，那个时代虽说已是民国了，但传统的因袭和负担仍然很重，专制力量并未退出历史舞台，统治集团有趋新的一面，但更有守旧的一面，对于那些现代制度的成长很多时候并非不想压制，而是无力压制。在这一时期，没有哪个统治集团可以有效地控制整个社会，从而为现代社会的成长提供了一定空间。抗战时期，西南联大之所以能够"内树学术自由之规模，外来民主堡垒之称号"，也与当时云南的实力人物龙云的保护分不开，使国民党政权很难插足进来。

民国时代虽然在文化和教育领域取得很大成就，但这种成就更多停留于少数知识分子阶层，绝大部分国民仍然是文盲。当时我们福建也有一所著名的教会大学——福建协和大学，固然也培养出了许多优秀人才，包括不少后来成为中国科学院院士，但从1915年创办到1951年停办，在近40年的时间内总共才毕业了一千三百多个学生，平均一年40个不到。我看到这个数据之后真感到难以置信，但事实明摆在那里又不得不信。人们可以说那时代的大学都是精英教育，更看重的是质量而不是数量，但对于一个社会，大学教育的数量也是很重要的。

这样一个时代，固然也存在着一些亮色，有一些值得后人借鉴的地方，但切不可过度地进行拔高和美化。

6月7日

我出第二部书时已经在这家银行当保安了，负责看守大院的后门。大院后门临着一条小街，进出车辆比较少，一般都是步行或骑车的从这里进出。我心想能否向一些认识的员工推销推销，争取把书卖掉一些呢。于是就带上一些书，有认识的员工经过时，就上前介绍起自己的情况，问能否支持一下买一本回去。不少员工都挺慷慨大方的，经我一说就满口答应了。我起先折价卖，有的还主动问够不够，意思就是按原价卖也可以。其中有一个看了原价后，就主动按原价付款，想必认为我这样自费出一部书也不容易，尽量多支持一些，反正现在这48元也算不了什么，吃好一点也许吃一餐饭就没了。

也有不少员工看了看就摇摇头走开了，或者委婉地加以拒绝。这些人一点钱都拿不出来，但买卖毕竟要出于自愿，也没什么可说的。但有一些人却做得有些离谱，显得不够厚道，值得记下来备忘。

一个女员工刚从外地调过来不久，人挺热情的，遇到谁都会笑容满面地打起招呼。我把书给她看一下，她大声地惊叹起来，哇，你还会写书！但当我问到能不能买一本时，她就开始虚与委蛇起来了。后来有一次她又遇到我，又主动地过来赞赏一番，我就直率地回道，你又不买！她尴尬地笑笑走开了。既然这么赞赏我，就不妨拿点钱出来买一本。这点小钱都拿不出来，又何必说那么多甜言蜜语呢。谁需要你这种廉价的赞赏呢。

一个男员工平时对人也都是笑呵呵的，实际上却是一个精明到家的人，他可以跟你讲些门面话，但一涉及到实际利益就不一样了。我有一次问他开的那辆车要不要多少万。本来作为熟人这样问问也没什么不妥，他却敷衍说这是他朋友的车。通过这件事，我就知道此人也不是什么好鸟，以后也不必再跟他打交道了。但卖书时我又忘记了这一点，心想才几十块钱，他也许会卖个人情吧。没想到我又错了，他一听到叫自己买书，就说叫工会买，叫领导买，边说边溜之乎也。他以前有时还叫我帮他做点事情，从此我也管不了他那么多了。人之间是要互惠互利的，你精明到家了，我还去当冤大头？

还有一个男的是旁边一家公司的员工，他们平时上下班可以从我们这边经过。他每次经过都会很有礼貌地打招呼，我以为这人不错，还准备跟他交个朋友。但等到我叫他买书时，就完全不是这么回事了。那次他看到我把他叫了下来，知道我一定什么有求于他，立即就产生了一种戒备心理，说什么事您说。我把书拿到他面前，问能不能买一本。我话还没有说完，他就说这个不合适。我很失望地合上了书——你平时对我热情有加的，要你拿出点小钱买书时这热情又去哪里了？不买也没什么，为何一看到我有求于自己就害怕成那样了，还要说这个不合适？说不要不就完了呗，有什么合适不合适的。从此他再经过这里向我打招呼时，我就不想搭理了。他也心知肚明，从我这里吃了一次闭门羹，就知趣地不再打招呼了。

我这次一共卖掉 50 本书，差不多得到 2000 元，也感到挺开心的。但比这更重要的是，我从中更加认识了人性。世界上可谓什么人都有，有的人慷慨大方，有的人小气到家，还有的人说的比唱的还好听。我后来不再卖书了，除了上面会有人说下来，自己也不想再卖了。我打工一个月都远不止挣这么多，何必搞得那么麻烦呢？

我出第三部书时，自己只留下 10 本，绝大部分都送给了出版社，还有 90 本则花点邮费赠给全国各地的图书馆。我又花了几万元出书，但不想再收回任何成本了。既然想从事写作，这些钱还是愿意花的。对于那些慷慨大方的人，我不好再叫他们破费了；对于那些精明到家只会假殷勤的人，我更是敬而远之了。

6月8日

几年前我曾经在纽约生活了几个月。那时我刚从原来的单位辞职出来，没有多少社会经验，把钱看得很重，总认为现在不再有稳定工作，不再衣食无忧了，一心只想多挣点钱，多攒些积蓄，以后生活才更有保障。我出来打工，就给自己定下一个目标，做完几个月后必须带多少钱回去。我们一般每周出工6天，周日休息，我最好每周都能做满6天，甚至周日不休息都可以。老板看我是生手，几周后就只给我出5天工了。我当时就感到有些恐慌起来，不知道以后该怎么办。为此我还去住处附近的一家杂货店临时打了两天工，挣了140元，算是弥补了一些。这次运气好还能找到活干，但以后呢。后来还好我那个亲戚（他也在我那个老板手下干活，我就是他介绍过来的）去沟通后，老板才又给我出6天工。

为了增加点收入，我还去捡瓶子卖。工地工人每天都要喝很多水，丢下很多瓶子，我就把它们捡起来带回去。除此之外，回去的路上也能在公园捡到不少。一个瓶子可以卖5分钱，如果能捡到几百个，也能卖点小钱。

瓶子积多了就准备拿到废品收购站卖。我问好地点后就兴冲冲地提过去，但走到那里时却是铁将军把门。问了问周边的人，才知道是周一到周六才开。他们那边是很重视周末休息时间的。但我一般也是周日才休息，遇到周六不出工还可以拿去卖，否则就难办了。刚好有一次周六没出工，终于把这些瓶子卖了，也挺开心的。后来又积了好多瓶子，但那段时间周六都有出工，就只能哪天上班之前拿去卖，然后再赶去上班。那天我背着上班的行囊，两手提着装满瓶子的垃圾袋，走到了收购站，但那里已经排了很多人。我前面有几个福州人，再前面还有一个洋人，他们都是上了年纪的老人，可以在那里慢慢等，而我还要赶去上班。我就用福州话跟前面一个老伯说我要赶去上班，能不能让我先来。他态度还可以，说他没问题，但还要问前面的人肯不肯。这时一个大妈就很不高兴起来，大声地牢骚道，上班，都是上班，人家在这里都排得半死！我感到有些不可理喻，就说我只是问一下。她听了也不好再说什么。她还有什么好说的，人家只是问一下，说不同意不就完了。前面那个洋人也明白是怎么回事，怕我上去插队，就伸出手挡着。我感到有点好笑，我都站在那里不动了，还这么怕干吗。洋人也是人，人性其实都是一样的。

　　我急得像热锅上的蚂蚁，东西拿出来了就不想再拿回去了，但继续等下去又怕来不及上班。我真想全扔了，当初不去捡就没这么麻烦了。前面还有一个大妈很善解人意，看到我的窘境，就建议说你们年轻人会讲英语，可以去跟老板说一下，看能不能先让你卖。我觉得也对，看见老板走过来，就边抖着上班的行囊，边用蹩脚的英语说自己要赶去上班。他也听懂了，但摇摇头走开了。我想这下可惨了，最后的希望破灭了。正当我走投无路之际，他又从我身边走过去，向我招了招手，所要人都知道这是叫我不必再排队了。我悬着的心终于放下了，快步走到收购员前，前面那几个人只能眼睁睁地看着。洋人其实也不是都那么死板，那么讲原则的，这也再次说明人性其实都是一样的，"人同出心，心同此理"。

　　这次又卖了20元左右，那边物价低，这些钱可以在超市买不少东西，这些瓶子总算没有白捡。但从此我再也不去捡瓶子了，又能卖多少钱呢。更重要的是自己也没时间去卖，去上班一天就可以挣110元，要是耽误了上班岂不因小失大。

　　我不但不去捡瓶子，老板周六不给我出工也无所谓了。到纽约这么久了，还只在周边走走，远的都未去过。不出工时我就带上干粮和水，到处玩去，除了长岛几乎所有地方都走了个遍。不就是少干几天吗，我只要花点钱坐地铁，还可以玩这么多地方。人活着不只是为了挣钱，还要充分享受生活。钱又算什么呢？挣得再多，都不拿去花也是放在那里发霉。要是什么钱都挣，就会活得很累。挣得到的也不妨去挣，挣不到的也不必强求。挣钱的同时，该享受的也要享受，过着一种自己想过的生活才是最重要的。

6月9日

　　工作几年后有了一点积蓄，在老家的大姐帮我把钱借给别人，月利率有一分半，年利率就是百分之十八，一万元借出去，半年下来就有近一千元的利息，让我初次尝到了甜头。但这种民间借贷毕竟有风险，对方要是翻脸不认人还不是一点辙儿都没有，社会上这种现象可多了去，所以我也不敢再去冒险，就把钱存进银行。那时我也挺会花钱的，买书买衣服，有时也请人吃饭，反正有工作收入有保障，钱放在那里也不会升值，该花的也要花。

但有钱又总是想让它升值的。2007年左右股市很火，很多人都去炒股或者买基金，几乎个个都赚到钱了。有个同事不无夸张地说，炒股钱这么好赚，连猩猩都会赚。我知道股市的风险很大，那些经常炒股的人基本都是亏的，真正赚到钱的没有几个。但那段时间股市似乎发疯了，一直涨个不停，使人感到奇迹发生了，股市会一直这样涨下去，全然忘记了有涨必有跌，有暴涨必有暴跌这样简单的道理。我也心动起来了，就去一家证券公司开了个账户，先做点基金，觉得基金相对风险小一些，自己对股市也不了解，不敢贸然直接去炒股。牛市的行情还在延续，我虽然进去晚了，但仍然赶上了，不多久就赚了好几千。

我尝到一点甜头后，就得寸进尺，看到别人炒股赚得更多，就感到买基金不过瘾，于是又在另一家证券公司开了个账户，也炒起股来。当时恰逢号称"中国第一股"的中石油A股上市，我和妻子都去申购，以为要是中签一定会大赚一笔。上市那天开盘前，我眼睛紧紧地盯着电脑，一是看自己能中签多少，二是看股价会不会噌噌噌地往上涨。但事与愿违，这时股市的热度已经悄然退了下来，我们中签的比例倒是很高，但一开盘股价就开始跳水，很快就接近了跌停板。原始股中签本来是求之不得的，现在却中的越多套的越多。我心里凉了半截，第二天如果还是这样就大事不妙了，就要考虑割肉止损。令人失望的是，第二天仍然不改这个颓势。后来我只好在涨上来一点时忍痛割掉了，第一次吃螃蟹就大大亏了一笔。

我还好及时割肉，才没有亏得更多。后来股市崩盘了，我都在旁边观望着。又过一段时间后，股市有所回升，进入一个涨涨跌跌的平稳期。于是我又入场了，不时地买进买出。虽然很不喜欢国企，但自己炒起股票时就会下意识地去买那些央企的股票。它们一般都是垄断性的企业，利润是有保证的，至少不会出现ST股，因而风险相对没那么大，我大体还能承受。几年炒下来基本做到了盈亏平衡，但要是考虑到把钱存进银行或者做理财还会有利息，这实际上就是亏了。而且每天都要看盘，虽然时间也挺好过的，但本来可以利用这些精力做其他事情。因此，我就渐渐厌倦了这种徒劳无益的事情，把所有股票都清空了，只剩下了一个空账户。让别人赚去吧，我不去赚这个钱，当然也不必拿自己不多的积蓄为股市做贡献。

后来我有一次向妻子问起有没有什么更好的理财渠道，她就说她已经下了个理财软件，已经在做理财了，收益还不错。我就也下了那个理财软件，进去一看，果然还不错，都有百分之五的收益率，可比存进银行强多了。于是我把所有积蓄都转进这个理财账户，一直做了下来。收益率最高曾经达到百分之五点六，这几年降下来一些，但也有百分之四点几。说是收益率不能保证，其实都能按参考收益率支付。而且几乎都不需要花心思，买了就扔在那里等着收益。这几年行情不好，但除了少数业绩差的银行，多数银行的收益率仍然是比较有保证的。

投资的收益和风险必然是成正比的，投资什么要看每个人的投资能力，更要看每个人的风险偏好，即敢不敢去冒风险。我属于没有多少财力的普通工薪阶层，同时又不敢去冒太大的风险，做理财无疑是最佳的选择，它的收益不高，但又比存款利率高一些，可以让我的钱在得到保值的同时还略有升值，使自己的生活又多了一份保障。而且开始做理财后，就不会大手大脚花钱了，有了钱就往理财账户搬，这样积蓄就会越来越多。我走不了那种发家致富的捷径，不愿偷鸡不成反蚀一把米，同时也不愿把精力浪费在那种不切实际的事情上，还有其他更重要的事情要做。

6月10日

我只有一套八十几平方米的房子，是 2002 年买的。当时那个地段都还未开发起来，位置偏僻，十分荒凉，现在也变得挺热闹的。房子单价只有一千八百多，只贷款十万，每月还六百，去年也已经还清了。当时房地产还未开始热起来，房价涨得并不厉害，但两年后就开始大涨特涨，除了 2008 年底有过短暂的回调，一直都在涨。15 年后，这个地段的房价已接近两万。我还好趁早买了这套房子，在福州还有自己的房子住，可以成家立业。而且还贷的负担也不重，比起那些花几百万买下房子的，简直没什么负担。这样我就可以做不少自己想做的事情，想去旅游就可以去旅游，想买什么就可以去买什么。要是沦为了房奴，每个月几千元的工资都不够还按揭，其他的都别想了。

很长一个时期，房价都只有涨的没有跌的，什么时候买进都是赚的，因而买房被认为是最好的投资，人们只要手头有点钱，都会热衷于买房。看到很多人都在买二房甚至三房，个个都成了百万富翁、千万富翁，我却从未心动过。我的财力有限，买不起第二套，就算咬咬牙买下来了，以后还按揭也真够呛的，就别想日子能过得那么宽裕了。我同时也隐约地感到，房子既然也是商品，价格就必然也是有涨有跌的，而不会只涨不跌。还有什么比黄金更能保值升值了，但就是黄金，价格也是会有波动的。那个时期房价确实一直都在涨，似乎创造了一个神话，打破了价格规律。我似乎也相信了这一神话，认为房价不会再跌回去了，但仍然对买房没有心动过。

现在这个神话终于打破了，房价终于跌了下来，不仅三线四线的小城市在跌，一线二线的大城市也在跌。许多人都被套住了，降价卖出去不甘心，不降价卖出去又要还本付息，而且降价了都未必有人接手，如今房子已经不再是香饽饽了。同时，房子也未必好出租了，房子不好卖也必然不好租，房价降了房租也必然要降。

如此说来，我似乎还有一种先见之明。其实我哪有什么先见之明，只是没有能力再去买房，也不愿去冒那种风险。我下意识地感到，没有只涨不跌的商品，也没有只赚不赔的买卖。我还下意识地感到，人不能不劳而获。要是谁都想不劳而获，又有谁去劳动，从何收获呢？就像我只做理财不去炒股一样，我只买一套房子供自己住，这恰恰提高了自己的幸福指数。这大概也是傻人有傻福吧。

6 月 11 日

前一段时间武汉一个年轻妈妈因为孩子在校园内被一个老师开车撞死，陷入极度悲伤之中，不久后也坠楼身亡，随自己的孩子而去。本来一个孩子在校园里遭到飞来的横祸就够悲惨的，现在又搭一条人命进去，怎不令人唏嘘不已。让人气愤的是，事故发生后这个不幸的妈妈还遭到了网暴，许多喷子认为她长相好看，穿着和化妆都挺优雅，不像那种悲伤的样子。她在网上发声也是为了卖惨，从而索取更高的赔偿。在他们的眼里，悲剧的主角就应该是衣冠不整、蓬头垢面的，似乎只有这样才值得同情。但人家平时就不能化妆吗？事件突然发生，难道还要先换了衣服退了妆再赶过来不成？这样无中生有的毁谤和攻击无疑又在她的伤口撒了一把盐，所以舆论就把她的死与网暴联系了起来。

如今网暴已经越来越成为社会的一大公害，那些喷子们什么话都讲得出口，躲在背后对别人进行肆意的毁谤和攻击，许多人都不堪其扰，有的还酿成了悲剧。现在这种悲剧又再次发生了，人们都希望有关部门能予以大力整治。有关部门也终于顺应民意，准备出台政策对这类现象进行严厉打击了。

我自己也曾经尝到过网暴的滋味，也希望这类现象能够得到有效的治理，网络环境能够得到净化，而不能让那些喷子们无法无天，使网络成为法外之地。但我对这种政策能否收到实效，又持一种怀疑的态度。进行网暴的很少是那些网络大V，而都是普通网民，他们人数众多，根本就是法不责众，而且都是匿名的，就算被封号了又能重新注册一个，继续当他们的键盘侠。再则网暴如何认定也是一个问题。言论应当是自由的，对于一个社会事件，人们有权利进行品头论足。即使观点偏激，把话说得过火一些也是允许的；除了明显的故意造谣，与事实有一定出入也是允许的。可以说，网上的很多言论都处于一种灰色地带，往重说可以说是网暴，往轻说也可以说是正常的批评。要想完全杜绝网暴，也许只能实行断网了。

　　我们还应当看到，网暴所能造成的后果也许并无想象的那么大。一些悲剧的发生看似与网暴有关，其实也未必如此。网暴毕竟只是一种虚拟的暴力，并不能真正伤害到我们的一根毫毛，我们完全可以视之如无物。我最初受到网暴时也是又气愤又无奈，污言秽语劈头盖脸地飞过来，但慢慢也就心平气和下来了——他们不过是过过嘴瘾罢了，实际上又能奈我何？我起先还会去回应这些喷子，跟他们辩论起来，但越是这样他们就越来劲，越像狗皮膏药那样地黏着你。后来我也懒得理睬了，他们反而觉得没劲，就不再来纠缠了。人要适应起外界环境其实也挺容易的，我们完全可以不把这些人过于当回事，网络上总会有这些人的，他们并没有想象的那么可怕。也许真有人适应能力较差，但这种人就是未遇到网暴，在现实生活中遇到别的什么也会承受不了。他们要做的是提高自己的适应能力，而不是生活在一个没有网暴的世界。

　　当然这并非说对网暴就不需要加以治理了，对于那些利用自己的影响力对他人进行恶意毁谤和攻击的网络大V，尤其要依法进行惩治，要让他们对自己的言论负起责任。这样的杀一儆百可以对普通网民产生一个导向作用，对于净化网络环境是有益的。

6月12日

　　今天晚上一回到家，妻子就告诉我一个不好的消息，说儿子心里还是很紧张，总觉得以前不好好学习，现在有点来不及了。他很想考上一所好一点的高中，但又怕考不上，心里会忐忑不安。今天上午语文模拟考没考好，作文都没写完，下午数学也没考好。我心里咯噔了一下，顿时蒙上了一层阴影。临近大考最怕的就是患得患失，心里平静不下来，从而影响到正常发挥。以前学习不自觉，不会自我控制，说明他这方面的素质较差。现在会自觉学习了，但心里又平静不下来，有太多的私心杂念，心理适应能力不行，也说明他这方面的素质不行。且不说他智商怎样，至少情商就成问题。而现在没剩多少天就要中考了，却还是这种状态，怎不让我感到忧心忡忡。

其实我的心理素质也不行，我一直为他学习的事情而十分焦虑。最近看到他学习还挺自觉的，以为可以放心了，结果却又是这样。但我除了尽量开导他一番，又能怎样呢？我说过去的事情即使不好也已经过去了，无法再重新开始，与其去想这些无谓的事情，不如去把接下来该做的事情做好。而且也不要去想最后的结果如何，结果也许更好，也许更差，但只要努力了，不论什么结果都是可以接受的。考试时认真考就是了，会做的先做，不会做的就跳过去，后面有时间再回过头做。即使这科没考好也不要放在心上，考完就过去了，接下来去认真准备下一科，不然连下一科也会受到影响。

他听了都能明白其中的道理，但心里能否真正平静下来，以一种平常心去对待接下来的中考，就不知道了。所以我又说，你心理能调整得过来最好，调整不过来我也没有办法。

我还能有什么办法呢？我未必懂得如何开导别人，即便懂得，他心理能否调整过来也主要靠他自己。一个人要是心理适应能力不行，情商不高，也只好认了。做不了那些需要高情商的事情，做不了什么大事，就去做那些不需要高情商的小事情。天无绝人之路，社会上总会有那些小事情给你做的。只要心不会太大，就不会有太多的烦恼。只要不好逸恶劳，就都会有一口饭吃。而我们普通人除了这个还图什么呢。倘若由于自身条件的限制，就不妨选择躺平。躺平了又如何？

6 月 13 日

真相，是一个不无诱人的字眼，世上也许只有不想让人知道真相的人，而没有不想知道真相的人。想知道真相乃是人身上的本性，人性总是好奇的，对什么事情都想打破砂锅问到底，非要弄个水落石出不可。为了能看到水底下有什么，我们真想把所有的水都戽干；为了能使事情真相大白，我们会百折不挠地追求下去。现在就来谈谈有关历史真相的问题。

我们翻开史书，走进过去的世界，想要从中得到启示，找出历史发展的规律，以指导我们今后的行动。而这必须建立在了解历史真相的基础上，根据虚假的历史是得不出正确结论的。而且，了解历史真相本身就是我们所想要的，我们想看到的是那些能够还原历史真相的信史，而不是那些经过篡改和粉饰的伪史。

历史是已经过去的事情，还原历史的真相要比说清当下的事情困难得多，需要历史学者对史料进行整理和分析，一步步地把历史的真相还原出来。古史由于年代久远，留下来的史料比较缺乏，需要学者不断地把史料挖掘出来；而近史的史料又浩如烟海，需要学者懂得如何进行辨别和取舍。

史料当中回忆录以及口述史料无疑是很重要的，它们是历史事件的亲历者对过去的回忆，当然具有相当的权威性。但这种回忆又毕竟是事后进行的，由于时过境迁，人们的回忆与当初的事实未必就是吻合的。人们往往会选择性地记忆，只记住那些对自己有利的事情，也会选择性地遗忘，遗忘掉那些对自己不利的事情，只提过五关斩六将而不提败走麦城，只提自己的英明而不提自己的昏聩，只提自己的高尚而不提自己的卑下。即便这种回忆是真实全面的，也只是根据自己的经历，通过自己的视角进行的，而历史是"由无数互相交错的力量，由无数个力的平行四边形产生出来的一个合力"。因此，还需要结合其他史料进行辨析、考证和补充，从而才能更好地还原历史。

相对于那些回忆性的文字，日记以及原始档案由于是当时历史事件的直接记录，未经过事后的过滤处理，因而是更为可靠的，还原历史首先需要依靠这些第一手资料，只有第一手资料不足时才借助第二手资料。但这些第一手资料就一定可靠吗？日记虽说是私人化的记录，其实也是写给他人看的，因而写作时也会考虑写什么以及怎么写的问题，也会考虑是否会对自己不利的问题，因而也不会把事件的过程原原本本地呈现出来，也不会把自己内心的真实想法和盘托出。胡适留学美国期间所写的日记本来就是预备给友人看的。就是曾经说过人们要想知道中山舰事件的真相，必须等到他死以后的蒋介石，他所写的日记生前固然是秘不示人的，但也是准备死后对外公开的。因此，我们就能从他们的日记中完全真实地了解到他们的立身行事以及思想感情吗？

原始档案如会议记录，似乎是完全客观真实的，比日记还要可靠。这固然也没有错，但我们也不可过于迷信它们。档案其实也没什么神秘的，我们都参加过大大小小的会议，很多会议也都有会议记录，但只要我们翻一翻这些会议记录，其中又有多少都是空话套话，会议的整个过程又有多少细节都被遗漏了。特别是人们内心的真实想法，彼此之间的心领神会，这些都是很难记录下来的，而也许恰恰这些对会议的决策才是更具影响的。

要完全还原历史真相是很困难的，甚至就是不可能的，我们所能做的只是尽量地去寻找真相，接近真相。史料需要不断地挖掘出来，然后再加以辨别和考证，对历史进行重写。每个人所根据的史料是不同的，所具有的视角也是不同的，因而写出来的历史也是不同的，这就需要百家争鸣，让人们去自由地进行辨析和采择。

6月14日

最近在读一部大部头的著作——著名历史学家茅家琦领衔编写的《中国国民党史》（江苏人民出版社2018年版）。1987年解除戒严，开放党禁和报禁后，台湾地区开始了民主化转型。我读到这段历史时有个感想就是，即使到了民主化时代，历史所记载的也主要是政治人物的活动，他们也许并不比其他领域的人物优秀，在人品方面也未必会更好，但只有他们才是历史的主角。他们更多的都是在争权夺利，所使用的手段也都是不光彩的，为了达到目的可以不择手段，但历史偏偏要记载这样的人和事。梁启超曾经感慨而又愤激地说过："二十四史非史也，二十四姓之家谱而已。"他不满于这种传统的封建史学，要开创出能够科学地反映历史的新史学。但新史学产生后，虽然不再是记载帝王将相的活动，却仍然是记载政治人物的活动，历史的书写仍然要围绕着他们进行，历史仍然首先是政治史。古代是这样，现在是这样，将来还会是这样。

只要人类社会存在着，就需要进行公共管理，就需要开展政治活动。政治人物是历史发展的导演，无论导演得好不好，总要在他们的导演之下才能上演人类历史的活剧。因此，历史要以政治史为主体，主要记载政治人物的活动，这是不足为奇的，不这样倒变得不正常了。

历史要有导演，但也离不开我们这些群众演员的参与，我们是不是历史的创造者姑且弗论，但至少也是历史的参与者。没有我们这些群众演员，政治人物的所有意图都是无从实现的，他们就只能在那里自导自演了。他们要导演好历史，也必须顺应我们的民意。我们要追求自身的利益，也必须去表达我们的民意。但历史仍然写不到我们芸芸众生的头上，即使写到了公民社团的领袖，写到了民间社会的活跃分子，这些人也已经成了政治人物，不再是普通群众了。然而，历史也不必写到我们。历史与我们有关，历史的书写却与我们无关，我们只要过着自己的生活，追求自己的人生理想足矣。

前年母亲也过世了，至此我的双亲都去了另一个世界。此后一段时间，我深陷在失去母亲的悲痛之中适应不过来，就把他们的一些遗物留下来，并打算一直留下去。但后来我又逐渐改变了主意，又陆续把这些东西都丢弃了。我并非已经对他们失去感情了，而是开始感到我们普通人走完一生就一切都过去了，谈不上流芳百世，这些东西即使现在留着，将来也迟早会消失的。反正都要消失，不如现在就让它们消失，免得留在那里睹物思人。

我不由联想到，一个人死后为何所有的遗物都要烧掉。我起先不理解这种现象，总觉得这未免太残酷了，人活了一辈子，死了就所有遗物都要烧掉，这其中有的曾经是他多么想拥有，有的曾经寄托着他多少感情。我之前还只是从迷信的角度去理解，现在看来问题还不这么简单，也许其中还有我们普通人走完一生就一切都过去了，不会在这个世界上留下任何痕迹，所以就把所有的遗物一把火烧掉。在熊熊的烈火中，一个人灰飞烟灭了，什么都未留下，但他曾经存在过，曾经追求过，这就够了。

我年且五十，快要步入老境了，有时也难免会想到了身后事。我开始意识到，自己也是一个普普通通的人，普普通通地活着，死后也是一切都会消失，一切都不会留下，也都不需要留下。因此，我就把发表过的所有论文都当废纸卖掉了，自己现在已经远离学术界，它们已经没有任何用处了。我后来又发表了一些文学作品，今后无论得以加入中国作协，还是加入无望，从而不再去申请了，也都会把它们处理掉。我从老家发现几张小时候的照片，本来还想留着，让自己以及别人看看自己小时候的模样，但后来还是丢弃了。

六
月

113

6月15日

前段时间读《中国国民党史》，读到台湾地区民主转型那段历史时还有一个感触就是，它写到的更多都是不同政治党派及其候选人之间为了争取选举的胜利，而不惜使用各种不光彩的手段，除了极力抨击对方政策的失当，还不停地进行扒粪，把别人不光彩的事情都抖落出来；与此同时，还不断地进行纵横捭阖，进行政治上的交易和分赃。这不由让人感到政治是十分肮脏的，但又恰恰是这些肮脏的政客占据了历史的舞台，历史都是围绕他们进行书写的，也是由他们进行书写的。处于社会顶端的他们做出来的却是这样的事情，这真让我跌破了眼镜，也使我对他们尊敬不起来。我读到最后，仍然很少读到他们的政治理念以及对政治理想的追求，有的只是很现实的对权力的角逐。

然而，表面上没有并不等于实际上也没有，在那些政治行为的背后，仍然有一定的理念和理想在支撑着。政治力量必然要以取得权力为直接目标，从而才能实现自身的利益，即便要实现自己的理念和理想，也要取得权力之后才有可能。因此，政治力量为取得权力而在规则允许的范围内使用各种手段进行竞争，进行政治上的交易和分赃，这些都是不可避免的，甚至也是必不可少的。政治从来都不是理想化的，即使民主政治亦是如此。但为何进入民主政治之后，人们要以这种和平的手段与对手进行竞争，而不是以传统的暴力手段去夺取政权？而且取得政权后又要继续保持这种制度，让对手在旁边觊觎着，而不是回到过去那种专制政治的老路（这也不是没有可能的，也是曾经发生过的）？这除了因为时代的发展变化，使人们不得不然之外，也与人们所秉持的政治理念有很大关系。人们已经抛弃了那种"家天下"的过时观念，认同民主政治的理念，要以和平的方式去取得政权，同时要对民众负责，接受民众监督。当自己的施政无法让民众满意时，民众就可以在下次选举中把选票投给反对党。无论上台还是下台，都要按照这种公平的竞争规则进行，无论哪方都要接受这样的结果。

在权力角逐的过程中，不同政治力量之间会互相揭短，甚至进行扒粪，经常在关健时刻爆出重大丑闻，从而改变了选情。这也是民主政治容易让人诟病的地方。但只要未违反民主政治的规则，这样做也是允许，甚至也是必要的。只有这样时时地互相盯着，在鸡蛋里挑骨头，才会让人处处约束好自己的行为，才不致于胡来蛮干。那些扒粪往往都不是无中生有和捕风捉影的，如果完全是栽赃，对方也很容易进行澄清，对自己也是不利的。至于在野党对权力的觊觎，对执政党的横挑鼻子竖挑眼，更是政治正常运作所需要的。只有这样，执政党才会正确地出台政策，才会及时地修正政策。

政治总要进行竞争，在竞争过程中也总会采取各种手段；同时，政治也总要进行妥协，进行交易和分赃。在不同的政治制度下，这些会以不同的形式表现出来：在专制政治下，它们都是在暗箱中进行，而在民主政治下，它们就以公开的方式进行。在民主政治下，民众对政治拥有主权，可以在不同政党之间进行比较和选择，不同政党必须对民众负责，接受民众的监督。

6月16日

台湾地区在20世纪五六十年代实现了经济起飞，20世纪七八十年代经济又继续保持快速发展，成为"亚洲四小龙"之一。它何以取得了经济发展上的成功，许多人都思考过这一问题。记得以前经常听到两个说法，也是至今仍然有人相信的说法：一个是他们从大陆带走了大量黄金，把在大陆的家底都投到台湾地区这样一个小地方，还能不发展起来？一个是当时他们投靠美国，得到了大量美援，从而使台湾地区迅速地发展起来。

这两个因素的确是存在的，对当时台湾地区经济的恢复和发展的确起到了一定作用。当时台湾地区经济秩序混乱，通货膨胀严重，当局为了稳定经济形势，进行了经济整顿和币制改革，在这一过程中黄金储备和美援都发挥了重要作用。同时经济建设需要进口原材料，引进技术和设备，这些也都需要用到黄金储备和美援。但要说这两个因素起到了主要作用，却是很说不过去的，它们充其量只是一种外因，经济要取得长足发展，从根本上说还要依靠内因，即自身必须具备一种良好的发展机制。自身的发展机制具备，这些外因就可以起到一定的促进作用；自身的发展机制不具备，这些外因也只能被白白地浪费掉。要是外因有那么重要，那些富得流油的产油国无疑是最容易成为发达国家的，但世界上迄今都没有这样的先例。

台湾地区经济发展上的成功，从根本上说乃是因为建立起了一个市场取向的经济体制，并实行正确的发展战略，而这又是与当时经济部门一些主持者的智慧和才干分不开的，如尹仲容、李国鼎以及赵耀中等，尤其是尹仲容和李国鼎两位。尹仲容被誉为"台湾经济之父"，其经济思想主导着台湾地区20世纪五六十年代经济的发展。李国鼎是尹仲容的助手，1963年尹仲容去世后接替他主持台湾地区的经济工作，延续他的经济思想，并根据形势的发展变化，予以进一步丰富和发展。

他们秉持一种中道、渐进的经济思想，走一条符合经济发展原理又符合台湾地区实际的经济发展道路。总体上是实行市场经济体制，让价格机制发挥作用，让私营经济成为市场主体，解决了经济发展的信息和动力机制这两大关键问题，为经济的持续发展创造了条件。同时又不是完全自由放任的市场经济，政府仍然控制一些重要产品的价格，一些重要部门仍然保留国有企业。20世纪五六十年代台湾地区农产品价格也被政府人为地压低，从而为工业化提供必要的积累，与我们这边曾经实行的工农业产品价格的"剪刀差"如出一辙。我原先以为只有我们才有这种剪刀差，最近读了这段历史才知道当年台湾地区也曾经实行过，算是增长了见识。

同时，政府又在不同时期制定了不同的经济发展战略，根据形势的发展变化对原有战略进行了调整。20世纪50年代实行进口替代战略，满足了内部市场需求，同时也使自身产业发展了起来。60年代内部市场出现了饱和，于是调整为面向国际市场的出口导向战略，利用世界上产业转移的机会，结合自身优势大力发展劳动密集型产业，大力开拓国际市场。70年代后，传统产业的出口日益面临贸易摩擦的问题，为实现产业升级，提高产品的附加值，必须转向资本和技术密集型产业，同时这时自身也具备了资本和技术的条件，于是又再次调整发展战略，大力发展重化工业和高新技术产业，世界闻名的新竹产业园就是在这一时期开始规划和建设的，从而继续保持经济发展的强劲势头，使台湾地区跻身于世界发达经济体。

这些人士可谓台湾地区经济发展的功臣，他们都具有先进和清晰的经济思想，以及卓越的领导能力。而且巧合的是，上面提到的这三位都不是经济学出身的，而是理工科出身的，都有过在英国和美国学习或考察的经历，都有过科研以及企业管理的经历，从而使他们具备了科学的头脑，严谨的态度，以及务实的精神。

但在当时的威权体制下，如果最高人物不认可他们的经济思想，不支持他们，他们即使有着很正确的经济发展思路也是无法得到实行的。正因为最高人物认可他们的经济思想，并支持他们放手开展工作，才取得了这样的成功。这也是我们必须看到的。

6月17日

1949年后，台湾地区当局吸取了过去失败的教训，在农村实行了"三七五减租"，即地主只能向佃农收取土地收获量37.5%的地租（依据是种子、肥料以及其他生产成本要占25%，剩下的75%由地主和佃农平分），从而减轻了佃农的负担，提高了佃农的生产积极性。接着又以和平方式进行土地改革，即不剥夺地主的土地，而以土地年收获量2.5倍的价格征收地主多余的土地，然后又以这个价格卖给农民，分十年偿还，从而使大量无地农民获得了土地，实现了耕者有其田。政府购买土地是以土地债券和公营公司股票的形式补偿给地主，从而使土地资本向新兴的工商业转化。地主往往都是农村的能人，但在传统的农业社会，他们只能局限于农村和农业，没有更大的发展空间，只能对佃农收取高额的地租，从而激化了社会矛盾。换了一种环境之后，人还是这些人，所做的事情却大不一样了，他们取得了更大的发展空间。这样，改革就达到了双赢的目的。

土地改革提高了广大农民的积极性，使台湾地区的农业很快就恢复和发展起来，农产品大量地出口，成为出口的主要来源，创造了大量外汇收入。同时由于政府对农产品实行低价收购的政策，还为工业化提供了大量积累。土地改革的成功，也使社会矛盾得到了缓解，当局的统治基础得到了扩大，社会保持了稳定，为经济社会的全面发展提供了前提。

他们很早就想到要进行土地改革，实现孙中山先生的"耕者有其田"。还在北伐战争时期就提出了"二五减租"（即在地主向佃农收取50%地租的基础上，再减25%），并且后来也曾在部分地区试行过，但都实行不下去。他们并不能控制全国，政令无法统一，对不受其控制的地区鞭长莫及；同时，对基层社会的控制也相当薄弱，即使在自己控制的地区也无法把意志贯彻到基层。实行土地改革必然要损害到地主豪绅的利益，必然要遭到他们的抵制。而地主阶级又是他们的基础，他们中的很多人就出身于大地主家庭，与地主阶级有着千丝万缕的联系，进行土地改革无疑是刀刃向内，自己革自己的命。

而他们败退到台湾地区后，不再存在政令无法统一，统治意志无法贯彻到基层的问题，而且与当地的地主也不存在利益上的瓜葛，因而土地改革就可以推行下去。当然改革能够取得成功还因为采取了赎卖的方式，对地主实行了补偿，让他们得到一定资本后又转到工商业去，从而有了新的出路。

台湾地区的土地改革是在当时特定历史背景下发生的，也许是很难复制的，但可以给后人留下几个启示：一是要具有一种政治理念，要为这个理念而奋斗；二是对社会要具有足够的控制力，否则任何的良法美意都无法变成现实；三是改革要对既得利益集团进行补偿，从而减少改革的阻力。

6月18日

1949 年后台湾地区当局还做了一件影响深远的事情，就是发展地方自治，让县市的议员以及行政首长由直接选举产生。孙中山先生提出实现民主主义要经过军政、训政和宪政三个阶段的思想，认为推翻专制政治后要先实行一段时期的军事统治即军政，然后进入一个训政的过渡时期。训政训政，就是由于经过几千年的封建专制统治，人们缺乏民主的观念和能力，不会行使民主权利，必须先由执政党对其进行民主政治方面的训练，等到条件具备后再开放政权，实行民主政治即宪政。

训政的一个重要内容就是实行地方自治，让人们直接选举地方的民意机构和行政首长，学会管理社会事务。等到人们的素质提高了，再把这种选举扩大到上层。孙中山先生逝世后，他们继承了这一思想，在大陆时期也曾经提出要实行地方自治，并且也尝试着去做了，但当时分裂动荡的社会环境不允许他们这么做，他们主观上也并不真正想这么做，因而所谓的地方自治并未真正得到实行，更多只是停留在纸上谈兵的阶段。

而他们败退到台湾地区后，有效地控制了整个社会，实行地方自治的外部条件就具备了。同时他们作为外来的力量，为了得到本省人的支持，稳固自己的统治，也有必要实行地方自治。

他们在台湾地区严密地控制着社会的各个方面，地方自治自然也是在他们严密的控制下进行的。凭借自己组织上、经济上以及宣传上的巨大优势，在地方选举中大部分都是他们自己推出的人选当选。但既然开了一个口子，其他力量也可以去参加竞选，去筹资金拉选票，因而也出现了不少其他人士当选的例子，而且越到后面就越多。这无疑对他们构成了挑战，促进了竞争性选举和民主监督机制的建立。而且为了提高竞争力，这些外部力量还联合起来，形成一个外部力量联盟，统一竞选纲领，统一推出候选人，统一进行宣传造势。虽然它并非一个严格意义上的政治组织，但事实上已经形成后来政治组织的雏形。

台湾地区在实行地方自治过程中也出现了各种弊端，除上面所说的当局对选举的操控之外，还存在买票卖票、黑金政治、金权政治以及族群政治等等。然而，它在总体上还是成功的，从而为后来的转型打下了重要基础。1987 年台湾地区解除了戒严，开放了党禁和报禁，这并非突然发生的。我们在回顾这一段历史时，还必须把目光投向更早的地方自治。

要真正实行地方自治，最后必然也会倒逼到上层上来，他们也不会意识不到这一点。这样做必须具备一定的政治理念和担当。经过一个过渡阶段后实现民主主义，本来就是他们所具有的政治理念，并且他们事实上也是在往这个方向走的，即使过程是很漫长很曲折的。

6 月 19 日

我在前面的一篇日志中写过，读史的一个目的是要总结出历史发展的规律，用以指导今后的行动，但后来想想又感到有些不踏实——历史的发展真有那么多规律可言吗？所以现在还得再写一篇日志，补充自己对这一问题的看法。

最直观地看，历史的发展要是真有那么多规律，问题可就简单多了，人们只要找出这些规律，就可以指导今后的行动，就不会犯错误，做到无往而不胜。然而令人遗憾的是，人类的真实历史并非这样的，而是人们在不断地犯错误。其中有些是前人已经犯过了，后人却还要再犯同样的错误，重蹈历史的覆辙；有些是后人遇到了前人不曾遇到的新情况和新问题，在探索过程中又犯了许多错误。合上史书，我不免有所失望起来——历史的发展也许并无什么规律可言。

说到这里，人们可能会反驳，历史的发展不是没有规律，而是我们没有去总结，或者没有把它们正确地总结出来，从而在行动上陷入了盲目性，犯了许多前人犯过的错误。就是我们遇到的新情况和新问题，其实太阳底下无新事，它们背后所蕴含的的原理与过去也是相同的，不过换了一种表现形式而已。要是我们能够找出历史发展的规律，照样可以使这些问题迎刃而解。

这话也不无道理，我们既不能简单地认为历史的发展有规律，也不能简单地认为没有规律，而需要深入地思考下去。还是先列举一些我们经常听到的所谓规律吧，看看这样的规律到底存不存在，又在多大程度上存在。

上层建筑建立在经济基础上，经济基础起决定作用，上层建筑起反作用，这似乎是一条颠扑不破的真理，也是我十分认同的，但这也不过是指出人类社会的一种存在状态，说出了一种事实而已，谈不上什么历史发展的规律。规律就应该是必然要起作用的，无论如何都要如此的，但人类社会发展的具体情形却未必如此，我们也可以举出许多反例来。而且这也不能说是谁发现的，很早就有人指出了这种现象，即吃饭是第一位的，要先填饱了肚子才谈得上别的。还有人类社会要经过几个发展阶段，这也被认为是一种规律，放之四海而皆准。但只要我们不抱着一种成见，能够客观地回顾一下历史，就会发现很多国家并非这么走过来的，很难用这一模式去套，否则就变成了削足适履。因此，这也并非什么历史发展的规律，至少不是严格意义上的规律。

我们还经常听到这样一种观点，即认为商品经济的发展也必然会带来民主政治的实现——伴随着商品经济发展而产生的第三等级，他们承担了政府的大部分税收，必然要提出政治上的要求，从而建立起民主政治。还有，要建立起一种两头小中间大的"橄榄型"社会结构，即要让中产阶级壮大起来，构成社会的主体，他们的素质相对更高，而且属于有产阶层，都希望社会保持稳定，以改良的方式实现社会进步。这些也都有道理，从历史上看许多国家都是这么发展过来的，似乎可以成为一种规律了。但再仔细一想，又会感到不对头，有些国家商品经济发展起来了，民主政治却迟迟无法实现；中产阶级也产生了，却并未提出政治上的要求，并未去积极追求自己的权利。这样的反例也可以举出许多。

这也并非认为历史的发展就没有规律可言，而是认为不能简单化地进行理解。社会是由人组成的，人性有多复杂，社会就有多复杂。人无法完全认清自己的过去，更无法准确预知自己的未来，因而会犯各种错误。人是如此，社会亦如此，同样也会犯各种错误，是很难找出什么规律的。指望通过读史总结出历史发展的规律，以指导我们今后的行动，使我们可以不犯错误，这也许是不现实的。

与其相信那么多规律的存在，不如多记住一些"人同此心，心同此理"的道理，譬如人总是要吃饭的，总是想自由的，人性总是利己的，权力总是容易滥用的，"己所不欲，勿施于人""己所欲，推己及人""己欲立而立人，己欲达而达人"，等等。本着这些常识和常理去读史，我们就会对历史有更多的理解和发现，就会得到更多的启示。历史学家所追求的史识，也是从人性出发（历史是记录人的活动，不从人性出发还从什么出发），结合历史的实际，从而得到一种深刻的见识。这已经上升到哲学的层次，同时也进入了艺术的境界，充满了智慧和灵感，但要说成是规律则未必；我们可以从中得到一些启示，但可以指导我们今后的行动则未必。

6 月 20 日

新闻，在我心目中曾经是一个不无神圣的字眼。它一是新鲜，报道国内外最新发生的事情，趋新猎奇总是人所具有的一种天性；二是权威，是通讯社和报社的记者经过实地采访发回的报道，是真实可靠的消息。在网络之前的年代，我遇到报纸总是一睹为快，把各种新闻都看了个遍，从而了解到国内外大势，扩大了眼界，增长了见识。虽然身处一隅，与外面的世界却能息息相通，一点都不隔膜。

而如今，新闻这个字眼却变得有些暧昧起来了。进入网络时代，尤其产生自媒体之后，报道新闻已经不再是通讯社和报社的专利，而是谁都可以去现场采访，谁都可以在网络上发布新闻，而且往往比那些专业媒体还要捷足先登。在这样的时代，似乎谁都可以当记者，谁都可以当评论员，谁都可以办媒体了。与此同时，这也使新闻业界变得鱼龙混杂和良莠不齐起来，许多既不具备专业能力又不具备专业精神的人也参与其中，从而降低了新闻的质量，发布了许多不实消息，出现了许多假新闻，可谓谣言满天飞。这还只是不专业和不严谨而已，还不是存心编造假新闻。更有甚者，一些无良的机构和个人，或出于制造流量的需要，或出于唯恐天下不乱的心理，或出于其他的目的，而热衷于编造一些假新闻。这样的舆论场就让人无所适从，不知道该相信什么了。

网络上新鲜、丰富的资讯以及多元的观点，都让我受益匪浅，但它同时也是一把双刃剑，各种极端观点又太多了。这亦无不可，人们有在网络上发表各种极端观点的权利，我们自己学会独立思考，不被别人牵着鼻子走就是了。而且只要网络上能够保持多元，理性的观点也会不断出来，各种观点可以供人们自由采择，经过相互激荡后总会实现网络生态的平衡。但不论观点如何偏激，据以立论的事实必须是真实可靠的，倘若发布的新闻本身就是子虚乌有的，从中所得出的观点不论多么合情合理，多么政治正确，多么逻辑严密，都变成了空中楼阁，都是毫无价值的。因此我始终认为，观点是不重要的，永远都是第二位的，真相才是最重要的，永远都是第一位的。

面对充斥于网络的各路假新闻，我已经产生了一种条件反射，即打开手机后不论跳出来的新闻标题多么辣眼，都要提醒一下自己，要保持冷静，不要急于跟进，先让子弹飞一会儿，等真相大白后再跟进还不迟，免得又被带偏了节奏。我要了解最新的资讯，一般还是去看门户网站上的新闻，或者去看当日的热搜，同时还要看是不是权威媒体发布的，否则即使上了热搜，即使切合自己的关注点和兴奋点，也不为所动。对于这些权威媒体发布的消息，人们也有不满意的地方，认为大都是选择性报道，并且也不能保证都是真实可靠的。这自然也不无道理，但它们毕竟是专业、权威的新闻媒体，具备获取真相的渠道，从业人员具备专业的素质，并且消息有经过核实，因而真实性是更有保证的。比起那些耸人听闻的假新闻，我更愿意看到这些平淡无奇的报道，它们至少是我们在现实条件下所能看到的事实真相。

6 月 21 日

今年六一儿童节那天，江西某所高校一个学生在学校食堂就餐时，吃出了一个异物——鼠头。他当即拿起手机，拍摄了一段现场视频，并上传到网络。食堂的菜里发现了鼠头，人们看了莫不感到震惊和气愤，一时间网上变得沸沸扬扬起来，无数人都在议论这件事情。这还了得！要多黑心才会干出这号事情！以后在食堂吃饭还怎么吃得下去！

校方很快就进行了澄清，说该异物不是鼠头而是鸭脖。但广大网友并不买账，正常人一眼就可以看出来是鼠头，怎么就变成鸭脖了？这不是明目张胆地指鼠为鸭吗？于是当地的市场监督管理分局介入了，经过一番调查后发布了一份通报，确认该异物是鸭脖而不是鼠头。那个江姓局长还对着镜头，言之凿凿地宣布了这一结论。与此同时，那个学生也改了口，表示经过同学反复对比后确认该异物是鸭脖。但广大网友仍不买账。根据原始视频，无人会相信这一结论。这简直太低估人们的智商了，好像人们都没见过老鼠，都没吃过鸭脖似的；以为凭借有关部门的一纸结论，就可以平息舆论，就可以指鼠为鸭了。而且这也只是文字和口头上的结论，并未提供原始视频作为证据。结果舆论非但没有平息，反而越发汹涌澎湃起来。这时，一个在网络上十分活跃的知名媒体人士也发表了自己的看法，认为根据学生提供的原始视频，网民的质疑是有原因的，有关部门如果对自己的鉴定很有信心，有必要对该异物进行更加清晰的拍摄。

面对这日益发酵起来的舆论，江西省成立了一个联合调查组，要对事件进行全面深入的调查。几天后调查结果出来了，确认该异物就是鼠头，要对涉事的机构和个人进行严厉处理，并在全省开展食品安全专项整治，切实保障人民群众的食品安全。至此，一个当代版的"指鹿为马"完整地出笼了。我们要为江西省的这一举动点赞，他们守住了实事求是的底线，给了广大群众一个应有的交代。

相信涉事的机构和个人接下来就会受到严厉的处理，他们咎由自取，不处理不足以平民愤。但在网络如此发达的今天，如此荒诞离奇的事情居然也会发生，一个一望而知的鼠头居然还要惊动省里才能鉴定出来，这又是令人深思的。这种事情不会无缘无故地发生，也不是哪个机构和个人特别邪恶造成的，此前社会上也发生过不少类似现象，因而是有着特定社会背景的。那个知名媒体人士在同一条评论中还说，市监局经专门检测机构试验，给出的"鸭脖"结论理应更加准确。而且从道理上说，市监局没理由在这场学校内部的纠纷中为校方站台，其这样做的动机缺少解释。从常理上看这样说也没有错，但事实却无情地告诉我们，在这一事件中，有关部门的结论不是更加准确，而是完全错误；有关部门不是没为校方站台，而是分明在为校方站台。

在这起事件中，涉事的是一家超大规模的专门供应团餐的知名企业，在全国高校分布着七八百家食堂，无疑有着很大的能量。发生这种丑闻对其形象的打击无疑会是巨大的，因而必然要想方设法掩盖下去。校方也是如此，因而也会伙同企业极力进行掩盖。那个学生后来也改口了，可见校方有暗中进行操作。许多地方出于一种工作上的惯性，当社会上发生什么丑闻之后，首先想到的不是如何进行调查，及时向社会公布事实真相，而是出于维稳的需要，尽量隐瞒事实真相，实在隐瞒不住了就采取这种指鹿为马、颠倒黑白的做法。

但纸毕竟包不住火，再怎么掩盖事实真相，事实真相都会存在着，再怎么指鹿为马，鹿都还是鹿而不会变成马。采取这种低劣的手段是得不到稳定的，只会欲盖弥彰，使人们对现实变得更加不满起来，更加失去对有关方面的信任。只有秉持实事求是的精神，对事件进行全面深入的调查，并及时向社会公布事实真相，依法严厉处理有关责任人，才能消除人们的不满，才能获得人们的信任，社会也才能真正保持稳定。倘若这变成了一种"惯例"，一旦发生什么事件就忙于掩盖，那些无良的机构和个人就会更加有恃无恐，社会风气就会更加败坏，社会稳定云乎哉。

即使都没有这些现实的考量，仅仅追求事实真相本身就是我们十分需要的，因为谁都想黑白分明，谁都不想黑白颠倒。

6 月 22 日

　　我一年多前曾在一篇文章中说过这样的话，即我们中国人传宗接代的观念太强了，"不孝有三，无后为大"，人生最大的使命就是娶妻生子，必须生出男丁来，从而接续家族的香火。要是没有生出男丁，就意味着要绝户了，死后就会成为孤魂野鬼，活着就失去意义了。但现在这种观点恐怕得改改了，已经有点跟不上形势的变化了。现在我国无论结婚登记数量还是新生人口数量，都在逐年下降，去年全国人口减少了85万，正式步入了人口负增长的时代。现在已经不是重男轻女，讲求传宗接代的问题了，而是一步到位，连无论哪个民族都具有的，甚至连生物都具有的繁衍后代的天性，对我们似乎都已经成为问题了。实在是形势变化快，世界真奇妙！

　　我们这种传宗接代的观念曾经被认为是牢不可破的，它建立在传统的农耕血缘宗法社会基础上，已经延续了几千年，即使现在已经进入城市化和工业化的时代，人们已经纷纷离开祖祖辈辈生活的乡村，来到了由陌生人组成的都市，从事着各种农业以外的行当，那些传统观念仍然根深蒂固地保留着，现代的外表掩盖不住我们观念的陈旧。

　　直至20世纪90年代，农村的计划生育政策还是十分严厉的。然而即使这么严厉，也阻挡不住人们生孩子的热情，重男轻女的观念仍然十分严重。为了生出一个男孩，许多人就打起了游击，把女孩送给了别人，甚至还有溺死的。进入2000年后，虽然还实行计划生育政策，但已经执行得不那么严格了，对超生家庭一般只作罚款处理。但这时人们的生育意愿反而开始出现下降，一般只生两胎，虽然还有重男轻女，但已经不那么严重了，生了两胎三胎如果还是女的，就不会再去生了，农村也开始出现没有男孩的家庭。2010年后，我们的生育政策又进一步放宽，先是开放了二胎，接着又开放了三胎，事实上已经不再实行计划生育。但此时人们却更不想生育了，农村只生一个孩子的家庭也越来越普遍，甚至只生一个女孩就不再生的也开始出现了。到了现在，农村年轻人不结婚不生育的现象也出现了，并且越来越普遍，以至当父母的都在忙着催婚甚至逼婚，但并未收到什么效果，时间久了也懒得去催去逼，索性跟子女一起躺平了。

　　生育观念的变化以及生育率的下降，与这些年的城市化和工业化进程是同步的。生活在城市陌生人的环境中，当然会很大地改变人们的观念，不必像过去在农村熟人的环境中那么在乎他人眼光了。人们都忙于各自的生计，还有精力和兴趣去议论你？再说彼此都不认识，或者还不知道哪天又离开了，又有什么可议论的？所以现在人们不生小孩甚至不结婚，都不会感到有什么世俗的压力，过好自己的生活才是最重要的。同时，在都市里工作竞争都很激烈，不允许人们生太多的小孩，尤其是职场上的女性；抚养成本也很高，多生也养不起，甚至少生都养不起。

这说明传统的观念也并非不可改变的，它建立在特定的社会甚础上，当这种社会基础改变了，这种观念也会跟着改变，即使存在一种惰性，迟早也得改变。

但有一些传统观念，同样也建立在传统的农耕社会基础上，譬如燃放烟花爆竹，为何就无法改变呢？按说进入工业化和城市化以后，人们早已不务农了，也早已不在乡村生活了，为何每逢红白喜事，每逢过年过节，烟花爆竹仍要大放特放呢？这是一个很值得深思的问题，我希望能听到更多有识之士发表这方面的看法，在这里也想贡献一点自己不成熟的看法。

其实人们也清楚燃放烟花爆竹会扰民，产生的硝烟有毒有害，但这些似乎都是别人的事情，人们首先考虑的是自己可以避邪，讨个吉利，可以增添喜庆的气氛。所以只要人们的这种迷信观念没有改变，烟花爆竹就会继续燃放下去。而迷信观念与什么社会无关，即使到了后工业社会，也很难消除这种观念，至多换一种迷信的内容。不同的社会会有不同的迷信内容，说到底观念还是由社会基础决定的。

在传统的农耕血缘宗法社会，农业生产需要更多的劳动力，家族人丁兴旺意味着更大的势力，因而就产生了多子多福的观念。但到了现代的工业化和城市化社会，需要更多依靠人的素质，而只有人口的数量减少了，才能更好地提高人的素质，因而人们的生育观念就发生了很大变化。人们已经不再热衷于生育，而是更注重自己的事业，更注重过自己向往的生活，而多生育却只会起到一种妨碍作用。说到底还是为了更好地生存和发展，这是人的本性，只是在不同的社会有不同的表现方式罢了。

6月23日

现在年轻人要结婚就得有一套新房，否则就别想把媳妇娶回家，首先丈母娘的头就不会点下来。这就催生了大量的购房需求，使购房成了一种刚需，把房价越推越高，使房地产市场热度不减，为繁荣经济做出了很大贡献。这种现象被戏称为"丈母娘经济"。在国外租房子住乃是司空见惯的事情，尤其年轻人更是如此——他们才开始工作，并不具备买房的条件。而我们的年轻人甚至还未工作就要筑巢引凤了，工作以后更是如此。这大概除了我们中国，再也找不出第二个这样的国家了。外国人往往都十分惊叹我们中国人如此热衷于买房，房子的自有率如此之高。而之所以如此，丈母娘经济实在是脱不了干系的。

我以前经常去一所大学校园内的文印店打印材料，那里有好多家文印店，价格要比外面便宜很多。我固定去其中的一家，跟老板娘很熟了，会聊起一些家常。她家就在学校附近，虽然不算多富有的家庭，但也有两套房子。她有一个女儿，快长大成人，可以谈婚论嫁了。她说现在要结婚都要求男方有一套房子，否则就不能同意。我们自己有房子归自己有房子，但他们自己也必须有房子。

其实不仅丈母娘如此，丈人也同样如此。前著名国脚范志毅，他经常出国比赛，还曾经在国外的俱乐部效力过，可谓足迹遍布五大洲，世面见得多了。而且他也相当富有，在上海那种寸土寸金的地方拥有多处房产。但女儿与男朋友谈了多年恋爱后要谈婚论嫁了，他却要求男方在上海必须买一套房子，否则结婚试试看。看他那副咄咄逼人的气势，分明就是在上海没有一套房子就一切免谈，不惜因为一套房子而棒打鸳鸯。连范志毅都这样，可以想见其他丈人会怎样。所以丈母娘经济恐怕得改改，得改为"丈人丈母娘经济"了。

在这种丈母娘经济的重压之下，许多年轻人日子都过得很紧巴。年纪轻轻本该活得潇洒一些，多追求新潮的生活方式，多享受生活的乐趣，可他们却很难潇洒得起来，早早就要考虑买房，买了房后又被巨额的按揭压得喘不过气来，还有精力和金钱去潇洒走一回？比他们更苦的还是家长。在我们这个国家，孩子要买房，更多的负担却要落到父母身上。如果生的是儿子，就要早早为他准备新房，否则就无法把儿媳妇娶回家，就未尽到当父母的责任。所以生男孩就被戏称为"建设银行"，要为他建设一套昂贵的婚房。而生女孩这些就全免了，还有一笔大额的礼金，所以就被戏称为"招商银行"。

这种习俗说到底也挺可悲的，婚姻本该建立在爱情的基础上，只要两个年轻人真心相爱，没有房子也可以租房子住，这可以大大减轻家庭的负担，可以更好地享受生活，提高幸福的指数。当然，今后要是财力具备了，也可以去买一套房子，这同样也可以提高幸福的指数。但不具备相应的财力，也要在这种习俗的压力下勉为其难地买一套房子，就会使全家不堪重负，大大降低了生活质量。房子是用来住的，对于中低收入的人们，尤其刚开始工作的年轻人，需要解决的是有没有地方住的问题，而不是有没有房子的问题。只要有地方住，是不是自己的房子并不重要，房子所提供的功用都是一样的。

面对这种高昂的买房负担，许多年轻人选择了躺平——我买不起房结不起婚，我不结婚还不行？去找一份工作，有一份收入，就可以衣食无忧，还可以去旅游，做点自己想做的事情，多自由自在。我身边就有不少这样的年轻人，我并不觉得这种生活有多可悲，我现在要是也是这种年龄，很可能也跟他们一样选择了躺平。

面对这蔓延开来的躺平潮，丈母娘经济也熄火了，房子也卖不动了。福州五一广场旁边有个地方，每天都有很多上了年纪的人来到这里。他们聚集在这里并不为了别的，而是给自己的子女征婚。许多征婚广告挂在绳子上，这些当父母的有的在某张征婚广告前琢磨着，有的在互相交谈着，都想为自己的子女物色一个合适的对象。现在社会上剩男剩女越来越多了，当父母的心里都很着急。别的地方人也许会少下来，这个地方人却从未少过。我每次从这里经过时，总是别有一番滋味在心头。可怜天下父母心，他们都希望自己的子女能找到另一半，这样的人生才算美满的人生，对此我是很能理解的。但有时我也不免会在心里说一声，活该！谁叫你们要求年轻人结婚都必须有一套新房呢？

6 月 24 日

我 1992 年参加中考，第二批志愿报了福建交通学校，毕业出来可以去县交通局上班，家人都希望我能考取，我自己也想考取。成绩出来后，我比第一批的切线低了两分。连江一中也属于第一批，我也报了。我的成绩本来上不了连江一中，刚好会被福建交通学校录取，但阴差阳错，我之前被评为"市三好学生"，考中专没有加分，考高中却可以加 10 分，这样我就被连江一中录取，上了高中。

能够上重点高中本来也是一件高兴的事情，但那时不比现在，中专反而更吃香。眼看着我可以上一所不错的中专，毕业后可以去县交通局工作，吃上皇粮，成为一个有单位的人，却与之失之交臂，还要去读高中，而读完高中能不能上大学还是个未知数，所以父亲就感到很失落。特别是当看到村里有个女孩，她父亲在社会上很有人脉，在她读了一年高中后，又让她回炉重新读初三，结果就考上了我本来可以录取的这所中专。这样父亲的心理就更加不平衡了。

二哥在连江六中教书，我开学前先到他那里。我们正准备一起去连江一中注册，父亲特地从老家赶来，神经兮兮地说那个女孩考上了福建交通学校，全村的人都在说这件事情。我安慰他道，我三年后保证考上一所大学给您看！我这也不是随便夸下海口，自己的学习能力还不错，同时又很刻苦，现在考上了这所重点高中，以后再考上一所大学也是不成问题的，无非大学好坏的问题。我考上了重点高中他还这样，真是匪夷所思，但看他那副无比失落的样子，又感到他怪可怜的。

我高一时其他科目都还好，就是数学差了些，因为刚好遇到了一个很不负责的老师。他在家里办了个补习班，在课堂上就大大地留了一手，随便讲讲就开始放羊了，我们有问题问他也从不解答。由于被数学拖住了后腿，我的总成绩就上不去，但也在班级处于中等的水平。但父亲却不这么看，他认为我的成绩不够拔尖，以后能不能考上大学就难说了。二姐夫是一个雕塑艺人，给庙宇雕塑神像，这是一门相当不错的手艺，学会了可以挣不少钱。于是他就准备让我辍学，也去跟二姐夫学雕塑。二姐先向我透露了这一消息，我根本不当回事。我当然还想继续读下去，况且又不需要多少学费，花不了他几个钱。我那天回到家后，母亲果然向我提出了这个要求，被我一口拒绝了。这样我高中就继续读了下去。

高二后换了一个很称职的数学老师，我的数学成绩就上去了，总分也跟着上去了，都能在年段排前几位，高考就考上了一所重点大学。父母当然都兴高采烈的，同时也为当初想让我辍学而感到愧疚。有一次母亲问我，假如我们当初真让你辍学去学雕塑了，你会不会埋怨我们？我说有什么好埋怨的，我当初根本就不想去学雕塑，根本就不想辍学。

想想现在许多家长苦苦哀求自己的孩子要刻苦读书，不惜血本让他们上各种补习班，为的是能考上一所高中，即使是普通高中，而我当年考上了一所重点高中，只因为成绩不够拔尖，父亲就想让我辍学，这简直就是天方夜谭。在上辈人眼里，读书就是为了做官，就是要进国家单位吃上皇粮，否则就失去了意义。单位在他们眼里简直就比生命还重要。我作为后辈，当然跟他们想法不一样，这就是所谓的"代沟"。代沟是不可避免的，问题在于如何看待它。父辈倘若要把自己的意志强加给子女，要求他们必须按照自己的想法去做，这就十分不该也十分不智了。

我有一次上班时听到一个员工在停车棚跟他的同事聊家常。对方问起他儿子的近况。他说我一般不去管他的事情。我以前还会去管他的事情，后来发现没什么用，就不去管了。我听了就感同身受起来，我自己又何尝不是这样的呢。我儿子现在还是孩子，也已经很有自己的主见了，想买什么，想做什么，以及平时的行为方式，一般都要依着自己的想法，别人去说他是没什么用的。我有时出于好意，会去纠正他的各种毛病，会对他提出各种要求，他要是听不进去，我就会气愤地骂起来，有时还会跟他发生激烈的冲突。有一次我们之间又发生了冲突。事情平息后他对我说了一句话：其实只要我不想做什么，你说什么我都不会听进去。我听了之后，感到有些窝火，又感到有些无奈，但最后也只好想开了，我必须面对这一现实。

从那以后，我开始学会尊重他自己的意愿了。除非有些事情确实不能允许——比如他喜欢烧纸，有一次差点把书架都烧起来了，这种危险之至的事情当然不能允许，而且他后来也不敢再做这样的事情了——我一般只会对他提出一些建议，你听得进去就听，听不进去我也没辙儿。即使你要养成一些坏毛病，屡教不改，我也无能为力。都说"子不教，父之过"，但一个人是否会变坏，乃是由先天和后天各种因素综合决定的，父母固然有一份责任，但其实也负不了多大的责任。

面对代沟，我们做父母的可以保留自己的看法，却不能强加给子女，他们有着自己的特点，有着自己的喜好，我们认为好的他们未必也认为好，我们喜欢的未必就是他们喜欢的，因而我们无法替他们做出选择；更重要的是他们也是一个自由的个体，也有自己的独立人格，也有权利选择自己的生活，走自己的路，我们无权替他们做出选择，把自己的意志强加给他们。我们把他们生下来，把他们养大成人是我们的责任，而不是我们的功劳，不能因此就可以按照自己的意愿去塑造他们，让他们做一个听话的孩子，变成实现自己理想的工具。

父母尊重子女的意愿，让他们去自由地发展，这不但把双方从紧张的代际关系中解放出来了，都活得更加轻松自在，还会使子女得到更好的成长。哪个父母不希望自己的子女好呢，而让子女自由地发展才是真正的好。

我想开后，反而感到一身轻松了，不再为儿子的事情而纠结着，随他去吧。而这样一来，他反而更加自觉了，各方面都表现得更好了，许多坏毛病也都改过来了。我们父子的关系也变得更加融洽起来。

就是我的父亲，他晚年时也明白过来了，也不去干预我的事情。我想出国，母亲觉得在国内有个单位多好，就问父亲我能不能去出国。他那时已经患了脑中风，偏瘫坐在椅子上，其实心里还亮堂着呢。他很坚定地回答了一声，我不知道！我顿时感到了一阵欣慰，至此我们父子俩又和解了。

父亲已长眠于地下，我愿他安息！

6月25日

父母当年培养我读书的目的很明确，就是为了使我能考上一所大中专院校，毕业后可以进入国家单位吃上皇粮，直截了当地说就是做官。这种观念在传统社会再正常不过了，所以我们老家看一个孩子长大后有没有出息就说会不会"出仕"。出仕在古代就是出来做官的意思，一个人有官做才叫有出息，才值得下那么大本钱供你读书，否则就不必读书了。至于文化，只要上一两年私塾，会认几个字会数数就行了。还有很多连私塾都没上过，斗大的字都不识一筐呢。至于明理，平时经过社会习俗以及传统观念的熏陶，也都慢慢养成了。

我学生时代学习很刻苦，成绩也不错，经过十一年的寒窗苦读，也考上了一所重点大学。大学毕业后幸运地进入一所学校工作，虽然没有做官，也算吃上了皇粮，成为一个有正式单位的人。其实在我们的传统观念中，有单位也算有国家干部的身份，也可以算是做官了。所以我虽然在单位里混得并不怎样，虽然并不能为乡亲谋到一星半点什么，但回到家乡时仍然能受到一种尊重——我在大学里当老师，身份自然就不一样了。

由于自己的能力有限，我在单位里是不会有发展前途的，无非混到退休而已。但我并不想让自己的生命始终处于这种状态，人生就那么短短几十年，再经过掐头去尾，真正能够做点事情的时间就更短暂了。而且我上大学后接受了许多新思想，也很难适应单位那种环境了。所以工作后不久，就开始想离开这种地方，到社会上去发展。但真要离开却不是那么容易的，还得考虑到社会上后能否生存，同时也不舍得丢掉现在这份又稳定待遇又好的工作。所以一直到很多年以后，才终于鼓起勇气，破釜沉舟地把工作辞掉，来到社会上自谋生路。

一个人从单位里来到社会上，就好比被扔进了汪洋大海。好在我能吃苦耐劳，而且期望值也不高，因而在社会上也学会了生存，找到了工作，有了一份收入，可以养家糊口。但也只能从事一些普通的工作，在社会上没有身份和地位可言，远不能与在单位里相比。

那么，父母当年辛辛苦苦地培养我上大学，大学毕业后又帮我找到工作，我最后却成为一个普通打工者，他们又是否白白培养了我？我又是否该对他们感到一种愧疚呢？有时想想也确实挺愧疚的，花了他们那么多钱，更重要的是他们曾经对我寄予那么大希望，结果似乎一切都白费了。但假如我不辞职，在单位庸庸碌碌地过一辈子，这难道就一定对得起他们吗？并非凭自己的本领生存，只能寄生在一个地方，这并非有出息的表现，而恰恰是没出息的表现。而我在社会上凭自己的努力找到了工作，在工作中凭自己的表现站稳了脚跟，并且倘若再加以努力，还有更大的发展空间，这难道不也是一种出息？虽然也不是什么大的出息，但至少比只能在一个地方混下去更有出息。所以从这个意义上说，我并没有愧对父母！

我现在从事的工作与大学所学的专业毫无关系，甚至高中文化也是多余的，只要初中文化就够了。那么，我的书又是否白读了？其实，读书不仅为了就业，同时也为了提高自身的文化素养。不论从事何种工作，具有更高的文化素养都是必要的，甚至对日常生活也是必要的，可以多知道一些知识，多知道一些事理，可以更好地趋利避害，更好地待人接物，提高我们的幸福指数。即使都不为了这些，读书本身就可以成为目的，为读书而读书也是可以的。读书可以求知，可以明理，这本身就已经充满了一种乐趣。世界上就有这样的人，他们终生都在求学。只要未损害到他人和社会的利益，这种选择也应该是无可厚非的吧。

我自己也到了当父亲的年龄，也要培养儿子读书了。如今小孩变少了，经济条件也变好了，做家长的还巴不得自己的孩子肯念书，为了能让他们提高成绩，考上一所好学校，还不惜血本让他们上各种补习班，还巴不得钱能花得出去呢。去年儿子初三开学时，我们决定不惜代价地拼一把，到处找老师补课，其中最重要的又是数学。一个教学水平很高的数学老师有给学生补课，但只收成绩好的，不愿意收他。这还让我们感到恐慌起来，赶紧又去找别的老师。后来终于找到一个老师愿意上门提供辅导，我们悬着的心才放了下来。能找到老师就已经十分庆幸了，至于费用就在所不计了。

同时，时代毕竟不同了，培养小孩并非都要他们做官和进入国家单位，虽然还有很多人热衷于此，但社会毕竟开始多元化了，人们可以有不同的选择。所以我就不再像父母那样期望儿子也能"出仕"，只要他能考上高中，有更好的学习和成长环境就行，至于以后做什么要他自己去选择，他选择什么我都支持，帮助他实现人生的梦想。

我当然也希望他有更好的前途，能考上一所好高中，考上一所好大学，读一个好专业，找一份好工作，作为一个食人间烟火的人都难免会这么想，但即使没有这些世俗的考虑，我也照样要培养他读书。读书是他的权利，只要他还未成年，只要他还想读下去，培养他读书都是我们的责任和义务。他通过读书，学到了各种知识，提高了文化素养，得到了更好的成长。以后回首往事时，自己曾经读过高中和大学，这就足以感到自豪了。

功利性的东西何必那么在乎呢？钱还不是用来花的？人活着最重要的是要去做自己想做的事情，勇敢地追逐自己的梦想。儿子想上高中，我们就全力地支持他，多花些钱也在所不惜。他以后可以选择自己的人生方向，只要能做到自立自强，我们都为他感到欣慰。

世俗的标准又何必那么在乎呢？人是为自己而活着，不是为别人而活着。只要不损人利己，不损公肥私，就完全可以我行我素，而不必在乎别人怎么看，不必在乎读书有没有用，书是否白读了。

6 月 26 日

今天中午十二点多，我打电话到妻子那里，是儿子接的。我问他上午历史和政治最后两科考得怎样。他回答说还不错，今年政治比较简单，历史有点创新，有道题没有答好。我说没事的，只要有正常发挥，把试卷做完就行。至此今年中考全部结束了，辛苦了一年，现在终于尘埃落定，就等着成绩出炉，看他能否如愿以偿考上那所自己向往的高中。

回首这几年我们一家三口走过来的路，真是很不容易。我们就他一个小孩，当然希望他能上高中，以后再上大学，有个更好的成长环境，也有个更好的发展前途。现在不比从前，已经进入高等教育大众化的时代，社会上都讲究高学历，孩子将来要得到更好的发展，就必须上高中上大学。而在现行政策下，只有一半的初中毕业生才有机会上高中。这样升学的压力就下移到了中考，中考变得比高考更重要，竞争极其激烈，内卷得很厉害，对学生是巨大的挑战。尤其对那些中等程度的学生，挑战又是最大的，他们要是能坚持刻苦读下去，考场上发挥得好，就能鱼跃龙门上了高中，要是松懈下来，发挥得不好，就只能遗憾地看着别人上高中了。而我儿子恰恰就属于这种类型。

初一时离中考还比较远，学习比较轻松，我们对他要求不太严格，他自己也表现得比较自觉，成绩在班上一般都能处于中等水平。到初二时，由于到了叛逆期，经常跟一些差生在一起玩，受到了一些不良影响，觉得不必非读高中不可，以后可以自己去创业。于是就开始变得厌学起来，一心想着玩游戏、看 NBA、踢足球、打篮球，就是不把心思放在学习上。同时，英语和数学两科教师的教学水平也不高，在课堂上都没有听讲。这样，他的成绩就开始下降，初二上学期的期末考退步了很多。

我起先还尽量不去干预他学习的事情，只是跟他讲，就是创业也是以后的事情，必须具备一定的社会经验以及经济基础，才能考虑创业的问题。现在还小，一到社会上就会被人欺骗，还怎么去创业？高中要是实在不想上也罢，如果还想上就要好好努力。努力了能上最好，不能上也不会后悔。而现在要是不去努力，将来就会后悔莫及。他经常跟一个初三学生一起踢球玩游戏，对方比他更加厌学，经常向他灌输一些负面思想，叫他也不必上高中。我起先不知情，还叫他有空过来玩，甚至还留他吃饭，知情后就开始警觉起来了。于是就对儿子说这种人品质不行，自己破罐子破摔了还要拉别人下水，就叫他不要再跟这种人交往了，告诫他交友一定要慎重，否则会深受其害。他英语成绩差，我就叫他不停地背词汇，词汇量多了，成绩自然就上去了，并且给他买了一个电子辞典，不会的就查。

但初二下学期，他表现得更差了，成绩继续往下掉，平时都没看见他在背英语词汇，期中考英语只考了五十几分（满分 150 分）。按照这种势头，上高中就别指望了。我不由怒火中烧起来，尤其得知他电子辞典打都没打开过后，更是大发雷霆，把他书桌上的东西全推到了地上，破口大骂起来，他惊吓得在那里瑟瑟发抖。我怒气平息后又跟他坐下来好好沟通，问他到底想不想上高中，如果确实不想上我们也不会逼你，去上中专读一个专业也可以。他现在其实也想上高中，就是改不了喜欢玩游戏那些坏毛病，无法坐下来用功读书，处于一种想收获又不想付出的状态。我说天上不会掉下来馅饼来，没有付出哪有收获，不克服自己的坏毛病把精力放在学习上，哪有高中给你上。玩也并非不能玩，但要以学习为主，等到放假后再多玩玩。

从那以后，他就表现得好一些了。我每天晚上都监督他背英语词汇，背完后我再考他。抓一段时间后，他的词汇量终于上去了，英语成绩也提高到八九十分，虽然还是不理想，但已经有较大进步了。初二期末要参加小中考，即生物和地理两科课程学完后先进行中考。他对此也很重视，认真地复习准备，再加上平时就比较喜欢这两科，结果都考得不错，都考到了 91、92 分，折算后两科共计 54.5 分（总分 60 分）。虽然这两科权重低，但也算给明年打下了一个基础，给他增添了一份信心。

初三他们换了个教学水平高的数学老师。那天我带他在鼓岭游玩，他妈妈给我打电话告诉了这个消息，我顿时十分欣喜起来。我过后转告给他，说人生有时会出现机遇，换了个好的数学老师也许就给你提供了一个机遇，要紧紧抓住这个机遇，好好拼一把。最后一年了，他这时也真要拼了。他平时很喜欢做视频节目，现在要投入紧张的学习了，只能先把它放在一边。为此他还做了一个变声的"视频"，信誓旦旦地说这是他做的最后一个视频了，他会用行动证明自己，让大家看到一个不一样的自己。我听了后心里真有些感动，觉得孩子学习也挺辛苦的。同时我的心也有些放下来了，知道他已经下定决心要拼一把，会发奋学习了。

他学习果然自觉了许多，背英语词汇也不需要我在背后监督了，每天晚上功课做完后都会背上几页，游戏也很少玩，视频也不做了，把精力都集中在学习上。同时我们又给他找到了英语和数学的补课老师，他的成绩进一步提高了。初三下学期开学半个月后要进行"一检"，他很认真地进行准备，每天功课都做到很晚，最后考到了班级第 12 名。这可是考得最好的一次，中考要是也能这样，考上一所二类校就不成问题了。

但考完后他的状态又不行了，觉得自己考得不错就可以松懈了，于是贪玩的老毛病又犯了，甚至还借口要上网课，偷偷地切换到视频节目上来。补课老师上门辅导，他也无精打采的，无法听下去。有一次听到一半就说很困了想睡觉，从而就中断了。我下班知道后就火冒三丈起来，把他狠狠教训了一顿，说你要是不想上高中就干脆躺平，要是想上就好好再拼一下，时间已经不多了。怒气平息后我又好言相劝，说是男子汉就要再扛一下。我知道你读书很辛苦，但这是你人生中最重要的考试，无论如何也要忍一忍。

于是他的状态又开始起来了，成绩大体上都能稳住，但仍然会有反复，这次考得好后又开始有所松懈，又开始贪玩起来。我们只好不断地做他的思想工作。他也想能考好，甚至还想考上一所更好的高中，在考前十多天的最后一次模拟考中，还因为压力太大，过于患得患失而发挥失常。语文有一道题不会做就愣在了那里，以至后面的题都来不及做，作文只写了两百字，从而考砸了。我们只好不断地开导他，说不要有心理负担，其他什么都不要想，现在只要认真地准备，考试时认真地做题，实在不会做的就跳过去，去做后面的，即使这一科没考好，考完后也要忘掉，好好准备下一科。每一科都能正常发挥，都考完了，任务就顺利完成了。

能考上一所好一些的高中最好，考上一所差一些的也可以，甚至都考不上去读中专也可以，我们都不会责备你。

在我们的劝导下，他慢慢放下了思想包袱，投入到紧张的最后冲刺中。还剩下最后五天时，我们问他要不要再去上那个机构办的一对一辅导班，他二话不说就去了，连最后一天都坚持去。看他那么拼命的样子，我们都感到很欣慰；看他那么辛苦的样子，我们又感到很心疼。

中考第一天我没有上班，就在家里给他当后勤部长。早上特地给他焖些肉，再加一个鸡蛋，让他更有精力地走进考场。吃完早饭，我送他到考场。路上我们并肩走着，边走边聊，该交代的都交代了，这时就聊些轻松的话题，为他减减压。到那里时还未开始入场，他就排进队伍等候着。过一会儿可以入场了，队伍开始向前移动起来。我在旁边跟随着，但由于人太多了，一会儿就见不到他身影了。我继续往前走，来到了校门前，站在那里看着考生一个个走进考场。他们都充满了青春的朝气，今天虽然要进行一场人生的大考，仍然脚步轻快地走向考场。

时间一分一秒地过去，人越来越少了，开考的时刻越来越临近。我们全家辛苦了这么久，付出了这么多心血，现在最后考验的时刻就要到来了。我相信他能够顺利地考完，我们的心血不会白费。我也相信经过这场大考，他各方面都得到了很大锻炼，变得成熟起来了。我情不自禁地曲起手臂，握紧拳头挥了一下，顿时热泪盈眶起来了……

六月

6 月 27 日

在我的学生时代，考不上高中和中专还可以再去复读，或者去读那种高中和中专的计划外招生，即所谓的"高价生"。不少人第一年未考取就再去复读，复读一年不行再复读一年。所以当儿子开始读初中时，妻子说现在考高中竞争很激烈，得好好抓，我还很不以为意，说没必要把他搞得那么紧张，这不利于他的身心成长。应试教育的弊端人所共知，都在提倡素质教育了，我们还在那里死读书？至于想上高中，到时候成绩实在不行就花钱买分数，去上公立校的那种计划外招生，或者去上私立校，那些学校分数是很低的。后来我经过了解才知道，是我孤陋寡闻了，还在念着老皇历，还以为事情还像过去那样。而实际上早在2014年就已经出台了一个政策，规定要按照50%的比例引导应届初中毕业生向中等职业学校分流。虽然并未规定不能复读，但复读后分数要扣掉40分，这实际上更不可能考上了。因而中考对于学生就变成只有一次机会了，考不上高中就要去读中职。读中职并非就没有前途，但这至少剥夺了学生通过复读升上高中的权利，对于那些想上高中的学生及其家长来说是不公平的。以前很多人上不了高中是因为高中不具备扩招的条件，无法容纳更多的学生，而现在则是由于生源被中职分走了一半，变得吃不饱了。

我了解到这个情况后立即醒悟过来，开始十分重视儿子的学习了。我知道上高中对一个人的重要性。从学习知识的角度说，一个人的文化基础就是在中小学阶段打下的，这决定了一生的底色。倘若能继续上高中，就会具备一个更加扎实的文化基础，一生都会受用。将来回首人生时，只要说自己曾经读过高中，就已经是一件值得自豪的事情了。我们是应试教育，这种状况一时也改变不了。应试教育有它的弊端，但也有它的长处，可以让学生学到更加扎实的知识。而要是早早就去读中职，就学不到这么扎实的知识。我们都心知肚明，在现有的教育体制下，学生在大中专院校里又能学到多少东西。因而没读高中就会成为人生的一大缺憾，我要求儿子要尽量考上高中。当然他要是实在力不从心或者实在没有意愿，我也不会强求。好在他也想上高中，也想今后能得到更好的深造，有更好的发展前途。所以我们一家就积极配合，虽然也经过了许多磨难，昨天他中考终于顺利考完了。他准备得很充分，考场上也能正常发挥，估分还不错，上一所二类校应该不成问题。他能成功地突围出去，成为一个幸运儿，我们都感到无比欢欣，感到所有的付出都是值得的。

但还有一半的学生上不了高中，而只能去读中职。这些学生除了一部分学习很差，根本就没想上高中的之外，还有相当一部分其实是想上高中而上不了的，这种政策使他们失去了机会，甚至连再尝试一次的机会都没有了，想想也是很残酷的。儿子班上有个同学跟他很要好，这孩子人比较朴实，同学都叫他"阿呆"。他初一初二成绩还不错，特别语文在班上还名列前茅，但到初三后状态就不行了，成绩下降了很多。中考前一个月，他自知上高中已经无望，就干脆躺平了，不再来上课，整天待在家里玩游戏，都要玩到凌晨两点，家长也拿他没办法。儿子有他的QQ，就上去安慰他，叫他也来上课，好好准备一下，即使考不上高中，也要争取考上五年专。我听说后，真为这孩子感到心疼，他要在这残酷的竞争中被淘汰了，同时也为儿子的表现感到欣慰——他自己的处境相对好一些，但心里还记挂着自己的同学，耐心地开导他，叫他要克服畏难情绪，不要自暴自弃。一个星期后，这孩子终于又来学校上课了，最后也顺利地把中考考完。我很关心他的情况，几次向儿子问起他。真希望他不论结果怎样，都能有一个乐观向上的心态，高中上不了上五年专，五年专上不了上中专，只要能走正道，勤劳肯干，总是能生存下去，并且有发展前途的。

目前还有大量的中职学校，它们也是事业单位，也是吃皇粮的，政府必须保证教职工有饭吃，不能让他们下岗。在这种高等教育已经大众化，学生都想上高中的时代，如果没有这种保护性政策，它们很快就会招不到学生。但我们不能为了保护它们的生存就剥夺许多学生上高中的权利。其实这也可以通过其他途径，可以让它们都升为大专，也去招高中生。有人可能会说很多学校并不具备升大专的条件，盲目进行升格对学生不负责任。但在我们的这种体制下，现有那些大专就具备条件了？甚至那些本科院校，它们的那些教学评估，地球上的人都知道是怎么回事。

我以前曾经在一所中专工作过多年，2000年前还有生源，此后由于高中开始扩招，就不好招到学生了。为了招生，学校还叫我们教职工各自回到自己的老家，找各种关系拉生源，甚至还搞起了"促销"。那时还没有这种对中职学校的保护性政策，它们只能眼睁睁地看着学生都去了高中。所以它们要生存下去，就只能想方设法升为高职，或者与本科院校合作办学。我们那所学校经过努力，也于2004年升为高职，暂时解除了生源危机。那些未能升格的学校不出多少年就要招不到学生，就会成为一个空壳。我有时经过那些学校，就觉得里面想必已经没有多少学生了，甚至还为它们的存在而感到有些诧异。没想到它们仍然顽强地存在着，而且还不必为生源而发愁。原来是我孤陋寡闻，其实早已出台了这种保护性政策，硬性地给它们留出一半生源了。

还有人会说职业教育也是社会所需要的，高级技工人才是很紧缺的，即使很发达的工业化国家，也有很发达的职业教育。但我们不能只看到他们的职业教育也很发达，却不看到他们是怎么发达的，他们并未实行我们这样的保护性政策。发展职业教育可以去招高中生，招初中生也可以，但必经实行市场化的原则，要靠良好的职业发展前景，在学校可以得到优质的职业教育，同时国家也可以对报考职业院校的学生减免学费，这样学生自然就会前来报考，并不需要采取那种硬性分配生源的办法。

靠这种硬性分配生源的办法也终究不是根本之策。随着教育适龄人口的减少，今后即便再给中职留下一半生源，也还会出现吃不饱的现象，最后也还会面临生存的问题。从根本上说，必须放弃这种计划经济的思路，去积极寻找其他解决问题的途径。据说现在这一政策已经开始有所松动，但愿这是真的！

6月28日

　　6月7日，四川大学的一个女研究生发了一条微博："我戴着口罩上地铁，想着没有几站就不坐了，找个拐角站着。还没站稳，地上的一个猥琐老头开始盯着我看，并且尝试拿出手机对着我。这时候我已经感觉到他在偷拍我了，很快的我瞪着他，他就放下了手机。我意识到他应该没有拍什么，本想就这样结束，我也可以'忍一忍'，但是一分钟内我的脑子飞速运转。'难道我的权益没有受到侵害我就可以不去维权了吗？''非要等发生什么我才说什么吗？'感觉这个猥琐老头不是第一次作案，如此娴熟的动作和大言不惭的表现，就有了视频里的故事（本想他如果拍了我任何一张照片，我都不想放过他，重重举起的拳头还没开打）。猥琐男出门必死！"她是在广州的地铁上怀疑一位大叔要偷拍她，就去抢他的手机，并拍下视频传到网上。怀疑别人偷拍自己，也只能选择报警，叫警察来处理，而不能自己当警察。已经意识到对方应该没有拍什么，却还有去抢他的手机，并把视频拍下来传到网上，并且还使用恶毒的语言，似乎认定对方是一个猥琐男，就罪该万死，自己就可以肆意妄为，正义感满满的。这事件一经曝光，许多网友都觉得此人太蛮横无理了，她并未招来人们的喝彩，而是几乎一边倒的批评声浪。

　　6月8日，那位大叔出来自证清白，表示自己当时只是在看小说，并没有偷拍对方。他还向警方报了案，要求对方删除视频并公开道歉。但这个女研究生并未出来道歉，而是继续发布了一条微博："我是不可能道歉的，像他这样的猥琐男我发他照片怎么了？如果没有偷拍我为什么摄像头对着我的方向？我抢他手机的时候他为什么不辩解？而且四川大学对于我也没有说什么，说明我没有错，错的是你们。"又是一口一个猥琐男，似乎自己觉得对方猥琐就可以认定对方猥琐了。对方摄像头对着自己就是在偷拍自己了。你摄像头对着别人时，别人是否也可以说你就是在偷拍他呢？这种又臭又硬的态度只会更加激起了人们的反感和愤慨，使事件进一步发酵起来。许多网友开始对她进行了人肉搜索，扒出她过往各种不光彩的劣迹，譬如曾经对中学同学进行校园霸凌，给对方造成巨大的身心伤害，在河南大学读本科期间，利用学生会主席的特权给自己挂名加分，从而成功保送到四川大学读研，等等。

6月10日，四川大学称已经关注到此事，并将依规依纪进行处理。同时，有网友爆料她已经是某个大公司的实习生，但因为此事被解聘了。事情终于闹大了，她不得不低下高昂的头颅，6月11日在微博上公开进行了道歉："叔叔，对不起，我真错了，我不该在地铁上和您确认后依然在网络上散播视频，并对您本人形象进行不当描述。"那个大叔及其家人也很宽厚，接受了她的道歉。他儿子向记者表示，她还是名学生，公开道歉就好，不想影响她太多。

6月21日，四川大学发出一份通报，对这个女研究生采取留校察看和留党察看的处分。对于类似这样的事件，这已经算是顶格处理了，但许多网友仍然不买账，认为处罚得还不够严厉，事件还在继续发酵下去。一个律师事务所公开发表声明，鉴于四川大学的这种表现，决定今后不再录用它的毕业生。同时许多刚参加完高考的考生，也起来抵制报考四川大学。

这个女研究生据说曾经发表过许多女权主义的言论，这从她6月11日的那条微博中也可以明显看出来。在这一事件中，那个大叔先是盯了她一眼，然后又拿起手机，摄像头对着她的方向。这也许只是一种无意之举，但对于一个内心十分敏感的女权主义者，又确实容易产生误会，觉得此人很猥琐，要拿手机偷拍自己。而且此前社会上也发生过不少这样的事情，这个女权主义者表现出了一种维权意识也是可以理解的。但怀疑别人需要证据，而不能只凭自己的主观揣测。特别是在已经意识到对方并没有偷拍的情况下，仍然把他的视频传到网上，并且还使用恶毒的语言，这就非常不对了。你自己知道维权，但你这样已经严重侵犯到对方的权利，已经给他造成巨大的精神伤害，这对他又公平吗？女权主义的目标是要追求男女的平等，但不能从一个极端走向另一个极端，可以任性地对男性进行诬蔑和中伤，这又是哪门子的女权主义？

也有人指出网民对这个女研究生进行人肉搜索是一种网暴，也是不可取的。这就要视具体情况而定了，你先把视频传到网上，主动挑起一个公共事件，就不再是一个普通人物了，而成了一个公众人物，隐私权就得不到严格保护了。况且即便普通人物，倘若有违法违规的行为，人们也同样可以将其曝光出来，这并不涉及隐私权的问题。在她被抖出来的不光彩劣迹中，也不能肯定都是真的。如果是假的，就是一种无中生有的诬蔑，就成了一种网暴。要是可以找出始作俑者，她可以拿起法律的武器维护自己的名誉。她在这一事件中表现得再不堪，也仍然具有这种权利。而如果是有根有据的——像保研过程中存在的猫匿假如情况属实，河南大学和四川大学还有必要依规依纪进行处理——这就不是什么网暴，而是正常的舆论监督了。

就这个事件本身来说，这个女研究生已经公开道歉，大叔也接受了她的道歉，就可以平息了，继续在这上面做文章已经没有意义了。但还有人认为她的道歉并非真诚的，而是在舆论压力下被迫做出的。但真诚与否又是很主观的，你又根据什么可以判断人家是不是真诚的？难道就这样没完没了地纠缠下去，直到你认定她是真诚的为止？

很多人对四川大学的处分决定不满意，认为还不够重，性质这么恶劣要开除学籍才对。但不能凡事都要随你的意，人们也可以说这处分得太重呢。要不是迫于舆论压力，何至于如此小题大作呢。社会是很多元的，要是什么都要随你的意还了得。至于抵制川大，不录用川大的毕业生，不去报考川大，就更是一种乖张的行为艺术了。即使川大的处分还不够严厉，也不能一篙打翻一船人。川大有几万名学生，难道个个都如她一般？如此对川大以及川大学生进行污名化公平吗？你们可以不录用川大的毕业生，录用什么大学的毕业生是你们用人单位的权利，却不能把它与这个事件联系起来，而且还以一种公开声明的方式。这样损害的也许并不是川大以及川大学生的形象，而是你们这家律师事务所的形象。同样的，那些高考考生也可以不喜欢川大，不去报考川大，但也不能把它与这个事件联系起来，这样做只能显示你们的褊狭和极端，是一种心智不成熟的表现。

这个事件的发生也不完全是偶然的，它折射出了我们这个社会方方面面的问题，也反应出了人们各种各样的心态，需要引起我们的深入反思。从这个意义上说，这个女研究生也是有"功劳"的。然而，今后还是不要再有这种"功劳"了吧。

6 月 29 日

我上班的地方临着一条小街，那一带有很多机构，人流量大，店铺生意兴隆，尤其餐馆很多，到了中午用餐时间很多人都会出来，这些餐馆就开始顾客盈门起来。但这一两个月以来，对面短短的一段就陆续有四家店铺贴出了转让广告，一家是生鲜店，一家是糕饼店，还有两家是餐馆。那两家餐馆还是新开业不久，投入一笔钱进行了装修，却只经营几个月就难以为继了。生鲜店和糕饼店倒是老店，已经开了很多年，但现在也要转让了。搞笑的是生鲜店老板关店前不久，还与旁边开店的人说自己可以躺着赚。但话音刚落，就不是躺着赚，而是回家躺去了。他的店已经关闭近两个月了，至今还未转让出去。虽然店铺拿去转让未必就是做生意亏本了，但才开业几个月就拿去转让，肯定是没钱赚才会这样，不然怎么舍得把投入的本钱都拿去打水漂。一条街有一两家店铺要转让也属正常，但短短的一段就有四家，这就不能说是正常了，从中可以看出现在经济很不景气，生意很不好做了。

经济不景气不仅可以从店铺的频繁转让看出来，还可以从店租的大幅下降看出来。24日那天，儿子参加中考，我没有上班，就在家给他当后勤部长。下午第二科考试快要结束时，我来到校门口等他出来。在等待过程中，前面有两个家长在聊天，他们都有店面，互相询问店面是否租出去了。其中一个说租出去了，但租金只有两千，另一个说还未租出去。城市里一个店面的租金降到了两千，这几乎就是白菜价了。我问他们，现在租金两千的，以前最高的时候能不能租到四五千。他们说应该可以，降一半是有的。店租下降得很厉害，显然是因为现在经济很不景气，生意很不好做，人们都不去开店了才会这样，否则店租只会继续往上涨。我们普通百姓并不知道那些深奥的经济理论，也看不懂那些复杂的经济数据，但只需留意一番身边这些活生生的现实，就可以一叶知秋，知道现在的经济形势确实相当严峻了。

即使经济形势如此严峻，一个极知名也极具影响力的经济学家仍然坚持认为，今年我国的经济增长率将达到6%，我国仍然具有8%的经济增长潜力。他在2008年左右根据发达经济体的经济发展历程，推算我国经济增长的潜力，得出今后20年我国将保持8%的经济增长率。他很早就建立起了一套理论体系，用以解释经济发展特别是中国的经济发展。他始终坚持自己的理论观点，用他自己的话说，他的理论观点是一以贯之的。同样的，他对我国经济增长率的预测也是一以贯之的，始终坚持认为我国将保持8%的经济增长潜力。即使后来我国每年的经济增长率一直在下降，从8%降到7%、6%、5%，自己被现实一而再，再而三地打脸，他也仍然在一以贯之。他对每年的经济增长率没有一次不是预测高了，但仍然乐此不疲地继续这样预测下去。尤其今年经济形势已经如此严峻，房子卖不出去，店铺租不出去，年轻人大量失业，他却还在那里喋喋不休地坚持自己的8%，还说今年经济增长率将达到6%。我实在不知道他的勇气和底气是从哪里来的，一个什么样的神人才会如长期执著于自己已经被现实一再打脸的观点。

同样匪夷所思的是，今年他在一次访谈中，就现在许多经济学者主张要通过增加人们的收入，刺激人们的消费，来拉动经济发展这一问题发表了自己的看法。他不认同这样的观点，认为这不是不懂经济，就是存心要误导中国经济。他认为要突破当前的经济困境，需要采取投资拉动的方式，加大政府对基础项目的投资力度。他这种观点也是一以贯之的，他始终主张需要一个有为的政府，主要靠政府投资拉动经济发展。且不说政府投资先天具有的低效率，无效投资和重复建设的现象十分严重，也不说政府对基础项目的投资拉动经济发展的乘数效应较低，经过多年的投资建设，现在政府能够投资的基础项目也已经基本饱和了。而消费却是永远都需要的，而且是一种全方位的需求，对经济发展的拉动效应更加明显。从长远看，更应该依靠消费来拉动经济的发展，实行市场经济的国家也无一不是以消费拉动为主的。

现在我们的经济萧条也主要在于失业人数增加，人们的收入下降，对未来的预期趋于悲观，变得不敢去消费，从而使经济熄火下来了。在已经过去的五一和端午假期，虽然经过三年疫情之后，人们都很想出去旅游，从实际出游人数看也确实达到了高峰，但其中却出现了一个值得注意的现象，即在出游人数增加的同时，旅游收入却反而下降了。一升一降，说明人均消费大大下降了，人们出来旅游只是买张动车票出来走走，而景区是不进的，东西是不买的，宾馆是不住的。因而当下所亟需的是改善营商环境，促进创业和就业，增加人们的收入，使人们敢于消费，从而使经济活起来，而不是老调重调，坚持认为要增加政府的投资。有不同的观点也属正常，他可以坚持自己的观点，也可以认为别人不懂经济，但说别人存心要误导中国经济，抡起了阴谋论的大棒，就十分不妥了。

他希望我国经济能够继续快速发展下去，早日跃居世界第一大经济体，早日实现中华民族的伟大复兴，同时也希望在这一伟大进程中贡献出自己的智慧和才能，从而建功立业，青史留名，这些都是可以理解的。但无论动机如何美好，都不能忘记实事求是的原则，都必须面对现实，而不是一味坚持自己念早已脱离实际的观点。与其固执地坚持自己的观点，不如睁开眼睛看清现实，找出我国经济发展的问题真正出在哪里，如何才能对症下药，从而使经济更健康更扎实地发展下去。像他这样无视现实，闭门造车地开出经济发展的药方，也许才是真正误导中国经济，虽然他并不是存心的。

我并非认为他的经济理论都没有价值，事实上我以前也读过他的不少著作，他在20世纪90年代与另外两位经济学者合写的一部权威著作我还认真地读过两遍，从中也收获了不少东西，认为他那套落后国家发挥自己的比较优势，利用后发优势超赶发达国家的理论，对中国的经济发展还是具有一定解释力的，也是具有一定指导意义的。但我同时也感到，他的那套理论过于狭隘了，对经济现实的解释就显得捉襟见肘。现实是极为复杂的，一套过于狭隘的理论注定无法更好地解释现实，开出的药方也是头痛医头脚痛医脚，甚至是牛口不对马嘴的。理论要更好地解释现实、指导现实，就必须保持足够的开放性和包容性，不断地接受实践的检验，在实践中不断地得到修正和发展，而不能那么一以贯之，不是要自己的理论符合现实，而是要现实符合自己的理论。

然而遗憾的是，作为一个很有抱负也很努力的经济学家（他曾经说过，军人的理想是马革裹尸还，自己的理想是累死在书桌上。对他这一点我倒是不怀疑的），他的实际表现却让我深深地感到失望。他那一套理论体系一直未曾改变过，8%也一直挂在嘴边，我感到他缺少了一种实事求是的精神，缺少了一种坦荡的学术襟怀，也缺少了一种开阔和长远的眼光。我本来还想继续把他的著作找来读一读，想想还是作罢，反正读来读去都是早已知道的那一套，还是一以贯之的。

6 月 30 日

1946 年 2 月 14 日，世界上的第一台计算机"ENIAC"在美国宾夕法尼亚大学诞生了，这无疑开创了人类文明的新纪元，使世界进入了一个信息化的时代。1969 年网络开始在美国出现，先是作为局域网，1991 年发展为互联网，接入后就可以进入一个无所不至的世界，所有的信息都可以互联互通。1994 年，我国也正式接入了互联网，这意味着我们也进入了网络时代，即使没有走出国门，也可以与外面的世界息息相通了。

我读初中是在 20 世纪 80 年代末至 20 世纪 90 年代初，那时发达国家电脑已经开始普及了，局域网也出现了，正进一步发展为互联网，把电脑运用于生活也只是时间的问题。因此，我们的英语课本上就有一篇文章，讲到今后人们可以做到足不出户，坐在家里在电脑键盘上敲击敲击，向商店下了订单，所需要的各种物品就会不断地送上门来。虽然那时我们连电脑的影子都还未见到，但我们都相信它总有一天也会来到我们的身边，极大地改变我们的生活。

我们师生有时也会谈起这个话题。初三时我们的班主任也是语文老师有一次问起我们，说进入电脑时代后，我们人类会进化成什么样子？他随后拿起粉笔，在黑板上快速地画出一个图案，一个硕大无比的脑袋，下面连着小小的身躯和手脚。他说将来人类就会进化成这个样子，头脑一直发达下去，脑袋越变越大，同时活动越变越少，身躯和手脚就越变越小了。这当然只是戏言，几十年后我们再回头一看，人类也没来进化成这个样子的迹象，只是专业人员在那里动脑筋，开发出各种现成的硬件和软件供人们方便地使用，而且不论动脑筋不动脑筋的，也都未减少活动，即使坐在办公室上班的，下班后也还要动起来，哪怕进行运动和健身。但电脑的产生会对我们人类产生巨大的影响，这一点又是没有疑问的。

然而，在互联网出现之前，电脑对我们生活的影响还感觉不出来。我读初中时学校也买了一台电脑，在电教室里像宝贝一样放着，除了那个负责电教的老师可以使用，任何人都不许碰。这台电脑到底能发挥什么作用，我们也实在感觉不出来。唯一一次是学校举行歌咏比赛，每个班级上台唱完，评委打过分数后，由一个学生把分数送到电教室，再由那个老师用电脑进行统计，算出最后的得分。比赛都结束了，人们在外面等着结果出来，可左等右等都不出来。这简单的一些数据，要是人工计算，甚至还不要用计算器，只要用笔算也早就计算出来了，用电脑计算还要输入数据，而且那时的电脑还是复杂的 Dos 操作系统，要是操作不熟练就更慢了。这样用牛刀杀鸡，反而显得更费事。一个老师忍不住说道，什么电脑，简直就是猪脑！过了好久，那个学生手里拿着一张纸从里面跑了出来。分数终于出来了，虽然姗姗来迟，毕竟也计算出来了，我们终于看到电脑可以代替我们人类做一件事情了，而不只是放在那里当摆设。

我高中在另一所中学读。高三上学期即1994年时，开了一门计算机课，是在刚落成的电教楼上的。老师先给我们上几次理论课。那个刚从大学毕业的老师在课堂上也讲得头头是道的，可我们在下面却都听得云里来雾里去的。后来终于可以走进隔壁的电脑室上机了。我们换了拖鞋走进去，室内窗帘半拉着，一台台白色的电脑整整齐齐地摆在白色的电脑桌上，显得有些神秘，又有些冷漠。这是我第一次见到电脑的真容，心里又是激动又是紧张，激动的是终于可以跟世界上最先进的东西进行亲密接触了，紧张的是又担心自己接下来会不会懂得操作。老师叫我们打开电源，荧屏上就开始有光标闪烁起来，冒出一行行看不懂的英文字母。Dos 操作系统需要输入一连串复杂的指令，但这我又哪里会呢。我很快就束手无策起来，只能让它在那里闪烁着。同时我也感到了兴味索然——再先进的东西，复杂到人们根本就不会操作，又有什么意义呢。

我上大学时电脑还是使用Dos操作系统，因而上计算机课仍然听不懂，上机操作也不会。虽然也试图去学会它，无奈自己脑子很不灵光，只好遗憾地放弃了。好在老师也不为难我们，考试的要求相当松，否则就凭那两门计算机课我就无法毕业了。但这时电脑已经开始普及，互联网也开始出现，很多事情都需要通过电脑来操作，电脑运用得越来越广泛了，要是都不会电脑还真的难以在社会上生存，会沦为一个新式的文盲。因此，我也很想能学会它。但如果还是这种要命的 Dos，我又只能打退堂鼓了。好在最后一个学期时，电脑开始使用上了 Windows 95，只消用鼠标点击，就可以进入页面操作起来，这可比 Dos 简单多了。学校的地球科学系设了一个收费的电脑室，我就花点钱去上机。虽然学起来还是很费劲，但至少懂得如何进入页面了，这就足以让我欣喜若狂起来。我打开了 Word，开始在上面操作起来，不懂的就请教管理员或者旁边的同学。虽然多问几次后他们也开始厌烦起来，但为了能学到东西，我也只好厚着脸皮去问。会去问说明已经摸到门径了，要是还像从前那样完全找不着北，就连问都不懂得问什么。虽然我这时还未真正学会，但至少有点开始入门了。我的信心起来了，开始对电脑产生了兴趣。我就带着这样的电脑知识离开了学校。

　　毕业后我到一所中专学校工作。办公室都有电脑，我住在学校里，晚上电脑没什么人使用，我就打开电脑，从容地学起来。主要靠自己摸索，有时也请教同事，很快就把它学会了。我掌握了五笔字型，指法也变得熟练起来，可以在电脑上写出一篇完整的文章，还可以把它打印出来，白纸黑字地出现在自己面前。终于通过电脑实实在在地做了一件事情，这真是一种莫大的成就，也使自己更加有底气了——自己尚未完全被时代淘汰。这时互联网也开始普及了，上去后就可以接入一个丰富多彩的世界，可以了解到各种各样的信息。我开始每天都离不开网络了，浏览新闻，阅读文章，了解到了许多新鲜资讯，看到了许多很有见地的观点。我也注册了一个电子邮箱，在上面发起了 E-mail，从此就基本上不写信了，通过这种便捷的方式与外界进行联系，不用买一张邮票，又可以即时送达，还有什么不用的理由。有了博客，我就经常看一些作者的博客，从中收获了很多东西，并且自己也开起了博客，在上面发表自己的作品。有了论坛，我就经常看一些作者的帖子，自己也注册了一个用户名，也在上面发起帖子，与网友进行互动。有了 QQ，我也注册了一个账号，跟一些好友进行联系，甚至还找到了多年不见的远在天涯海角的同学。当然最重要的是，我可以通过搜索引擎，搜索到自己所需的各种信息。我每天都要进行多次搜索，向网络这个百问不厌而且从不收费的全天候的老师请益，学到了大量知识。

六
月

有了网购，我也学会了网购，要买什么都可以上网店看看，全国甚至全世界的东西任我挑选，而且都是明码实价，不需要讨价还价，也不必担心会上当受骗。有了网银，我也开通了网银，不必再到银行排队和取号，等上老半天，而只要在网上操作，分分钟就可以搞定。有了扫码支付，出门就不用带钱包了，所有的消费都可以通过手机来进行支付，不怕口袋没钱，就怕手机没电。有了网约车，我也学会用了，叫好车，很快车就开过来了，而且价格和线路都是定好的，不必像坐出租车那样担心被绕着走，或者半路又拼上一个乘客。要去外地，只要上网购买车票、机票，到时直接过去，刷刷身份证就可以进站了。要了解天气状况，只要打开手机就可以看到天气预报了。要听音乐，看电视，看电影，也只要通过手机就可以了……

生活的方方面面都已经离不开电脑和手机了，几乎做任何事情都只要在手机上下个 APP 就全解决了。我脑子不如别人灵光，所有这些都是别人已经捷足先登之后，自己才开始亦步亦趋地跟上。但好事不怕晚，总算还能跟上没有掉队。而这实在要拜高科技之赐，要是还像以前的 Dos那么复杂，也许我至今仍然与电脑无缘，Windows 的出现一下子解除了我对电脑的畏惧心理，开始走近它了。后来出现的这些技术也有一个共同趋势，就是越来越容易操作，即使没有多少文化的老大爷老大妈，也可以学会。

一项技术要想推广开来，一定不是越来越复杂，而是越来越简单。复杂是对开发人员而言的，而开发出来的成果一定是要简单的，只有这样才能走进千家万户。高智高的人毕竟不多，多数人还是像我这样，只能等着那些高智商的人把技术开发出来再坐享其成。从这个意义上说，我们是需要感激他们的。

七月

7月1日

1999年我参加工作后慢慢学会了上网，也加入了网民大军。从此以后我就很少看报纸了，一般都是通过浏览门户网站了解国内外的新闻，把握社会发展的动态。刚开始时刊物还看一些，后来连刊物也不怎么看了，网络上各种文章应有尽有，上网看都已经应接不暇，哪里还需要再找刊物来看。只要有机会坐在电脑前，我都会上网冲浪一番，把新闻以及各种文章看了个够，既能把握时代的脉搏，又能看到各种很有见地的观点，同时还可以看到自己感兴趣的一些东西，譬如各地的自然风光和风俗人情，社会的奇闻逸事和花边新闻，以及各种的知识和事理，等等。网络，为我打开了一个比过去丰富得多也精彩得多的世界，我尽情地拥抱它，须臾离不开它了。

电脑开机关机还比较麻烦，看起来也不太方便，因而我每天上网的时间还比较有限。2010年iPad产生了，一两年后妻子也有了一部，我也开始用上了iPad。它用起来可比电脑方便多了，立即就可以打开看，只要有Wi-Fi，随时都可以上网冲浪。紧接着智能手机也产生了。我这人不够新潮，别人很快就换上了智能手机，我直到2015年底才买了一部。智能手机可以把电脑所有的功能都搬过来，而且用起来更加便捷，随时随地都可以打开上网。这样我的上网时间就更长了，可以从网络上看到更多东西了。

使用电脑和iPad的时候，我一般上网浏览门户网站、博客微博以及一些思想性的网站。浏览门户网站主要是看一些时政要闻，做到足不出户而知天下大事，而且是第一时间知道的。虽然在上面能够看到的东西还有限，但毕竟是我们了解世界的一道窗口。很多知名学者都开通了博客，经常更新日志。我就成为一些学者的粉丝，经常上网看他们的作品，学到了很多东西，受到了很多启迪。

谢泳先生是当代学术界一个特殊的存在，他只有大专学历，却凭借自己的悟性和努力，成为一个很有造诣也很有影响的文史学者。我上大学期间就已经反复读过他的那部成名作——《逝去的年代——中国自由知识分子的命运》，十分欣赏他那种深刻敏锐的思想，以及那种平易含蓄的文笔，从此就成为他的忠实读者，一旦有他的著作出版，就会掏钱买一本，认真地读起来。开始上网后在网络上也能听到他的消息，看到他的作品。博客流行起来后，他也开通了一个博客，不断把自己的新作挂上去，这样我就能更方便地读到他的作品。丁东先生和傅国涌先生也是我素所仰慕的两位学者，之前也读过他们的许多作品，现在也经常访问他们的博客。这三位学者对我都是很重要的，都是我的良师益友，我从他们那里学到了很多东西，受到了很多启迪，同时也得到了很多信息，通过这些信息进一步了解到文化界的动态，进一步探索下去。尤其丁东先生，他在文化界交游甚广，参与了许多很有影响的文化活动，十分了解思想文化领域的动态，我的许多信息就是从他的作品以及自媒体那里了解到的，根据他提供的线索，又发现了许多高水平的学者，又看到了许多高质量的作品。

我还经常访问一些思想性的网站，可以看到各类很有深度很有见地的作品，从中收获了许多知识和思想。我也经常向这些网站投稿，在上面发表作品。可以通过这些网站发出自己的声音，汇入时代的洪流，从而就产生了一种成就感，读书写作就更有劲头了，对自己也是一种很好的锻炼。同时网络上各种论坛也办得红红火火的，最知名的有天涯论坛、凯迪网络等，我也在这些论坛注册了用户名，在上面看帖子。发帖子的一般都是普通网民，固然不如学者那么专业和深刻，帖子的内容都是碎片化的，见识肤浅又不无偏激，存在很大的情绪化，但从中也可以反映出大众的心态，多了解一些也是不无裨益的。我自己也会发一些帖子，也会看看跟帖，虽然很少回复，但可以了解对同一问题别人是怎么看的，也算是一种交流吧。

继博客之后微博这种自媒体又流行了起来，这种简短活泼的表达方式很适合当下快节奏的生活，人们对一件事情可以快捷地发表自己的看法，而且可以即时地与别人进行互动，不像博客那样需要正经八百地写出一篇日志，而且还不方便进行互动。所以它一经出现就大受欢迎。我后来也去注册了一个微博，经常就一些社会热点问题发表自己的看法，也引来一些人的关注。这些人有的是理性的，会心平气和地跟你讨论问题，但更多的则是很偏激，甚至是不可理喻的，不会跟你摆事实讲道理，而用各种暴力语言进行人身攻击，不想回应他们都不行，不断地前来纠缠，拉黑了又重新冒出来。

我很厌恶这种舆论生态，懒得跟这些键盘侠纠缠，再加上自己的微博也没什么人气，干脆就退了出来，光看不说了。有些大V的微博我经常看，尤其两个以打假知名的大V，我更是成为他们的忠实粉丝。这时我开始对立场和观点不那么感兴趣了，以前经常关注的一些博主很少关注了。我认为立场和观点只能是多元的，只有这样才是正常的，人们对一件事情可以有不同的立场和观点，不能也不必强求一致。但不论如何多元，真相却只有一个，不能因为自己的立场和观点而违背事实。我以前经常关注的一些博主，他们总自诩为真理的化身，是民众利益的代言人，站在一个道德制高点上，只要有他们自以为是的立场和观点，事实真相已经不重要了，只要有他们志同道合的圈子，是非曲直也已经不重要了。我开始越来越反感这种作派了——你们的立场和观点再正确，也必须建立在事实真相的基础上；你们的正义感再爆棚，但也不能不讲是非，无原则地为自己阵营的人洗地。

　　而这两个坚持追求真相，把形形色色的造假者暴露在光天化日之下的大 V，就很得我心，我每天上网要做的第一件事情，就是浏览一遍他们的微博。这两位大 V 本是朋友，虽然观点并不一致，但在追求真相这一点上却是一致的。后来其中一位离开了，我只能通过别的途径继续关注他，没有离开的这位失去了前面那位的制约（前面那位在打假上面比他更专业也更执著，有时打假也会打到他头上），就变得越来越罔顾事实，越来越把自己的立场凌驾于事实之上了。我就越来越不喜欢他，不再关注他了。

　　我用上智能手机以及微信以后，虽然每天也会在 iPad 上看看新闻，但订阅号消息已经成为我的主要阅读来源。我关注了一些公众号，它们有更新时就会跳出来。同时，它还会自动推荐许多未关注的公众号文章，都是根据我们以往浏览的内容，用大数据的算法算出来的，说难听些就是根据我们的喜好给我们投喂这方面的信息。算法的弊端是很明显的，我们一打开订阅号消息，满屏都是自己喜欢的东西，这样就使我们的信息来源变得十分单一，然后又不断地强化我们的喜好，从而使我们的思维变得越来越片面，越来越不会独立思考了。

　　然而事情也不会那么绝对，网络世界毕竟还是丰富多彩的，有的公众号文章还是写得很有理性，也很有深度的，我看了之后往往会进而关注这些公众号。同时自己见多识广之后，也能逐渐学会独立思考，那些写得很离谱的东西看上几行，就能发现根本不合常理，在事实方面也存在明显的破绽，于是就弃之不顾了。为了使推荐的东西更丰富一些，我就什么都看一些，不同立场的都看，这样以后就会跳出更多不同的东西，可以供我更好地采择。公众号文章固然很多都是碎片化，胡说八道的，但也有不少是很有质量，态度也很严谨的。我们无法不让别人胡说八道，而只能自己学会独立思考，学会辨别良莠。

7月2日

　　如果说网络的出现极大地改变了我们人类的生活，人工智能（AI）的出现却似乎要改变我们人类本身了。将来许多事情都可以由机器人来做，而且还会做得更好，我们自己却变得无事可做了。2016 年 3 月，在 Alpha Go 与韩国围棋选手李世石之间进行了一场举世瞩目的对决，最终前者 4∶1 战胜了后者。Alpha Go 是谷歌旗下 DeepMind 公司的一项人工智能项目，要通过机器学习和深度神经网络技术，让计算机在围棋这个复杂的领域超过人类。李世石是当时世界上最顶尖的围棋选手，却以大比分败给了 Alpha Go，人类最强的大脑在人工智能面前也只能俯首称臣，这让全世界都感到了震惊——我们人类在很多领域都会被人工智能取代，必须做好失业的准备。

　　人工智能不仅可以取代我们人类，还可以控制我们人类。我们每天在网络上看文章看视频，就是人工智能根据我们以往浏览的历史，用大数据的算法给我们算出来并推荐给我们的。这其实就是一种信息投喂，根据我们的喜好专门提供这方面的信息。这反过来又会强化我们固有的喜好，使我们的思维变得更加片面，更加失去独立思考的能力。同时，人工智能还可以根据需要制造一些热点"事件"，让人们都纷纷跟进，从而产生相应的社会效果，影响社会的发展进程。更有甚者，要是让人工智能控制了战争指挥系统，控制了生化武器和核武器，控制了病毒实验室，世界末日岂非随时都可能到来？打一个形象的比方，人工智能会不会成为我们人类放出来的老虎，反过来把我们人类吞噬掉？想到此，我们的脊背不禁会嗖嗖发冷起来。这种担忧也不是没有道理的，也不是杞人忧天，不未雨绸缪，防患于未然也是不行的。

　　但我对此并不太感到担忧。我认为机器人再怎么先进，毕竟只是机器而不是人，它即使具有比我们人类高得多的"智商"，就像 Alpha Go 那样，任何一个围棋高手在其面前都不是对手，但它缺少我们人类的情感，缺少我们人类的喜怒哀乐。机器人播放出来的语言，虽然找不出任何瑕疵，标标准准，分毫不差的，却毕竟只是机器人的语言，显得冷冰冰死板板的，听不出任何我们人类的情感，一听就知道这不是"人话"。而听到同类的话对于我们却是十分重要的。即使会引起误解的话，会伤害感情的话，比起那种毫无情感的机器人语言，我们也更愿意听到——我们毕竟是情感的动物，需要活物尤其同类给自己带来一种情感上的滋润和慰藉。不妨想象一下，要是我们一天到晚只能跟这些机器人打交道，只能听到这种机器人的语言，即使我们的吃喝拉撒、衣食住行都被安排得妥妥贴贴的，也很快就会精神崩溃，活不下去了。

Alpha Go打败我们人类之后，这么多年过去了，围棋这项事业也并未消亡，并未被人工智能取代，而是仍然一如既往地开展着。下棋不仅是棋艺上的较量，也是一种精神和情感的交流，而这又只有跟我们同类下棋才能得到。围棋爱好者观看棋赛，看的也不只是谁输谁赢，还必须是真人之间的对决。即使自己心仪的选手发挥失常输掉了比赛也无妨，这恰恰是比赛的魅力所在。他们不仅要看到棋手高超的棋艺，还要知道他们的奋斗经历，他们的意志品质，甚至他的兴趣爱好，他们的花边新闻。Alpha Go打败了我们人类，但这除了证明人工智能会超过我们人类，又能证明什么呢？而这还需要证明吗？

即使机器人可以为我们人类做很多事情，但毕竟只是机器人，无法与我们进行情感的交流，无法为我们提供情感上的滋润和慰藉。就以我从事的保安工作来说，除了要做好常规的工作，有时还要对员工致以问候，还要知道他们哪里需要帮忙，甚至还要跟他们拉拉话，叫他们过来坐坐。而所有这些机器人又能做到吗？就是今天哪位心情不好，要故意找碴，也只能来找我这个活人吵一架，找机器人又能吵得起来吗？机器人即使在人员的识别和把关方面能做得更好，在上述这些方面却是无法取代我们人类的。所以人们都在担心将来会不会被机器人取代，我却不太担心，至少我们保安这个职业是最不会被机器人取代的。

而且更重要的是，所有机器人又都是我们人类设计出来的，在这种不可战胜的力量背后，都有着我们人类的影子，都是我们人类在操纵着。所以说到底机器人厉害也是因为我们人类厉害。它可以为我们做很多我们自己做不到的事情，或者可以比我们自己做得更好，譬如可以在恶劣的环境中进行作业，可以精确、稳定地进行操作，这些都是我们自己做不到或者做不好的，从而可以更好地为我们服务。然而，它只是我们人类大脑和手臂的延伸，使我们多了一个好帮手，而谈不上取代我们。

即使人工智能控制了战争指挥系统，控制了生化武器和核武器，控制了病毒实验室，也是我们人类自己这样设计的，让不让它控制，如何让它控制，都是我们人类自己在操纵着。倘若因此而产生了灾难性后果，罪魁祸首也是我们人类自己，人工智能不过被用来作为手段罢了。将来倘若真出现这种恐怖的情形，也是我们人类自己发疯了，要自己挖坑自己埋。而我们人类又是什么时候都可能发疯的。德意日法西斯分子疯狂地发动了第二次世界大战，给人类带来了空前浩劫，但这时世界还远未出现人工智能，连世界上第一台最原始的有房子那么大的的计算机，也是 1946 年二战结束后才在美国的宾西法利亚大学诞生的。

因此，对人工智能的过度担忧是不必要的，我们人类需要的是能更好地控制自己，为人工智能的开发和应用制定出一套更加完善和有效的规则体系，包括法律的，也包括伦理的，从而使人工智可以更好地为我们服务，当我们的好帮手。人类的问题只能人类自己解决，要解决人工智能的问题，只能依靠完善我们的制度，提高我们的素质，提升我们的境界。

7月3日

今年，一种新鲜的玩意——聊天机器人，又开始在社会上流行起来了。我身边的一些朋友已经开始使用这种软件，同时上网也可以看到一些网友在使用这种软件，从中也了解到了一些情况。总体印象是，它能够迅速地按照你的要求，提供相关的信息，但这些信息又都是不太准确的，有的甚至错得很离谱，并没有想象的那么神奇。但作为一个新生事物，它的发展前途是无量的，正方兴未艾，日新月异，现在不够成熟，将来一定会不断成熟起来。我并不是一个新潮的人，还未开始使用这种软件，但必须关注它，跟踪它的发展。为了更准确地了解一番它到底是怎么回事，我查了一下百度百科，上面大体是这样介绍的：聊天机器人（Chatterbot）是经由对话或文字进行交谈的计算机程序，它能够模拟人类对话，可用于实用目的，比如客户服务或资讯获取。有些聊天机器人会搭载自然语言处理系统，但大多数只会撷取输入的关键词，再从数据库中找出最合适的应答句子。聊天机器人是虚拟助理的一部分，可与许多组织的应用程序、网站以及即时消息平台相连接。非助理应用程序包括娱乐目的的聊天室、研究和特定产品促销以及社交机器人等。

随着人工智能技术的发展，聊天机器人将来一定会变得更加先进，不仅可以根据我们提供的关键词，从数据库中找出相关的信息提供给我们，还可以从对话中判断出我们的思维特征，从而进一步主动地向我们提出问题，人机之间有来有往地对话下去，而不只是简单的一问一答，有问才答。随着技术的完善，其应用领域也会不断扩大。你要写一篇文章，它根据你提供的主题和构思，就可以迅速为你写一篇出来；你要画一幅画，它也可以迅速为你画一幅出来；你要谱一首曲子，它也可以迅速为你谱一首出来。如此一来，作家、画家以及作曲家似乎就无事可干了，一切都可以由聊天机器人代劳，又快又好，省时又省力。甚至随着人机互动技术的成熟，教师也变成多余了，学生只要打开这种软件，就可以进行有效的人机互动，进行线上教学，而且还是一对一的，所能提供的信息是我们人类望尘莫及的。

然而，我对此并不太感到悲观。我认为即使聊天机器人懂得判断我们人类的思维，也是很有限度的。我们人类的思维是极其复杂，极难捉摸的，有的是明意识，有的是潜意识。不要说聊天机器人无法准确地掌握，就是我们同类也很难做到，即通常所说的"我又不是你肚里的蛔虫"，甚至我们自己也无法完全掌握，即自己都不知道是怎么回事，灵光一现，或者稀里糊涂的。思维尚且如此，情感就更不必说了。我们的喜怒哀乐有时只表现在脸上，并未诉诸于语言，聊天机器人又如何知晓呢。甚至有时都未表现在脸上，不要说聊天机器人无从知晓，就是别人都看不出来，都不知道我们内心的苦闷。人的精神世界比天空还要辽阔还要深邃，区区一个聊天机器人又算得了什么呢。所以我不相信它真能取代我们人类，真能与我们人类进行交流，充其量只是一种仿真罢了。随着技术的进步，仿真的程度会越来越高，甚至可以达到以假乱真的地步，但仿真毕竟还是仿真。

至于许多行业我们人类会不会被聊天机器人取代？就以我自己所从事的写作来说，我却从未想过有一天我们会被这些聊天机器人取代。就像上面所说的，我的思维和情感可以复杂到连我自己都说不清楚的地步，聊天机器人也不可能真正知道我的所思所感，充其量只能根据我所提供的主题和构思，从数据库中调出相关的信息，拼凑出一篇文章来。这不过是一种范文罢了，哪里会是我内心真正想表达的。自己在写作时，真正会写出什么来连自己都无法事先掌握。即使事先拟好了一个主题，写起来后却会不知不觉地按照写作自身的节奏发展下去，最后会写成什么样只有写完才知道。甚至还会把原先的思路完全推翻，写出一篇全然不同的东西来。人类的思维和情感如此的复杂，写作如此的个人化，我们还会天真地把聊天机器人炮制出来的作品当作自己的作品吗？

而且，真正的写作总是要表达自己内心的真实想法，表达自己的真情实感。别人的作品写得再好也是别人的，聊天机器人的作品写得再好也与自己无关。把不是自己的作品安在自己的头上，这并不会给我们带来光环，而会成为我们的耻辱。我是很热爱写作事业的，每一篇作品都要"我以我手写我心"，都要言之有物，有自己的东西，同时还要以个性化的语言写出来，这是我对自己写作的基本要求。同时，我写作时还尽量不去依傍别人，有时不得不引用一些事实性的资料，但必须注明出处，而且必须用自己的语言复述一遍；有时也不得不参考别人的一些观点，也必须注明出处，而且要尽量间接引用，即要用自己的语言复述一遍。我写出来的作品即使水平不高，但毕竟是自己的作品，写的时候会有一种表达的快感，写完以后有一种收获的喜悦。对于我来说，发表和出版作品都是很不容易的，更要珍惜这样的机会，更要写出自己的东西，要让思想的野马在自己的领地上尽情地驰骋。我一般只能通过自费出书的方式使自己的作品变成铅字。自费出书给人感觉是不设门槛，可以随便写。但我不会因此而降低了对写作的要求，甚至正因为是自费出书，反而写得更加认真了，否则就对不起自己花掉的那么多银子。

真正的作家是不会使用聊天机器人写作的。只有写各种例行公事的材料，写各种应景捧场的文章，人们才会选择使用聊天机器人，反正只是为了交差，谁也不会把这种东西当作自己的作品。同时，也只有那些为谋取名利而不择手段的宵小之徒，才会使用聊天机器人写作，把这样的作品当作自己的作品。真正的作家是不屑于干这种欺世盗名的勾当，不屑于打肿脸充胖子的。

其实，作家要是可以被取代的话，早就被取代了。社会上老早就有了代笔和捉刀的现象，几乎从文字开始产生，人们开始写文章起就有这种现象了。但真正的作家是不会让别人代笔和捉刀的。同时，社会上也老早就有文抄公了，他们都是寡廉鲜耻之辈，掠人之美，偷偷摸摸地把别人的东西窃为己有，从而盗世盗名。但真正的作家是不会这么寡廉鲜耻的。

7月4日

今年社会上有一件事情一直很吸引大众的眼球，就是关于退林还耕的，网络上经常出现这方面的文章，说很多地方把山上的森林毁掉，然后平整出梯田用来种植粮食，而且还配有视频以及视频截图，有图有真相的。有一张是挖掘机正在现场作业的截图，一层一层的梯田已经平整出来了，松软的土壤完全裸露出来，又是在坡度很大的山上。一望而知这太可怕了，要是下起一场暴雨，投入那么多钱都将打了水漂，而且还会引发巨大的地质灾害。果然报应很快就来了，另一张截图显示，一场暴雨就把这些刚平整出来的梯田冲刷得面目全非，并引发了泥石流。谁看了都会拍案而起——这简直太颠顸太胡作非为了！这些年别的东西都在贵，但大米一直都不见贵起来，普通大米一直都是两三块钱一斤。粮价便宜说明我们并不缺粮，不然价格早就上去了。既然并不缺粮，为何还要如此瞎折腾，把好端端的森林都毁掉拿去种粮呢？如此一来以前的退耕还林岂不都做错了？这些年好不容易森林变多起来了，生态环境有所改善了，没想到又要开始折腾了。

　　我一开始是倾向于相信实有其事的，但心中也不是没有怀疑。照他们所说的，现在很多地方都开始这么干了，但在我们福州这一带却从未见过。我平时周末经常在周边行走，几乎所有的山区都走了个遍，都还是绿水青山的。而且我还有一个直觉就是，我们这一带的山区还有大量田地都抛荒着，倘若需要扩大耕地面积也要先复垦这些田地，何至于要放过这些很容易复垦也更适合种粮的田地，而下那么大力气去开垦那些又高又陡而且不适合种粮的林地呢？然而我又提醒自己，我们这边没有，不等于别的地方也没有。但我很快又推翻了这一想法，因为在我们这样一个国家，一项重大政策必然是要通行全国的，不可能只在一个地方发生，而不会在别的地方发生。

　　前不久我又看到一篇谈论这个话题的公众号文章，也是配这两张截图。此文篇幅很长，也很有深度，又是事例又是数据，又是现实又是历史，理据充分，逻辑严密，让人不由得不信起来，深深感到这件事情的荒谬绝伦，对这种劳民伤财，给社会带来巨大生态灾难和经济损失的官僚主义，这种权力与资本的赤裸裸勾结，顿时感到义愤填膺起来。于是，我又开始相信实有其事了。我也因此喜欢上了这个作者，关注起他的公众号。此时这篇文章的阅读量已经达到了 10 万 +。后来我从作者那里了解到，这篇文章发布两天后阅读量就达到了 40 万 +，但紧接着就看不到了。这就更让我相信起来了，因为往往越是看不到的越是实有其事的。

　　然而，前两天我又看到了自己关注的某公众号的一篇文章，认为这又是一起为了赚取流量而制造出来的谣言，通过移花接木的手法，编造出一个子虚乌有的热点事件，从而不断收割大众的情绪。说云南在搞"水稻上山"，但这也是 2020 年才开始的，第一个视频的拍摄地点是云南昭通，但却是 2018 年拍摄的。第二个视频的拍摄时间是 2020 年，但拍摄地点却是四川宜宾，而且也不是刚刚平整出来的梯田，而是已经成熟的梯田被冲毁。我看了这篇文章后，又意识到自己以前被那些文章、视频和截图给忽悠了。虽然目前还无法确定有没有在退林还耕，但可以确定两个视频与这些文章所指向的云南正在推广水稻上山无关。而根据虚假的事实进行批评，即使批评得再头头是道，再入情入理，也都是站不住脚，没有意义的。说了半天，原来都是"关公战秦琼"。这篇文章还认为，要是真在推广这一做法，肯定还会不断有其他视频出来，何至于翻来覆去始终只能以这两个模糊得不能再模糊的视频作为证据。我感到这种说法也不无道理。我又去留意前面那个公众号，发现作者是一个新手，其他几篇文章都只有几百上千的阅读量，但这篇写云南水稻上山的文章迅速就达到了 10 万 +，两天后就达到了 40 万 +，我不由感到这其中的诡异，也许真有人在人为地制造一个热点事件，以赚取流量，收割不理性大众的韭菜。我虽然没有急于跟进，但也曾经信以为真了，这一点我还是承认了为好。

虽然目前还无法断定有没有在退林还耕，但在尚未看到充分有力的证据之前，还是实行无罪推定，先认定没有为好。

有人为了赚取流量而编造出这类假消息，然后又炮制出一篇又一篇的批评文章，这并不难理解，但为何会有大量的公众很愿意相信这类子虚乌有的东西，一波又一波地跟进，这就很耐人寻味了。我们批评一种现象，首先这种现象必须是客观存在的，而不能凭空猜测，认为其想必如此，十有八九如此，然后出于一种义愤，群起而攻之。法庭即使对一个十恶不赦的坏人也要讲究证据，而不能进行诬陷。对好人进行没有证据的指控叫诬陷，对坏人进行没有证据的指控同样也叫诬陷。要避免这类冤案的发生，就必须实行无罪推定的原则。一个社会要是人们都热衷于相信这类无中生有的假消息，被某种情绪所左右着，就不能说是一个正常的社会，而是一个病态的社会了。

对这类耸人听闻，煽动大众情绪的假消息，通常的做法都是让其消失，以免产生不良的后果。但也许越是这样，人们就越相信它是真的。我认为更可取的办法还是要保持信息渠道的畅通，从而就会有更多传播真相的消息出来，就会有更多的人看到并相信真相。而这些无中生有的假消息以及根据这些假消息炮制出来的批评文章就让它们留着，如果是有意为之，就让人们识破他们的面目，如果是无心之过，也要让他们自己长长记性，从中吸取必要的教训。要是不让人们看到，这对他们反而是一种保护和开脱。

7月5日

今天终于把薄一波的《若干重大决策与事件的回顾》上册读完了。薄一波是著名的无产阶级革命家，早年领导山西的新军，为我党领导的抗日武装力量在山西的发展壮大做出了很大贡献。1949年后他主持华北局的工作，然后又在中央的财经部门担任要职，进入了高层，参与了许多重大决策，也见证了许多重大事件。晚年退居二线后，他就有了更多精力，把那段从1949年到1966年的历史写出来。他写这部著作的条件可谓得天独厚：一是他本人亲身经历过这段历史，二是他可以很方便地查阅当年留下的原始档案。这些条件都是别人所不具备的。

众所周知，对于了解历史来说，当事人的回忆是很重要的，但又不是完全靠得住的。年代久远之后记忆就会变得模糊起来，许多事情已经淡忘，或者记错了。因而要更好地还原历史，弄清历史的真相，还要结合过去留下的原始档案，以互相补充和参证。回忆可以提供当时现场的一些细节和情节，以及当事人的心理活动，可以使历史变得有血有肉起来，更具有现场感，更能表现出当事人的精神状态。而原始档案可以从多方面的角度而不仅仅是作者的角度对事件进行还原，使历史的叙述变得更加全面起来，而且还可以纠正许多记忆上的错误，使历史叙述变得更加真实起来。这部著作能很好地把这两方面结合起来，对于我们了解那段历史无疑是很有帮助的。

同时，这部著作不只是简单地对那段历史进行回顾，还进行了研究和反思。党和国家在那段时期取得了辉煌的成就，也产生了巨大的挫折，在社会主义革命和建设中进行了大胆探索，也走过了不少弯路，我们可以从中得到许多经验，也可以得到许多教训。进入新时期以后，我们实行的许多政策就是对这一时期形成的僵化的体制进行改革，同时又是在原来的基础上继续前进，继承了许多过去成功的经验和做法。本书作者也亲自参与和见证了新时期的许多重大决策和事件，两个时代都经历过了，因而就可以进行比较，反思过去的成功和挫折在哪里，今天要继承什么，改革什么，从而才能把社会主义事业更好地推向前进。因而作者是带着研究和反思的目的进行著述的，而不是单纯在写回忆录，是把回忆与研究有机地结合起来。

为了写好这部著作，作者可谓下足了功夫，组建一个得力的工作班子协助自己写作。除了工作班子，还有许多人为他提供了写作上的帮助。从1988年到1993年花了整整五年时间，才完成这一浩大的工程，写出这近八十万字的著作。它甫一问世，就在党史界、史学界产生了重大影响，成为这一领域不可多得，具有独特价值的一部力作，许多专业学者都必须参考到它，遑论非专业人士了。许多革命家也为我们国家的解放和建设事业做出了很大贡献，建立了很大功勋，但他们并无什么著作留下来，而本书作者同时还留下了这部十分厚重的著作，这是很让人赞叹的，也是很值得珍惜的。

　　我很早就听说过这部著作，但一直无缘一睹为快。直到2003年到一所大学进修，才在学院的图书室（它收藏了许多社会科学方面的著作，研究生也可以借阅）见到了这部著作，并借了回来。但读几页后就读不下去了，因为基本都是事实性的陈述，而且引用了大量原始档案，显得比较枯燥无味，必须对这一领域具有很大兴趣，又很有耐性才能读下去。而我那时兴趣并不在这方面，更多都是读一些思想性的著作，同时也缺乏耐性，因而很快就把书还回去了。但我知道这部著作的分量和价值，心想着以后有机会还是要把它读了。后来就自己买了一部，但也未翻开来读，一直束之高阁。前不久，才终于要把它拿出来读。我现在对这一领域很有兴趣了，已经读过不少这方面的著作，有点轻车熟路了，而且读书也更有耐性了，因而读起来后就不再感到枯燥无味，而是能很好地读进去。它的确写得很精彩，果然名不虚传，我从中得到了很多收获。接下来又要开始读下册，而且今后还会去重读，以更好地消化它，吸收它的营养。

七
月

159

　　我在阅读过程中有一个感想就是，作者是以一种对历史对人民高度负责的态度进行写作的。他要把那段历史真实地还原出来，让人们知道前人是怎么走过来的，都曾经做过什么，怎么做的，同时还要进行深入的反思，什么做得对，什么做得不对，对我们今人会有什么启发，可以为我们提供什么借鉴。作为一个无产阶级革命家，作者自然有自身的价值立场，即党性决定了有些话他只能这么说，不能那么说。其他人未必都要完全认同他的这种价值立场，但这并不妨碍我们可以从中了解到许多历史的真相，以及历史发展的来龙去脉。他的一些观点我们可以不认同，但不妨作为一种参考。世界是多元的，我们不妨以一种更加开放的胸怀接纳这个世界，从而才会感受到这个世界的和谐与美好，也才能更好地生活在这个世界上。

　　我的第二个感想是，作者很好地做到了要对历史予以同情的理解。

我们不但要了解过去是什么样的，还要理解过去为什么会这样，有什么不得不如此的苦衷，而不能以今人的眼光去苛责前人，为何会是这样而不是那样。历史是已经发生的过去，已经无可改变和挽回了，进行这样的苛责是没有意义的。与其如此，不如给前人以一种同情的理解。任何一个历史事件都不会无缘无故地发生，都具有特定的背景使之不得不如此发生。我们必须结合这种背景才能更好地理解历史，把历史发展的来龙去脉弄清楚，从而也才能从历史中得出正确的认识。连理解都做不到，所谓的认识历史，以史为鉴，岂不成了无源之水、无本之木？

历史人物的功过是非问题，也是在回顾和研究历史时不容回避的。历史是由人发生的，而人都是性格有脾气有喜怒哀乐的，有时人的行为是无法用常理去解释的，具有很大的偶然性。历史也同样如此，历史人物的个性特征以及具体行为，有时是会决定事件的发生以及如何发生的，从而使历史的发展打上了个人的烙印，充满了偶然性。这是历史让人感到困惑的地方，但又何尝不是历史的魅力所在。因此，我们必须对历史人物在历史事件以及历史进程中的功过是非问题，进行实事求是的分析。而这部著作就很好地做到了这一点，认为过去发生的失误有的是个人的失误，个人必须承担责任；有的是当时许多人的共同失误，必须由集体承担责任；有的是当时的人们必然会那么认识和行动的，认识以及实践只能处于那个阶段，谈不上什么失误。虽然从后来看这似乎是一种失误，但此一时彼一时。

7月6日

当年房地产行业热火朝天地发展，并带动了许多相关行业一起发展，社会经济呈现一派红火景象时，我心里总感到了一种隐忧，认为这种过度依赖房地产，房地产过快发展的状况是不正常的，也是无法长久的。我不是经济学者，不懂多少经济理论，但根据一些经济常识乃至社会常识，也能做出一些判断。

房地产固然是一个重要行业，可以拉许多相关行业的发展，如建筑、装修、建材、机械、家具、电器以及物业管理等一系列行业，可以制造更多的GDP，可以增加更多的就业，但房子建成之后，除了写字楼还可以用于商业经营，可以投入经济的再循环，更多的住宅只能用于居住，无法投入经济的再循环，对经济的拉动效应就很小了。

我还凭直觉地感到，虽然城市还有很多人需要改善住房，农村更是很多农民还在等着进城买房，从而变成市民，因而房子会供不应求，房价会只涨不跌，但这种状况总不会一直持续下去的。随着时间的推移，买过房的人越来越多，未买房的人越来越少，房子的供求关系就会改变，房子就会开始卖不出去，房价就会跌下来。

　　我的再一个直觉是，房子一般只能建在平地，而我们很多地方的平地是有限的，随着房地产的不断开发，剩余的平地就会越来越少，房地产的发展空间就会越来越小。有人认为这好办，实在没地了，只要再把房子拆掉，重新建成高楼，岂不相当于又多出地来了？不得不说这也是一个办法，但即使这在经济上是可行的（即旧房的补偿没有问题，新房的销售也没有问题，可以收回项目投资），但也还是会有个尽头——都建成高楼后，地又没了怎么办？是否又要把这些高楼拆掉，再重新建成更高的高楼？但即使这在经济上仍然是可行的，高楼的高度也还是有限的，总不能建成跟珠峰一般高吧。

　　我同时还感到，这种片面依赖房地产，房地产畸形繁荣的发展模式也是有很多弊端的。

　　一是城市建设以及其他方面的支出过度依赖房地产，土地财政现象十分严重，政府只能让房价不断涨上去，而不能让它跌下来，所以就会出台各种托市政策。这样一来就会使房价越涨越高，与居民的收入比例过高，使许多人为了买房而背上沉重的负担，房子就像一座大山那样压在人们身上。

　　二是导致大拆大建成风。土地财政使得政府只能不断征收农民的土地，然后再高价出让给开发商。土地出让金的大头都归政府，失地农民得到的补偿很少，从而使他们的生活受到了很大影响，成为利益受损的群体。虽然后来的补偿机制有所改进，但问题仍然严重存在着。因为假如土地开发都按市场价格对农民进行补偿，就不存在差价了，政府就没有积极性可言了。同时还要进行旧城改造，拆掉旧房腾出地来用于开发。先是拆市区的城中村和棚户区，市区拆完又开始拆郊区，郊区也拆完后就连远郊的农村也开始拆了，即实行所谓的并村。如此的大拆大建就使全国变成了一个大工地，耗掉了大量资源。我们经济总量只占全世界的一成多，却消耗了全世界一半的水泥和钢材，这无疑是很不正常的，使得我们经济发展中的高消耗高污染问题长期无法得到解决。

　　三是由于房价只涨不跌，任何时候买进都会赚，就使买房成了一个很好的投资渠道，房子被认为是最好的保值和增值手段，房地产市场上的投机之风盛行起来。最早是温州炒房团，他们凭借雄厚的财力四处炒房，来到哪里就把哪里的房价炒起来。后来不再听说温州炒房团了，并不是他们不炒房了，而是其他地方的人也都纷纷跟进，他们就泯于众人矣。炒房之风盛行，就使社会上的资金都流向房地产市场，而实业领域却无人问津，经济变得脱实向虚起来。每年的财富排行榜，排在前列的大都来自房地产行业。这样的经济结构无疑是很不合理的，政府也想让投资回归实业领域，无奈力不从心。

还有弊端一个就是对文化事业的巨大破坏。在房地产开发热潮中，城市许多很有文化价值的古街区和古建筑，都在推土机的轰隆声中倒下了。它们都是不可复制的珍贵遗产，但为了发展经济只能让路了。后来开始意识到了这个问题，但为时已晚，许多古街区和古建筑都已经消失了。虽然也重建了一批，但只是徒有其表的赝品罢了。许多很有文化价值的古村也被拆毁了。我们国家被称为乡土中国，我们都是从农村出来的，根都在农村，那里寄托着我们的乡愁，但现在很多都已经消失了，我们的乡愁无处寄托了。这些老古董也不是都得保留下去，有的也是迟早都会消失的，但就是消失也应该以一种自然的方式，而不是这种不正常的方式，不该消失的也消失，该慢慢消失的却过早地消失。

其他国家房地产也是重要的行业，但他们都是由政府做规划，以市场为导向，遵循自愿公平的原则进行的，这样的发展才是健康的，也才是真正有成就的。而我们这种完全由政府主导，过度依赖房地产的发展模式，纵使一时取得了繁荣，也是畸形和不健康的，也不是真正有成就的。

虽然我心里清楚这样的发展模式很不正常，房地产不可能一直这样红火下去，但它又一直都在快速发展着。我也开始怀疑起自己来了，莫非我们真创造了一个奇迹，可以打破常理和常规，房地产可以一直繁荣下去，房价可以一直涨下去？

后来我就不再关注房地产了，它已经超出了我的理解力和想象力。但这几年来房地产市场却发生了很大变化，这种变化不是突然发生的，而是逐渐发生的，但也正因为如此，这种变化又是深刻和长期的。这种变化表现在房子开始没人买了，房价涨不上去了，而且还纷纷降价了，不但三线四线城市在降，一线二线城市也在降。以前开发商就是富豪的代名词，只要能成为开发商，就意味着财源滚滚而来，而如今许多开发商纷纷倒下了，包括以前不少巨无霸级的开发商。以前那种无论市区还是郊区，都是热火朝天的房地产项目施工情景也不再了，正在施工的项目少了很多，很多项目施工到一半就烂尾在那里。房地产的长期繁荣局面结束了，无可挽回地结束了。

"成也萧何，败也萧何"，当初社会经济的繁荣局面很大程度就是房地产的快速发展带来的，而如今房地产的萧条同样也会严重拖累整个经济。当初房地产大干快上时，政府财政日进斗金，城市建设日新月异，各项事业都办得有声有色的。现在房地产风光不再了，政府的土地出让收入大幅减少，使财政变得捉襟见肘起来，许多方面的开支都受到了很大影响。更有甚者，不少地方政府已经背上了沉重的债务负担，有的都已经宣布无力按期偿还城投债，债务暴雷了。以前房地产的繁荣提供了无数就业，创造了无数财富，现在许多人都失业在家，对将来的预期也日趋悲观，就捂紧钱袋不敢消费了，从而使市面变得更加萧条起来。

如此看来，我当初对房地产畸形发展的担扰又是有道理的。这并非我判断得准——由于房地产的长期繁荣，我还怀疑起自己的判断——而是说明经济规律是不可战胜的，它可以被人为地扭曲，被我们那种政府主导的发展模式严重地扭曲了，但仍将顽强地表现出来。虽然我们也从中尝到了巨大甜头，但迟早是要还的，一旦出了问题，后果将更加严重。

再回到从前那种好日子已经不大可能了，我们需要做的是对过去那种发展模式进行深入的检讨，从中吸取足够的经验教训。今后并非不再需要房地产了，它仍然需要发展，仍然要在经济社会的发展中发挥重要的作用，但必须回归到适当的位置，健康地发展下去，从而才能真正利国利民。

七月

7月7日

人微言轻，这是我们的一句老话，它能够流传至今，并且还将继续流传下去，不是没有道理的。我们都希望人与人之间是平等的，但事实上又是很难做到平等的，要是你的实力不济，没多大的本事，没做出什么成就，对别人没什么用处，别人就不会发自内心地欣赏你，敬佩你，尊重你。

我几年前因为自己能力不够，在单位里没有发展前途，也不会有地位可言，再待下去已经没有意义，就辞职离开了。后来有一段时间失业在家无事可干，就想找个工作。刚好通过一个朋友的介绍认识了我们那个县的党史和方志办主任。我向他毛遂自荐，看看里面有没有什么编外职务可以做做。刚开始在微信沟通时，对方还很热情，说你要真是一个人才，我这边倒是可以看看有什么可以给你做。我心里还兴奋了一阵，心想有适合自己做的事情了，东方不亮西方亮，自己遇到机会了。然而事情很快就急转直下，当我在微信中介绍了自己在以前那个单位的情况，并发牢骚说自己发了那么多论文却一点都不被重视，就感到愤愤不平，提出辞职也是在发出一种抗议后，他就再也不回复了。

我第二天如约前往他的办公室与他会面。他虽然也对我客套了一番，但可以看出来态度相当的勉强，敷衍几句后开始在电脑上忙起来。我还未不识相到连这都看不出来——他分明就是要我早点告辞，别耽误他的时间。我知道事情已经毫无希望，再待下去就显得很不识趣，就告辞了。他也是一个在官场上久经历练的人，是很懂得识别人的，不然也当不上领导。想必他跟我一接触就看出我烂泥糊不上墙，不是单位所需要的那种人，不然在原来那个单位为何就没有发展前途而辞职走人呢。在原来那个单位不行，在他那个单位还不是一样不行，单位还不都是一样的。因此，他很快就不回我的微信，会面时也懒得搭理了。我吃了闭门羹，虽然心里也有些不快，但对他这样也是能够理解的——自己也确实不行。我从此就彻底死了心，再也不去什么单位自讨没趣了。我后来找到了其他工作，又找到了现在这份保安工作，就踏踏实实地做下去，到现在也快三年了。这工作虽然普通得不能再普通了，但自身的条件只适合这样的工作，我并不怨天尤人。

去年县文联要举办文学成就展览，要我提供相关资料去参展。对方在微信说我出了两本书，可以去参加这个展览。这本是对自己的一种肯定，也是一种礼遇，但我不假思索就拒绝了。这倒不是在赌气，而是有自知之明。我回复对方说，自己写作只是出于一种兴趣爱好，谈不上有多高水平，也谈不上有什么成就，出了两本书并不能说明问题，有钱都可以出书。对方收到后也不再说什么。事情难道不是这样的吗？

我这种自知之明也是后来有的，原先还未意识到自己也达不到多高水平，只能作为一种兴趣爱好写写而已。出第一本书时，还想要让更多读者读到自己的作品，就到处往外送。出第二本书时，就开始意识到自己的水平不过尔尔，就很少拿去送人了。到了第三本书，就更清楚自己有几斤几两了，除了送一本给以前的一个同事，其他人就一概不送了。这个同事很有涵养，待人很热诚，在我辞职后的那段最困难时期，十分关心我。因此，当他自己提出要收藏我的书时，我也只能恭敬不如从命。以后我若还有机会出书，同样也是概不送人。这并非出于一种矫情，而是出于一种自知之明——我知道自己的书写得并不好，别人也不会抽出时间读自己的书。我现在已经不在乎是否有人肯定和赏识了，这些东西离我十分遥远，我对它们也失去了兴趣。别人肯定和赏识与否，对我已经没有多大意义了。我也不在乎有没有读者了，我现在作品是写给自己看的。孩子是自己的亲，作品是自己的好，我有空时拿起自己的作品读一读，重温一番过去留下的精神足迹，这种感觉也是蛮好的。即使一个读者都没有，只要有一个读者就够了，那就是我自己。

我之所以还要自费出书，也就是为了满足自己的兴趣爱好。出书要花不少钱，但这对我来说并不成问题。我没有别的爱好，就没有别的开销，出书的费用花得起，也愿意花。钱总是要花掉的，不然就失去意义了。别人玩车，一年也得有几万元的开销，而我根本就不喜欢这玩意，就是送我一辆都不想要。我出书权当作玩车玩掉了，况且玩车可是年年都要烧钱的，而我出书却不是年年都要出的。

我书出版后就送给出版社了，他们能卖多少就多少，卖不出去就送进造纸厂重新化为纸浆，我自己只要留下几本。我曾经想把自己出的几本书重新修订一遍，再送给某个机构收藏，也许将来还会有人从故纸堆中发现这些作品，发现我的价值，但后来想想还是算了吧，别去想这些完全不靠谱的事情了。

我在以前那个单位工作了 20 年，辞职后还把以前的同事当作老同事来看待，特别是几个平时交往较多，自以为关系很要好的，更是十分珍惜这种情分。我时常与他们联系，过年就发去短信拜年，但后来发现都是自己主动联系他们，他们一次都不会主动联系自己，甚至有时主动联系他们，他们都不一定会搭理。我深深地感到了失望，觉得真是世态炎凉，真是人情淡薄，正应验了那句老话：人走茶凉。你不在了，与他们已经没有任何关系了，他们要过自己的生活，要忙自己的生计，哪里还有心思搭理你呢。以前之所以还会跟你来往，乃是因为还存在一层同事关系，还要在一起讨生活，需要搞好关系而已。再说了，他们也都知道我没多大本事，出来后也只能在社会上从事最普通的工作，又怎么会把我放在眼里呢。

好在我已经适应了这种状态，一切都释然了。人微言轻就人微言轻吧，这也怪不得别人。换位思考一下，要是别人也这处于这状态，自己同样也不会发自内心地尊重他们，也没有心思搭理他们。但这也没什么，有本事是过一辈子，没本事也是过一辈子，我也是快五十岁的人了，这辈子也快到头了。只要不去损害别人的利益，不去连累别人，就不必自责了；只要能养家糊口，不当社会的寄生虫，就可以自慰了。别人尊不尊重我并不重要，我只要能自尊自重就行了。我是为自己而活着，而不必为别人而活着。

7月8日

上个月 29 日，苏州市有一个 24 岁的男子，站在一个小区二十多层的楼顶上欲跳楼轻生。他在楼顶上徘徊了 4 个小时。其间下面围观的人群中有一个大爷为寻求刺激，对着楼顶上的男子起哄，喊出"不跳不是人"这样极其不当的话来。此举引发了广大网友的愤怒和声讨，酿成了一起不小的舆论事件。30 日当地警方表示，他们正在进行调查，如果情况属实，将依法处理。

爱当看客，爱看热闹，实属人身上的一种天性，这种天性在我们国人身上又表现得尤为突出，要深入探究下去将会是一个很大的话题。平时生活中平淡无奇，乏味得很，现在突然有什么热闹可看了，还能放过这大好的机会？于是坐着的，走着的，正在做事的，正在交谈的，闻讯后都会不约而同地赶来围观，看得津津有味，几乎不放过任何一个细节，就跟看戏一般。要是吵架，看两个人在那里脸红脖子粗地吵着，你一言我一语，唇枪舌剑，唾沫横飞，很是过瘾。知道内情的，还会在一起窃窃私语，互相交换一下看法，还要在那里当评论员，评论着谁对谁错，谁是谁非，融入到当事人的情境中，看得十分入戏。不知内情的，就纯粹在那里看热闹了。要是遇到打架斗殴的，看起来更是惊险刺激，双方打打斗斗，拳打脚踢，真是过足了瘾。虽然还有伤害到自己的危险，仍然抵挡不住这暴力场面的诱惑，赶紧跑去一睹为快。

我历来觉得跟人发生冲突，吵架打架，都是一件很不好的事情，不论过程怎样，都是血脉贲张，身心俱疲，也不论结果怎样，都会让自己整天心情都处于阴霾之中。吵架即便吵赢了，把对方说得哑口无言，心情也不会是高兴的。打架即使把对方打得满地找牙，且不说接下来要承担什么责任，就是现在也未必就很解恨，心情也不可能是好的。所以这样的冲突还是能避免就避免。倘若受到无理的侵犯，当然要据理力争，要进行自卫，但很多情况其实并不是这样的，而是为了一些公说公有理，婆说婆有理的琐事，吵起来甚至打起来。还有的连这种琐事都谈不上，就因为自己心胸狭窄，对别人看不顺眼，或者意气用事，而与别人冲突起来。我读高一时，同年段有一个男生，像这种年龄的人常见的那样，有点爱表现自己。另一个男生就看他很不顺眼，对他怀有一种偏见，说白了就是不喜欢他这个人，于是就经常故意找他的碴儿。我估计他们之间什么时候就会爆发一场冲突，后来果然有一次看见他们在宿舍里打了起来。对方人高马大，他当然不是对手，被同学劝开后感到无比的委屈，想再冲上去复仇。对方脸色冷冷地站在那里，压根不把他放在眼里。我觉得他也怪可怜的，无端地遭到了欺负，却又无可奈何。后来没看见他们起冲突了，想必他对那人也敬而远之了。

我原先也会跟人吵架，但后来就越来越不想跟人吵架了。别人吵架时我也不想去看热闹，能劝的就劝劝，劝不住就离开了，眼不见为净，不想在那里看着别人吵架，别人心里难受，自己也会替他们感到难受。我以前也打过架。由于从小身体都很瘦弱，所以一般都是打输的份儿。有些是我没道理，被打了活该；有些说不清谁没道理，但也打输了；有些是对方惹我，我急了要打人，结果反被打了。即便我打赢了，要是自己不占理，也是欺负了别人，心里也挺内疚的，要是自己占理，也会觉得对方其实也怪可怜的。所以我后来也越来越不打架了。遇到别人打架也不忍心看下去，能劝就劝劝，劝不住就溜之乎也。

我读初中时，有几个高二的男生关系很要好，经常一起去哪里玩。有一次城关的电影院附近发生了一起群殴事件，他们几个前去看热闹。由于站得太靠前了，斗殴的一方误以为他们是对方的人马，就持刀捅向其中的一个，捅到了要害部位，送到医院后不治身亡。那个男生性格十分活泼外向，个头也很高大，前一天我还看见他在校园里活蹦乱跳的，从他弟弟手中拿走一个肉包啃起来，兄弟俩乐呵呵的，没想到第二天就因为去看一场热闹而一命呜呼了。我从此知道了打架斗殴的可怕，对这种场面产生了深深的恐惧，再也不去看别人打架斗殴了。我不敢看到这种场面，也不愿看到这种场面，觉得这是在消费别人的痛苦，留下来围观是不道德的，虽说事件并不是自己引发的，自己并不需要承担什么责任。

七月

167

在苏州发生的这起事件中，那个大爷想当一回看客也就罢了，如果也像其他人那样只是站在那里看热闹也没什么，但他还在那里起哄，进一步刺激那个轻生男子，似乎人家不跳下去就不能满足他那种病态的心理。你是条人命，人家也是条人命，也许人家本来还会放弃轻生的念头，就因为你的火上浇油而走上了绝路。即便与轻生者的死亡没有因果关系，这种行为也是极其恶劣的，警方追究其法律责任也是说得过去的。

假如时光可以穿越，我见到了那个轻生的男子，我会对他说，你傻呀，活得好好的为何要去轻生？就是要去轻生，也要在无人的时候去，为何要跳楼给这些看客看。尤其那个对着你起哄，巴不得你跳下去的大爷，这不恰好满足了他那种病态的心理，正中他的下怀？

7月9日

今天带儿子去鼓岭。鼓岭是福州的避暑胜地，市区酷暑难耐时，上面还是凉风习习的，坐在树荫下就跟天然空调似的。每年暑假我都会带他上来几次，既可以避避暑，又可以在户外活动活动，十分有利于身心健康。同时，我们还可以做些交流。平时也交流得比较少，来到这种充满情趣的野外环境中，可以使心情放松下来，展开无拘无束的交流，更能交流得进去。

去年他初三快开学时，我们又去了一次鼓岭。我坐在山顶一家书屋前憩息，他在里面看书。妻子电话打过来说，他们这学期换了一个很有经验的数学老师。我顿时十分兴奋起来——数学正是他的短板，又是主科，以前那个老师水平不行，他学起来很吃力，提不起劲头，现在换了个有水平的老师，这对他无疑是个好消息。后来他走出来了，我立即把这消息告诉他，说人生是有机遇的，这也许就是你的一次重大机遇，要好好抓住，争取考上高中。他听了也很高兴，也决心好好拼搏一年，争取把成绩提高上去。从此他就开始克服爱玩游戏不爱学习的毛病，学习上用功多了。虽然其间也经过几次反复，成绩起起伏伏的，总体上还是坚持下来了。现在中考也顺利考完了，估分还比较理想，超出我们的预期，要是不出大的意外，考上一所二类校应该没有问题。所以我们的心情都很好，一年后又故地重游，来到这个曾经给我们带来好消息的地方。我们对这里是有一种感情的。

中考一结束，我们就给他买了一部手机。他要挑一部好的，要1999元，我们也满足了他。过去一年表现得这么好，进步这么大，多奖励一些也是应该的。就跟许多小孩一样，他很爱玩游戏，早就想拥有一部手机了，但我们考虑到会影响他的学习，就答应等中考考完马上就给他买一部。他也同意了，平时就拿我们的手机玩玩，比起其他小孩还算控制得比较好的。

现在他开始长大了，终于拥有一部自己的手机，会把大量时间花在游戏上，没心思做别的，这也在我的意料之中。反正现在社会就是这样的，很多人都沉迷于游戏，而像我这样不喜欢玩的，怎么都不会去玩。我们中午用餐的那家餐馆，是一个大娘开的，她孙子9月份也要读初三

日
复
一
日

168

了，成绩并不好，考上高中很没把握。他父母说现在中考内卷得很厉害，而他却只想着玩手机，从小学就开始玩，玩起来什么都不知道了。我也看见他正抱着手机坐在躺椅上，闷头玩着。

下午我又坐在山顶那家书屋前憩息。一个男孩拿着气球和泡泡过来，摆在路边卖。他坐在我旁边的石椅上，先是用手机接着用 iPad 玩游戏。他戴着耳麦，边玩边跟玩友进行互动，完全沉浸在虚拟的世界里，至于东西有没有人买就毫不在乎了，"姜太公钓鱼，愿者上钩"。他父母打电话过来问有没在打游戏，他说我都在卖气球，打什么游戏。玩友问起他，他又说我都在打游戏，卖什么气球。我从他跟别人的对话中得知，他今年小学毕业了，9 月份要进一所初中。他游戏每天从早上 7 点开始玩，要玩到晚上 10 点，即一天有一大半时间都在玩。

看见儿子也沉迷于游戏，妻子心里十分想不通，说自己身边很多亲戚同事的小孩都没有这样，我们的小孩怎么会这样。我安慰她说这也是没有办法的事情，而且也不足为怪，只能想开点。他会去玩就是会去玩，不让他玩是根本做不到的。只能让他尽量少玩些，不要把全部时间都用来玩，该学习的要学习，该做事的要做事，该吃饭睡觉的要吃饭睡觉，不能因为玩游戏而其他什么都不顾了。倘若能做到这样，就也说得过去了。

今天出发前，我叫他带一本书上去看，他就带了日本著名作家夏目漱石的《我是猫》。我问他是怎么知道这本书的，他说是在网上看到的，于是就买了一本。我虽未曾看过这个作家的作品，但也听说过这个作家以及这部作品，知道写得很好，也是一部名著。到了那家书屋前，我说你游戏也玩很多了，今天就少玩一些，把这部作品多看一些。他就把它打开来看。我本想叫他坐在外面的树荫下看，多享受户外的自然凉爽，他却想进去看，说里面有空调，而且不吵。我想了想，也不坚持己见了，就让他进去看。他也自觉地把手机留了下来。

过了好久，他出来到我这里拿手机看看。我看他能在里面坚持了这么久，就叫他再进去继续作战。这时已快下午 5 点了，我准备 5 点半进去叫他。后来又想到他好不容易会去看书了，能多看一些是一些，就决定 6 点再进去叫他。快 6 点时，又决定继续推迟到 6 点半，即使下山后没有公交车了，打的回去也无妨。6 点 15 分时，他出来了，我表扬他今天表现得不错，能坚持这么久，然后就一起下山了。不论他以后是否会沉迷于游戏，会表现得怎样，现在能多看一部名著也是好的，都是一笔人生的财富。即便沉迷于游戏，生活还得继续下去。以后他要是愿意，每次带他来鼓岭时，都叫他带一部自己买的名著上来读。

我这次跟他一起出来，还感到他对我似乎没什么要交流的，更多都是我对他说些什么，他并不愿对我多说些什么。我想起自己以前也是这个年纪时，也不愿跟父亲多交流什么，自己有什么并不愿跟他说，他说什么我也很少听进去，即使我表面上并未去反驳他。我怀疑现在自己对儿子说那么多，也许就跟当年父亲对我那样，都成了风过耳。他开始长大了，越来越有主见，越来越要独立，不愿受我们管束，也不愿跟我们交流了，而与自己的同伴才有更多的共同语言。我这种感觉之前就有，只是现在更加强烈了。我之前人在外面时就很少主动跟他联系，现在更要如此了，以免让他感到我在背后处处掣肘着他。且不说让他更加自由地发展这样的高调，而是说那么多并无什么作用，甚至还会引起他的反感。与其去做这种徒劳无益的事情，不如少说几句，从而让双方都感到省心和舒畅。他有自己的想法，自己的生活，自己的世界，越长大越是如此，今后只要会走正道，会养活自己，就让他走自己的路，过自己的生活吧。即便他的一些做法我们无法认同，我们又能改变他吗？又有权利干涉他吗？

　　我又想起自己当年这个年纪时，父亲也很少跟我说些什么，除了要读文科还是理科，要去国家单位工作，要去结婚生子这些人生大事，其他都很少过问。而从那以后，我们父子俩的关系反而变好了。现在也轮到我当爹了，我也跟父亲走到同一条路上去了。

7月10日

　　前不久我写了一篇关于自己网络阅读经历的长篇日志，其中写到了著名文史学者谢泳以前出版的著作以及后来博客上的作品对自己的影响，写完后就用微信发过去给他看一下。不久后他就回复了，说是好文章，建议投给刊物，赚几个茶钱。我也当即回复道，无刊物可投，也无所谓。我很早就不往外投稿了，倒不是不想投，更不是不屑投，而是心里十分清楚投了也是白投，即使所有刊物都投过去亦无济于事。与其去做这种无用功，浪费这种感情，不如死了这条心，干脆一篇都不投了，把更多的精力用在读书写作上，还可以多读一些书，多写一些作品。实在不行，就是找个地方坐在那里发呆，从而可以使身心得到更好的放松，也比去做那种徒劳无益的事情强。

　　每个人都有上天赋予的天分和才具，这决定了他在未来的人生道路上能够做些什么，能够做出多大的成就。我没有别的兴趣爱好，平时就喜欢读读书写写文章，但我的天分和才具又决定了自己的学识也达不到多高水平，写出来的作品也不怎样，不可能让人刮目相看，不可能得到别人的赏识。以前我未充分认识到这一点——这也难怪，一个人对事物的认识总有一个过程，包括对自身的认识也不是一开始就能那么清楚的——还想在这方面有所作为，因而就满腔热情地向刊物投稿，结果无一不是石沉大海，毫无回音。四处碰壁之后，我就开始知难而退，不再打这方面的主意了。

然而，既然要从事写作，又总要发表一些作品，从而能在这个圈子内刷一点存在感——我从不讳言自己也是一个凡人，也具有凡人都具有的爱面子和贪慕虚荣这些弱点，或曰人之常情——再说要加入作协组织也需要发表一些作品，不然就达不到入会的硬性条件。因此，我只能去四处拉关系，争取发表一些作品。好在经过多方努力（有的是通过别人的牵线搭桥，有的是在作协的微信群里认识，有的是在采风活动时认识），总算跟几家报刊的编辑建立起了关系，在他们的热心支持下发表了二十来篇作品。我对此是十分感激的。我十分清楚，自己能够发表作品并不是写得有多好，要是没有这层熟人关系，是不可能发表的。但我又不能滥用这种友情，一直要人家帮忙也是十分过意不去的。再说还有许多像我这样的作者，他们还在那里望眼欲穿地盼着自己的作品能够发表。我也是个过来人，完全可以理解他们的这种心情，因而也要把更多的机会留给他们。于是，我就不再去麻烦那些编辑，今年初最后发表一篇作品后就再也没投稿了。

有一个著名作家已经年且九十，早已著作等身，功成名就了，但至今还频频在文学刊物上发表作品，而且还大都发表在头条。我也读过他的许多作品，也认为他才华横溢，作品也很有质量，但对他这么老了还不给年轻人让路却有点不以为然。当然，读者喜欢读他的作品，刊物也需要他出来撑撑门面，但作为一个有相当影响力的作家，也要多为年轻人着想，多为文学事业的长远发展着想。如此高龄了还能写出高质量的作品，这也是好事，但可以采取直接出书的方式，而不必再去跟年轻人挤那些已经十分稀缺的刊物版面。这是我的个人看法，也不一定妥当，但要允许我直抒己见。

我曾经认为，能够加入作协是对自己的一种肯定，会有一种成就感，可以为自己的写作事业创造更好的条件，即会有更多的人认识自己，使作品更有机会发表。加入省作协后才知道这种想法过于天真了。对于许多与自己差不多的普通会员来说，加入作协只是一种形式，满足一下虚荣心，安慰一下自己而已，而不会有任何实质性的意义。即使以后还能加入中国作协，情况也大抵如此。每年加入中国作协的人有几百上千个，其中绝大部分也都是籍籍无名之辈。不要说在社会上，就是在文学圈里又有多少人知晓。现在纸刊已经越来越少了，剩下的连那些多少有点名气的作家都未必轮得上，哪里还轮得上这些毫无名气的新手。当然，新手要是能写出出类拔萃的作品，能让编辑眼前一亮，从海量的投稿中被相中，也可以一举成名。但这又具有很大的偶然性。都说金子总会闪光的，但被埋没终生的人才也是数不清的。当然，这指的绝不是我自己，我乃才具平平之辈，永远都写不出这样的作品。因此，我即使幸运地加入了中国作协，写作上的处境也不会有什么改变，我仍然不会向刊物投稿。

不此之图，却还要继续写作下去，难道只能为抽屉而写作，留在那里孤芳自赏？非也。可以借助于发达的网络，在文学网站或者自媒体上发布自己的作品。然而，我对这方面的兴趣也不太浓厚，并不喜欢网络上的那种生态，而更想安安静静地在那里读书写作。自己成不了网红，也不想被网暴。而且作品发布在网络上还可能遭到剽窃。我曾经以"吃酒"为题，在某网站上发布过一篇回忆小时候家乡吃酒席情景的散文。后来一个朋友告诉我，有一个匿名作者剽窃了这篇文章。我上网了解了一下，果然遇到了一个文抄公，整篇从头到尾原封不动地抄过去，连标题也不改，只是把我的家乡改成了他的家乡皖南农村，把我的名字改成了他的名字。我的发布日期在他之前，铁证如山，但我又如何去维权呢。

天无绝人之路，好在还有很多出版社，只要愿意自费，就可以去出一本书。我平时省吃俭用，可以拿出一部分积蓄用于出书。写出一部书稿后就拿去出版，至今已出了三本，不久的将来还准备出第四本。自费出书让我过足了瘾——作品有出路了，就开始尽情地写。从保存作品的角度看，这种通过正规渠道出版的书其实还要好过刊物。尤其是那些小刊物，年代久远后也许就找不到了，而书却总会有图书馆收藏，总会留下一些。

自费出书不设门槛，不会因为作品的水平低就不给你出版，但我并不会因此而降低对写作的要求，甚至还写得更认真了，因为不这样似乎就对不住自己的钱。每篇文章都是改了又改，前后至少要改五遍。每篇文章都要做到言之有物，都要有真情实感，涉及到知识性和事实性的东西都必须真实、准确，观点都必须客观、理性。只有这样，我在读者面前才不会出丑，才对得起读者。虽然我现在书并不拿去送人了，但书总会有读者的，甚至只要有潜在的读者，我都必须认真地写作。

7 月 11 日

今年春节后不久，我们一家三口前往闽西的长汀和永定游玩了四天。在过去的三年里，我们都不敢出远门，从未离开福州一步，最多只在周边的郊县走走，现在社会放开了，终于可以去更远的地方浪了。动车沐浴着早春的阳光，在铁道线上平稳地飞驰着，我们都像刚飞出樊笼的鸟儿，心情无比的激动，也无比的畅快。看到铁道两旁的民房、田园以及厂房，人们又像往常那样可以正常地生产生活了，不由感到十分欣慰起来。想想不久前还哪里都不能去，整天惶惶然的，随时都要担心会被封在哪里，真有点恍若隔世的感觉。我们的目标有千百条，第一条就是可以安居乐业，可以求得温饱，可以自由出行，然后才谈得上其他。

抵达长汀后，订的酒店就在汽车站前。从酒店出来往前走几分钟，就来到了汀江边，江对面就是著名的长汀古城墙，一座巍峨的城楼——济川门矗立在那里，一条宽阔的马路从城楼下穿过。城墙沿着汀江修建过去，上面立着一根根古色古香的灯柱，挂着一串串红色的灯笼，飘着一面面杏黄边的红旗，一派古城新生的繁华景象。长汀是一座历史悠久的古城，是古代汀州的首府，是客家人聚居的地方。以前建有完整的城墙，把城区以及卧龙山围绕其中。后来城墙陆续被拆毁，只剩下几座孤立的城楼，以及南面沿着汀江较为完整的一段。后来在发展旅游业以及保护文化遗产的热潮中，政府又投入巨资进行重建，修复了部分城墙，这座济川门也是重建的仿古建筑，城砖、木柱、屋瓦，更不用说风格了，都仿得惟妙惟肖的，乍一看还以为是以前留下来的，底部却完全是现代的建筑结构。这样一眼看过去，古城的风貌也呈现出来了。

以前也知道闽西是革命老区，地处当年中央苏区的核心地带，福建省苏维埃政府就设在这里。来到这里后，才知道原来省苏维埃就在长汀，而且就在长汀古城内。古城对岸的水东街一带分布着众多红色遗址。虽然这里在古城之外，随着县城的扩大，到苏维埃时期这里早已是主城区了。当年这一带借助水陆运输之便，发展成为工商业机构云集的地方。苏维埃政权也在这里设立了许多工厂以及商业机构，大力发展经济，为革命提供重要的经济支撑。因而，这一带也被称为"红色小上海"。土地革命不仅在广大农村地区发动农民"打土豪，分田地"，同时也在城里积极开展工商业活动，这一点往往会被人们所忽略。

就是在古城内，也分布着众多红色遗址。省苏维埃政府就设在古城的中心，是古代的贡院。当年赣南闽西第一个县级红色政权——长汀县革命委员会，就设在始建于唐代的云骧阁，在古城内挨着城墙临着汀江的一座小山上。著名的福音医院，就在古城内的卧龙山脚下。福音医院后面还有一个疗养所，1932年秋毛泽东曾经在这里休养了两个月，写下了那篇著名的《关心群众生活，注意工作方法》。疗养所旁有一口古井，他每天早晚出来散步时都会经过这里。他看到人们从井里打上来的水都是浑浊的，于是就请来一位有洗水井经验的工人，在几位警卫的协助下，用半天时间把井内外的污泥杂草清理了一遍，让周边群众喝上了干净的井水。他正是用实际行动诠释了什么叫关心群众生活，什么叫注意工作方法。这口古井至今还在使用，附近居民还到这里挑水回家饮用。我那天逛到这里时，也打上水喝几口下去，喝下这见证着军民鱼水情的井水。省苏维埃斜对面有一条街叫店头街，是以前古城最繁华的地方，两旁店铺林立，店头街的名称就是这么来的。这条街通往城墙外的一个码头，可以顺着汀江直抵广东潮汕的入海口。这是过去的一条重要航道，密切联系着汀州与外界的商贸往来。当年苏区所需的许多重要物资，就是从上海、香港经由这条航道运抵这里的。上海临时中央与中央苏区的人员联络，走的也是这条路线，因而被称为"红色秘密交通线"。而省苏维埃政府离店头街不过百米之遥。

我们通常把过去的革命理解为先在农村发动起义，建立革命根据地，然后发动农民进行土地革命，不断壮大革命队伍，扩大红色区域，最后再占领城市，夺取全国政权，走的是一条农村包围城市的道路。这样说并没有错，我们的国情决定了我们的革命必须走一条这样的道路。但我们对此又不能进行简单化的理解，以为革命只是在农村进行的，尤其只是在山沟沟里进行的。这次通过实地走访，我才知道事情并不这么简单。

革命也需要各种的资源，包括工业的、商业的以及文化的，也需要有一个中心，才能更好地向周边地区辐射，才能得到更好的发展。而这个中心在当时最适合的无疑就是县城。这些县城之所以成为县城并非偶然的，而是在千百年的历史发展中自然形成的，在这一区域内是最适合聚集起人流、物流、商流和资金流的。当年革命从大城市转入农村无疑是正确的，但在农村站稳脚跟后还要占领县城，以县城为中心领导周围的革命。中央苏区在江西的中心就是瑞金县城，在闽西就是长汀县城，后来经过长征到达陕北后又是肤施县城即延安。更具体地说，过去的革命是在农村发动的，经由占领县城，领导农村进一步扩大革命，最后再占领城市，夺取全国政权的。

7月12日

6月29日，世界卫生组织下属的国际癌症研究机构（IARC）发布声明称，他们已经评估了阿斯巴甜的潜在致癌作用，联合国粮农组织和世界卫生组织食品添加剂联合专家委员会（JECFA）将展开进一步的检测和风险评估，并将于7月14日发布最终结论。就像一颗重磅炸弹，这条消息一经发布就引起了全世界的关注。阿斯巴甜是一种人工甜味剂，自20世纪80年代以来广泛用于各种食品和饮料制品等，包括无糖饮料、口香糖、明胶、冰淇淋、酸奶、早餐麦片，以及牙膏、止咳糖浆和维生素咀嚼片等。

世界卫生组织是联合国的一个专门机构，无疑是最权威的，发布的消息若无充分的事实依据，是不会轻易发布的。阿斯巴甜这种甜味剂几乎与我们每个人都有关，我们几乎每天都会摄入这种成份，同时也涉及到生产这种原料的厂商以及使用这种原料的厂商，包括世界饮料巨头如可口可乐公司的切身利益，可谓一个十分重大也十分敏感的问题。世界上对阿斯巴甜的质疑不是现在才有，而是已经争议了几十年，质疑这方拿出各种证据证明阿斯巴甜会对人体产生各种危害，而生产和使用阿斯巴甜那方也拿出各种证据证明其安全性，而它们的影响力和游说能力又是很强的。所以若非已经有了越来越充分的证据，已经不能无视这一问题的存在了，世卫组织现在是不会发布这一消息的。毕竟这涉及到全世界每个人的健康问题，世卫组织不能不负起这个责任。厂商的利益再重要，比起全世界每个人的健康问题又是第二位的，必须服从这个大局。

糖吃多了会导致发胖，导致高血糖，进而导致高血压和糖尿病等这些严重困挠我们，威胁我们健康的疾病。但以前乡下人并不知道这些道理，那时生活水平低，人们普遍都瘦，再说也没有现在这种体检，根本不知道血糖是怎么回事。但糖吃多了会蛀牙却是直接就能感受到的。我小时候也喜欢吃糖，但我又从小就很在乎自己的健康，很懂得保健，因此当经常听大人说吃糖会蛀牙，特别是亲眼目睹很多小孩因为糖吃太多牙齿被蛀得一塌糊涂之后，就开始少吃糖了。年纪大了之后，虽然很少吃糖，但牙齿也会磨损，这时吃起糖来牙齿就会感到嗖嗖的疼，可见糖对牙齿的损伤是很明显的，于是就更不敢吃糖的。现在年纪又更大了，即使都不吃糖，血糖也高了一些，所以又进一步连水果都不敢多吃了，特别是糖分很高的西瓜和香蕉等，更是尽量不吃了。不吃糖之后，久而久之也变成了一种习惯，变得没有甜味嗜好了，一年到头都没尝到甜味也可以。

我可以做到不吃糖，但很多人做不到，包括我儿子也做不到。每个人都有甜味嗜好，只是程度的区别罢了。吃糖的危害众所周知，但许多人仍然抵挡不住这种诱惑，照吃不误。它虽然有各种危害，但往往并不是眼下就会发生，立即就能感受到的，而那种爽爽的甜味却是可以让人欲罢不能的。所以有什么危害，也是以后再说。甚至发胖了，得了"三高"和糖尿病了，也依然改不了这种习惯，像上了瘾似的，似乎即使会吃死掉也不能不吃。可见，要克服这种甜味嗜好，除了要很重视自己的健康，还要有很强的意志以及自控力。在口腹之欲与身体健康之间总是存在矛盾的，那些美味可口的东西往往不利于健康，而那些健康的东西又往往无法打开我们的味蕾。我虽然这方面还做得比较好，但也不是都做得很好的，有时因为嘴馋也吃进了一些不健康的东西。吃的时候很过瘾，吃完又后悔了，总觉吃进去的那些东西对身体不好。只能在心里告诫自己道，偶尔吃吃还无妨，可不能再经常吃了。

鉴于糖的危害，化学家发明出了糖精、阿斯巴甜等这些甜味剂，既避免了糖的那些危害，又能满足人们对甜味的嗜好，可谓两全其美。因此，阿斯巴甜一问世，就大受人们的欢迎，迅速得到了普及，堪称一项重大发明，可以造福于人类。但现在事实已经明摆在我们面前了，它会致癌。对此，那些甜味嗜好者又将何去何从？是不吃或者少吃甜食了，还是该怎么吃还怎么吃？我相信一部分重视自己的健康，又不乏自控力的人会改变自己的饮食习惯，而那些满不在乎自己的健康，同时又意志薄弱的人，仍旧会照吃不误。阿斯巴甜固然会致癌，但也不是眼下就会发生的。其实生活中还有许多更会致癌的东西，人们也都是"明知山有虎，偏向虎山行"，为了满足自己的口腹之欲而大吃特吃。

人其实是很难管住自己的。

7月13日

烈日炎炎，知了在树上吱吱地叫着，这是夏天怎么也少不了的一道风景，也进入到无数的文学作品中，成为人们怎么也抹不掉的一个记忆。

知了已经跟夏天捆定在了一起，已经成为夏天的代名词。但知了一般会在什么时间叫，有规律可言吧？我一直都是搞不清的。

我以前曾经写过一篇小说，描写到了校园里夏天傍晚时的情景，写到"知了在叫了一天之后，也乏了"。写完后心里一直没底，不知道这样写到底确切不确切，因为我也搞不清知了一般什么时间叫，什么时间不叫。就以自己所遇到的情况来说，是没有规律可言的，在上午的时间能听到，在下午的时间也能听到，在中午最热的时间能听到，在傍晚开始凉爽下来时也能听到，甚至到了晚上还会听到，总之是有时候叫，有时候不叫，断断续续的，叫无定时，以上午的时间居多，但也不一定。因此，我对这段描写一直不知道如何处理，不写又少了一个重要场景，写又不知道会不会出错。虽然小说是虚构的艺术，不必是真人真事，也不必是真实场景，但又必须符合生活的真实以及生活的逻辑，不能把生活中分明没有的场景虚构出来，从而就不是在地球上发生的事情了。但书出版在即，也来不及再加以推敲了，既然没有把握，就干脆把它删掉了。

后来有一次在鼓岭上避暑，坐在山顶一家书屋前的树荫下乘凉。那时已是下午5点多了，已经变得很凉快，晚风习习的，树枝在轻轻地摆动着，感觉十分惬意。突然，树上的知了开始吱吱地叫了起来，而之前坐在这里很久了都没听到它们叫。我虽然仍然搞不清知了一般在什么时间叫，但至少有一点是可以肯定的，即我在那篇小说中所描写的"知了叫了一天之后，也乏了"是不确切的。就以鼓岭的知了为例，它们不可能叫了一天，傍晚时也不可能就不叫了。

为了写现在这篇文章，我上网搜了一下，找到了一段资料，说是知了一般在中午开始鸣叫，有些则在下午5点之后才开始鸣叫。这是因为知了的叫声与气温有关，气温较高时知了会鸣叫求偶，所以有些地方晚上气温较高，知了就会鸣叫，有些地方晚上气温较低，知了就不会鸣叫，从而给人一种知了晚上不叫白天叫的错觉。但这也并非权威资料，未必就是很准确的。

可见要弄清一个事实是多么不易，需要经过多方查证。写文章时若遇到自己没把握的东西，必须先进行查证，把情况弄清之后再下笔，而不能图省事，更不能想当然，在未把情况弄清之前宁可放着不写。写作并不是一件容易的事情，可以随随便便就拿起笔来，天马行空地胡写一通。文章总是写给别人看的，必须对别人负责，不能把不正确的东西写出来误导别人。

那些"三无"的假冒伪劣产品会给我们带来损害，但还不是那么大，无非是东西不能用，花了些冤枉钱（当然，那些会危害我们身心健康，会给我们带来人身危险的假冒伪劣产品又另当别论），而质量低劣的文章，其危害性可就大多了，会误导很多人，而且会长期误导下去（理论上如此，那些无人看的文字垃圾不在此列）。因此，对于一个作者来说，应该以一种严肃认真的态度从事写作，必须考虑自己作品对读者的影响，思想观点不能偏激，不能违背人类社会的主流价值，事实性和知识性的东西不能出差错，遇到自己没把握的东西要多方查证，弄清情况后再写出来，不能"以己昏昏，使人昭昭"，更不能拿错误的东西去误导别人。在知了什么时间叫这个问题上出点差错还不是什么大事，而要是涉及到重要的问题呢？

　　走笔至此，不由想起已故的著名思想家王元化先生。他以思想解放著称，曾经提出许多很有启发性的观点，在思想界产生了很大影响。这些且不说了，这里要说的是他具有的那种高度严谨的治学态度。他的作品并不是很高产，但对一个问题总是十分深入和长时间地思考下去，都要把它搞透后才开始发言。即使不符合流行的观点，受到许多人的非难，他也要坚持自己经过独立思考得出的观点，甚至不惜推翻自己过去长期信奉的观点，也要坚持现在经过重新思考得出的观点。由此可见，他是为追求真理而这样做的，并非为了标新立异。我们可以不认同他的观点，却必须学习他这种高度严谨的治学态度。他对自己作品的要求也是极其严格的，总是精益求精。读他的作品有一个很深的印象就是，他写得非常严谨，非常讲究，无论内容还是文字都几乎挑不出什么瑕疵，甚至著作的版式和装帧设计都非常考究。这其中固然有编辑的功劳，但也是与他本人分不开的。同样是名家，许多人在这方面的要求就没有这么严格，他们的作品也可以挑出不少瑕疵。

　　王元化先生的这种精神是很值得我们学习的，但他所达到的这种境界又是我们难以达到的。就以作品中的瑕疵来说，我们就很难做到像他那样几乎挑不出什么瑕疵，这样的要求对我们无疑是不现实的。但我们仍然要争取少出差错。我出第一本书时，虽然已经很认真了，但由于经验不够，并且出书时人还在国外，只能在电子版上进行校改，因此无论内容还是文字都有很多差错。出第二本书时就好了一些，但仍有不少差错。出第三本书时才好了很多，但也还是有一些差错。接下来要出第四本书了，我不敢夸下海口说不会再有差错了，但要争取比第三本书还要再少一些。

7 月 14 日

　　7月11日下午，我还在公司上班，突然接到一个快递员打来的电话，说有我的一个快递。我心里就纳闷起来，最近又不网购，又不投稿，怎么会有快递寄来。莫非中国作协寄来的？申请加入中国作协已经通过了？但我又立即打消了这个念头，八字都还没一撇呢。都还未进行专家评审，否则也会有消息了。又想了一下，莫非去年参加的由广东文化馆和广东文化学会主办的"我们的文化生活"征文比赛的获奖证书寄来了？半年前获奖名单就已经公布，但获奖证书却迟迟不见寄来，打电话过去询问也联系不上经办人员。我以为此事就这样告吹了，没想到今天又接到了这个电话。我通过排除法，有快递也只能是这个了。我就问是从哪里寄来的，对方说是从广州寄来了。我心想必是这个无疑了，顿时十分兴奋起来，就说现在人不在家，先放在快递柜里，我晚上再回去取。

　　晚上下班后回到小区，把快递员提供的取件号码输进快递柜，啪地一声打开了。我取出了快递，一摸硬梆梆的，就知道是一本获奖证书。我边走边撕开了信封，就着昏暗的灯光端详起来。证书印制得很精美，表面很光滑平整，"荣誉证书"四个字也写得很别致，大小错落有致，左上角还印着广东文化馆联盟的LOGO。

　　虽然有不计其数的征文比赛，我却从不指望自己也能得个奖，因而一直都没打算去投稿。但去年要准备申请加入中国作协，都未得过任何奖项也显得条件过于单薄了，若有一个申报材料好歹也会好看一些，增加一些胜算。于是就准备也去参加各种征文比赛，争取也得个奖，哪怕只是优秀奖也聊胜于无。我开始在微信上搜索起来，搜到一个后点开，大数据的算法就会不断地为我推荐这方面的信息。我就把参赛作品一一投出去，有投了十篇八篇。投到广东的这篇题目叫《怀念读报年代》，是从过去的作品中找出来的，写的是在过去还没有网络的年代，阅读报纸对于人们的重要性，自己曾经从中得到许多精神上的滋养，心想这篇比较切合征文的主题，就重新修改一遍后投出去了。

　　投完就不再去想它了，全当没这回事，自己并不抱什么希望。有一天打开了电子邮箱，却发现有一封广东文化学会发来的邮件，通知说经过专家组的评审，我投的这篇作品在这个征文比赛中获得成人组优秀奖。

我兴奋得心里砰砰跳了起来，像是从天上掉下了一块馅饼。这可是头次获得奖项，这次投了这么多篇，也只有这篇获奖了，自己能不激动万分吗？而且虽然也不是级别多高的，但毕竟也是广东文化馆主办的，也算是省级奖项，申请中国作协还是可以派上用场的，至少是可以拿去凑数的。

经过一周的公示后结果确定下来了，主办方要求我们把通讯地址发过去，以便把获奖证书寄过来。可是他们一直都没有寄过来。打电话过去问那个经办人员，也都无法打通。莫非是一个骗局？但他们又不收取分文，而且电话打到广东文化馆，也确实有这个征文活动。此时已经开始准备申请加入中国作协的材料，很希望他们能早些寄过来，可他们偏偏不遂人愿。我万般无奈之下，只好把公布获奖名单的通告打印出来，权当作获奖证明了。没想到在我已经忘记了这件事情时，它又突然从天而降了。

据主办方在公告中介绍，这次征文比赛共收到来自全国各地的 3226 篇参赛作品，最后评出一等奖 6 名、二等奖 12 名、三等奖 19 名、优秀奖 100 名，即差不多平均 25 个才有一个获奖，说明这个奖项也不是没有一点含金量的。我虽然在成人组优秀奖中倒数第二，差一名就叨陪末座了，但最后也成功入围，亦属相当幸运，殊堪告慰了。优秀奖没有奖金，只有获奖证书，一到三等奖有奖金，但也不多，也只有区区几千块钱。重要的并不是什么奖金，现在这几千块钱又算什么钱呢，而是这么多人都踊跃参加了，说明它还有一定的影响力。自己虽然只拿到了一本获奖证书，但也弥足珍贵了，准备一直珍藏下去。

我也知道这并非一个多有影响力的奖项，自己也只得了个优秀奖，完全不足为外人道也，所以就未告诉任何人，只让老婆孩子知道，一家子乐呵乐呵。同时也不打算再去参加征文比赛了，得过一次奖就够了。我尚有自知之明，自己在写作上并无多大才华，达不到多高水平，不必去指望那些不靠谱的事情。同时也不在乎什么名利，不在乎别人对自己的肯定和赞美，越上了年纪越不在乎了。每年都有各种大大小小的文学奖，这些文学奖固然与我们这些普通作者无缘，除此之外还有不计其数的各种征文比赛，它们倒是适合我们这些普通作者，自己按理也可以去参加，并且参加多了也可能获奖，广种也能薄收，四处撒网也能捕到鱼。参加征文比赛是完全可以的，文学事业的繁荣也需要更多的人去参与，但自己确实不需要去参与了，也不想去参与了。既然热爱写作，就好好地写下去，不必在乎那些与写作无关的东西。与其把精力和感情浪费在这些事情上，不如多读些书，多写些作品。还有很多书等着我去读，还有很多作品等着我去写呢。

7月15日

　　7月12日早上6点多，我去上班在楼下公交车站等车时，拿出手机看一下微信，本是想看看订阅号消息，不料却显示一个朋友凌晨时要跟我通话，但未能接通。我那时已经去睡觉了。朋友看我没有接，知道我已经休息，就不再打过来了。我估计是自己申请加入中国作协的专家评审已经有消息了，只是不知道是好消息还是坏消息。很可能是好消息，因为假如是坏消息朋友也不会特地打电话过来，尤其不会这么晚了还打过来。但也说不准，在未得到确认之前都不敢那么肯定。我现在对好事情都不敢抱太大希望，以免事情未能如愿时会过于失望，难以接受这个事实。我不去奢望什么，如果实现不了也在自己的意料之中，比较容易接受。我看了看时间，觉得朋友这时也许还在休息，不能这么早就打电话过去。

　　到了公司，各项工作基本就绪之后，已经快8点了，心想这时不会影响到对方了，就准备打电话过去。我心里有些七上八下，很想听到好消息，从而使自己美梦成真，又担心听到的会是坏消息，从而宣告自己的梦想破灭了，很想打这个电话，又害怕打这个电话。拨了几次终于拨通了，朋友很高兴地告诉我专家评审已经通过了。我心里顿时一阵狂喜起来——这太不容易了，我太需要这来安慰一下自己了。我在读书写作这条道路上苦苦跋涉了近30年，付出了那么多心血，现在终于实现了加入中国作协的夙愿。朋友知道我很急切，所以凌晨时一有消息就打电话给我。现在还只是专家评审这关通过了，还要再经过书记处开会审批，然后进行公示，最后正式公布。虽然专家评审这关是最为关键的，这关过了，后面的只是在走一道程序，但毕竟要走完这些程序才算尘埃落定。

　　打完电话，我兴奋得不能自已，这是平生从未体验过的一种快乐。虽然也提醒自己不要过于兴奋，但还是需要放纵一下自己。我情不自禁地从自己所值守的侧门飞快地跑出去，又从正门跑进来，尽情地放飞自己的心情。过了一会儿，要去趟洗手间，就又飞快地跑过去，边跑边在心里大声地呐喊着。从洗手间出来，还在兴奋着，又快步地跑回来，跑进了门卫室，顺势让自己滑过去，一屁股坐在了地上。可惜周围有人，不敢有更放纵的行为，不然我一定会尖叫起来。心想发泄三次也够了，

七月

181

该让自己平静下来了。可是仍然无法平静自己的心情，坐在那里老想着这件事情，想着想着就忍不住发笑起来——这太神奇，太魔幻了，自己居然也能加入中国作协！中国作协可都是与那些大作家联系在一起的，予小子何德何能，也能挤进去与他们为伍？

　　社会上对中国作协有很多批评的声音，认为这种官办的机构存在着种种体制上的弊端。然而对于我们这些普通会员来说，还谈不上这些体制上的弊端，成为作协会员只是一种荣誉而已。我加入福建省作协几年了，其实也只是交了会员费领到一本会员证罢了，从未被叫去参加什么活动，没有得到任何名利，说到底只是给自己一个精神安慰。但人活在世上，有时也是需要这种精神安慰的。许多人瞧不起中国作协，可要加入也是很不容易的，每年都有很多人提出申请，竞争十分激烈。很多人写作了一辈子，最终也未能加入。有一个已故的我们连江籍作家，他在各种文学刊物上发表过大量作品，其中不乏全国有影响的刊物，但也是申请了很多次才得以加入的。这消息是真的？这好事真落到我头上来了？我真有些怀疑起来了。但朋友在电话里又分明就是这么说的，还会是假的？

　　晚上回到家，把这喜讯告诉了老婆孩子，也让他们高兴一下。妻子也很希望我能通过。我从事写作并不能挣回多少钱，甚至还要倒贴很多钱，但她始终支持我这个事业。我在准备申请材料，在网上填写信息表时，她也积极地从旁协助。但除了他们两个，我其他人都不告诉，并且也交代他们不要跟任何人说，如果有谁问起来，就说不知道。

　　我不但现在不会，将来也不会主动把这件事情拿去跟别人说。我心里十分清楚，比起许多加入中国作协，甚至没有加入中国作协的作家，自己的条件是比较差的。我迄今只在刊物上发表过二十多篇作品，这些刊物都是没有多大影响的地方刊物，并且还是托朋友的关系才得以发表的。文学奖项也只获过广东文化馆主办的一个征文比赛的优秀奖，可以勉强拿来凑数而已。我出了三本书，都是通过正规渠道出的，有正规的书号，但谁都知道，有钱都可以出书。虽然我有这三本书也符合入会的条件，但三本甚至更多的书比起在刊物尤其国家级的刊物上发表作品，分量又是低得多的。这次能够加入中国作协，主要还是靠朋友的大力推荐。朋友知道我十分热爱这个事业，一直都在努力地追求着，写出了不少作品，并且还从不多的积蓄中拿出钱来出书，也知道我几年前已经从单位辞职，在社会上以打工为生，但仍然没有放弃写作的梦想，仍然在执著地追求着，因而给了我更多的支持，给了我更多的同情分。

　　我要有自知之明，无论什么时候都不要主动对别人提起这件事情，不要以此标榜自己。我只能把它当作对自己过去几十年努力的一种肯定，激励着自己在这条道路上继续走下去，更好地走下去。

今年 3 月 23 日，我又开始投入写作了，每天写一篇日志。写了近三个月后，虽然越写越有感觉，越写越顺手了，但写作毕竟是一件相当累人的事情，于是就对自己说，等申请加入中国作协的结果出来后，要是能加入就继续这样写下去，凑够一本书后，再拿出一部分积蓄出书，要是不能加入就不再继续这样写下去，也不必再花钱出书了，虽然以后也还会去写，但不会像现在这样每天都写。现在如愿以偿地加入了，就要义无返顾地写下去，以更加饱满的状态写下去，把这本书写出来，并将它出版。

7 月 16 日

今天是周日，没有上班，又带儿子来鼓岭避暑。

晚上回到山下的公交车站时，已经 7 点 22 分了，要坐的那路公交车末班是 7 点半发车，刚好还来得及。32 分时车开来了，我们上了车，坐在车头靠着车窗的竖排座椅上。车在夜色中缓缓地开着，儿子看着前面的路景，我想跟他聊些东西。13 日下午，中考成绩出来了，他考了 693.5 分，根据分数段统计以及往年情况，可以稳稳地被第一个志愿福州格致中学鼓山校区（校名较长，人们一般都叫它的简称"格鼓"）录取。这是一所二类校，教学质量还可以，而且离我们家很近，只要两三个站就到了，以后上学也很方便。我们都十分开心，当天晚上又来到一个大型商业广场的一家东北餐馆撮了一顿，好好庆祝一番（上次他中考顺利考完后，我们也到这里庆祝了一番——终于考完了，我们努力了一年，委实不容易，现在如释重负，就像得到解放似的）。

183

我在车上又想到了这件事情，就对他开玩笑道，你考上格鼓了，你就是"格鼓小孩"。边说边拿起手摸了摸他的后脑勺和脖子，他也笑笑地躲开了。我问他是什么时候想到要报考这所学校的，他说是上次寒假的时候。公交车离开了东三环，拐上了福马路。我又语重心长地对他说道，你想实现一件事情，经过努力拼搏终于实现了，这就叫心想事成。你想考上格鼓，现在终于考上了，我想加入中国作协，现在也终于加入了（我是 12 日得知自己最重要的一关专家评审已经获得通过，而他的中考成绩是 13 日出来的，可谓双喜临门），这些都是心想事成。心想事成是很难得的，我们应该懂得珍惜，不能把这来之不易的机会白白浪费掉。同时，我们还应该懂得感恩。除了要感恩那些关心过我们，帮助我们实现人生理想的人，还要感恩生活，感恩生活给我们提供这样的机会，让我们可以实现人生的理想。要好好地生活好好地奋斗，不能辜负生活对我们的馈赠。他点了点头，不知道他能否理解，能否听得进去。

就以我自己来说，我虽然知道自己加入中国作协的难度不小，比自己条件好的很多都不能加入，或者申请了许多次才加入，所以事先并不抱太大的希望，同时也知道这更多只是一种精神上的安慰，并无多少实质性的意义，但我又确实很想加入，很想得到一种精神上的安慰。即使只能满足自己的虚荣心，我也很需要这种满足——我也跟许多人一样，也是有虚荣心的。我从上大学那年即1995年就开始追求写作这一事业，要在这条道路上奋斗下去，做出一番成就来。我一直都未放弃这个梦想，一直都未停下奋斗的脚步。但快30年过去了，却什么都没有得到。我也是世俗中人，也希望能得到外界的某种肯定。虽然没有这种肯定日子也照样要过下去，调整好心态后也照样会继续坚持下去，但要是能得到这种肯定又是会倍感欣慰的。

现在终于如愿以偿，心想事成了，我感到从未有过的开心，兴奋得不能自已。我深深感激那些帮助过我的人，没有他们的帮助，以我的条件是无法加入中国作协的。他们出于友情，也出于对我的理解，知道我十分执著于这一事业，为之付出了无数心血，也为出书而花掉了不少积蓄，同时也知道我现在已经没有单位了，在社会上靠打工为生，却仍然没有放弃这一追求，所以就大力地帮助我。对于他们的这种帮助，我怎么感激都是不够的。同时，我还要感恩生活，感恩生活对我的馈赠。想起那些比我优秀却还不能实现人生梦想的人，我更有理由感恩到命运对我的慷慨，生活对我的厚待了。我要更加努力地读书写作，使自己得到更大的提高，写出更多更好的作品，以回报社会。

接下来就是继续把第四本书写好。我每天坚持写一篇日志。以前写得比较短，一篇只有千字左右，从上个月开始，因为要争取早些把书写完，就加大了篇幅，每篇都达到了两千多字。写文章也是很辛苦的，偶尔写写也许还会更多感到一种乐趣，但要坚持每天都写，特别像现在这样每天都要写上两千多字，就相当吃力了，更多感到的并不是乐趣，而是身心的疲惫。如此高强度的写作可以把自己的东西不断地压榨出来，可以使自己的写作水平不断得到提高，可以不断地创造出东西来，这是不去写所无法得到的。然而，写作又毕竟是十分费力劳神的。我每天打开手机准备写作时，都有一种把自己捆在刑椅上的感觉。为了写出作品，真是做到了呕心沥血，把自己的心肝都呕出来了。写了几行之后才渐渐麻木下来，开始进入了状态，采取头脑风暴法飞快地写下去，先拟出初稿来，第二遍再逐字逐句地重写、定型，第三遍还要再打磨一遍，一篇作品就这样写成了。以后送给出版社之前还要再精心修改一遍，出版社进行编辑时自己还要再校改两遍，前前后后一共要写六遍。既然选择以此作为自己的志业，就再苦再累也要坚持下去。现在加入中国作协了，就更是要坚持下去，写好每一篇日志，把这本书写完。

个人的成长离不开社会的哺育和滋养，加入中国作协更是社会对自己的馈赠，我有责任回馈社会。我要把自己对社会的观察写下来，记录这个时代，要把自己经过思考得出的见解，以及读书的心得体会写下来，供别人参考，要把自己的真情实感写下来，与别人进行心灵的交流。

感谢生活对我的慷慨馈赠，我找不到松懈下来的理由。

7 月 17 日

　　7月16日，我又一次带儿子来到鼓岭避暑。这次没有上次那么炎热，有点台风天气。下午5点多，我们逛到了柱里景区。这边的山岭朝着大海的方向，狂风呼呼地刮着，有七八级的样子，人都有些站不住了，非常的凉爽。上午还很晴朗，这时就阴暗下来了，狂风卷着厚厚的乌云从大海那边过来，把整个天地都覆盖住了，真有一种黑云压城城欲摧的气势。下面是一个很开阔的山谷，上面是狂风大作，乌云密布，此情此景煞是壮观。儿子也很兴奋起来，尽情领略着眼前壮观的景象。我对他说，怎么样？很壮观吧？平时要是不多出来走走，还领略不到这样的景象。

　　天色将晚，我们想早些下山，不想像上次那样很晚才到家，就往回走了。一路上游人如织，人们乘着周末上鼓岭来避暑，都在尽情欣赏着这难得一见的台风景象。我们走上了鼓岭最高山头的那条环形步道，看见几个人在边走边聊着，其中一个已经上了岁数的大妈说道，活动就是活着就要动。我听了顿时醍醐灌顶起来——这不就是对"生命在于运动"的另一种更为风趣的说法吗。有时在路上走着，无意中就会听到路人冒出一句十分经典的话来，从而就牢牢记住了。他们都是普普通通的人，但说出来的话却一点都不普通，而是饱含着生活的哲理，同时又十分机智和风趣，说是金句一点都不为过。谁说那些金句只能出自伟人和名人之口，我们普通人也是充满智慧的，许多金句也是来自我们，或者最早来自我们，后来又被那些伟人和名人引用过去，让人误以为版权是归他们的。

生命在于运动，运动可以给我们带来身体上的健康。许多疾病除了是吃出来的，还是运动太少的缘故。一旦都不运动了，就会发胖起来，很多疾病就会随之而来，而且越不动就越动不了，进入一种恶性循环。而要是养成经常运动的习惯，就能强身健体，而且越动越能动，进入一种良性循环。运动不仅有益于身体健康，也有利于心理健康。科学已有充分的证据表明，经常运动可以有效缓解心理的压力，可以有效预防抑郁症的发生。我们都有一种经验，要是整天关在家里，就会感到心情十分郁闷，出来走走心情就好多了，要是进行剧烈的运动，就更是什么压力都释放出来了。运动有益于身心健康，尤其在野外进行运动。来到野外，可以边走动边呼吸清新的空气，空气中饱含的负氧离子对身体是很有益处的，而且还可以亲近大自然，欣赏大自然的风光，一切都是那么赏心悦目，就会更加热爱生活。

我很早就养成运动的习惯，每天都要运动，日行万步的标准是达到了。如今在社会上打工，一个月才休息四天，平时无法出来，不上班时就一定要出来活动，或者爬山，或者在郊外的公路上行走，每次至少要走上两万多步，三万多步也是很正常的，最多可以达到四万多步。爬山也是会上瘾的，除非遇到极端天气无法出门，不然我都要出去走走，关在家里比什么都难受，只有置身于野外的环境，才会感到身心舒畅起来。

生命在于运动，还应该进一步理解为人生要不断地变动，不能始终处于停滞的状态，始终处于沉闷的环境。通过这种变动，可以使自己得到更多的锻炼，见识到更多的东西，可以更好地丰富自己，发展自己。一旦停滞了，就会失去生机和活力，就会局限于狭隘的空间而错过更多的机会，从而留下人生的遗憾。人生就那么短暂，而能够做事业的时间又更加短暂，不去尝试更多的机会，不去开拓更大的空间，就枉来世上一遭。

我们历来是一个农耕血缘宗法社会，安土重迁的观念是根深蒂固的。我们也历来是一个官本位社会，读书就是为了做官，人生的方向是极其狭隘的，读书人进入这种官僚体制后就再也不会出来。即使牢骚满腹的屈原，以及采菊东篱下的陶渊明，他们也只是在官场上无法实现自己的抱负，或者厌倦了官场那种生态而不得不离开，其实心里想的还是庙堂之高，还是依附于这个体制。这种观念已经渗入我们的血液，已经变成了一种集体无意识。新中国成立后又长期实行计划经济体制和单位体制（这种单位体制在国家把人们生活的方方面面都包揽下来的同时，也对人们实行了全方位的控制，使人们都变成了镙丝钉，必须服从于国家意志），社会更是失去人员的流动性了，人们往往进入一个单位后就一辈子都未挪过窝，即便调动也是从一个单位到另一个单位，都是体制内的，换汤不换药。现在随着市场经济的发展以及社会体制的变化，这种情况也发生了一定程度的变化，但仍未有实质性的变化，这只要看看社会上那么多人热衷于进国有企事业单位，每年公务员考试场面的火爆程度就知道了。

我曾在一所学校工作了20年，深深感受到单位环境的那种僵化沉闷，人际关系的复杂微妙，以及人们对名利的钻营奔竞，很早就想离开了，但又一直下不了决心，舍不得那份稳定的工作以及优厚的待遇。直到四年前才终于辞职，来到了社会上。虽然不再有铁饭碗，也没有社会地位可言，但能够靠自己的本事在社会上生存，能够自由地变换职业，选择适合自己的工作环境，这种感觉又是蛮好的。以前在单位里虽然可以过得很悠哉，却并无成就感可言，并不能更好地实现自我价值。从单位里得到的再多，未必都是靠自己的本事得到的，这又能说明什么问题呢。不适应单位那种环境，却还要强迫自己去适应，还要与自己不喜欢的人长期相处，处处逢场作戏。"树挪死，人挪活"，我这一步还是走对了。在社会上，我可以选择适合自己的环境，可以做自己想做的事情，可以独立地生存（这可比什么都有成就感）。我不需要依附什么，也不需要去跟自己不喜欢的人打交道，不需要去跟别人争夺那些可怜的名利，去做那些违心的事情。有能力就多做一些事情，没能力就少做一些，都是靠自己的本事吃饭，吃得心安理得。

我动起来了，还将继续动下去。

7月18日

昨天晚上集合时，班长说可以不戴口罩了，并且说从明天起在岗位上可以不戴口罩了，我们听了都很高兴。终于可以不戴口罩了，连续戴了几年，真是戴怕了，口罩捂在嘴上鼻子上，那种呼吸不畅的感觉真是不好受，尤其到了夏天，更是闷热难熬，就跟受刑似的。我们正要像往常那样把口罩掏出来戴上，听班长这么一说又纷纷放回去了，可以不戴了谁还去戴。但这个世界上就有人跟常人不一样。我们近20个队员，其他人都不戴口罩了，但两个新来的年轻队员仍然带着，在队伍中显得与众不同。

今天上班时，其他队员在岗位上都不戴口罩了，但这两个年轻队员仍然戴着。他们这样做是为别人着想吗？从今年四月初开始，政府就开始不强制戴口罩了。我们所服务的甲方也越来越多的员工都不戴口罩了。原先甲方还要求我们物业的员工要继续戴口罩，现在也不再要求了。多数人都不戴口罩了，少数人还坚持戴又有什么必要？要是真有流感这样的病毒，也早就传开了。去年6月份时，福州爆发了一波流感，那时人们还基本上都戴口罩，但没几天我们大楼内的人就成片成片地染上了。得了流感后，要是真对别人负责，就要待在家里休息，尽量不要出来，而不是戴着口罩出来，因为总有摘下口罩的时候，而一摘下口罩飞沫就到空气中了，就有可能传染到别人。

所以合理的解释只能是，他们坚持把口罩戴下去并非对别人负责，而是对自己负责，生怕自己被别人传染了。然而，戴这种普通口罩又防不了流感这样的病毒，真正能起到作用的是 N95 口罩，而且还应该采取正确的佩戴方法，要完全贴合面部才有效果。但一般人是做不到这点的，因此实际上有戴就跟没戴一样。这不但是无益的，还是有害的，按那个权威医学专家的说法，如果长期佩戴口罩，使鼻腔长期不跟灰尘接触，反而会降低呼吸道对病毒的免疫力。因此，政府在不再要求人们戴口罩的同时，还要更多地宣传医学的科普知识，让人们知道现在还继续戴口罩，不但无益还有害，从而才能使更多的人摘下口罩。

在政府不再要求之后，社会上还有很多人热衷于戴口罩，这并非一个可以等闲视之的问题。很多人还是一天一口罩，甚至一天两口罩、三口罩（一个口罩理论上只能使用4个小时，那些讲究的人一天就不止戴一个口罩），就会继续消耗许多资源，制造许多垃圾。如果我们都能够科学地对待这一问题，没必要戴就尽量不戴，就会节约很多资源，大大减轻环境的压力，也是在做一件有益于地球和人类的好事。同时，我们这样做还能更好地保护自己的健康。更重要的一点是，这样做才能提高我们的科学素养。经过这几年，不少人已经进入一种对病毒过度反应的状态，科学素养严重下降了。对此政府要更多地宣传医学科学知识，帮助人们从这种状态中走出来。科学素养无论对于个人还是社会都是十分重要的，我们容易看到其他领域的重要性，其实科学素养的重要性一点都不亚于它们，甚至还要超过它们。具备了科学素养，不仅可以使科技进步，促进社会生产力的发展，还会使人们具有实事求是的精神，追求事实真相，讲求逻辑，讲求因果，这对于做好其他方面的事情也是很重要的，甚至是决定性的。一个社会科学昌明，其他领域也会是昌明的；科学不昌明，其他领域也是昌明不起来的。

在政府强制要求戴口罩期间，我必须服从政府的规定，而今年4月初福州市政府出台文件不再强制要求戴口罩后，我就一次都不戴了，算是最早摘下口罩。这并非我的公德意识比别人淡薄，其实我是很重视公共卫生的，自从知道吐痰的危害，就未随地吐过一口痰，几十年下来都是如此；自从知道流感这种疾病的传染原理，就很重视在公共场合的打喷嚏礼仪，不使飞沫飞出去，危害到别人，得了感冒后更是尽量避免与别人接触。现在政府不再要求后就最早摘下了口罩，乃是因为我知道已经没有必要再戴了。事先并不知道长期戴口罩反而会降低免疫力，但也知道口鼻长时间捂着口罩，呼吸的空气也会变得污浊起来，对自己的健康并不利，所以如果没必要再戴了，特别是政府都说可以不戴了，为何还要继续戴下去呢。同时，我也是一个很重视环保的人，看见一个个用过的口罩丢进了垃圾桶，甚到丢到了野外，总觉得这是对资源的浪费，也是对环境的破坏。再者，当别人还不摘下口罩时自己先摘下，也可以起到一个小小的带头作用，为社会增添一道科学的风景。就像很多人都随地吐痰，而自己坚持不随地吐痰一样，为社会增添一道文明的风景。

那天集合完后，我立即走到垃圾桶前，把口罩丢了进去。别了，我的最后这个口罩！

7月19日

要说今年哪些地方会成为网红，淄博无疑会是其中的一个。这个山东省的普通地级市，今年因为烧烤而爆红起来，成为流量明星，成为无数人的打卡地，人们趋之若鹜，只为了能到那里排上长队吃一顿烧烤。4月份就已经火爆起来了，各路媒体争相报道，热度不断地上去。到了五一长假更是达到了顶峰。许多人都乘着长假出来狂欢几天，这个网红打卡地更是不容错过，慕名而来的游客络绎不绝，据说那些网红烧烤店要从早上9点开始排队，直到晚上才能吃上。但好景不长，进入6月份后热度就开始消退下来了，到了现在更是消退得差不多了，许多店铺都想转让出去，却不知道该转让给谁了。那些早进场的赚到了一把，而那些迟进场的不但没赚到，连投入的成本都收不回来了，面对这冷冷清清的生意只能慨叹命运的不公。烧烤生意火爆时，网约车司机也是接单接到了手软，冷清下来时他们也接不到几单了。

在这流量经济的时代，可以人为地制造出一个个流量神话来。本来哪里的烧烤还不都是烧烤，淄博的烧烤再好吃又能好吃到哪儿去，至于这样人山人海地挤，从早上9点就开始排队，直到晚上才吃上吗？但人们就是这么非理性，这么爱凑热闹。这是大众不可避免的一个特征，流量经济正是利用人们的这种弱点而制造出一个个神话来的。但流量经济也有一个特征就是很不稳定，它依靠人们的注意力，而人们的注意力是很容易转移的，热度只能持续一阵，热度一旦变成常态就不叫热度了，它来得也快，去得也快。

普通人喜欢凑热闹，被热度牵着鼻子走也就罢了，但淄博烧烤热却是政府也卷入其中了。如果只是一种市场行为，政府也有责任进行引导和提醒，从而使其有序地发展下去，否则就会给当地的社会经济带来冲击。如果说这是市场行为，政府不便进行干预，但至少不能再去火上浇油。其实何止火上浇油，这把火本来就是当地政府烧起来的。它一直都在进行造势，都在主导着这件事情，不仅在幕后进行造势，还直接跑到了前台，要把它打造成淄博的一张名片，以此给淄博带来巨大的人流，带动其他领域的发展。4月21日，它发出了给全市人民的一封信，为淄博市民的热情好客，处处为外地游客着想而感到自豪，同时也对政府工作中的不尽完善之处致歉，号召全市人民要珍惜这个牌子，不断完善各方面的工作，为外地游客提供更周到更贴心的服务，为淄博的高质量发展贡献自己的力量。信写得十分接地气，也十分暖心，充满了一种好客之情，让人未到淄博就已经宾至如归了，巴不得也过去打个卡。难道政府不懂得一时的炒作带不来长久的发展，要发展好城市，必须扎扎实实地工作，不断改善营商环境，让人们可以放心地创业？不懂得流量经济是靠不住的，它来得快去得也快，一旦热度消退，必定会留下一地鸡毛？本来政府是不至这么非理性的，真让人感到匪夷所思。但其实也没什么难理解的，政府也是由一个个官员组成的，官员也是人，人所具有的那些爱凑热闹、非理性的特征官员也同样具有，由官员做出的决策也可能会犯这样的错误。

政府要避免犯下这样的错误，就要有科学的决策机制，在做出决策之前要进行调查研究，要听取各方面的意见，特别要多听取反面的意见，而不能由一个人说了算，拍脑袋进行决策。做出决策后要先经过试点再进行推广，还要有一套纠错机制，执行中发现问题要及时改正。就算这些都做到了，也还有可能做出错误的决策，决策层中也可能集体犯糊涂，一起拍脑袋进行决策。所以还要保持社会信息渠道的畅通，让各种声音都可以发出来，让决策者可以听到这些声音，从而就不容易做出错误的决策，决策错误也容易得到及时纠正。

也有一种观点认为，淄博烧烤退烧了，淄博却不会凉。我也相信这一点，这只是一个局部性的错误，而不是全局性的错误，淄博不是除了烧烤就再无别的；这也只是暂时的错误，而不是长期的错误，淄博政府毕竟只是一个地方政府，犯下的错误容易得到纠正。但我们仍然要从中吸取足够的经验教训，知道投机取巧是不可取的，要取得长远的发展，就必须脚踏实地，做好各方面的工作。个人如此，政府也同样如此。

7月20日

我现在对上网已经不像以前那么热衷了，总觉得看来看去没多大的劲儿，看不到多少实质性的东西。虽说有了智能手机后上网方便多了，随时随地都可以掏出手机刷起来，但也只是浮光掠影地浏览一番，而很少会认真看。而且在这个自媒体时代，写作是不设门槛的，谁都可以充当网络写手。这也是一种进步，使写作不再是少数人的事业，大众也可以参与进来。而且众人拾柴火焰高，大众中也是充满智慧的，甚至高手在民间，自媒体的繁荣也能使思想文化界变得更加活跃起来，许多优秀作品就是在这样的基础上产生的。然而，这同时也带来了参差不齐、泥沙俱下的问题。自媒体上的文章很多都是很浅薄的，缺少逻辑分析，也缺少事实支持，更多只是发表一些感想，观点是相当简单和片面的，看得再多也无法使心智进步多少。更有甚者，自媒体上还充满了各种谣言和假消息。连基本的事实前提都不具备，"三观"再正确，道德感和正义感再强，说得再头头是道，也是毫无意义的。这类谣言和假消息看多了，只会大大地败坏自己的胃口，对自媒体上的东西不敢轻易相信了。

然而，事情也不能一概而论，有的自媒体也是写得相当精彩的。我已经关注一个微信公众号很久了，上面的文章是相当有质量有深度的。我是从另一个公众号上辗转知道了这个公众号，关注之后试看了几篇，就深深地喜欢上了。此后它只要有新文章出来，我基本都要认真看，而且还要趁早，否则也许就错过机会了。文章的内容十分丰富，涉及到中外历史、地缘政治以及各种的经济和社会问题。不同于那些在马路边大发议论的大爷，这个自媒体作者有着深厚的专业素养，总是拿事实和数据说话，讲求逻辑，对各种问题进行周密的分析和论证，把观点建立在充分的理据基础上，总是能让人信服。他善于独立思考，往往不认同流行的见解，纠正了许多不正确的观点，也澄清了许多谣言。我从中学到了许多过去不知道或不甚了然的知识，纠正了对许多问题不正确的看法，许多曾经信以为真的谣言经过他的澄清也不再相信了。从他的文章中知道，他是1985年生人，比我年轻了8岁，但对许多问题的研究比我深入得多，对许多问题的看法比我正确得多，知识面也比我广得多，我从他那里受益良多，他称得上是我的老师。学然后知不足，我拜读他的文章之后，更感到自己的学养其实是很欠缺的，还需要深入地学习下去，补自己的短板。而多读他的文章就会起到很大的帮助作用，于是我又从他最早发布的文章开始，一篇一篇地读下来，进行充电和恶补，以使自己下笔时变得更有底气一些。

高质量的文章总是受人欢迎的，我留意一下他文章的访问量，少的也有几千，几万是很正常的，超过十万的也不稀奇。他这个自媒体已经在社会上产生了不小影响，但他本人却显得相当低调。他从不公开自己的照片，也不透露自己的身份，网络上也很少关于他的资料。我经过多方了解，知道他是一个山东人，本科毕业于山西大学，教育学专业，又在香港中文大学读了两年研究生，历史学专业，博士又毕业于清华大学经济管理学院，金融学专业。毕业后在中国经济体制改革研究会下属的《改革内参》工作过一段时间，现在供职于北京大成企业研究院，从事的是类似记者又是学者的工作。从他的文章中也可以知道，他经常前往国内以及世界各地进行访问和考察，这也符合他的记者身份。但他的文章又比普通记者的采访报道以及通讯有深度得多，对许多问题都进行了深入研究，倘若按照学术规范进行写作，许多文章完全可以写成学术论文，比起许多核心刊物上的论文并不逊色。他涉猎的领域相当广泛，什么都能拿得起放得下，游刃有余，似乎是全能型的，不同于那些只局限于某个专业领域的学者。不得不佩服他是一个高人，但又真人不露相，让人不知道是何方神圣。

其实做学问就应该像他这样，默默无闻地在那里深耕下去。读书、调查，收集资料、分析资料，这些都是需要耗费大量时间和精力的，需要静下心来才能做下去，即要甘坐冷板凳。倘若不是这样，做出点成绩后就急于得到社会认可，急于成名成家，到处推销自己，到处抛头露面，就会耗费过多的时间和精力，而且还会使自己变得浮躁起来，静不下心来了。这样就会使自己武功全废，即使在社会上还有点名气，也是一个纸糊的架子，靠炒作一些话题，暴出一些雷人的话，想方设法抢镜头，站在聚光灯下。而真正的学问就谈不上了，高水平的文章就写不出了。这其实就是不学无术、欺世盗名。

我不仅在学养方面需要向他学习，在学风方面也需要向他学习。虽然我无法企及他这种高度，也无法达到他这种境界，但必须见贤思齐，从而才能取得进步。我加入了作协组织，也算有一个作家的身份，但并不图什么名利。作协有时请我参加一些活动，我只当作一种不能不配合的任务。从今年开始也基本不投稿了，作品写好后就放在那里，要是经济条件允许就拿去自费出书。这固然是因为以自己的实力无法取得名利，也是因为自己有意要避开名利。太在乎名利这些东西了，就会占去自己太多的时间和精力，而时间和精力又是十分宝贵的，年纪越大越有这种感觉；同时也会使自己变得浮躁起来，静不下心来做学问。所有的学问都是坐在冷板凳上呕心沥血地做出来的，而不是在喧嚣的名利场中做出来的——那是做秀，而与做学问无关。

7月21日

"三天不学习，就赶不上少奇同志。"这是当年毛泽东对刘少奇的一句评语。在过去那个时代，许多革命家由于条件的限制，都未接受过完整的教育，都没有很高的学历，同时也由于早早就立志要为民族的解放而奋斗，走上了革命的道路，从而就主动放弃了学业。但放弃了学业不等于也放弃了学习，这些革命家在革命历程中是很重视学习的，仍然通过各种途径（当然最重要的是自学）进行学习，既从书本中学习，也从实践中学习，既对自身进行反思，也对别人进行借鉴，从而积累起深厚的学养，不断掌握革命的理论和方法，为正确领导革命提供了知识和思想的基础。这是从革命的需要出发进行学习，同时，他们的学习也有为提高自身修养，满足自己探索真理甚至对知识好奇的一面。我不相信他们在学习时满脑子都是为了如何更好地领导革命，更好地救国救民，而都没有后一方面的需要。

这些革命家当中，刘少奇是比较有代表性的一位。他少年时期上过私塾，1919年中学毕业，1921年到莫斯科东方共产主义劳动大学学习。1922年回国后就一直参加革命工作，结束了学生时代。但在革命生涯中，他一直都十分重视学习，同时也十分善于学习，具有很高的理论修养。他能够成为党和国家的重要领导人，能够在各方面都提出许多真知灼见，为革命和建设事业做出巨大的贡献，也是与他勤于学习、善于学习分不开的。所以毛泽东才号召人们要向他学习，学习他这种活到老学到老的精神，要不断提高自己各方面的素养，要不断从过去中吸取经验教训，要始保持对新生事物的敏感，从而才能更好地从事革命工作，为人民的自由幸福和社会的发展进步贡献自己的力量。

学然后知不足，越学习越会感到自己的不足，越会感到自己的己知在世界的未知面前只是沧海一粟，从而越想继续深入地学习下去。而如果忽视了学习，把通往未知世界的大门关上了，就很容易产生一种错觉，自以为已经无所不知，无所不晓，不需要再去学习什么了，就跟井底之蛙一般。我以前经常读一些思想比较解放的著作，读一些有深度有锐见的刊物，更不用说网络上的那些文章了，因而就能不断地开拓自己的视野，不断地学到新知，就能不断地更新自己的陈旧观念，纠正自己的错误认识，因而进步得比较快。然而，后来却不容易看到这些东西了，以前的那些著作读得少了，刊物更是没怎么翻过。网络上充斥着大量浅薄的文字，往往粗略浏览一番就过去了，未留下多少印象，更未学到多少东西，无非是一些碎片化的知识，对社会的一些感观甚至一种情绪罢了。学习跟不上后，久而久之思想也产生了一种退化，甚至还产生了一种错觉，自以为不需要再学习什么了，凭借过去所学到的东西对各种社会现象进行分析就足够了。

然而，当看了一个自媒体的文章后，我的这种想法顿时轰然倒塌了。这个自媒体的作者毕业于几所名校，拥有博士头衔，学养深厚，而且十分勤奋，不时就能写出一篇很有质量很有深度的文章，涉及到了众多领域。他把立论建立在充分的事实基础上，十分讲求逻辑，而且善于独立思考，提出了许多不同于流俗的见解，纠正了人们许多不正确的认识，澄清了许多在社会上广为流传的谣言。我从中学到了许多东西，许多似是而非的观点也被他纠正过来了。更为重要的是，我从中意识到了学习的重要性，不能浅尝辄止，不能固步自封，而要不断地深入学习下去，并且要懂得独立思考，懂得由此及彼，由表及里，透过现象看本质。我不但把关注他以后他发布的新文章认真地看了，还把他几年前就开始发布的旧文章从头开始一篇一篇地看过去。即使他的一些观点我未必认同，但也是根据事实和逻辑论证出来的，态度是严谨的，可以作为一个参考，多一个看问题的角度。

同时，这件事情也给自己敲响了一记警钟，即当自己不再处于勤奋学习的状态时，一定不是自己不需要再学习了，而是自己的思想已经停滞不前了。不论外在还是内在的原因，这种状态都是应当极力避免的。为了不断获取新知，始终保持思想的活力，就要永远保持一颗谦卑和好奇的心，永远不要骄傲自满，永远都要"求知若渴，大智若愚"。同时还要善于发现有价值的信息，要始终保持信息渠道的畅通。有时我们的思想认知停滞下来了，并非因为缺少信息，而是缺少发现，不善于去挖掘有价值的信息。

我需要不断地进行学习，而且需要多学习一些有一定难度的，超过自己现有理解能力的内容。只有这样，才能不断打破思维上的定势和惰性，才能在各方面不断取得提高和进步。

7月22日

我们所服务的这家银行以前有一个老大难的问题，就是乱停车。大院内的车位就那么多，但员工的私家车却很多，谁都想上班把车开来停在大院内，从而把停车费节省下来。本来车位停满后就不能再把车辆放进来了，但一些有点权力的人以及比较蛮横的人坚持要把车开进来，我们作为物业人员也不敢得罪他们，只能睁一只眼闭一只眼。这些就是所谓的特权车辆，有没有车位他们都是要把车开进来的，所谓的制度和规则对他们来说都形同虚设。但这样问题就来了，别人看见这些车辆可以随便开进来，凭什么他们不能开进来，因而违停的车辆就很多，到处都可以停车，消防通道也被堵住了。有关领导对此也很清楚，也想进行整顿，但苦于找不到有效的办法，乱停车的问题始终得不到解决。

去年底换了个办公室主任，上任没多久就制定出一个新方案，即把公车以外的固定车位分到了各个部门，一共有多少个车位，一个部门可以分到几个车位，这样每个车位都有主人了，哪个员工可以停车必须由自己的部门决定，今天归我停就开进来，不归我停就不开进来。这个方案一实行就产生立竿见影的效果，乱停车的现象立即少多了。我们保安的工作也好做多了，员工有没有车位自己心里都清楚，不必再来问我们，我们不必像以前那样对他们解释那么多。对于那些特权车辆，大楼后面的边上还有几个机动车位，就让它们停到这里。虽然还有不尽人意之处，但确实比以前好多了，至少没有把路面给停了，把消防通道给堵了。

车还是这么多车，车位还是这么多车位，但制度一变情况就大有改观。因此，这个新上任的办公室主任不论其他方面做得怎样，至少在这件事情上是做得很漂亮的，没多久就不声不响地把这个老大难问题解决了。

由此我又想起以前的燃油税改革。20世纪90年代初我国经济又迎来

七月

195

了一个发展的大潮，但交道运输这个环节却不能同步跟上，成为一个瓶颈，极大制约了经济社会的发展。那时从福州到连江只有一条 104 国道，窄窄的两车道，经常发生堵车，车辆开得很慢，从福州到连江要开上两三个小时。为了解决交通难题，政府也想尽了各种办法。但政府的财政是有限的，无法投入更多资金用于修路。我们福建当时就实施了著名的"先行工程"，要政府机关和企事业单位的工作人员以及广大群众积极捐资用于修路，但这个办法推行起来是有较大难度的，所能筹集的资金也是有限的。为了从根本上解决问题，政府就开始实行收费公路的模式，即通过银行贷款投入公路建设，建成后设立收费站，对过往车辆收取过路费用于还贷。这种模式也收到了一定效果，我们连江到福州的这段公路拓宽了，而且变成了水泥路面，好走了很多，同时隧道也修通了，不需要再翻山越岭了。但与此同时，一个个的收费站也设立起来了，从福州下来一共有五个收费站，一个接一个地收费，每一个都要排队等候，不但要交很多过路费，还增加了很多排队时间，比以前似乎并没有方便多少。

设立收费站还需要庞大的管理机构，需要供养很多工作人员，每年都需要一笔巨大的开销，收到的过路费扣除这些开销后，真正能够用来还贷的并没有多少，因而收了十年还有大量贷款尚未还清，照这个速度下去也不知何时才能还清。因而到 2000 年以后社会对此就变得怨声载道起来，群众不满意，政府也头疼，唯一得到好处的就是收费站本身，他们成了这一模式的既得利益者。

要发展公路交通事业，消除经济社会发展的瓶颈，就不能不对这一模式进行改革，不能不去触动这个既得利益。于是政府实行了燃油税改革，即通过加油站这道环节向车辆收取燃油税，用于公路的建设和维护，同时撤销普通公路的收费站。记得从福州到连江的收费站陆续撤销后，我们都感到出行方便多了，真正可以畅通无阻了，心情就跟得到解放似的。现在人们对普通公路不设收费站已经习以为常了，但当年可不是这样的，两相比较，把这项改革称为一大德政也不为过。

为了使这项改革能够顺利推行下去，最关键的是如何安置庞大的收费站工作人员。政府通过各种方式对他们进行分流，虽然这要花一笔不小的费用，但比起实施这项改革后所能取得的经济和社会效益，又是一桩十分划算的买卖。改革必然要触动一部分人的既得利益，否则就没有改革了。但为了减少改革的阻力，使之能够顺利推行下去，又要对这部分人进行一定的补偿，否则就不是改革而是革命了。

社会要发展进步，就要通过一项项的改革改变各种制度和规则，使之变得更加合理，使社会运行的效率更高，也更公平。改革需要掌握时机，公路收费站的问题要是未到怨声载道的地步，是不会推出这项改革的，同时也需要魄力，因为改革总是要触动既得利益，总是会遇到阻力的，还需要讲究方法，要对既得利益者进行适当的补偿。所有这些都在考验着改革者。改革要取得成功，改革者的担当、胆识以及所掌握的资本都是不可缺少的。

7月23日

　　中学时学过一篇叫《松树的风格》的课文，作者是著名革命家陶铸。车在南方地区的公路上行驶着，作者从车上看到沿途的松树在坚韧地生长着，由此联想到了革命烈士为实现革命理想而艰苦奋斗，不怕牺牲的崇高品质。作者花很多笔墨描写松树这种在南方地区十分常见的树木，语言是朴实的，又是有力的，让人读了印象十分深刻。松树在十分贫瘠的土地上，在十分恶劣的环境中也能顽强地生长着，成了生命力的象征。

　　在我们那里，松树是生活中离不开的一种树木。它生长得很快，对生长环境的要求很低。我们那里山上都是红土，比起黄土和黑土，这种土壤是比较贫瘠的，却十分适合松树的生长。它的生命力极强，随便种下去都能成活。小时候每到种树的季节，都会看见大人买回一捆一捆的松树苗，随便扔在地上，然后拿到荒山上，随便一锄头下去，撬开一道缝，把树苗放下去，再把土踩一踩，也不用浇水，也不用施肥，都能成活。不论种在多贫瘠的地方，都能生长起来，而且生长得很快，没几年就长大了。

　　松树的用途很广。松枝砍下来是很经烧的木柴，树干和大枝劈成木柈，更是上等的木柴，晒干后在灶膛里烧得呼呼响，办酒席以及平时炊煮东西需要烧猛火时就烧这个。还有松针，地上落满了一层，人们用竹扒把它们扒起来，然后打成捆挑回家，跟松枝一样平时用来煮饭烧菜。此外，松树还可以用来做木材，可以建房子，也可以做家具，虽然不像杉木那样不易变形、腐朽，但也凑合着用，平时搭架搭棚的更是可以派上用场。

　　松树长到一定年头后形状就会变得耐看起来，而且越老越耐看。我们村头一个山坡上有十几棵松树，很有年头了，虬劲的枝干，伸展出去千姿百态的。村民说它们是我们村的风水树，我从未看见谁去砍伐它们，一是树形美观人们都舍不得砍伐，二是怕破坏了风水。松树长高长大后，风吹过来会发出阵阵的松涛，这是最好听的森林音乐，人们在树下一边遮着树荫，一边欣赏着这美妙的松涛，真是心旷神怡。

20世纪80年代时，山承包给各家各户了，人们都纷纷种上了松树。几年后，漫山遍野都变成松树的世界。山林的植被太单一就容易发生虫害，松树常见的虫害就是毛毛虫，生长得非常快，在树枝上一串一串的，让人看了心里会发毛。但它们只吃松针，不会伤及树干，松针吃完后还会长出新的来。虫害严重时也会有飞机飞过来洒药，我们到山上摇一摇松枝，就会落下很多药粉。

工作以后回家乡时，却听说政府不让种松树了，现有的松树被乡里的人看见了就会砍伐掉。我就好生纳闷起来，松树一直都种得好好的，怎么现在就不让种了？不是说植树造林可以绿化荒山，改善生态吗？而且松树对我们的用处这么大，"留得青山在，不怕没柴烧"，我们这边烧柴主要就是靠松树的。

在福州上面的鼓岭一带游玩时，也常常会看到松树被砍伐下来，锯成一截一截的，然后再用塑料布包起来堆在那里。我十分不解为何要对松树这样，而对别的树木却没有这样。

后来经过了解，原来松树身上会长出一种松线虫，这是一种很可怕的森林虫害，会使松树一棵一棵地病死，而且还会蔓延到其他树木，引起整个森林的虫害。不像以前的毛毛虫只是把松针吃掉，松线虫专门吃松芯，一棵松树长了松线虫后很快就会枯死。我就亲眼见过一棵死于松线虫的松树，树干还好端端的立在那里，但树芯已经烂掉了。因此，林业部门对松树必欲除之而后快，见一棵砍一棵，"松树的风格"似乎已经过时了。

然而，"此一时，彼一时"，以前并无松线虫这种虫害，并不存在这方面的问题，松树可以在南方贫瘠的土地上茁壮地成长着，确实具有那种"松树的风格"。同时，它还有很多用途，为我们提供了许多有用的东西，满足了生活中的许多需要。我们曾经对松树是很有感情的，不会因为现在有松线虫害，因为现在不再需要松树提供各种用途了，就把这些记忆抹掉。所谓的要反对历史虚无主义，对过去的历史要有一种同情的理解，要保持一种温情与敬意，道理也类似于此吧。

7月24日

　　我上班的地方对面有一家餐馆，平时生意相当不错，到了中午用餐时间，客人都挤破了门槛，店里坐不下，还要在路边临时摆几张桌子。它是一对中年夫妇开的，还雇了两个帮工，一个整天做，一个只中午做。老板早上 7 点半左右就来了，打开店门开始忙活起来。8 点左右老板娘从菜市场买了大袋小袋的食材用电动车载回来，一袋一袋地取下来放在门口，然后停好车，再把它们提进店里。又过了半个小时，帮工也来了，一起择菜、洗菜、切菜，为中午的生意准备着。

　　11 点后开始有客人来就餐，12 点达到了高峰，要快到两点才会结束。这时店里已经没有客人了，把事情料理清楚后帮工以及老板娘都会回去休息，到四点多时再来，准备晚上的生意。她们走后，老板要留下来看店。他把折起的折叠桌挡在门口，表示暂不营业了，然后关掉电灯，在里面休息起来。有时还会有客人来，他也不做这个生意了。虽然这会减少一些收入，但他更需要休息。想想也是的，他作为老板每天都要来，早上七点多来，要到晚上 10 点才能离开，中午要是不休息一两个小时，也是吃不消的。就像一个发条，一直拧下去不让松弛一下，就会拧断掉。生意再好，也要吃得消才能长久做下去，要是长期超负荷地运转，身体就会垮掉，精神上也会不堪重负。

　　以前父亲在外面打工，没活干的时候只能闲着，有活干的时侯就要拼命干，多挣一些钱回来。我起先不懂，以为有单位的人每周都有休息一天（最早还是实行六天工作制的），而打工的人应该没有休息日。有一次就问母亲，说是不是父亲他们有活干的时侯就一直干，都不会停下来休息一天。她说没有，活不紧每周都会安排休息一天，活很紧也会安排半个月休息一天，一直做人也受不了。后来我自己在一个老板那里打工，一般是一周休息一天，偶而需要赶工才会取消。老板也要让我们休息一天，才不至于损害健康，下周才有状态继续工作下去。我刚开始时还希望多挣些，宁愿放弃这个休息日，但时间久后也感到了这一天的重要——辛苦了六天，太需要放松一天了，早上可以睡睡懒觉，不需要像平时那样早起，然后洗洗衣服，出去逛逛，回来再煮点东西慢慢享用。总之要让自己悠闲地度过这一天，好好地放松一下身心，这样第二天又开始新

的一周时，精神又会变得饱满起来，踏着有力的步伐去上班了。

不停地加班，或者兼几份工作，钱固然会多挣很多，却得不到必要的休息，时间久后就会感到身心俱疲，即使身体还吃得消，精神上也会不堪重负。这时钱对自己又有什么意义呢。挣钱的目的是为了使自己过得更加幸福，但这样整天疲于奔命又有何幸福可言呢。

我有一次下班坐公交车回家，坐在车头的位置，司机主动跟我聊了起来。他问我是做什么的，我说自己在一家银行当保安。他说他们总站那里有一个保安，白天也在一家银行当保安，晚上又到他们那里看场，叫我也可以像他这样再去兼一份。我说自己一下班就要去躺了。我心里其实还有一句话不便说出来，就是——我又不是没见过钱，何必要活得那么累呢。工作挣钱只是人生的一部分而不是全部，甚至只是一种手段，为了使自己获得生存的条件，可以过上更充实更有质量的生活，而不能变成目的，为工作而工作，只要有钱挣做什么都可以，怎么做都可以。如果说人存在异化的现象，如此没命地工作乃是最大的异化。

上帝创造世界工作了六天，到了第七天就放下手中的工作，好好地休息一天。这固然是一个宗教神话，但也是十分符合人的生理规律，十分符合人性的。神话其实就是人话，都是人在说的。后来从周一到周六工作，周日休息的作息制度就是这么来的。当然再后来随着生产力的发达，社会财富变多了，人们不需要工作那么长时间了，就不断地缩短工作时间，留出了更多的休闲时间。人们可以利用这时间去做自己想做的事情，使生活变得更加充实，使身心变得更加愉悦，使自己获得全面自由的发展。

休闲的时间多了，但如何更好地利用它又是一个问题。每个人的利用方式都是不一样的，但总体上说还是有高雅与低俗之分，有健康与不健康之别，而在这背后，又与一个社会所崇尚的价值观，所流行的社会风气，以及公民的文化素质密切相关。譬如我们许多人无事可干就去打麻将，在这方城之战中不亦乐乎，这固然也是一种消遣方式，却是低俗的消遣方式，不仅会失去财富，还会给身心健康带来危害。但人们又无其他更高雅更健康的爱好，精神层面是很空虚的，只能在麻将桌上寻找一种刺激。再譬如，现在学校每周上课时间只有五天，但学生的课业负担反而加重了，不仅校内的课业，还要参加校外的补习和培训，被压得喘不过气来。现在人们开始不差钱了，对子女的教育都是不计成本的，在剥夺小孩自由时间的同时，自己也疲于奔命。而只要我们的教育体制不改变，应试教育的模式不改变，这种状况就无法得到有效的扭转，只会按下葫芦起来瓢，而且一次比一次来得更加凶猛。

7月25日

　　我有一次水笔的墨水用完了，去向一个客服的小妹要一根笔芯，她直接就塞给我一支笔。我说我不要笔，只要换一根笔芯就可以了。她说你用不着这么麻烦，直接把笔拿去用就是了，我们这里笔多的是。我不免有些诧异起来，明明只要换一根笔芯就可以了，好好的一支笔怎么就不能再用下去了？水笔墨水用完后就扔掉，岂不变成了一次性的笔了？现在人们可省事了，水笔墨水用完后直接换一支新的，都不需要换笔芯了。我们还只是一家物业公司，用起笔来都这么奢侈，可想而知其他单位更是如此了。现在都不差钱了，水笔也变成了白菜价，公司都是一盒一盒地买回来，随便员工怎么用。在这种情况下，人们还会想着去节约，墨水用完后再去换一根笔芯吗？人们图的是自己的方便和省事，节约资源、保护环境之类都只是嘴上说说而已，只有那些傻帽才会去认真，把它们变成实际的行动。虽说这些客服小妹的文化程度也未必高，但中学文凭也是有的，通过在学校所受的教育，以及平时社会上的宣传，也知道什么是保护环境，要怎么保护环境。但说归说，做归做，一落到实际行动就全然不顾这些大道理了，而是自己怎么方便就怎么来，怎么舒适就怎么来。

　　以前水笔墨水用完了，我们还可以去维序部领一根笔芯，换上接着用。客服小妹那里没有笔芯，也许我们维序部那里还有。后来我墨水又用完了，就去维序部领一根笔芯，但班长也是直接就塞给我一支笔。我说只要换根笔芯就可以了，他说没有笔芯，你笔先拿去用。看来不仅客服那里，而是普遍都懒得换笔芯了，都是水笔墨水用完后就丢进垃圾桶，换支新的。看样子以后工厂也不必再单独生产笔芯，只要生产笔就可以了。

　　我知道并非只有我们这里才如此，其他地方也如此；并非只有我们国家才如此，其他国家也如此。我有一年去瑞士旅游。瑞士称得上人间天堂，一眼看过去都是蓝天白云，都是森林草地，空气清新，碧水长流。然而，当我们的车在一个地方停下来时，我却被眼前的一个景象震惊了——路边树下的一块草地上，铺满了一层一次性塑料杯。我真有点不敢相信自己的眼睛，觉得这是瑞士吗？瑞士人民也像我们一样，一次性用品也是随便用吗？但我又不得不相信眼前的事实——他们也是人，也跟我们有着同样的人性，在生活中也是只顾自己的方便和舒适。如若不信，看看这厚厚的一层塑料杯就知道了。

我想这是一个谁也无法改变的现实。无论多么英明伟大的政治家，他们可以改天换地，可以改写人类的历史，甚至还可以改变人们的许多观念，却无法改变人们只顾自己生活的方便和舒适，而全然不顾保护环境这一人性以及现实。伟大的哲学家和思想家，他们可以穷究世界的奥秘，可以直抵人性的深处，可以建构起一套严密的理论体系，但面对人性的这一现实时，也只能徒唤奈何，他们所有的思想和理论在这一现实面前都是苍白无力的。我曾经跟人戏言过，即使大智大慧的康德再活过来，当他目睹人们不加节制地消耗资源和破坏环境时，也只能在那里发出一声长长的叹息。

我自己仍然坚持过着一种相对环保的生活，水笔墨水用完了要去换一根笔芯，并且从不点外卖，不想为了吃一餐饭就制造很多垃圾，完全可以自己在家煮了吃或者在食堂和餐馆就餐，也很少网购，买东西尽量去超市和店铺，至于汽车更是从未开过，做一个永远的无车族，目的都是为了尽量减少消耗资源，减少破坏环境。但我心里也十分清楚，在人们都不把这当回事的情况下，自己这样做是无济于事的，是完全改变不了这个世界的。同时，我也改变不了别人，而且相信在这一点上任何人也改变不了别人。即使很有影响力和号召力的名人进行率先垂范，人们也不会真正从行动上去效仿，无非口头上会说要以谁为榜样，但话未说完又是该怎么着的还怎么着。

1929 年 12 月，胡适在《人权论集》的序言中引用了周栎园《书影》里的一则故事：

> 昔有鹦鹉飞集陀山。山中大火，鹦鹉遥见，入水濡羽，飞而洒之。
> 天神言："尔虽有志意，何足云也？"对曰："尝侨居是山，不忍见耳。"

胡适引用这则故事的目的在于说明，当年在国民党的专制统治下，社会上争取人权的事业是十分无望的，他之所以还坚持为之呐喊、奔走，并非认为这样的努力是可以取得成效的，只是像鹦鹉那样不忍心眼睁睁地看着自己侨居过的陀山发生大火罢了。我想自己的情况也类似于此吧，也是认为自己改变不了人类无度地消耗资源、破坏环境这一现实，自己之所以还要坚持做一个环保达人，只是不忍心看着这一切在发生，求个心安罢了。

然而，两者又不具有可比性。在胡适的身后，情况发生了很大变化，他所感到无望的事情已经变成了现实，而我现在感到无望的事情恐怕永远都无法变成现实。都说我们人类总有智慧找到摆脱困境的办法，要乐观地面对未来。但愿我这也是杞人忧天，未来会证明我的这种担忧是一种多虑。倘能如此，那将是人类的莫大福音。

7月26日

我有一天早上来上班，因为要去换一双鞋子，就先到大院后门的门卫室。换好鞋子出来，在路上遇到那个给银行领导开车的司机。这人平时有点飞扬跋扈，自以为给领导开车就很了不起了，可以对我们这些保安颐指气使，叫我们为他跑前跑后。我跟他接触一两次后就知道他的德性了，于是就对他敬而远之起来。然而，他却经常找上门来纠缠。

我看守的后门晚上六点半就关门了，他和另一个司机却经常还要再出去，就叫我再给他们开门。另一个司机还好，叫我开门时还会和颜悦色的，毕竟已经过了开放时间，是他有求于我。而他就不一样了，似乎我给他开门是理所应当的，不给他开门就欠了他似的。有一次我人都不在那边了，他还打电话给我们班长，叫我特地跑过去给他开门。我起先碍于情面，人有在那边一般都会给他们开，但多开几次后也开始厌烦了。给你们开一次两次也就差不多了，后门关了，你们要出去可以从前面走，无非绕个道多走几步而已，为何还要这样一而再，再而三地麻烦别人呢。你们给领导开车，但也不能因此就可以高人一等，享受这种特权，要我开门我就要开门。后来我把门锁上后就不在那边了，来到大楼这边等着下班，并且跟我们班长有言在先，以后过了六点半我就不在那边了，司机再叫我过去给他们开门，我就不会过去了。

今天他想必要出去买个东西，看到我后就说要出去一下。门是七点半才开，现在才七点零几分，叫我怎么给他开。而且我还要过去集合，哪有办法给他开。因此，我就说自己还要过去集合。没想到他一听就勃然大怒，对我破口大骂起来，连脏话都出来了。我心里也很窝火，你这完全是不合理的要求，被拒绝了还要骂人。我很想回骂过去，但想想还是忍住了——自己毕竟只是一个保安，在这里混一口饭吃，回骂过去影响不好。但我也不会因此就屈服，去给他开门，这样他岂不可以得寸进尺，骑在我的头上了。于是我就不理睬他，径直往前走了。

集合完后我去找我们班长。他长期在这里上班，跟银行的员工都很

熟，尤其这个司机。想必他还想长期干下去，很注意搞好与员工的关系，对这个司机更是到了讨好的地步。对方叫他做什么他都要乖乖地去做，早上过来叫他烧点开水他就要去烧。我说刚才这个司机叫我给他开门，我没给他开他就骂我。我这次给他面子，不去回他，下次他要是再来骂我，我就没这么客气了。他说如果公车要开出去还是要给他开一下。我就说公车要开出去干吗就不能从前面走了，我这次不给他开门他还不是灰溜溜地从前门出去。

　　从此我再也不理睬这个司机了，路上遇到时连看都不看一眼，门更是一次都不会给他开。他也心知肚明，也一次都没再来纠缠。其实我跟他没有任何关系，完全可以井水不犯河水。他给领导开车又能怎样，领导整天忙的都是业务上的事情，还有精力去管这种鸡毛蒜皮的事情，出来为他说话要把我开掉？说到底他也不过是个车夫罢了。我们这些人之所以对他点头哈腰的，是把事情想象得过于严重了，以为领导的司机得罪不起，久而久之在精神上就被他控制了。我现在根本不理睬他，还不是什么事情都没有。退一万步说，即使领导真为他说话，真叫物业公司把我开掉，我也无所谓，大不了再去别的地方干，要做个保安还怕没地方做。人一旦到了无可失去时，腰杆子就硬得起来了。

　　我由此联想到秦朝末年的陈胜、吴广起义。秦朝实行暴政，修建长城、征服南方以及修建秦始皇陵和阿房宫，都要征用无数民力，耗费无数民财，到秦二世时已经搞得民穷财尽，民不聊生了。但这时秦始皇暴政的余威尚在，人们还心有余悸，似乎只能敢怒不敢言。然而，陈胜和吴广在大泽乡登高一呼，号召人们起来推翻秦二世后，就点燃了秦末农民起义的大火，各地都纷纷起来响应，没几年就把暴虐的秦王朝推翻了。秦王朝看似坚不可摧，但由于完全失去了民心，就变得不堪一击了。陈胜、吴广带领的九百多个被征发到渔阳的戍卒，因为路上遇到大雨，无法按时赶到目的地，按照秦朝的法律是要处死的。这也逼着他们只能揭竿而起，反正不起来造反也是死，起来造反还有可能获得成功，于是他们就豁出去搏击一把。这也印证了一个道理——无所失去者是无所畏惧的。

7月27日

　　抄袭剽窃，把他人成果据为己有，从而在社会上猎取名利，这既侵害了他人合法权益，又败坏了社会风气，是一种极不光彩极不道德也极为有害的行为。这种现象古今中外都免不了，但在我们当下这个社会又尤为严重。说到抄袭，人们更多想到学术上的抄袭。学术研究除了要有一定天分，还要十分勤奋，要坐得住冷板凳，要去收集和分析大量的资料，要付出很多的心血才会有成果出来。那些既无天分又吃不了苦，却要在学术界猎取名利的南郭先生，就只好去干抄袭剽窃这种勾当了。他们抄袭的手段五花八门，有的是一字不漏地照搬照抄，有的是进行移花接木，有的是进行重组改装，虽然形式不一，程度有别，但本质上都是一样的，都是自己挤不出东西来，就偷偷摸摸地把手伸向别人。

学术上的抄袭不足为怪，但人们很少想到文学写作上也会有抄袭的。文学写作本来是十分个人化的，就是"我以我手写我心"，写出自己的人生经历，自己的真情实感，自己的思考，自己的观察，凡是自己的东西都可以写出来，而且也必须写出自己的东西。当写作不再表达自己的内心时，就不是写作了。除此之外，还要进行立意上的提炼、文字上的推敲以及结构上的经营。对于真正从事写作的人，这些条件都是必须具备的，同时也只要具备了这些条件，就能写出一篇像样的作品来，且不论质量如何，至少都称得上作品。如此说来，他们还能去抄袭吗？还需要去抄袭吗？把他人作品抄袭过来，这作品写得再好也是他人的，只有那种恬不知耻的人才会宣称这是自己的作品。

但世界上有些事情总会超出我们的想象，在我们的文学界居然也会冒出许多梁上君子。他们并不具备写作的基本条件，却也想在文学界猎取名利，冒充所谓的作家、诗人，于是只能毫无底线地去当文抄公了。今年四月份，有网友爆出一个"诗人"令人触目惊心的抄袭行为：

> 你听过《诗刊》《四川文学》《北极光》《山花》《北京文学》《钟山》《飞天》《雨花》《作品》《天津文学》《西藏文学》《作家》《西湖》《星星》《扬子江诗刊》《诗潮》《诗林》《绿风》《诗选刊》《青年作家》《诗歌月刊》《散文诗》《鸭绿江》《湛江文学》《海燕》《中国文艺家》《湖南文学》《延河》《朔方》等文学刊物吗？
>
> 你听过有人两年，能把以上刊物全部发完吗？作者冯书辉做到了！而且还不算杂七杂八的小刊物。

我看了一下网上披露的此人发表在《西湖》上的抄袭作品与原作的比对，虽然原作是散文诗，抄袭作品是诗歌，已经对原作进行了缩写，有些地方也用自己的语言改写过了，但仍然明显属于抄袭之作，无论是作品的立意、内容还是结构，都是从原作那里搬过来的，甚至很多句子还是原封不动地照搬过来，因而认定其抄袭是毫无问题的。

比起那些一字不漏的抄袭，此人还不是那么赤裸裸的，自己毕竟也下了一番功夫，而且也具有一定的文字功底。而我自己所亲身经历的一次作品抄袭就不是这样了。我几年前曾经写过一篇叫《吃酒》的散文，回忆小时候家乡吃酒席的情景，后来把它发表在一个叫"中乡美视角"的公众号上。有一次一个朋友告诉我，他在网上看到我这篇作品被人抄袭了。我根据他提供的网址点进去一看，果真如此。一个网名叫"三森"的人把我这篇作品一字不漏地抄过去，连题目都不改，只是把地点我的家乡改成了他的家乡皖山村。我震惊了，也无语了，世界上居然还有如此厚颜无耻的人，可以如此赤裸裸地对他人作品进行抄袭。我这篇作品完全是写自身的经历，写到我们连江那边酒席上的鱼丸、炸鳗鱼块等，这些菜肴难道你们皖南山村也有？我还写到母亲一次去吃酒席时，为了多夹些菜回来给我们开开荤，把一片已经放进嘴里嚼过几下的肉又吐了出来，难道你也有这样一个母亲？这种完全地域化、个人化的作品都敢抄袭，又需要具备多大的胆量。这同时也使我十分害怕起来，从此都不大敢把作品发布在网络上，生怕自己辛辛苦苦写出来的作品，经过那些文坛骗子的复制粘贴，就成为他们的囊中之物。

世界之大，什么人都会有，这并不值得大惊小怪，我们更需要知道的倒是这些人的动机是什么。难道他们是为了谋利？在文学期刊上发表作品并无多少稿费可言，而且诗歌也是很小众化的，不可能通过流量取得收入。这个"诗人"其实是一个教授级高级工程师，也许压根就不靠发表作品来挣钱。合理的解释只能是，他们这样做乃是为了猎取名声——他们也想在文坛上附庸风雅，也想满足自己发表作品的欲望。但他们全都打错了算盘，如此赤裸裸的抄袭是不可能不东窗事发的，最后的结果只能是身败名裂。4月24日，《西湖》发布了一个严正声明，表示已经查实此人存在多次的抄袭行为，并做出了追回稿费、对抄袭者永不刊发稿件的决定。有一句话叫"利令智昏"，即在利益的驱使下有人会做出十分不智的事情，没想到有人还会为了出名而做出十分不智的事情，可谓"名令智昏"。

文学写作是一件十分严肃的事情，倘若真正喜欢写作，把自己的内心表达出来才是最重要的，名利这些东西都只是副产品，也是强求不得的。我们要始终记住这个本，而不能本末倒置，为了满足出名的欲望而去做欺世盗名的事情，把文学女神给亵渎了。即使作品发表不了，写作能够抒发自己的内心，这也是十分快乐的，何必那么在乎能否发表呢。

7 月 28 日

6 月 29 日，江西农业大学研究生院发布了一则公告，称本校 2010 级硕士研究生翟某某，于 2013 年 12 月获得法学硕士学位，经查实，其学位论文存在"剽窃他人作品和学术成果"，决定撤销其硕士学位，注销其硕士学位证书。有网友经过查阅和比对，发现翟某某的这篇毕业论文全文照抄另一名研究生刘某某的毕业论文。更为夸张的是，连致谢部分都一模一样，只是把指导教师的名字改成他导师的名字。据悉，刘某某于 2012 年 12 月参加硕士论文答辩，其论文被收录进当年（2012 年）中国优秀硕士学位论文全文数据库。而翟某某于 2013 年 11 月完成硕士论文，其论文也被收录进当年（2013 年）的中国优秀硕士学位论文全文数据库。我们在对翟某某的胆量啧啧称奇的同时，也不能不追问一下，当年他的导师是怎么进行指导的，他的论文是怎么通过专家审查，怎么通过论文答辩，中国优秀硕士学位论文全文数据库又是怎么把它收录进来的。

这种毫无底线的事情一般人是做不出来的，居然有人做出来了。这种人固然很少，很多进行学术抄袭剽窃的人并不会做得如此赤裸裸，但也是东拼西凑地把别人的东西搬过来，略加改写而已。然而这也是一种抄袭，与那种一字不漏的照搬照抄在本质上并无区别，不过是五十步与一百步的区别罢了。然而，时下无数的硕士论文甚至博士论文都是如此炮制出来的，要是较真起来，恐怕相当部分的学位都得撤销了。我们固然必须面对法不责众这一现实，但这毕竟改变不了这些论文属于学术不端甚至抄袭剽窃这一事实。

我们更需要反思的是，我们当下抄袭剽窃的现象何以如此盛行。社会风气的败坏，世人心态的浮躁，这是一个重要原因。当人们都奔着名利而去，都想走捷径，赚快钱，一夜爆红时，作为个体是很难不受这种大环境的影响，很难静下心来真正做学问的。相关部门对抄袭者的处罚不严，尤其处罚不公，只处理一些小人物，而那些大人物却可以安然无恙，这也是一个重要原因。当柿子只拣软的捏，只拍死几只苍蝇而对吃人的老虎不敢伤一根毫毛时，这种处罚是不会有多大效果的，只会让人觉得这是另一种的不公平罢了。

从更根本的意义上说，这种现象的盛行还与我们的教育体制，以及这些年高校研究生的大规模扩招直接相关。我们高校是严重行政化的事业单位体制，教师端的是铁饭碗，并未真正建立起优胜劣汰的选人用人机制，教师未必都有真才实学，也未必都会努力地教书做学问，有真才实学，真正会努力地教书做学问的，在这种环境中也无法充分施展才华，甚至还会遭到逆向淘汰。教师的状况如此，就很难指望他们能够带出多好的学生了。同时，我们高校对学生实行严进宽出，考进来后基本都能混到毕业。在这种情况下，许多大学生还会去刻苦学习，研究生还会去认真做学问、撰写毕业论文吗？

我们这种教育体制其实是最适合实行应试教育的。应试教育固然存在各种弊端，但至少考试还是相对最为公平的，可以在分数面前人人平等，还可以用考试来衡量学生的学业水平，还会使学生学到较为扎实的基础知识。试想在我们现有的这种教育体制下，要是用其他办法取代应试教育，将会造成何种局面。这也是我们社会一直在呼吁改变应试教育，却一直改变不了的原因所在。然而，进入大学后就不再实行应试教育了（本文并无肯定应试教育之意，更非认为大学也要实行应试教育，望读者明辨），学生在学习上就失去了必要的压力以及方向了。

同时，这些年我们高校研究生实行大规模的扩招，使得大量并不适合做研究亦无兴趣做研究的学生都招进来了。现在研究生的数量比以前的大学生还多，许多人读研的目的只是为了将来更好地就业，而并非真正要做学问。同时，社会上还有很多人在职读研，他们只是为了镀镀金，甚至只是为了满足虚荣心而已。在这种情况下，又怎能指望他们会去真正做学问，又怎能指望他们会做出什么学问呢。做不出学问却还要捞一张文凭，就只能撸起袖子放手抄了。

7月29日

我2003年到一所大学在职读硕士学位。读研究生最重要的环节就是撰写毕业论文。我那时并无这方面的经验，撰写开题报告时就不知道该怎么写，草草写出来后都把导师给惊呆了，于是就意识到毕业论文不是那么好写，学问不是那么好做的，不是自己在那里多看几本书就够了。终于跟导师敲定了论文选题，进入正式撰写阶段后，更是困难重重。第一稿写出来后发过去给导师看，他很快就打电话过来把我训了一顿，说实在不知道我写了些什么，根本就不像一篇论文。想想也是的，我简直把毕业论文当作一篇关于中学生环境道德教育的随笔来写了，只是从书本和报纸引用了一些资料，谈谈自己在这方面的一些感想和看法，而根本就未去查阅相关学术资料，根本谈不上对这方面有什么研究。他虽然话说得有些重，我也只能虚心地接受，承认自己尚未摸到研究的门径。

过了一段时间，我又写出了第二稿。第二稿倒是搭起了论文的框架，各个层次的小标题、论点也写明了，论述也深入了一些，但仍然未去查阅相关学术资料。这一方面是自己工夫下得不够，另一方面也是条件所限，那时知网还不是那么容易上的。写了两稿仍然差距甚远，导师对我的批评又升级了，甚至表示对我都失去信心了。他说我的最大问题是未掌握足够的学术资料，要去知网多下载一些，多了解学术界在这方面的研究成果，才知道自己要写些什么，同时也知道学术论文是怎么写的。我感到十分沮丧起来，甚至一度想到了放弃。但真要半途而废又心有不甘，于是在家人的劝说下又鼓起勇气继续写下去。

刚好一个亲戚在一所大学教书，上知网很方便，于是就请她帮个忙，去她办公室下载资料。打开电脑进入知网后，真是不看不知道，一看吓一跳，只须输入一个关键词，不计其数的论文就检索出来了，一大串一大串的，看得眼花缭乱起来。我非常从容地找到并下载了几十篇相关论文，满载而归。在接下来的时间里，我一篇一篇地阅读、消化这些论文，使自己对这一课题有了比较深入的了解，慢慢就知道要写些什么了。同时也知道一篇毕业论文的结构应该是怎样的，要符合怎样的学术规范，知道要先把论文的框架搭起来，然后再把相应的内容填充进去，一篇论文就可以初步成型了，接下来要做的就是不断地进行完善和调整。

209

一个多月后，我又写出了第三稿（第三稿其实跟前两稿并无多大关联，几乎是另起炉灶），就发给了导师。几天后他打电话过来了。他知道我这次有去下载了很多资料并很好地阅读消化了，并且也能按照学术规范进行撰写，至少像一篇毕业论文了。他先对我进行了一番肯定，这让我心头一热，觉得自己前一段时间的心血没有白费，同时也看到了希望，增加了信心，接着又指出论文还有哪些不足之处，并提出了相应的修改意见，具体的已经在论文上用红色字体标出来了，叫我好好看看。我接下来就按照他的意见对论文进行了精心修改，然后送出去给专家审稿。其中一个专家又提出了几条修改意见，我又按照这些意见对论文进行了修改，终于定稿下来，如期参加了论文答辩。论文前后写了五稿，可谓备尝艰辛，但也终于通过了论文答辩，拿到了学位证书。更重要的是从中摸到了学术研究的门径，知道怎么撰写学术论文了，这对以后做学问是很有帮助的。

现在回过头看，我这篇毕业论文还是存在不少问题的。虽然也有自己的框架和思路，引用他人成果时也进行了改写，但并未在正文注明出处，而只在末尾注明这篇论文参考了哪些文献。这也是当时硕士论文的学术规范要求较低所致，人们普遍都是这么写的。这其实是不符合学术规范的。这样一来，正文中具体哪些地方引用和参考了哪篇文献，甚至哪些是自己的，哪些是引用和参考他人的都成了一笔糊涂账。正是这种过于宽松的标准，导致许多人无须费心做学问，撰写毕业论文时只需在末尾注明本篇论文参考了哪些文献，就可以在正文中放手抄了。出了问题之后只要轻描淡写地说一声，已经在末尾注明参考了哪些文献，充其量只是学术不规范而已。真正意义上的学术规范应该是，自己著作中哪个地方引用了相关资料，参考了他人观点，甚至只是参考了他人意思，都要注明出处。这是对他人学术成果的尊重，同时也才有利于建立起一种正常的学术秩序，建立起一种有效的学术评价机制，从而才有利于学术事业的的发展进步。以这种标准衡量，我们撰写的那些硕士论文其实就是一种学术不端，而不只是学术不规范的问题。

从知网上可以看到，我这篇毕业论文目前已经被引用了8次，其中有的是被重点大学的博士论文引用的，虽然比起那些高质量的硕士论文并不算什么，但也差强人意了。然而我心里也十分清楚，自己对这一课题还谈不上有深入的研究，谈不上有什么创见，只是查阅了较多资料，对这一课题有较多的了解，有一定的学习心得罢了。

我撰写这篇毕业论文时，从未想过要去抄袭剽窃，即使起先几乎没有任何经验，怎么也憋不出来，甚至都想到了放弃学业，也未动过这个念头，总觉得这已经完全突破了道德的底线。自己虽然也不是多有道德修养的人，但这种毫无底线的事情还是做不出来的，没有这么无耻，也缺少这种胆量。

7 月 30 日

7月28日，"杜苏芮"台风在我省晋江一带登陆，福州夜里也下起了大暴雨。第二天我起来去上班，小区前面那个路段被水淹了。走到车站，看样子不会有公交车驶过来了，为保险起见，就走到外面那条干道等公交车。到了那里，路面比里面淹得更厉害。不久天上又下起来了大雨。站在那里等了好久，一辆公交车都没有开过来，估计今天要停运了。

本来可以向公司请假，但又不愿失去一天的收入，就决定走路去上班。

走到光明港边上时，发现河水虽然已经涨得很高，但仍比地面低出了不少，可见路面被淹并非因为洪水，而是短时间内雨下得太急，排水系统一时来不及把水排到河道造成的内涝。一路上看见路边许多车辆泡在水里，救援车辆不时地开过，看来这场内涝造成的损失也是不小的。

快走到市电视台那里时，看见路边有共享单车，心想何不扫一辆骑过去，从而可以节省点时间呢。于是就扫了一辆骑起来。越到市中心路面淹得越厉害，许多路段水都超过了膝盖，车骑不动了，只好下去推着走，搞得十分狼狈。后来终于来到了上班地点，把车还了，长长地舒了一口气。

晚上下班时，公交车已经恢复运行了。我像平时那样坐公交车回家，看见路面的积水全退了，早上还是水漫金山的阵势，现在已经无影无踪了。再次说明这不是洪水，而是内涝。

福州这里台风季节下起暴雨时，往往会引起内涝，我们都已经习以为常了。其实这也是我国许多城市共同面临的一个问题。为了解决这一问题，我国城市建设专家 2010 年之后提出了海绵城市的理念，其根本思想源自西方的低影响开发 (Low-Impact Development，简称 LID) 雨水治理理念，即主张通过建设可渗透路面、绿色屋顶、雨水花园、滞留草沟、雨水再生系统等海绵设施，来渗透、过滤和蓄存降水。根据水务专家的研究，地表海绵结构日吸收量在 20—26 毫米左右。

2012 年北京发生了一次严重的洪涝灾害，造成了巨大的生命和财产损失。从此，社会更加重视起城市的防洪问题。有一次，某中央部门的一个城市规划专家做客凤凰卫视的"世纪大讲坛"，向听众阐述海绵城市的理念，大声疾呼我们国家要推广海绵城市建设。他在回答既然海绵城市建设效果这么好，却为何无法在我们国家铺开这一问题时，认为他们有规划的权力，却没有决策的权力。潜台词就是如果给他们决策的权力，按照他们的思路去进行城市建设，洪涝问题就会迎刃而解。我当时听了也觉得很在理，也希望我们能早日铺开海绵城市建设，从而既解决了洪涝问题，又美化了环境，改善了生态。

后来，这些专家的设想就变成了现实，各地政府纷纷采纳他们的建议，开始进行海绵城市建设，而且动作十分迅速。到最近几年，海绵城市已经成为全国城市建设的普遍潮流。据住建部统计，目前至少有 400 个城市开展海绵城市建设，都是动辄几十亿、几百亿的投资。就连西部干旱或半干旱的城市，压根就不会发生洪涝灾害，却也盲目进行跟风，真让人感慨我们国人干什么都是一窝蜂的。

我原先并不清楚我国海绵城市建设的具体情况，缺少一种概念，只觉得福州这些年公园和绿地建设得很多，市区修建了许多公园，路两边都留下很宽的绿化带。我一方面觉得城市变漂亮了，生态环境变好了，市民的生活质量有了很大提高。另一方面又觉得这未免有些浪费，我们本来就人多地少，城市建设用地十分紧张，却还要留出这么多公园和绿地来。这些土地要是用来盖房子，可以盖多少房子？我去过国外的一些城市，城市建设似乎都没有像我们这么奢侈的。为了增加建设用地，我们又拼命地拆房子，市区拆完了拆郊区，郊区拆完了拆农村，城市像摊大饼那样越摊越大。然而，我一直都未把这与海绵城市建设联系起来，以为只是平常的城市建设。这次了解了一番，才知道这就是在全国各个城市如火如荼地进行的海绵城市建设。

不用说这种建设投入了巨大成本，且不说土地的成本，就是绿化以及各种设施建设的成本都是十分惊人的。据《中国青年报》的报道，一颗榕树或银杏，最后的账面价可达 10 万元之多。但如此不惜血本的建设又取得预期效果了吗？就以我所在的福州为例，似乎并未起到多大效果，每次下起暴雨仍然都造成了内涝，唯一的好处就是公园和绿地变得更多了，城市的景观变得更漂亮了，市民休闲可以有更多去处了。

这种起源于西方国家的雨水管理模式，对于他们是十分有效的，大西洋的西风给欧洲带来的是和风细雨，很少有暴雨。而我国大部分区域位于季风气候区，降水集中在夏季，动辄出现 100 毫米以上的暴雨，所谓的海绵城市根本就起不到效果。就像一块海绵一样，几滴水滴下来很快就被吸收得干干净净的，而要是一盆水下来，又叫它如何吸收呢。这又是一个典型的"南橘北枳"，在未对一项事物的适用条件进行具体分析的情况下，就盲目进行学习，照搬别人的经验和做法。别人有别人的情况，适合他们的未必就适合我们。

我国的城市防洪，更应该学习的是气候状况与我们类似的首尔、东京，采用"蓄排结合"的方式，多在河道疏浚、地下管道建设、蓄洪区建设和泵闸系统建设等"排"的方面做文章，加大这方面的投入和建设。学习别人是应该的，一个善于进步的民族一定是一个善于学习的民族，但还有一个学什么、怎么学的问题，要是未找到正确的学习对象和学习方法，结果只会适得其反。

在学习和探索过程中走弯路也是难免的，但必须善于反思，一旦发现错误就要及时纠正过来。然而，这些年各地城市的内涝仍然那么严重，已经充分说明所谓的海绵城市建设是根本起不到应有作用的，但这种建设并未停下来，仍然在如火如荼地进行着。难道决策部门都未意识到这一问题？如果这样认为，就太小瞧他们的智商了，他们不会不知道我们的气候与欧洲根本无法相提并论，更何况这些年我们城市的内涝非但没有减轻反而加重，他们也不会看不出来。既然如此，这种建设为何仍然停不下来呢？

一方面，这是一种形象工程。如果城市领导去修建排水管网，去疏浚河道，人们就不容易看到他们的政绩，反而会因为占道施工影响交通而抱怨不断。而修建公园和绿地，人们却很容易看到，会成为他们的政绩。另一方面，在这种工程的背后又有着巨大的利益。城市绿化的投资巨大，成本估算也很有弹性，存在着巨大的灰色地带。一颗榕树或银杏的地头价不过区区几千元，最后的账面价却达 10 万元之多。可想而知，会有多少人盯上这块肥肉，要让他们停下来还真难度不小呢。

7 月 31 日

7 月 19 日，中央发布了《关于促进民营经济发展壮大的意见》，提出了 31 条政策支持民营经济的发展，条条都是干货，力度相当之大，民营经济不但要让其发展，还要让其壮大，挑起国民经济的大梁。在经济下行日益严重，民营经济的发展环境不佳，社会舆论对其有诸多不利的当下，出台这样一份文件无疑是十分必要的，会很好地提振民营经济乃至整个经济的信心。消息一经发布，社会上就开始热议起来，很多人都感到民营经济以及整个经济的发展将出现转机，信心又开始回来了。

改革开放以来，民营经济从无到有，从弱到强，对经济社会发展的贡献是有目共睹的。然而，民营经济一路走来也是十分坎坷的，在成长和发展的道路上遇到过许多阻力和障碍，这其中既有利益上的，也有观念上的。近些年来，社会上更是出现了许多对民营经济不利的舆论，使民营经济的发展陷入了一种困境。其实，中央是始终高度重视民营经济工作的，进入新世纪以来，先后出台了 5 份保护和促进民营经济发展的纲领性文件：2005 年的国务院"36 条"、2010 年的国务院"新 36 条"、2017 年的弘扬企业家精神文件、2019 年的促进民企改革发展文件以及这次促进民营经济发展壮大的意见。那些不利于民营经济的声音其实是违背中央精神的，却在社会上掀起了很大风浪，造成了很大危害。因此，我们必须高度重视这一问题，去深入探索背后的究竟。

"有人说那些抹黑民营经济的人是好心办错事，其实则不然，他们的动机与八九十年代的批评者有根本不同。老一代人批评民营经济主要是出于认知固化，很多人都是抱着为了维护社会公平正义的纯洁目的，而不是个人的私利。""而现在天天以抹黑民营经济的为己任的大V们，多数是出于不可告人的私利。几乎每个大V的言论平台，都是传播公司在运营（所以这些大V本身实际就是私营企业主或私企合作者），他们诋毁民营经济的言论，本质是向社会兜售的商品，通过流量获得商业收益；他们中不乏在国外有房产、有公民身份，他们主动去追求全球化和市场化的最优收益，却把民营企业同样的行为说成是'卖国''肮脏''唯利是图'。""这些人都是别有用心的，是在蓄意扰乱公共秩序，由此产生的结果也是非常严重的：一篇文章、一个短视频下去，可能全国民企市值就跌去数万亿；一阵对民营经济的围猎下去，可能导致全国民营企业家阶层心有余悸三五年，间接带来数十万亿损失。"这是我从一篇公众号文章引用的三段话，有心的读者不妨与我一块品读一番。

一个已故的著名保守派人士，可谓20世纪八九十年代批判民营经济声音中的代表。以前我也跟许多人一样，十分不喜欢这个人，觉得他的思想顽固不化，对社会起到了十分不好的作用。后来对他有了更多了解，知道他其实是一个有着坚定信念的人，一生从未动摇过自己的信念。我们可以不认同他的这种信念，但必须尊重他的选择。同时，他也是一个敢于面对现实的人，能够纠正自己工作中犯下的错误。他的思想也不是一成不变的，也能够随着实践的发展而更新自己的观念，甚至有时还能走在别人的前面，在70年代就提出了商品经济的思想。但80年代后，比起实践的飞速发展，他的思想又确实落伍、固化了。但无论怎么说，他都是一个有着坚定信念的人，是表里如一、言行一致的人。根据国家的相关政策，他可以取得住房的产权，但并未这样做，去世后房子就归还给了国家。

而现在一个知名度极高的大V，他经常发表一些十分保守的言论，经常对民营经济进行抹黑，凡是他认同的东西不论存在多大缺点都不愿面对，凡是他反对的东西不论存在多大优点也都不会肯定。比起上面那位来，他的认知似乎更为固化。然而十分吊诡的是，他在北京却拥有价值不菲的房产，甚至在他天天批评的国家也拥有房产。他做的视频节目动辄就有几十万的播放量，从而给自己带来了滚滚财源，却也没听说他要放弃这些钱财，或者要把这些钱财捐献出去。他为了培养自己的子女，也是将其送到他天天批评的国家留学，而不是他十分"向往"的国家。当然，也不是说他不可以拥来这些财产，只要是合法的都是可以的，也不是说他不可以把子女送到哪个国家留学，这是他的正当权利，只是说他这样未免显得言行不一，他未必真正信奉自己天天挂在嘴边的那一套。

这些人这样不遗余力地抹黑民营经济，而他们自身恰恰就是私营经济。他们通过流量获得的巨额收益，也是进入他们私人的腰包，而与我们大众无关。我们大众倘若热衷于收看他们的视频，不过沦为他们收割的韭菜罢了。

那么，他们这样又是否属于言论自由的范畴？非也。倘若以商业为目的，对具体的民营企业进行造谣和抹黑，从而使其蒙受巨大的损失，这是需要承担法律责任的。《关于促进民营经济发展壮大的意见》也着重提到："坚决抵制、及时批驳澄清质疑社会主义基本经济制度、否定和弱化民营经济的错误言论与做法，及时回应关切、打消顾虑。"但愿这一条能够有效地落实下来，从而使这种对民营经济不负责任的抹黑受到必要的惩治，为民营经济的健康发展创造一个更宽松的舆论环境。

七月

八月

8月1日

7月10日至7月14日，陕西省吴堡县委党校在举办村（社区）党支部书记培训班期间，结合廉政培训课程为学员安排了一次以"清廉"为主题的午餐，通过对菜品进行重新起名赋予"清廉"的含义：木耳炒山药叫"黑白分明"，素炒白菜叫"清清白白"，而炒莲藕片则叫"清廉本色"。当地官方新闻报道称，这样做的目的是想让学员们感受到美食中的廉洁文化。本以为这是一次很有创意的尝试，会吸引公众的眼球，不料却捅出了一个篓子，在社会上掀起了轩然大波。人们对这种做法并不买账，舆论几乎一边倒地批评这是一种形式主义。现在社会上批评形式主义的声音不绝于耳，这种做法可谓撞到了枪口上，在社会上造成了很不好的影响。

7月21日，吴堡县委发布了一份通报，表示事件发生后，吴堡县委高度重视，立即成立工作组进行调查。目前，县委已责成党校进行全面整改，对党校常务副校长作出停职处理，由县纪委对相关责任人进行调查处理。同时，举一反三、引以为戒，在全县范围内开展形式主义问题排查整治，切实改进作风，提升工作实效。吴堡县委对舆情的反应倒是挺及时的，但愿他们接下来对形式主义的排查整治是切实的，而不是形式的。

形式主义十分遭人厌恶，花架子十分不受欢迎，搞得越多只会越倒人们的胃口。廉政建设不在于有没有"清廉餐"这种形式的东西，最重要的是要建立起制度的防线，把权力关进制度的笼子，使其无法为所欲为，也不敢为所欲为。加强廉政建设，还要从一件件事情切实做起，使一个个腐化官员都及时得到应有的处理，使一个个不正之风都及时得到有效的整治，使一个个制度漏洞都及时得到修补，从而才能真正取得成效。加强廉政建设，还有一项工作是不可缺少的，就是要对官员队伍进行教育。这方面往往会被认为是虚的，其实也一点都不虚，一个人的素质、作风以及境界，对其行为是会产生很大影响的，否则就很难解释在同样的制度环境下，有的人容易走上腐化之路，而有的人能够始终保持清廉本色。问题并不在于需不需要教育，而在于需要什么样的教育，能否找到切实有效的教育内容以及方式。这种别出心裁推出的"清廉餐"，也是对官员队伍的一种教育方式，但这种形式主义的做法是不会取得实效的，甚至还会适得其反，会被认为是一种恶搞，从而降低了廉政建设的严肃性。在社会上，这种形式主义的做法更是会遭到许多挖苦和嘲讽，使人们更不相信这种廉政建设了。即便是做秀，这也是一种很不高明的做秀。要真心实意地进行廉政建设，廉政建设要取得实效，就应该在求真务实上多下一番功夫。

一场闹剧（也许当事人并未想到要把它演成闹剧，而是以一种严肃的态度去做的，但就其所产生的客观效果来说又只能是一场闹剧）过去了，但关于形式主义的话题却没有过去。形式主义可谓"过街老鼠，人人喊打"，却为何又能那么流行，许多人都热衷于搞形式主义呢？我们又如何才能对形形色色的形式主义进行根治呢？这又是很值得深思的。

形式主义之所以流行，是因为它轻易就能做到，同时又不会触及到既得利益，而求真务实则需要下大力气才能做到，而且还会触及到既得利益。人们往往都不会去做那些吃力不讨好的事情，而只会做做表面文章糊弄一番，就可以把局面应付过去，甚至还可以得到肯定。形式主义严重扭曲了官员行为，使他们不去费心思做那些该做的事情，而热衷于这些形式主义的东西，同时也扭曲了官员的评价机制，败坏了官场风气。

八
月

219

形式主义也是官僚主义的一个重要表现，其根子即在官僚主义上面，即我们尚未找到一种行之有效的克服官僚主义的办法。为此，就必须逐步建立起一套有效的权力制约和监督机制，使官员不敢去搞形式主义。同时还要加强舆论监督。群众的眼睛是雪亮的，只要人们可以监督官员，就可以使他们的形式主义暴露于光天化日之下。这不，这次隆重推出的"清廉餐"就搞得灰头土脸的。不敢说以后他们就会杜绝形式主义，但至少在短期内会收敛一些，需要担心会不会再被舆论揭出来，三思而后行。倘若舆论可以全方位无死角地监督下去，形式主义的现象就会减少许多。然而，目前舆论监督还无法充分地发挥作用。"清廉餐"被群起而攻之了，但这毕竟只是一桩小事，并未浪费公帑，也未违反法规，无非这种做法十分不妥，需要批评教育一下而已。还有那些更严重，危害也更大的形式主义，人们未必就能像这次这样及时地揭露，尽情地嘲讽了。

8月2日

我有一年到一个地方旅游，那里离我们这边很近，但各方面却很不一样，一踏上那里的土地就仿佛来到了一个新世界。

下了船，登上列岛中最大那个岛的北部。这里除了外面的码头和一个运动场，里面沿着山脚只有不多一些房子。心想行政中心应该不在这里，估计在山的那一面，要先翻过山岭到行政中心那边找个旅馆安顿下来。走到山脚下，有一条公路通往山岭，不时有车辆开过来。还有一条石阶路可以直插上去，我就顺着这条石阶路走上去。走到山岭上时，下面出现了一片房子，比码头这边要多一些，但也不是很多。我不知道这是不是行政中心，正站在那里徘徊着。这时一个穿着黑色 T 恤衫戴着眼镜的年轻人开着一辆摩托车过来了，在我身边停了下来，主动向我问好，并问我要去哪里，要不要叫他捎上一程。我有些吃惊起来——我们素昧平生，他怎么就主动跟我搭话，还要捎我一程呢？这可与自己向来所经历的大不相同，我们平时都不会跟陌生人打招呼，更不会主动为他们捎一程。这些年社会上不讲诚信、坑蒙拐骗的现象多起来之后，人们对陌生人更是提心吊胆，都不敢跟陌生人说话，一遇到陌生人上前搭话就想躲开，生怕话说多后会被缠住，落入什么圈套和陷阱。

这次我又在这里遇上这样一个陌生人，第一反应就是世界上没有这么好的人，这车可不能随便坐的。但仔细一看，这人又挺面善的，不像那种搞坑蒙拐骗的人，就不再感到紧张了，但也不准备坐他的车，因为如果行政中心就在下面，也没有多远，自己可以慢慢走下去，还可以一路欣赏风景。于是我说不用了，自己可以慢慢走下去，并问下面是不是行政中心。他回答说是。我又问下面跟码头那边比哪个比较热闹。他说热闹不热闹要看你个人的感受。我听了心里就有底了，向他告辞后就往行政中心这边走。这边房子多一些，更有人气，但视野不够开阔，藏在海边的一个山坳里，而那边房子少，但有码头，视野很开阔。两相比较，我还是倾向于到行政中心这边。

三天后我坐船到另一个岛游玩，它也属于这个行政区域。我在上面游玩了一个上午，中午回到码头准备再去下一个岛游玩。现在是大热天，虽然海上有风吹过来，但在烈日暴晒下也是酷暑难熬，我准备先到码头的候船室休息两个小时，躲过这最热的中午，然后再坐船，于是就在路上不紧不慢地走着。前方海面上那艘客轮就要驶抵码头，不久又要开走，坐不上就要等下一班了。但我并不准备坐这一班，仍然不紧不慢地走着。这时一辆面包车从后面开了上来，司机摇下车窗问我要不要坐上来。我立刻想到这肯定是拉客的，这种情况在我们那边见多了，都是不停地问要去哪里，而且还经常会宰客。他看见我要去赶船，更是要乘机进行拉客。但我并不想花这钱，就对他说不用了。他又说这船不久就要开走了，坐不上就要等下一班。我说没事，我就准备坐下一班。他见我执意不肯上车，就开走了。

其实他并不是拉客的，而是路过这里看见我正在赶路，就想捎我一程。刚才我在路上走时，有一辆铲车经过，司机也停下来问我要不要坐上去。他们这边其实都是这样的，开车的在路上看见有人在赶路，往往都会主动提出要不要捎一程，而不管认识的还是不认识的。但我们初来乍到，还不适应这种现象，还像在自己家里那样，第一反应就是以为这些人都没安好心，想做我们的生意，甚至想宰我们。

其实外面很多地方都是这样的。我也去过外面的不少地方，发现他们陌生人之间都会打招呼，也都乐于助人。我们曾经认为他们都是自私自利的，没想到他们比我们更助人为乐。他们早已进入现代工商社会，这种社会是由陌生人组成的，但陌生人之间的关系也必须处理好，人们才能更好地生存下去。于是他们就建立起了法治社会，由法律处理人与人之间的关系，在法律面前人人平等。同时，人与人之间还要互帮互助，不能都是冷冰冰的买卖关系和法律关系，否则活在世上就太没有意思了。谁都有遇到困难的时候，只有互帮互助才能更好地解决困难，人与人之间才会感到一种温暖。

我们刚进入由陌生人组成的现代工商社会，人们对此还无法适应，还不知道如何跟陌生人打交道。同时，我们尚未建立起完善的法治社会，社会上的诚信状况是十分堪忧的，人们随时都要担心上当受骗，怎么还会去轻易相信一个陌生人，还会让他搭自己的顺风车呢。但这并不是我们的劣根性，一旦我们也真正进入陌生人社会，也建立起法治社会，人们也会这样助人为乐的。但诚信和法治的社会也不会从天上掉下来，必须由人们自己去争取，去身体力行才会实现。如果不是各个方面都一起去努力，致力于法治社会的建设，我们就会一直陷于不敢跟陌生人说话的困境中。

8月3日

　　装空调的工人要从阳台爬出去装空调外机，首先要把身上的保险绳系牢，另一头在栏杆上扣好，这样就敢在外面作业了，万一掉下去还有保险绳保护着。虽然也许一次都没有真正用上，但进行这种危险作业就需要保险绳。有保险绳系着，工人的感觉就大不一样了，可以十分自如地在外面爬来爬去，如履平地似的。而要是不系保险绳，虽然还是同样一个人，还在同样一个地方，却会变得十分心虚起来，一步都不敢往外爬了，浑身战战兢兢的。而人越是这样，就越容易出事。这就跟站在台子的边沿一样，要是台子不高，就是掉下去也一点事都没有，就会感到很放心，可以随便地蹦呀跳呀，而且一般也都不会掉下去。而随着高度的上升，心里就会越来越不踏实，越来越不敢站在那里了。神经会绷得紧紧的，而这样一来反而更容易掉下去了。

　　社会保险的原理也是一样的。当人们上了社会保险，生活有了基本保障，没有后顾之忧了，就会敢于进行消费。而消费旺盛之后就能把经济拉动起来，经济拉动起来之后人们的就业机会就会变多，收入就会增加，就会更敢于进行消费，进入一种良性循环。因此，国家对国民实行社会保险不仅是出乎一种人道的考虑，使人们幼有所教，病有所医，老有所养，同时也是为促进经济社会的健康发展着想的。传统社会人们的基本生活保障主要由家庭承担，再辅以宗族以及社会慈善机构的力量，而到了现代社会，人们的基本生活保障就主要由政府承担了。

　　投资、消费和出口被认为是拉动经济增长的三驾马车，长期以来我们又主要依靠投资和出口拉动经济增长。然而，巨大的贸易顺差会增加贸易摩擦的风险，过高的对外贸易依存度也会给我们经济带来外部的风险；政府投资很多又是低效甚至无效的，造成了惊人的浪费，而且也终有饱和、过剩的时候。而人们却是每天都需要进行消费的，消费应该成为经济增长的主要拉动力量，大部分国家也都是这样的。现在我们经济也越来越需要消费来拉动了。这几年由于消费的疲软，各行各业都出现了萧条局面。店铺关门的关门，转让的转让，企业也大批大批地倒闭。要扭转这种局面，一个很重要的方面就是要完善我们的社会保险制度，使人们在教育、医疗和住房上都有了基本保障之后，就敢于进行消费了，从而更好地拉动经济增长，使经济社会发展进入一种良性循环。

从个人层面说也是要有保险的，个人最大的保险就要练就一身扎实的本领，从而到哪里都会受到青睐，都不怕没有饭吃。我们通常讲一个人要有艺，即要有一技之长，如果能成为一个多面手更好，即艺不压身。有艺在身，不但可以更好地谋生，还能更好地实现个人的自由。只要具备一技之长，一个地方适合自己，愿意继续待下去就继续待下去，不适合自己，不愿继续待下去就可以大胆地走人，再去找个下家。而要是缺少一技之长，就只能在一个地方老老实实地待着，即使这个地方多么不适合自己，自己多么不喜欢这个地方。

我缺少一技之长，没有什么本领，因而就只能长期在一个单位待着，虽然我很不喜欢单位的那种氛围。我一直都想离开这种单位，到社会上成为一个自由人，但也知道离开后就再也找不到这样的工作了，所以一直都不敢轻易辞职。我打算先省吃俭用，有了一定积蓄后再离开，这样即使找不到好的工作，甚至一时找不到工作，基本生活也有了一个保障。所以我直到工作 20 年后才辞职，终于做了一件最想做的事情，就是离开单位的那种环境。来到社会上后，为了给小孩留下生活和教育的费用，同时还要再给自己多攒些积蓄，我还要继续打工下去。

离开了那个单位，从经济上看确实损失很大，很多人也都替我感到惋惜，但我的心情却畅快多了，再也不需要在那种死气沉沉又争名逐利的环境中委屈求全了，再也不需要跟自己很不喜欢的那些人逢场作戏了。从现在起，我可以去自己想去的地方，做自己想做的事情，真正感到了海阔天空。要说人的解放，这才是最重要的解放。

我缺少一技之长，没有什么本领，但我知道什么能力做什么事情这个道理，好的工作胜任不了，就不妨从事普通的工作，不挑不拣，勤劳肯干。我通过打工，也有了一定收入，也能养家糊口，同时生活再节俭一些，也能攒点积蓄，从而使自己变得更有底气。我以自己的方式给自己上了一份保险。

8 月 4 日

6 月 26 日，某知名财经作家的平台账号遭到了禁言，主页上显示"因为违反法律法规，该用户目前处于禁言状态"。现在已经一个多月过去了，其账号仍然处于禁言状态，最后一条更新的微博仍然显示在 6 月 23 日。

看来问题比较严重了，短期内还无法恢复，什么时候能够恢复都很难说。至于遭到禁言的原因，6月26日微博发布的本周安全小贴士显示，他以及其他人，通过炒作失业率、散布抹黑证券市场等负面有害信息，发布攻击否定现行政策和管理制度的内容，因违反相关法律法规受到禁言处置。

这个财经作家可谓风光无限，在舆论场上甚至可以呼风唤雨。他的平台有两百多万粉丝，全网粉丝加起来有上千万。他大学学的是新闻专业，毕业后当了十三年商业记者，然后转型为财经作家，出了许多畅销书，还主持一个财经媒体。同时，他还涉足图书出版、教育媒体等领域，不断进行置业和投资，名下有多家公司，坐拥巨量资产。另外，他还是两所名牌大学的课程教授，是财经领域有着巨大影响力的专家学者。他取得了商业上的巨大成功，却始终保留国家新闻机构的体制内身份，在政、商、学三界通吃过去。

他能够在事业上取得如此成功，总有其过人之处。他善于包装和推销自己，使自己成为"第一财经作家"。同时，他还善于迎合大众，文章很对大众的口味，从而在社会上产生了很大影响，变得十分走红起来，成为财经领域炙手可热的人物，每次发出声音都会成为舆论的焦点。这样他就成了各方争相延揽的对象，什么都不落空，成为一个让人艳羡不已的成功人士。

然而，他又是一个充满争议的人物。他曾经为一个著名经济学家立传，因为对传主进行过度的拔高和美化，写作态度不严谨而遭到批评。还因为涉嫌侵犯他人著作权而遭到起诉，虽然由于有传主的背书而打赢了官司，但也使其形象受到了很大损害。一年多前他有一次在接受采访时，自诩为一个精英主义者，认为大部分人都是无用的，也在社会上掀起了轩然大波。他曾经想通过跟人合作使自己的教育媒体上市，结果也遭到了冷遇。这说明他的商业价值并不像自夸的那么大，而是有着很大的水分。

这次他又出事了，并且还是通过炒作失业率、散布抹黑证券市场等负面有害信息，发布攻击否定现行政策和管理制度的内容这样重大的"罪名"。我留意了一下，发现社会上并无多少人为他鸣冤叫屈，更多的都是为之拍手称快。

他如此招人反感，也是咎由自取的。作为一个权威人士，作为一个社会精英，社会对其要求是很高的，必须具有很高的修养，必须很注意检点自己的言行，必须能够对社会起到很好的榜样作用。然而反观他的言行，却是很不符合这一标准的。他的学术修养以及学术道德，都不配"第一财经作家"的称号。他对社会经济现象有诸多的批评，但自身的行为却有很多是可非议的。他自诩为精英主义者，但他对名利的追逐，在政商学三界的通吃，却更像一个精致的利己主义者。正己才能正人，以批评为业的人首先自身必须经得起批评。

他无疑也给我们敲响了一记警钟。首先不要试图赢家通吃，鱼和熊掌不可兼得，不能既要什么，又要什么。他看起来似乎风光无限，其实却潜伏着巨大的危机。他在赢家通吃的同时，也暴露了自己的许多短板。人的精力是有限的，只能够在一个领域深耕下去，什么都不放过的结果，往往就是什么都做不好。但对于那些投机取巧的人，他们也许压根就不在乎能否做好。同时，自己以批评为业，就应该自身首先经得起批评；自诩为精英主义者，就应该像一个精英主义者。最后，更不能为了获取利益而去做那些违法违规的事情。

我对此人是十分不感冒的，之前还专门写过文章批评他，但对于他这次被处理也要说说自己的看法。我认为他如果真存在微博本周安全小贴士中所说的那些问题，就属于法律问题，必须承担应有的法律责任，因为这种行为会给社会造成很大的危害，不是禁言就可以了事的。但前提必须是于法有据，证据确凿。网上类似这样的现象之所以层出不穷，也与有关部门未依法进行处理有很大关系。只是实行禁言处理，解禁以后又可以继续发布这样的言论，或者被禁言后又换件马甲穿上。这种处理方式并不会取得多大效果，相反还会成为他们的一种资本，使他们在一部分人眼里变得更加高大上了。

8月5日

7月23日，有网友曝料，在22日西安某景区举办的一场泼水节活动中，某女网红被游客泼水后，跟对方产生了冲突，向对方大打出手。在视频中，这名穿黑衣的女网红浑身都湿透了，指着对面那个男子大声地呵斥："我让你泼了吗？我让你泼了吗？"并试图上前踹对方。该女网红表示，她当时是绕道走，没有走进场地，手上也没有拿水枪，并不准备加入泼水活动。而该男子则反驳说："你来这里干吗？你不知道这里是泼水节吗？"

这个视频一出来就刷了屏，引起了网友的热议，有的同情该女网红，并不准备进场参加泼水活动却被泼了一身水，有的则站在该男子这边，认为参加泼水节就是要准备被泼水的。一件鸡毛蒜皮的事情居然也酿成了一起不小的舆论事件。当日晚上，该女网红就出来道歉了，表示自己不想找任何借口，当时确实动手了，因为个人行为给社会带来了不好影响，要给所有的粉丝道歉。她不想让这件事情闹大，从而影响自己在粉丝中的形象，需要及时出来道歉，从而起到"止损"的作用。但看得出来她的内心也是挺委屈的，否则就难以解释事情刚发生时还理直气壮的，到了晚上就道歉了，并且还只是向粉丝道歉。

　　这件事情似乎这样就可以结束了，但一个知名时事评论员紧接着又发了一条较长的微博，认为人们这样动不动就把生活中发生的摩擦冲突拍成视频上传到网上，这十分不妥，特别是把当事人的身份暴露后容易引起网暴，会对他们的正常生活造成很大的困扰。

　　随着技术以及网络的发达，人们已经越来越难拥有隐私了。无处不在的摄像头，使人们在外面的一举一动都暴露于光天化日之下；人人都有的智能手机，使人们在外面随时都有可能被拍成视频上传到网上。从理论上讲要尊重隐私权，不能随便拍别人的视频，更不能随便把视频上传到网上，但在现实当中这又是很难做到的。我走在外面时，经常看见有人举着手机往自己这边拍，也许他们正在拍视频并把自己拍进去了，也许他们很快就会把视频上传到网上，但也只好让他们拍了，反正躲也躲不掉，反正自己也只是一个普通人，也没什么见不得人的事情。有一次在一个机场看见一个乘客因为检查行李的问题，与一个工作人员发生了冲突，对其进行辱骂，说他是脑残。对方就举起手机把视频拍下来。她就让他拍，不以为意。相信一般人遇到这种情况都会如此反应——随你怎么拍，你怎么拍，怎么上传，我也成不了网红，也伤害不到我什么。

　　对于那些性质恶劣的爆料和曝光，从理论上说当事人如果觉得自己的肖像权和隐私权受到了侵犯，可以向法院提起诉讼，追究肇事者的法律责任，维护自己的正当权益。但法院必须先做出几个这方面的判例，使肇事者受到应有的惩罚，让其他人要引以为戒，不敢去轻易拍摄别人并上传到网上。然而遗憾的是，目前并未听说有这方面的判例。法律的武器并未有效运用起来，光舆论在那里谴责是不会有多大效果的。

　　尤其那些公众人物，他们的隐私权更是受到了许多限制，即使被侵犯了也很难通过法律手段进行维权。他们作为公众人物想必也是具备这方面的心理素质的，否则就成不了公众人物。在这个事件中，该女网红固然也有她的道理，但至少也是动了手的，因而进行道歉也是必要的。她在公共场合跟别人发生冲突被拍成视频上传到网上，也很难说是隐私权受到了侵犯。她需做的是进行道歉并澄清事实真相，以取得公众的谅解，消除不良的影响。

　　我当然也希望人们不要动辄就拿起手机拍别人的视频，动辄就把别人的视频上传到网上，也希望包括公众人物在内，所有人的隐私权都会受到尊重，但这又如何才能做到呢？

8月6日

7月10日，湖南长沙发生了一起命案，一名男子当街杀害了一名女子。据悉，两人为夫妻关系，案发地点就在该女子工作的公司门口，事发时他们17岁的女儿也在现场。

据悉，2004年12月，行凶者贺某某与被害者张某某经人介绍认识，一年后两人登记结婚，很快便生下一个女儿。结婚后不久，贺某某家的宅基地被政府征收，得到数套房子的拆迁补偿。他从此就不用工作，开始游手好闲起来，并在外面出轨，但在妻子的警告下又回归了家庭。在城市拆迁中许多人成了"拆暴户"，但不少人也因此而堕落起来，这又是一个活生生的例子。

在过去的两年里，贺某某多次向法院起诉离婚。去年2月，长沙市芙蓉区人民法院受理了他们的离婚纠纷案。法院的判决书显示，贺某某请求法院判决离婚，并要求抚养他们的女儿，但张某某并没有同意离婚。最终，法院驳回了他的离婚诉求。张某某姐姐称，当时她妹妹不同意离婚，也是考虑到即将高考的女儿，不希望这件事情影响到孩子。同时，由于贺某某父母及其兄弟共同生活，其母亲也不同意离婚，并承诺了张某某一些好处，"当时可能也是怕离婚分了家产"。

去年5月，贺某某又向长沙市中级人民法院提起上诉。然而三个月后，张某某得知他再次出轨，并收集到了各种证据。她找了律师，将他婚内出轨涉嫌重婚罪的证据交给律师全权代理。7月12日他们的离婚纠纷案即将二审开庭，但就在开庭前两天发生了这起悲剧，令人唏嘘不已。

张某某姐姐称，贺某某是因张某某发现自己重婚的证据而气急败坏，此前不仅对她实施了家暴，还砸坏了她的手机，甚至连手机卡也剪坏了，"就是想毁掉证据"。

在这起事件中，贺某某自己生活不检点，多次婚内出轨，被收集到涉嫌重婚的证据后还气急败坏，极其残忍地将张某某杀害，无疑是罪无可赦的。与自己妻子感情破裂了，可以选择离婚，法院未判决离婚还可以再上诉。自己犯了错误，被收集到了证据，即使因此会使法院做出对自己不利的财产分割也要面对。而这样杀害自己的妻子，等待他的将是极刑，再多的财产又有什么意义呢。这只能用"丧心病狂"四个字来形容了。而张某某面对丈夫与自己的感情已经破裂这一事实，却一直不愿意离婚，据说还曾经寻求市电视台一个心理栏目的帮助，试图挽回婚姻。但感情已经破裂的婚姻终究是很难挽回的，这一次她也准备分手了，却因为收集证据而遭到了杀身之祸。她要是一审时就同意离婚，就不会发生这样的悲剧了。贺某某母亲也出于担心家产会被分走，而阻挠两人离婚，结果连人都没有了。而我们的法院出于维护当事人家庭稳定的考虑，只要有一方不愿意离婚，往往就会驳回离婚诉求，致使许多离婚纠纷案久拖不决，造成了许多社会悲剧。在这起案件中，法院要是一审就判决离婚，后面的悲剧就可以避免了。

我们的传统观念是夫妻要白头偕老，即使双方再缺少感情，在一起生活再不幸福，有关方面也要试图让这样的婚姻维系下去，离婚曾经被认为是一件很不光彩、无法接受的事情，对于那些离了婚的人，社会总是以一种异样的眼光视之。这种观念也影响到了法律，影响到了法院的判决，使许多人离不成婚，从而要么长期生活在痛苦之中，要么走上极端的道路。我老家有一个邻里，他在外面出轨后想离婚，但妻子坚决不同意，兄弟也不让他离婚，叫他自己要离开就离开，但这个家庭在名义上还要维持着。这其实也是许多人的共同心理。我们不能低估了传统观念的影响，许多人看上去很新潮的，其实思想观念还停留在中世纪。许多女孩子特别爱干净，一天洗一次澡都嫌不够，但一到生孩子，就整整一个月都不敢洗澡了，有的甚至都不敢洗脸漱牙，生怕会落下这个病那个病的。其实这些都是毫无医学根据的无稽之谈，对健康反而是十分有害的，但我们又很难改变这种根深蒂固的观念。

婚姻毕竟要以感情为基础。革命导师恩格斯曾经说过："如果说只有以爱情为基础的婚姻才是合乎道德的，那么也只有继续保持爱情的婚姻才会合乎道德。"假如夫妻双方的感情已经破裂，还是选择分手为好，亲人以及社会还是支持他们的选择为好。即使哪方存在过错也要这样，把他们捆绑在一起，就会使他们处于一种极不幸福的状态。婚姻固然是重要的，能维持下去固然要维持下去，但成立婚姻又是为了得到幸福，假如在一起根本就没有幸福可言，这种婚姻还值得维持吗？

传统观念对离婚是无法接受的，但这已经改变不了我们的离婚率在逐年走高这一现实。随着不断向现代社会演进，人们的观念也在发生变化。还有什么观念比传宗接代和重男轻女的观念更为根深蒂固的，但现在许多年轻人连婚都不结了，更别说生育了。因此，面对社会正在发生的深刻变化，我们还是要及时更新观念，不要再抱着过时的观念不放了。

8月7日

连江贵安，是一个有名的温泉之乡。1993 年时我的两个姐夫要来这里为一座庙宇塑神像，我也跟去玩了一次。那时这一带还远未开发起来，只有一些养殖场，利用当地丰富的地热资源养殖淡水鳗鱼，冬天时让温泉从池中的金属管道流过，使池水保持一定的温度，从而有利于鳗鱼的生长。除此之外就没有什么了，到处都是稻田，房子这里一簇那里一簇，都是老旧的瓦房，比起县城周边以及沿海一带落后了许多，我们那边的人都习惯地称这边为"山里"。

那时正是晚稻快要成熟的季节，稻田里到处都有热汽冒上来，十分的神奇，尤其在早晨太阳刚升起来时，田野中弥漫的热汽在朝晖的映照下显得更加美妙。从田野中穿过的那条大路旁，有一个汤池供人们免费泡澡。汤池没有屋顶，只有四面的墙，与男池一墙之隔就是女池。我逛到了这里，就走进去也泡个澡。但那天池子的冷水管没有水出来，池子里只有温泉，烫得根本无法下去，我只能把 T 恤衫伸进去濡湿，再拿上来擦擦身子，算是也洗过一次温泉了。里面除了我们几个要泡澡的，还有几个老人坐在边上聊天。其中一个老人对两个从福州下来的客人说，以前的汤池也都是没有屋顶，从男池这边可以爬上墙头往女池那边偷窥。这种现象以前是司空见惯的。

此后，我很久都没有再去贵安了，直到 2019 年四五月份时，连江县作协叫我去参加一次采风活动，才又一次来到了贵安。那里有一个高尔夫球场，是一个原籍连江的台胞 1992 年左右开始在江边的荒滩上投资兴建的。大自然赋予其优美的景色，又有温泉之利，遂成为一个闻名遐迩的高尔夫球场，快 30 年了还在这个家族手中欣欣向荣地发展着。他们要编一本书进行宣传，叫当地一个叫雷云钊的退休老人牵头。他们通过上级部门，请连江县作协组团前来采风，为他们写写文章。就是在这次活动中，我第一次见到了雷云钊老人。他也是连江县作协会员，人很和蔼，也很健谈，中气十足的，带我们参观球场，为我们介绍情况。我这次来贵安几乎完全认不出来了，稻田被开发完了，旧瓦房也变成了砖混的新房，而且连成了一片。只有从村中间穿过通往福州的那条公路，以及敖江上的那座大桥还有点印象。但那座大桥以前觉得很壮观，如今在桥头高楼

的簇拥下又显得很不起眼了。

第二年连江县作协又举办了一场读书会，我在会场又见到了雷云钊老人。他也认出了我，跟我搭讪了几句。后来我又参加了连江县作协的几次活动，都没有再见到他，连江县作协的微信群也没有他。看来他也是一个不事张扬、宁静淡泊的人士。

他是土生土长的贵安人，畲族，退休前在当地小学当了37年教师。教书之余，他也喜欢写作。2017年出版了一本叫《泉乡韵》的散文集，是他迄今唯一公开出版的集子。我起先不大在意，以为这不过是一个有文化的乡下人写的宣传家乡的作品罢了，是一种怡情养性，也是一种奉命行事。前不久突然心血来潮，去百度上搜一下他（这说突然也不突然，我就喜欢他这种不事张扬、宁静淡泊的风格，不然怎么偏偏会去搜他而不是别人呢），在网上书店把《泉乡韵》的目录找来看了一下，从标题上看内容还挺丰富的，写到了贵安当地的历史掌故、先贤足迹、文物古迹以及风俗民情、革命事迹等许多方面。再从网上找到个别篇目试读了一下，发现文笔也挺老到的，文章的结构布局也挺有讲究，对文化底蕴的挖掘也挺深入，是很值得一读的。这也说明了"没有调查就没有发言权"的道理，在未对一个认识对象作充分了解之前，不能想当然地下结论。

我这几年经常在福州北部的宦溪和贵安一带行走，往往先从状元岭走到宦溪，然后或者顺着公路，或者从降虎寨沿着那条著名的汤岭古驿道走到贵安。那一带空气清新，风景优美，既锻炼了身体，又欣赏了风景，我每逢休息日经常会过来消磨一天。我下次再去贵安时，就准备带上一本自己的书，去拜访这个老先生，跟他交换作品，带回来好好拜读。

贵安地处福州与连江的交界处，古代福州通往温州的古驿道就经过这里，可谓福州的北大门。历来商旅众多，再加上有很多温泉，就建起了许多客栈和澡堂，供过往客商歇脚打尖。南宋理学家朱熹就到过这里，并在这里讲学，当地留下许多关于他的掌故以及遗迹。因而，这是一个很有历史感的地方，很有文化挖掘的价值。而这样一个地方又孕育出雷云钊这样一个文化人士，他一生都扎根于自己的家乡，在教书育人的同时，还钟情于探索和整理当地的历史文化，写成了一篇篇作品，结集出版了这部《泉乡韵》。这是他毕生心血的结晶，我期待着见到这位默默耕耘的文化老人，读到他的这部作品，深入地了解贵安厚重的历史文化。我喜欢他这样的人，文化事业的守护和传承就需要他这样的人。

8 月 8 日

在连江文学界，提起阮道明这个名字，恐怕是没有人不知道的。1945 年他出生于长龙山区的一户农家，在马鼻读完初中后，就回到家乡务农。在他那个年代，初中文化也不算低了，因而三十几岁时也有机会通过县上的招考出来当干部，先后当过乡镇领导和县侨办主任。2002 年连江成立了作协，他就成为首届主席。连江在福州地区较早成立了作协，这也与他的努力有关。20 世纪 90 年代我大哥与他在浦口镇共事了 6 年，算是老同事了。我后来问过我大哥，说他以前当干部时是否就开始写作了，我大哥说没有。可见他也是后来才开始写作的。这也是不无传奇色彩的，都快到老年了还会产生对写作的爱好。而他的这种爱好一直保持到现在，已过古稀之年仍然笔耕不辍，不时还有新作问世。他在县作协主席任上连续干了 15 年，直到 2017 年换届时才卸任，但仍然继续担任名誉主席，以及县作协刊物《青芝》的主编，仍然积极参与作协的活动。

他担任主席期间，县作协开展了很多活动，吸收了很多会员，并且不少又都加入了更高级别的作协。这些成绩的取得，与他作为一个老干部的活动能力是分不开的，也是与他对文学事业的巨大热情分不开的。他后来退而不休，对接任的年轻人不够尊重自己颇为不满，关系一度变得很僵起来。我很少去参加作协的活动，不了解具体情况，而且也不关心，不去评论其中的是非曲直。我曾经听人说起他，说他们这样的老人都还想出来刷存在感，这倒是一种实情。很多老人都会不甘被冷落在一边，还想发挥余热，我们自己到了这个年纪也许也会这样。但毕竟岁月不饶人，我曾经跟他联系过几次，感觉他确实有点前言不搭后语，有点老糊涂了。因此，老年人还要刷存在感是可以理解的，但也要量力而行。但他至少对文学事业是很有热情的，很关心作协的工作，这一点还是要予以肯定的。

他担任县作协主席几年后我就知道了，那时我因为在文学写作上实在感到无望，已经放弃好多年了，虽然也一直未曾放弃对文学的爱好，有时还写写，但都不打算再回到写作上来，而是继续在社会科学领域耕耘着。当得知他担任县作协主席并主编《青芝》（那时《青芝》还是报纸而不是期刊），也一时心动过，想去投稿，并加入作协，但想想还是作罢，不想再来回折腾了，好好在社科领域耕耘下去，争取做出点东西来。但到了2018年，我在社科研究上又实在没有出路了，只好又回到文学写作上来，重新拾起这个老本行。

这时我已经明白，要想在文学写作上发展下去，就不能再单打独斗了，必须找到组织。只有加入了作协，才有这方面的信息和渠道，才能使自己的作品得到发表，才能被文学界所接受。而加入作协就必须从基层的县区作协开始，一级一级地上去。福州上面的区作协也去找了，但根本没有认识的人，连作协的门都找不到。我想起我大哥曾经的同事阮道明是连江县作协主席，找他帮忙无疑是最合适的。于是我先是托一个大学校友的关系，在一家报纸的副刊上发表了几篇散文，然后就通过我大哥的介绍与阮主席联系上了，在他的推荐下于2018年底加入了连江县作协。

我认识他后，在网上搜索了一下，读了他的一些作品，觉得挺有意思的，就从网上书店买了一本他出版的第二部散文集《银杏王》。后来把其中大部分的篇目都读了，有的还读了两遍。虽然他文化程度不高，而且快到老年之后才开始写作，因而他的作品在思想内涵、文字功底以及艺术境界上都是有欠缺的。在2020年春季县作协举办的一次读书会上，他在台上声音洪亮地讲起自己的创作经历和心得，也讲起自己所取得的文学成就，说以前的省文化厅厅长，获得茅盾文学奖的许怀中先生为自己的散文集《银杏王》作过序。在这里他显然张冠李戴了，把2019年凭借长篇小说《牵风记》获得茅盾文学奖的军旅老作家徐怀中，当成曾经当过福建省委宣传部副部长兼省文化厅厅长的许怀中了，而且也不晓得茅盾文学奖是长篇小说的奖项，而许怀中先生是从事散文创作和文艺理论研究的。犯这种错误显得有些不应该，但考虑到他是一个只有初中文化的基层作者，又是可以原谅的。

虽然有着种种缺陷，但他对文学事业有很高的热情，勤于笔耕，结合自身的经历把许多乡土的东西挖掘出来，同时还写到了历史文化和当今社会的发展变化，写到了革命史事和乡贤事迹，都是有关连江的，对于人们了解连江，对于连江地方文化的传承是有一定价值的。我案头的一些书都处理掉了，但他的这部《银杏王》还一直保留着，有时会拿出来读一读。

对于他这样的基层作者（就以对连江地方文化的传承来说我还不及他），虽然也不可能在社会上产生多大影响，也不可能成为名家。但为何一定要在社会上产生多大影响，一定要成为名家呢？对写作有兴趣就不妨拿起笔写写，如果对社会没有多大价值，当作一种怡情养性也未尝不可。只要会识文断句，会懂得遣词造句和谋篇布局，就可以跨进写作的门槛，并不是只有写出大作品才叫写作，写出小作品又何尝不是写作。写作，其实是一件相当大众化的事情。

8月9日

我高中写一篇作文时，突然发现自己对语言产生了一种感觉，一种淋漓尽致的快感，就意识到自己今后也许会从事写作这一行当了。高三下学期时从前桌一个女生那里借来一部路遥的作品集，一口气读完他关于《平凡的世界》的长篇创作谈——《早晨从中午开始》，被深深地打动了，从此就喜爱上了文学。但上大学并未选择中文专业，而只是把写作当作一种兴趣爱好。即使这样，我仍然为之投入了巨大热情，大量地阅读文学作品，并拿起笔尝试着写作。

大一时，班上一个同学在学生处负责一个刊物，把我的一篇作品拿去发表了。这是我第一次发表自己的作品，心里感到美滋滋的。接下来参加了中文系的银杏文学社，在社刊上发表了一篇作品，同时还有一篇被推荐到昆明市团委办的《昆明青年》上发表。这些作品能够发表都是来之不易的，都让我欣喜不已。尤其能在《昆明青年》上发表一篇更是难得，虽然只是内部出版物，但也是定期出版，刊物印刷得很精美，作品的质量也较高。在我那篇作品之后，还转载了著名作家汪曾祺的《昆明的雨》，后来班上一个同学还戏称我的作品居然排在汪曾祺的前面。我到文学社社长那里取装着刊物的邮件，拆开时激动得手都哆嗦起来，他还提醒要慢点。周围同学读了我的作品，都对我赞赏有加，这增添了我对写作的信心，同时也给了我一种压力，逼着我要努力写下去，否则就变得名不副实了。但我的目标不止于此，我还要向那些公开出版的文学刊物投稿，要发表很多作品，也成为一个作家。

当时那些知名的作家成了我心目中的偶像，人家追星族去追那些明星，而我去追这些作家。像张贤亮、王蒙、韩少功、王安忆、史铁生、莫言、余华等，对我来说简直是神一般的存在，通体都是发亮的，不仅他们的作品能找到的都读了，就是他们的自述，以及别人关于他们的文字也都要读，还去收集他们的照片，有空就拿出来看看。现在回过头看这当然是十分幼稚可笑的，他们也是人，也跟我们一样有着各种不足和缺陷，甚至在道德上也不是更高的，走近以后也许还会感到不无失望，但当时

八月

我还很年轻，以一种崇拜的眼光去仰视他们，所看到的就只能都是优点了。我不停地向刊物投稿，就是也想成为他们那样的作家。

投的稿件原先是手稿，后来为了好看些有的还拿到打印店打印出来。那时打印店刚出现不久，打印材料还很昂贵，一页要三块钱，而吃一餐饭还不要这么多。但我为了圆自己的作家梦，宁可节衣缩食也要这么破费。为了亲自把稿件送到编辑手中，增加发表的概率，我还特地去了昆明两家文学期刊的编辑部。

一个是云南省作协的《边疆文学》。省作协所属的省文联就在我们学校对面的翠湖边上，门卫看得很松，我轻易就走进去了。编辑部在里面那栋旧楼的一楼，在那里遇到了一个上了岁数的编辑，他戴着一副眼镜，看上去挺儒雅的。他问我是小说还是散文，我说是小说，并问多久审稿结果会出来，他说是十天。我把稿件交给他后，本来还想在院内逛逛，多看看省作协是个什么样子，又怕会引起注意，就走出来了。后来知道，那个编辑就是当地的知名作家张永权。

还有一个是昆明市作协的《滇池》。市作协所属的市文联在市区东部一个偏僻的地方，坐了很久的公交车才到那里。时值中午，我见门卫室无人，就先溜进去看看。但办公楼里一个人都没有。我等了很久还是没等到人，就只好先出来了，在街上溜达起来，到下午上班时再进去。但再进去时门卫室已经有人了，他们就把我拦了下来。其实我走出来时他们就已经注意上了，觉得我是一个形迹可疑的人员，现在又要进去，当然就被拦下了。我对他们说明了来意，并把手中的稿件给他们看，他们相信了，就放我进去。我又走进了办公楼，但编辑部的门仍然关着，其他房间的门也关着，只有那间文联主席办公室还开着，一个人正站在办公桌前忙着什么。我心想他就是文联主席了，就进去向他问好，并说明了来意。他也挺客气的，问我在哪个学校读书，老家在哪里，并告诉我编辑部上午才有上班，他可以把我的稿件转交给他们。我就把稿件给了他，然后向他作揖道别了。

外地刊物我就用信件一个个投寄过去。虽然也知道这相当渺茫，但既然去投了，又都是抱着希望，都是满腔热情的。

投完稿后，就开始了漫长的等待。如果信件由班上的学习委员发到手中，往往会迟几天，如果自己到学校收发室领取，可以早几天收到。我就每天都到收发室看看有没有信来。柜台上有一个本子，登记着每天新到的邮件，我每次都是从头到尾仔细看了一遍，没有，再看一遍，还是没有。不用说，我始终都未等到任何一家刊物的回信，无论是亲自送到编辑部的，还是用信件寄出去的，无论是一笔一画写出来的手稿，还是省吃俭用花钱打印出来的打印稿，都是石沉大海，颗粒无收。我的作家梦就这样破灭了，不得不放弃了文学写作。

很多年以后，我又开始重操旧业，又想成为一个作家了。这时我有了一定社会经验，知道要去找关系发表几篇作品，要先加入基层的作协组织，然后一级一级地上去。刚好有一个大学校友在一家报社工作，他是中文系的，对我的情况比较了解，知道我曾经是一个文学青年，十分热爱读书写作，但现实的处境却很不好，迄今一事无成。他也很想助我一臂之力，就把我的作品推荐给了负责副刊的同事。于是我就在这家报纸上发表了几篇作品。我知道连江县作协主席是我大哥以前的同事，我就经过我大哥的介绍联系上了他，由他推荐于2018年底加入了连江县作协。

我接着想加入福州市作协，就去咨询一下要怎么加入。我以为市文联在市行政中心那边，市作协就也在那边，但市文联所在的那一层都找遍了，也没有找到市作协。市文联办公室里有一个中年妇女正坐在那里办公，我就敲门走了进去。她戴着一副眼镜，挺和蔼的，说市作协不在这里，在三坊七巷的鄢家花厅。我问她加入市作协要具备什么条件，她就问我有没有出书。我说没有，有在报纸上发表几篇作品。她说那不够，要有书。我听了就心中有数了，知道要加入更高级别的作协，就必须去自费出书，以我的条件要在报刊上发表足够数量的作品无疑是不现实的。我已经工作了很多年，现在拿出一些积蓄用来出书也是不成问题的。至于写出作品就更不在话下了，我的写作水平固然不高，但写作热情和写作能力还是有的，可以源源不断地写出来，就看有没有地方发表和出版了。

这样我就努力地写起作品，准备尽快出一本书。同时，还要想办法联系上市作协的人员。后来几经周折，终于在鄢家花厅找到了市作协秘书长。她把微信给了我，我心里就踏实多了，知道路要怎么走了。后来，她又把副秘书长的微信给了我，叫我以后跟她联系，入会事宜具体由她经办。副秘书长那时正在一所大学攻读博士，人很热情，我问什么都会耐心地解答，同时也很乐意为我提供一些帮助。

2019年9月份，市作协吸收新会员的工作开始了。这时我人刚好在国外，下载表格填好后就发给妻子，由她打印出来，并把我公开发表过的作品复印出来。我本来想叫县作协为我推荐，但他们认为我上一年刚加入县作协，这次要先推荐别人。我想早些加入市作协，好在也可以由两个市作协会员推荐，于是就叫妻子去连江找一个我认识的市作协会员，另一个就叫她去找这个副秘书长。这两位都很热心，做了我的推荐人。到10月份时我的书也如期出版了，妻子就把书跟其他申请材料一起寄出去了。

12月1日，我回到了国内。书那么多，就想尽量多送些出去，让更多的读者读到。于是几天后就把书往福州各个大中专院校的图书馆送去。5日那天送完书坐公交车从大学城回来时，夜幕开始降临了。我正坐在座位上看着窗外的景色，微信响起来了，副秘书长通知说，我申请加入市作协已经审议通过了！天啦！我下意识地握紧拳头，身子用力地往下顿了一顿，兴奋极了！市作协不同于县作协，显得有点档次了，加入以后就有一个更好的平台，更容易在报刊上发表作品了。

很快，副秘书长就把我拉进了市作协的微信群。我在群中认识了《福州晚报》的一个编辑，后来就在《福州晚报》上发表了几篇作品。同时《闽都文化》的一个编辑也在这个群里进行征文，我也认识了她，也开始在《闽都文化》上发表作品。我还通过这个群认识了市作协主席，并由他介绍认识了《福建乡土》的主编，也开始在《福建乡土》上发表作品。

加入市作协后，我又着手准备加入省作协。省作协的入会条件与市作协差不多，有公开出版一部作品，再在公开出版的刊物上发表一定数量的作品即可。我基本上符合这些条件，应该问题不大，但为保险起见还要继续写下去，再出一本书，同时也为以后加入中国作协做准备。

2020年底，我顺利地加入了省作协。那天傍晚，我正在上班地点的那棵榕树下站岗，一个朋友发微信过来说我初审已经通过。初审通过就意味着接下来只要等着公示了。我听到这消息后高兴得从地上跳了起来。加入了省作协，我的基本目标就实现了，以后即便无法加入中国作协，也过得去了，也算一个作家了，一辈子的奋斗也有了一个交代。

加入中国作协的条件可高多了，许多人写了一辈子都未能加入，许多人发表了很多作品也是申请了多次才加入的。我知道难度很大，但仍然要去争取一下，并准备接下来两年都不去申请，争取多发表一些作品，到2023年再去申请。

2021年3月份时，我的第二本书出版了。但加入中国作协要有三本书，如果不靠书，必须在省级以上的刊物上发表15万字以上的作品，我显然是无法达到的，所以只能再去出第三本书，并于今年1月份出版了。同时，我又继续在刊物上发表了一些作品，作品多一些就多一些胜算。我还去参加各种征文活动，并在广东文化馆主办的"我们的文化生活"征文中获得成人组优秀奖，也可以拿去凑个数。

一切准备就绪后，今年2月底中国作协一启动吸收新会员的工作，我就在网上填好入会申请表，并把申请材料送到省作协，由省作协审核后再统一送到中国作协。但结果出来还要很长时间，我只能耐心地等待着，一天天地数着日子。直到7月12日早上才从朋友那里得到消息，我在专家评审中已经获得通过了。我终于如愿以偿，奋斗了几十年终于在快五十岁时加入了中国作协，所有的付出也都值得了。我原先很想痛痛快快地哭一场，但得到消息后却压抑不住内心的兴奋，久久都难以平静下来，想想又忍不住在那里偷偷地发笑起来。简直太神奇了，这么好的事情居然也会落到自己的头上！我真有些怀疑这是不是真的。

我曾经以为要是能加入中国作协，作品就比较容易发表，在写作上就会有更好的发展，但现在看来事情并不这么简单。加入中国作协更多只是给自己一种安慰而已，并无什么实质性的意义。绝大部分会员都是藉藉无名之辈，而刊物一般都只会发表那些名家的作品。我知道自己的水平并不高，以前能够发表一些作品靠的都是熟人关系，但我也不能一再去麻烦这些熟人。所以我现在反而一次都不去投稿了。再说我能够加入中国作协也有很大的运气成分，许多比我优秀的作家都还未加入，我已经得到太多了，因而要把更多的机会留给别人。

我非但不会再去投稿，还准备把发表过的 25 篇作品全部当废品处理掉。我难道还要留着它们当传家宝？还能指望它们可以传世下去？对我来说，它们只是拿来加入中国作协用的，加入以后就完成使命了。我出的几部书只要各留下几本，也只是给自己看，有空时拿起来翻翻，回忆过去留下的精神足迹。当我离开这个世界时，这些书也将完成它们的使命。我也希望有人看我的作品，我的作品对社会有一定的价值，但这又是无法强求的。我以前还会把书送给别人看，后来就不送了，觉得这很没必要，反正书已经到社会上了，人们想看自己会找来看，不想看送给他们也不会去看。对我来说，一切都将烟消云散，进入一种虚空，但在活着时，我又必须有所追求，有所作为，我需要的是这个努力追求的过程，而不在乎最后那无可避免的结果。

回望在文学写作上走过的道路，曾经有过现在看来十分幼稚的时期，曾经做过许多现在看来毫无必要的事情，但我也无须为此而后悔。事物是在发展变化的，人也同样如此，每个阶段的想法都是不一样的，所要做的事情也都是不一样的，现在不再如此了，并不代表过去就是错的。我是一个平凡得不能再平凡的人，在自己喜爱的写作道路上努力前行着，追寻着心中的那道光。最后，就引用清代诗人袁枚的《苔》作为这篇日志的结尾吧：白日不到处，青春恰自来。苔花如米小，也学牡丹开。

八月

237

8 月 10 日

平时阅读一些作家的小说时有一个感觉就是，不少作家在创作的早期都十分追求新潮，采用十分前卫的手法，到了后期又重新回归于平淡，采用更为传统的手法。

郁达夫早期的作品，像《银灰色的死》《沉沦》和《春风沉醉的晚上》等，都属于浪漫主义风格，具有强烈的颓废色彩，进行大量的心理描写，显得有些晦涩难懂。而到了晚期，他的作品又变得平实、冲淡起来，手法上也采取了比较传统的白描、直叙、抒情，读起来更加明白晓畅，也更含蓄更有韵致，这其中比较典型的就是写于 1932 年的《迟桂花》。

余华是曾经的著名先锋文学作家，20 世纪 80 年代刚步入文坛时，大量地吸收西方现代派的手法，进行大胆的文本试验，像《十八岁出门远行》《鲜血梅花》和《现实一种》等，都迥异于传统的现实主义手法，令人耳目一新，同时又感到晦涩难懂。然而到 20 世纪 90 年代以后，他又开始向传统回归，其中最典型的是《活着》。这部长篇小说讲述了主人公福贵命运多舛的一生，与时代的风云变幻贴得很紧，在叙事风格上也是十分平实的，娓娓讲述着主人公的人生经历和故事，会吸引人们一直读下去，也容易读得懂。我读过余华的许多作品，《活着》是给我留下最深印象的一部，也是最喜欢的一部。

这也给了我们一个启示，即小说创作可以有也应该有不同的风格，可以有也应该有不同的手法，只有这样才能使小说艺术变得多样化起来，才能使小说观念得到不断更新和深化。但小说作为一种文学样式又毕竟要反映现实生活，要讲出故事，要具有情节。2012 年，我国作家莫言获得了诺贝尔文学奖，他在颁奖典礼上所作的演讲题目就叫《讲故事的人》。他也曾经是一个著名的先锋文学作家，同样认为自己是一个讲故事的人，小说就是要讲故事的。

当学生时，老师常常对我们说，记叙文要有时间、地点、人物，要有原因、经过、结果。就像说散文要"形散而神不散"一样，这种观点后来被认为是十分陈旧、落后的。其实这并没有什么错，这些要素就是记叙文以及小说须具备的。倘若小说创作完全脱离了现实生活，完全没有故事情节了，就成了作者的胡言乱语，或者一种文字游戏。即使那些荒诞不经的现代主义和后现代主义小说，它们也是对现实的一种反映，反映了现代工业和都市社会的各种弊病以及给人们所带来的精神困境。这些作家宣称小说可以没有情节，其实他们的小说仍然离不开情节，只是以不同于传统的形式出现罢了。

现实主义历来都是文学的主流，西方18世纪中叶开始的浪漫主义，19世纪中叶开始的现代主义，20世纪中叶开始的后现代主义，是对现实主义的重要补充，却无法取代现实主义。这些新文学流派也要吸收现实主义的长处，也要以现实为基础，也要有故事情节，才会更有生命力。那些过于前卫，过于抛弃现实主义传统的流派，都只是各领风骚三五天，很快就退潮了。那些层出不穷、花样繁多的现代主义和后现代主义流派，又有几个具有长久的生命力？已故的著名文艺理论家王元化先生曾经说过，他最欣赏的还是19世纪西方那些批判现实主义的作品，而对20世纪以后各种现代主义的作品没有多少印象。的确如此，那些广受读者喜爱，经得起时间检验的文学经典，更多都是属于现实主义的。

当然，文学的观念和手法也总是要不断向前发展的，现实主义要取得更好的发展，也必须不断进行观念上的更新，不断在手法上进行创新，也要不断对其他流派进行借鉴，吸收它们的长处。以我国古代小说来说，从魏晋的志怪小说，唐朝的变文，到宋元以后的话本小说、章回体小说，小说的观念、样式和手法等都一直在发展变化着。同样是章回体小说，《红楼梦》就在此前另外三部古典名著的基础上又有了很大发展。再把现代小说跟古代小说比较一番，就更是天差地别了。这是一种发展进步。同样是现实主义，也可以有不同的现实主义；同样是讲故事，也是可以有不同的讲法。

8月11日

王彬彬是当代一个知名文艺评论家，20世纪90年代就已经在文坛崭露头角，以其直率而犀利的批评风格，指出许多作家创作上的缺陷，以及当今文坛的一些弊病，从而引起人们的注目，产生了较大的影响。后来他在写评论文章之余，又写起了历史随笔，同样也是很有见地的。他通过深入地挖掘史料，得出对一些历史问题的不同看法，纠正了人们对一些历史问题的不正确认识，会让人感到别开生面，很受启发。不论他的评论文章还是历史随笔，我都很爱看，很多都反复看过了。

近年来他又从历史回到了现实，在写评论文章的同时，又写起了关于自己人生经历和生活见闻的散文，以自己的独特视角呈现出了社会万象和世间百态，也变成一个作家了。他在《钟山》开了一个专栏"荒林拾叶"，又在《收获》开了一个专栏"尘海挹滴"。《钟山》和《收获》都是最顶级的文字刊物，都是双月刊，每期只刊出为数不多的一些作品，只有当今文坛那些最有实力的作家才有机会发表一篇两篇，我等之辈是一辈子都别指望的，而他却可以在上面开专栏，并且还是在两份刊物上左右开弓，可见其实力是相当不俗的，作品很受读者的欢迎，也很受这些刊物的青睐。他以前出的那些书我都买过了，现在这些新作品很多也在网上读过了，今后如果也结集出版，我还会再去买一本。虽然我现在由于家里没有专门的书房，藏书太多没有地方存放，因而很久都不买书了，但他的书却不能不买。

最近在网上看了他在《收获》2022年第4期上发表的一篇《公私》，讲述他亲身经历过的人民公社生活。人民公社从1958年开始建立起，到20世纪80年代初退出历史舞台，存在了二十多年，曾经极大地改变了人们的生活，也对历史进程产生了重要影响。人民公社的特点是"一大二公"。大即规模大，由成千上万个农户组成，工农兵学商全部涵盖过去，实行政社合一。公即公有化程度高，实行集体所有制，并且还要向全民所有制过渡，要不断割资本主义尾巴，要"狠斗私字一闪念"。然而在当时的社会现实中，也仍然存在私的一面，这是人性中所固有的，是无法消除的，会以那个时代特有的方式表现出来。

作者1976年春季开始上公社高中，寄宿在学校里。那时生活条件还很差，他们饭都吃不饱，菜就更谈不上了，每周都是家里炒一些腌豇豆，也没什么油，装在玻璃瓶里带到学校吃到星期三，然后中途再走回去拿一次。即使这样，菜仍然不够吃。穿的是从兄长甚至父亲那里传下来的土布衣服，破旧不堪，而且很不合身。住在宿舍里没有蚊帐，只能任蚊子叮咬。然而，他们班上有三个男生却十分特别。他们的菜都炒得很油，隔着玻璃都能看见根根豇豆汪在油里。更特别之处还在于，他们都有蚊帐和自行车，衣服都是鲜亮而且合身的。其中两人是公社书记的儿子，另一人是公社供销社营业员的儿子。

公社书记手中掌握着全公社的大权，生活自然可以跟别人不一样，他们的子女可以比别人家的子女优越得多。而供销社营业员也可以这样，就有些费解了。其实在那个年代，供销社营业员可不是一般的角色。供销社是人们购买日常用品的唯一渠道，从某种意义上说，人们的命根就捏在供销社营业员的手里，一些紧俏物资能不能买到就要看他们的脸色，扯布打酒时尺寸和重量的掌握也得由着他们，他们可以利用这种伸缩度把上级预留的货品损耗变为自己的额外收入。因此，当时供销社营业员是一个很让人羡慕的职业，其子女也可以像公社书记的子女那样阔绰。当时有一篇报刊上的文章，写到一个公社书记拍着一个中学老师的肩膀说道："好好干！干好了，我提拔你当营业员！"这就是当时社会生活的真实写照。

　　作者在结尾这样写道："那时候，我们班上的那三个同学，说是鹤立鸡群，那是一点都不夸张的。对于这三只鹤，我们这些鸡们，并没有人表现出丝毫嫉妒之心，甚至连羡慕之意都没有。只是针对他们的挂蚊帐，有个数学特别好的同学曾经算过一笔账。那三个同学，也是与人共睡一铺。这样，每天晚上就有六个人是睡在蚊帐里。本来寝室里是 46 个人。如果每天晚上寝室里有 1000 只蚊子在活动，那本来平均每人摊到 20.68 只蚊子。现在，有六个人躲进了蚊帐，1000 只蚊子就要由 40 个人来摊了，平均每人摊到 22.2 只。因为他们的挂蚊帐，每天晚上，没在蚊帐里的 40 个人，就多被 1.5 只蚊子叮咬。如果一只蚊子每晚吸走我们一小滴血，我们也要因为他们的挂蚊帐，而每夜多失去一点点血。我的数学不好，没有复核过，不知他算得对不对。这个同学是以玩笑的口气算这笔账的。后来，我回想起他算出的这笔'血债'，才意识到，当时虽然所有同学都没有表现出羡慕甚至嫉妒，但未必每个人内心深处，都毫不在意。"

　　说的都是日常的事情，都是在现实中发生的，但又往往被人们所忽略。我看了很多关于这个年代的作品，包括当事人的回忆性文字，都很少有从这种角度切入的，很少提及这些事情。但正因为是日常的，才更能反映那个年代，反映那个年代的人。所使用的语言也是极为平实的，几乎就是大白话，就是我们日常的语言。这也难怪，写日常生活不使用日常语言又使用什么语言呢。这种语言看上去似乎是不加修饰的，但也只有这样才更加贴近我们的生活。当然在这些背后，还有作者特定的价值观，即要实现人人平等，要尊重人性以及人的权利。但在那个年代，这些却统统谈不上了。作者没有直接说出自己的价值观，也没有直接批判那个年代，而是原汁原味地呈现那个年代的荒谬。但在这一过程中，这些东西都已经不落痕迹地表现出来了。作者最后说到因为那三个同学有了蚊帐，其他人平均要多被蚊子咬几下，这看似荒诞不经，其实又是严肃甚至沉重的。

8月12日

　　最近在网上读到四川大学教授唐小林发表在《文学自由谈》2023年第4期的《王彬彬为何无缘"鲁奖"?》一文,作者以辛辣、幽默的笔法,尖锐地指出当今文学界以及评论界存在的不良风气,为著名评论家王彬彬无缘鲁迅文学奖而鸣不平。2022年8月25日,第八届鲁迅文学奖获奖名单揭晓,入围文艺理论评论奖前十名的王彬彬,最终遗憾地出局,无缘这一重要的奖项。作者认为,以王彬彬的实力和影响力,早就应该获此殊荣了,却偏偏无法获奖。

　　作者认为,根据他对鲁迅文学奖文艺理论评论奖多年的追踪和观察,像王彬彬这样敢于大胆剜"烂苹果",不惧名流和权威的文学批评家,要想获得此奖,简直就像"蜀道之难,难于上青天"。"在王彬彬的心目中,只有学术,没有权威,任何学术名人的荒腔走板,当红作家的写作病象,乃至种种文坛怪现象,都休想逃过他那睿智的眼睛和犀利无比的笔。著名学者严家炎、汪晖、陈晓明,当红作家余华、王安忆、残雪等,都曾受到王彬彬无情的解剖和尖锐的批评。""更让人匪夷所思的是,被王彬彬尖锐批评过的、学术基本功令人怀疑、游谈无根的陈晓明,居然是第八届'鲁奖'文学理论评论奖评奖委员会的副主任。由他来评王彬彬,这种戏剧性十足的'梗',电视剧怕是都不敢这样编。黄钟毁弃,瓦釜雷鸣。当溜须拍马的文学批评大行其道,被'鲁奖'评委们青睐有加的时候,像王彬彬这样远离文学名利场,埋头做学问的学者,势必会无人问津;他苦心孤诣的《八论高晓声》遭到集体冷遇,也就成了意料之中的事。王彬彬那无所畏惧的文学批评,得罪和激怒过无数的文坛大佬和学界大咖。在他们巨大的隐形关系网面前,王彬彬即便躲得过明枪,也躲不过暗箭。"

　　文坛也是一个巨大的名利场,除了要考虑文学本身的因素,还要考虑文学之外的因素,甚至文学之外的因素更需要考虑。在这种情况下,那些直言不讳、直指文学创作弊病以及文坛怪象的评论家必然会得罪许多人,会破坏业已形成的那种文坛秩序。他们的作品能够发表出来就已经很不易,要评上"鲁奖"这样的体制内大奖,就更难了。

　　作者说到了王彬彬无缘"鲁奖"的一个重要因素,但还有一个因素尚未说到，即比起许多评论家的作品，动辄就是时髦、深奥的理论，晦涩难懂的文风，王彬彬的作品又是缺少理论色彩，文风又是相当浅近直白的。

他曾经说过，自己作为一个以评论为业的学者，当然也读过那些新出现的理论，但很少在自己作品中引用那些理论，并且也不去建构自己的理论，而是针对具体的文学作品进行评论，指出其创作的得失。这并不是什么缺点，而是优点。许多评论作品动辄就是各种时髦的现代和后现代理论，但这些理论未必就是有生命力的，也未必就是适合我们现实的。譬如，20世纪80年代我们就从西方引进了后现代理论，许多人都热衷于这种理论，天天把它挂在嘴上。但当时对于我们这样一个连现代都未进入的国家，又谈何后现代呢。其实就是到了现在，也很难说我们已经进入现代了。但许多人就是喜欢赶时髦，对这些理论进行生吞活剥，食洋不化。他们的目的并不是要具体指出文学创作的得失，而是要标新立异，把具体的文学作品生拉硬扯地往这些理论上套。在那些满嘴都是各种时髦理论的人看来，王彬彬的评论作品就显得缺少理论的深度，上不了台面。

他的文章显得十分清通，语言十分浅近直白，读起来晓畅易懂，这本来也是一个优点而不是缺点，难道文章晦涩难懂，让人看了云里雾里反而是好文章了？但在当今文学评论界，又流行着后一种后文风，似乎文章越是让人看不懂就越显得有水平。其实晦涩并不能与水平划上等号，文章晦涩难懂，往往并不是因为内容的深奥，而是作者的思路混乱，对相关问题缺乏深入的研究，尚未弄清问题的来龙去脉，即自己尚未真正弄懂造成的，只好用这些时髦的理论来掩盖自己的苍白。王彬彬对其评论对象都经过深入的分析，往往能一针见血地指出创作上的得失，并且以一种明白晓畅的语言表述出来，这其实是很见功夫的，但在那些文风晦涩的人看来，却显得有点不入流。

自从出道以来，他始终保持着这种写作风格，写出了大量很有见地很有份量的作品，这是我们读者的幸运，可以从中增长许多见识，更好地懂得如何评价作品，如何认识文坛的各种现象。这样的评论家要多一些才好。

我希望他会一直这样保持下去。优秀作品是不怕没有读者的，是不会被时间淘汰的。评论家对评论对象进行深入的分析，说出自己的真实看法，这才是最重要的，而是否得奖，是否得到世俗的名利，是并不重要的。李白、杜甫又得过什么奖了？曹雪芹又得过什么奖了？他过的是"举家食粥酒常赊"的落魄生活，临死之前一部《红楼梦》都还未写完。

可多少年过去了，仍然是"李杜文章在，光芒万丈长"，《红楼梦》仍然是一座无法超越的高峰。那些偏离了文学方向，掺杂进太多世俗因素的作品，虽然会热闹于一时，但注定也只能热闹于一时，很快就湮没无闻了。

8月13日

　　我自己的作品也是十分浅近直白的。有人说我的作品贴近生活，语言平实，喜欢看这样的作品，有人说我的作品太普通了，都是说些人们已经知道的东西，语言上也过于通俗。对于外界的评论，无论说好的还是说歹的，我都是既不在意又会在意。把我说得再好，我的尾巴也不会翘到天上去，我仍然十分清楚自己有几斤几两；把我贬得再低，我也不会因此就泄气起来，我本来就只是把写作当作一种兴趣爱好，并不奢望能写出多好的作品。但对于那些说得中肯的意见，我也会注意听取。不少人都说我的作品缺少深度，这是我乐于承认的。这其中固然有外界的限制因素，同时也是因为自己的水平不高，今后还要不断地提高自己。但作品写得浅近直白这个特点，却是我改不了也不想改的。

　　我的作品一般都是结合自身的经历或者见闻，谈谈自己的思考或者感悟，抒发自己的内心，写的都是些现实中发生的事情，写的都是些普通的道理和情感。日常的内容决定了只能使用这种日常的文字，而不是那种晦涩难懂的文字。

　　我不讳言，自己并未读过很多理论著作，就以读过的那些来说，也是不大读得懂的，因而我的理论修养是不高的，这也决定了我写不出那种高深的文字，只能讲些普通的道理，并使用浅近直白的语言。我本来就不高深，就不能故作高深状，那样只会使自己的面目变得更加丑陋起来。我虽然并不高深，但作品又必须有自己的内容以及见解，否则就不必费心思写出来了。所写的话题首先自己必须弄懂，弄清事情的来龙去脉，然后用清晰的语言把自己的意思表达出来。我写作时考虑的还不是读者能否看得懂，而是自己能否看得懂。其实我也不会有多少读者，主要是作为一种兴趣爱好，写给自己看，跟自己交流，要让自己看得懂。

　　许多人瞧不起这种浅近直白的文字，也许会以那些经典作为例子，说经典都是很难懂的。其实真正的经典是并不难懂的，《论语》《孟子》《老子》《庄子》等我国古代的这些经典，没有一部是真正难懂的，至于国外的经典，也许本身也并不难懂，只是经过翻译这道环节而变得难懂了。能够写出经典的人，都是最有智慧最有涵养的，会十分珍视自己的文字，不会未经深思熟虑而在那里故弄玄虚。对于经典，我们需要的是静下心来，慢慢地进入，而真正进入后就会觉得很好理解了，它们讲的也都是人的学问，都是可以还原为日常的。

我的作品写得十分浅近直白，还与我平时的阅读有关。我喜欢读那些文从字顺，有深刻的见解又有平实的语言，摆事实讲道理又符合逻辑的作品，而那些故弄玄虚、语言晦涩的作品会让我望而生畏的。在我国当代的学者和作家中，我最经常阅读的是丁东和王彬彬两位。他们都是好学深思之士，学问做得很扎实，有着很广的人文视野，作品都很有见解，能够给人们以深刻的启发，同时又有许多别处不易见到的史料和史实，看了可以增长许多见识。同时，他们的作品都是很清通的，语言都是浅近直白的，很容易看得懂，很容易进入他们的世界。经常阅读这样的作品，不仅在思想方面，在文字方面也会受到潜移默化的影响。经常阅读这样的文字，从自己的笔下自然也会流淌出这样的文字。

我不怕别人说自己的作品写得浅近直白，我怕的是自己的作品写得还不够清通，还不够浅近直白。我对自己的第一本书不满意，主要原因也在于此。这有客观上原因，即当时我把书稿交给出版社后就出国了，只能隔着大洋与编辑进行联系，修改和校对只能在电子版上进行，一边看一边把需要修改的地方记在表格里，无法像在纸质稿上那样从容细致地进行，可以直接在上面修改。主观的原因就是第一次写书缺乏经验，文笔也不够老到。出第二本、第三本书时我在国内了，可以把纸质稿从出版社领回来，在上面从容细致地修改过去，而且文笔也更加纯熟了，因而就一本比一本更加满意。我每篇作品前后都要写上六遍，每修改一遍都使之变得更加完善，也变得更加清通，更加浅近直白。

我的作品深奥不起来，我也不想使之变得深奥起来，把作品写得更加清通，更加浅近直白是我始终的追求，我将一直这样写下去。

8 月 14 日

今年高考结束之后进行高考志愿填报时，网络上一个所谓的"山河大学"爆红起来了。我原先不明所指，以为什么地方真要办起一所这样的大学。后来上网了解了一番，才知道原来是一所广大网友虚拟出来的大学。然而，虚拟尽管虚拟，能在网络上产生这么大的热度，能让全国人民尤其年轻人都积极地参与进去，这又是有原因的，反映了当下社会的一种现实以及人们的一种心态。我向来不想去凑热闹，但对于社会问题又是十分感兴趣的，对于这种能很好地反映社会现实和心理的现象，是不会轻易放过的。

这所"山河大学"最早来自一些网友的一个玩笑——山东、山西、河南、河北四个省份的343万考生，每人出1000元，总共是三十多亿，就可以打造出一所四省交界的综合性大学，面向"山河四省"招生。随后，"山河大学"的官网、校训、校徽、院系、招生简章陆续被网友接力设计出来，吸引越来越多的人参与进来讨论，掀起了一场网络热潮，而且在很长时间内都热度不减。

不仅这四省的网友，其他省份的网友也踊跃加入这场不失严肃的办学讨论，畅谈自己的教育理想。有人用"精神乌托邦"来形容这所仅仅存在于概念中的大学，但它恰恰反映了草根群体对高等教育的一种期盼。他们对高等教育的现状有诸多不满，现在就借助这个机会尽情地表达一番自己对未来的一种希望。虽然他们的要求未必都是合理和现实的，有关部门仍须注意倾听他们的呼声，可以从中归纳和提炼出一些有益的意见和建议，为高等教育改革提供新的思路。什么是民意？这就是民意。什么是问计于民？这就是问计于民。

这所"山河大学"爆红起来的背后，是这四省在高等教育问题上面临的一种共同困境。它们作为中原文化的重要发祥地，又是人口大省与高考大省，但比起其他许多地方，优质的高等教育资源都是相对匮乏的。其中，总人口超过2亿的河南、河北、山西三省甚至没有一所"985"大学。高考的竞争十分激烈，上一所同样的大学，分数要比其他省份高出许多。而且由于优质高等教育资源的匮乏，许多优秀的学生都要报考外地的大学，毕业后往往就不会回来了，致使人才流失十分严重。

我当然十分同意这种看法，但还想在这个基础上做些补充。

在我看来，这四省也不必过于纠结所谓"985""211""双一流"这些大学的有无以及多少。这些都变成了一种固定身份，但各所大学又是在发展变化的，已经进入的可能还会发生倒退，但并不会因此而被踢出去，没有进入的也有可能会赶超，但仍然不会被补进来。对大学的评价更有价值的还是看排名，假如这种排名是由权威机构做出的。它们所需要着眼的，是如何提高大学的办学质量，培养出更多优秀的学生。

这四省更需要争取的是高等教育资源分配的公平，包括国家高等教育经费分配的公平以及高校招生的公平。目前，国家高等教育经费更多都是投向"985""211""双一流"这些高校，这一方面使投向这些高校的经费未能有效地使用，浪费了一部分教育资源，另一方面又使其他高校得不到更多的经费，各方面都难以发展起来。要完全一碗水端平也是不现实的，但显失公平又是不应该的。我们需要改变现有这种国家高等教育经费的分配格局，面对部分地区优质高等教育资源的匮乏，适当增加经费投入无疑是必要的。

至于高校招生的不公平，更是需要加以改变的。这四省高考录取分数线都要比其他地方高出许多，其他地方可以上重点高校的，这里只能上普通高校。在这种情况下，就产生了很多高考移民现象，这四省的考生很多都到录取分数线低又容易落户的西部省区参加高考。要实现高校招生的公平，最终是要走向由高校完全自主地面向全国招生，不实行分省定指标的办法。如果无法做到一步到位，需要继续实行分省定指标，也必须考虑指标分配的公平。

在这两个方面的公平得以实现的前提下，就要看这四省自身的作为了。如果本地的大学办得好，自然就会有更多本地的学生报考，同时还会吸引到更多外地的学生。如果经济社会发展得好，充满了活力，就会有更多本地大学的优秀毕业生留下来，同时还会把外地大学的优秀毕业生吸引过来，飞走的孔雀又会飞回来，就不会有人才流失的问题了。现代社会毕竟是一个高度流动的社会，一个地方要靠自身的实力以及活力，才能更好地留住人才和吸引人才，否则再怎么人为地干预，都无法阻止人才的流失。人才的流失也不完全是坏事，会促使当地重视起来，要把自身的事情办好。每个地方都这么做了，就会形成一种你追我赶、争创一流的良好氛围。

最后还值得一说的是，无论这四省还是其他地方的高校，比教育资源投入更重要的是管理机制的完善。"所谓大学者，非谓有大楼之谓也，有大师之谓也"，大学能否办好，能否产生出更多的学术成果，能否培养出更多的优秀人才，主要并不在于硬件上投入了多少，而在于有多少优秀的教师。而这又要看是否具备良好的管理机制。良好的管理机制会把优秀的人才放到合适的岗位，并使其充分发挥作用，不好的管理机制则会冒出许多南郭先生，真正的人才到了这种地方也很难发挥作用。我们现在大学的经费投入都增加了很多，大楼都建得很气派，各种设备也都很先进，但办学质量却与之很不相称。这主要还是由我们大学僵化的管理机制造成的，并未按照现代大学的规律自主地运作，而实行行政化的管理。整个高等教育管理体制的改革事关全局，需要由中央做出决策和部署，但在现有的体制下，各个地方以及各所高校并非就没有改进的空间，如果能够大胆地进行探索，也可以改进大学的管理机制，提高办学的质量，并给其他地方和其他高校以有益的借鉴。当然，中央也要为这种探索提供更大的空间。

8月15日

"如果你是一位河北承德考生，那么你上985院校的机会不足隔壁北京、天津的30%，不如东邻辽宁考生的70%；你上211大学的概率，不如北面近在咫尺的内蒙古考生的60%。你即便比这四个省市考生多考100分，可能只有机会在省属重点高校河北大学或河北师大就读，而他们同样的分数，会上一个985院校或优秀的211院校。"这是我从最近读到的一篇自媒体文章中摘出的一段话。都说教育可以改变命运，在现代这种专业化和学历化的社会，考上大学尤其好的大学，是一个寒门学子改变自己的命运，实现阶层跨越的重要途径，然而我们的现实却是，不同地区的考生上大学尤其好的大学的机会是十分不均等的。而这又根源于我们所实行的，由国家把指标统一分配给各个省份的高校招生制度。

这种制度可以追溯到1952年的高等院系调整。1952年，我们学习苏联的模式，对以前留下来的高等院系实行重大调整，建立起了一种新的高等教育体制，取消了高等学校的招生自主权，在教育领域也确立了中央集中分配指标的计划体制，即"分省定额"的招生制度。高校在哪里招收多少学生，是根据国家经济建设的需要确定的，由国家统一计划，学生毕业后也由国家统一分配。最早是把指标分配到几个行政大区，从1959年开始又把指标分配到各个省份，形成了沿用至今的分省定额的高校计划招生制度。在这种制度下，不同省份的招生比例是不一样的，对那些工业以及教育发达的地区是十分有利的，而对其他地区是十分不利的，存在很大的不平等性。

1998年后我们实施的一系列高等教育改革，又进一步扩大了这种不平等性。其中一项重大的改革，就是中央部委将所属高校的部分办学权下放给地方，希望地方在土地和财政等方面加大对这些高校的支持力度，以加快建设一流大学的步伐。地方政府则以增加这些高校在本地招生的名额，作为与教育部讨价还价的筹码。这样一来，就进一步加速高校招生的"属地化"。以复旦大学为例，在1999年高校开始扩招前，只把

20%的招生计划留给上海，而本世纪初则达到了50%左右，复旦大学快要成上海人民的大学，而不是全国人民的大学了。2007年全国34所首批"985"院校中，有13所本地学生的比例超过了40%。到了去年，仍然有4所在40%以上，22所在20%以上。

要改变这种现状，实现高校招生对各地考生的平等性，从根本上说就是要废除这种计划经济时代遗留下的分省定额的高校招生制度，由各高校自主地面向全国统一招生，不分考生来自哪里。这其实也是世界上高校招生的通行制度，也是我国1952之前高校招生所长期实行的。这种制度国外一直都实行得很好，我们自己过去也曾经实行得很好，就说明这种制度是科学合理的。我们过去之所以实行那种计划色彩很浓的高校招生制度，乃是根源于过去实行的那种计划经济体制。这在当时有一定的合理性，但现在已经实行市场经济体制了，人才的培养以及分配在很大程度上已经市场化了，但这种高校招生制度仍然迟迟未退出历史舞台，甚至还变本加厉起来。这对很多考生无疑是很不公平的，对社会也是很不利的，不利于高校择优录取，培养出更多优秀的人才。

其实，世界上的高校还通行一种制度，就是即使高校的教育资源出自地方政府，但招生仍然是公平地面向全国乃至全世界的。这看似会使当地吃亏，但因为吸引到全国乃至全世界的优秀人才而给当地带来的贡献，又是远大于这种付出的。这比起招生属地化，就是算大账与算小账的区别，就是长远眼光与鼠目寸光的区别。复旦大学有一半学生都来自上海本地，这就堵住了许多外地优秀学生前来上海就学的通道。而过去上海的优势恰恰在于它是海纳百川的，能够吸引各地的优秀人才前来发展，才成其为大。

人们或许会担心这种新的招生制度是否符合我们的国情，实行后是否会带来一系列的问题。其实，我们的研究生招生就实行这样的制度。研究生招生可以这样，高校招生为何就不可以这样？这说到底只是害怕触及到既有的地区利益格局，甚至只是一种认识误区，一种短视，或者一种惰性罢了。

而要废除现有的这种招生制度，就必须恢复实行全国统一高考的制度。高校招生可以没有统一的高考（联考），考试由各高校自主命题，我们民国时期的高校就曾经是这样的，可以实行统一高考（联考）与各高校自主命题相结合的模式，这也是世界上的主流模式，也可以只实行统一的高考（联考）。基于我们的国情，完全由各高校自主命题也是不现实的，高考还是不能取消的，但必须实行全国统一的高考制度，实行统一的命题，这样高校招生才能实行统一的标准。实行现有这种分省命题的高考，就无法实行全国统一招生了。有了这样的高考制度，那些反对改革的人就更可以找到借口了。

我们历来都实行全国统一高考的制度，由全国统一命题，我1995年参加高考的时候还是如此。但后来社会上出现了许多批评这种制度的声音，主要来自一些人文领域的学者，说这种统一命题尤其作文的统一命题，严重扼杀了多样性和创造性，应当由各省去进行命题，去进行探索。其中比较典型的是某所大学中文系的一个教授，他于1998年在一家刊物上发表了一篇文章——《炮轰全国统一高考体制》，光看标题就够雷人的。2001年，我们对高考进行了改革，实行"统一高考，分省命题"。我不知道这次改革与这些人的呼吁有没有关系，有多大的关系。如果有，就又是一个文人误国的活生生例子，虽然他们的本意并不是这样的，也是出于改进高考的良善动机。高考改革更是属于社会科学的范畴，是需要进行理性分析的，而不能凭着文人的激情和浪漫。原来高考实行全国统一命题，在考试内容上确有许多值得改进的地方，尤其是作文，但这需要的是改进考试的内容，而不是废除全国统一命题。由各省进行命题，考试内容不也同样会存在各种问题？

8月16日

我自己读初中时，语文、数学、英语和政治都是主科，中考语数英三科都是120分，政治是100分。物理和化学中考也都要考，物理是60分，化学是40分。历史、地理和生物都是副科，中考都不考。主科自不必说了，要想在激烈的竞争中脱颖而出，考上中专或者重点高中，主要就看这些主科了。因此，我们都很重视这些科目，把主要精力都投在上面。物理和化学虽然分值低，但毕竟也是分数，也是忽视不得的。千军万马过独木桥，未来人生很大程度上就取决于这次中考，有的就因为一分半分而与一所学校失之交臂，因此每分都要争取，都不能轻易放弃。这样，我们对物理和化学其实也跟语数英一样重视了。而且这两科都是探索自然的奥秘，老师会在课堂上为我们演示许多试验，我也是很感兴趣，很爱学的。

但作为副科的历史、地理和生物，由于中考都不考，人们就觉得读了也没什么用，因而都不会重视，在课堂上都不会认真听讲。而副科老师比起其他老师也是"二等公民"，在教学上都不会很投入，在课堂上都是随便讲讲，几乎都不布置什么作业。考试的要求也很低，随便考考都会过，学校从不会在这些科目上卡学生。其实，这些科目都是很有趣味的。历史记载着过去发生的重大事件，说明人类是怎么从古代走到今天的，涉及到人类社会的方方面面。地理介绍地球的各方面知识，经度、纬度、地质、地貌以及土地、气候、物产等等，都是我们很需要了解的。生物初一学的是植物，初二学的是动物，初三学的是生理卫生，这些都是离我们很近的自然科学，生活中随处都会遇到，甚至就在我们自己的身上。我这人向来对世界有一种好奇心，因而就很喜欢这些科目，课本很认真地看，课堂也认真地听，考试也都考得很好。但其他人一般都把这些科目当作可有可无的，我在他们中间就显得有些另类。

我中学毕业后就很少去关心中考、高考的事情了，不了解其中的具体情况。直到三年前儿子也开始上初中后，对这方面才又开始关心起来，才对情况有了一些了解，才知道现在的情况跟以前已经有了很大不同。历史、地理和生物虽然还是副科，但中考也都要考了，而政治由主科变成了副科，与历史一样只有 50 分。地理和生物从初一学到初二，然后跟初三学生一起参加中考，称为"小中考"。虽然这两科都只有 30 分，但只要有纳入中考就大不一样了。现在的中考竞争比以前更加激烈，实行分流制，即有一半考生要被分流到中职学校，只有一半考生才有机会上高中。为了能上高中，学生都要拼了老命读书，所有的科目都要重视。

儿子初二时要进行小中考，我们就对他说，现在要努力准备地理和生物这两科，它们虽然加起来只有 60 分，但也是分数，能多拿几分就要争取多拿几分，也许以后能不能考上好学校就看那么一分两分。同时这两科考好了，就打下了一个基础，心里就踏实了。他也知道这个道理，同时也对这两科很有兴趣，因而就很认真地学，尤其到了初二下学期，更是很努力地备考。最后，他两门都考了 91 分，折算后总共 54.5 分，我们一家三口都很开心。他到初二时开始变得厌学起来，成绩退步了许多。到了下学期，我意识到他再不努力中考就没希望了，就开始抓起他的学习。他自己也开始想考高中了，学习开始用功起来，成绩也慢慢有了起色。小中考成绩出来后，他心里也踏实了一些，变得更有信心了。初三后他的状态又继续回升，成绩又继续进步，终于考上了一所二类校。

这种教育改革无疑是很对头的，把这些副科也纳入中考，学生就会重视起来，就会认真地学习，学到更加扎实的知识。不像我们以前那样，副科都成了弃儿，学生不愿意学，老师也不愿意教。而这些学科对于完善学生的知识结构，提高学生的素养其实是很重要的，在我看来其重要性并不在主科之下。这种应试教育固然也有其弊端，使学习都围绕着考试的指挥棒转，但也有其长处，就是会促使学生认真地学习，从而学到比较扎实的基础知识。在可以预见的未来，我们都无法取消应试教育，我们所要做的是去完善教育的内容，使之变得更加科学合理，经由这样的教育使学生学到更加科学合理的知识以及技能。

我了解了一下，我们福建省是从 2017 年开始把历史、地理和生物三科纳入中考的。这些年中学教育改革遭到社会上的很多批评，但也不是没有做得正确的地方，把历史、地理和生物也纳入中考，在我看来就做得十分正确，甚至可以说是一个德政。我们需要从正反两方面总结过去教育改革留下的经验教训，成功的方面要坚持下去，不成功的方面要改正过来。

8月17日

我不喜欢跟人打交道，这是一件没有办法的事情，并不是自己要刻意如此，而是自己的性格以及人生阅历所造成的，自然而然就会这样。

许多过去曾经相处过的熟人，像从小学到大学的同学，都是很多年未跟他们联系了，有时要举办同学会，负责组织的同学曾经联系上我，叫我也去参加，我都只能加以拒绝。对于那些曾经相处过的熟人，我会觉得自己过去不会做人，不会说话，曾经做过一些伤害他们的事情，曾经说过一些不该说的话，怀有一种深深的歉疚感，从而不愿再见到他们了，希望这一切都随风而去，不要再勾起往事的伤感了。同时，这些熟人中也有些确实人品欠佳，也会做一些伤害别人的事情，自己过去就曾经受过他们的伤害，从而不想再跟他们接触了。初中时班上有一个男生，他虽然也不是什么恶人，但却有一个缺点，就是自己一毛不拔却喜欢占别人的便宜，而且又有些褊狭，不会与人为善，在同学当中印象是相当不好的。有一次要搞同学会，却恰恰是他在组织，打电话过来叫我也去参加，我当然只能借故推辞了。

至于陌生人，也不知道自己会遇到怎样的陌生人，是一个厚道的好说话的人，还是不厚道的不好说话的人，所以还是谨慎一些为好，出去时走自己的路，尽量不与人发生磕磕碰碰的。

无论对于熟人还是陌生人，我都是能不说话就不说话，能不打交道就不打交道，这样才会有一种安全感。

当然我的这种处世方式也尚未达到那种病态的程度。人是社会的动物，在生活和工作中必须跟人打交道的我也能打交道，必须说的话我也能说。同时，熟人当中有一些为人厚道，性情随和，可以放心地与之交往的，我有时也会跟他们做些交流；在外面遇到陌生人，经过接触感觉也是为人厚道，性情随和的，我也愿意跟他们做些交流。人总是愿意跟同类进行交流的，我自不例外。但我在跟人做这种交流时，总是提醒自己说话要过一下脑子，要说些得体的话，切莫口无遮拦，说出些很不得体的话来，从而既伤害到别人，又给自己带来苦恼。我过去在这方面是做得很不好的，必须牢牢记住这个教训。

也有一些熟人想跟我做些交流，我很少能满足他们，这多少显得有些不近人情，我也为此而感到一种歉疚。我只能以自己并没有去伤害别人，也没有去占别人便宜，也没有去麻烦别人为自己解脱。我这样虽然对人无利，但也无害。而你们要是还跟我交往起来，虽然我现在也一直在学习如何说话，如何跟人打交道，但也不能保证都学会了，如果又有什么不妥之处，就又伤害到你们了，虽然我真的并不想伤害到你们。

很少跟人打交道，我更多的时间都在独处。独处时，我可以读书，与古往今来的有识之士人进行隔着时空的交流。这种交流不必担心会引起不必要的误解，不必担心会惹出什么麻烦。通过读书，我还可以了解到社会的万象，了解到各地的风土人情，这又是多么美好的一件事情。我可以写文章，写自己想写的东西，可以像指挥千军万马那样，让文字按照自己的意志调动起来，达到自己的目的，一切都取决于自己。我还可以到外面行走，悠闲地行走着，边行走边欣赏路边的风景，边行走边观察世间的百态，有时还能从行人的口中听到一句很经典的话，而且都不必担心会因为跟人打交道而发生各种误会和冲突。同时，在悠闲的行走中，使身心得到放松，使身体得到锻炼。我还可以在那里发呆，使身心进入一种彻底放松的状态，开始胡思乱想起来，想着世界上的各种问题，可谓思接千载，神游万仞。有时来了某个灵感，就赶紧提起笔记下来，不能让它轻轻地溜走。

八月

253

独处了，我可以做起日常生活中的一些事情。可以洗洗衣服做做卫生，把自己整得更清爽更精神一些。可以逛逛超市，买些好吃又实惠的东西回来，改善一下生话。这些都是生活中必不可少的部分，可以说它们是鸡毛蒜皮，但又是最基本的——要是这些都没有了，还谈什么别的。有时想想也挺感慨的，有些东西再怎么高不可攀，遥不可及，我们普通人也还要正常地生活。"人生如逆旅，我亦是行人"，我们寄寓在这个世界上，就是要享受世俗的生活，就是要吃喝拉撒，就是要衣食住行，这些都普通得不能再普通了，但又是任何人哪怕是伟人都少不了的，所以又是很神圣的。我为拥有这样的日常生活而感到十分自足。

我大部分时间都在独处中度过。我独处惯了，不怕独处，在独处中过得很充实，很快乐，我从独处中得到了很多。有了这样的独处，人与人之间的那种龃龉，那种误会，真是显得太无谓了。我将一直独处下去。

8月18日

我不喜欢跟人交流，但有时却会赶很远的路去造访一个朋友。

他的信息渠道多，我每一两个月都要从福州坐一个多小时的公交车去他那里，以多了解一些信息。信息对于一个人的重要性是不言而喻的。同时，我们要准确地了解和认识世界，还需要有全面、真实的信息，很多信息其实是片面和虚假的，这不但无助于我们了解和认识世界，还会对我们产生严重的误导。尤其对于读书做学问的人，信息就显得更为重要了，不掌握全面、真实的信息，就会出许多洋相，闹许多笑话。但我也不敢太经常去，他也有自己的事情，所以这样的机会也是不多的，每次都很难得，一路上都十分兴奋，像赶去过什么节日似的。

我去他那里还有一个目的，就是想去跟他多聊聊。我平时不喜欢跟人打交道，觉得跟人打交道是一件很困难的事情，很容易引起误会和摩擦，或者因为话说得不妥而伤到人了，或者因为互相意气用事而搞得空气紧张起来。因此，我平时宁愿独处，这样反而会感到开心和充实起来。但人又毕竟会想跟同类进行交流，倘若彼此性情相投，话说得十分投机，在一起交流也是一件十分愉快的事情，可以海阔天空地聊起来，互相为对方提供一些信息，互相交流一些看法。甚至只要能坐在一起就够了，不开口说话也可以进入一种交流的状态，也可以感受到一种热络和契合。我跟他在一起时恰恰就是这样的，有拉不完的话。有时在他的店里聊，有时一起出去溜达，边走边聊，有时一起去用餐，边吃边聊。在他那里时间就变得很好过了，总觉得过得太快，尚未尽兴又要离开了。

8 月 19 日

　　我在公司上班一个月只休息四天，每逢休息日一般都会到福州的周边行走，其中走的最多的要数北峰一带。我在家里关不住，只有来到野外行走或者爬山，心情才会变得舒畅起来，像出笼的鸟儿一样，自由自在的。让自己做这种有氧运动，身体就得到了很好的锻炼。沿途还可以欣赏到各种风景，应接不暇的，平时那些烦心的事情，那些不如意的事情，全都抛到九霄云外去了。来到野外的环境中，还会充分感受到大自然的生机盎然，以及天地之间的悠悠与浩大，从而胸襟就会变得更加开阔起来，就会更加热爱生活，以一种更加达观和进取的态度生活下去。因此，尽量多到野外走走，投进大自然的怀抱，对于一个人保持身心健康和陶冶情操，是十分有益的。

　　2020 年 10 月份，我去亭江牛项这个地方游玩过一次。半路搭上了一个人的顺风车，他在牛项开一个农场。我从他那里得知从宦溪那边有马路通过来，就想以后有机会要从宦溪那边徒步过来。到了去年 5 月份，我就从状元岭那里开始往上走，走到了宦溪，一路问过来，来到了捷坂那里。这一带以前从未来过，只是从鼓岭那边远眺过来，感觉一个山谷后面山一重一重的。现在来到了这里，不由得深深感叹起来，在四周那些熟悉的地方之间，还有这么广阔的一块腹地。以前从地图上也知道这里是一块腹地，但只是地图上的概念，以为那是一个荒无人烟的地方。身临其境之后，才知道这里还有公路通进去，里面还有几个小村落，山中的景色十分幽美，路两边分布着许多茶园，简直就跟世外桃源一般。捷坂是这一带几个村子的中心，有一所中心小学还在办学。通班车的那条水泥公路只到这里为止，我问了去牛项的方向，就顺着一条土面的简易马路往而东南方向走去。

　　过了捷坂，山势开始变得陡峭起来，景色也更加清幽了，更加呈现出未经雕琢的自然风貌。山势起伏，峰回路转，拐过一个山头后又是全新的景色展现在眼前。那天起了点薄雾，山岭仿佛披上了一件轻纱，山色变得更加空濛了。本来这时天气已经开始炎热起来了，但这两天下了些雨，又变得很凉爽。我行走在路上，沐浴着这大自然的清风和凉气，感到十分的惬意。这里已经找不到人烟了，天地之间幽静得出奇。在福州生活了几十年，真没想到还有这么一个地方，似乎是洪荒时代遗留下来的。人来到这种地方，已经远离了尘嚣，哪里还有什么世俗名利的烦恼。我在曲折回旋的路上信步走着，已经与天地融为了一体。走了很久，路边出现了一个养殖场，一些黑白相间的香猪正在草丛里拱食着。又穿过一个小小的峡谷，牛项就到了。

后来听说连江贵安那边有个西溪森林公园，正在开发建设之中。据说那里处在山峡之中，风景十分幽美。我从地图上知道它也属于这一块腹地，在捷坂的东面，紧挨着，应该会有路通到那里。于是就决定下次坐车到捷坂，然后像上次那样沿着简易马路走到西溪和贵安。

下次车开到捷坂前面的那个岔路口时，我心想这另一条路向东拐，应该是通往贵安的方向，就下车往这边走了。问当地人贵安是不是从这条路走，他们都说是，于是我就一直走下去。其实他们是说这条路还会接到从宦溪通往贵安的那条公路，而不是我这次要走的先到西溪再到贵安的这条路。这里有一个大公司的茶园，人工开发的痕迹更明显，少了些自然的野趣。我走着走着，发现路不是往东而是往北，知道方向搞错了，应该先到捷坂再拐上另一条路。但这时再返回去已经来不及了，只好将错就错地走下去，看最后会走到哪里。我又继续往前走，就走回到了宦溪镇，绕了一大圈又回到了原点。但这次也走了许多未曾走过的地方，也算没白走一趟。至于去西溪，只好再留到下次了。

去年秋天的一个周末，我又一次坐上开往捷坂的班车，这次就一直坐到终点下车。问了一个在路上推着婴儿车的妇女，她说以前有去贵安的小路，但现在已经荒废不能走了。但我不想就此放弃，又折往左边的一条水泥路，走到旁边一户人家再问问看。一个中年男子正在门前忙着什么，他回答说路是有路，从这条路走过去，走到后道那个地方，再走下去就是贵安了。我又问这条路现在还能不能走，还有没有人走。他说路不好走，只有打鱼的人还会走。我心想打鱼的人能走，我这经常走山路的人就也能走了，而且现在是秋季，好久没下雨了，路面不会湿滑，走起来也比较安全。接下来就一直打听着后道的方向，走到了外面一个小村庄。但到了这里水泥路就断头了，前面是茂密的树林，下面是一个开阔的山谷，透过树林显得白濛濛的，从方位上判断外面应该就是贵安了，但下去的路却怎么也找不到。问了当地的一个老人，他叫我要往回走一段，到一个岔路口时拐到右边那条路，一直走到后道，再往下走就到贵安了。

我顺着他指的方向，终于走上了那条铺着石子的简易马路。这边和对面山头之间是一个山坳，有一个养牛场，从前方看出去，可以看到远处的贵安新天地。再往前走就是荒山野岭了，路顺着山势盘旋而下，坡度相当陡峭，不久就快降到谷底了。这一带是高山围着的山谷，十分的幽静，只听到声声的鸟鸣和溪水的哗哗响。往下一看，对面的山下出现了一座古庙，想必就是后道庙了。在这深山老林之中，居然还有这样一座古庙。在以前不通公路的年代，从捷坂这一带到贵安只能走这条山路，走的人还是很多的，因而途中出现这样一座古庙也是不奇怪的。

　　快到后道庙时，简易马路就到头了，有一条小路从旁边接下去。由于平时有人去庙那里，这条小路还收拾得挺好走的，在树林中穿梭下去，不久就到了后道庙。庙里没有一个人，但收拾得很整洁，还有住人的房间以及厨房，看上去平时还有香火。这里仍属于宦溪地界，上面还会有人下来到庙这里，再往前就到连江潘渡地界了，那边的人一般不会上来，因而接下来的路就无人收拾了，几近荒废，十分难走。好在还有户外运动协会的红丝带系在树枝上指示方向，还能勉强走下去，但必须小心翼翼的。有些地方很陡峭，而且路面还有许多碎石子，稍有不慎就会从路边滑下去。这里快到谷底了，不多久就来到了平路上，这条从里面山中流出来的小溪在前面汇入从外面山中流出来的一条大溪。路在灌木丛中穿梭着，有时都快找不出来了，但溪就在旁边，缘溪而行方向应该不会错的。穿行了一会儿，终于走出来了，来到了那条大溪边，应该就是所说的西溪了。溪流比较平缓，水面比较宽阔，对岸有一条简易车道通到外面，心想只要走到对岸，顺着这条车道走出去，就可以顺利到达贵安了。水面上没有可以蹬过去的石头，只能涉水过去。好在溪水也比较浅，很容易就可以蹚过去。

　　我正准备脱鞋下水，突然看见对岸前面不远处，一只什么动物正站在水边，也许是想喝溪里的水。我心里顿时紧张了起来，屏息敛声地站在那里。它的体型也不大，长得十分肥硕，不像是会伤人的野兽。能与这个自然界的朋友打个照面，也算一种缘分。只有来到这种荒无人烟的地方，才有机会碰上这样的野生动物，不出来是永远都不会碰上的。今天一路上也遇到一些惊心动魄的事情，但总算有惊无险。路上的风光再怎么美不胜收，再怎么别有洞天，都必须以安全为前提，只有这样才有机会继续在野外行走，继续欣赏到大自然的美景，继续与大自然的朋友不期而遇。那只动物很快就发觉了我，迅速地跳入溪中，吧唧吧唧地涉水而过，没入草丛中不见了……

8 月 20 日

我曾经听一个从国外回来的人讲，在外面打工，如果很会做事情，做得又快又好，老板就会把你看得跟祖宗似的，而要是不会做事情，很快就会把你炒鱿鱼。这句话给我留下了极为深刻的印象，听了之后就再也忘不掉了，因为它讲到了一个很重要的问题，而且用的是一种很生动很接地气的语言。

在人们的印象中，外面那种社会是很可怕的，老板都冷酷无情，会不会雇你，会给你什么待遇，就看你能为他挣多少钱，绝不会白白养你，你无法为他挣到钱，就会立即让你卷铺盖走人，一点情面都不留。说穿了，外面的社会就讲一个钱字，太现实太无人情味了。外面曾经被认为是一个罪恶的世界，这也是一个重要原因。

其实，外面那些人也都是我们的同胞，无论打工的还是当老板的，也许还都是我们的亲戚朋友。即使在国内，情况不也是这样的？唯一不是这样的是那些捧铁饭碗吃大锅饭的国有企业。然而，国有企业那种僵化的管理机制，那种死气沉沉的工作氛围，那种干多干少一个样，甚至干与不干一个样，养着大量的冗余人员，又会遭到许多人的诟病，会让许多人受不了。真要搞起私营经济，让老板可以自由解雇员工了，又会开始叶公好龙起来，觉得这种社会太可怕了。

要说这种社会很无情也确实很无情。我有一年在外面一家餐馆打了两个月的工。有一次一个服务员向客人索要小费，被客人投诉到老板那里，影响十分不好。老板把情况了解清楚后，就把那个服务员叫过来，问她情况是不是这样的。她支支吾吾的没有回答，老板就说了一声"你先回去吧"，当场就把她开除了，不等她把这个月做完，甚至把这一天做完都不行。而且人被炒鱿鱼后就不能再住下去了，自己就要去找地方住，否则只能流落街头了。这一幕令在现场的我感到无比震惊，顿时变得战战兢兢起来——以后可要好好干，稍做得不好就有可能也落个这样的下场。

但社会又能不这样吗？将心比心，要是我们自己当老板，难道不也是这样的？雇员要是表现得很差劲，我们难道还要一直把他们养下去？当然不会，我们可是花钱雇下他们的，当然需要他们能做事情，能为自己挣到钱，不然岂不连老本都拿不回来了。雇员干不好，不好好干，就把他们开掉，换成谁都会这样。想通了这个道理，我们还需要对老板的这种不近人情而感到难以接受吗？

同时，这也会逼着雇员要好好干，要把事情做好，这样生意就做好了，效益就提高了，老板在自己挣到钱的同时也不会亏待雇员，也会给他们加工资，发红包，像对待祖宗一样。其实，正因为老板有这种权力，真正被开掉的反而变少了，因为人们为了免遭解雇，都会自觉地把事情做好。那种因为实在表现不佳而遭到解雇的毕竟只是少数，但人们往往记打不记吃，一个人因为表现不佳被开掉了，就会一直被拿出来说事，而更多受到老板优待的却都觉得理所应当，不会被拿出来说事。

一个正常的有效率有活力的社会，必须是一个赏罚分明的社会。能者要得到肯定和奖赏才会有积极性，也才会给其他人一种榜样作用——也要表现得像他一样，才会受到肯定和奖赏。不能者要受到处罚甚至开除，才会及时把那些不合格的雇员淘汰掉，保证工作的质量，同时也才会给其他人一种必要的警示——要好好干，不然也会步这些人的后尘。

只有这样，一个个的企业以及整个社会才会有效率，才会有质量，财富才能更好地创造出来，人们才能消费到更多更好的产品和服务。企业要是没有用人的自主权，没有解雇员工的权力，就不是真正意义上的企业了，企业的效率和效益都将变得没有保证甚至不可能。工会以及员工的权力要是过于膨胀，使得企业无法解雇员工，企业就会丧失活力。这样企业就会变得没有效益，就会减少雇工甚至还要裁员，最后受到损害的还是员工自己。

8月21日

2017年暑期，我在外面一家餐馆打了两个月工。那是一家自助餐馆，我当看台，即负责照看餐台，看哪些菜快要被取完了，然后就报给后厨，后厨把菜做好后放在窗口，我再去端过来放在餐台上。同时还要负责做好餐厅的卫生，把菜盆拿进厨房，把剩菜倒掉，交给洗碗工清洗。

这里是滨海地带，有很多度假村，各地的游客都过来度假，因而餐馆的生意就十分火爆，尤其中午的用餐高峰期，客人就像潮水一样涌进来，菜往往刚端出去就被取光了，把我忙得喘不过气来。一天下来，衣服早已被汗水湿透了，感到浑身的疲惫。回到住地洗完澡后，就直挺挺地躺在床上休息。

我干活本来就够辛苦的，又遇到了一个很糟糕的厨师长。此人心胸十分狭窄，只容得下他自己的人，他看得上的人，对我这样一个初来乍到的生手就很刻薄了。那天晚上我刚到，他一听说我是个生手，就感到有些不快起来，带着一种不信任的表情说道："你在餐馆一天都没干过？"两天之后，他就不想再让我干下去了，说这种地方也没什么好干的，很明显就是希望我离开这里。但我并不是他请来的，不是他想叫我离开我就离开，只要老板没让我离开我就要继续做下去。况且老板看我挺肯干，对我还挺赞赏的，这样我更不需要离开了。我是生手，开始肯定是做得不好的，什么都有一个熟悉和进步的过程，谁也不是一开始就做得很好，都要从生手开始。他要是一个有肚量的人，就要给我一定的时间，而不是才两天就要我走人了。对于一个生手，最重要的是看是否肯干，是否愿意学习。我刚开始打工，知道要很努力才能站稳脚根，因而就很肯干，而且也很注意学习，也在熟悉和进步之中。

他想让我走，我却偏不走，于是他就开始处处找我的碴儿。我菜叫早了他也说，说菜还有这么多就开始叫了；叫迟了，特别是晚上八点后因为客人少了，就不大敢叫了，他也有话说，说怎么都不叫了。老板有时自己也会走过来看看，比我更早就开始叫菜了，但因为她是老板，一叫他们厨房里面的人就要闻风而动，忙不迭地炒起来。他们不在我这个位子上，不知道叫菜其实是很难的。都要等到取得差不多了才叫，要是有下一拨客人进来就接不上了。所以都得有一个提前量，至于提前多少又是很难把握的。一共有几十种菜品，很难都把握得那么刚好，只能尽量做好而已。其实不仅是我，就是别人来当看台也很难如他们的意。但他们看到菜还有那么多就会不高兴，觉得是在浪费他们的劳动。

我不管怎么做，他都不会感到满意，动辄对我进行斥责，有时还使用污辱性的语言。我很快就看透他的人品，也很想不干了，但这次就出来两个月，再去换工作也来不及，而且错也不在我身上，是他自己心胸太狭窄，待人太苛刻，而且是皇帝不急太监急，老板对我都没什么不满意的，他也是一个打工的却在那里瞎积极，这就更招人厌恶，我就更不能让他得逞了。但慑于他的淫威，我还是委屈求全，尽量顺着他的意，尽量把握好叫菜的节奏，同时很注意看时间，什么时候该把中餐换成晚餐了，什么时候客人开始少下来，要少叫菜了。

我做完自己的事情后，有时会闲下来站在窗口那里看着里面的人忙活。一次两次之后，他们就有意见了，觉得他们在忙活，我却站在那里看着他们忙活，心里就不平衡起来。有一次其中一个就不指名地说就跟傻瓜一样站在那里。这话我当然一听就明白了，从此就再也不站在那里，即使客人少下来没什么事了，也要把地板扫一扫，拖一拖，把台面擦一擦，总之都要找点事情做，不要让自己闲下来。他们自己在里面也有闲下来的时候，但这是他们的事，我自己不要闲下来。这样他们就无话可说了。同时也尽量少跟他们接触，做好自己的事情，争取跟他们做到相安无事。

有一次我正在餐台前忙着，一个戴着棒球帽的中年男子过来取菜，跟我搭讪了起来。他说他到过中国的少林寺，喜欢中国功夫，还做了个少林寺双手合十、金鸡独立的经典动作。过会儿他走开了，我正准备忙起来，又看见他回头走过来了，满脸凝重地对我说了一声："Never to like stop！"（"永远别像是要停下来的样子！"）我活干得十分辛苦，而且精神上还要饱受到这个厨师长的压迫，因而显得闷闷不乐的。他大约也觉得我怪可怜的，就走过来鼓励我一句。他说完就转身离开了，而我的泪水却唰的流下来了，出来打工所有的辛酸都涌上了心头。我真想过去对他说一声："兄弟，谢谢你！虽然我们语言不通，只能进行简单的交流，但我们的心是相通的，是可以心领神会的。"今后要在社会上自食其力了，社会是很现实甚至很残酷的，但我必须能扛得住，学会吃苦，学会做事情。

八
月

261

8 月 22 日

还未到外面时，往往会把外面的人想象为都很有素养，很有礼貌，也都很诚实守信。其实无论哪里，人的品流都是很杂的，都是有好人也有坏人。有一年暑期，我在外面的一家自助餐馆打了两个月的工，负责看台，每天都要直接跟顾客打交道。在这里，我各种人都遇到了，值得记下来备忘。

有一次一个顾客在那里夹 Mussel（即贻贝或者淡菜、壳菜）。他已经上了一定年纪，动作有些不利索，东西总是夹上来又掉下去。我在旁边看到了想帮他一把，就从他手里拿过夹子，为他夹一个看上去很饱满的 Mussel。我还想再帮他夹一个，却看见他站在那里怒容满面地瞪着我。我意识到自己这样做已经惹他不高兴了，就赶紧把夹子还给他，并说了声 Sorry。但他仍然不肯罢休，质问我为何要这样。我就说我是想为你服务的，以为这样一说他气就会消了，没想到他把夹子往盘子啪的一声丢下了，很大声地说我不需要，然后怒气冲冲地去找老板了。

在这一过程中，另外一个顾客也在那里取菜，把这一切都看在了眼里。他看见那人怒气冲冲地往老板那里走去，就失望地摇了摇头，也觉得这人真匪夷所思——人家好心好意帮你夹一下，你不需要说一声不就完了呗，这又没冒犯你什么，何必这样无理取闹呢。他看见我一脸无奈地站在那里，就走了过来，一只手端着盘子，另一只手揽住我，表示一种安慰，叫我不要把这种人放在心上。

还有一次我正在那里忙着，一个长着圆脸庞的年轻妇女走过来，示意我跟她过去，大概她在食物中发现了什么异常。原来西餐区的一种蛋糕上有一些异物，像是已经坏掉的样子。我心里顿时紧张了起来，知道大事不好，连忙表示自己已经看到了，要过去向老板汇报。老板过来看了以后，向她道歉起来，并叫西餐的师傅出来立即把这些蛋糕撤走。在这一过程中，这个妇女脸上始终都是很平静的，也是很和善的，指出你们存在的问题是要你们改进，而不是要借机闹事。后来老板也给她免单作为补偿，一场风波就这样顺利平息过去了。

而另一次就没这么幸运了。看台要戴上那种橡胶手套，但流出来的汗会积在里面，手会感到很不舒服，而且手套很薄，菜盆端来端去的很快就会磨破，又要换一双，十分麻烦。餐馆员工不戴手套干活也是司空见惯的。要求戴手套从卫生的角度看也没有错，但从现实的角度看又是不易做到的，只要手洗干净就可以了。顾客一般都不会计较，但要是遇到个别较真的就麻烦了。

那次我正在把帝王蟹倒进盘里，一个老太太在旁边取菜，看见我没有戴手套，就对我咕哝了一声。我还以为没什么事，她却到老板那里投诉去了。老板过来叫我把手套戴上，我就戴上了，以为这么一件小事就会过去了。但事情仍然没有完，第二天她又打电话过来继续纠缠下去，害得老板又要对她解释了老半天，叫她下次过来把钱退给她，还说我这次是利用假期出来打工，再过几天就回去了。还好我也快回去了，不然也不知道她还要怎么纠缠下去。这又不是多大的事情，你说要戴手套人家也戴上了，而且老板也把钱退给你了，你还要怎么着。要是都像你这样不依不饶，因为这点事情就逼着老板把员工开掉，差不多所有餐馆都不要开了，别人也都不要打工了。如果真要这样的话，我也只好走人了。

外面其实也是有刁民的，人性其实都是差不多的。当然，这种人也有好处，会逼着我们要很注意工作的细节，要尽量把事情做清楚。就像头上悬着一把达摩克利斯之剑一样，不知什么时候就会遇上这么难缠的顾客，心里就要时时挂着一根弦。大家都这样对待工作，工作质量自然就上去了。

我在这里还遇到一个多吃多占的人。帝王蟹味道鲜美，但价格也比较昂贵，要吃需要另外付钱。但也是自取，并不限制数量，不过一般人也就取走一个两个。我有一次看见一个肥胖的中年妇女走过来，一口气就取走了四五个，装了满满一盘。我都看傻了眼，简直把它当饭吃了。帝王蟹固然好吃，但成本也是很高的，这样老板就根本没有钱赚，而且吃这么多进去对自己的身体也不好。但世界上就有这么稀奇古怪的人。可我又能怎样呢，总不能不让她取吧。

我想她再怎么多吃多占，吃了这么多也该知足了吧。但后来事情又再次超出我的想象，她吃完又过来了，又取走了四五个，又是满满的一盘。这次我不能再无动于衷了，就面有愠色地站着那里。她自己做了这么龌龊的事情，也感到有些难为情的，就尴尬地微笑着离开了。

8 月 23 日

平时很少回老家，也很少跟老家的亲戚联络，对他们的情况都不了解。这两个月回去了两次，却听到有两个亲戚生活中发生了重大变故，惊讶不已，也感慨系之，需要把它们记录下来，作为人生的警示。

上一次回去时听说一个亲戚现在人在国外，却被国内有关部门通缉了，要求限期回国交代问题。我跟他年纪差不多，小时候都在一起，彼此情况都很熟悉。他人很聪明，也很会跟人打交道，也很有组织和领导才能，能够拉一帮小孩跟他一起玩，大家都要听从他的指挥。我这人生性喜欢自由，指挥不动别人，但也不想受别人指挥，同时也不擅长跟人打交道，就喜欢在那里做自己的事情，所以后来就很少跟他在一起玩了。平心而论，他人也不坏，别人无法占他的便宜，更算计不了他，但他一般也不会去占别人的便宜，更不会去算计别人，并且有时也会关心和帮助别人。他有时看见我去做一些不明智的事情，也会提出善意的劝告；有时看见我需要做什么事情，也会帮助出一些主意。

他 1991 年考上省外的一所中专，毕业后到福州工业路的一家国有工厂上班。那时期国有工厂是最不景气的，这家工厂也是如此，已经奄奄一息了，一个月只能领 200 元左右的工资，所以几年后他就辞职了。他在社会上摸爬滚打几年之后，开始做起了医药代表，并赚到钱了。后来就一直在从事这一行业，业务越做越大，开始自己当老板，还把业务做到了国外，也算是一个事业发达的成功人士了。以前我有时还能见到他，后来就很难见到了。人家业务都做到国外了，可想而知会有多忙。对于他的发迹，我并不感到意外——以他那种灵光的头脑，那种善于跟人打交道的本领，在社会上总是能混出名堂来的。我自己完全不是他这种类型，所以就跟他没有多少共同语言，一直都没有跟他进行联络。但我结婚时，他也特地过来庆贺一下，也显示出他对我的一种人情味，我也会记在心上。

然而，对于他这次出这么大的事，我却感到有些意外。以我对他的了解，他并不是那种心术不正、阴险狡诈的人，也不是那种为了钱而什么都做得出来的人，这次居然也会出这么大的事。但联系到当下正在开展的医药界反腐风暴，又觉得不那么意外了。他正是从事这一行业的，这次出事想必也与此有关吧。

他风光时我从未沾过他的光，现在出事了当然也帮不了他的忙，自己只是一介平民，安安分分地过着自己的日子。但他这件事情却足以让我深思一番。一个人想做事业，做大事业，这并没有错，人需要有远大的理想和追求。我自己年轻时也是心气很高，很有追求的，只是由于自己的能力不济，屡遭挫折之后，才知道自己不是做大事业的料，还是要务实一些，去做那些靠谱的事情。想做大事业可以理解，但还必须注意什么能做，什么不能做，除了那些坑蒙拐骗的事情不能做，那些处于灰色地带，潜规则盛行，可以让自己赚个盆满钵满，却会损害国家和社会利益的事情也不能做。只要是灰色地带，都是高收益与高风险并存的，虽然可以让你一时飞黄腾达，风光无限，也难说什么时候就会让你栽个大跟斗。常在河边走，又哪能不湿鞋呢。常在这种高危地带行走，又哪能不引爆炸药呢。虽然这也许并非因为人品的问题，而是因为制度上的漏洞，但个人也不是没有责任的，包括法律和道德上的责任。

一个人要取得长远发展，求个心安理得，还是要正道而行。正道而行就无太多的捷径可走，无法轻易取得成功，而是要花很多时间，费很多精力，下很大本钱，但可以行稳致远，可以不损害任何人的利益。像我这样普通的打工者，虽然也做不了什么大事业，却是最安全的，从不担心这样的事情会落到自己头上，晚上睡觉都很踏实，今天怎样，明天起来还是怎样，绝不会天塌地陷起来。

还有一个亲戚，他比我小几岁。大专毕业后，他爸爸托关系帮他找到一份银行的工作。本来工作挺安稳的，每个月都有不低的工资收入，虽然也发不了大财，但可以把小日子过得很滋润。但他又总觉得这种生活过于平淡，想找些更具有挑战性，能够赚大钱的事情做，于是就边上班边在外面推销起减肥药。他一门心思做这种生意，为了能更好地把产品推销出去，还自己去试吃，搞得人都有些不正常起来。他并没有赚到钱，本来就应该知道自己不是这个料，就要把心收回来安安分分地上班了，却反而更加投入进去了，后来索性把工作辞掉，跑到厦门做什么生意去了。从此以后，我就很少看到他了。

这次我又回老家一趟，却听说他在外面做生意做砸了，不但未赚到钱，还亏得一塌糊涂，只好把福州那套房子卖掉还债。现在人也不知道在哪里，老婆也都不回来了，看样子这个家庭是很难再维持下去了。他两个女儿由他妈妈抚养，在福州租个房子住。他爸爸已经六十多岁了，还要在老家打零工，供养两个孙女。其实他人也挺好的，从不会做那种坑人的事情，去做生意也都没向亲戚借钱，都没去连累别人。只是由于一心想着做大事挣大钱，自己又缺少这方面的本事，再加上又赶上这几年经济不景气，生意十分难做，结果就落个如此可悲的下场。

我对那种叫人们要树立远大志向，要去做大事，要敢于去冒风险的励志故事是持保留态度的。这方面的成功例子固然有，却是万里挑一的，一般人是不可能做到的。我们需要有理想，也需要去冒一定的风险，但也需要掂量一下自己的能力，要是能力具备也不妨去做，要是能力不具备心就不要那么大。而且刚开始要先尝试一番，可行再去做，而不是未经尝试就冒然冲进去。不自量力的结果，只能是铩羽而归，摔得很惨。家底厚的人还经得起这样的折腾，普通人家就经不起了，折腾一番后就倾家荡产了。

我年轻时也曾经想过要去创业，也很不喜欢单位那种令人窒息的环境，很想到社会上闯荡。但我经过尝试后，知道自己没有做生意的头脑，也没有其他更好的本领，只能从事一些普通的工作。所以我辞职以后就从未想到要去做生意，或者要去做那种有前途的体面工作，只要能找一份普通的工作，有一份收入，可以养家糊口，能够过得开心就可以了。要是我没有这种自知之明，也一门心思地去创业，只会比这个亲戚摔得更惨。我有什么能力就做什么事情，不好高骛远，不心浮气躁，踏踏实实地在社会上打工，才有目前这样还算过得去的生活。

8 月 24 日

以前社会上有很多做传销的，很多人都被骗进去，吃尽了苦头，其家人也是受了很多惊吓，破了很多钱财，费了很多周折才把他们解救出来，有的甚至还把自己的亲戚朋友也骗进去了。但这基本只在传销自身的圈子内进行，虽然对社会也有危害，但性质还不是那么恶劣。后来传销现象少了，却又来了更多的电信诈骗。我们几乎每天都会接到这类的诈骗电话，不少人还真上当受骗了，其中还不乏我们身边的熟人，从而给社会带来了巨大危害。政府对这一问题也是十分重视的，一直都在大力打击，许多人都锒铛入狱了，判刑也判得很重。

去搞传销和电信诈骗的可不只是听说的，我身边就不乏这样的例子。以前老家有一个邻居，被骗到北方一个省份搞传销，人被关了很久，家人一直都没有找到。他人还挺精明的，平时对人也挺蛮横，但也被传销组织洗脑了，在里面也被折磨得受不了。有一天，他乘看守得不严，偷偷给家里打了个电话，痛哭流涕地叫家人快来解救。电话是他叔叔接的。他叔叔在社会上比较混得开，比较有社会经验，先确认是不是他本人，确认清楚后再问旁边有没有别人，叫他说话不要被别人听到，然后再叫他找个机会偷偷溜出来，跑到当地的派出所报案，他们再过去把他接回来。

电信诈骗盛行起来后，我老家也有一个邻居去做这种事情。此人脑筋也不死板，而且孔武有力，胆量相当大。后来被公安机关抓获了，被判了重刑，关了十年八年之后才放出来，而且还要戴着电子脚镣，只能在限定的区域居住，必须定期向司法机关报到。因为走上了这条邪路，他的大好年华就这样毁掉了。

这些现象有一个共同特点，即都是涉及到年轻人。他们的阅历不深，缺乏社会经验，还不知道社会以及人性的复杂，因而就容易被人洗脑，从而上当受骗。同时，这些年轻人还有一个特点就是胆量很大，做起事情往往不计后果，敢冒各种风险。这其实也是社会经验不够，吃过的苦头不够造成了。这些情况在任何社会都存在，但这些年传销以及电信诈骗现象这么普遍，这么多年轻人都卷进去，而且基本都发生我们这里，这又是有原因的，也是很值得深思的。

说经济不景气，工作很难找，很多年轻人找不到事情做，就只好去做这些事情，这似乎有一定道理，其实也是站不住脚的。经济不景气也只是这几年的事情，而传销以及电信诈骗更早以前就有了，而那时还是经济最景气的时候。即使这几年经济不景气，年轻人不容易找到工作，但就业机会还是很多的，像送快递、送外卖、开网约车等这些适合年轻人的工作还是很多的，更不用说还有许多工厂可以进去当工人。这些工作虽然十分普通，但也都是工作，都可以让年轻人谋生，只要肯干收入也是不低的。我曾经问过送快递和送外卖的，一个月七八千是很正常的，如果再多跑一跑，上万也是不成问题的。事实上许多年轻人也都在从事这些工作，他们都在努力着，我们要为他们点赞。但也有一部分年轻人，他们没有多大的本事，体面的工作找不到，又不屑于干这种普通的工作，总觉得这很辛苦，没有前途。于是遇到有人拉他们去搞传销或电信诈骗，经过一番洗脑的功夫，就迅速掉进去无法自拔了。这些年轻人都是在独生子女以及少子化时代成长起来的，从小生活条件就很优越，父母都不让他们吃什么苦，因而就容易养成好逸恶劳的习惯。但另一方面，各种欲望又是不会少的，甚至在这种生活环境中被吊得更高了。为了满足这种欲望，就会一心想着如何走捷径，赚快钱。

进入新时期后，人们的物质欲望重新得到了肯定，甚至经过长期压抑之后反而以一种反常的形态表现出来，而法制建设却没有跟上，制度上存在着很多漏洞，很多人为了满足自己的欲望，而做出许多不正当的事情，坑蒙拐骗，假冒伪劣，不讲诚信，等等。同时，道德伦理方面也没有跟上，旧的规范已经失效了，新的规范又未建立起来，存在着严重的道德失范现象，许多人并不觉得做这些事情有多么可耻。我老家这个邻居因为搞电信诈骗而锒铛入狱，我发现人们并不觉得这种行为在道德上有多么了不得，只是觉得此人因为去做这种事情被抓了，会叫自己的子女不要去走这条路，只是觉得做这种事情风险很大，被抓到判刑会判得很重，即是被法律给威慑住了，而不是在道德上觉得多么可耻。但一个社会光有法律是不够的，倘若人们没有普遍在道德上对这类行为感到可耻，是不能从根本上解决问题的。也正因为如此，政府对这一问题不可谓不重视，打击的力度不可谓不大，无数人都抓去坐牢了，但仍然阻挡不住更多的年轻人前赴后继。

8 月 25 日

我自己如果不说，一般人都不知道我也曾经当过老师。我1999年大学毕业后到一所中专学校从事教学工作，到2006年转到行政岗位，前后有7年，其间从2002年到2003年去一所大学进修1年，真正从事教学工作有6年。

我在大学时努力地读书，增长了见识，思想也比前活跃多了。大学里一些老师很有学问，思想也很活跃，在课堂上讲了很多东西，大大开阔了我们的眼界，同时语言也很风趣，课上得很精彩，很受我们的欢迎。我受到他们的很大影响，也很想去做学问，从事教书育人的工作，于是就争取进了这所学校。我也要像我的老师那样，在自己专心致志做学问的同时，也把更多的东西教给学生，扩大学生的眼界，让学生学会思考一些问题，而不局限于讲授教科书的内容。这其实要比照本宣科难得多，需要投入更多的精力。为了能上好课，我每次都要精心地准备，事先设计好课堂的框架，在头脑里把要讲的内容过上几遍，如果还有哪些地方需要完善，就要再去查阅资料，甚至连一些细节之处都要事先想到。对于上课我可谓高度重视，神经绷得紧紧的，因为要给学生一瓢水，自己就要有一桶水，要上好课谈何容易。有一次回老家办事情，本来还要再过一天才能把事情办完，但为了备课，就提早回来了，为此还伤了父母的心。

我上课如此投入，实际效果又如何呢？有不少学生觉得这老师课上得别开生面，讲到了很多东西，而且见解也比较新颖，语言也比较风趣，课堂上气氛十分活跃，但也有一部分学生觉得讲了太多的题外话，学科内容讲得很不够，未能让他们学到应有的知识。有个班的学习委员向教务科反映我的教学情况时，所用的措辞还是相当重的。学校有关领导很快就掌握到了情况，更是对我有很大意见，在大会上讲，在小会上也讲，说哪个老师一直在课堂上讲题外话，一直讲那些不该讲的内容，利用这个讲台宣扬什么东西，自己都没搞懂的东西还要对别人讲云云。虽然并未直接点到我的名字，但谁都知道讲的就是我，因为没有不透风的墙，我的情况已经尽人皆知了。尤其那位分管教学的副校长，她在会上讲起这事情时，眼睛还会一直瞟着我。

我刚开始对此是很有抵触情绪的，觉得自己花费了那么多心血，一些学生非但不领情，还要向教务科反映，学校领导非但不肯定，还要在大会小会上批评。有一部分学生对我不满意，但对我满意的学生还更多。但后来想想，让学校领导一直这样说下去影响也确实不好。虽然校长对我还比较肯定，有一次在我的工作总结上还写下一段话，叫我要发挥自己的所长，继续努力下去，并不认为我这样做有何不妥，但更多的领导都是反对的，他也不能一个人说了算。况且他也是要退休的，换了一个校长也许就不会这样了。更为重要的是，我自己也开始意识到学生来上课是要学到必要的学科知识，而不是听你老师讲那么多与学科无关的东西，即使这些内容对于扩大他们的眼界，启发他们的思想是很有帮助的。

　　我后来在课堂上就有所节制了，尽量少讲题外话，并且越来越少讲，最后干脆都不讲了。但那些领导对我已经产生了一种偏见，以为我会一直这样执迷不悟下去，仍然不停地在大会小会上对我进行不点名的批评。其实也有其他老师存在这样的问题，他们却只抓住我这个典型不放。

　　我也开始照本宣科后，由于自己的优势无法发挥出来，就把课上得干巴巴的，语言表达也变得生涩了，学生不爱听，课堂效果很差。他们倒不再去反映我在课堂上东拉西扯，而是反映我的教学水平不行。我自己也越来越不想再教书了，觉得这样下去自己会搞得很难受，更会把学生给耽误了。于是我就向学校提出了转岗申请，但未能得到批准。我就叫他们尽量少排我的课，尤其不要排大专班的课（由于中专不好招到生源，学校就与高校合作设大专专业，后来又升格为高职院校，自己可以设大专专业）。2006年各个系开始配备系秘书，我就乘这个机会转去当自己那个系的秘书，从此告别了讲台。

八
月

269

　　我不教书之后，那些领导对我终于无话可说了。人家都不教书了，还有什么可说的。即使过去做得再不妥，也已经成为过去了。那位也一直在大会小会上批评我的领导见到我时，还有些难为情，有一次还拍了拍我的肩膀，以前可不会这样的。大概他也想不到我会这么决绝地离开讲台——在许多人眼中，当老师无疑比做行政更有前途。他以前一再对我提出批评，现在想必心情也挺复杂的。

　　其实，他也不必感到难为情的。我后来也一直为自己过去未能好好给学生上课，未能让学生学到应有的学科知识，而感到深深的愧疚。虽然也有其他老师在多讲学科知识还是增加课外知识，在打开学生眼界，多接受新鲜观念，还是让学生循规蹈矩，遵循传统观念之间，也存在着矛盾和纠结，甚至还比我更严重，但我仍然认为，既然学生要上这门课，就只能以讲授本学科的内容为主，可以适当穿插一些课外的内容，但不能喧宾夺主。至于要向学生传播一些新鲜观念，更是涉及到一个复杂的问题，是否可以这样，是否要通过其他更好的方式，我也不好置喙。

从这个意义上说，我并不是一个称职的老师，未能让学生学到应有的学科知识，我对不起那些曾经教过的学生！我后来就不再与这些学生接触了，无法当面向他们表示自己的愧疚。我犯下的错误已经无法挽回了，只能寄希望于今后不要再去做类似的事情，要与人为善，善待他人，平静地走完已经不多的人生。

8 月 26 日

我 2006 年在自己供职的那所学校不再教书，转到行政岗位后，发现自己在行政岗位上同样也不适应，这时再想转岗就只能辞职到社会上找工作了。我也很想一走了之，但由于要多攒些积蓄，舍不得这份稳定的工作，同时对自己能否在社会上谋生也缺乏信心，所以就一直拖到2019年才把工作辞掉。

我就是因为没有多大本事，在单位里没有发展前途才选择辞职的。在单位里没有发展前途，在社会上就更没有，因为社会上的竞争更加激烈，能力对于一个人显得更为重要。我知道自己去找那种体面的工作是不现实的，无非就是在社会上打打工，有一份收入，可以养家糊口而已。所以到社会上后都不挑不拣，每次都是去找那种最普通的工作。好在这样的工作也挺多的，很多人都看不上，因而找起来也不难，只要不怕脏不怕累，也都能混一口饭吃。我先在一家烤鸭店干了一个多月，接着又当了半个月的小区垃圾分类工。这两份工作都不大适合自己，于是又找到了现在这份工作，在一家银行当保安，一直干到了现在，就要满三年了。

我还在原来那个单位时就已经发现，哪个同事离开了，人们一般都不会再与之保持联系，即使退休了也同样如此。我对此不免感到人情有些淡薄，曾经相处了那么久，现在人一走茶就凉了，都只顾自己在这里上班谋生，过好自己的生活。现在我自己也离开了，却把这点给忘了，总觉得跟他们是多年的老同事，在一起相处了那么久，已经有很深感情了，因此还会不时地去联系他们。但后来却开始感到了不对劲——每次都是自己主动去联系他们，他们从来不会主动来联系自己，甚至自己主动发短信向他们拜年，他们很多连个回复都没有，主动把自己写的书托人送给他们，他们也都不会打个电话表示谢意。这种"剃头匠的挑子——一头热"，甚至拿热脸去贴冷屁股的交往不属于友情，我再继续这样下去只会显得自己太下贱了。

"亡羊补牢，犹未为晚。"当我意识到这一点后，就不再去联系他们了，并把他们的通讯方式悉数删除。同事关系其实是最庸俗的一种关系。我此前也曾经在网上听人说过，现实中同事是很少能够成为朋友的。当时对这句话未细加咀嚼，无法体会其中的深义，现在有了这段人生经历，才开始体会到了。你跟他们成为同事时，大家在一起讨生活，需要搞好关系，而一旦你离开了，没跟他们在一起讨生话了，就不需要搞好关系，不需要跟你来往了。他们需要的是做好自己的工作，过好自己的生活，而不会在你身上浪费时间和精力。你可以说这显得过于缺少人情味，过于庸俗，无奈人性就是如此，现实就是如此。其实，人本来就是庸俗的，只是程度的区别罢了。我自己又何尝不是庸俗的，当初在那个单位时不也没跟那些已经离开的同事联系。

当然，一个人要是很有本事，人往高处走，离开后发展得很好，很多人还会提起他，还会跟他联系。我原来那个单位有一个人只在那里工作了短短两年，但由于很有能力，到外面后当起了医药代表，把事业做得很大，人们都还会提起他。他有一次回来，要跟那些老同事聚一下，一起吃顿饭，结果能来的都来了，都围着他聊得不亦乐乎。

而谁都知道我这人没什么本事，在单位里混不出名堂，在社会上也同样混不出名堂，能有一口饭吃就不错了。因此，我的离开对于他们就像一片树叶飘落下来，无声无息的，从此一切都结束了，似乎我不曾在那里存在过。我在那里工作了20年，还远远抵不上那个医药代表的两年。所以我还去找他们，纯粹是自己犯傻，自讨没趣。

好在我也终于明白了这一道理，再也不会去做那种傻事了。我在社会上也能找到工作，也能靠自己的劳动生存下去，而不需要去依附什么，这也是唯一能让自己感到欣慰的。这辈子也只能这样了，其实也只需要这样。我去烤鸭店打工，去当垃圾分类工，去银行当保安，第一天上班时都会在心里对着那些打工的同事说一声：兄弟姐妹们，我来了，我要跟你们并肩战斗了！

这真是让人想想忍不住会哭，想想又忍不住会笑呵。但我不必哭泣，我要爽朗地笑起来，笑着面对生活，笑着走完这平凡的一生。

8 月 27 日

"无欲则刚"，一个人要是没有太多欲望，就不需要四处求爷爷告奶奶的，就可以随性地生活着，就可以更好地活出自己。这句话当然是千真万确的。人是社会的动物，处在一个无所不在的社会关系网中，任何一个人都需要得到其他方面的支持和配合，才能在社会上生存和发展，都不能靠自己单打独斗。小时候三哥曾经跟我讨论过一个问题，说我们其实什么都离不开社会，我们生活中的几乎每一件物品，都是别人生产出来的。一个完全自给自足、与世隔绝的人是不存在的。

这是从基本生活需求方面来说的，如果从要做什么事情，要达到什么目标来说，就更是需要别人的支持和配合，否则几乎一件事情都做不成。举一个最简单的例子，当一个人感到寂寞，需要找人聊天以排解这种寂寞时，也至少需要会有一个人陪你聊天。如果那个人也想找你聊天，两个人在一起就会讲得很投机。而要是他并没有这方面的需求，并且还有其他事情要忙，你去找他就会占用他的时间。你简单讲几句，他也许还会出于礼貌听下去，但不久就会显露出不耐烦的表情，甚至开始看起时间来。这时你要是识趣的话，就要及时打住，否则就会讨嫌了。人家的时间是属于自己的，我们怎能去轻易占用呢。为这种小事情去求人都难，大事情就更不用说了。除了个别热心肠、度量大的，会支持你帮助你，其他的都是最好你不要去找他们，除非他们也有什么需要你，可以做个交易。他们一是不想给自己添麻烦，二是不愿看到你得到什么好处，尤其怕你会超过他们。

我由于从事社会科学研究没有出路，从 2018 年开始又重新回到文学写作上来。我很想在公开的刊物上发表一些作品，很想加入作家协会。说文学写作重要的是作为一种兴趣爱好，一种理想追求，至于作品能否发表，作协能否加入，这些并不重要，这种话可以在台面上说说，是当不得真的。一个年且九十、德高望重的作家，他著作等身，各种的奖项和荣誉早已拿到手软，在社会上早已有着极高的知名度，却还要不时在那些顶级文学期刊上发表新作，并且还往往以头题刊出，可谓占尽了风光，而大量的文学新人却不知何时才有机会登台亮相。我并非认为他这样做有何不妥，只要读者喜欢读他的作品，刊物愿意刊发他的作品，都是无可厚非的，只是想说明发表作品对于一个从事写作的人来说还是很重要的。我们的作品都不是要写给自己看的，都不是要放在抽屉里的，而是想发表出去，能让更多的读者看到，甚至还想因此而得到名利，所有这些都属于人之常情。

我也是凡人一个，在这方面自然也不例外。我重新开始写作后，也有过这方面的想法，只是掂量了自己的实力，觉得这不大现实，能在一些普通刊物上发表一些作品就不错了。即使这样，对我来说也几乎是不可能的。我并无多少写作上的才华，写出的作品很难达到刊物所需要的那种水准，去投稿也基本都是白搭。所以多吃几次闭门羹后就死了这条心，不再去做这种无用功了。但我又确实有这方面的兴趣爱好，也确实很想加入作家协会，所以又需要发表一些作品，满足一下自己发表作品的欲望，同时也才符合加入作家协会的条件。于是我只能通过各种关系，在本地几家报刊上发表了一些作品，并加入了作家协会，实现了自己的一个多年心愿，给了自己一种精神上的安慰，或者只是满足了自己的一种虚荣心。

刊物并非真正需要我这样的作品，他们之所以刊发我的作品，更多是出于对我的一种友情支持。但我总不能一直去为难他们，再说有一家刊物的编辑已经明显表现出了一种不耐烦，说我一直在黏着他。因此，我就决定不再去麻烦他们，不再发表作品了。自己想写什么就写什么，作为一种兴趣爱好而已，无所谓发表不发表了。

八月

273

我现在不仅不在乎作品能不能发表，甚至连作品有没有读者都不在乎了。我作为一个普通作者，无论作品的水平还是自己的知名度，都不足以对读者产生吸引力，不会有多少读者读自己的作品。但人们又都希望自己的作品会有读者，都希望听到别人的赞扬，从而得到一种成就感。于是有了新作就会在朋友圈以及微信群晒出来，出了新书就开始四处赠送，希望别人能读到自己的作品，知道自己的存在。我们经常能看到这种情况，就是作者向别人赠书时会以一种祈求的语气说："有空帮我看看！"好像书要别人看还需要去求别人似的。这也是可以理解的，我自己原先也热衷于此，后来才开始感到这未免过于寒碜了，实在没有这个必要。于是我就不再晒自己的作品，也不再向别人赠书了，书印出来后都送给了出版社，有人想看可以自己去买，不想看也没有关系，我且把这当作一种兴趣爱好，写给自己看也无妨。

"无欲则刚"，但我这人刚也是刚不起来的，是没有那么多私心杂念之后，内心就开始平静下来，不再感到那么浮躁，那么焦虑，那么失落，那么无助，而变得十分安宁了。所以对我来说这需要改一个字，改成"无欲则宁"。我读读书，写写文章，够一本书的分量了，有钱就拿去公开出版，没钱就出一些自印本。

"天助自助者"，从根本上说任何人都是靠不住的，只有自己才是真正靠得住的，所以一个人要自立自强，要在自己的能力范围内做一些事情，并努力把它们做好。

8 月 28 日

小时候当我要去动别人东西时，父亲经常会对我说这样的话：都不要去拿别人的东西，那是"别人矣"。"别人矣"是我们当地的一句方言，不知道用普通话该怎么说，音是这样的，字却不知道该用哪个。我曾经想过用"宜"，又不知道妥不妥当，就姑且用"矣"吧。这句话有一种感慨的意味在里面，就是每件东西都各有其主，谁都不希望别人占用自己的东西，同时自己也不要去占用别人的东西，我们在生活中必须养成这样的习惯。倘若能够做到这一点，就可以避免许多麻烦，减少许多人际冲突，许多人际冲突都是随意占用别人东西引起的。这句话还有一个潜台词，就是人们又往往是喜欢占用别人东西的，即从满足自己的欲望出发，看到别人东西时就会心动，就想据为己有，这乃是人们身上的一种天性。这不仅会在意识层面表现出来，还会变成实际行动，即处处占别人的便宜，揩别人的油。如若不然，就不必时时用这句话来告诫自己，提醒别人了。

以我当时幼小的心灵，听到父亲这句话时是有抵触的，总觉得都不能动别人的东西，都是"别人矣"，岂不是太压抑自己了。这也说明人的天性中是有占用别人东西这种倾向的，即一种"你的就是我的"的心态。

但父亲对我说这句话时，态度又是十分严肃的，可以从他的语气中听出一种深深的感慨，这是要经过很多的人生阅历才会有的，一定很有道理，是不能不重视的。而且他不止一次两次地对我说这句话，而是一有机会就会说起来。于是我就深深地记住这句话了。

我记住了这句话，并非都会这样去做了。我在生活中还是会想着去占别人一些便宜，有什么事情也总想去麻烦别人，并且这很容易变成了一种习惯，即当自己遇到什么困难时，总想着去找人帮忙，动不动就要麻烦别人，而不是自己想办法解决。但人们就是不愿意被你占了便宜，哪怕只是一个小小的东西。再小的东西也是东西，即使多得用不完也是我的东西，你未经我的允许就拿走我就是不愿意。至于要去麻烦别人什么，也只能有一次两次，多了就会让人感到厌烦。所以我们经常会听到一句话：这种忙我只能给你帮一次两次。如果一而再、再而三地去麻烦别人，就显得不识趣，就会讨嫌了。

我在生活中经常去占别人便宜，经常去麻烦别人，结果给自己带来的更多还是烦恼。去占别人便宜往往并没有占到便宜，即使占到便宜了，当时也挺难为情的，过后也挺自责的；去麻烦别人而遭到拒绝也是经常的事情，这其实也是挺尴尬的，即使别人同意了，看他们为自己的事情而搞得那么麻烦，自己心里也是挺过意不去的。同样的，当别人也来占自己便宜时，自己也是十分愤怒的；别人也总是来麻烦自己时，自己也是十分厌烦的。这样的经历多了，就开始觉悟过来了，就不想再去占别人便宜，也尽量不去麻烦别人了。这时再想起小时候经常听父亲说过的那句话，就深深地理解了。

不仅可以通过自己的经历，也可以通过别人的经历悟出这个道理。我以前那个单位有一个同事，他比较健谈，也比较风趣，喜欢跟别人在一起。他在哪里，哪里就有了气氛。但他有一个特点就是，每次跟别人一起在外面吃饭都是别人掏钱。而他又喜欢去吃别人的饭，谁要是请客吃饭，他还会不请自来，不知从哪里打听到了消息，也不声不响地赶过来了。别人看他这样大大咧咧的，一般也欢迎他，但时间久后也知道他的德性了。我有一次跟一个同事聊天，这同事跟他一样也上年纪了，对他更是知根知底的。我说起他这人，还不是要说他喜欢蹭饭吃这件事情，这同事就立即说道，这人更厉害，更是只出嘴巴。我听了不免有些诧异，但又不得不承认他也说得入木三分。做人要是做到了这种地步，就相当掉价了。他又何曾是付不起饭钱，只是出于这种占别人便宜的心理，久而久之就变成了一种习惯，从而很遭人鄙视。

别人请我吃饭，我都要先掂量一番，不能轻易去吃别人的饭。不能每次都是别人请我，自己也要回请别人。如果觉得经常回请别人在经济上有困难，或者不必这么经常参加饭局，就要尽量少接受别人的邀请，只偶尔去一次，以示对别人的一种尊重。

只有克服自己身上的那种天性，不去占别人便宜，也尽量少麻烦别人，才能表现出一种应有的素养，才能使人际关系变得更加和谐。从整个社会层面上说，只有形成一种尊重私有财产的精神氛围和文化传统了，才会是一个文明、有序、进步的社会。

8月29日

小时候父亲经常对我说不要去拿别人的东西，都是"别人矣"。这是他的肺腑之言，是他在成长过程中所得到的长辈教诲以及周围环境熏陶的结果，也是从自己的人生经历中总结出来的。

他出生于1935年，1949年时已经14岁了，旧时代也经历过了，但基本都生活在新时代，全程经历了从1949年到1978年那段特殊的历史时期。我经常听他说这句话是在20世纪80年代初，那段特殊的历史时期才过去不久，他都深深地感慨东西都是属于每个人的，我们都不要去占别人便宜。由此可见，即使在过去那个实行集体主义的时代，要消灭私有制，不断割资本主义尾巴，并且还要从思想观念上对人们进行不断的改造，大力提倡大公无私的精神，要"狠斗私字一闪念"，人们的私有观念也仍然是根深蒂固的，人们总是要拥有自己的东西，都不希望自己的东西被别人占有。

过去实行的那套做法以及观念只能停留于表层，即使做得再轰轰烈烈的，也很难深入到社会的内里，也很难真正改变人们的行为，更难真正改变人们的观念。在过去那个时代，就农村来说，人们关心的也仍然是自家可以从集体那里分到多少工分、多少口粮，自留地可以产出多少，自家养的猪可以卖多少钱，一切都围绕着自家的日子过得怎样，房子能不能盖起来，儿媳妇能不能娶回来，子女能不能培养得更有出息一些，与以前并无什么不同，与后来也并无什么不同。这乃是根植于一种深厚的人性，即使一时受到了压制，也仍然要顽强地表现出来，以一种扭曲的形式表现出来。外界的强力只能压制于一时，时间久后必然要复归于常态。

父亲经常对我说这句话，他自己又做到了吗？以我在生活中对他的观察，他自己也很难做到。他在自家的地里翻土时，有时会翻出一块小石头，捡起来往往会趁着四下无人，迅速地扔到别人的地里。虽然这只是小事一桩，但毕竟也是一种损人利己、以邻为壑的行为。别人跟我们家相邻的地不种了，他也会一点一点地蚕食过来，侵占别人的地盘。其实人家都外出不种地了，说明种地已经不合算，他仍然不停地把这些失去价值的地蚕食过来，满足自己的一种占有欲。他甚至有时还会把别人种的东西顺走一些。这些都是小节，在我们乡下是经常发生了，但毕竟也是侵占别人东西，也是占别人便宜。

他十分感慨地对我说这句话，再三再四地告诫我不要去占别人便宜，可他自己都很难做到，可见这要真正做到又是何其难矣，需要我们不断提高自身的修养。与私有观念一样，占人便宜也是人们身上的一种天性，其实也可以说后者就是从前者那里延伸出来的，但前者需要得到承认和保护，而后者必须受到否定和克服。只有这样，社会才会变得更加人性化，更加和谐有序，更加充满活力。

8 月 30 日

我是在乡下出生长大的，但小时候又经常到福州上面来。我这人历来喜欢去外面的世界走一走，看一看，看到更多新鲜的事物，扩大自己的眼界，增长自己的见识。大人要去哪里，我总讨着也要跟去。

父亲在福州上面的工地打工，最早不知是他要带我去还是我自己要跟去，反正很早就到福州上面来了。来了之后就喜欢上了城市这种地方，总讨着要跟上来玩，每年都要上来几次，上学后寒暑假也要上来。可以说我既是在农村长大的，也是在城市长大的，我这个乡下人也从小就有城市生活的经历。父亲的工地先是在市教育局，后来又到下面一点的群众路小学，它们在五一广场南面，跟南门兜和于山也很近。我到福州就都在这一带活动，几乎每个地方都走遍了，对这一带也有了一种家乡的感觉，后来每次经过时都会产生一种亲切。

从市教育局过来有一条小河，那时船还能把货物运进来。河边有一个锯木场，简易的工棚下面安放着一台锯木机，巨大的锯盘，尖利的锯齿，会让人望而生畏。我有一段时间经常在这里遇到一个小孩，就一块玩起来，有时到锯木场外面把一块废弃的边角料抬到桥上，然后扑通一声扔进水里，看着它慢慢地漂远……过了桥沿着河岸往西有一条街，这里与外面很不一样，房子矮小老旧，但店铺很多，还有庙宇，熙熙攘攘的，一派市井生活的景象。南岸没有街，是尚未开发的空地，空地再往里面有一家小厂，把牛角加工成各种工艺品。有一次工地老板从这个厂接到一个工程，父亲就被派到这里做工，我也每天都跟过来。他们做工，我安安静静地在旁边看着，有时走到工人旁边看他们工作，也都不会乱动。我去那么多地方都不会遭人埋怨，就因为我一般都是眼观手不动，不会

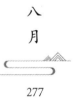

去影响别人。

过了河，右边是一家冷冻厂，有一个高高的像是水塔的建筑，每天傍晚时分就会有一个个巨大的长方体冰块沿着螺旋形滑道滑下来，我每次经过都要驻足观看，甚至还会在这个时间特地走过来看，觉得这挺神奇也挺好玩的。左边是一家阀门厂，外面摆着一溜崭新的巨大阀门。再往前一点就到五一广场了。早期的五一广场比较简陋，但中心的那个喷水池已经有了，池中环立着几个挥着扇子的舞女雕像。每到傍晚时分，池中就开始喷起水来，中间有一柱很大的水花喷上去，周边又环绕着一束束不同形状的水花。池中的彩灯也亮起来了，水花、舞女雕像交相辉映，煞是壮观。广场上有人卖雪糕，后来又出现了更高级的冰淇淋，不像我们乡下只有冰棒。在夏日的傍晚要是能买上一根雪糕尝尝该有多好，可惜那时生活水平很低，我一次都未曾消费过。广场上有一次还办起了集市，人山人海的，用篷布隔出一个个简易的铺面，商品琳琅满目，包括许多吃的。可惜我们兜里没钱，仅仅去看看热闹而已。

过了五一广场，沿着那条东西向的大道往西，就到了南门兜一带，那里是繁华的商业区。左边沿街有各种的商店、饮食店以及理发店等。那时南门兜一带没什么楼房，房子一般只有两层，很多还是木结构的。有一家较大的理发店，摆着几张很大的木制理发椅，上着蓝色的漆。有一个理发匠已经很老了，话语不多，但很和蔼。有一次母亲也上福州来，和父亲一起带我到这里理发。我的头发又脏又长，那个老师傅实在无法下手，把我的头连洗了两遍才开始理，并说这孩子什么头这么脏，像是从北峰下来的。北峰是福州北部偏僻的山区，向来是很落后的，小孩个个都是脏兮兮的。我从海边的连江上来，但与他们也有得一比，所以老师傅才这样感慨地说道。这边还有水果店，里面亮着日光灯，摆着苹果、梨、香蕉以及菠萝等各种水果，很多在我们乡下都很少见到，尤其是菠萝。这些水果都很昂贵，我们乡下人买不起，但有一种却买得起，就是烂梨。梨容易烂，烂了就要折价处理。这种已经烂掉很多的梨现在根本就没有人吃，但当时人们把烂的部分剜掉后还可以吃。也在工地打工的大姐经常带我到南门兜逛街，有时也会到水果店里买烂梨吃。这些烂梨已经有明显的酸腐味，但我们照吃不误，还觉得甜脆多汁很好吃。

对面另有一条小道与大道平行，两边是菜市场。这里更是商铺林立，人声鼎沸的。大姐在工地当炊事员，经常到这边采购物品，经常到一个店铺买东西。这店铺是一个从连江上来的老人开的，他跟我们已经很熟悉了。他腿脚有些不便了，但还在经营自己的店铺。他讲话总是慢条斯理的，也很和蔼，有一次还塞一把红枣给我吃。

五一广场后面就是于山。我大一些后可以自己走到这边，到于山上面玩。夏天时几乎每天上午都会来到于山，坐在树荫下乘凉，快到中午时再回去吃饭。那时，于山上的九仙观变成了一家图书馆。我也摸了进去，看见有人在一排柜子前抽出装满卡片的盒子在查看什么。我不知道他们这是在干什么，但总是与读书有关吧，而读书即使在我这幼小的心灵中也是很神圣的，我对那些安静地坐在里面读书的人怀着一种景仰之情。于是，我也走过去抽出盒子，装模作样地翻起来。于山脚下有学校，建筑风格是中西合璧的。那时正值暑期，校园里显得十分幽静。

视线再转回到在市教育局这边。大院内有一幢旧大楼，那些职员就在里面上班，我看着他们进进出出的。这是他们办公的地方，我们从来不敢进去，不知道里面是什么情形。但收发室的那个老人却对我很好，有时会把我叫进去，拿一块饼给我吃。我进去后，看到里面摆着许多报纸、信件之类的东西。那块饼放在老人面前的桌子上，我正要伸手去拿，却被他制止住了，说在外面玩得手脏兮兮的，叫我要先去洗手。于是，他拿过一个水壶，叫我把手放在水池上，他往下倒水，我把水接住，搓洗起来。这是压成扁圆状的八稞馅饼，很好吃。几十年过去了，老人早已不在人世了，但我心里还会一直记得他。

里面正在建一栋住宅楼，升降机呼呼地把装满材料的斗车运上去，不用人力肩挑背扛，省力又省时，这让我感到十分神奇。靠近了很危险，只能站在远处看着。升降机钢架的两侧涂着一层黑黑的油状物，吊笼吊上去时要擦着钢架，这油状物可以起到润滑的作用。我想知道这是什么东西，有一次就乘升降机停下来时偷偷溜过去，把手放在上面抹了一把。糟了，感到什么东西粘在手上了。跑到自来水那里冲，却粘得更紧了。又把手放在地上的水泥板上擦，仍然擦不掉。我开始紧张起来了，这下手可怎么办。正在屋顶干活的父亲见状，就从上面喊下来，让在工地当炊事员的老板父亲拿洋油（即煤油）给我洗手。那人已经很老了，背驼得厉害，平时很少说话。他骂骂咧咧地出来了，但骂归骂，该帮的还得帮。他叫我走到水坑边的那块跳板上，把手伸到外面，然后他倒下一些洋油，我接住搓洗起来，用水怎么也冲不掉的油污眨眼间就融化了。他又倒下一些，我再搓洗几下，就什么都没有了。

工地食堂就搭在那个水坑边，十分简陋，旁边是高大的教育局机关食堂。机关食堂的伙食当然比我们好多了，有时还举行会餐，十分热闹。有一次我们村的干部到福州来办事，另一个老板办一场宴席请他们。菜十分丰盛，吃完后桌上还剩下不少。人都走后，父亲就进去吃那些剩菜，并叫我也进去吃。我也想进去饱餐一顿，但犹豫了一下又作罢了。我那

279

时才开始懂事，并没有谁教自己，也会觉得别人吃剩的东西无法下口，而且会感到很丢面子。我就在外面跟几个妇女坐在一起。其中一个叫我也可以进去吃，但我仍然不为所动，心想既然可以进去吃，那你自己干吗不进去吃。后来父亲吃饱喝足出来了，看到我就说你这"狗傻"。"狗傻"是我们当地的一句方言，就是傻帽的意思。但我并不感到后悔，并不觉得自己在这件事情上有什么傻的。

群众路小学也是我们这个工程队承建的。当初这里都是菜地，中间有一个大水塘，要把这水塘填平建成校园。南面有一个新村，后来都拆掉也变成了校园。我有一次走进这个新村，还看到墙上"谦虚使人进步，骄傲使人落后"的标语，字迹已经褪色了，但仍然醒目。楼房之间有树木、花坛以及宣传栏，感觉挺新奇的。

水塘的北面和东面是一大片菜地，一般都是种空心菜。每天上午时，经常看到有妇女在这里浇菜。她们挑着两个装着喷头的木桶，从地头的水塘挑起水走到菜垄边，然后提着桶浇过去。我有时也会走到菜地边看她们劳动。有一次是一个脸庞黝黑、上了年纪的妇女在浇水。快到中午时她活干完了，就放下桶，把带来的饭拿出来吃。饭是米粥，装在一只铝制的提罐内，用两颗咸橄榄下饭。她友善地朝我笑了笑，然后就开始吃起来。我感到很惊讶，干这么重的活居然吃得这么简单。这里是市中心，但当时城里有很多这样的菜地。不知这些菜农是城里人还是从乡下来的。

日
复
一
日

8 月 31 日

我小时候经常来福州，自己根本不会讲普通话，也没听到什么人讲普通话。那时还是 20 世纪 80 年代初，刚开始有农民进城打工，但都是福州郊县的农民，要再过几年才开始有外地人。在我的印象中，所接触到的都是福州人，除了机关里有人讲普通话之外，人们讲的都是福州话。而且当时的福州话我全听得懂，与我们连江下面几乎一样，只有一些腔调上的区别，听起来更绵柔一些，尾音拖得更长一些。而福州人跟我们也都讲福州话，不存在任何语言上的障碍。我小时侯长期生活在这里，适应了这种语言环境，福州话和连江话杂糅在一起，构成了我的母语和我的乡音。

但语言是会变化的，尤其在人口变动和社会发展很快的时代。后来福州的外地人多了，讲普通话的多了，普通话的词汇也慢慢渗入福州话，福州话就开始变味了。我后来在福州工作生活，听福州人讲福州话，发现无论词汇还是腔调，都跟小时候听到的福州话很不同了，福州话已经变得不那么纯正，不那么绵柔悠长了，已经不是自己曾经的乡音了。同时福州人尤其年轻人，由于要经常跟外地人打交道，需要讲普通话，福州话就越来越少讲了。他们福州人之间都不大习惯讲福州话，跟我这样的连江人就更不习惯了。我刚来福州工作时还想跟福州人讲讲福州话，从而能拉近距离，却发现他们都不爱跟我讲福州话，往往才讲两句就变成了普通话，甚至一开始跟我讲普通话。于是，我也开始不爱讲福州话了，在福州工作了二十多个年头，几乎都没讲过几句福州话。

　　小时候可以毫无障碍地用福州话跟福州人交流，因而我也把它当成了自己的母语和乡音。现在福州话也变味了，不再是小时候所听到的福州话了，同时福州人也不跟我讲福州话了，我不就再感到这是我的母语和乡音了，跟福州人在心理上也拉开距离了。我在这里工作生活了这么久，娶的妻子也是福州人，但就跟外地人一样始终无法融入这里，有着一种寄居者的身份。有时还会去小时候生活过的五一广场一带走走，这里也曾经是我的家乡，但早已物是人非，语言也今非昔比了。

　　这其实也没什么惋惜的。我即使回到连江乡下，同样也是物是人非，也不是小时候的乡亲和乡音了。"吾心安处是吾乡"，我以后还会到别的地方工作生活，只要我能安心地留在那里，那里就是我的家乡。我们人类都是从非洲走出来，迁徙到世界各地的，各个地方都是我们的家乡，所有人都是我们的同胞。只要想通了这一层，就可以跟所有人和谐相处，跟所有人都不存在心理上的距离。而只要纠结于这一层，虽然福州和连江的地理距离不过 50 公里，我们也会成为外地人，跟福州人的心理距离也十分遥远。

八
月

九月

9月1日

小时候从我们连江来到福州交通十分不便，可谓舟车劳顿。

走陆路要到县城的客运站坐客车上来。客运站就在现在的县交通局那里，很小，候车室也很简陋，只有几排木椅，车场上也没有几辆车，线路很少，去福州的班车也很少。那时通往福州的公路很狭窄，勉强可以并行两辆车，没有一条隧道，逢山就要翻山越岭。尤其琯头岭，路又陡又弯，经常发生事故，让人望而生畏。到琯头镇时街上熙熙攘攘的，车要慢慢地开过去。过了亭江车都在江边走着，里面一侧又是山，路就变得更狭窄了，时常发生堵车。有一次父亲带我从福州回来，在闽安那里堵车堵了很久。已经坐了那么长时间，看着趴在那里不动的汽车长龙，真是感到心焦。我们这辆车往后倒时还险些掉进江里，让人心惊肉跳的。到了马尾还要再开到造船厂这边，然后从山角翻越过去到下德那里，再沿着山脚开到魁岐，又从山边折了过去，最后才进了福州城。五六十公里的路程要走上3个小时，而且路况不好，颠簸得很厉害，一路走得十分辛苦。但对于向往外面世界的我来说，再辛苦都挡不住自己往外走的热情。

走水路是从定安码头坐上客轮，然后一站站停上去，最后抵达台江的客运码头。由于起点这个地方叫"乌猪"，所以人们就把坐这趟客轮叫坐"乌猪"。这条线路老早就有了，是我们家在闽江口一带的前往福州的便捷通道，一直到20世纪90年代中期陆路交通变得十分发达后，它才退出了历史舞台。客轮每天一个往返，从福州是江水退潮时开始出发，顺流而下，到定安后等着重新涨潮，然后再顺水开回福州，从而就可以加快航速，节省燃力。开船后经停的第一站是粗芦岛的下岐，第二站是琯头，第三站是亭江，第四站是闽安，第五站是马尾，然后就长驱直入抵达台江。水路直，路程比陆路少很多，但由于轮船的航速慢，沿途还要经停好几个站，每个站上下船都要好多分钟，所以前后需要4个小时。而且轮机发动起来后噪音很大，震耳欲聋的。但由于上下舱可以坐上百人，还可以运很多货，票价比较低廉，并且只要不遇上大风大浪，都走得比较平稳，不像汽车那么颠簸，因而坐的人还很多。那一带靠海，物产丰富，道澳的西红柿、定安的枇杷以及许多地方的海产，都是通过这趟客轮运到福州，既给这一带的人带来了收入，又给福州上面的人带来了大量物产，这就是货畅其流带来的好处。潮水的时刻很有规律，每天都会往后推多少，过一段时间后就又转到清晨了，如果这一天去坐船，就要起个大早才赶得上。人们只要掌握好潮水的时刻，提早一些到码头等候就可以了。

有一次大哥带我上福州，先坐车到县城，但在客运站买票时却被告知已经没有班次了，而这时还只是上午。他算了算时间，觉得再去坐乌猪还来得及，就立即又坐车回来，然后又沿着那条山路走到定安，居然也真赶上了。那时我才几岁，由于很想去看外面的世界，居然也能跟上他的步伐。可见当一个人在急切追求什么时，是会有超水平发挥的。

由于路途长达 4 个小时，而且乘客很多，因此船上就配有厨房，煮面卖给乘客，也卖面包、蛋糕等。大哥带我坐乌猪那次，我看到服务员端着几碗兴化粉出来叫卖。兴化粉是白色的，再配上青菜和葱点缀一番，面上还有几颗花蛤，花蛤煮熟后壳上的纹路变成了红褐色，十分的鲜亮。光这些颜色搭配就足够诱人了，引得我垂涎欲滴，一直讨着买一碗。但由于价格比较昂贵，大哥就没有买，而是买一块面包给我解解馋。我看有面包也比什么都没有好，也接受下来不讨了。这面包不像普通面包那么软，烤得比较干，里面的气孔较大，吃起来比较香甜，还有些酒的味道。后来就很少吃到这样的面包了，直到很多年后到哈尔滨旅游时，吃到的大列巴才有类似这种味道。

坐乌猪一路上可以看到许多美丽的风光。那时江水很干净，如果不是刚下过雨，都比较清澈。江面上行走的大都是帆船，有一艘大船从桅杆挂下几面巨大的白色风帆，从高高的舷洞里不断地流出水来，哗哗地泻进江中。还有轻巧的小舢板，一个人站在船尾摇着橹，熟练地从汹涌的江面驶过。到台江一带时，由于以前运输主要靠水路，因而江面上密密麻麻的布满了各种船只，一派"舟楫云集，帆桅蔽日"的壮观景象。同时，台江一带的江面上还有数不清的连家船，疍民全家都生活在上面，既是住家，也是劳动场所，只有要把捕的鱼卖掉，并把生活用品买回来时才上岸，平时吃住都在船上。船身很小，但也一应俱全。绳子上晾晒着花花绿绿的衣裳，小小的烟囱冒着袅袅的柴烟，鱼网张挂在舷侧的木杆上，主妇正用吊桶从江里打上水来……

后来陆路交通发达起来了，水路交通就变得过时了，长期以来把我们跟外部世界联系在一起的客轮结束了历史使命。江上的帆船也慢慢变成了轮船，并且船只的数量也慢慢少下去。连家船的疍民也上岸了，不再从事打鱼这个营生，只有极少数还开着船在江上捕鱼，但也变成了机动船。同时江水也变浑变脏了，不再像以前那么清澈和干净。一切都只在记忆里了……

9月2日

我小时候很喜欢到福州上面来，除了向往外面的世界之外，也是喜欢过上城市的那种生活。那时才几岁，从未有人对自己说过城市跟乡村有什么区别，城市有什么好处此类的话，而是自己自然而然就会这样的。可见想过上城市的生活也是人身上的一种天性，并不是受谁的影响，也不是什么文化熏陶出来的。

我喜欢来福州，最直接的原因就是可以吃上白米饭。那时在农村还只能填饱肚子，平时吃的都是"地瓜米"（即地瓜丝干），大米只放很少一些，在锅里星星点点的，用来点缀一下而已。大米很有限，兄弟姐妹之间还要展开一番争夺。母亲为了照顾我这个小的，煮饭时都会把大米用碗盖在锅边，这样煮开后就不会跑出来。装饭时尽量多把米饭装在我的碗里，姐姐和哥哥就少装一些。现在生活水平大大提高了，人们米饭吃腻了，就想返朴归真吃吃地瓜米，还会觉得别有一番风味，而当时人们可是很害怕吃地瓜米的。擦地瓜丝时往往会把烂的部分也擦进来，就成了所谓的"臭粒"，吃起来是很苦的。而且地瓜米不耐饥，吃多了胃会反酸，不像米饭那么耐饥，吃起来又香。在黑色的地瓜米中，米饭就显得弥足珍贵，一粒粒就跟珍珠似的。母亲忙于在山上干活，经常由二姐负责煮饭。她装饭时就偷偷做了手脚，把很多米饭都装在自己的碗底，上面再盖上一层地瓜米，而我的则反过来，下面先装上地瓜米，上面再盖上一层米饭。我在饭桌上吃着吃着，就感到了不对劲——怎么我的越吃越黑，而她的越吃越白？原来是她近水楼台先得月，利用职务之便多吃多占了。

在家里即使受到了照顾，所能吃到的米饭仍然很少，大部分还是那种难以下咽的地瓜米。而到了城市，就全是吃米饭了。人们不可能把地瓜米带到城里，而且城里的大米也多，吃都不成问题。父亲在饭盒里多装些大米，炖出来满满的一盒，粒粒都竖着，看了都感到很满足。他用筷子从三分之一的位置划过去，把这一块拨到盖子上，我就把这盖子当碗，父子俩面对面地坐着吃起来。菜蔬虽然也很简单，但毕竟在城里，都会比乡下好一些。长大一些后，生活水平也提高了，我们在城里可以吃得更好一些。有一段时间父亲经常跟我在广达路的饭馆吃饭。早餐是馒头配豆浆，吃得很香，也吃得很饱。午餐和晚餐每人一碗米饭，菜一般是海蛎豆腐汤，味道很鲜美，价格也不高，我们消费得起。这一段时间是我吃得最开怀的，后来菜虽然比这好多了，却再也吃不到这种满足感了。在城里，我们父子俩过着一种简单而又富足的生活，这是我们在一起最温馨的时光。

我喜欢来福州，还因为城里很热闹，可以看到许多乡下看不到的东西，大大开阔了自己的眼界。我经常走到街上来，在五一广场、南门兜一带，那是最中心最繁华的地方，熙熙攘攘的，人们或者悠闲地逛着，或者买些需要的东西，过着一种世俗的生活。而这种生活对于我们老百姓才是最重要的。许多人都讨厌城市的喧嚣，想到偏远的乡下生活，过着一种逍遥的日子。这话听听就算了，是当不得真的，都是吃饱饭后又心血来潮想出来的。人是群居的动物，是天生喜欢有人气，喜欢过热闹生活的。要是真到那种都见不到人影的地方，住上一天两天也许还受得了，再久就要精神崩溃了，就要火烧火燎地回到城市的喧嚣中来。

我喜欢来福州，还因为城里更有秩序，更干净整洁。道路分成车道和人行道，要靠右行，过马路要走斑马线，要红灯停绿灯行，街边隔一段就放置一个垃圾桶，路面清扫得很干净，绿化带也修剪得整整齐齐，布置得漂漂亮亮的。同时，也很少看到有吵架打架的，小偷小摸也比较罕见，这也许是那时城市人口还比较少，社会风气也比较淳朴的缘故。

我喜欢来福州，还因为城市主要由流动的陌生人组成，不像乡下都是熟人在一起生活，经常会为一些生产生活中的鸡毛蒜皮而发生冲突，但又只能抬头不见低头见，心情会变得十分郁闷。在城市这方面就好多了，大家只是萍水相逢，临时在一起讨生活，要更好地相处，就要学会互相守信，互相谦让，甚至还要互帮互助。这其实是一种更为人性化的生活方式。在西方的现代工商社会，之所以会产生 AA 制，就是因为来自不同地方的商人临时聚在一起，也许下次就没有机会再遇到了，因而消费时就要各付各的账，从而慢慢形成了一种传统。而这其实是一种最合理的现代交往方式，也是最符合人性的。

城市也有城市的问题，乡村也有乡村的好处，但要我选择，我只能选择城市，而不是乡村。

9月3日

现在有人提出城里人要到农村去，去农村买房，在农村养老等等，窃认为这提一提固然可以，但又是不现实的。

事先声明一下，本人完全认同要实现人口的自由流动，乡下人可以到城里来，城里人也可以到乡下去，可以在那里创业，也可以在那里买房，这是人们的一种正常权利，也是经济社会的正常发展所必需的。正是在人口的自由流动中，带动了其他资源的流动，实现了资源的优化配置，从而给经济社会发展带来了必要的活力。人是具有经济理性的，往往会选择一个更加适合自己的地方，与其他资源结合起来后就会产生更高的效率，从而在使自己得到更好发展的同时，也促进了当地的发展。这是社会的常态，我们在20世纪50年代实行城乡分割的二元户籍制度以前，也一直都是这样的。以前我们村很多人都到福州来谋生，其中不少都去当人力车夫。人力车夫通常被认为是一种很苦的职业，但这么多乡下人大老远地来到城里干这行，说明还是有吸引人的地方。这些人不但自己可以谋生，还有钱带回乡下养家。而实行城乡二元的户籍制度后，他们就不能再留在城市了，纷纷都回到乡下务农。这样实行城乡分割的结果，不仅乡下人失去了更好的出路，城里人也享受不到这些乡下人所带来的好处了，城乡经济共同陷入了长期停滞的状态。

改革开放后，那种严格的户籍制度也开始松动起来，先是允许乡下人进城打工、经商，后来又允许买房、落户，从而给城市经济社会的发展注入了生机和活力。然而，这种人口流动却是单向的，即只是乡下人进城，而没有城里人下乡。现在城里人也有去乡下投资或者居住的，但还很不成气候，还面临许多政策上的限制，到乡下投资还比较困难，买房更是没有放开。我也主张对人口流动的政策限制应当取消，不仅从乡下到城市的政策限制要取消，从城市到乡下的政策限制也要取消，这样才能真正回归于社会的常态。

允许城里人去乡下，并不意味着很多城里人就会去乡下。有人寄希望于通过这一途径扭转乡村走向衰败的态势，即要让更多的城里人到乡下去，给乡村带来更多的经济资源，也带来更多的文化资源，使乡村得到更好的振兴。然而，即使政策上放开了，估计也不会有多少人下去，就是下去了更多也只是去度度假，平时也还是要待在城里的。因为乡下许多方面都不如城市，交通不方便，生活设施不完善，工作以及创业的机会缺乏，即使山清水秀，空气清新，也无法弥补这些方面的不足。

其实不仅我们，就是西方发达国家的乡村，也处在不断的衰败中。我去欧洲旅游时，就看到很多乡村也已经空心化了，一座座的房子空在了那里。这些房子富有传统的建筑风格，就像一座座古堡似的，在树木的掩映下，乍一看十分美观，细一看却毫无人烟，屋顶都塌下来了。这种现象在从法国前往瑞士的途中尤其多。从大的趋势看，乡村的衰败乃是不可避免的，靠人为干预是无多大作用的。我们政策放开之后，也许会有一部分城里人去乡下，但更多的都不会去，有一些乡村如靠近交通要道的乡村，也许还会振兴起来，但更多的仍然无法挽回走向衰败的命运。

从保护传统的角度看这会显得十分可惜，但从历史发展的趋势看也没什么可惜的，该衰败的就让其衰败吧，该消失的就让其消失吧。只要不是人为的，如这些年各地在摊大饼式的城市建设中需要大量征用郊区的土地，从而实行强制性的"合村并居，农民上楼"，以及不让城里人到乡下置业买房，就可以了。每天都会有村庄消失掉，这是一个无可避免的命运。

如果人口流动的障碍都消除了，我们的乡下人只会继续往城里跑，只有像发达国家那样城市化率达到 80% 以上了，才会稳定下来。到我们的城市化完成时，乡村的资源能够养活乡村人口了，城乡差距基本上消除了，可以有更多的经济资源投入乡村的建设包括文化建设，才能留住人才，吸引人才，才能挽回乡村的衰败。那时很多乡村都消失了，留下来的都具备生存和发展的条件。那时还会生长出新的乡村文化，这种自然生长出来的乡村文化才是具有生命力的。

9 月 4 日

以前乡下老家的房子大部分都是老屋，是木结构的，屋顶盖着瓦片。有的是一层，有的是两层，有的也是一层，但盖得高一些，人字形的屋顶下面还留出较大的空间，铺上楼板后上面中间高两头低，也可以当半层使用。这种老屋的窗户小，采光条件差，里面比较阴暗，隔热效果却比较好，夏天时外面烈日炎炎的，进屋后就会感到阴凉起来，冬天时外面寒风呼啸的，进屋后只要把门窗关紧，就把严寒挡在了外面，心里就会感到一种踏实。

老屋的木门都没有上漆，时间久后木板就会显出一道道的皱褶来，像是人老了脸上长出了皱纹。门上安着搭扣，外出时把搭扣扣上，搭扣眼上或者用短棍插着，或者用锁头锁着。门推开时会发出吱呀的一声响。里面左边门框上安着一个木栓，晚上人都进屋后就把栓板转过来，把门栓紧了。

用上电灯之前都是点洋油灯，有时也点蜡烛。到了晚上，灯点上了，发出了昏黄的灯光，会把人影投到墙上。母亲干活要干到很晚，然后才有空给我喂饭。这时，墙上就出现了我们俩的影子，她一勺一勺地喂着，我嘴巴一张一合地吃着。我边吃边看着这墙上的影子，被一种浓浓的温馨气氛笼罩着。有时，母亲在灯光下做着什么事情，边做边跟我们讲些什么，既是在讲些轻松的故事或者生活中发生的事情，也是在对我们进行一种润物无声的教育，也算寓教于乐。夜深了，我们要上床睡觉了，但夜话还在继续着。外面或者黑咕隆咚的，或者皎洁的月光从窗户泻了进来，无论如何都挡不住我们夜话的热情。我们天南海北地讲着，或者讲点白天的见闻，或者讲点听到的故事，故事的内容往往会跟窗外的氛围契合起来：当外面黑咕隆咚时，我们会讲到一些恐怖的故事；当外面月光如水时，我们会讲到一些轻松的故事。

老屋的厨房里都有一口老灶，烧着柴禾。每到煮饭的时分，炊烟就会从突出瓦顶的烟囱袅袅地升起。淡青的炊烟笼罩在淡黑的瓦顶上，这幅乡村的图景最是难忘。民以食为天，家家户户都有炊烟升起，说明生活在正常进行着，无论吃好吃坏，反正都有一口吃的。看到了炊烟，都会让人感到一种踏实和温暖。

雨下来时，雨点砸在瓦面上会发出哒哒的脆响，听起来十分带劲，并在屋顶上溅起了一片烟。一阵风吹过，水烟四下弥漫开来，天地间变得更加迷濛了。下雨时我常常会走到楼上，从窗口望出去，静静地观赏着这雨中的景致。雨水顺着一道道的瓦槽哗哗地泻下来，远处别人家屋顶的水烟在飘荡弥漫着，风声、雨声、水流声，交织成了一首美妙的交响曲。

老屋陈旧，但由于人都住在里面，会经常收拾，也挺干净整洁的。每年端午这一天，母亲都会把坛坛罐罐、箱箱笼笼搬出来，把屋里所有的角落都清理过去，把各种器物都擦洗干净，并把房前屋后所有的旮旯都清扫一遍。然后端出一罐雄黄酒，一口口含着，往各个地方喷过去。这说是为了避邪，其实也相当于做了一次大扫除。在我的印象中，端午总是跟做卫生联系在一起的。到了冬至时节的一天，更是要对老屋来一次彻底的清扫。一年没有清扫了，许多地方都积满了灰尘。母亲把能搬的东西都搬出来，不能搬的就用塑料布罩住，然后把一个新扫把绑在一根竹竿上，先从屋顶的檩条和椽子开始，从上往下把那些灰尘扫下来。接下来再把盖着的塑料布拿掉，东西一件件地擦洗。经过一天的清扫，房间慢慢恢复了原样，却干净清爽多了，变得焕然一新起来。

　　以前生活水平低下，人们买不起那么多东西，也没有那么多东西可买，因而老屋内杂物就比较少，显得比较干净整洁。后来生活水平提高了，住进了新房，但由于不断地把东西买回来，房间被各种杂物塞得满满当当的，反而失去原来的干净整洁了。

　　以前生活水平低下，菜也吃得很简单，没有那么多的煎、炸，因而厨房里油烟就比较少。以前也没有自来水，都是把井水挑回来，装在一口大水缸里。水缸摆在灶台前靠墙的位置。底部比较小，这样会放得更稳当，人站在旁边脚也不容易碰到；腹部却很大，这样可以装下很多水；而口部又缩小一些，这样就容易用盖子盖住。由于屋内比较阴暗，水缸的盖子揭开后，就会露出一块圆圆的水面，清亮得就像一面镜子似的，可以清晰地映出人影来。这水缸虽然土里土气的，却很实用，清洗起来也方便。灶也是土灶，灶台上铺着一层薄砖，看上去十分简陋，但更有乡土的气息，更能产生一种亲近感。后来人们都住上了敞亮的新房，厨房里煎炒不断，变得十分油腻起来，水池和灶也都是用水泥砌成的，外面再贴上一层磁砖，显得十分干净整洁，却又变得毫无美感，毫无生气了。

　　老屋虽然阴暗，但睡在里面却会感到很踏实。母亲每天很早就要起来做活了，炊煮洒扫，还要把水缸里的水挑满，供一天之用。她在外面忙活，我们还在被窝里睡得朦朦胧胧的。她从水井把水挑回来时，铁皮的水桶碰到墙上，会发出叮叮咚咚的声响。我在半睡半醒之中听到了这种声响，就会感到一种温馨和踏实。

　　人们收入提高之后，就想到了盖新房，盖新房、住新房成了一种潮流，人们都在弃旧图新。新房都是砖混结构，都是清一色的模样，这家与那家并无什么区别，都像是从工厂里出来的标准化产品。不像以前的老屋，乍一看都是木结构和瓦屋顶，其实都是各尽不同的，房屋的结构、造型都不一样，都有各自的风格，从而呈现出了一种美感。有新宅基地的就把新房建在新宅基地上，没有新宅基地的就把老屋拆掉建新房。

　　新房宽敞明亮，住上新房是过上新生活的最重要一步。以前人们长期在老屋住着，也都住得很习惯了，甚至还会感到一种踏实。然而在这种新潮流之下，人们都纷纷弃之唯恐不及了。那些留下来的老屋由于无人住在里面了，就容易腐朽起来。我有一天从山上往下望去，发现老屋已经所剩不多了，它们蹙缩在一座座高大的新房之间，像是一个个被遗弃的老人。

9 月 5 日

我们村有一个地方叫"井流埂"，我小时候就经常到这里玩。村中有一条路通往南面的山区，要先翻上村后的这座山。这山十分陡峭，路就顺着山势曲折而上，从而既降低了坡度，又变化着行人的视线，显得移步换景起来。快到山顶时就到井流埂这个地方，然向再一直往前走，可以走到一个三岔路口，从左边再向山上走可以走到丁湾村，从右边下山可以走到连登村。在以前公路不发达的年代，这条路可是一条要道，这两个村庄都是通过它与我们村联结起来的，我们村的人要去南面山区的田地耕作以及上山砍柴什么的，也大都走这条路。井流埂这个地方的特别之处就在于有一眼泉水、一棵榕树以及一座庙宇。

泉水是从山崖的一块岩石中流出来的，终年不断，无论天旱得多厉害都不会干涸，水质也十分干净，十分甘甜，喝起来冰凉冰凉的。泉眼里有一块巴掌大的卵石，手可以伸去进去掏，碰到岩体嘎啦嘎啦的响，却怎么也掏不出来。这石头也不知什么时候就有了，一直以来都是这样，人们都说这泉眼是一个龙嘴，而这石头就是龙嘴里含的龙珠。泉水流到下面一点形成了一个水坑，人们牵着牛经过这里，就会让它过来饮水，或者把什么东西放进去浸泡、清洗。

泉水在路的左边，榕树在路右边出来一点的坡上。它已经很老了，树枝大都往左边空旷的地方生长，在泉水的滋润下，长得非常茂盛，巨大的树冠覆下了一大片浓浓的绿荫。这里地势高，面对着一块谷地，从而就了山风，又有清冽的泉水流出来，以及这棵榕树覆下来的浓荫，夏天这里就十分凉爽。人们无论上山干活还是干完活从山上回来，经过这里时都会坐下来歇歇脚。人们往往会先到泉水那里喝水解渴。旁边不知谁放了一只碗，是专门给人们舀水喝的。人们蹲下来，舀起一碗泉水，咕噜咕噜地喝下去，浑身就变得清爽起来。然后坐在榕树下，让习习的山风吹着，慢慢解除了浑身的疲乏。若遇上一个熟识的人，就坐在一起拉起了家常。

榕树边上有一座庙宇，里面供奉着齐天大圣。齐天大圣像是由一块青石雕成的，已经十分古旧了。说是古代邻村来一伙人窃走了我们村的这尊神像，但走到这里时就背不动了。他们认为是神仙显灵了，就不敢再背走，把它放在了这里。于是我们村的人又在这里给它修建了这座庙。这当然是传说，不知道是否真有其事，其实我们也不必深究下去，民间总会产生这类故事并流传下来的。它反映了人们对齐天大圣这个神的一种希冀，希望能借助于他的神力庇佑自己。

我们小孩对齐天大圣孙悟空从小就耳濡目染，从别人那里听过他的故事，自己会看连环画后也看过他的故事，有电视后再一遍又一遍地看过电视连续剧《西游记》。他神通广大，战胜各种妖魔鬼怪，扶正去邪，克服一道又一道难关，帮助唐僧来到西天取到了真经。同时，他还十分聪明机智，不但武艺高强，还能以智取胜，把仗打得妙趣横生的。因此，我们都十分喜欢这个神话人物。村里有很多庙宇，供奉着各种各样的神，唯有这个庙宇以及这个齐天大圣能够让我们亲近起来。我们经常来这里也是冲着这来的。我们会把庙里庙外的地面打扫干净，并且还不敢被经过的大人看见。我们年幼无知，以这种方式表达着自己对这个偶像的崇敬，也是希望能够得到他的庇佑。

榕树有几根粗壮的枝干从路上方伸展过去，我们有时在上面爬来爬去的，有时坐在上面看着过往的行人。累了就斜躺在树干边。山风轻轻地吹拂着，树叶沙沙地响着，有鸟儿从上面扑棱棱地飞过。透过枝叶的缝隙，可以望见蔚蓝的天空，蓬松的白云悠悠地飘浮着，一切都显得那么安宁，那么淡泊。这时人已经感到无欲无求了，甚至什么都不去想了，只是悠闲地享受着这宁静的时光，与天地融为了一体……

9月6日

我不是一个种花养花的人，缺少这份闲情逸致，也没有这方面的兴趣爱好。然而，我小时侯也曾经很喜欢花，并且也养过花。

我家是三开间两层的房子，最外面那间的前面又有一间柴房，柴房外面又有一个矮小的猪圈。柴房与猪圈的瓦顶连在一起，从里往外斜下去。同时，柴房的瓦顶还延伸到房子这边来，把下面的过道遮住了。房子里面两间有铺楼板，外面那间不够高，做厨房用，就没有铺楼板，只是架起几根横梁，在靠过道那面铺上东西，人可以站在上面。这里有设一道木门，开出去就是柴房的瓦顶。几个哥哥喜欢种花，就在这里种了几盆花，我开始懂事时上面就有花了。

　　花盆顺着瓦顶一层一层地摆下来，有两排，花盆都不是专用的花盆，而是因陋就简，用旧的陶罐、脸盆、口缸等，在底下戳个洞用于排水，然后装上垃圾土，花就种在上面。花都不是名贵的品种，而是普普通通的。

　　有一盆是"海棠"，它的学名是天竺。浅棕色的花茎一节一节的很壮硕，枝枝杈杈的。叶子很小，通过细细的叶柄与枝条连着，是翠绿色的，边缘又是褐色的。花朵也很小，花瓣是鲜红的，花蕊是嫩黄的，也是通过细细的花柄与枝头连着。它会散发出一种微微的怪味，但花茎、叶子以及花朵无论颜色还是形状都搭配得恰到好处，相当美观。花朵可以常年开放，旧的凋谢了，新的又开了。

　　有一盆是"金梦"，这只是谐音，其学名不知道叫什么。这花很特别，春夏时节把种子种在花盆里，很快就长出来了。这时节雨水充足，阳光明媚，它生长得很快，不到一个月时间就有两三拃高了。花茎是空心的，有点像空心菜管，叶子是披针形的，长得很茂盛。它喜水，需要经常浇水。长大后叶子间就会冒出一个个的花苞，不久这些花苞就陆续开放了。有的开白色的花，有的开粉色的花，花期也挺长的，可以持续到秋天。花不开了，枝叶就也开始枯萎起来，我们要把结出的种子收集起来，来年再种下去，再来一道生命的轮回。

　　有一盆是"葱花"，它的叶子一根根从土里长出来，墨绿色的，有点像葱，但要比葱肥厚、坚韧得多。这种花很容易生长，只要有给浇水，一年四季都是郁郁葱葱的。花朵一年只开一季，花期能持续一两个月，一批批陆续地开放，旧的凋谢了，新的又开了。花柄一根根长长地抽上去，长得将近也有叶子那么高。花蕾绽开后，花瓣是乳白色的，花蕊是淡黄色的，两者搭配得恰到好处，在郁郁葱葱的叶丛中显得十分幽雅，就像花仙子似的。

　　有一盆是"太阳花"。它是一种蔓生植物，随便折一根丢在土里都会成活，不断地蔓延开来。由于很会蔓延，我们往往把它种在旧脸盆里。土接近装满，它很快就会把土覆盖住，并伸出盆沿来。这种花十分低贱，但开出来的花朵却艳丽极了。在春夏时节，它们竞相开放了，花瓣是浅紫色的，花蕊是淡黄色的，在明媚的阳光下显得特别娇艳。它们要迎着烈日开放，日光越强烈它们就开得越艳丽，所以我们都形象地称之为"太阳花"。到傍晚它们就开始凋谢了，只尽情绽放了一天。但莫急，第二天新的花蕾又在烈日下尽情绽放了，令人叹为观止。我最喜欢的就是这种花，除了因为其花朵的娇艳，也因为其蓬勃的生命力。

我在家排行最小，种花轮不到我，但浇花却轮到我了。我每天傍晚都会端水上去，把这些花一盆盆地浇过去。它们被太阳晒了一天，已经有些蔫头耷脑的，浇过水后很快又恢复了生气。花盆里的土在贪婪在吸着水，发出滋滋的声响。多余的水从盆底的洞漏下去，汇聚在一起沿着一层层的瓦槽流下去，在灰黑色瓦面的衬托下就像跳跃的水银似的。

我很喜欢花，就想着增加一些品种。大姐跟同村一个男子很早就定了娃娃亲，他家的屋顶上种着许多花，有好多的品种，让我羡慕不已。他跟大姐尚未成婚，但也是我未来的姐夫。我有一次看见他妹妹在屋顶上，就跑上去问她能不能拔一株什么花给我带回去。她不愿意，又不好拒绝，就狡黠地看了看我，然后从花盆里拔下一株"花"给我。后来我知道这并不是花，而是长在花盆里的一株杂草。从此我就不再向别人要花了，专心致志地养着自家屋顶的那几盆花。

它们都是最普通的花，谁家都可以拥有，同时也是最好养的，不需要费什么心思，只要给它们浇水就能茁壮地成长，开出一朵朵美丽的花朵。我每天都会上楼赏花、浇花，在自己这个小天地里自得其乐着。我还在伸到外面的横梁上钉了一块板，这样人坐在里面时可以把脚放在这块板上，居高临下地俯瞰着下面，可以一个人在这里玩上半天。

9 月 7 日

猪在古代叫豕，豕上面加一个"宀"就是家，可见它在古代对人们有多么重要。在我们那里，人们大都信奉佛教，以前是不能吃牛肉的，牛只是用来耕田。羊也很少，羊肉比较昂贵，一般人家都吃不起。这样猪就成了最主要的肉食来源，说到吃肉一般就是指吃猪肉。

由于猪肉销量很大，养猪就成了人们的一项重要收入来源。一头猪养大后有两三百斤，甚至三四百斤，可以卖不少钱，够相当部分的家庭开销。我们家兄弟姐妹多，父母又要培养我们四个兄弟读书，用度就比较紧张，我们家的猪圈长年都养着两头猪，很大地缓解了家庭经济压力。

猪的重要性还表现在可以为农作物提供大量的肥料。以前没有化肥，给农作物施肥主要靠人畜粪便，尤其猪粪。只要家里养上两头猪，肥料就不缺了。

因此，猪就几乎家家户户都要养，似乎也成了必不可少的家庭成员，猪圈也成了房子必不可少的组成部分，它们都与家紧紧地联系在一起。

猪的食量很大，要让它长膘就要给它吃大量猪食。糠是必不可少的。碾米时碾米机会自动把稻谷碾成米、糠和壳三个部分，糠也要带回来给猪吃，不够的还要再向别人买一些。糠是很有营养的，也是很香的，因而猪很喜欢吃，一日三餐都少不得。地瓜叶也是猪经常吃的，我们每天都要到山上自家的地瓜地里把地瓜叶撸下来，装了满满一土箕端回来。煮饭时，把这些地瓜叶切碎，放进猪食桶里，再把糠洒上去。当锅里的饭煮开后，把浮在面上的那些白沫连同米汤舀起来倒进桶里，再用搅食棍搅拌几下。

猪圈外面摆着一口大缸，每天洗碗的泔水就倒在里面。把地瓜丝干煮熟后，也倒进缸里沤着。有时还会到山上的溪边把野芋的叶子割回来。这种野芋的叶子跟田里种的芋一模一样，却不长芋头，但叶子可以给猪吃。把它们切碎，放进锅里煮烂，然后也倒进缸里沤着。喂猪时，把装着地瓜叶的猪食桶提出去，先拿起缸里的那把竹筒罐把缸里的东西搅均匀，然后一罐一罐地舀进桶里，再跟地瓜叶搅拌均匀，就提进猪圈倒在食槽里。猪已经饿得直叫唤了，一看见猪食倒下来，就迫不及待地一头扎进槽里吃起来。主人还要继续在旁边看着。猪看似蠢笨不堪，其实还挺狡猾的，吃东西时也会挑三拣四，会把不中意的东西拱出来。这时主人就要拿手中的搅食棍敲过去，让它老实起来。

家里等着钱花，母亲一心想着让猪吃得多些，长得快些，于是就千方百计地哄它们吃，有时甚至还会把人吃的鱼露倒一些下去，让猪食变得更可口些。有一次那头猪无论如何就是不肯好好吃，她急了就拿起那个竹筒罐当头敲下去。猪被这么一敲，就倒在地上奄奄一息了。她顿时六神无主起来，大声地叫喊着。猪眼看养这么大了，就指望着能多卖些钱，今天却被自己活生生敲死了，怎能不肝胆欲裂呢。她越来越恐慌起来，坐在地上嚎啕大哭着。邻居都被惊动了，走进来一起把她架回屋里。

大姐赶紧拿出三根香，点燃后在灶王爷神位前祈祷了起来，希望能挽救我们家的猪，帮我们家渡过这场危难。后来它又慢慢苏醒过来了，开始站了起来，所有人都松了一口气。母亲从此再不敢随便拿东西敲猪头了。

猪喂大后一般都卖给屠户。隔壁的道澳是一个大村，那里有一个屠户经常到我们村收购生猪。主人卖猪时总要给猪多喂些食，希望能多称几斤。屠户也很有经验，看见猪肚子吃得鼓鼓的，就一路上用赶猪的棍子不停地捅着猪屁股，诱发它把粪便排出来。这样一方希望不要排出来，一方希望排出来，最后就看谁的运气好了。主人如果运气好，过秤时还未排出来，就像中了彩似的；如果运气不好，在路上排出来了，特别是快过秤时排出来了，就会感到好不懊丧。

有时主人想多卖些钱，就会在快过年时自己把猪杀了卖，这就是年猪。杀猪一般都在清晨进行，邻居都前来帮忙。猪其实是很聪明的，在猪圈里待惯了，要赶它出来就不愿意了，而且也知道出去后就没有好下场，于是就会厉声地尖叫起来。赶去卖还好，走一段路后发现没什么情况，就不叫了。而要被拖出去杀就不一样了，就会感到大祸临头，拼命地往回缩，尖叫得更加凄厉，让全村都听得到。人们一听到这种声音，就知道谁家的猪要拿去杀了。

杀猪匠在别人的配合下，抓着猪朵把它拖到一个空地上来。那里已经放了一只大木桶，以及两张长条椅。这时厨房里两大锅的水也正用大火烧着。人们齐心协力把猪抬起来，横在两张长条椅上。猪在做着最后的挣扎，但已经被死死地按在了那里。杀猪匠左手紧紧抓着猪耳朵，右手提着一把明晃晃的长尖刀，瞄准位置从猪脖子用力地捅进去，然后拔出来，暗红的猪血就哗啦一声喷出来，泻到地上的一只木盆里。有经验的杀猪匠往往一刀就扎到了要害，猪叫着叫着就不动了。等血流得差不多了，就把木盆端走，然后把已经断气的猪抬进大木桶里。接着就把已经烧开的水提出来，一桶一桶地往猪身上浇下去。水倒足后，就小心翼翼地把猪翻动起来，让各个部位都充分烫到。

烫一阵后，杀猪匠就试拔一撮猪毛，如果烫够了就叫人把冷水提过来倒下去，水不烫手后就拿起刮毛刀开始刮起来。刮着刮着，白花花的猪皮就露出来了。毛刮干净后再把猪抬出来，放在一张桌子上，用清水冲了冲，接着就开始开膛破肚起来，内脏一件件地取出，肉一块块地卸下。

主人家往往会先割下一些肉来，拿去煮点心犒劳帮忙的人。这肉新鲜无比，煮出来的点心香味扑鼻，大老远就能闻到，引得人们食欲大开，纷纷端起碗来享受这难得的美味。

自己杀猪卖缺少销路，也没有经验，如果不是恰好赶上过年过节，人们是不敢轻易这样的，都是把猪卖给屠户，为保险起见宁可少赚些。父亲有一次在外面没有工做，赋闲在家断了收入。他看见家里一头猪养大了，就打算自己把它杀了卖，从而能多卖些钱。为了节省成本，他甚至连杀猪匠都不去请，自己从邻居那里借来一套杀猪工具就动手杀起来。但由于没有赶上年节，猪肉就没什么销路。而且由于自己没有经验就率尔操觚，猪血出得不够，猪肉就显得有些黑，摆在城关的街头卖，人们还以为是病猪肉，大都摇摇头就走开了，从早摆到晚都没有卖掉多少。

大哥有一个同学在一个单位上班，他还骑自车赶过去，问那个单位的食堂能不能买走一些，结果也无功而返。有一个表舅在县委工作，最后还是托他的关系，才被县委机关食堂买下了二三十斤。剩下的就只好带回家自己处理了。

9月8日

地瓜，我们那边的乡下曾经把它当成了主粮。我是南方人，南方盛产大米，人们都可以说自己是吃着大米长大的，而我却可以说自己是吃着地瓜长大的。

我们那边多山，水田不多，种出来的大米在完成国家征购任务后，留下来的已经不多了，一家人根本就不够吃。而旱地却很多，这些旱地都适合种地瓜，并且种地瓜不需要完成征购任务，收成都归自家支配。我们每年都可以收成很多地瓜，人都吃不完，剩下的可以用来养猪养家禽，甚至还可以拿到县城去粜，换些钱回来用于生活开销。我们一年到头几乎都是吃地瓜，地瓜在我们的生活中占有十分重要的地位。

开春后，从上年留下的地瓜中挑出一些个头比较壮硕、周正的，在离家较近的地头用稻草围出一小块地，里面倒进肥沃的垃圾土，然后把这些地瓜插进土中，只剩头部露一些出来，上面再用稻草覆盖住。这叫"偎地瓜"，外面的稻草起到到保暖和保湿的作用，让地瓜在里面更好地发芽。过了几天，地瓜头部就有星星点点的紫黑色的芽冒出来了，这时就要把上面的稻草移开，让它们照到阳光，吸到雨露。芽越长越高，叶子越长越大，颜色也慢慢变浅，变成了浅绿色。等长到一拃高时，就用剪刀小心翼翼地剪下来，把它们拿到一块专门的地里，作为地瓜苗的母株，这块地就叫地瓜母园。

种地瓜母也跟种地瓜一样，先把地翻松了，然后平整为垄，一垄只种一排。土锄得很松软，下面宽上面窄，把一只手插下去，撑出一个洞来，另一只手再拿一根苗放下去，然后双手把土拢过来，往下稍稍一按就可以了。种下几天后就生根成活了，然后开始往上生长。长高一些后就倒伏下来，继续蔓延开来，垄慢慢就被地瓜藤覆盖住了。

种地瓜大约在春夏之交的季节。人们来到地瓜母园，把地瓜蔓拉起来，用剪刀剪成一截一截的，每截也差不多一拃的长度，然后放进土箕里。都剪好后洒上些水，再拿些草盖住，就可以拿到山上的地瓜地种了。地瓜母就让它们继续长，等到长出地瓜了，上年留下的地瓜也早已吃完了，我们可以把这些地瓜挖出来吃。这些地瓜都比较小，还未到地瓜的季节，生长的时间也不够长，因而都不怎么甜。但毕竟是新地瓜，可以提前尝尝鲜，真正收获地瓜还要等上老长时间呢。

地瓜是最好种的一种作物，它们不会长虫，地里的杂草也长不过它们，因而杀虫和除草这两道环节都免了。只有在藤开始长旺，并开始长地瓜时，才需要给它们理一下藤。因为藤的关节处会长出根来，这些根扎进土里也会长出小地瓜。这些地瓜并不能长大，却会分走许多营养，所以要给它们理一下藤。理藤时，人跨在垄上，弯下腰把藤捧起来，然后再放到前面去，这样藤上的根就不再扎进土里长出小地瓜了。地瓜叶上面是绿的，下面是白的，经过这么一拨弄，白的也翻上来了，场面就显得凌乱不堪，但过两天它们又自己长顺了。每过一段时间，就要再来理一次藤。

地瓜好种，但也要多给它们施肥才能高产。通常要施两道肥，第一道是在地瓜苗才长高一点的时候，第二道是在长出地瓜之前。用锄头从根部旁边挖过去，小心别伤到根，挖出一条浅沟来，然后把肥料往每一株的根部浇下去。过两天后再把土扒上。一般是施粪水，有时也施牛粪或者垃圾土。

地瓜也会开花，是浅紫色的，有点像喇叭花，却不会结果——地里长的地瓜并不是果实，而是块根。花开过之后，叶子也开始有点枯萎起来。下面的地瓜已经长得很大了，把垄绽得裂开了一道道缝隙。这时已到了初冬时节，可以收获了。

大人挑着箩筐，小孩扛着锄头，一起到地里挖地瓜。先把藤一棵棵锄下来移开，垄就裸露出来了。然后大人跨在垄上，瞄准了位量，使劲地一锄头下去，再往上一撬，就连土带地瓜地翻起来了。地瓜的产量很高，根上挂满了大大小小的地瓜，像一个个的精灵露出来了。我们帮着大人把地瓜上粘着的土块抠掉，一个个掰下来放进筐里，装满了一筐又一筐。藤也有用途，在地里晒干后收集好挑回家，可以作为耕牛的饲料，也可以作为兔子的饲料。

一部分地瓜挑回去堆在一个房间里，作为鲜地瓜吃。由于鲜地瓜无法长久贮藏，所以大部分地瓜都要挑到一块埕地，把它们用擦成丝，晾晒干后变成了"地瓜米"，可以长久贮藏。埕地一般在山头风大日头大的地方，才容易把地瓜丝晾晒干。傍晚时就要把地瓜挑到埕地去。如果是给家畜吃就不用洗，明天直接擦成丝。如果是给人吃，就要先清洗一下。边上放着一个大木桶，里面装着清水，把地瓜倒进去，不断地搅着，然后捞出来，把脏水倒掉，再过一遍。

早上天还很黑时，大人就要打着灯笼，冒着嗖嗖的寒风来到山上，在一个背风的地方开始擦地瓜。如果需要洗一些淀粉（即地瓜粉），把洗干净的地瓜擦好后，倒进另一个装着清水的大木桶里，不断地搅着，从而让淀粉充分地析出来。然后再把地瓜丝捞到架在上面的一个大扁筐里，把水沥干后摊到竹笆上晾晒。竹笆一张张靠在一根横杆上，斜放着并排过去，向着太阳出来的方向。桶里的淀粉慢慢沉淀下去，一天后就完全沉淀好了，桶底结成了块，上面又变成了清水。把清水倒掉，风干后用铲子一块块铲下来，并把最下面的那层残渣削掉，就可以带回家了。然后还要再放在屋檐下晾，等到完全风干碎掉了，就可以装进塑料袋收起来。这就是"洗粉"，平时生活中经常要用到地瓜粉。

没有拿去洗粉的地瓜擦好后就直接摊在竹笆上晾晒。到了傍晚，这些地瓜米都晾晒干了，就收起来挑回去，家畜吃的部分直接倒进廒里，人吃的部分要先用塑料袋装好再放进廒里，以免受潮变质。这样全家人畜的粮食就有了着落。

地瓜米是不好吃的，擦时要连皮一起擦进去，而且瓤里有烂的也看不出来，往往也一起擦进去了，因而煮出来的饭就有苦味。而鲜地瓜煮出来的饭却很好吃。每次煮饭时把鲜地瓜拿出来削掉皮切成块，然后放进锅里跟大米混搭着煮，就是所谓的地瓜饭，它融合了大米的香味和地瓜的甜味，我们都常吃不厌。然而，鲜地瓜无法长久贮藏，只能吃到开春，大部分时间都要吃地瓜米。

在那生活水平低下的日子里，我们还会充分发挥自己的想象力，把地瓜做出各种花样来，也吃出了美味。最常见的是把那些小地瓜放在锅里清煮。这种小地瓜反而更甜，煮熟后把皮剥开，就露出了金黄色的瓤，吃起来十分香甜可口。也可以煮熟后放在屋顶上晒干，这样就变黑变皱了，但吃起来更甜了，而且还有一种韧性，我们就把它们叫"地瓜韧"。还有烙地瓜片，即把块头大外表周正的地瓜拿出来刮掉皮，切成一个个圆片，然后在烧热的锅里浇上油，一片片放上去烙。烙熟后就变成焦黄色的，地瓜的甜味加上油的香味，吃起来十分过瘾。

最美的要数"卷卷包"了，我们那个年代的人恐怕没有谁不曾留下对这道美食的美好记忆。卷卷包很好吃，做起来却相当麻烦。要先把地瓜刮掉皮切成块，然后放进锅里煮熟。铲出来后先冷却，再把地瓜粉掺进去揉成面团。然后揪下来搓成球，再用手指旋出一个洞，装上白糖，再合上，再搓成球。都做好后放进蒸笼蒸起来。不久就蒸好了，颜色变绿了，形状变扁了，吃起来很带劲，口感沙沙的，而且由于有白糖作馅，吃起来甜津津的。要是放进油锅炸，就更是妙不可言了。炸一会儿就变成焦褐色了，而且膨胀起来了，表皮变酥脆了，摩擦起来沙沙的响，光这声音就足够诱人了。捞起来沥干油后，哗啦一声倒进盆里，秀气四溢着。我们都迫不及待了，还会烫嘴就开始吃起来了。这要趁热吃，凉了之后风味就差多了，而且也瘪下去了，吃不到表皮的那种酥脆了。我们乡下生活水平低，一年到头都没有什么好吃的，但也可以吃上几次卷卷包，饱尝这人间至美的味道。

9月9日

鸭子也是我们乡下人家必不可少的一种家禽。我们那边养的一般都是"半番"，那种浑身白羽毛、个头较大的叫"全番"，这种叫"半番"，都是不会生蛋的肉鸭。

刚孵出来的鸭仔是鹅黄色的，身子圆圆的，毛绒绒的，嘴和脚掌的颜色也是黄的，但要更深一些。卖鸭仔的人挑着两个扁圆的大鸭笼，里面关着许多鸭仔，呷呷呷地叫唤着。人们需要买几只，就装进自己带去的小鸭笼拿回家。先用一个围栏把它们围在院中。鸭喜水，需要放上一盆水给它们喝，有时它们还会把头扎进水中，咕噜咕噜着想叼些东西吃，表现出了水生动物的天性。由于还未长大，只能给它们喂些"饭蕾"，就是饭粒在锅里煮到七八成熟时捞起来用碗装着，需要给鸭仔喂食时就洒一些在食盆里，它们饿了就会过来啄食。

鸭子开始长大后，羽毛就慢慢长起来，颜色也慢慢变深了，最后变成了青灰色。同时，身子也在变长，脖子也在变长，变成了长长的曲颈，尾部也开始突出来，翅膀也开始长起来，尾部和翅膀的羽毛都比较长。声音也变了，不再是先前那种稚嫩的呷呷声，而变得有些粗哑了。所需要的活动空间也大了，不能再用围栏围着，而要关在一块有水沟流过的空地上。水沟要截住，让它们可以在这里喝水、戏水，也啄水里的一些东西。它们不怎么好动，不像鸡那样到处走，一般吃饱了就趴在地上，或者把头藏进翅膀下睡起觉来，或者伸着脖子在看着什么。要吃东西了，就走到食盆那里，一下一下地啄着。当受到什么惊动时，就会纷纷跑起来，翅膀不停地扇着，但又飞不起来，只能一摇一摆地跑着。这时就要给它们吃粗食了，通常是拿剩饭或煮熟的地瓜丝干用糠拌一拌，放在那里给它们吃。

鸭肉是我们经常吃的。家家户户都会养上一群鸭，一般都是给自家

吃。鸭子的生长速度有快有慢，大的先拿去杀，过一段时间再杀下一只，挨个杀下去。如果有几只同时长大了，杀掉一只后其他就要先留着，从而保证每隔一段时间都有鸭子杀。等这一批都杀完了，再养下一批，一年一般养上两批，这样我们差不多全年都有鸭肉吃了。鸭子一般都只养几个月，而且都不喂含有激素的饲料，处于一种接近天然的生长环境中，因而肉质都很细嫩，味道都很鲜美。

　　杀鸭时，母亲坐在一把小椅上，把鸭子夹在两个小腿之间，手握住鸭头，先把鸭脖上的毛拔掉半圈。鸭子的智商比猪低多了，死到临头了还不知道叫唤。她拔好毛后，拿起刀在鸭脖上抹两下，一道细细的血流就喷了出来，迅速地把它对准地上的一块碗。碗里放了一点水，并加了一点盐，这样血就会凝成圆圆的一块，也可以拿去炒菜吃。鸭子血流尽后一般就不动了，就把它放进盆里，但个别的还会扑腾起来，甚至还会跑起来，只好再给它补上一刀。锅里的水烧开后，就舀出来倒进盆里，烫一会儿后试拔几根鸭毛，如果可以退了，就开始拔起来，并把嘴以及脚掌的那层硬皮剥掉。如果新毛还没长出来，都是粗的旧毛就很好拔，可以拔得很干净；如果刚好又长出了一茬新毛，一根根细细的就很难拔，拔老半天都拔不干净。这些鸭毛晒干后放在那里，以后会有人收购走做鸭绒，还可以卖点钱。

　　鸭毛拔干净后，再用水冲一冲就可以开膛破肚了。刀从胸口那里一直剖到尾部，内脏就全露出来了。手伸进去一股脑儿掏出来，再把气管和食道切下，从脖子中拔出来。气管不能吃要丢掉，食囊剖开把食物残渣倒掉，清洗干净后可以吃。接下来把内脏一件件地分开。鸭肠用剪刀剪过去，把里面的脏东西撸掉，然后再用地瓜粉清洗干净。鸭胗剖开，把食物残渣洗掉，并把上面的那层皱皱的皮揭下来，洗干净后鸭胗可以吃，皮晒干后也可放在那里作为一道药。据说如果积食了把这皮拿去炖了喝很有疗效。当然这是我们传统"以形补形"的思维，这皮是消化东西用的，就被认为也可以滋补人的肠胃。虽然这并无任何科学依据，但当时人们就是相信吃了会有效果，至少会产生一种心理暗示作用。鸭肝是最好吃的部位，很细嫩，也很有营养。现在都知道它含有很多有毒有害物质，但当时人们却把它当成了宝贝，都要争着吃。母亲总是疼爱小儿子，一般都会把鸭肝留给他吃。我在家里最小，所以从小到大也吃了不少鸭肝。

　　鸭肉切碎后，和鸭肝、鸭胗一块放进锅里炒。一般都是做爆糖鸭吃，即把锅烧红后倒点油下去，接着鸭肉也倒下去，嗞啦一阵爆响，不停地翻炒起来。鸭皮上有很多油脂，炒起来后会不断冒出油来，因而鸭肉烹熟就会有很多油汁，在以前缺少油水的年代，吃起来特别过瘾。炒到半熟时，再倒些酱油下去，洒些白糖下去，然后再翻炒几下，就可以盖上焖了。尚未起锅，已经香气四溢，我们都在灶前等着一饱口福。终于揭开锅盖了，一阵热汽升腾了起来，锅边的鸭肉还在嗞嗞地响着。母亲给我们一人装一碗，各自端到饭桌上大快朵颐起来。

由于可以经常吃到鸭肉，鸭子与我们的生活可谓息息相关，因此我们就会为养鸭而操心起来。我们小孩并未参加多少劳动，但养鸭却少不了我们。我们通过养鸭也创造了财富，创造了生活。

我很早就学会了养鸭。早上把它们放出来，晚上再关回去，中间要给它们喂食。平时还经常出去给它们找食物。它们喜欢吃浮萍，我就拿着一个装在竹竿上的网兜去田里捞回浮萍，倒进水坑给它吃。它们更喜欢吃虫子，虫子更有营养，它们吃了长得更快，我就拿着那个网兜到处捞虫子。捞好后放在有水的地方洗一洗，再拿回来倒进水坑给它们吃。它们一看见我有虫子倒进去，就会飞奔过来，一头扎进去不住地啄起来。

我还去钓青蛙。把一个装化肥的塑料袋剪成一个筒状，上面用一个铁圈套住，再拿针线缝好。另外再备一根小竹棍，一根白色的粗线系在末端。到田边先捉住一只青蛙，扯下一条后腿，系在那根粗线上，就可以当诱饵了。禾苗还未长高时，田里会看得很清楚，看见有青蛙，就把诱饵垂下去在它面前晃动着。它蹲在那里，看了看，经不起这诱惑，终于一口吞了下去。我迅速地把它提起来，在空中画了道弧线，丢进袋里。它掉下去后扑腾两下就不动了——反正在里面插翅难逃，也没什么好扑腾的。钓够后拿回家，一只只掏出来往地上甩。青蛙被这么一甩，就躺在地上直蹬腿了，鸭子就冲上去把它叼进嘴里。看着它们都吃得饱饱的，我也感到分外开心——他们吃得越多长得越快，自己很快就会有鸭肉吃了。

那时，我们都不觉得去别人田里钓青蛙有何不妥，而别人被我们钓了也不觉得有什么，别人也许也会来我们田里钓青蛙。道澳村下面的青蛙特别多，我们经常下去钓，有时都钓到了村边。有一次几个农人正在田里蓐草，看见我们在他们的田边钓青蛙也都没说什么，反正这是司空见惯的事情。但有一个上了年纪的妇女看见我钓到她的田边时，就站起来对别人说道，青蛙在田里可以吃害虫，他们却这样把它们钓走。其他人也都没什么反应，想必也觉得这不太正常了吗。她说话时目光从我的脸上扫过去，其实也是在说给我听的，我却觉得她真有些小题大做——小孩到田边钓青蛙又有什么呢，只要不破坏禾苗就行了。

长大后，我回想起这件事情时，心中却开始感到有些隐隐不安了。我们为了自己能吃到鸭肉，却把吃害虫的青蛙大量地消灭了，对自然生态产生了很大破坏。同时，我们把别人田里的青蛙钓走，这也侵犯了别人的利益。当其他人尚未意识到这些道理时，这个妇女意识到了，并对我发出了一种抗议。她的思想走在了别人前面。

9 月 10 日

丝瓜是以前在乡下经常吃到的一种蔬菜。我们那里种的是那种"八角丝瓜"，表皮比较硬，有一层白色蜡状的膜蒙住里面绿色的皮。这种丝瓜更好吃，更有一种清甜的味道，而且煮出来不会发黑。其他地方常见的那种丝瓜没角，圆圆的像一根米槌，所以我们当地人就称其为"米槌丝瓜"。八角丝瓜叶子的颜色不像米槌丝瓜是深绿的，而是浅绿的，而且也没有那么肥厚，开出来的花也没有那么肥厚，总而言之显得更秀气一些。

丝瓜四五月份时种下去，一般在房前屋后或离家较近的地头，从而便于看管。我家有一个院子，每年都会在这里种丝瓜。靠着山边有一个垃圾堆，土壤很肥沃，种丝瓜时就在这里平整出一小块地来，把丝瓜籽种进松软的土里，再浇点水，然后就等着它们发芽了。过了几天，瓜苗就慢慢钻出来了。它们还很细嫩，颜色很浅，叶子尚未张开来，像是羞答答的小姑娘。不久叶子就慢慢张开来，颜色也变深了，而且卷须也长出来了。丝瓜藤到处攀援，就靠这卷须缠上什么固定住。卷须随便遇上什么都可以缠上，一圈一圈地缠着，缠得严丝合缝，整整齐齐。

瓜苗刚长出来时，怕鸡会过来啄，还要用带刺的杉枝把它们围起来。同时，还要把蛏壳倒在上面，给它们增加一些营养成分。瓜苗长高一些，就要插上一根小竹竿，让它们攀援上去。有一次母亲叫我给瓜苗插根小竹竿，并带一瓢水过去浇。我小心翼翼地跨过杉枝，踏得蛏壳喳喳作响，把竹竿插在瓜苗的边上，并给它们浇了水。浇过水，瓜苗变得更加精神了，我自己的心情也很愉悦。我历来喜欢做些事情，参加一些劳动。我也很喜欢吃丝瓜，今天自己通过劳动跟它们联系在一起了。我完成任务后，就站在旁边端详着。

母亲过来看了看，发现我把竹竿插得太靠近瓜苗了，不由得怒火中烧起来，对我大骂不已，说这样瓜苗会死掉的，并一把抢走我手上的水瓢，狠狠地扔在了地上。我大惊失色起来，感到事态严重了，不知如何是好。同时，我也感到十分委屈——是你自己吩咐的，我没有功劳也有苦劳。你自己又没交代清楚要离多远，我这又不是故意的。再说又没从根部插下去，还是有一些距离的，瓜苗也不至于死掉。

大哥已经工作了，那天正好也在家。他见状就过来替我解围，说这又没什么大不了的，并安慰我说你走，不用怕。我大大松了一口气，从窘境中解脱了出来。母亲是好母亲，她勤劳善良，十分疼爱自己的子女，什么都为我们着想，但有时脾气也有点怪僻。她这次想必过于爱惜瓜苗，因为这件无关紧要的事情而控制不了自己的情绪。

瓜苗长高后，就要给它们搭一个棚了。通常用松树干搭起一个框架，顶上再铺上一些树枝。棚搭好后，藤会自动攀援上去。藤一节一节地抽长着，到上面后开始分叉开来，不要多久就会蔓延成一大片，把整个棚给覆盖住了。花儿开始零星地开放了，颜色是淡黄的，花瓣的表面有些皱，引来密蜂在嗡嗡地绕飞，蝴蝶在蹁跹地起舞。过了几天，花儿就开始凋谢了，并长出了小小的丝瓜。丝瓜再长大一些，花儿就彻底凋谢了，同时丝瓜也变重了，开始低垂下来，挂在棚下面。更多的花儿开出来了，更多的丝瓜结出来了，棚下挂满了大大小小的丝瓜，一个个都显得那么玲珑可爱。阳光从瓜棚筛下来，变得斑斑驳驳的，丝瓜在这迷离的光影中，变得愈发赏心悦目起来。我经常在棚下静静地站着，整个人沉浸在一种美妙的意境中。同时，看着这一天天长大的丝瓜，想着不久之后就会有丝瓜吃了，身上洋溢着一种幸福。

小丝瓜很多，并非所有都会长大，有的早早就蔫掉了。我站在棚下时，母亲会过来说不能拿手指指着小丝瓜，它们还很稚嫩，被人的手指一指，就会夭折掉。我听了也信以为真，站在那里不敢拿手指乱指，生怕这些小丝瓜真被自己给指夭折了。

丝瓜再长大一些，就可以摘下来吃了。刮掉皮后，瓤就露出来了。外面一层是翠绿色的，里面是乳白色的。把头尾部分去掉，斜切成一小块一小块的。在切的过程中不断地转动瓜瓤，这样切下来每块形状都差不多，看上去更加美观。丝瓜炒熟后，味道十分清甜，要是拿花蛤一起炒，更是一种绝配，特别下饭。我们三天两头都会有丝瓜吃，吃丝瓜成了我们夏日里的一大享受。

入秋后，丝瓜就不再开花结果了。我们把丝瓜都摘下吃掉了，只留下一根最粗壮的用来做种，让它一直挂在藤上熟下去，熟透了就摘下来挂在屋檐下自然风干。丝瓜摘光后就可以把藤头割断，然后把下面的断口插进一个瓶子。瓜藤每天都要往上输送大量水分，所以断口处会不断地流出水来，几天后就可以贮上半瓶。这水据说可以清热去火，我也曾经喝过，感觉有一股淡淡的清甜。不久，棚上的藤叶就干枯了，把棚拆了下来，院子又变空起来了，要到明年再种瓜苗搭瓜棚了。

9 月 11 日

再过半个多月，我高中的母校连江一中就要迎来建校一百周年的日子。能有机会赶上这种日子也是十分难得的，这一段时间也经常关注校庆的筹备情况，经常看到哪届校友回到了母校，进行捐资捐物等。届时校庆一定会办得极为隆重，重要嘉宾以及杰出校友都会前来参加。但我自己只能在外面默默地关注着，而不会参与进去。

在今年四月份时，我大学的母校云南大学恰好也迎来了建校一百周年，我同样也没去参加校庆。我一概不参加这类活动，既是因为不想参加这类世俗性与功利性都很强的活动，更是因为自己尚有自知之明，十分清楚自己是不配参加这类活动的。

初三时，我们的语文老师兼班主任，有一次在班上对我们说道，他的母校福建师范大学将迎来多少周年的校庆，而他一个同学的丈夫恰好意外去世了，也在这一天出殡。他跟这个同学的关系相当要好，不能不去，于是就跟参加校庆发生了冲突。他问我们是去参加校庆还是去参加葬礼。我们在下面异口同声地说去参加校庆。在我们眼里，校庆是多么隆重的一件事情，校友去参加校庆是多么荣耀，同时又能见到过去的老师和同学，在一起畅叙情谊，这是一件多么开心的事情，一生能有几次这样的机会。第二天他来到班上，又讲起了这件事情，说自己已经想好了，不去参加校庆。我们都有些不解，都替他感到惋惜。他看我们不解的神情，就说校庆的场面都是……他停了下来，拿起粉笔在黑板上写下了四个字：论资排辈！我们听了也都感到这不无道理——校友们来了，谁能够坐在主席台上，谁能够被特别款待，都要看谁已经在社会上功成名就，尤其要看是什么行政级别即官当得多大，而不是看对社会的贡献有多大，道德境界有多高。如果什么都没有，什么都不是，就只能去当做做陪衬，凑凑热闹而已。

这显得相当世俗和功利。这当然不是最好的，但在我们当下社会也找不到更好的。而且这种世俗、功利的标准对人们也会是一种激励，激励着人们要努力奋斗，在各自的工作岗位上要有所作为，在社会上要有一定的地位和名望，这样回到母校时才会感到一种荣耀。现在乡村已经没什么人了，城市也都是陌生人的社会，无法衣锦还乡了，因而回母校就在相当程度上替代了衣锦还乡。这样既会使个人得到发展，也会给社会带来进步。因此，我是不反对这样的，一些人包括我的亲属，他们都事业有成，很期待着这一天回去参加校庆，我也真心地替他们感到高兴。然而，这些层面并不能涵盖社会的全部，社会还需要其他更高更超越的层面，譬如对社会的重大贡献，对社会道德风尚的引领，等等。而我们的校庆活动以及校史的书写，往往都把这些层面给忽略了。这也是当前校庆活动受到许多诟病的重要原因。

但平心而论，我不去参加校庆活动，更大的原因还是自己实在太差劲了，无论哪方面都太差劲了。我很没有出息，无论做什么都做不出名堂来，只能混一口饭吃，只能从事最普通的工作，过着最普通的生活。我实在烂泥糊不上墙，实在上不了台面，如果前去参加，只会在那些有出息有名望的校友面前自惭形秽，抬不起头来。因此，我要在那里默不作声才对。

然而，我也不必感到自卑。造物主给予每个人的禀赋都是不同的，我之所以无所作为，并不是因为不够努力，而是因为力有不逮，再怎么努力也不会有多大成就。但世界上既有高大的乔木，也有矮小的灌木；既有娇艳的鲜花，也有平凡的小草。我做不了乔木，就做灌木好了；我做不了鲜花，就做小草好了。我在普通的岗位上工作着，能够独立地生存，同时善待他人，善待社会，这也是未尝不可的。我已经年纪不小了，要安心地过着这种生活，自得其乐地过好每一天。

我在谋生之余，还读书写作。虽然同样由于才具平平，在这方面也做不出什么成就，但我要以那些大家为榜样，从他们那里不断地汲取营养，多向他们学习，也努力地往这个方向发展。至于能达到什么高度，就显得不那么重要了。

9 月 12 日

今天上网搜了一个知名经济学者的名字。他以前经常在自媒体上发布博文和微博，就一些经济和社会问题发表自己的看法，还作为一些电视节目的嘉宾，经常面向大众进行发言。他从专业的角度出发，客观、理性地阐述自己的观点，而且语言风趣，口才出众，很受人们的欢迎，在社会上有着很大的影响力。我很喜欢上网看他的东西，从中增长了许多见识，受到了许多启发，使自己对许多事物有了正确的认识。我每天都要浏览他的微博，这是我最经常光顾，从中收获最大的几个自媒体之一。

后来他突然从网络上销声匿迹了，自媒体再也没有更新，再也看不到任何关于他的消息了。我心里就十分纳闷，难不成因为他的什么观点犯了忌，从而无法再发声了？然而，他的观点也并无什么敏感，他是很懂得拿捏分寸的。但无论如何，他似乎已经从人间蒸发了。我为此感到十分惋惜，社会上少了这么一个在学术上很有造诣，并且能够使用浅显的语言表达深刻的道理，坚持向人们传播市场经济理念的学者。这样的学者其实是社会十分需要的，可以更新和纠正人们许多过时和错误的观念，可以为经济社会发展提出许多建设性的意见。

我今天又是试着搜搜看，并不抱太大的希望。以前也曾经多次尝试过，都搜不到任何关于他的消息。没想到这次竟然找到他的下落了，他于7月26日又开始更新微博，并开了个微信公众号，又不断地进行发言，不断地发表文章了。我感到无比兴奋，立即关注了他的公众号，并一口气把他的微博一一看过去，生怕哪天他又销声匿迹起来，又看不到他的文章，听不到他的声音了。

他在一条长微博中说道："最近几年，几乎不再发言，不是因为任何别的原因，比如禁言，就只是懒得再说话。因为无论说什么，都有人乱骂一通，而早已没有理性讨论的空间。""但关于我的谣言却漫天飞，似乎一天也没消停，无中生有，断章取义，添油加醋。而有的平台，简直就是谣言的大本营。""人不可能不说一句错话，但本人遵守社会公德，没有也不可能诋毁任何群体。相反，我尊重所有群体。比如我是最早关注高考公平计划生育农民保障的学者之一。"

他的许多观点固然是客观理性，很有见地的，但同时也是直言不讳，十分犀利的，在许多方面与大众的看法并不一致，甚至是完全相反的，因而并不受许多人的欢迎，相反还遭到许多抨击甚至谩骂。但这些反对他的人，往往对他的观点进行断章取义，甚至无中生有，什么都往他的头上扣。譬如说他认为"农民跟我们吃到的粮食关系不大，几乎无贡献，出大力流大汗是一种懒惰和愚蠢的行为"，"父母就不应该要求子女赡养自己，是包袱，不能要求子女尽孝"，"地铁拥挤是因为票价低，涨上十倍他们就不挤了"，不一而足。但所有这些观点其实都不是他的，这对他无疑是十分不公平的。我们可以不认同一个人的观点，却不能随意歪曲他的观点，把不是他的观点强加在他的头上。然而，跟充斥于网络的这些喷子又是无法讲道理的。他们不喜欢你的观点，就会因此而不喜欢你这个人，就会把你当成了敌人，对你进行污名化，无所不用其极。

更加匪夷所思的是，这些喷子还不停地制造出各种谣言，说他被单位开除了，甚至被家族除名了。这些东西一看就知道不是事实，因为观点与大众冲突而被单位开除，这种事情还从未发生过，更别说被家族除名了。但这样的谣言却很有市场，可见我们当下社会确实有些不正常，民粹主义的思潮相当流行。

许多人遇到这种情况往往会气得七窍生烟，变得忍无可忍起来。一小撮人如此不可理喻在所难免，社会总会有这种人的，但这样的人大量存在，形成了一股汹涌的潮流，就显得不正常的。也难怪他内心会产生一种深深的厌倦，几年时间都不出来露面了。

现在他又开始复出，又开始发言了，关于他的种种谣言就不攻自破了。但只要他还是以前那么直言不讳，那么一针见血，就还会有大量反对他的声音，还会产生关于他的各种谣言。真希望他能够不受这种干扰，一直这样发言下去。只要不违反法律法规，不会受到法律的制裁，这些叽叽喳喳的噪音又何必在乎呢。

面对这些不可理喻的喷子，越去在乎就会越难缠，而若不去在乎就什么都不是了。其实他们也只是过过嘴瘾罢了，并不能伤到我们的一根毫毛。我们还不是该干吗的干吗，日子一直都过得好好的。道理并不是讲给这些喷子听的，完全可以当他们不存在，而是要讲给那些敢于面对事实，愿意跟别人讲道理，也听得进别人讲道理的人听的。

九月

9月13日

9月10日下午，一个红得发紫的"带货王"在做直播时，回复一个粉丝的问题，说没涨工资要多找自己的原因，自己有没有认真工作。这本来是一句普通得不能再普通的话，根本就不算个事儿，却很快就登上了微博热搜，在社会上引发了广泛的争议。11日凌晨，这个网红在自己的微博上发文进行了道歉。11日晚，又在自己的直播间哭着进行了道歉。他对舆论的回应并不算慢，为自己脱口而出的一句话一再道歉。可这并没有换来舆论的原谅，事件仍然在继续发酵下去，央媒也专门对此事件进行了评论，短短时间内他就掉粉百万。人们还不断地把他不光彩的事情挖出来。有的说他卖的产品过于昂贵，而且自己得到的部分太多，一款眉笔卖79元，其中63元都归他，而厂家只得4元，还有的说他卖的是日本货，以及他的公司存在偷税漏税，等等。大有要把他打翻在地，再踏上一只脚，让他永世不得翻身之势。

我向来对这种网红经济很无感，不去关注，也很少去网购。这次听说一个网红在直播时因为不经意说了一句什么话，而闹得天翻地覆起来，也不能不去了解一番。我详细看了一遍百度百科上关于他的资料，从而对这样一个网红有了更多的了解。其实他是一个无论外表还是气质都很受欢迎，也很有才华的网红。他能够成为一个带货王也不是没有理由的，不仅具备做直播这一行当而所需要的素质，而且还很有才艺，唱歌、演戏全在行，年纪轻轻的就成就了一番事业，各方面都顺风顺水的。同时，他还很有社会责任感，积极参加各种公益活动，向社会捐献了许多款项，经常为农产品为困难地区做公益直播，并且还会着眼于宏观层面的问题，能够把个人的事业与国家以及社会结合起来。他也因此而获得了许多社会荣誉。他的公司曾经存在不规范之处，受到过有关部门的处罚，但也按照要求及时整改了，总体上还是守法经营的。总而言之，他在社会上的形象还是相当正面的，虽然不是完全没有瑕疵，但比起许多公众人物都要正面得多。

许多人都认为他那句话说得十分不妥，可我把它琢磨了又琢磨，实在感觉不出有何不妥的。很惭愧，我也属于那种没涨工资的打工者。但我在打工过程中发现，只要谁做得好，老板很需要你，就会怕你另谋高就，因而就会给你加工资发红包。我没涨工资，平心而论也是自己的本事不够，表现得不如别人优秀，因而也没有什么怨言，要多从自己的身上找原因。就算当下社会存在努力了却仍然不涨工资的现象（我不太相信会存在这种现象），他这样说并不犯法，在道德上也无可指责，无非话说得有些不妥而已。再说他为此也一再道歉了，事情也该停歇下来了，至于这样越闹越大吗？

后面又扒出的一大堆问题中，最大的要数他卖的产品价格太昂贵，而且他得到的部分也太多，这会让许多人难以接受，心理无法平衡下来。其实东西昂贵不昂贵是没有准儿的，只要不存在强买强卖和坑蒙拐骗，是自愿达成的交易，就不存在是否过于昂贵的问题。一支眉笔只卖十元，对卖家来说也不是便宜；卖了一百元，对买家来说也不是昂贵。价格说到底是由商品的供求关系决定的，只要双买卖双方能够谈妥就是合理的，外人的感受是不重要的，甚至是无意义的。你觉得他卖得太贵，不买就是了，又不是"独此一家，别无分店"。至于被他拿到了大头，即使这是事实，也是卖家方面事先协商好了，只要这种合作能够进行下去，就是各方都接受的，并不存拿得太多大少的问题。如果真存在这样的问题，他们自己就会进行调整，无法调整就干脆散伙。就像要拍一部商业巨片，必须请到一个巨星，给出天价的片酬，还要为其单独提供房车，由许多贴身保镖保护着，而其他演员却享受不到这种待遇，片酬也不够这个巨星的零头。对此很多人也是无法理解的，觉得这太不合理了，同样都是演员，待遇差别何其大也。其实这才是合理的，人们来看这部巨片主要就是冲着这个巨星来的，没有他（她）就拍不出这样一部巨片，就无法取得很高的票房。巨星能够成巨星，身上总有着某种十分稀缺的东西，其天价片酬就是由这种稀缺性决定的，也是由其所做出的巨大贡献决定的，因而是很合理的。

至于说到他的公司存在偷税漏税，倘若情况属实，相关部门就应该依法进行处理，这方面并不存在任何问题。

本来并不是什么事儿，却要整出这么大的动静来，这又是为何呢？我看到一个知名经济学者的评论，他认为这根本就不是其粉丝方面的问题，粉丝要是经不起这么一句话就不是粉丝了，而是利益冲突方以及媒体在背后操控的。同时，这也是出于人们的一种嫉妒心理——他太成功了，同样是人，他能得到的我却不能得到。所以当他说出这句容易引起争议的话后，就群起而攻之，要把他打回原形。言之有理！

在这网红经济的时代，一个人也许一不留神就爆红了，但要倒塌下去同样也会是猝不及防的，也许就因为你不经意间说了一句在某些人听来不那么入耳的话。

9月14日

今年6月份高考结束后，在考研辅导以及高考志愿填报和年轻人就业咨询方面具有巨大影响力的一个网红，开通了志愿填报咨询业务。在一次直播中，一个新疆考生的家长称，自己孩子理科考了590分，他从小就喜欢新闻，想填报新闻专业，不料却遭到了这个网红的极力反对。他不无夸张地说到，如果自己是这个考生的家长，就是把他打晕也不会让他选这个专业，认为读这个专业以后很难找到工作。这段视频迅速在网上发酵起来，许多人纷纷对他提出了批评，尤以那些高校新闻专业的人士为甚——由于他在社会上拥有巨大的影响力，此言一出，会使报考新闻专业的人数大为下降，从而危及到他们的饭碗。甚至央媒都出来对他进行了点名批评，认为有影响力并不意味着负责任。在这些批评的声音中，基本都认为选择专业不能只考虑今后的就业，不能太急功近利，眼光不能太短浅，还要考虑考生的个性以及追求，不能只考虑个人的前途，还要考虑国家和社会的需要。

鉴于事件越闹越大，他本人不得不出来进行解释，说自己并不是针对新闻专业的，而是具体针对这个考生的。作为一个新疆的理科考生，考了590分这样的高分，其中数学考了130多分，这是很不容易的，说明他在理科方面是相当有潜力的，去读理工科专业更为合适。他是回答一个考生家长的咨询时说这番话的，并不是发表对新闻专业的看法，这样说其实也没什么不妥。我个人也认为，以这个考生的条件，去读理工科专业更为合适，去读其他专业是一种人才浪费，即使从为社会多培养一个人才的角度讲，这样讲也没什么不对的。同时，对于一个普通家庭来说，还要考虑大学毕业以后的就业问题，即如何养家糊口。虽然这听起来显得过于现实和功利，但一般人又是不能不这么想问题的。

从理想以及社会的层面看问题固然没有错，从现实以及个人的层面看问题也不能说就是错的。当然我也认为，如果这个考生确实喜欢新闻，具有这方面的理想，也并非不可以选这个专业。如果他具有这方面的追求，也具备这方面的条件，也是可以成才的，也谈不上人才浪费，他在理科方面的优势也许还可以在这个专业中发挥出来。这个专业目前在就业方面虽然不是很好，但也并非就没有发展前途，社会还是需要这种专业的。我儿子也开始读高中了，我曾经对他说过，你以后选什么专业要看你真正兴趣什么，对一个专业缺乏兴趣是不可能学好做好的。但光有兴趣还不够，还要看你是否具备这方面的条件，倘若不具备这方面的条件也会做不下去的。只要能把这两方面结合起来，你选什么我都支持，你选什么都有发展前途，只要你能好好努力。

这个网红在事业上这么成功，在社会上这么火爆，也不是随随便便做到的。他努力地奋斗着，也遇到过许多挫折。他口才极佳，总是妙语连珠的，可以给人们提供许多有益的建议，因而在社会上深受欢迎。同时，他也是很有社会责任感的，从事过许多公益活动。我们不应该一味地眼红这类人，说他们多走红，又挣了多少钱。只要他们能受到社会的欢迎，又无违法违规和不道德的行为，我们就不应该过多地进行指责。如果他们还积极地履行社会责任，就更应该正面地看待他们。

他讲话有些随性，即兴地讲出了这句话，容易被理解成对新闻专业的否定，因而人们对他的批评也是有道理的。事件发生后，他本人也意识到了这种不妥，就出来解释以消除社会的误解。此前他在社会上就有过几次类似这样的争议，他也大都进行了道歉。

在我看来，他这类言论也没什么大错，只是因为他是网红，就容易被舆论放大，从而成为一个社会事件。发表这类言论并不违法违规，也不违背社会的公序良俗，也不对他人进行造谣中伤，我们还是要予以更多的宽容。在这种直播中，又哪能要求每句话都说得那么中规中矩呢。要是都那么中规中矩，也许就没人听了。国外有些公众人物的言论也是十分离奇的，即所谓的"大嘴巴"，但公众并未抛弃他们，甚至还觉得他们很可爱呢。

9 月 15 日

9月6日，武汉有网友发视频称，自己在一个公园穿初唐时期的服装拍照时，遭到工作人员的驱赶，认为他们是日本的妆造，他们随即进行了解释。不久又有工作人员过来阻止，并称不要把日本装扮带到这里。后来，这个公园的工作人员向记者表示，他们没有看到相关视频，除了穿背心拖鞋不让进入公园，对服装没有要求，可以拍照。

到底该听谁的？是闹了个乌龙，还是陷入了一个罗生门？但鉴于当下在公共场合穿什么服装已经成为街谈巷议的一个热门话题，我就也来饶饶舌，谈谈假如有人就是穿某国的民族服装在公园内进行拍摄，这种做法妥不妥当，允不允许。

我想我们的社会还是要宽容一些，允许人们在服饰上有更多的选择，允许这种现象的存在吧。不论我们跟一个国家在历史上曾经有过多大的恩怨，对其政府以及一部分国民的行径存在多大的不满，都不应该上升到整个民族的高度，所有这些都不能与整个民族等同起来。不能因为对一部分人有仇恨就对所有人都有仇恨，连这个国家的东西都不能买了，连这个民族的服饰都不能穿了，否则就是一种不爱国，就伤害了我们的民族感情。倘若任由这种极端思潮蔓延下去，只能导致把不是对立面的也当成了对立面，跟其他国家和民族变得不共戴天起来，搞得世界不得安宁。这对别人固然没有好处，对自己就有好处了？我们必须与各国和平相处，友好往来，有什么观点上的分歧可以通过沟通得以消除，有什么利益上的冲突可以通过谈判得以化解，一时解决不了也可以暂时搁置起来，总之要尽量维持彼此之间的正常交往与合作，交往总比隔阂好，合作总比冲突好。即使一部分人确实存在严重的问题，也应该"冤有头，债有主"，要矛头对准这部分人，而不能扩大打击面，把更多的人都牵连进来——这样对他们公平吗？又对我们有利吗？

一部分人有问题，并不意味着这个民族的服饰也是有问题的，我们也是穿不得的。我们需要禁止那些具有法西斯主义、种族主义、性别歧视以及色情、暴力内容的服饰出现在公共场合，其他的则要予以更多的包容，因为人们的价值观念总是不同的，审美观也总是不同的，这也必然会反映到服饰的选择上来。世界总是多样的，社会总是多元的，任何的强求一致都是无效的，也是无益的。

何必把自己搞得那么狭隘呢？何必为区区的服饰问题而变得那么神经脆弱呢？有的人怕光怕风怕声音，似乎只有躲在一个地洞里才会感到安全和踏实，但这样的人能算是健康的人吗？一个身心健康的人就是要出来晒晒太阳，沐浴着风和雨，自由自在地呼吸着外面的空气。一个国家和民族也同样应该如此，要大胆地去拥抱这个世界，要学会与其他国家和民族和平共处，友好往来，并虚心地学习他人的长处。一个国家和民族越是这样，就越能够取得发展进步，也越能够给世界的发展进步做出自己的贡献。民族之间的差异与分歧是在所难免的，我们可以也应当求同存异。著名社会学家和人类学家费孝通先生在他的晚年，向世界提出了不同民族文化之间的一个相处之道：各美其美，美人之美，美美与共，天下大同。诚哉斯言！

这个公园的工作人员说了，除了穿背心拖鞋不让进入公园，对服装没有要求，可以拍照。但愿这是真的！

9月16日

9月7日，四川工商学院发布了一份通报，称"近日，网传我校迎新晚会播放'劣迹艺人'视频，引发社会广泛关注。学校对此高度重视，迅速组织进行调查。"据通报的介绍，事件的起因是9月5日上午，学校眉山校区组织开展新生入学教育专题讲座，在两场讲座的休息间隙，一个工作人员通过网络在线点播中央广播电视总台2019年出品的MV视频《华语群星——我们都是追梦人》。在视频播放过程中，有学生发现在歌唱的群星中有两名"劣迹艺人"。工作人员得到反映后，立即停止相关视频的播放。通报中说道："事情发生后，引发社会广泛关注，给广大公众带来困扰。为此，学校对工作人员胡某某敏感性不够，对音乐视频播放内容把关不严，造成不良社会影响，进行严肃的批评教育。下一步，学校将深刻反思此事件暴露出的校内会议平台管理中存在的漏洞和问题，加强对相关工作人员的教育培训，强化校内会议平台播放音视频的内容审查，杜绝此类事件再次发生。由此给社会和公众造成的困扰深表歉意，请广大师生和公众，不信谣不传谣。"之所以不惜篇幅把这份通报的内容摘录下来，是想留下一个标本，它在相当程度上反映了当下社会的一种氛围，一种心态。

据了解，这两名劣迹艺人一名曾因嫖娼被行政拘留过，一名曾因涉及偷逃税案件被处理过。根据文化部门已经出台的"劣迹艺人封杀令"，是指广播电影电视这些大众媒体不得公开播放劣迹艺人的作品，并未规定在一个单位内部也不能播放，何况这是中央广播电视总台 2019 年出品的一个由群星参加的 MV 视频。但这么一件事情就在社会上引发了广泛关注，害得这所学校高度重视起来，又是迅速组织进行调查，对工作人员进行严肃的批评教育，又是进行深刻的反思和和严厉的整顿，杜绝此类事件的再次发生，仿佛这是一件天大的事情似的。由此可见，我们当下社会在这类问题上已经变得过于敏感，变得有些风声鹤唳，草木皆兵了。

一个人、一个组织总是难免会犯各种错误，一旦犯下了错误，该提出批评的要提出批评，该严肃处理的要严肃处理，不能予以姑息和纵容，必须让他们付出相应的代价。只有这样，才会使他们不敢再犯同样的错误，也才会让人们引以为戒，才会营造出一种风清气正、健康向上的社会氛围。但犯下错误之后是否就要一棍子打死，不再给他们改过自新的机会了？倘若这样，他们也许就会破罐子破摔了，这并不利于挽救一些可以挽救的人，对他们是不公平的，对社会也是不利的。

现场有学生指出了问题，工作人员获悉后立即就停止了播放，事情应该就可以过去了。一次单位内部的播放，并未造成多大的社会影响，本来就不是一件多大的事儿，只是被谁捅到了网上，从而整出一件很大的事儿来。这种现象说明我们当下社会存在着一种思维，即凡事都要往坏处想，把问题看得过于严重，整个社会的神经都绷得紧紧的。而这对于社会的健康发展其实是不利的。这么大一个国家，这么复杂一个社会，又哪能那么纯净，那么单一呢？出现一些问题，产生一些杂音，不是很正常的吗？要是整天都把神经绷得紧紧的，一有风吹草动就如临大敌，就要以严厉的态度对待之，就会导致人人都变得谨小慎微起来，什么都不敢做，什么都不敢说了。当下我们经济社会的发展出现了许多困难，正需要更好地激发人们的活力和干劲，敢于去探索解决问题的办法，从而才能突破困境，继续发展下去。而这样动辄得咎，多做多错，少做出错，不做不错的一种社会氛围，又是与之背道而驰的，只会使我们的社会更加失去活力。

社会舆论是必须认真听取的，但这并不意味着我们任何一件事情都要按照舆论的要求去做。舆论其实也是很多元的，对一件事情不同的群体会有不同的看法，这时我们又该何去何从？而且舆论有时又是可以"制造"的，如今网络上的许多舆论热点都有机构在背后操纵着，这样的"舆论"我们也必须言听计从吗？就算没有这种操纵，舆论有时也未必就是正确的。

2009年5月16日，沈阳一名个体商贩和妻子在马路上违法摆摊被城管查处。在勤务室接受处罚时，他与城管发生了争执，随即掏出随身携带的一把尖刀，当场刺死两人，重伤一人。2009年6月12日，他被依法逮捕。2009年11月15日，沈阳市中级人民法院对此案做出了一审判决，判处他死刑。2011年5月9日，辽宁省高级法院做出了终审判决，维持原判。2013年9月25日，他终于被执行死刑。这起案件之所以久拖不决，就是因为当时社会舆论几乎一边倒地反对判他死刑。在许多人的心目中，城管的形象无疑是十分糟糕的，反抗城管的人似乎具有一种天然的正义性，而不管事情的是非曲直如何。司法部门最后还是顶着巨大的舆论压力让他伏法了。实践已经表明，这才是经得起历史检验的。

法院必须独立地行使审判权，这种独立也包括要独立于社会舆论。法院固然也要注意听取舆论的意见，但并不需要按照舆论的要求进行判决，最重要的是要以事实为依据，以法律为准绳。倘若事事都要听从舆论，最后的结果也许对所有人都是极为不妙的。

9月17日

著名经济学家田国强教授1982年在华中工学院获得数学硕士学位后，负笈美国，于1987年获得明尼苏达大学经济学博士学位，然后留在美国的大学任教，于1991年获得得州A&M大学的终身教职，并于1995年晋升为教授。他身处海外，却十分关心国内的发展，经常利用假期回国进行学术交流。2004年，他回国担任上海财经大学经济学院院长，2006年又担任高等研究院院长。他2015年与别人合作出版的《中国改革：历史、逻辑和未来》，我也认真地研读过了。他坚持市场化的改革取向，把现代经济学的理论与中国的经济社会现实充分结合起来，甚至还与中国的传统文化有机结合起来，与中国的国情显得一点都不隔。他在海外接受系统的经济学教育，并长期在海外从事经济学的教学和研究，我们通常会担心这样的学者是否会食洋不化，在对本国经济问题进行研究时是否会脱离实际。我读了他这部著作之后，才知道这种当心其实是多余的。比起那些一直都在国内的经济学者，他一点都不显得脱离中国现实；比起那些开口闭口就是洋理论的经济学者，他反而更加贴近中国现实。

前不久我在微信的订阅号消息中，看到他原先发表于《学术月刊》2023 年第 5 期的一篇题为《根本问题不解决，经济还会下行！》的文章，粗略地浏览了一番，觉得他讲到了我们当前经济的一些要害问题，观点是很有见地的。但由于自己当时正忙于其他事情，无暇细看，就先收藏起来。后来看到网络上的一些消息，知道这篇文章已经在经济学界乃至社会上产生了很大影响。现在把它拿出来认真研读了两遍，很受启发，就做了一些摘录，并谈谈自己的一些感想。

在作者看来，这几年来我们经济之所以产生很大的下行压力，产生了很多问题，遇到了很大困难，主要有以下三个方面的原因：

"其一是大国战略的重大变化。中美两国，特别是美国由战略合作转为战略竞争（道路之争、制度之争、意识形态之争，以至阵营划分到全方位的竞争），其结果就是导致贸易摩擦常态化，特别是在高科技领域对中国的封锁、遏制不断加码，贸易保护趋势短期难以逆转，推高了本已高企的国际政治、经济环境（以美国、欧洲为主）的不确定性和阵营化，导致站队和产业链外移。"

这个问题是摆在我们面前的最重大问题之一，我们因应得好，就能渡过这个难关，使经济社会继续发展下去；因应得不好，将会给我们的经济社会发展带来巨大的挑战，而且这种外部挑战还会传导到内部问题上来。要解决好这一问题，就必须正确处理国内问题与国际问题的关系，中国与世界的关系。我们首先要把国内的问题解决好，只有建立起一个配套、完善，能够有效运行的市场经济体制，实现经济社会的长远发展，国家实力真正增强了，尤其软实力真正增强了，才能在世界上发挥更大的影响。我们没有条件去取代谁成为世界的领导者，我们也不需要成为这样的领导者，我们需要的是与世界各国和平相处，友好往来，按照国际公认的准则、规则，遵循国际公认的价值观，与世界各国进行全方位的合作，一起走向发展进步。

"其二是政府监管和政策的变化使得企业对良好营商环境及政策环境信心和信任的缺失。""一些政府部门的管制不断加强的所谓'改革'，政策和多行业规范调整没有把握好时度效，力度过大、过急、过频、过激。"

不是把对经济社会的管理办法变成一种制度固定下来，而是靠多变的政策，靠随意性很大的监管来对经济社会进行管理，这是我们目前也是长期以来存在的一个重大问题。再好的良法美意，只要没有形成一种制度也是靠不住了，因为谁也不知道换了人还会不会有这种良法美意，即使人没有换，他们又会不会改变主意也未可知。只有把它们变成一种稳定的制度安排，不会因为人事的变更而变更，也不会因为主意的改变而改变，才能使人们产生一种稳定的预期，知道什么可以做什么不能做，从而才会放心地去发展创新。但这并不是简单地把它们变成法律法规就万事大吉了，因为法律法规也是随时可以修改的，有时甚至只是一种摆设，实际上并未按照这些法律法规去执行，而是按照临时性、多变性的政策去执行。因此，要真正解决这一问题，还必须首先解决好权力安排的问题，即要使权力受到有效的制约和监督，规范地行使权力，而不能任性而为。

"其三是观念性因素和舆论导向发生变化，前后反差巨大，其偏差令人担忧。……由于市场化改革开放几十年的过程中积累了本应解决而没有及时解决的许多问题，出现了一些偏差，特别是市场经济必不可少的社会伦理道德规范和秩序的建立没有跟进而出现问题，致使反对市场化改革思潮过去十年来逐渐兴起，认为大多问题都是市场化改革造成的，从而否定市场化改革的必要性，否定或歧视民营经济，认为发展民营经济只是手段而不是目的，甚至上纲上线到路线高度，抛出了所谓的民营经济离场论，最终是要扬弃的，甚至有人提出逐步消灭私有制。"

回顾历史，我们在改革开放过程中之所以存在重重障碍，甚至几次发生重大的回潮，我们的市场化改革之所以难以推动下去，一个根本性的原因就在于意识形态的问题没有得到解决，所有制的问题一直困扰着我们。即使中央一再重申要坚持改革开放的基本路线，社会上关于这一问题的争论仍然不会平息，反对市场化改革的声音始终存在，并且还屡屡在社会上掀起不小的风浪。

反对市场化改革的思潮之所以存在，除了一些人固守传统观念之外，也是与我们的改革不配套、不到位分不开的。由于我们始终未能建立起一个完善的规范的法治的市场经济体制，留下了很多制度漏洞，让一部分人钻了空子，从而大发横财，而更多的人却在改革中利益受损，两极分化十分严重。同时，与市场经济配套的伦理道德规范也未能建立起来。市场经济并不是只奔着钱去的，而是要求市场主体必须公平竞争，诚实守信，同时还要积极承担起应有的社会责任，为建立一个共同富裕的社会做出应有的贡献。一个国家要是发生严重的两极分化，经济社会的发展将是不可持续的，也将是极为危险的，对于富人也是极为不利的。市场经济并非不讲道德的，而是很需要讲道德的。极力主张自由市场经济的亚当·斯密，除了写下《国富论》这一经济学的经典著作，还写下了《道德情操论》这一伦理理学的经典著作，而他本人其实是更看重后面这部著作的。正是由于我们在伦理道德方面的建设未能同步跟上，致使社会上出现了严重的道德滑坡，许多人为了谋利而从事坑蒙拐骗的勾当，似乎为了金钱什么事情都可以干出来。这也使很多人对现状产生了严重不满，给那些反对市场化改革的人以有力的口实。

因此，我们需要在意识形态上进行正本清源，必须真正搞清楚社会主义的本质并不在于所有制，而是要"消灭剥削，消除两极分化，实现共同富裕"，要以"三个有利于"作为衡量工作的标准。同时，我们的改革还应该是全面、配套的，要建立起一个完善的规范的法治的市场经济，在进行经济体制改革的同时，还要大力进行伦理道德建设。只有这样，才能使大众在改革中受益，在激发出经济社会发展活力的同时，又能避免社会的两极分化，在经济发展的同时，又能避免社会风气的败坏。

我们当前的经济形势已经相当严峻，相信许多人都已经感受到阵阵寒意了。对于关心国家以及世界命运（我们国家已经与世界紧密地联系在一起了，我们国家的问题也会传导到世界，关心国家的命运也是在关心世界的命运）的人，都要认真地思考我们的问题到底出在哪里，需要如何破解这些难题，积极地贡献出我们的智慧。这首先需要的是让人们畅所欲言，不同的观点都可以拿出来交流，哪怕是争论也好。只有这样，我们才能形成一个思想的市场，才能为问题的解决找到更加合理的方案，也才能在社会上达到更加广泛的共识。

九月

9月18日

今天，我把微信上的6个名人好友悉数删除了。这些名人有一个已经认识很久了，并且还见过两次面，其他都尚未谋面，都是通过别人介绍认识的，有的在微信上偶有联系，有的刚认识不久，还没怎么联系。

我最早认识的一个名人是文史领域知名度很高的一个学者。我大学时就读过他的著作，十分喜欢他的文字，进而也喜欢他这个人，觉得他充满了那种学者的魅力，让人景仰不已。但那时我却从未想要认识他，能见到他真人。2007年，他从北方某个省份调到本省一所大学任教。我感到自己也许有机会认识他了，毕竟自己也算文史这个领域的，也写出了一些东西，在价值理念上与他是相通的，再说他又来到了我们这里，想必了解到我的情况后也愿意跟我交往。于是就把自己打印出来的作品寄一本给他。才过了两天，他就回复了，给我发来了一条热情洋溢的短信，叫我以后随时跟他联系。我就这样跟他认识了，还到那所大学拜访过他两次。我经过他的介绍，又认识了另外两个知名文史学者，一个在北京，一个在杭州。今年又通过北京的那个学者，跟一个也在北京的很年轻很优秀的社会科学领域的学者认识了。

另外两个名人好友是文学界的，是通过省作协一个领导介绍认识的。其中一个在美国，我联系上他后，他也礼节性地回了一下。我把自己的三篇作品发过去给他看，他好久后终于回复说拜读过了，也没有多说什么。另一个是本地一家报社的主任编辑，我几天前刚刚加她为好友。我这次跟她一道加入了中国作协，我说自己很少参加文学界和文化界的活动，信息比较闭塞，希望以后能跟她做一些交流，从她那里得到一些信息。她后来也回了，但仅仅行了一个抱拳礼，不知是表示谢意还是歉意，为自己没有精力跟我多说什么而表示歉意。

我现在把所有这些名人好友都删除了，这看似有些突然，细想一下也并不突然，甚至还是必然的。事情的直接起因是我的又一部书稿要拿去出版了，想叫那个跟我见过两次面的名人帮忙写篇短序。他此前已经答应过我了，叫我只要把目录发给他看一下就可以写了，似乎立刻就可以为我写的样子。由于我这部书稿是日志体，没有什么目录可以提供给他，事情就暂时搁下了。现在真要他写了，他却回复说不急不急，等我的书号批下来后再写不迟，又叫我不必花钱出书，完全没有这个必要。我就相当纳闷了，我以前出的书都是有书号的，为何还要等书号批下来后再写呢？他也明知道我这种普通作者只能自己花钱出书，他也答应会写，却又说没必要花钱出书，到底是答应写还是不答应写呢？我真是有点丈二和尚摸不着头脑了。乐意写就爽快地支持别人一回，不乐意写也干脆地拒绝，这样吞吞吐吐的又算个什么事儿呢。我感到十分的无奈，真是很难跟这些名人打交道，请他们帮点忙真是麻烦得很。

他总是叫我随时跟他联系，但我真要跟他联系时，他几乎没有一次不是在敷衍一番。我前一段时间写了两篇文章，涉及到当下重要的社会话题，而且自认为有一定的见解，因而想请他帮个忙，推荐给哪家报刊发表。他也满口答应下来了，并说已经推荐给北京的一家报纸了。但此后就再无下文了。我不好说他是有推荐出去却爱莫能助，还是根本就没有推荐出去，不过在敷衍我一番。以他的这种影响力，如果真有推荐出去，编辑卖他一次人情想必还是会的，再说我现在好歹也是中国作协会员了。他多次答应过要帮我什么，却一次都未真正帮过。也许他压根就没打算帮，只是碍于情面，不好生硬地拒绝，于是就打起了太极拳。别说请他帮忙，就是想跟他做些交流，向他请教一些问题，他也只是像打电报那样简单地回两句，回几个字，甚至连回都没有回，我也从未有跟他真正交流过什么。

这个名人还跟我见过两次面，还算有一点交情，他都会这样，其他名人跟我都未谋过面，就更不用说了。我对跟名人交往就越来越厌倦起来，感到这样下去已经没有任何意义了。因此，今天这个名人又这样敷衍我之后，我一气之下把所有这些名人好友都删除了，决定以后再也不去找什么名人了。我对他们的失望早已潜藏在心里，今天被这件事情一触发，就像火山一样爆发了。它看似突然，其实又不突然。如果说这是一时冲动，以后只要看看我还会不会再去找这些名人就知道了。时间将会证明，我的这种抉择是理智的。

我不讳言，自己当初去找这些名人时也是有私心的，也想沾沾他们的光。作为一个无名小卒，想认识一些名人，跟他们做一些交流，向他们请教一些问题。同时，也想请他们推荐一下，作品可以有地方发表，出书时请他们写个序，以便更好地推广出去，让更多的人能够读到。这些想法相信很多人都会有，是不难理解的。都说文化事业要薪火相传下去，这些名人能够取得成功，想必也不全是自己奋斗出来的，在他们成长的道路上也是得到过别人帮助的，因而他们功成名就，也有能力去帮助别人之后，也是应该向那些需要帮助的人伸出一只援手的。不然还叫什么伯乐，还叫什么甘当人梯？我也想去帮助别人，只是苦于没有这种能力。即使这样，我有机会还是尽力去帮助别人。我曾经两次把别人的稿件推荐给报刊的编辑，也尽力沟通过了，但由于实在不符合他们的用稿要求，就没有帮成。还有一次是帮助大学时的一个老师。他学问做得相当好，写了很多文章，但很多都没有地方发表，而且年纪也很大了，我就想帮他发表几篇。我认识一家刊物的编辑，他本来已经把我的一篇稿件拿去排版了，我这个老师把稿件发过来后，我就让这个编辑把我的稿件撤下来，换这个老师的稿件。

但道理这样讲，这些名人未必就会这样做。他们也是人，人所具有的人性弱点和局限性他们也都具有。他们并不天然具有更高尚的情操，也是怕别人来麻烦自己的。成人之美是需要很大胸怀的，别人因为得到自己的帮助脱颖而出，很多人是并不乐见其成的。当然也不排除会有这样的人，但会不会让你遇上就难说了。同时，他们的时间和精力也都是有限的，你去跟他们交流，向他们请教问题，都会占用他们的时间和精力。

同样也需要具备一定的胸怀，他们才会乐意跟你交流，为你答疑解惑。

当然，很多人都想找他们帮忙，都想向他们请教，他们要是都予以满足，也是会力不从心的。因此，我们也要对他们予以更多的理解，就尽量不要去为难他们了。我干脆把那些名人好友都删除了，也是怕留着哪天又会去打扰他们，干脆一劳永逸地删除了。

他们这样做也实在谈不上什么对不对的。我们对名人也同样不能要求太高，要求他们必须具有多高的境界，多么助人为乐。如果这样，我们就会备感失望的。我们只能要求他们遵纪守法，遵守社会公德，不损人利己，不去作恶。我跟这些名人不再交往了，但他们的作品还会一如既往地读下去，只要它们写得好，值得一读。

至于没有名人的提携自己就上不去，这也实在是无所谓的事情。我没有他们的推荐，作品无法在刊物上发表，不发表就是了。我有经济条件就把作品拿去出书，不然就印一些自印本。出书时无人为自己写序，就自己写个跋，交代一下写作的缘起、概况。书在社会上没有影响也不必在乎，没有人看就自己看，权当作一种兴趣爱好罢了。

9 月 19 日

今天，我们主管在群里发了个通知，说这个月全市统一检查保安证，所有保安都必须持证上岗。如果没有保安证，被查出来后果会很严重，要被罚款一万元。我看了之后，心里顿时感到十分欣慰起来——来查吧，我已经有保安证了！

两年多前，公司统一组织我们去考保安证。那时还不像现在这么严格，还未要求都要持证上岗，所以有人就不去考。也许他们来做保安只是权宜之计，并不准备长久做下去，或者觉得做保安已经够没出息的，再考个保安证岂不变成了一种身份。而我一听到这消息，就决定要去考。好不容易找到这份相对稳定的工作，虽然普通得不能再普通了，一般人都不会看上眼，但我心里十分清楚自己也只配做这样的工作。我非但不嫌弃它，还要好好干，从而有一份收入，可以养家糊口。考到一张保安证，干这行就多了一份资本，以后实在不行还可以继续干下去，这样我就不怕没有饭吃，心里就踏实起来了。

去一个行政服务中心录入信息那天，我为了节省时间，还跟一个同事叫上一辆网约车一起坐过去，约好过去他付钱，回来我付钱。车在大街上辚辚地开着，我静静地坐在车上，看着窗外的风景，不由得心潮澎湃起来。虽然坐网约车需要破点费，但这是为了去考证，考到证后在社会上就好谋生了。而且现在又有了一份工作，也有实力去打车了！已经去做一个保安了，但这也不赖！我心里这样想着，不由得涌起了一股莫名的感伤，但更充满了一股昂扬的激情。

现在要查保安证了，那些无证的人急得像热锅上的蚂蚁，火烧火燎的，而我却淡定自若，自己的证早已准备在那里了。

昨天，因为对加为微信好友的几个名人感到深深失望起来，觉得他们都是在敷衍别人，别指望能得到他们的帮助，也别指望能跟他们进行交流，就索性把他们悉数删除了。比起自己这张保安证，那些逢场作戏的东西实在太无意义了。这些名人也都不是活雷锋，都是在敷衍你一番而已。与其去想这些不着边际的东西，不如多想想自己工作的事情。我有一张保安证，就可以从事这份工作，每上一天班就有一百多元的收入，这才是最为实在的，才是真正有意义的。那些东西都是哄你的，而这份工作却能解决我的生计问题。有了这份工作，我就毋需看别人的脸色行事，毋需依附什么，可以独立自主地生存着。

解决了生计问题，我就可以读自己的书，做自己的学问，写自己的文章，而且心里会变得更加有底气，天地会变得更加广阔。解决了生计问题，我就可以变得从容不迫起来，追求自己向往的生活方式，好好地享受着生活，去发现更多生活中的美，去创造一块属于自己的园地，在大地上诗意地栖居着。

我们这些同事都是惺惺相惜，要是有更大的本事就不会来这里当保安的。但我们又都是很单纯的，没有太多的想法，只求把本职工作做好，以取得一份收入。同时，我们这里也无名利可争，大家都心平气和地工作，自得其乐地生活。

我发现自己越来越适应这种工作和生活状态了。以后即使不再当保安了，也还是从事类似这样的普通工作，过着一种平凡而又快乐的生活。我只能这样，也喜欢这样。

我抛开了名利的羁绊，就可以心无旁骛、专心致志地做自己想做的事情，并把它做到最好，让自己平凡的生命得到极致的绽放。我抛开了名利的羁绊，就可以去勇敢地追逐自己的梦想，上天入地，谁我独尊。

九月

9 月 20 日

　　许多作家在写作的起步阶段，往往都会去模仿某个大作家，在他们早期的作品中，往往都能见到某个大作家的影子。他们喜欢上了某个大作家，反复阅读这个作家的作品，对它们已经烂熟于心，因而就会受到潜移默化的影响。等到他们自己也开始拿起笔学习写作之后，由于缺少必要的经验，就需要找到一个师法的对象。于是他们最熟悉的作家及其作品就会进入他们的视野，有样学样地模仿起来，模仿他的语言风格，模仿他的创作手法，模仿他的谋篇布局。在写作实践中，他们又会逐渐摸索和总结出一套经验，并形成自己的风格，从而就走出早期的模仿阶段，开始走向成熟了。但这并不等于说那些作家对他们就不再有影响了，在他们的作品中就见不到那些作家的影子了。高晓声是一个很有风格的作家，其作品深受《聊斋》的影响，深深地打上了《聊斋》的烙印，即使到了创作的成熟阶段，在他作品中"聊斋式"的语言仍然会不时地冒出来。他可谓是读着《聊斋》长大的，《聊斋》成了他文学成长的教科书，经过无数次的阅读，已经溶入他的血液里了。

　　模仿是文学创作的一种常见现象，甚至是一种规律，每个作家在创作的起步阶段都要进行模仿，而不能闭门造车，凭空创作出作品，只是模仿程度的区别罢了。有的属于深度模仿，模仿的痕迹十分明显，有的属于轻度模仿，显得不露痕迹，有的只模仿某个作家，有的则对几个作家进行综合模仿。模仿如此普遍，但与抄袭绝不可相提并论。抄袭以及套写无论在作品的主题、内容、语言还是结构上，都是从别人那里照搬过来的，只是有的会稍做一些变动和改写，有的则赤裸裸地抄袭，只是把标题改一下，但它们在性质上都是一样的。而模仿虽然与别人作品有相似的地方，但仍然有属于自己的主题、内容、语言以及结构。

　　20 世纪 90 年代中期，韩少功写出了一部长篇小说《马桥词典》。许多人对这种以词典形式出现的长篇小说感到别开生面，但很快就有人指出，早有一个东欧的作家写出了一部叫《哈扎尔词典》的长篇小说，《马桥词典》乃是对它的模仿甚至抄袭。这在当时还成了文坛上的一个公案，产生了很大影响。当事人还对簿公堂，韩少功把几个文学评论学者以及发表他们作品的刊物告上了法庭。后来《哈扎尔词典》也与国内读者见面了，人们发现两部作品无论哪方面都存在很大的差异，甚至都很难说是模仿。在《马桥词典》之前，确实有人已经采用过这种形式了，因而它也谈不上什么创新，但这并不意味着后人就不能再用这种形式了，用了就是模仿甚至抄袭。我曾经把《马桥词典》读了两遍，感觉作者讲的完全是湖南汨罗地区发生的事情，有着这个地方独特的文化，使用的也是当地的语言，是以自己在那里多年的生活经历为基础的。他以前的作品我也读过很多，这部作品也跟他以前的作品一样，明显地带有他个人的风格。因此，我并不感到这是对谁的模仿，更谈不上是抄袭了。《马桥词典》已经成了一部经典，这是那种模仿甚至抄袭的作品所不可想象的。

有人指出，张艺谋导演的《满城尽带黄金甲》以及冯小刚导演的《夜宴》，都是以曹禺的《雷雨》为母体的。这两部电影在主题以及剧情方面与《雷雨》确实有相似的地方，因而这种说法也是可以成立的，但它们又确实具有各自的主题和剧情，也确实具有各自的结构和风格。其实，要说《雷雨》脱胎于莎士比亚的《哈姆雷特》也未尝不同，但它又确实具有自己的主题、剧情、结构以及风格，是一部诞生在现代中国的戏剧。《哈姆雷特》是经典，《雷雨》同样也是经典。

模仿往往免不了，甚至还是必要的，但对于一个有追求的作家来说，还是要尽快走出这个阶段，要在学习借鉴前人的基础上，学会独立创造，要捕捉自己的主题，建立自己的结构，采用自己的手法，使用自己的语言，并形成自己的风格。这样的作品好坏姑且不说，至少是具有独创性的。"吃别人嚼过的馍不香"，别人的作品再好，毕竟是属于别人的，你再简单地模仿过来就变成鹦鹉学舌了；别人独创出来的作品会显得别开生面，你再简单地模仿过来就变得味同嚼蜡了。文学事业的发展进步就在于要不断地进行创新，不断地创作出与众不同的作品。

就以本人来说，我最早尝试过写小说，模仿其他作家的叙事方式和结构，结果就变成了一种套路，每篇都这样写。这就显得太没出息了，自己看了都觉得没劲。我开始意识到，不要去刻意地模仿别人，也不要刻板地采用一种模式，不然作品就会变得毫无生气，牵强附会。文无定法，必须根据自身的特点以及题材的需要，选择合适的创作方法。这样我就得到解放了，写起来笔下就变得自由了，不去模仿别人，甚至也不去模仿自己的过去。

我之所以不去模仿谁，与我平时读的书比较杂有关。很多作家的作品我都读过了，但并没有对哪个作家特别痴迷，特别受到其影响，所以也无法去模仿谁。同时，我还感到对哪个作家要模仿到家也不容易，需要反复地揣摩、练习。我与其把工夫花在这上面，不如放开手脚写出属于自己的作品。我认真地写每一篇作品，争取都要写好。要有自己的主题，自己的内容，要找到一个合适的结构，把事情弄清楚之后，要用一种浅近直白的语言表达出来，要让别人看得懂，首先要让自己看得懂。此外，还要反复地在语言上进行锤炼，使之变得更加贴切，更加精练，还要具有一种韵律，自己默念起来能产生一种节奏感。

经过多年的写作，我不知道形成了自己的风格没有，也不知道自己的作品是否受到谁的影响，从自己的作品是否能见到谁的影子。这些别人是更容易看出来，更具有发言权的，而自己却"不识庐山真面目，只缘身在此山中"。

9月21日

读小学时课文里就有鲁迅先生的故事，从而知道了鲁迅这个大名，知道他是一个伟大的文学家，同时也是一个伟大的思想家和革命家，他在反动势力面前骨头是最硬的，对人民又是最热情的。到初中时语文课本里有他的散文《从百草园到三味书屋》和《藤野先生》，小说《故乡》和《社戏》等。到高中时有他的小说《一件小事》《药》《祝福》和《阿Q正传》，杂文《拿来主义》《纪念刘和珍君》《论"费厄泼赖"应该缓行》等。我不讳言，高中时学的那些鲁迅作品自己是不大读得懂的，也是不大喜欢的，尤其对他那种强烈的批判性和战斗性风格是不大能接受的。倒是初中时学的那些作品可以读进去，也喜欢那些作品的叙事风格以及所营造的意境。百草园中的生活让我感受到了这方小天地里的一种情趣，三味书屋的先生是刻板的，但私塾的生活也引发了我的好奇心。作者对藤野先生的回忆是平淡的，但在这种平淡中又透出老师对学生的关爱，学生对老师的怀念。《故乡》中海边碧绿的沙地，深蓝的天空中挂着一轮金黄的圆月，《社戏》中的"我"和几个小伙伴晚上摇着船去看社戏，在船上生火煮毛豆吃的情景，都让长期在乡下生活的我感到分外亲切。

上大学后我大量地阅读中国现当代文学作品，但鲁迅的作品却很少读，总觉得他好读的作品并不多，初中时都已经读过了。而且还觉得他的思想固然很深刻，但也比较深奥，自己不大能理解；他的语言固然很有表现力，但也比较晦涩，自己不大能读下去。虽然心里也很清楚他作品的价值，很需要多读读，但又总是望而生畏起来。

　　我主动地打开鲁迅的著作，开始走进他的世界，是在工作几年之后。这时我已经读过不少书了，思想上有了不小的变化，接受了许多新的思想，而这些思想与鲁迅又是相通的，因而我就可以在他的作品中找到许多共鸣。而且我也读过一些研究鲁迅的著作，其中最重要的要数钱理群教授的著作，从而对鲁迅就有了更多了解，对他的作品更感兴趣了。开始读进去之后，我不由得拍案叫绝起来——写得太精彩，也太深刻，太入木三分，太鞭辟入里了，什么问题被他一说，就能击中要害，让人感觉像被闪电击中了一样。至于他的思想很深奥，由于这时已经有了更多积累以及生活阅历，就容易理解他的作品了。至于他的语言很晦涩，读一段时间后也适应了，而且还会觉得他的语言十分精练、贴切，也十分生动、传神，具有无穷的韵味。

　　于是我就大量地读起他的作品，把他的绝大部分作品都读过了，有的还读了两遍三遍。在对封建思想和传统文化的批判方面，还没有谁比他更深刻，走得更远的。我们要从落后的传统中走出来，建立起一个"人国"，正需要他这样的人。他似乎有一个全能的大脑，什么都逃不过他那双锐利的眼睛，什么经过他的剖析都会变得纤毫毕现起来。同时，他那种辛辣而又含蓄，精确而又传神的语言也是很值得细细玩味，很值得学习借鉴的。他的作品常读常新，需要一遍又一遍地阅读，每一次阅读时结合自己的阅历和积累，都会产生出新的共鸣和思考。

　　后来听说教育部门把鲁迅的许多作品从中学课本撤下来了。他的一些作品确实不大适合中学生阅读，如果缺少一定的阅历和积累，是难以读懂的，因而中学课本适当减少他的作品也是可以的。但他的有些作品也是适合中学生阅读的，可以收进也需要收进中学课本。即使作品从中学课本撤下来，也无损于他的伟大，想读他作品的人都会去读，都能从他那里找到共鸣，受到启发，他是不怕没有读者的。

　　同时，也有不少人对他进行了批判，指出他的各种缺陷。我以前一个同事就曾经跟我交流过鲁迅，他也持这类观点。其实对鲁迅的各种批判在他生前就有了，从来就不曾停止过。但批判归批判，鲁迅还是鲁迅，他本人以及他的作品仍然高高地站立着，而那些激烈地批判过他的人，却从未有一个达到他这样的高度。我对那个同事说过，你们不是不可以批判鲁迅，但批判之前最好要掂量一下，自己是否真正读懂他了。否则就只会显出自己的无知和浅薄，或者人云亦云，盲目跟风。

　　在对鲁迅的各种批判中，最常见的就是说他总是骂人，毫不留情地骂人，什么"痛打落水狗"，"丧家的资本家的乏走狗"，显得过于尖刻了，不符合我们传统的中庸之道。我以前也曾经这么认为过。但奉行中庸之道，无原则地当好好先生，这正是我们传统的很大弊病，也是我们传统社会难以取得长进的重要原因，正是需要鲁迅这样的有识之士出来破除的。至于经常使用这些字眼来骂人，需要把它放在当时的环境来看。当时文坛上不同观点进行论战时，人们都普遍使用这些字眼，并不是鲁迅所独有的。鲁迅的论敌也经常把它们用在鲁迅身上。梁实秋甚至还诬蔑他拿了俄国的卢布。1927 年国民党实行清党时，被安上这个罪名是有杀头危险的。比起这种危险，被骂为"丧家的资本家的乏走狗"就显得微不足道了。

在对鲁迅的各种批评中还有一种观点认为，他写的大都是像匕首、像投枪这类的杂文、杂感，而这些算不得文学的正宗，只是旁门左道而已，他的小说作品不多，而且从未写出一部长篇小说。其实这种观点正表现出他们文学观念的狭隘。文学是很多元的，文体是很多样的，并不是只有哪种文体才是文学的正宗，或者诗歌，或者小说，或者戏剧，而其他都是上不了台面的。诺贝尔文学奖曾经授给哲学家罗素、政治家丘吉尔，2015 年授给白俄罗斯女作家，从事非虚构文学写作的阿列克谢耶维奇，2016 年更是授给美国一个男歌手和词曲创作人鲍勃·迪伦。许多人对这种做法并不以为然，我却认为这是一个好现象，说明对文学的理解在发生变化，文学的观念在逐渐拓展。只要能用一种形象化的语言表达自己的思想和情感，表现生活，反映社会，都可以归入文学的范畴。不必对哪种文体实行崇拜，不必在不同文体之间进行厚此薄彼。无论采用哪种文体，写得好都是优秀作品，写得不好都是文字垃圾。具体采用哪种文体，要视作者的特质和追求而定，并无好坏之分，适合自己的才是最好的。鲁迅好歹还写过一部中篇小说《阿 Q 正传》，而汪曾祺则连一部中篇小说都没有，都是短篇小说，但他的许多作品仍然属于文学的上品，他自己仍然成为一个文学大师。在许多人眼中，似乎只有小说才是文学的正宗，但无论中外，小说的出现都是晚近的事情，而在这之前漫长的古代，那些大量的文学作品就不是正宗，就不是文学了？

鲁迅也不是没有缺点的，这一点他自己就曾经坦言过。但他的主要缺点或者局限性并不是人们通常认为的那些，而是在对自由主义以及制度建设的看法上。他或许也并非不知道这些东西，而是不相信这些东西。在他看来，所有主义都是可疑的，即使自由主义也不例外，都有可能形成对人的奴役。所以他要一直批判过去，把一切奴役人的思想以及制度都破掉了，真正的人才能立起来。但这又会陷入一种悖论。人总是需要一种价值观的，他"立人"思想的本身也是一种价值观，也是一种主义，这种主义也是需要怀疑的。同时，把一切不合理的制度都推翻之后，也仍然需要建立起一种制度，这种制度也不可能是完美的。社会总是需要制度的存在，即使坏制度也比没有制度的无政府状态好。我们需要的是对制度进行不断的改进，而这方面很少进入他的视野。他所做的更多是一种批判的工作，起到开路先锋的作用，至于具体的铺路工作，还需要别人来填补了。

9月22日

上一篇日志谈到了鲁迅，接下来再谈谈沈从文。我以前从未听说过沈从文这个名字，从不知道有这样一个作家。直到上大学之后，由于自己成了一个狂热的文学青年，大量地阅读起中国现当代文学作品，在这方面的信息多起来了，才听说了这个名字，才知道他是一个曾经在中国现代文学史上产生过重要影响的作家。有一天晚上宿舍熄灯了，舍友都躺在床上开"卧谈会"，其中有两个人聊到了沈从文，说他在自己的作品中对性的描写多么大胆。我听了之后，一方面是感到自己过于落伍了，人家早已读过沈从文的作品，而自己却连这个名字都未听说过，该好好补课。另一方面是他们提到沈从文的作品中对性的大胆描写，我对他的印象就更深刻了，知道这是一个与众不同的作家，这样的作品需要找来好好读读。

我从学校图书馆借到一部沈从文小说选，慢慢读了起来。他的作品充满了一种恬淡的风格，没有那种宏大的叙事和扣人心弦的情节，而是着眼于普通人的生存以及喜怒哀乐，娓娓道来，而且使用的也不是时代流行的语言，而是一种朴素的又经过精心锤炼的具有鲜明个人风格的语言。看惯了主流的作品，如果不静下心来从容地进行欣赏，是无法进入他的作品的，而一旦静下心来，慢慢进入他的作品后，又会喜欢上了这种风格，开始沉浸于这种艺术意境中。

比起那些耳熟能详的我国现代著名作家，沈从文无疑是一个很大的异数，他作品的风格迥异于这些作家。他没有紧跟当时的社会潮流，要挽救民族危亡，要实现人的自由解放，要建立一个更加合理的社会，而是致力于对人性的抒写。他曾经说过："我要建一座希腊小庙，里面供奉的是人性。"他以自己出生和成长的家乡湘西为基地，营造出一个五彩斑斓的文学世界，一个个的人物尤其女性人物，像萧萧、三三、翠翠等，都是外表十分美丽，内心十分纯净的。读过之后，这些人物就深深地印在我的脑海里，久久地滋养着我的心灵。他十分擅长对景物的描写，描绘出了一个异常美丽的湘西世界。我有一次过完寒假回昆明上学，坐火车经过湘西。当火车穿过一个长长的隧道进入湘西地界后，眼前豁然一亮，顿时被窗外的风景震撼住了。这里的山水风光跟外面迥然不同，山的轮廓倒映在清亮的江面上，幽美极了。那天有些阴沉，使景物罩上了一层朦胧色彩，却反而变得更加幽美了。怪不得沈从文能写出那么美丽的一个湘西，原来上天厚爱于他们，赐给他们一个如此美丽的地方。他对湘西社会风土人情的刻画也是十分生动的，在他从容的叙述下，徐徐展现出了一幅独特的风俗画卷，让人不禁心驰神往起来。他营造出了一个恬静的湘西世界，但并未脱离现实。当时中国社会正在发生剧烈的动荡和变化，即使湘西这个偏远的地方也因为受到外界的冲击，正在发生着巨大的变化，而这些在他的作品中也反映出来了。

他除了写湘西乡下，也写到了都市里的生活。在他的笔下，都市里的人物都过着一种腐烂的生活，社会道德在不断沦丧，与乡下那种纯朴的社会风气形成了鲜明反差。这我们未必都要认同，但他这样写也是有自己的生活基础的，也不能说这是对现实的一种歪曲。也许都市未必有他写的那么丑陋，乡下也未必有他写的那么美好。他的乡下叙事未必都是符合实际的，也许更多寄托着自己的一种美好理想，而这种理想在现实中也未必就能实现。现在许多乡村都已经空心化了，乡村社会的道德风气也未必就比都市好。然而，作家的创作固然不能脱离现实，但也未必就要准确地反映现实，就要与现实完全符合。他们可以虚构出一个属于自己的文学世界，寄托着自己的一种美好理想，即使这种理想是虚幻的。从某种意义上说，文学就是一种乌托邦，就是作家在做着一个白日梦。

沈从文是独特的，与当时的社会潮流却是不合拍的，因而当他在文坛上成名之后，社会上批评他的声音就一直没有停止过，甚至有时还使他感受到巨大的压力，在创作上陷入了困境。但在那个时代，文学毕竟还是可以多元的，在主流文学之外还有其他文学的生存空间。因此，即使面临着各种外界压力，他还能将自己的艺术追求坚持下去，营造出了一个独特的文学世界，写下了大量的作品。而那个时代过去之后，他就无法再继续进行这种自由创作了，但又无法迎合时代的潮流，就只能永远地搁笔了，而改行从事文物研究。他对古代文物其实历来就有很深的兴趣。据他的学生汪曾祺回忆，他在西南联大教书期间就收集过大量的古代工艺品，具有相当的鉴赏眼光。因此，他这一改行也不是突如其来的。

"失之东隅，收之桑榆"，他无法再从事文学创作了，但又开始在文物研究这个领域默默地耕耘着。经过多年的潜心研究，写出了《中国古代服饰研究》这一经典著作，他的人生再次放出了异彩。

他的文学作品长期都无法再出版，他作为一个作家也无人再提起，似乎已经从社会上消失了。后来，他的作品又慢慢可以出版了，并被越来越多的人所阅读，人们重新发现了这个新出土的老作家。越来越多的人开始认识到他作品的独特价值，越来越多的人开始喜爱他的作品。同时，他在海外的影响也越来越大，不少世界知名学府的博士论文就以他作为研究对象。甚至还传出 1988 年他要不是突然去世，那年的诺贝尔文学奖就颁给他了。这个传闻迄今未得到证实，还不能当作一个事实来看待。但对他这样一个具有世界影响的作家来说，未得诺贝尔文学奖也无损于他的伟大，他的作品是不会被时间所淘汰的，他在文学史上的地位是无法抹掉的。总会有喜爱他的读者打开他的作品，慢慢进入他那独特的文学世界。

都说现当代中国没有产生多少堪称经典的文学作品，甚至还有人认为没有文学，这种观点其实是十分偏颇和无知的。由于文化背景的不同，社会制度的差异，文学确实会呈现出不同的面貌，但中国这么大这么复杂，不可能就没有文学，没有堪称经典的文学作品。尤其在沈从文那个时代，由于当时特定的社会和文化背景，文学还是处于一种多元的状态，作家还是可以进行自由创作的，更是产生了许多优秀的作家以及作品。我们缺少的并不是这样的作家和作品，而是缺少发现，缺少更广的文学视野。与其抱怨没有什么经典作家和作品，不如先把鲁迅、沈从文、张爱玲、汪曾祺和穆旦等这些作家的作品好好地读了。这样就会有很大的收获，就会对中国现当代文学有不一样的感受和评价。

我年轻时读过不少沈从文的作品，像《萧萧》《丈夫》和《边城》等还反复地读过了。后来就没有再去读他的作品，他的许多作品至今还未读过。接下来有时间就要静下心来，再继续把他的作品读下去。

9 月 23 日

读高中时语文课本有一篇课文是曹禺的《雷雨》选段，知道了周朴园、周冲、周萍、鲁侍萍、周繁漪和鲁大海、四凤等这些戏剧人物，也知道了曹禺这个我国现代最为著名、影响最大的戏剧家。但这仅仅是选段，要看到完整的剧情，充分感受戏剧中的那种氛围，必经读到全本。我参加工作后，从一个教语文的同事那里借到了一部《雷雨》。因为要及时还回去，很快就把它读完了。这是第一次完整地阅读一部剧本，也是第一次完整地阅读曹禺的作品。刚开始时还不知道能否读进去，能否坚持把它读完，但读着读着，就被戏剧中那种跌宕起伏、扣人心弦的情节给深深吸引住了，也被那种沉闷压抑、躁动不安的氛围给紧紧抓住了，两天就把它读完了。记得很清楚，读完时夜已经深了，外面还下着小雨，自己仍然沉浸在戏剧的氛围中，身上热血澎湃着。我冒雨走了出去，要浇一下雨才能使心情平静下来。

这不愧是一部名著，把阶级的冲突、家庭的冲突以及人性的冲突都淋漓尽致地表现出来，阶级的冲突与家庭的冲突纠缠在一起，各个人物的内心又充满了冲突，剧情在一种紧张的气氛中逐步推向高潮，最后以突发的悲剧的形式结束。在并不很长的篇幅中集中了这么多冲突，展现出如此广阔的内容，结构设计得如此巧妙，语言又是如此贴近人物，都令人叹为观止。而曹禺当年写这部戏剧时才20岁出头，还是一个大学生，人们不能不对他的创造力大加惊叹起来，誉其为20世纪中国出现的一个天才戏剧家。我问那个同事曹禺的戏剧作品中哪部写得最好，她毫不迟疑地说是《雷雨》。我后来把曹禺的其他作品也都读了，觉得其他作品有的写得更细腻，艺术意境更高，但总体上艺术水平都未超过《雷雨》。我后来也读过不少我国现代其他戏剧家的作品，他们的艺术成就也都不及曹禺。

然而，据钱理群教授在其研究曹禺的专著《大小舞台之间——曹禺戏剧新论》中所说的，曹禺戏剧艺术的发展道路远不是一帆风顺的，而是一直都面临着外界的种种批评，在把他的戏剧搬上舞台的过程中，各种社会力量往往要对原作进行改造，使之符合特定的审美标准和社会需要。而曹禺又是一个生性比较怯懦的人，往往不得不屈从于外界的压力，这就必然会影响到他的创作。这种分析也是颇有道理的，我算是增长了见识。就以曹禺写于1939年的《蜕变》为例，此剧分为前后两个部分，前面部分写的是抗战之初国统区的一家伤兵医院，上级的院长主任之流因循塞责，营私舞弊，下级的工作人员也懒散度日，得过且过。作者在这方面也是有生活基础的，因而也写得十分形象生动，富有现实感。后半部分是上面下来一个梁专员后，院长主任被解职了，积弊被革除了，医院的工作作风和状态焕然一新，从上到下都在为抗战而高效地工作着。这就让人感到有些脱离了现实，变成了政策的传声筒，图解抗战的口号，变得干巴巴的。这显然不是成功之作，读者对它的评价不高，作者自己也不满意。

在那个时代，虽然也存在各种观念和力量对作家创作的约束，但在总体上还未形成一种能够主导和控制整个社会的观念和力量，社会还是多元的，作家自由创作的空间还是存在的。因而在这一时期，曹禺除了《蜕变》这部作品不大成功之外，其他作品都是成功的，或者基本成功的。正是在这样一个时代，才产生了曹禺这样一个大戏剧家，产生了他那一系列优秀甚至经典的作品。

这个时代结束之后，曹禺就不再拥有以前那种自由创作的空间了，无法按照自己对戏剧的理解写出自己想要表达的东西。但外界又要求他必须按照某种标准创作出作品来，他又生性怯懦，无法拒绝这种要求，就只能去说一些应景的话，写一些应景的作品。即使创作于 1978 年的历史剧《王昭君》，虽然在语言上也精益求精，努力追求一种艺术意境，但在思想上却紧跟主流，按照主流的观点塑造王昭君这样一个历史人物，而无法自由地进行创作。

曹禺具有罕见的戏剧天赋，但外界又不允许他按照自己对戏剧艺术的理解进行创作；他并不喜欢按照外界的要求进行创作，但又不能不这样进行创作。这样他就长期陷入了一种深深的苦闷。在耀眼的世俗光环下，他的灵魂其实是痛苦的。越到晚年，这种痛苦就越深——老了，就更无法创作出自己真正想创作的作品了。这是他个人的遗憾，也是我们社会的遗憾。

九
月

333

曹禺的这一遗憾是具有时代性的，许多与他同时代的作家也有类似的经历，类似的思想挣扎。但这同时又具有他个人的特点，即生性怯懦，不能不屈服于外界的压力，同时又无法做到淡泊明志，自甘于边缘的位置，而是要进入中心地带。但并非每个作家都是这样的。有的作家在外界不允许自由创作之后，就为抽屉而写作，不求被外界所接受。在没有外界束缚之后，他们反而放开了手脚。已经被发掘出来的余易木就属于这种类型，还会有更多这样的作家以及作品被发掘出来。

9 月 24 日

在我国当代著名作家和诗人中，我唯一有过近距离接触的就是于坚了。他是著名的第三代诗人的代表人物，坚持口语化的写作，呈现生活的日常，拒绝隐喻，拒绝在诗中出现口号和标语。他的诗既迥异于过去长期流行的革命诗歌，也有别于 20 世纪 70 年代末 80 年代初崛起的朦胧诗，与人们所习惯的诗歌审美标准相去甚远，很难被一般人所接受，因而遭到了许多批评，被称为"语言垃圾"。然而，诗歌以及其他文学体裁本来就应该是多样的，人们的审美标准和需求也是多样的，因而也应该有于坚这种诗的存在空间。事实上他的诗也得到了一部分读者的接受，并在社会上产生了相当影响。一种新诗出现之后，如果真正是有价值和生命力的，还会逐渐改变人们的欣赏习惯，让人们感到诗也是可以这样写的，这样的诗比起以前的诗又好在哪里，于是接受的人就多起来了，甚至还会成为主流。诗歌以及文学，就是通过这种途径得到不断发展的。

  他坚持口语化的写作，拒绝隐喻，我们切莫以为他真的就是以日常的口语进行写作的，他的诗中就没有任何隐喻。我也认真读过他的诗，发现他的语言其实是很精练，很经过一番斟酌的，比起那些传统的诗歌，在语言上一点都没有少下过功夫。虽然他呈现的是生活的日常，使用的是日常的语言，但又都是经过精心提炼过的，而不是原原本本地照搬，所以是来自日常又高于日常。至于隐喻，他也确实要拒绝隐喻，更拒绝在诗中出现口号和标语，在他的诗中确实没有宏大叙事，离政治比较远（我曾经跟一个友人讨论过，他说于坚的诗可以说是没有政治。这恐怕也未必确切），但实际上他的诗也无法做到完全没有隐喻，这一点他自己也不讳言。语言其实都是离不开隐喻的，都无法做到像数码语言和机器语言那样。一个词，一句话，总要表达某种意义，这种意义除了有显在的，还有潜在的，除了有作者要表达的，还有读者自己读出来的，所谓的"诗无达诂"，"一千个读者眼中有一千个哈姆雷特"，讲的就是这个道理。即使于坚自己的诗，读者也需要透过字面进行深入思索，并且也是思索不尽的，甚至比起别的诗人更是如此，所以就有不少读者直呼他的诗看不懂。这是欣赏诗歌的一种难度，又何尝不是诗歌的魅力所在呢。像白开水一样一眼就可以看到底的诗歌，并不是什么好诗歌。拒绝隐喻，又无法做到完全没有隐喻，如何做到恰到好处，拒绝隐喻又在含蓄地隐喻着什么，这是有难度的。但又只有去挑战这种难度，才能写出优秀的诗歌来。

  他在青少年时期就深深喜欢上了诗歌，一直把诗歌写作坚持下去。他曾经对人说过，自己除了写诗什么都不会。这当然是一种夸张的说法，他除了写诗，还写了大量的散文和随笔，也深入研究过诗学和文论，写出不少很有见地的理论作品。而且他还擅长摄影和纪录片拍摄，留下了很多艺术性很高的作品，有着自己独特的艺术眼光和艺术追求，比起那些专业人士并不逊色。可以说，他是一个艺术上的多面手。但他又确实一生都在写诗，很少参加其他活动，生活基本都围绕着诗歌展开。他是一个纯粹的诗人，写的也是纯粹的诗歌，一生都在追求着自己的诗歌艺术，经营着自己的诗歌园地。诗歌可以是多样的，诗人也可以是多样的，都可以产生优秀的诗歌和优秀的诗人，而于坚这种诗人的存在，他独特的艺术追求，对于诗歌艺术的发展也是很有意义的。

他 1980 年考入我们云南大学的中文系。中文系的银杏文学社是当时高校较早成立影响也较大的文学社团，就是由他召集成立的。他毕业后分配到云南省文联工作，就在学校对面的翠湖边上。我上大学时，有时还能在校园里见到他。有一次看见他跟两个人参加完什么活动，正要离开学校。他背着一个挎肩包，穿着十分朴素，剃着光头，长得十分壮实，看上去也挺随和的，完全就是一个普通人的模样，很难把他跟一个著名诗人联系起来。其实他们还不都是普通人，只是我们自己先给他们预设了某种模样罢了。

我在学校时还曾经两次看见他坐在台上，一次是文学社请他与云南师大中文系的一个青年学者进行对话，谈论他的诗歌艺术，一次是文学社举行 15 周年庆祝活动，请他以及其他嘉宾参加。第二次由于嘉宾较多，不是专门请他来谈诗歌的，因而没有听到他更多的发言。而第一次他就谈了许多，不少我至今还记忆犹新。当对谈者问道，荷花出淤泥而不染，是否还要把它跟泥巴联系在一起时，他回应说本来就是这样的，有什么不好意思的。他还说我们在街上看到一个女孩子，长得很漂亮，为何一定要把她说成是西施呢。他还说我们在生活中向一个人表达爱意时，实际上都不会使用"我爱你"这样的语言的。到听众提问环节时，一个学生站起来直言不讳地说你的诗我看不懂怎么办，他立即就回应道，那是你的事。都是十分随性的语言，足以见出他的真性情，也见出他诗歌的艺术追求和艺术特征。

无论对谈者还是提问者，当他们长篇大论地谈起那些艺术和哲学理论时，他都无法专注地听下去，心不在焉地坐在那里，甚至把身上的钥匙串取下来，用其中那个开瓶器撬起桌板来，一副很入迷的样子。对了，他年轻时曾经在昆明北郊的一家工厂当了十年工人，他的钥匙串上挂满了各种物件，平时喜欢摆弄这些玩意。

9 月 25 日

范文澜是一位史学大师，是我国用马克思主义研究中国历史的五位著名历史学家（即所谓的"五老"）之一。我久闻他的大名，却一直无缘拜读他的著作。后来读过那些用其他史观写出来的中国历史尤其中国近代史的著作，就对范文澜这样的历史学家以及他们的著作变得兴味索然起来。这其中也包含着一种偏见，总觉得他们过于教条，用一种僵化的模式去研究历史，尤其中国这么特殊的历史，是很难准确地反映历史，不会有说服力的，因而就不想拿起他们的著作。

后来直觉又告诉我，即使存在这些问题，这几位都是史学大师，这种地位也不完全是官方赋予的，连世界上都是承认的，而那些用其他史观研究历史的学者还很少能达到这种高度，这也不会是没有原因的。我们未必都要认同他们的史观，以及对具体历史问题的看法，但我们要了解他们对历史是怎么阐述的，他们的观点至少可以作为一家之言供我们参考。我们即使要对他们进行批判，也要先读懂他们的著作之后才能有的放矢。而且我还知道，"板凳要坐十年冷，文章不写一句空"这句名言就出自范文澜，心想他做学问能够如此专注和投入，毕生致力于中国历史的研究，治学态度又是如此严谨，一定会有自己对历史问题的独到而深刻的认识和见解，是不能简单地用教条两个字来进行定性的。所以当看到有人十分肯定他的著作，就也上网买了一部他的《中国通史简编》。两年多前，把它拿出来认真读了一遍，觉得他这史学大师也不是虚有其名的。这部著作把中国历史发展的脉络阐述得相当透彻，对一系列历史问题的认识也是相当独到的，而且观点都建立在充分的史料基础上，是论从史出，而不是以论带史，充满了实事求是的精神。我从中增长了很多对于中国历史的见识，开始更加理解中国历史了。

于是，我就喜欢上了范文澜这个历史学家。我知道他还写过一部《中国近代史》，我们传统的中国近代史叙述和研究范式主要就是由他建立起来的。同样的，我们也未必都要认同他关于中国近代史的观点，却必须先读懂他的著作，看看他对中国近代史的一系列问题是怎么阐述的。这部著作曾经发生过重大的影响，但早已没有再版了，我通过孔夫子旧书网淘到了一本，是 1955 年第 9 版，1962 年第 17 次印刷的，还是传统的竖排繁体字的版式。由于手头事情比较多，就一直没有打开看。但我知道这是一部经典，迟早是要打开看的。前一段时间终于把它找了出来，认真地看下去了。

在这部著作中，他遵循那种"一条主线两个过程三次革命高潮"的传统中国近代史叙事模式，但这只是其中的一面，他对中国近代史的叙事又是以充分、可靠的史实为基础，除了这种宏观的叙事框架之外，对历史的许多具体认识也是有相当见地的。即使这种宏观的叙事框架存在偏颇之处，譬如他站在完全肯定太平天国反抗封建统治和外来侵略的立场，把曾国藩说成对帝国主义屈膝投降的汉奸，对农民起义残酷镇压的刽子手，但这并不妨碍它可以作为一种观点而存在。同时，这种观点也是有事实作为基础的，并不见得就是站不住脚的。社会总要分为不同的阶级和阶层，它们有着各自的利益，各自的立场和观点，对于同样一个事物，不同的人会有不同的看法，不能因为自己不认同别人的观点，就轻易地认定别人是错误的。对历史的认识也一样，不同的史家会有不同的史观，他们笔下呈现出来的历史肯定也是不同的。对于太平天国运动，范文澜从传统的史观出发，必然会认为是革命和进步的，而镇压这场运动的满清政府以及曾国藩他们则是腐朽和反动的。而那些从现代化史观出发的学者，却会有相反的看法，认为这场运动给社会生产力带来了极大破坏，严重阻碍了现代化的进程。

那么，不同史观之间是否就是水火不相容，冰炭不同器，就找不到交集和共识了？也不尽然。人类社会固然存在阶级的差异，但我们又都是人，都有着共同的人性，共同的价值，都要追求个人的自由发展，实现社会的发展进步。就历史研究而言，还都要面对史实，从史实出发得出对历史的认识。其实，范文澜对太平天国也不是无条件地肯定的，也指出了这场运动落后性的一面，领导集团中存着严重的腐化，受传统思想的束缚表现出严重的保守性，等等。而一些持现代化史观的学者，也同样指出了封建统治集团对民众的压迫，西方列强对中国的侵略，都阻碍着中国社会发展进步的一面。倘若这两种史观都走到了极端，都到了闭眼不看事情另一面的程度，就都变成了一种劣质"史学"，都是无多大价值的。

历史是很难有定论的，对历史问题的认识很难取得一致，所以我们需要实行"百家争鸣"，让不同的史观并存在那里，去进行交流甚至交锋，供人们自由地采择。这是必然要发生的一种状态，是人们认识的多元性决定的，也是史学繁荣发展的必由之路。

范文澜的著作不仅很有史识，文笔也是相当生动的，远不是那种干巴巴的教条语言。"林则徐是满清政府开眼看世界的第一人",这句话最早就出自他的这部《中国近代史》。如果把它说成"林则徐是当时第一个认识到要向西方学习的人"后,意思并没有错,但改用"开眼看世界的第一人"后,所具有的表现力就大不一样了,就被人们所口口相传了。这样的例子在他的著作中比比皆是。我们素有文史不分家的传统,许多史家在诗文上的造诣也是很深的,许多历史著作的文采都是很出色的。优秀的历史著作必须把文史两方面充分结合起来,所以司马迁的《史记》才被鲁迅誉为"史家之绝唱,无韵之离骚"。

令人遗憾的是,范文澜的这部《中国近代史》只写到义和团运动就匆匆结束了,只是上册,后来再也没有写出下册来。他在本书第九版的说明中说是没有时间精力,但更真实的原因也许还是后面的部分离当时的现实还很近,还很难进行深入的研究,所以只好付之阙如了。历史往往需要跟现实拉开一段距离后才能进行研究,因为只有到了这时研究者才能具备更加客观的态度,才能掌握更加充分的史料,许多问题也才不再那么敏感。

9月26日

不记得是在读大学时还是刚工作不久,我在一家书店买到了一部《无梦楼随笔》。这部书的作者叫张中晓,在当时像是一个刚出土的名字,没有多少人知道他是谁。当时学术界和思想界的一个旗帜性人物王元化先生为此书作了个序,才使他的名字为更多的人所知道,有更多的人读到他的著作。我正是看了别人对这部书的评论,知道王元化先生为之作序后,感到这又是一个被长期埋没,却具重要思想价值,很值得一读的人物。王元化先生是不会轻易给人作序的,如果一部著作没有足够的价值,是不会进入他法眼的。以前他给《顾准文集》作过序,认为顾准的思想比别人超前了10年甚至20年,对更多的人开始关注顾准,社会上形成一股"顾准热"起到了巨大推动作用。这次他又欣然给张中晓这位早已离开我们的思想者作序,我相信这又是一个顾准式的人物,其著作需要找来认真读读。

我读了这部书之后,感觉自己先前的判断是正确的,无论学术思想还是人生经历,张中晓与顾准都有许多类似的地方。这部书属于札记性质，一条一条的，每条都只有几行，最多也就十行左右，有的是读书心得，有的是自己的随想和杂感，都很简练、精辟，发人深思。他1930年出身于绍兴一个小职员家庭，家境并不富裕，而且染上了致命的肺结核，并没有受过完整的教育。但他天资聪颖，又好学深思，通过自学也积累起了深厚的学养，具有敏锐的思想见解，很早就在文艺理论界崭露头角，在刊物上发表了一些很有影响的论文。

他认识了当时在许多文学青年中很有影响的文艺理论家胡风，在与对方的通信中表达了自己的观点，对许多文艺和社会问题大胆地提出自己的看法。1955年胡风案发生后，他也被牵连进去，从而身陷囹圄。第二年因为肺结核复发，被保外就医，送回绍兴老家养病。由于失去了收入来源，只能靠父亲微薄的退休工资生活，他在老家过着十分贫困的生活，甚至都到了靠典衣来度日，把旧背心改成内衣的地步。受难有时会使人沉沦下去，在受到外界的重大打击后会一蹶不振，对外界事物变得心灰意冷起来。张中晓遭受这场人生的重大变故后，也一度变得精神消沉起来，他毕竟还只是一个二十多岁的青年，有着年轻人容易有的情绪波动、意志动摇的特征。但他不久就走出了这种精神阴影，以一种博爱的精神去看待社会，更加发奋地读起书来，深入地思考我们的问题到底出在哪里，又该如何从这种困境中走出来。这时他已被打入了冷宫，但这反而给他提供了一个更好的读书环境，也使他能够更加从容地思考问题。

他读的书除了马克思、恩格斯之外，主要就是康德和黑格尔了，尤其黑格尔的《小逻辑》更是反复地读过，从而为他提供了许多思想资源。黑格尔的思想体系是很复杂的，会给人以负面的影响，但运用得恰当也是很有裨益的。他读书还结合着对现实的思考，思考问题从事实和常识出发，这样就可以批判性地而不是教条地接受这些思想家的影响。同时，他还对我国古代的思想家下了很大功夫，从而对传统也有了深刻的把握。现实是从传统延续下来的，只有把传统认识清楚之后才能更好地理解现实，也才能知道如何更好地破解现实的难题，就现实问题谈现实问题是没有出路的。他甚至还认真地读起《圣经》的旧约和新约，目的也是要扩大自己的视野，能够从人类文明进程的角度思考问题。

跟顾准一样，张中晓也曾经追求过一种理想主义，但严峻的现实又使他醒悟过来，不再轻易相信那些东西了，所以就把自己的书斋取名为"无梦楼"。年轻的时候总难免会带着一种理想的目光去看待世界，相信能够建立起一种理想的社会。但现实又会告诉他们，这种乌托邦是行不通的，而且还会走向它的反面。所以我们要告别这种乌托邦，回到现实中来，要尊重个人的自由权利，要用改良的办法实现社会的发展进步。

但要达到这种思想境界也是不容易的，背后需要有一种强烈的追求在推动着，促使人们从原有的思想框框中解放出来，大胆地进行思考和探索，这同样也需要一种理想主义。他贫病交加，都到典衣度日的地步，却还在坚持读书和思考，这又需要多大的一种理想主义！

他在社会的动荡中离开了人世，具体日期都无法知道。十一届三中全会后，胡风案开始得到平反。1980 年 9 月，他也得到了平反，他的著作以及思想才逐渐为人们所了解和认识。1996 年，他的遗作被整理为《无梦楼随笔》出版。但这只是他遗作的一部分。2006 年，武汉出版社又出版了《无梦楼全集》，把他的所有遗作都收录进去，使后人可以全面地了解他的思想。

人们往往慨叹那个时代我们没有产生自己的思想家，其实不是没有，而是缺少发现，目前已经发现的顾准是一位，张中晓也是一位，相信还有更多的会被发现。这样的思想家是值得我们好好珍惜的。虽然由于主客观条件的限制，他们的思想也存在一定的局限，但在当时那种条件下能够达到这样的高度已经很不容易了。我们不仅要从他们的著作中汲取思想的营养，还要学习他们这种在逆境中进行大胆探索，超越一己得失而去思考国家和民族前途命运的博大精神。

9 月 27 日

从 1959 年到 1961 年，由于政策上的重大失误，我们经济社会陷入了巨大困难，被称为"三年困难时期"。在严峻的现实面前，从上到下都有不少官员以及有识之士对现行政策进行了深入反思，提出了许多调整政策，克服困难局面的看法和主张。其实，许多基层干部甚至农民，也对现行政策产生了怀疑，并提出了自己的愿望和建议。他们处于社会的最基层，是社会的神经末梢，对现实的感受是最敏锐最直接的，对政策失误所造成的后果感受也是最深切的，因而他们的愿望是最需要听取的，他们提出的建议也往往是最可行的。解散公共食堂以及把核算单位划到生产小队，就是高层直接听到农民的呼声后做出的重大政策调整。而正是这种调整，解决了当时广大农村最需要解决的两大问题，调动起了人们的积极性，使生产和生活秩序开始稳定下来。

农民往往只会以一种朴素的语言提出一些朴素的愿望和建议，而陕西户县一个叫杨伟名的农民却在 1962 年写下了一篇近万言的长文，上书有关部门。在这篇题为《当前形势怀感》的上书中，他发人深醒地指出了当时困难的严重程度，造成这种困难的原因，以及走出这种困难的思路。他的思想在当时是十分大胆，十分具有突破性的，有的直至今天仍然不失其意义。而他却只是一个农民。他出生于 1922 年，因为家境贫困，只上过三年私塾。1940 年被国民党军队拉壮丁当了三年兵。1949 年 2 月加入了中国共产党。5 月户县解放，担任一个乡的副乡长。这年冬天，组织调他去干部学校学习，因为家中缺少劳动力，他未去干校报到，自行离职脱党回到家里。1957 年又重新申请入党，担任一个大队的文书兼会计。1962 年 5 月 10 日，他和生产大队的另外两个干部联名发出了这份上书，很快就受到各方的肯定，产生了很大影响。但在当年的北戴河会议上，最高领导却对他提出了尖锐批评。从此他就开始受到各种批判，但仍然坚持自己的观点。1967 年时，他遇到一个从西安来的大学生，在跟对方的交流中产生了深深的精神共鸣，大胆地表达自己的一些看法。第二年他就离开了人世。

虽然他只上过三年私塾，却好学深思，把一个读到师范的乡邻的书本都借去读了，每天都去一个邮递员那里拿报刊看，因而也积累起了相当的学养以及对外部世界的了解。他对社会具有一种强烈的责任感，当看到政策的失误给生产事业以及群众生活造成了巨大的破坏，就无法再保持沉默，必须大胆说出自己的一些看法。他始终处于社会的底层，深知普通百姓的疾苦，因而能够从常识和经验出发，而不像许多人那样从流行的意识形态和教条出发，去深入地思考一些问题，因而总是能够切中时弊，提出了许多真知灼见。

九月

341

在这篇文章中，他以一种忧国忧民的情怀，直言当时我们所面临的严峻形势。"就农村而言，如果拿合作化前和现在比，使人感到民怨沸腾代替了遍野歌颂，生产凋零代替了五谷丰登，饥饿代替了丰衣足食，濒于破产的农村经济面貌，代替了昔日的景象繁荣。"要解决问题首先得直面问题，即使问题有多么严重。只有把问题摸清了，才会引起足够的重视，才会去寻找解决问题的办法，也才能找到正确的办法，对症下药地解决问题。

对于造成当时严峻形势的原因，他认为："首先改造的面过广，把还不适于'改造'的中、小型工商业都统统改造了。这样旧的生产关系破坏了，新的生产关系因受客观条件的限制迟迟不能形成（或是形成了而生产效率反不如从前），从而出现工、农业脱节现象。农业生产迟迟不前，不能给工业提供足够的原料，关于第二个问题属'外在'问题，第一个问题则是'工商业改造'本身问题。就我国整个国民经济基础看，除了较大的私人工商业可以采取改造的步骤外，一般中、小型工商业，只宜采取'节制'的方法（按即孙中山先生的'节制资本'），节制其使之不足以操纵国计民生，仅取其合法利润，这与'恢复单干'一节中土地到户，权归集体，既能促进生产，又可堵塞阶级两极分化是一样的。"从经济社会发展的需要出发，就必须允许私营经济的存在，允许人们单干，从而才能调动起人们的积极性和创造性，才能促进社会生产的发展，提高人们的生活水平。他还提到了自愿原则的重要性。他的一些具体主张也许会过时，但这个原则却是永远都不会过时的。是否加入集体经济组织必须尊重人们的意愿，即使只剩下最后一个人了，他也还有坚持单干的自由。同时，加入以后还要允许人们选择退出。这些都是人们的正常权利。只有这样，才会真正符合人们的需求，才能真正调动起人们的积极性。强迫接受的东西总是不会受到欢迎的，也无法真正调动起人们的积极性，因而是不会有效率和生命力的。

他还提出了社会主义不同阶段的思想。他认为，从1949年新中国成立起到1955年合作化为止，要在这短短几年内，把一个6亿人口的落后的农业国家，建设成新民主主义的强大的工业国家，是不可想象的事情。"按说新民主主义建设需要二三十年，由新民主主义逐步向社会主义过渡是一个长期的转化过程，又需要二三十年，由此看来，像我们过去所做的显然是拔苗助长，违犯了客观规律。"这与后来的社会主义初级阶段理论实在有异曲同工之妙，而他却那么早就提出来了，可谓先知先觉，不但比起广大农民是一种远见卓识，就是比起许多大人物也是不遑多让的。

他还提出了市场经济的思想。1958年后我们实行激进的政策，大割资本主义的尾巴，把自由市场统统取缔了。这样就造成了物资供应的严重紧缺，人们的生活需求无法通过正常渠道得到满足，地下黑市和投机倒把就盛行了起来，托关系走后门以弄到紧缺物资的现象就多了起来。为了解决这一问题，他认为采取取缔自由市场的办法只会适当其反，而应该采取放开市场的办法。"这样以来，黑市不存在了，走后门的路彻底根断了，投机倒把的事情随着相应减少，以致消失。至于因各地区之间的物价参差，而进行贩卖从中渔利者，我们应从积极方面把它看成是促进物资交流的正当行为，不能与走后门式的投机倒把相提并论。"

当时实行统购统销的计划经济体制，必然会给正常的经济活动带来许多障碍，陷入所谓的"繁琐的哲学"，极大地降低了经济效率。而如果采取放开市场，由市场对经济活动进行调节的办法，这些问题就将迎刃而解。他举了供销部门收购鸡蛋的例子，认为"门市部如果用自由市场或稍高于自由市场的价格收购鸡蛋，不但手续简便，而且收购率将会数倍提高。如果认为高价赔本，何不高售、高购？……关于以高对高的办法，其好处还不仅止此而已，内中还包含着通过价值法则，鼓励养鸡取蛋的积极作用。而所出售的东西，又会为最需要者购之。"这种理念与现代经济理论惊人地吻合，而道出这种理念的却是这样一个始终生活于关中农村地区，从未接触过现代经济学原理的人，令人叹为观止，也生动地诠释了实践出真知的道理。

他这种思想其实就是市场经济的思想。顾准1957年发表了《论社会主义制度下的商品生产和价值规律》一文，提出了通过商品价格的自发涨落调节经济运行的思想，被认为是"中国市场经济第一人"。但他很快就被打入了冷宫，他的这一思想在社会上乃至学术界并未产生什么影响。杨伟名是一个地地道道的农民，想必当时并未接触到学术界，并未看到顾准的著作，他的这一思想并非受到顾准的启发，而是基于自己对实践的观察和思考得出的认识，只能说是英雄所见略同。

经济与政治总是紧密地联系在一起的，经济问题的解决还需要联系到政治问题上来。因此，他在文中也谈到了政治上的民主集中制问题。"听到有些人说，我们是民主的，也是集中的。又有人说，我们不能光讲民主，民主还有个集中制呢！从字面上讲，他们倒像没有说错，但从他们对民主集中制的真正领会程序方面去了解，就会觉得他们的认识是很错误的，他们把民主与集中两个概念对立起来看待……我们是人民民主的国家，就人民民主而言，我们的民主是百分之百的不折不扣的民主。我们的民主是通过高度民意集中，体现出真正的民主，因之民主与集中，两者是互相关联表里为一的，不能当成两个对立的东西去看待它！"只有建立起完善的民主集中制，才能真正做到"下情上达，上令下行"，群众的愿望和要求才能顺畅地反映到为政者那里，他们才能倾听群众的呼声，顺应民情民意，做出正确的决策，这样的决策才能得到群众的理解与配合，从而得到有效的执行。必须将民主与集中有机地统一起来，而不能机械地割裂开来，认为一部分实行民主，一部分实行集中，或者先民主，后集中，这样做的结果往往是异化了民中集中制，既不民主，也不集中。

他在文章的最后部分提到，两三年来他先后提出书面建议多次，有的是关于国家政策的建议，有的是向上面反映情况。向各级党委发送31份，"园（圆）满作复者五，泛泛回复者六，余皆挂号回执而已"。"对此虽然遗憾，然一转念间，亦不甚介意，而最可令人深思者，信之不复，封群众建议之口，复之潦草，冷人民热爱集体之心，何言密切党群关系，对此之作岂可得乎！又次，气可鼓而不可泄。实泄也，非鼓也！按调查研究，旨在材料汇集，借作政策研究之依据，今材料送上门来，而又漠漠然置若罔闻，忙乎？重视不够乎？"他以自己的亲身经历说明了听取民意，问计于民的重要性，这不仅是要从群众那里汲取智慧，还是取得人心所必需的。

1979年4月，中共户县县委为杨伟名平反昭雪。新编的《户县志》以及《陕西省农业合作简史》，都收入他的这篇《当前形势怀感》。为弘扬他实事求是、坚持真理的精神，2002年，户县成立了"杨伟名思想研究会"，编印了《杨伟名文存》，并于2004年在国内公开出版。2002年7月，户县图书馆更名为"杨伟名图书馆"。越来越多的人开始读到他的著作，认识到他的价值，他的思想在社会上产生了很大影响，他因此被誉为"农民先觉者"和"民间顾准"。

关中地区向来被认为是比较封闭和保守的，但恰恰在这样一个地方，诞生了杨伟名这样一个思想十分超前的农民思想家，而不是在别的地方，包括商品经济历来十分发达的江浙地区，以及毗邻港澳的广东地区，这种现象也是耐人寻味的。由此可见人类的大道会通行于任何一个地方，只要从常识和实践从发，尊重人性和人的自由权利，尊重经济社会发展的规律，就都会得出这样的认识。杨伟名这样的人是必然会出现的，但出现在哪里，却具有一定的偶然性。

9月28日

如果说当代人文学者中哪些对我产生了比较大的影响，北京大学的钱理群教授无疑算是一位。他涉足的领域很宽广，除了最擅长的鲁迅研究以及作为专业的中国现代文学史研究，还有中国现代知识分子的精神史研究、民间思想史研究、毛泽东研究以及中小学教育研究、青年志愿者运动研究等等，还经常就各种社会问题乃至国际问题发表自己的看法。虽然涉猎广泛，但基本都属于人文范畴，充满沉甸甸的人文关怀。他兴趣也实在广泛，头脑也实在聪明，精力也实在旺盛，每年都会有一本甚至几本著作面世，许多领域都可以涉足，而且都有深入的研究和独到的见解，可以给人们许多启发。他的许多著作我都认真读过了，但还有很多还未读过，常常感叹自己阅读他著作的速度还赶不上他写作的速度。

我最早读他的著作是在上大学期间。那时期，出版界出现了一套叫"草原部落·黑马文丛"的丛书，由独立书商跟出版社合作，书由出版社出版，但策划、组稿和发行等具体运作都由书商进行。这种模式对于突破当时僵化的出版机制，激发出版行业的活力是有很大作用的，并且也出了不少好书。这套丛书就属于其中比较成功影响比较大的，作者都是当时一些思想很活跃很敏锐的学者和作家，涉及的都是比较新鲜的话题，内容都是人们以前很少见过的，因而对人们有着很大的吸引力；视角以及观点也有别于过去所流行的，能够给人们以许多启发；语言也是生动活泼，各具风格的，而不是所习见的那种干巴巴的教条语言。因此，它们都很受读者的欢迎，在社会上产生了很大影响，甚至产生了一种轰动效应。尤其我们这些年轻大学生，正值人生中思想最活跃的时期，都在热切地追求新知，开阔眼界，因而这套丛书就在大学校园里风靡起来，几乎人人都在读这些书，人人都在谈这些书。

　　我正是在这种情况下知道了钱理群这个名字。他被选入这套丛书的是《拒绝遗忘：钱理群文选》，收录他有代表性性的文章38篇，分为世纪思想遗产、知识者的心路历程、精神死亡的大悲剧、寻找"精神界战士"四辑，集中反映了他在20世纪90年代的思想成果。我买到一本后就开始读起来，很快就被深深吸引住了。他议论的话题十分广泛，许多都是我先前未曾接触过的，大大打开阔了我的视野，给了我很多启发。他的语言也是十分流畅的，充满了一种激情，让人很好理解，很容易看下去，同时又被这种激情紧紧地裹挟着，欲罢不能。我在阅读过程中始终处于一种亢奋的状态，像被闪电击中了一般。他讲到了古代社会动荡时期的食人现象、现代精神界战士的遭遇、五四精神在当代的失落、中小学教育人文精神的缺失等等，都是发人深省的。他充满了一种启蒙精神，为实现人的自由发展而大声疾呼，对各种奴役人的现象进行大力挞伐。他继承鲁迅的那种精神，对一切都保持着质疑，包括对启蒙本身都要进行质疑，对自身都要进行质疑。因而读了他的作品后会产生一种感觉，就是会逼着自己去思考各种问题，不能让自己的思想停滞下来，要用批判的眼光去看待一切，不要膜拜任何权威。

　　他出生于1939年，那时已近知天命之年，早已不年轻的，但他的这些文字却特别适合青年阅读，特别契合青年的心灵，因而与我们是离得最近，最受我们欢迎的。从他的身上我深深地感到，一个人任何时候都不能有暮气，都要有一颗积极进取的心。

　　我就这样深深喜欢上了钱理群这个学者，以后有看到他的著作都会买下来，都会认真地读起来，不少还进行了重读。虽然我从未与他谋过面，却深受他的教益，这么多年在读书和思考的道路上，他可以说是陪着我走过来的。

　　大学毕业后我买的第一本钱理群著作，就是他研究鲁迅的专著《心灵的探寻》，并坚持认真读完了。他在学生时代就读起了鲁迅，1960年大学毕业后被分配到偏远的贵州安顺，在一所中专学校当了18年语文教师。他在运动中也受到过冲击，但更加艰难的还是远离文化中心而带来的一种隔绝感。在这一时期，支撑起他精神信念的，一个是与青年学生的亲密相处和思想交流。这种特殊的生存环境反而激发起他们读书和思考的热情，自发地结成一个民间思想者部落。还有一个就是不断地阅读鲁迅著作，鲁迅那种质疑一切的精神激发着他去思考各种问题，鲁迅那种韧性战斗的精神又激励着他顽强地生存和战斗下去。他阅读着鲁迅，也研究着鲁迅，早已有了相当的心得。1978年他考上了北京大学中文系的研究生，在著名学者王瑶的指导下，更是系统地研究了中国现代文学，也系统地研究了鲁迅。1981年毕业后留校任教，继续研究着鲁迅，并不急于出成果，直到1988年才出版了这部专著，可谓厚积薄发。此书甫一问世，就在学术界乃至社会上产生了很大影响，也成就了他著名鲁迅研究专家的地位。在这部著作中，他对鲁迅的精神世界进行深入细致的梳理和分析，并且把自己的思想和精神也融入进去，是带着生命意识和问题意识研究鲁迅的，所以书名叫"心灵的探索"，既是在探寻鲁迅的心灵，也是在探寻自己的心灵，同时还是在探寻人类的心灵，绝非那种为取得学术地位而进行的研究。我正是读了这部著作而对鲁迅有了更多了解，从而也开始读起鲁迅著作，并渐渐读进去了。这部著作对我起到了一种导读作用，他是我走向鲁迅的摆渡人。

他并不是一个纯粹的书斋里的学者，在读书做学问的同时，还十分关注社会以及世界，努力通过自己的研究推动社会的进步。他涉足那么多领域，就那么多问题进行发言，就是这种社会责任感的体现。他关注中小学教育，关注青年志愿者运动，关注地方文化的传承，而且还身体力行，亲自参与到许多具体活动中去。2002年从北大退休后，就开始去中小学讲课，给学生讲鲁迅，积极参与中小学教育改革的讨论，为广大学生编《新语文读本》，回到他生活过多年的贵州，参与《贵州读本》的编写。他没有停留于言，还付诸于行，把生命与学问，行动与思考充分地融合在一起。为此，他曾经承受到过巨大的压力，付出过沉重的代价，但他仍然执着地做下去。有的做成了，有的则失败了，但不论成败如何，这种知行合一，积极推动社会进步的精神才是最为可贵了。

他也不愧是鲁迅之后一个真正的精神界战士。

9 月 29 日

我读大学时很流行的那套"草原部落·黑马文丛"中，还有一部对我产生了很大影响，就是摩罗的思想随笔集《耻辱者手记》。

摩罗本名万松生，1961 年出生于江西都昌的农村，1978 年考入九江师专中文系，毕业后当过 12 年的中学语文教师，1994 年考上华东师大中文系的研究生。他出身贫寒，考上研究生之前一直处在相对偏远的地方，但十分好学深思，在中学时代就跟几个同龄人围绕在一个在当地插队的上海知青周围进行读书和讨论，开始接受了人文主义理念。这个上海知青就是后来成为作家和学者的吴洪森，他此后与摩罗一直保持着密切联系，对其有着重要的影响。

《耻辱者手记》是 1998 年出版的，这是他出的第一本书，离他考上大学已经整整 20 年了，可谓多年心血的结晶，多年读书思考留下的成果。他以一个边缘思想者的身份，探讨良知、正义和尊严，此书甫一问世，就在社会上引起了轰动，尤其在大学校园里，几乎每个人都在谈论。我当时思想也开始变得活跃起来，对这类书产生了浓厚兴趣，就也买了一本，认真读了起来。

他坚持启蒙的立场，追求个人的自由发展，对一切压制人性的东西都持强烈的批判态度，把受到奴役当作一种耻辱，不起来反抗这种奴役同样也是一种耻辱。在他的作品中，经常出现 19 世纪俄国那些著名思想家的名字，他从他们那里吸取了大量精神资源。我读过之后，产生了一种惊心动魄的感觉，进一步从以前那种精神蒙昧的状态中苏醒过来，感到自己要去做一个具有良知和正义，具有人格尊严，可以自由发展的人，而不能受外界的奴役，在这种奴役面前不能无动于衷。同时，他的文笔也是很流畅的，充满了一种激情，会吸引着人们一直读下去。

他因为这部书而出了大名，被著名学者钱理群称为"继鲁迅之后的精神界战士"。此后他又不断有新书面世，《自由的歌谣》《因幸福而哭泣》《不死的火焰》《大地上的悲悯》，我每本都买了下来，并且都认真地读完了。这些书保持着与《耻辱者手记》同样的风格，仍然坚持启蒙的立场，我同样很喜欢，同样从中得到了很多收获。

然而到了 2010 年，他却突然推出一部新书《中国站起来》，批判鲁迅、

九月

347

胡适和蔡元培等人的思想导致了中国人的"精神大崩溃",并直斥之为"洋奴"。而他此前曾经深受鲁迅的影响,对鲁迅极为推崇,鲁迅也成了他重要的精神资源。这不由让人跌掉了眼镜,觉得这是同一个人吗?前后简直判若两人。一个人的思想会发生变化并不奇怪,但像他这样几乎来了个一百八十度的大转弯,却实属罕见。这一现象曾经引发了思想界的热烈讨论,"一个关注个体自由的人,如何会陶醉于空洞的国家叙事?"民族主义思潮历来就有,那段时期随着我们国力的增强,它开始变得更加流行起来也是事实,但无论如何,这样一个曾经坚定地追求过启蒙事业的人也不应该轻易成为这种思潮的俘虏。但这样的事情还是发生了,不能不让人为之深思起来。

其实,启蒙、自由、个人主义这些价值理念在我们的传统中是十分稀缺的,我们历来都以集体为本位,家国意识特别强烈,而个体意识特别淡薄。进入近代之后,由于"落后就要挨打"这一现实的冲击,启蒙、自由和个人主义的观念也开始产生了,这种思潮从清末的维新运动就开始了,到了新文化运动更是达到了高峰。但与此同时,集体主义仍然会不断出来压制个人主义。都说救亡压倒了启蒙,其实即使没有救亡,启蒙也会被压倒的。现在并无救亡压力了,民族主义思潮不也流行起来了?因此,他的思想出现这种大幅度的转向也并非无法理解,他毕竟也是我们传统文化哺育出来的。

同时,他还深受19世纪俄国那些著名思想家的影响,而他们的思想也是十分复杂的,既有反抗沙皇专制统治,追求自由民主的一面,同时俄国那种根深蒂固的专制主义以及民粹主义思想,对他们又有着很大的影响。而他在启蒙方面更多是受到这些俄国思想家的影响,而不是西方那些启蒙思想家的影响,这些负面因素也会在他的思想中进行发酵,所以他后来发生这种变化也不是没有来由的。

而我始终坚持认为我们必须将启蒙事业进行到底,集体的发展需要建立在个体自由发展的基础上,并且要为个体的自由发展服务,而不能本末倒置,将集体凌驾于个体之上,为了集体的利益可以忽视个体的自由。所以他后来出的书我就不再去买了,他的思想已经与我分道扬镳了。

2012年左右,我也去开了一个微博,经常发表自己对一些问题的看法。他也有一个微博叫"摩罗空间",头像就用"中国站起来"几个美术体大字。我有一次在他微博上发表了不同观点,没想到他此后就一直纠缠上我,一直在我微博上@我,我每天一打开微博就能看到。我心想这就不可理喻了,你的观点再正确,也不能强加于人呀。要别人接受一个观点必须心服口服才好,这样每天都来骚扰别人又叫什么思想交流呢。我感到十分厌烦，就索性把他拉黑了。

话又说回来，即使他后来变了，否定了自己的过去，我仍然对他早期的作品是相当赞赏的。这并非要完全认同他的思想，而是认为它是有相当价值的，完全可以批判性地吸收。我有机会仍然会拿起他过去的那些著作进行重读。

9 月 30 日

李建军是当代文学评论领域一个很有实力很有影响的学者。他始终坚守文学的纯粹性和理想性，以这种严格的标准对许多作家以及作品进行深入的分析，需要否定的就直言不讳地指出其弊病和缺陷所在，值得肯定的也如实地指出其成功和可取之处。人们往往只记住他说了哪些否定性的话，而把他说过的那些肯定性的话忽略了。由于他的批评十分直率和犀利，也招致了许多人的反感，认为这是一种酷评。我起先也受到这种观点的影响，有些不喜欢他这种风格，不想读他的著作，对包括他的评论作品在内的那部影响很大的《十博士直击中国文坛》也是不感冒的。

后来读了王彬彬的许多评论作品，也属于这种风格，却感到说得很在理，评论文章就应该这么写的。再加上李建军在评论界的影响很大，也不能不去了解一番。于是就从网上买到他的那部《文学的态度》，是许多评论文章的结集，有四十多万字，厚厚的一本，花几天时间认真地读了一遍。我感觉他在对文学性的把握以及捍卫上，是很少人能够比得上的，对许多作家以及作品，对许多文学现象的批评都是一针见血，很有见地的。而他之所以能够做到这一点，乃是基于经过长期努力形成的对文学性的深刻理解，以及对作品极强的鉴赏和分析能力。文学创作就需要像他这样直率而犀利地指出利弊得失，才能健康地发展下去，才能产生优秀的作品，同时人们的鉴赏能力以及标准才会得到提高。那些吹捧的或不痛不痒的或说不到点子上的评论文章，对创作是起不到正面作用的，相反只会使作者迷失了方向，也使读者的鉴赏能力变得更加低下。

当然，评论家的评论只是他们个人的观点，而不是权力的评判，无论对作家还是读者都只是提供一种参考，并不妨碍他们以自己的方式进行创作或者鉴赏。李建军一直在批评莫言，不断指出他在创作上的缺陷，但这并不妨碍其他人对他做出不同的评价，并不妨碍他得诺贝尔文学奖。

评论家之于作家，更多是一种净友的关系，"旁观者清，当局者迷"，作家需要更多听取评论家这种局外人同时也是行家的批评意见，更多知道自己的不足，才有利于创作水平的提高。有一个作家屡屡受到李建军的批评，有一次他们在宴会上相遇了。李建军主动走过去向他敬酒，他也接受了，并说虽然我们有过过节，但也是可以在一起喝酒的。而李建军却接过去说，兄弟你错了，那不是过节，是文字之交。所以无论作家还是读者，都不要把评论家的批评哪怕十分激烈的批评看得过于严重，需要更多从建设性的一面去理解。

李建军以前还写过一部研究陈忠实的专著《宁静的丰收——陈忠实论》。我看了书名之后，以为他十分肯定陈忠实的小说创作，而陈忠实小说中表现出来的那种固守传统，迷恋农村的价值取向却是自己所不认同的。于是我就进而认为他本人也持这种价值取向，所以对这部著作就无法产生兴趣。然而，前一段时间读到他发表于《文学自由谈》2023 年第 3 期的一篇题为《"金都"涤荡〈废都〉》的评论文章之后，却完全刷新了自己在这方面的认知。

他在文中写道："陈忠实世居西安市灞桥区霸陵乡西蒋村。形式上看，他算得上是半个城里人，但终其一生，都未脱农民的文化习惯和文化气质。他并不敌视城市，但与它也热络不起来。陈忠实的小说写作，始终是以农民为主体的乡土写作。在陈忠实的小说作品里，关于西安城市生活的细致而真切的叙事，几乎是看不到的。他缺乏真正的都市气质，也缺乏纯粹的知识分子气质。"原来他对陈忠实并非都是肯定的，认为陈忠实缺乏真正的都市气质。而这意味着他自己对都市文化是认同的，是拥抱都市生活的。

他在后面又写道："如果说，农村的空间是一个封闭的静态文化空间，那么，城市就是一个开放的动态文化空间。城市不仅有助于人们摆脱保守意识，并建构新型人际关系的地方，而且，它的巨大的包容力和创造力，还能给农村人提供创业机会和生存空间。""乡土文化是封闭的静态文化，都市文化是开放的动态文化；乡土文化是排斥性较强的单一文化，都市文化是包容性较强的多元文化；乡土文化是一种依赖自给的农业文化，都市文化是一种鼓励交换的商业文化；乡土文化强调服从，压抑个性，排斥多样性，都市文化则允许选择，包容个性和差异性；乡土文化本质上是保守主义的，都市文化本质上是进步主义的。"他对城乡文化差异如此清晰的认识，对要从乡土文化走向都市文化如此鲜明的价值取向，实在大大出乎我的意料。我以前大大误解他了，以为他生长于陕西这块相对封闭和保守的土地，就跟他的乡党陈忠实那样，对乡土文化是留恋的，而对都市文化是排斥的。没想到他比我这样一个生长于东南沿海一带，很早就到都市生活过的人，更加清晰地认识到城乡文化的差异，更加鲜明地肯定都市文化。

读了这篇文章，我再次对李建军这个优秀的评论家刮目相看。

九
月

附录

拒绝创伤性抢救的王元化

2008 年 5 月 10 日，著名学者和思想家王元化先生因病在上海逝世。据其学生翁思在称，在他去世前 40 分钟，医生发现已经处于昏迷中的他血压高达 240，并有窒息的征兆。医生按惯例准备抢救，征求他儿子王承义的意见，王承义表示不需要。一周前，他的体内发生积水，脸部肿起，医生准备好器械，问家属是否同意做抽除积水手术时，王承义也表示不需要。因为王元化生前曾一再嘱咐过儿子，并要儿子向他保证，在他生命的最后阶段，千万不可同意实施创伤性抢救的方案。他生前一再向儿子进行这样的嘱咐，这表明他对生命的达观态度，同时也是不愿自己在生命垂危的时候还被进行这样的抢救，从而被迫躺在病床上苟延残喘，极其痛苦地维持着无谓的生命。

他出生在武昌，童年在清华园长大，与王国维、陈寅恪、赵元任等学术大师比邻而居。清华园的那种环境给他留下了终生难忘的印象，也对他产生了潜移默化的影响。他后来十分怀念清华园里的这段时光，就把自己的书房命名为"清园"。他十分推崇清华园里那些学术大师留下的"独立之精神，自由之思想"的传统，在学术思想上的独立思考和坚持真理，是他身上一个十分显著的特色，甚至到了被人们认为十分固执的地步，即使与主流的观点不符也不会轻易改变自己的观点（当然，由于他身处体制之内，也很难与主流的观点直接对立，他的这种坚持只能以一种委婉的方式进行），即使与当时学术和思想界流行的观点发生了冲突，受到了广泛批评也不为所动。他的老友钱谷融先生曾经这样评论过他："无论谈什么问题，都要穷根寻柢，究明它的来龙去脉，然后一空依傍，独出心裁，作出自己的判断。尽管他的态度十分谦虚，决不说自己的主张就是绝对正确的。而且也真诚地欢迎别人提出不同的意见来与他商榷。但在骨子里，他是十分自信的，他的主张不是轻易动摇得了的。"他的许多著作我都拜读过了，他身上的这一特色也给我留下了极深的印象。虽然他的一些观点我并不完全认同，他这种坚持自己观点的方式我也无法做到，但他这种独立思考，坚持真理的精神确实是十分难能可贵的，也是十分值得学习的。

他不仅在思想上是十分自由的，在人格上也是十分独立的。1955年他因为受胡风案的牵连而被隔离审查。巨大的的挫折和压力使他曾经用头撞墙要结束自己的生命，但被抢救了过来。在这期间，他患上了心因性精神病。直到1959年，有关部门准备给他"结案"，他只要做出适当妥协就可以得到从轻处理，却拒绝了，从而遭受长达二十余年的磨难。1979年复出后曾经被委以重任，在任上坚持原则，做出过一件影响很大的事情。20世纪80年代末创办了《新启蒙》刊物，体现他倡导的一种新启蒙的学术与思想反思，对当时的社会思潮产生了重要影响，但出到第5册时就被迫中止了。

他是在清华园长大的，自由民主是他毕生追求的理想。虽然后来的革命经历以及体制内的身份，使他受到了一定程度的限制和束缚，无法自由地表达自己的观点，但在他的内心深处，对自由民主的追求是真诚的，也是一以贯之的。在一生的大部分时间里，他并不能实现自己的自由，但在生命的最后，他坚定地拒绝创作性抢救，从而最后实现了自己的自由。

2011年10月16日

附

录

生命终究难舍蓝蓝的白云天

有一天在街上走着，看到一家商店挂满了"蛇舞新春"的标语，提前预告着下一个农历新年的到来。再过一个月，蛇年就要向我们走来了，而这将是我的第三个本命年。

孔子说他"十五志于学，三十而立"，而我是二十一志于学，如今三十有六了却还未立起什么来。自从 1998 年走上了读书治学这条道路，这么多年来一直都在努力着，读过的书虽然达不到汗牛充栋的地步，但数量也颇为可观了，写过的文章累积起来也有洋洋洒洒几十万言了，却至今未正儿八经地在刊物上发表过一个字，一个标点符号。虽然做不到意志坚韧之士那样百折不挠地给刊物投稿，投过的稿件也为数不少了，但每次都是石沉大海，至今还是颗粒无收。前不久向一家学术刊物投了一篇，编辑看了觉得很满意，就决定要发表，才过几天就给我发来了稿件录用通知书。收到邮件后我心中顿时感到一阵狂喜，在电脑前连蹦了好几下——望眼欲穿的事情突然降临了，还有什么比这更让人欣慰的？然而，让我做梦都想不到的是，事情很快又急转直下，几天后编辑又通知过来说，论文送给主编审查时无法通过，发表一事又告吹了。我这次离梦想成真如此之近，却由于意想不到的原因而不得不与之擦肩而过，又怎不会感到透心的凉！我总是告诫自己期望值不要太高，至不济就发表一篇权当作纪念也罢。然而天不遂人愿，一个如此简单的愿望都无法实现，又怎不让人感到万分气短！

我也是肉体凡胎，生活中也少不了对功利的追求，文章老没地方发表，就会逐渐失去前进的动力。在这条几乎看不到希望的道路上，我曾经几次产生过放弃的念头，感到实在坚持不下去了。但由于无法割舍心中的那份梦想，又几次重新鼓起勇气走下去。人除了吃饭睡觉，还要有点人生的理想。人生如白驹过隙，几十年的光阴看似漫长，实则弹指一挥间，我们不能让这至为宝贵的生命在庸庸碌碌和浑浑噩噩中飘忽而过。作家余华"为活着而活着"的人生观我是无法苟同的，人生终究还是要有点追求才好。就算梦想永远都是梦想，但有梦想的人生毕竟高于醉生梦死、行尸走肉的人生。今后自己的人生道路会走到哪一程，我心中也是丝毫没有把握的，也许心中的梦想永远都没有实现的那一天。但即使这样，我在解决了生计问题之余，仍然要继续在这条道路上走下去。就算最终一事无成，毕竟曾经执着地追求过自己的人生理想，人生理想的阳光曾经照耀过自己的生活，使黯淡的生活变得明亮起来，使平凡的人生变得充实起来。就像罗大佑在《恋曲 1990》这首歌里所唱的那样，"生命终究就难舍蓝蓝的白云天"。

2013 年 11 月 12 日

附
录

法律之外，莫论动机

　　在正常情况下，在人们言语和行为的背后，总是存在着一定的动机，否则人们的言语便成了胡言乱语，人们的行为便成了胡作非为，从而变得不可理喻，匪夷所思。因此，动机问题也是常常是被人们拿出来说事的。譬如，对于一个人的言行，只要认定他是好人，是跟我们站在同一阵线的人，就会先入为主地认为他的动机是好的，即使他的言行给他人和社会带来了很坏的后果，也会说他的出发点是好的，只是好心办坏事而已；而只要对他怀有一种成见，认定他和我们不是一条心，不是站成同一阵线的，就会说他是居心不良，别有用心，这时候他的言行本身反而变得不重要了，说得再好也会听而不闻，做得再好也会视而不见。在法律领域，动机问题还是一个重要的法律要素，是进行法律定性和量刑的重要依据。故意犯罪还是过失犯罪，决定了犯罪的不同性质，进而决定了量刑的轻重不同。还有一种罪名叫"犯罪未遂"，即具有一定的犯罪动机，并且还采取了一定的犯罪行动，只是由于某种原因而未能得逞。虽然并未达到犯罪的目的，但仍然要被定性为犯罪。法律固然可以而且也必须讨论动机问题，但法律是只针对行为，而不针对思想观点的，法律领域所存在的动机问题也都是行为方面的，而不是思想观点方面的。但在现实生活中，人们思想观点背后的动机问题，也往往会成为议论的对象。在某些问题上，人们一旦发出了不同声音，动辄就会扣上居心不良、别有用心的帽子，善意一点的也会说你们不要被别有用心的人所利用。某些人面对人们的批评和质疑时，也会从动机上寻找对方的"微言大义"，一旦把对方的动机抹黑了，就可以一棍子打死了。

　　能够产生直接后果的是行为和言语本身，而不是它们背后的动机。因此，除了法律层面的问题之外，我们要就事论事，就行为论行为，就言语论言语，而要少在对方的动机上做文章。你说我有这种动机，我说我没有这种动机；你说我的动机是坏的，我说我的动机是好的。动机问题不纠缠倒好，一纠缠便更弄不清了。而且不论是否存在动机，不论存在怎样的动机，都改变不了行为和事实本身。你说我居心不良也罢，别有用心也罢，只要拿不出充分有力的理据对我的行为和言语进行批驳，你仍然无法以理服人，徒拿动机说事只能更加说明你的心虚和理亏。而我再怎么标榜自己的动机有多好，只要我的行为和言语本身存在着漏洞和硬伤，我再怎么嚷嚷也无法取信于人。面对人们的各种批评和质疑，有关方面有责任也有义务公开事情的真相和过程。如果人们所说的具有充分的事实依据，就要诚恳地接受各种批评，并进行道歉。如果人们所说的与事实有出入，就要拿出充分的事实依据予以澄清，从而消除人们的各种疑虑或者误解。那种对人们的质疑不予理睬，反而拿动机说事的态度是十分不负责任的。道理道理，就在于事实真相如何，是否符合逻辑，而不在于背后说不清道不明，无法进行定性和定量的动机。

正因为动机问题如此微妙，如此难以捉摸，我们就只能在法律范围内讨论动机问题，法律之外，莫论动机，至少要慎论动机。

2011 年 11 月 15 日

附录

长短录（一）

矛盾二则

　　无论自然界还是人类社会，矛盾都是无处不在，无时不有的，它是事物存在的一种必然状态，也是事物发展变化的原因和动力所在。我们无法回避矛盾，而只能去面对它。矛盾处理不当，将会导致矛盾的激化，使事物的发展进程受到阻碍；矛盾处理得当，可以使矛盾得到缓解，甚至可以利用矛盾推动事物的发展。下面就谈谈几种常见的同时也是十分重要的社会矛盾现象。

一

　　精神文明与物质文明是常常会发生冲突的。改革开放后，我们曾经在集中精力发展经济的同时，精神文明建设却未能相应跟上，从而产生了"一手硬，一手软"的现象，带来了一系列社会问题。譬如，长期以来人们都羞于谈钱，不敢去追求个人的经济利益。后来允许去追求个人的经济利益了，过去被长期压抑的物质欲望就会以一种扭曲的方式表现出来，社会上拜金主义哲学开始盛行起来——金钱是至高无上的，人生的目标就是为了攫取更多的金钱，只有金钱才是衡量一个人成功与否的尺度。然而从根本上说，单纯的金钱并不能带来人生价值的实现，因而许多人在暴发起来之后，精神层面仍然是十分空虚和贫乏的。于是社会上赌博、嫖娼、包二奶等各种生活陋习就开始出现了，修豪华坟墓、吃山珍野味、斗富炫富等各种歪风邪气就开始出现了。为了追求金钱，人们普遍变得十分浮躁，不安于自己的岗位，都想着谋第二职业以赚取外快，医生动手术要收红包，开药要吃回扣，教师想着在课外给学生有偿补课，在课堂上却留了一手，敷衍塞责。为了金钱，道德可以不要了，良心可以不讲了，什么勾当都做得出来，坑蒙拐骗、偷窃抢劫、贪污受贿等各种现象层出不穷。人们都不安其位，缺少职业操守，就无法把分内的事情做好，因而各行各业的工作作风都是拖拖沓沓的，工作质量都是稀稀松松的。

这种社会风气的存在，与我们在道德领域缺少有效的引导是有很大关系的。新时期并非不需要进行思想政治教育了，相反还需要加强思想政治教育。但我们也不能简单地重复原有的那种教育模式，那套陈旧的教育内容以及教育方式以前就未产生多大作用，现在就更难起到作用了，我们必须适应时代发展的步伐，有效地更新教育的内容以及方式。譬如，我们再提倡过去那种"毫不利己，专门利人"的精神显然已经不合时宜了，但我们仍然要教育人们必须树立起正确的金钱观、义利观和价值观，必须意识到金钱不是人生的全部，也不是只有金钱才是衡量成功与否的唯一尺度，必须通过正当的手段获取金钱，谋取不义之财是十分可耻的，必须意识到金钱并非只有对自己以及家人才是有价值的，追求金钱的更大意义在于可以为社会创造更多的财富，为别人提供更多的就业机会，可以通过各种慈善活动，促进社会成员的和谐共生。

这种社会风气的存在，还与制度建设的滞后有很大关系。"上梁不正下梁歪"，权力的腐化以及形形色色的特权现象，会在社会上起到一种十分恶劣的作用，搞坏了整个社会风气，同时也会使政府的社会治理能力受到严重的削弱。因此，我们必须加强各方面的制度建设，使权力受到有效的制约和监督，使权力必须有所为有所不为，有效地履行社会治理的责任，保持社会的风清气正。同时，由于各方面的法律法规不够健全，无论在立法上还是在执法上都存在很大的不足，从而使各种不法行为有机可乘，有空可钻。因此，我们需要不断完善各方面的法律法规，堵住各种漏洞，同时还要加强执法，对各种不法行为依法予以制裁，使其付出应有的代价，从而才不敢以身试法。唯有如此，才能维护正常的经济社会秩序，才能有效改善我们的社会风气。

二

效率与平等也常常会发生冲突。在过去吃大锅饭的年代，人与人之间固然变得平等了，但同时也存在着干多干少一个样，干好干坏一个样，甚至干与不干一个样的严重弊端，生产队出工时社员个个都是无精打采的，在地里干活时又都是在磨洋工，相互之间是比慢而不是比快。同时，人们还会处处揩公家的油，都觉得不拿白不拿。这就使得社会上的经济效率变得十分低下，人们陷入了一种共同贫穷的状态，长期处于一种短缺经济之中。而且这种体制也无真正的公平可言，因为它是对能者的一种剥夺，同时还存在着一定的特权现象，这又是一种更大的不公平。吃了几十年的大锅饭，到了 20 世纪 70 年代后期已经难以为继了，十一届三中全会后开始实行改革开放。此后，人们可以去追求自己的经济利益了，经商和创业的自由得到了承认和保护，允许一部人和一部分地区先富起来。然而，这在使经济社会快速发展起来，人们的生活得到很大改善的同时，也带来了新的社会问题，即贫富差距逐渐拉大了。

效率优先是有一定道理的，只有这样才能保护能人的合法收入，保护他们的产权，承认他们的贡献，才能对他们产生足够的激励作用，从而提高他们的创业积极性，促进社会生产的发展，为国家提供更多的税收，为人们提供更多的就业机会。同时，对于普通人也才能产生一种鞭策作用，使他们意识到需要勤劳肯干，不断提高自身的技能，才能在激烈的市场竞争中站稳脚跟，得到更好的发展。市场经济是不相信眼泪的，弱者只有自己奋发图强才能改变现状，一味寻求外界的保护只能使自己变成温室中的花朵，由于得不到应有的锻炼，就经不起风吹雨打。一个社会只有讲求效率，才能得到更好的发展，世界上的发达国家都是市场经济十分发达的。

但同时还要兼顾平等。平等包括机会的平等和结果的平等，机会的平等其实是效率的题中应有之义。效率是指在平等的市场规则下进行竞争而产生出来的效率，各种形式的不平等竞争并不会带来效率，而且还会破坏效率（效率是从整个经济社会发展的意义上说的），因为它以极大的不公平为代价，从而导致社会发生两极分化，使更多的人缺乏购买力，使社会的有效需求严重不足，同时也使整个社会充满了冲突和动荡，而这对于富人无疑是更加危险的。所谓的"拉美陷阱"和"印度病"，指的就是那些实行权贵资本主义，特权和官商勾结现象十分严重的国家，而这些国家无一能够成为发达经济体，无一不是长期处于一种畸形和停滞发展的状态之中。机会的平等包含着起点的平等。富人的孩子和穷人的孩子所受的教育是很不同的，所拥有的社会资本也是很不同的，使他们处于不同的起跑线上，使他们之间的竞争变成了一种不平等竞争。因此，政府必须大力发展义务教育，使穷人的孩子也能接受必要的教育，对那些学业优秀的贫困学生还要减免大学教育费用，从而使他们得以继续深造，这既可以实现人与人之间的平等，对社会也是十分有益的。然而，即使经过这些层面的努力，也仍然会产生结果的不平等，会产生贫富分化的现象，因而政府还必须通过税收手段调节收入，适当缩小贫富差距，通过建立起社会保障体系，使穷人的生活也有了基本保证，同时还要对失业人员进行技能培训和职业介绍，帮助他们重新就业。

不同的国家在效率与平等之间的取舍是不同的，由于历史文化背景的差异，必然会带来在路径选择上的差异。有的国家在效率方面强调得更多一些，而有的国家则在平等方面强调得更多一些。譬如，德国实行的是有宏观调控的社会市场经济模式，既反对经济放任自由，也反对把经济统得过死，而将个人的自由和社会的进步结合起来。北欧国家更是实行社会民主主义的模式，建立起从摇篮到坟墓的高福利制度。相应地，这些国家企业以及个人的税负也是很高的。这些模式都没有绝对的好，也都没有绝对的坏。北欧国家的基尼系数很小，社会福利制度十分完善，但同时也带来了沉重的财政负担，导致企业的发展动力不足，人们的工作意愿不强，产生了所谓的"福利病"。每个国家都要根据自身的情况对政策适时地进行调整，从而才能更好地发展下去。

我们改革开放后实行"效率优先，兼顾公平"的政策，这在当时是必要的，对于走出吃大锅饭的困境，调动起人们的积极性和创造性发挥了很大作用。然而，现在情况已经发生了很大变化，贫富差距在不断扩大，人们在教育、医疗和住房等方面的负担十分沉重，我们就有必要对这一政策进行适当的调整，对效率优先和兼顾公平都需要重新进行理解。但我们在进行政策调整的同时，也要避免那种过犹不及的做法，即必须充分考虑到我们的国情，同时注意吸取其他一些福利国家的经验教训，适度地发展我们的社会福利事业，避免掉入"福利陷阱"。

2020 年 5 月 3 日

黄老师

他是我高三时的政治课老师，讲着一口带有闽南口音的普通话。他大学时读的是俄语专业，毕业后分配到我们这所中学教俄语。后来俄语课不开了，就改行去教政治课。他通过自学，在这个学科上也具有了很高造诣，教学又得法，能让学生听得有趣，容易理解内容，并学会如何解题，因而每次高考的成绩都名列福州地区前茅，备受学生的好评和欢迎，几乎每年高三的政治课都由他来教。他被人叫作"拿破仑"，并不是因为个子矮小，他中等身材，态度也挺温和，讲起话来斯斯文文的，一点也看不出伟人拿破仑那种睥睨群雄、不可一世的气概。我不得其解，想必因为他书教得非常之好吧。但倘若仅仅因为这，他也不会给我留下特别深刻的印象，我也不会在内心里对他有特别的感触。

他善于独立思考，对许多问题都有自己的见解，经常会在课堂上插入一些"题外话"，提供一些我们平时不易看到的东西，讲解什么时经常会举一些身边的例子，这些例子我们都很熟悉，但经他一讲却又显得别开生面。听了这些题外话，我们从中受到了启发，时间久了，他讲的其他内容都忘记了，只有这些东西还清晰地留在脑海里。政治课都是一些干巴巴的教条，但在他的口中却变成了有血有肉的东西。我后来对社会科学产生浓厚的兴趣，或许正得益于当初他对我的这种熏陶。

讲到商品价值时，他说再昂贵的玩具车也没有汽车昂贵，意思就是不论某种商品的价格多"离谱"，价值总是由生产商品的社会必要劳动时间决定的，不可能无限地离谱下去。我们原先对这一问题不大理解，经过他这么一点拨，就有些明白过来了。但学无止境，我后来通过对现代经济学的自学，理解了黄金的价值并不完全是由社会必要劳动时间决定的，开采和提炼一定数量的黄金所需要的劳动并没有这么多，而是由资源的稀缺性以及人们的需求决定的。黄金如此，钻石更是如此。但当时我无法理解到这个程度，只是心里隐隐约约有一丝这样的疑问。教科书上更不可能讲到这些。他当时能讲那个程度已经不容易了。

有一次做习题，有一道题说所有的交换都是既等价交换又不等价交换。我们都感到十分费解，书上不明白地写着是等价交换吗？他说当然是既等价交换又不等价交换，并举了我们平时常吃的那种"淡菜"（它是海水中的一种贝类产品，学名叫贻贝，在养殖场附着于木棍上的细绳生长）作为例子，还用手做出扯的动作，即是说淡菜咬着的绳头都会有的，称重时加上去也不为过，但人们通常会把它扯下来，这也是允许的，在扯与不扯之间，以及多扯与少扯之间，重量就变得不一样了。这种现象在现实当中其实是经常发生的，商品价格的高低以及成色的好坏都会受到一定的影响，等价交换作为一种理论和原则并没有错，但我们又不能过于刻板地进行理解，现象是不可能那么纯粹的。然而，我们又必须从驳杂的现象中抽象出一种理论来，作为观察和衡量现象的尺度。

他还讲过爱国主义教育的问题，说我们的爱国主义教育你们以为太多了，其实有的国家这方面的教育才叫多，他们对这一问题同样也是十分重视的。这也给了我们很大的启发，看问题要多去想想现象背后的东西，要学会透过现象看本质，学会独立思考，而不要被表面现象所迷惑。

不同于那些只看教科书就可以几十年如一日地把课讲下去的老师，他显得博学深思，从而才能把课上得如此精彩，才能让我们学到这么多的知识，受到这么多的启发。

上学期期末时，他突然患了一种怪病，有半边脸的神经瘫痪了。我跟另外两个同学还去他家里看望。在交谈之中，我们得知他患有严重的失眠，可见他能在教学上取得如此高的成就，也是付出了巨大心血的。他请了很长时间的病假，课只能由另一个老师来代。下学期开学后，他重新来上课了，但不开口讲，叫我们自己看书，有时把所要讲的写在黑板上，让我们抄下来。可以看出来，他有点不想那么拼了——我们那次去他家看望时，他还跟我们谈了很多，可见也并非讲不了——他的确为教学付出了很多。但他又毕竟是一个热爱教学、对学生十分负责的老师，这些叫我们抄的材料也是经过精心准备的，我们也能理解和领会，效果跟其他老师就是不一样。我能理解他的那种辛劳，自己后来从事读书治学以及写作，也是十分辛苦的，经常与失眠相伴。但只要真心热爱这个事业，就必须坚持下去。同时也要调节好劳动的强度和节奏，尽量保持身体的健康，身体是革命的本钱。后来，他的病想必进一步康复了，在讲台上又开始活力四射起来，讲得十分投入，十分精彩，甚至比以前更加精彩了。

　　他并不是一个只会埋首读书和教学的人，而是一个相当有生活情趣的人。我经常看见他晚饭后在校园内溜达，我跟他打个招呼，他也很和蔼地向我致意。有一次，我看见他在操场上亲昵地逗着他的小外孙玩。还有一次，我们高三学生在操场上开大会，他和几个老师站在边上。有个同学不经意地转过头，发现他正站在地上堆放的一根竹子上颤着，就像一个童心未泯的老顽童。

2020 年 6 月 21 日

长短录（二）

"五十步笑百步"

"五十步笑百步"是古代的一个成语，含有贬义，认为战场上后退五十步的人与后退一百步的人没什么分别，都是一种胆小如鼠、临阵逃跑的表现。但如果把后退五十步理解为抵抗一阵后才逃跑，后退一百步是刚一接触就溜之乎也，两者还是有分别的。遇上敌方就望风而逃，逃得比兔子还快，就会让对方看到这是一支无比差劲的军队，不堪一击，同时自己也会自轻自贱起来，失去作战的信心，从而加速败亡的到来。而要是在战场上勇敢地抵抗一阵，实在打不过了再逃跑不迟，至少还会让对方看到这支军队还有一定的战斗力，而且自己也不会失去信心，这对后续作战是有利的，若能重振旗鼓，说不定还能反败为胜。同时，这还涉及到军人的尊严问题：军人就是要准备打仗的，不作抵抗就缴械投降，这样的军队不配称为军队，这样的军人不配称为军人。

要是两者都没有分别，那么历史上的许多战斗以及英雄恐怕都得重新评价了。面对强大的满清军队，腐朽不堪的明朝军队逃的逃，降的降，一溃千里，政权很快就易手了。但清军在扬州却遭到史可法率领的扬州军民异常顽强的抵抗，付出巨大代价后才占领了扬州城。清军随后进行了报复，连续屠杀十天，无数军民惨死于屠刀之下。史可法并非不知明王朝大势已去，但为了民族的大义和气节，还是义无顾地率领扬州军民同仇敌忾地进行抵抗，直至最后一刻。要是这种抵抗没有意义，他这样做岂非无谓之举？特别是还因此导致清军对扬州军民的大屠杀，他岂不成了民族罪人，而不是我们一向认为的民族英雄？反抗外敌入侵，保卫自己的国家，这事关一个民族的尊严和气节，是一个民族能够生存和发展下去的精神支柱。倘若遭到外敌入侵就放弃抵抗是允许的，这个民族也许早就消亡了。我们的民族能够生生不息发展到今天，与我们敢于反抗外敌入侵，捍卫民族尊严是分不开的。

我由此想到，我们平时想做很多事情，但由于外界因素的限制，很多都是做不到的，但我们不能因此而无所作为，对于那些可以做到的，要努力把它们做好。也许比起那些做不到的事情，它们显得微不足道，无关宏旨，但这不等于我们就不要去做，做了就没有意义。小事也是事，也是我们所需要的，坚持下去也会积少成多，积小成大，慢慢地改变周围的环境。譬如在司法领域，有些案件的审理是不公正的，这并不意味着其他案件也不必公正审理了。一个具体案件审理好了，对当事人而言都是最重要的，会让人感到这个社会还有公正可言，也会对那些不公正的现象形成一种制约。无力改变大的方面，但生活还得继续，而许多小的方面构成了生活的主要部分。

2021 年 12 月 26 日

"君子动口不动手"

人们的观点是很难一致的，由于先天禀赋、家庭出身、成长环境和所受教育的不同，以及价值观和兴趣爱好的差异，人们看问题的角度自然就会不同，对同一现象会得出不同甚至截然相反的结论。面对这种观点上的分歧，我们应该如何对待？是水火不容，你死我活，还是求同存异，和谐共生？

以前在一次集会活动中，一个老人因为发表了几句不同观点，一个青年就上去与他争执起来，并动手打他耳光。这件事情引起了舆论界的愤怒和声讨，但打人者事后并无丝毫悔意，声称今后若再遇到此类现象，还会出手打人。面对观点的分歧，可以进行辩论，打口水仗，打笔墨官司，却不能因为观点的冲突而演化为肢体的冲突。其实说在这个事件中发生了肢体冲突是不准确的，是打人者冲上去就给对方一记耳光，事情分明是他挑起的。这在法律上属于寻衅滋事和人身伤害。而且被打的还是一个老人，打人者在道德上也是十分低劣的。他也是柿子捡软的捏，许多青壮年的观点与他也发生冲突，怎么就没看见他出手打谁呢？原因无它，就一个"怕"字——届时欠揍的也许就是他了。用暴力解决观点的争端，这就看谁的拳头硬了。这一旦形成风气，社会就会从文明阶段退回到丛林法则。而实行人类的丛林法则，说到底只有输家而没有赢家。

这个打人者的思想十分极端和褊狭。这种人有个共同的特征，就是坚持一元论和独断论的思维，总认为自己的观点才是正确的，别人都是荒诞不经，都是反动的，不容有讨论的余地。一旦这种思想盛行起来，后果将是十分可怕的。别人坚持自己的观点，就要封住他们的嘴，不让他们说话。嘴封不住，就要动起拳头来。人类历史上把不同观点视为异端邪说，对人进行迫害甚至予以消灭的现象可谓史不绝书。欧洲中世纪的宗教裁判所，把凡是不同于教会思想的人都打成了异端，进行残酷的迫害，甚至实施火刑。著名天文学家和思想家布鲁诺，就因为反对教会的"地心说"，而被烧死在罗马的鲜花广场，为真理而殉难。中世纪之后，欧洲经过文艺复兴、宗教改革、启蒙运动以及资产阶级革命，终于从黑暗的神权政治走了出来，建立了资产阶级民主政治，确立了言论自由原则，保护多元的思想，这在人类历史上是个巨大的进步，是值得大书特书的。

"我不同意你的观点，但我誓死捍卫你发表观点的权利。"这是法国启蒙运动时期大思想家伏尔泰的一句经典名言。我在一家银行从事维序工作，每天在大门口观察进进出出的人流，时间久后对员工也熟悉了，发现每个人的走路都是不一样的，各有各的步频、步幅以及步态，看似都是两条腿在走路，其实走的姿态是千差万别的。走路尚且如此，又怎能要求被称为内宇宙的大脑所产生的想法都是一样的。强迫人们接受一种思想，既违背了人类社会的正常状态，更是对人们权利的一种剥夺，一种最大的剥夺。人们一旦失去了自由思想的权利，一切只能以别人的是非为是非，而不懂得开动自己的脑筋，独立地进行思考，社会的生机和活力就丧失了，重新回到蒙昧的中世纪。之所以要誓死捍卫你发表观点的权利，是因为这既关乎个人不可剥夺的权利，也关乎社会能否健康地发展下去，不断地走向文明进步。捍卫你发表观点的权利，也是在捍卫自己发表观点的权利，因为一旦自由思想的权利可以剥夺，这把达摩克利斯之剑不知何时就会落到谁的头上。

真金不怕火炼，怕火不是真金。你的观点再正确，也不能以力服人，强迫人们接受，而要以理服人，让人们自由地进行评判，是者是之，非者非之——认为你的观点很在理，就会心悦诚服；认为你的观点不在理，就可以保留自己的意见。认为你的观点不在理却还要被迫同意，这丝毫不能体现你的光彩，而是对你最大的侮辱和讽刺。即使你的观点"千真万确"，我同样可以保留自己的意见，即我有愚昧的权利。要让我觉悟，真正的觉悟，必须给我时间，给我自由，选择的自由，批判的自由。"智者千虑，必有一失；愚者千虑，必有一得"，何必那么独断，那么信心满满呢。自以为真理在握，而不容置疑，不容反对意见的存在，乃是一种最大的不自信，也是最大的愚蠢！

还有一点并非多余的，就是你的观点是否正确，有多正确，并非你自诩的，而要由实践来检验，由时间来检验。

面对不同的观点，还是闭住你骂人的嘴，收住你打人的手吧，君子动口不动手！

2022 年 1 月 10 日

如何养老

我们社会长期以来都是追求大家庭生活的，必须三代同堂甚至四代同堂，越这样越兴旺发达，让父母与自己分开过日子，这种事情是不可思议的。父母最悲惨的莫过于被儿子遗弃，无法跟他们生活在一起。至于日子会过得怎样，家庭是否和睦倒不重要了。而儿子如果选择以自己小家庭单独生活，不跟父母生活在一起，就会被视为遗弃父母，是一种大逆不道的行为，会承受巨大的舆论压力，会在乡亲面前抬不起头来。在路上遇到熟人时，对方的目光似乎像利剑一般刺过来，虽然没有一声的言语，却都在无声地谴责着。

后来我们的社会也悄然发生了变化，家庭结构与以前不一样了，即祖孙三代生活在一起的主干家庭越来越少，父子两代生活在一家的核心家庭越来越多。这种变化先是在城市发生，接着在农村也发生了。而且独居老人死在家里无人发现的现象也产生了。制度还是那个制度，并未发生大的变化，说明这种现象并非制度的问题，而是一种共同的现代社会现象。

那种主干家庭结构也并非我们特有的，西方国家在工业化之前也经历过漫长的农业社会阶段，也是这种家庭结构，人老了也要靠儿子赡养。他们率先进入了工业社会，这不仅是生产方式的巨大变革，也是生活方式、家庭结构以及价值观念的巨大变革。人们离开农村进入城市谋生，不跟父母生活在一起了，建立起自己的小家庭。这一方面是不得不如此，与父母生活在不同的地方；另一方面是人们的价值观念已经发生了很大变化，要通过个人奋斗实现自我价值，而不再以家庭为本位。而且离开了农村的熟人社会，来到城市的生人社会，也不必在意别人的看法。当然还有一个很重要的因素，就是随着社会福利制度的发展，老人的养老问题可以通过社会解决，而不需要由子女赡养，不需要跟子女生活在一起了。

这其实是更加人性化的。老年人与年轻人在价值观念和生活方式上必然不同，即存在所谓的代沟现象，勉强生活在一起虽然有一种天伦之乐，但也会产生家庭的矛盾和冲突，未必会带来真正的幸福。同时年轻人有自己的工作和生活，老年人要尽量减少他们的负担。有了养老金之后，是居家养老还是进养老院，可以因人而异，不过多数恐怕还是会选择进养老院，没进养老院的也会依托社区的养老机构，居家享受社会化的养老服务。在西方国家，护理这个行业是十分发达的，为老年人提供各种的养老服务，虽然它的服务对象是已经进入"夕阳"的老年人，本身却是一个欣欣向荣的"朝阳产业"。我在美国生活时，所接触的女性华人当中，许多都从事这一职业。但即使社会化的养老服务很发达了，也还会有老人死在家中无人发现的现象。如果这只是个别现象，就不具有社会学的意义，不是社会问题，更与社会制度无关。

刚出现老人进养老院这种现象时，我们是很不习惯的，毕竟经过几千年的传统社会，传统的价值观念是很难改变的。我们村最早把老人送进养老院的是一个小学老师。当时他自己也退休了，他母亲已经年过八旬，行动十分不便，人也变糊涂了，把她送进养老院一来可以减轻自己的负担，二来可以使她享受专业化的服务。但许多人对这种做法并不理解。我母亲有一次在路上遇到他，还说了一句暗含嘲讽的风凉话，他没说什么就走了。后来把老人送进养老院的越来越多，人们已经不以为怪，也无人去嘲讽了。谁把自家的老人送进养老院，已经无须承受舆论上的压力，甚至人们还认为有钱人才能享受这种待遇。在养老院里，专业化的饮食、卫生以及护理等方面都是在家里享受不到的，更重要的是身边有了许多同伴，解决了老年人的心理寂寞问题，这其实是老年人更为需要的。当然物有所值，养老院的收费也是不低的，经济条件差的家庭还消受不起呢。

回过头来，我们还要感谢第一个吃螃蟹的人。他当初不被人理解，承受着相当大的舆论压力，但给人们开了个头，使这一新生事物来到了我们这里。他毕竟是一个有文化的人，据说书教得很好，很受人欢迎。在他母亲的最后一段日子，他还把她接回来住，每天亲自为其伺候，说明他其实也是孝敬父母的，而且比别人更懂得如何孝敬。

2022 年 1 月 12 日

继承与创新

传统文化的继承问题向来是很难处理的，尤其对于我们这样一个有着悠久历史和深厚文化的民族，如何处理与传统文化的关系更是十分重要的。传统文化中也有许多糟粕的东西，不能全盘继承下来。即使传统文化中精华的东西，也有适合当时社会条件的一面，如今社会条件已经发生了很大变化，不能再照搬照抄了。20 世纪 50 年代学术界乃至整个社会曾就这一问题展开过热烈的讨论。在这场讨论中，著名哲学家和哲学史家冯友兰提出了著名的"抽象继承法"，在社会上产生了很大影响。

1957 年 1 月 8 日，冯友兰在《光明日报》上发表了一篇题为《中国哲学遗产底继承问题》的论文，提出了全面了解中国古代哲学遗产和继承中国哲学遗产的方法。他说："在中国哲学史中有些哲学命题，如果作全面了解，应该注意到这些命题底两方面的意义：一是抽象的意义，一是具体的意义……我们应该把它的具体意义放在第一位，因为这是跟作这些命题的哲学家所处的具体社会情况有直接关系的。但是它底抽象意义也应该注意，忽略了这一方面，也是不够全面。"他还认为，"哲学思想中有为一切阶级服务的成分"。

他说的是哲学命题，其实思想命题亦可作如是观（中国古代其实并无西方意义上那种哲学，因此哲学命题也可以理解为思想命题，哲学史也可以理解为思想史）。一些思想命题的具体意义只适用于特定的时代，当时代发展变化之后就不再适用了，我们不能把它们继承下来；而它们的抽象意义却适用于所有的时代，我们可以继承下来，并与适用于新时代的具体意义结合起来，赋予新的时代内涵。这种继承才符合社会发展的规律和时代的需要，也才能更好地为人们所接受。如果不是这样，传统的东西就会成为我们的绊脚石，阻碍社会的发展进步。同时，如果不把这些命题的抽象意义继承下来，我们又会变成一种无根的人，导致历史虚无主义。事实上，传统文化是无所不在的，已经成为现实的重要组成部分，我们是无法回避的，要是人为地把它们抛弃掉，最终仍然是要回来的。我们要做的不是抛弃传统，而是如何更好地继承传统。与其把传统的东西盲目地沿袭下来，尤其其中负面的东西，不如理性地进行剔抉，以抽象继承法对待之。

"身体发肤，受之父母，不敢毁伤，孝之始也。立身行道，扬名后世，以显父母，孝之终也。"这是《孝经·开宗明义章》中的一段话，讲的是传统社会的一种孝道。提起孝道，人们的情绪会很复杂的，很容易联想起"二十四孝"的故事。小时候母亲也常常对我讲"二十四孝"的故事，但在我们那里，它们却集中到一个叫"二十四孝"的人身上。他有一个母亲，对她很不孝，动辄就打骂起来。他在田间耕作，他母亲要去送饭，早了也骂，晚了也骂。有一天他良心发现了，觉得自己打骂母亲太不应该了，临近中午时就自己跑回去拿饭，免得她大老远地送过来。他母亲正走在半路上，看见他迎面跑过来，心想糟了，今天又要挨他的打骂了，就吓得扔掉饭篮，跳进旁边的一个水塘。他赶紧跳进去救，但他母亲已经变成了一桩木头。他就把这桩木头带回家供奉起来，每天都要在上面摆一碗饭。他妻子不知情，有一天缝完衣服，顺手把针扎在了木头上，上面就渗出血来了。这与"二十四孝"的故事差异甚大，但同样荒诞无稽。我们的传统孝道文化有许多是极不人道的，对此鲁迅先生他的《二十四孝图》里已经做过深刻的阐述。正因为如此，它也招致了许多人的厌恶和批判。

但我们又能否走向另一个极端，完全不讲孝道了？其实只要不对孝道做一种刻板的理解，而把它理解为子女与父母之间的一种天然血缘亲情，它永远都是需要的，不仅在我们国家是这样，在我们通常认为的子女十八岁后就离开父母，缺少人伦亲情的西方国家也是这样。我有一次去澳大利亚旅游。在墨尔本市郊的一个公园，看见一个老人推着一辆婴儿车在草地上走着，旁边还跟着一个小孩。这两个是他的孙辈，可以看出他那天心情多么舒畅，在这暖洋洋的秋日里，带他们在公园里游玩，享受着一种浓浓的天伦之乐，与我们这里常见的老人何其相似乃尔。我有一年在纽约期间，看见一家意大利移民子孙三代生活在一起，日子过得和和美美的。虽然这未必常见，但也未必罕见，并且看上去也是十分自然的。

我们传统孝道文化的具体内容适用于以前的农耕宗法社会。这种社会是封闭、停滞，以家庭为本位的，家庭成员需要服从家长，以维持既定的人伦秩序，生产生活建立在经验的基础上，晚辈需要向长辈学习世代沿袭下来的经验和规矩。但进入近代工商社会后，这些内容就越来越不适应时代发展要求了。近代工商社会以个人为本位，尊重个人的价值和创造性，同时与外界的交往密切起来，风气渐开，人们接触了新生事物，接受了新潮观念，就更无法忍受这种传统孝道了。

但家庭的人伦亲情还在，我们仍然不能没有孝道。因此，我们既要把传统孝道的抽象意义继承下来，又要对其具体意义进行重新诠释，赋予符合新时代的内容。"身体发肤，受之父母"，这是我们一个重要的传统孝道原则。在我们古代社会，男子是不能剪发的。满洲人入关后，把他们薙发的习俗也带了进来，要征服汉民族的最后一道防线。但开头推行薙发的阻力是很大的，人们视自己的头发如命根子似的。满清政权就下了一道"留头不留发，留发不留头"的命令，强制予以推行。进入近代后，人们越来越意识到辫子的不方便和不卫生，甚至这条辫子还被洋人称为"猪尾巴"，成了我们民族耻辱的象征。辛亥革命前，一些留学生就得风气之先，毅然剪去了辫子。辛亥革命后，剪辫子更是在社会上推行开来，蔚然成风。而这已不再是一种对父母的不孝，而是只有这样才符合卫生的原则，感到比以前方便多了。

这种抽象继承法其实在我们老祖宗那里就有了。我们古代社会奉行着一个重要的原则叫"变通"，即《周易·系辞下》中所说的"穷则变，变则通，通则久"。我们传统社会被称为超稳定的社会结构，这只是从宏观上说的，从微观上看仍然充满了变动，有的时期还变动得十分剧烈，就像春秋战国时期、魏晋南北朝时期以及唐宋时期。而每次大的变动都要求对传统文化进行一定的调整即"损益"，从而才能适应时代发展的要求。所谓的变通和损益，其实与抽象继承法是同一个道理，即对传统文化并未从根本上抛弃，甚至大部分都保留下来，但要进行新的理解和阐释，使之适应时代的发展变化，为传统文化重新注入生机和活力。

还有传统经学中的"六经注我"，即不是像"我注六经"那样通过"我"来理解和解释经典，勘磨其义，而是用各种经典中的论断来解释和证明自己的观点，为自己的议论服务，即要在原有经典的基础上建立起自己的思想体系。这与冯友兰所主张的做学问要"接着讲"，而不是"照着讲"也是相通的。那种"我注六经"，对经典进行严谨的考据，也是我们所需要的，但我们更需要的还是这种"六经注我"，只有这样才能赋予经典新的生命，才能发展出新的思想文化。许多皓首穷经，穷毕生精力为经典甚至只为一部经典作注的儒生多矣，但真正推动思想文化发展的却是那些"六经注我"的思想家。

2022 年 1 月 24 日

突破成见

带鱼是我们东南沿海盛产的一种海鱼，也是我小时候经常吃也很爱吃的。带鱼其他时节也有，但冬天大量上市，而且这时长得最肥美。以前没有冰箱，带鱼又只有新鲜吃起来味道才美，因而只有在冬天才是最好吃的，肉又多，味又鲜。新鲜的带鱼表面有一层银色的物质，像银箔似的，放久后就褪掉了，颜色就变得暗淡下来。我们那里近海，邻村定安、道澳和晓澳都在海边，有渔民出海打鱼。冬天晴朗的日子，刚打回来的带鱼在阳光下银光闪闪的，很是亮眼，又肥厚又新鲜的让人看了就想买一条回去。母亲经常上山打柴，然后挑到道澳和晓澳卖，换回些钱用于生活开支，有时也会买些新鲜的海鱼回来，让我们品尝这鲜美的海味，调剂一下生活。

带鱼一般用煎，锅用大火烧热后把油浇下去，然后把切好的一段段带鱼放下去。都放下去后火就要慢下来。等一面煎得差不多了，再小心地把它们铲起来翻个面煎，然后再浇上点油，撒上点盐巴。过了一会儿，带鱼就煎成微微的焦黄色，可以起锅了。刚煎好的带鱼香喷喷的，里面肉质鲜嫩，外面一层又咸又酥，味道美极了。带鱼讲究的就是新鲜，必须是冬天刚打上来的。后来生活水平提高了，母亲不再挑柴到海边卖，也不再买回刚打上来的带鱼了。鱼都是由小贩运到村里卖，而经过这一周折，鱼就不那么新鲜了，厨艺再好也煎不出以前那种味道了。

再后来，吃海鱼成了家常便饭，数量多品种也丰富了，但据说很多都是人工养殖的，而不是以前那种天然的海鱼，味道就差多了。带鱼也是如此，还听说人工养殖的带鱼身上都有一个棱形的骨头，我吃带鱼时果然吃出这样的骨头。以后吃到的都是有这种骨头的带鱼，原来那种天然的带鱼已经无从寻觅，想吃也吃不到了。从此我就不喜欢吃带鱼了，吃起来味同嚼蜡。

后来我却了解到，目前世界上还没有人工养殖的带鱼，所有的带鱼都是天然的。这时我才悦然大悟，原来带鱼的味道变得不好并非因为人工养殖，而是因为吃不到以前那种冬天刚打上来的带鱼了。我们吃到的有棱形骨头的带鱼也不是人工养殖的，而是从别的渔场打上来的其他品种。我们沿海一带经常吃带鱼的人都把这一问题搞错了，更何况内陆地区的人。这也反映出人们认识事物的一个特征，反映出人们的一种认知心理。

人们认识事物往往会想当然地认为，心中先抱着一种成见，戴着一副有色眼镜去看问题，信誓旦旦地以为一定是这样的，实际上却往往看走了眼。只要人们不消除成见，不把有色眼镜摘下来，就会一直固执己见下去。我不是一个烟民，但我听一个烟民讲到，他出去买烟时，若感觉这烟有什么不对劲，今天这烟就怎么抽都觉得是假的，而实际上与平时抽的并无两样。

人们认定后来的带鱼是人工养殖的，吃不出原来的味道，就怎么吃都不对味，都觉得是人工养殖的，看到有梭形的骨头后就更是坐实了——现在的带鱼都是人工养殖的似乎已经铁证如山，永世不得翻身了。要不是了解到了这一实情，我仍然会这样随大流地稀里糊涂下去。

人们也并非不想正确认识事物，追求真相也是许多人孜孜以求的。但要正确认识事物，就必须放下我们的成见，摘掉我们的有色眼镜，避免先入为主。为此，我们首先要知道成见是如何产生的。

成见来自经验。经验是从过往的事物中总结出来的认识，它经过长期的实践检验，一般都是正确的，而"太阳底下无新事"，世界上许多事物的原理都是相通的，我们可以根据以往的经验进行类推。但世界又是无比复杂而多变的，适用于这种事物的未必适用于那种事物，适用于旧事物的未必适用于新事物，如果盲目地相信经验，经验就变成了成见，严重妨碍人们对事物的正确认识。橘树适合在南方种植，结出来的果实又大又甜，但到了北方，结出来的果实就又小又涩，南橘变成了北枳。剑从船上掉下去，就在船舷刻个记号，等船停了再跳下去捞，结果当然捞不到剑，从而留下了一个"刻舟求剑"的千古笑话。

成见来自众人。人们都有一种从众心理，众人都这么认为，想必是不会错的，众人都这么做了，想必是最安全的，我也要随大流。这表现在对某一事物的认识上，就是人云亦云。都说群众的眼睛是雪亮的，但真理又往往掌握在少数人手中，特别在刚开始的时候。群众往往都是思想保守的，随大流和求得安全感本来就是群众的心理特征，而对那些新颖的不同于流俗的观点总是持一种不信任的目光，总是倾向于扼杀或者压制。如果盲目地相信群众，也会妨碍对事物的正确认识。只知道自己无知的苏格拉底对一切成见都要质疑过去，认为这是认识真理的不二法门，却无法为当时的雅典市民所接受，因而被雅典法庭以不信神和腐蚀青年思想的罪名判处死刑。

成见来自古人。人们常说的一句话就是自古以来就是这样的。古人都是这么相信过来的，可见是很有道理的，也都过得好好的，可见是很管用的。因而人们很容易产生一种泥古不化的思想，古人怎么说我们也怎么说，古人怎么做我们也怎么做。但鲁迅先生说得好，从来如此，便对么？古人的认识受到当时社会发展水平的限制，因而是具有局限性的，如果盲目地相信古人，至今还会认为天是圆的地是方的呢。关于地震，我老家的古人是这么认为的：地下有一头牛，挑着一根扁担，把地球挑在上面，挑累了要转肩时大地就会晃动起来，这就是地震。我们在科学上的每一次进步，都是对前人认识的突破带来的。正是对前人的突破，牛顿才创立了"三大运动定律"；正是对前人的突破，爱因斯坦才创立了广义相对论和狭义相对论。

成见来自名人。这里的名人是指权威人物。他们要比我们常人高明许多，站得高看得远，钻得深看得透，因而他们的见解往往是权威的，是值得我们学习和遵循的。但权威人物也不是神，他们的认识能力也是有限的，面对无比复杂而多变的世界，他们也不可能穷尽真理，甚至也会产生谬误。在封建时代，孔子被称为"至圣先师"，人们只要按他所说的去做，以他的是非为是非，就可以齐家治国平天下，甚至可以"半部《论语》治天下"。但也正因为如此，才导致我们长期以来停滞于"三纲六纪"的血缘宗法和皇权专制社会之中，陷入"一治一乱"的怪圈而无法走出来。所以明末著名思想家李贽才石破天惊地提出，反对以孔子的是非为是非。

消除成见就是要针对我们成见产生的原因，努力将其克服掉，去实事求是地认识事物。为此，我们需要有海纳百川的胸怀。成见很深的人往往是心胸狭窄的，鼠目寸光，斤斤计较于名利，而不愿从成见和小小的格局中走出来。我们需要容纳不同的见解，努力地探索真理，追求新知，必须不惜牺牲自己的名利。同时，还需要有一颗谦卑的心，虚心地学习和接受新生事物，不要满足于既有的认识，不要固执己见。

2022 年 1 月 30 日

打不打蚊子？

蚊子是一种很令人讨厌并且会给人带来不小危害的害虫。它像战斗机一样嗡嗡地叫着，在空中不停地飞舞着，人们一听到这声音头皮就开始发麻，担心被咬上一口。它的针扎进肉里是很疼的，而且还有毒，一咬一个红点，皮肤敏感的还会长出一个疙瘩。有注意还好，事先就赶跑它，或者刚咬上去就拍死它。倘若不注意，就会被牢牢地叮上，像吸血鬼一样吸走我们的血，等待发觉过来，它的肚子已经吸得圆圆的。我们不但血被吸走了，还可能传染上一些疾病。

因此，人们看到蚊子就怒从心起，必欲除之而后快，恨不得把所有的蚊子都消灭干净。蚊子还未飞过来，就张开手掌严阵以待了。它刚附上皮肤，就啪的一声拍过去，把它拍个稀巴烂。拍着了就会感到报仇雪恨，又为人间除掉了一只害虫，拍不着就会感到一阵遗憾，又让它跑了，继续为害人间。以前上大学时，一个老师给我们上《老子研究》这门选修课。有一次他讲到了一个例子，说当一只蚊子叮上你的时候，你打还是不打？想必除了极个别人之外，没有人会任它叮咬的。只要是常人，都会毫不迟疑地一巴掌把它拍死，还巴不得多拍死几只呢。这是人的一种正常心理，也是一种本能反应。即使那些可以忍受蚊子叮咬的高人，恐怕也只能坚持一时，而无法坚持一世。时间一久，人的本性和本能都会顽强地表现出来，胜过了任何的信念。

我曾经听人说过，蚊子一旦叮咬了人，那根针就断在人体内了，它自己也活不了了，因此拍不拍死它其实都一样，拍死它也不过解解恨而已。这其实是一个没有任何根据的谣言，我后来查了一下资料，是雌性蚊子需要叮咬人体，从人体吸走血液，从而才有营养更好地繁殖后代，而不会叮咬人后自己就死了。退一步说，即使它自己会死，我们也要拍死它，尤其是在叮进去之前，免得遭受一次皮肉之苦。当然，蚊子吸饱后拍下去都是血，要是嫌脏，不妨驱走罢了。但人们遭到了叮咬，又自然都会下意识地把它拍死。当然，知道是母蚊子出于繁殖后代的需要而去叮咬人之后，就更是要拍死它了，拍死一只母蚊子，就会少孳生出无数只的小蚊子。

科学家经过研究，发现植物其实也是有神经的，把它们碰伤或者折断，它们也会产生痛感，就跟动物一样，只是不像动物那样会表现出痛苦状，会懂得如何躲避。因此，倘要较真起来，将不伤害动物的理念贯彻到底，就也不能去伤害植物，不仅荤吃不得，素也吃不得，而只能喝水喝西北风了。造物主给我们造就了这种生态环境，造就了这种食物链，就要把这当作一种自然的状态接受下来，不如此反而违背自然的法则，用现在一句流行的话说就是"逆天"。造物主造就了我们人类这种杂食动物，就必须荤素搭配，营养均衡，从而才能健康地生存下去。那种严重偏食的人，健康都是很成问题的。因而，倘若我们过于执着不伤害动物的理念，要么变成了一种虚伪，要么跟自己的健康过不去。

当然，不伤害动物的理念也是有一定价值的。进入工业社会之后，随着工厂化的动物养殖场和屠宰加工场的大量出现，西方国家开始产生了动物福利主义和动物权利主义的思潮。动物福利主义不主张动物和人类拥有一样的权利，但必须改善动物的生存条件，因为它们也跟人类一样会感受到痛苦。譬如，动物养殖场的空间不能过于拥挤，必须达到必要的卫生标准，要有适当的光线，等等。动物权利主义则更进一步，认为动物还应当像人类一样享受应有的权利。这些保护动物的主张在社会上都是充满争议的，我们未必都要认同，但也不能完全无视其存在。它们从西方工业化国家发端，已经越来越普及到其他地区，已经在社会上产生越来越重要的影响。我们适当地借鉴这些观点，改善动物的生存条件也是有必要的，但也不能走到另一个极端，即反对杀害任何动物，主张人类素食。即使在西方工业化国家，这种极端的主张也是行不通的。

其实，我们最需要做的还不是不伤害动物，而是改变一些残害动物的饮食陋习。这其中是对生命的一种漠视。对动物如此残忍，对同类也是不会仁慈的。当然也可以反过来说，正是对待同类的残忍，才导致对待动物也变得残忍。因此，我们适当弘扬不伤害动物的传统，并适当借鉴国外动物福利主义和动物权利主义的理念也是必要的，这不仅有助于善待动物，保护动物，使我们的世界成为一个万物和谐共生的世界，更有助于唤醒我们的生命意识、权利意识和尊严意识，使社会变得更加文明开化。

2022 年 2 月 11 日

娱乐界

有一个知名电影导演，他是当今影视界一个炙手可热的人物。此人还很有个性，话语尖锐，对许多事情都直言不讳地发表自己的看法，屡屡成为娱乐界甚至舆论界的焦点人物。

有一次他拍完一部影片后，在宣传造势活动中遇到了各路媒体的围追堵截，记者们向他抛出了各种极其无聊的问题，甚至不惜制造一些花边新闻，让他穷于应付，搞得十分恼火。在接受一家电视台的访谈中，他愤慨地表示自己再拍完几部电影后就不在这"婊子"行业混了。他说自己了解到，有些媒体派记者采访他，行前特别交代要向他提出各种无法忍受的问题，只要能把他招急就完成任务了，到年底就有红包拿了。不少媒体也确实如此，它们就是要吸引眼球，什么能增加收视率和点击量，就上什么。提什么问题能把他这样的明星导演招急了，就越能成为娱乐界的热点新闻。在那次宣传造势活动中，他坐在会场外的一个沙发上等待活动的开始，一群娱乐记者围了上去，俯下身长枪短炮对准了他。其中一个很年轻的女记者拿着话筒蹲在地上，用一种娇滴滴的声音问那个女演员今天怎么没有跟他一起来。他原先默默地坐在那里，显然并不想搭理这些人，现在却被这个女孩激怒了，冲着她说道："今天是来宣传新片的，谈谈电影多好，为何要问这些无聊的问题？"然后他又对其他记者说道，"来，把镜头对准她，我也采访她几句。"我发现人们并未把镜头转向那个女孩，而是依然对着他，正等着他发飙呢。

更早以前，他搬进一处新居后，第二天一出门就被一群娱乐记者团团围住了，原来有一个神通广大的专门打探明星隐私的记者事先打探到他的地址，并把这消息透露了出去。一大早这群狗仔队就在门口恭候着。他一出现，记者们就一哄而起，问他乔迁新居有何感受云云。他气愤之至，得知怎么回事后就开始破口大骂那个记者，说你有什么权利把我家的地址透露出去。

显然他对娱乐界的这种现象是十分不适应的。比起港台以及国外成熟的娱乐界，我们还处于发展的初期阶段，人们尚未学会适应这种现象。其实这是娱乐界的常态，那些媒体以及记者就是要挖出一些八卦新闻以吸引大众眼球，甚至明星喜欢吃什么菜都会被津津乐道，更何况绯闻这些了，没有也要捕风捉影，编造一个出来。明星走到哪里都有狗仔队形影不离地跟着，不放过任何一个机会，看看有没有什么可八卦的。成熟的娱乐界情况或许会好一些，不会玩得那么过火，但总体上也改变不了这种属性。

香港的娱乐界要比我们成熟得多，与世界是同步的，我们的许多东西都是从那里学过来的，像通俗歌曲、电视剧以及商业片，无一不是如此。我看过一个关于香港某知名导演的娱乐新闻，他也是出席一部新片的宣传造势活动，站在那里接受各路媒体的采访。面对记者的各种无聊发问，他从容不迫，不愠不火。有的问题匪夷所思，根本无从作答，他也能咕哝咕哝地说些什么。另一个记者又抛出了一个问题，他又转过身回答这个问题了。什么问题都难不倒他，也都激怒不了他，都能"以其人之道还治其人之身"，以一种太极手法化解过去。从表情可以看出，他对这些问题是毫无感觉的，但又必须应付场面，不能失去了风度，要有一种娱乐精神。可见他们的娱乐界是很成熟的，对这一套早已习以为常，安之若素了。

娱乐界的生态就是如此，要在这个行业混下去就必须学会适应它，而不能一触即跳。其实对于商业片而言，要是没有大批娱乐记者前来捧场，甚至制造出一些花边新闻，还宣传不出去，卖不动票房呢。要是人家都不来采访了，或者问的都是一些正经八百的问题，又怎能吊起大众的胃口呢。那些尚未走红的还巴不得多来一些狗仔队，多问一些匪夷所思的问题，多制造一些花边新闻，从而增加自己的热度呢。已经成名了却又嫌这些狗仔队烦人，给人感觉有点得了便宜又卖乖。

然而，对于那些真正有艺术追求又有性情的艺人，又确实很反感这类现象，会给他们造成很大的困扰。为此，一方面娱乐媒体也要有点底线，不能过分热衷于八卦新闻，不能给他们的正常工作生活造成困扰。另一方面艺人也要学会适应这类现象，要予以更多的宽容，要学会从容应对，然后转身离去，潜心于自己的艺术创作。任何一种事业都不是随心所欲的，可以完全按照自己的意图行事，都要面临客观条件的各种限制，甚至个人可以发挥的空间是很有限的。为了将事业进行下去，往往只能忍辱负重，在这有限的空间里充分发挥自己的主观能动性，学会在螺蛳壳里做道场。

日
复
一
日

2022 年 3 月 5 日

少年心声

敬

夏日的阳光透过学校图书馆阅览室的窗户，径直地照在地面上。我起身，寻找，返回，翻开，随后便全神贯注在《狂人日记》上。我仿佛置身于那个年代，与各路豪杰隔空相望。在那个年代，风雨飘摇，国家危难，他起手挥笔，用铿锵有力的白话文在纸上书写着批判旧封建社会的文章，《二十四孝图》将旧中国的封建孝道批判得淋漓尽致。

他起身，我也起身；他走向书架，与墙壁上的藤野先生四目相对，我走出大门，向远方的一片光景望去。虽然置身于不同的年代，但我们的意志是相通的。

在那个年代，正值新文化运动时期，中国的近代化探索进行到了最后一步——思想文化。为了唤醒在封建社会里沉睡了五千多年的中华民族，他从日本远渡重洋回国；他弃医从文，以笔为矛，写下了震耳欲聋的文章，只为唤醒我们！终于，一切都结束了，在他离去十三年后，中国的新民主主义革命完全胜利了，白话文完全普及，再也没有哪一所学校用文言文讲课了。中国人的思想进步了，再也不满足于男耕女织的传统经济模式，而是站了起来，向着更广阔的天地。实行改革开放后，一切又在进一步发展，进一步远离落后、愚昧。

而他，这一切的功臣之一——鲁迅，在一百年前，与他身边的一群人，一起创办了《新青年》，开展了新文化运动。他们竭尽全力，逆流而上，去实现他们最初的理想……

我低下头，纸面上的"敬"似乎幻化成了他的脸，正用他的毕生奋斗向这个民族致敬！

添香

香，自然界中最美好的气味。古文有云："野芳发而幽香，佳木秀而繁阴。"文人欧阳修沉醉于芳香之中，与游者相乐；我沉醉于韵香之间，与画作相乐。

黎明，天像刚睡醒的孩子，朦胧地睁开双眼，为大地披上了一层浓浓的雾气，在远处的山峰之间汇聚。我早早便来到了写生地点，架好画架与纸，备齐颜料与笔，静静地等待时机。雾气渐散，白露未干。我蘸上颜料，起笔，将清晨中所见之景致跃现于纸上。我挥舞着笔，远处山的神秘色彩渐渐地跃现于纸上。我陶醉着，时间慢慢流逝，浓雾也徐徐消散。

忽然，我闻到了一股香，一种说不上感觉的花香。我放下笔，画作还未完成，起身环顾四周，在万花丛中看到了一朵茉莉花，它是那么的渺小，又是那么的浩大。写生地点的周围不乏绿色，但只有一朵茉莉花在奋力开放。也许是太过渺小，茉莉花的香气都飘进我的鼻子，沁入我的肺腑。我又坐下，拿起笔，享受着最后的香气。也许等到清晨时，香气会随着雾气一并消散。"采菊东篱下，悠然见南山。"正是在千年前，陶渊明悟出了物我合一的境界，而这次，我也将物我合一。

远处山间的雾气缥缈变幻着，我手中的画笔也在尽情扭动着身姿，"翩若惊鸿，婉若游龙"，将画作推向最高潮。终于，画作完成了，我又起身，环顾四周，雾气已经完全消散，金灿灿的阳光直洒大地，远处的山峦仍是变幻莫测。茉莉花的幽香已经随风飘散，取而代之的是修身养性的风雅韵香。

香，自然界中朴实无华的存在，当你的生活不尽如人意时，不妨去自然界中寻找属于自己的香。

"经商"

众所周知，商人的工作就是经商，商人的目标是用最少的成本去换取最高的利润。那么，身为学生的我为何会去"经商"呢？故事还得从头说起。

那是一个周末，我和爸爸一起去爬一座山。就在即将开始攀登时，突然接到表姐打来的一通电话。表姐说老家的天文望远镜闲置太久，家里又没有什么空间可以放置，问我能不能替她保管一阵。我听后便兴高采烈地答应下来。正巧这时爸爸说观测星空要在海拔高的地方，而且还得是晚上。我不禁灵机一动：为何不能用这个来赚钱呢？

五块钱看五分钟，十块钱看十二分钟……许多画面在我脑海中浮现。正当我想得起劲的时候，表姐又打电话过来说找到空地了，不用我保管了。正所谓：理想有多丰满，现实就有多骨感。这犹如晴天霹雳，我的计划泡汤了。我沮丧地开始了登山之旅。

带着郁闷的心情爬到一半时，爸爸突然跟我说我们以后还可以到鼓山上卖水。我听后顿时心血来潮：我可以去批发市场低价买入，再以高价卖出。我转悲为喜，一口气登上了山顶，体验了"会当凌绝顶，一览众山小"的快感。回到家，我便去批发市场花 8 元买了 14 瓶水，平均一瓶成本近 6 毛，计划 2 元一瓶卖出，这样如果全卖完，就可以净赚 20 元，虽然不多，但也足够了。说干就干，第二天我便去了福州市区最高的山鼓山卖水了。

然而事情并不顺利，我接连换了好几个高度，14 瓶水仍然无人问津，只有两个人过来询问了价格，但也仅此而已。也许是天气阴凉加上傍晚的缘故，4 个小时过去了，一瓶水都没有卖出去……

但我不甘事情就此结束。有了上次的教训，这次我找了个晴朗的白天，今天早早起来继续去卖水。功夫不负有心人，终于在上次的第一个高度，我卖出来人生中的第一瓶水，紧接着是第二瓶，第三瓶……最后，我卖出了 11 瓶水，扣去成本共获利 14 元，气宇轩昂地回到了家。虽然没有全部卖完，但赚到了人生中的第一桶金。我的这次"经商"之旅结束了，最后想送给大家一句诗：山重水复疑无路，柳暗花明又一村。

跋

从 3 月 23 日开始，一直到 9 月 30 日，整整写了 192 天日志，把自己想写的都写出来了。写作是快乐的，也是辛苦的，尤其这样雷打不动地天天写着。写到最后一个月时，真的把心肝都快呕出来了，用呕心沥血来形容这连续半年多的写作，丝毫不是什么夸张。

写完后再回过头看，也感到颇有些惊讶——自己这一段时间居然写出了这么多，居然能写出这样的作品来。而要是不去写，这样的作品是无论如何不会出现的，这也是差堪告慰的！一分耕耘一分收获，这半年多的辛勤耕耘也算有所收获了。以后这些作品可以敝帚自珍，有空时拿出来看看，重温自己曾经有过的精神跋涉历程，有兴趣的读者也可以拿去翻翻，看看有没有值得一看的，一切都任其自然。

没有一种毅力，没有对写作事业的一种追求，没有对社会的一种担当，是无法坚持这样写下来的。写完后又要拿去出版，而如今世道不好，人们都开始过起紧日子了，自己却还要把省吃俭用攒下来的积蓄大把地往外掏，这同样也需要一种担当，一种眼光。自己也不是没有过犹豫，但还是毅然迈出了这一步。

除了这些日志，还将多年前在网络上发表的几篇旧作以及几年前写的一些篇什修改后收进来。找出旧作，回忆起曾经有过的读书思考和心路历程，是十分感慨的，也是十分欣慰的。另外，还把儿子胡越的三篇作文收了进来，前两篇是他自己最满意的作品，后一篇是他第一次出去挣钱的心得体会。这是对他的一种鼓励，希望他今后在读书写作上能取得更大的进步！

2023 年 10 月 13、15 日